나달의 언덕 1

나달의 언덕

1

THE HILL OF NADAL

아드소 장편소설

가하

나달의 언덕 1

지은이 아드소
펴낸이 이형기
펴낸곳 도서출판 가하

초판인쇄 2017년 6월 8일
초판발행 2017년 6월 15일
출판등록 2008년 10월 15일 제 318-2008-00100호

주소 서울 영등포구 양평로 67, 1209 (당산동5가, 한강포스빌)
전화 02-2631-2846 **팩스** 02-2631-1846

www.ixbook.co.kr

ISBN 979-11-300-1788-4 04810
      919-11-300-1787-7 04810(set)

값 12,800원

Part 1.

상담

"그 남자에 대한 얘기부터 해볼까요?"

"남자요?"

"네, 당신을 괴롭힌다는 남자 말입니다. 스토킹을 당하고 있나요?"

"아, 그 남자요. 아니요, 스토킹은 아니에요."

"전해 듣기로 그 남자 때문에 상당히 괴로워한다던데 아닌가요?"

"괴롭다고 하기도 뭔가……. 예, 괴로운 건 사실이니까, 맞아요."

"어떤 남자인가요?"

"그분은 제 상사예요. 저는 그분의 비서고요."

"일한 지는 얼마나 됐죠."

"올가을부터요. 작년에 학교를 졸업하고 마지막 기회란 생각에 배낭여행을 떠났죠."

"직장인이 여행을 가기란 쉬운 일이 아니니까요."

"맞아요. 그런 생각이었어요. 그리고 돌아와서 바로 취업 전선에 뛰어들었죠. 알고는 있었지만 요즘 같은 때 취업은 쉬운 일이 아니더군요. 막 졸업한 사람이 아니면 원서도 내보지 못하겠더라고요. 뒤늦게 여행은 실수였다는 생각이 들었습니다. 선생님도 취업 걱정을 하셨나요?"

"부모님이 의사시죠. 큰 고민 없이 의대에 갔습니다. 당신 얘기를 계속하는 게 좋겠어요. 정확히 어떤 일을 하는 회사인지 물어봐도 될까요?"

"게임 회사예요. 머핀 타워라고. 이름이 재밌죠?"

"들어본 적이 있어요. 저는 게임을 안 좋아하지만 조카가 게임기를 사 달라고 제 엄마를 조르는 걸 봤습니다."

"규모가 상당한 회사죠. 작년엔 콘솔 게임인 '하늘의 숲'이 세계적으로 히트를…… 아, 게임을 안 좋아한다고 하셨죠."

"괜찮아요. 계속해보세요."

"하반기 정기 채용은 이미 마무리 된 터였어요. 수시 채용이었죠. 특이한…… 공고였어요. '면접관과 말 배틀을 할 수 있을 정도의 배짱을 가진 자에게는 가산점이 있음.' 그때 전 이것저것 따질 형편이 못 되었어요. 막냇동생도 내년이면 고등학교에 들어가야 하거든요. 입학 땐 돈이 많이 들죠. 하반기 취업을 놓치고 마지막 남은 면접이었어요. 거기서 처음 사장님을, 아니, 그 사람을 만났죠."

"호칭은 뭐라도 좋아요. 그 남자가 사장이로군요. 뜻밖이네요. 조금 더 젊은 남자일 거라 생각했는데."

"아니요. 사장님은 사장치고는 꽤나 젊은 축에 속하죠. 아, 여기…… 사진을 보면 아시겠지만 나이보다도 어려 보이죠."

"……사진을 가지고 다니나요?"

"잡지에 나온 인터뷰 사진을 스크랩한 거예요."

"그 나이에 세계적인 회사의 사장이라니, 또래로서 부럽네요."

"놀랍죠. 재주가 많은 사람이에요."

"사장은 어떤 사람이죠?"

"아……."

"대답하기 곤란한가요?"

"아니요. 사장님은…… 좋은 분이세요. 직원들을 부하 직원이 아닌 함께 회사를 이끌어나가는 동료로 생각하죠. 그게 행동으로 보이고요. 좋은 의도나 배려가 왜곡되어 전달되지 않는 게 그 사람을 그 자리까지 가게 한 가장 큰 힘이라고 생각해요. 공사 구별이 확실하면서도 그 일로 미움받는 일은 적죠. 의외로 노력파기도 하고요.”

“그런 남자가 당신을 괴롭힌다는 거군요. 두 얼굴의 사나이, 그런 건가요? 대외적인 얼굴과 비서를 대하는 태도가 다른…….”

“아니요. 사장님은 항상 똑같으세요. 그게 절 더 헷갈리게 만들죠. 차라리 미친 사람이라고 생각하면 편할 텐데. 사장님과 함께 있으면 제가 제가 아닌 것 같아요. 그게 문제예요. 날 잃어버린다는 거. 처음 만났을 때 저보고 한 말이 뭔 줄 아세요? ……아니요, 이건 말하기 그러네요.”

“궁금한데요.”

“긴 얘기예요.”

“시간은 많습니다.”

“…….”

“좋아요. 그럼 일단, 회사 일은 할 만한가요?”

“동료들이 좋으니까 일이 힘들어도 몸이 고되다는 생각은 안 들어요. 비서지만 게임 회사이다 보니 게임 공부도 하게 됐는데, 이번에 출시할 ‘일로드’란 모바일 게임은 문외한인 제가 봐도 잘될 것 같아요.”

“게임 얘기만 하면 눈이 초롱초롱해지네요. 원래도 게임을 좋아했나요?”

“아니요. 콘솔이니 그런 게임이 있다는 것도 면접 준비를 하면서 처음 알았습니다.”

“용케 취직을 하셨네요. 비서직이라 상관없었던 걸까요?”

“면접에서 게임에 대한 질문은 거의 하지 않더군요. 돌이켜 생각해보면, 당시 면접관들은 제 차례가 빨리 끝나길 바랐을 겁니다.”

“왜 그렇게 생각하죠?”

1

"대표님?"

실장이 조심스러운 목소리로 정현을 불렀다. 하지만 대답은 들려오지 않았다. 지금 정현의 귀엔 어떤 목소리도 들려오지 않았다. 그녀의 얼굴 말고는 어떤 것도 눈에 들어오지 않았다. 실장이 난감한 미소를 지으며 면접자를 돌아봤다. 이름이…… 한지은이라고 그랬나?

실장은 면접자의 프로필을 눈으로 빠르게 훑었다. 그가 정중한 목소리로 말했다.

"합격할 경우 당신의 상사가 될 분입니다. 미리 알아두세요. 이렇게 종종 뜻밖의 행동을 하십니다. 지금이라도 포기하려면 그대로 문으로 나가시면 됩니다."

지은은 속으로 크게 한숨을 쉬고 들어온 문 쪽으로 몸을 돌렸다. 그리고 조용히 문을 닫았다. 그녀는 밖으로 나가지 않았다. 대신 면접관들에게서 한 걸음 정도 떨어진 곳에 놓인 의자로 다가와 정식으로 인사를 한 뒤 자리에 앉았다.

지은은 잠깐 자신의 무릎을 본 뒤 고개를 들어 면접관들의 눈을 하나하나 응시했다. 저 사람은 아직도 저러고 있네?

지은이 노크를 하고 방에 들어서는 순간, 면접관들 중 가장 왼편에 앉아 있던 남자가 마치 귀신이라도 본 듯한 표정을 지으며 비명이 미처 목을 빠져나오지 못한 것 같은 소리를 냈다. 그의 손이 놓아버린 서류 종이들이 면접실 바닥에 흩어졌다.

다른 면접관들이 깜짝 놀라 사장을 쳐다보았다. 정현은 테이블을 짚고 천천히 일어섰다. 실장이 그의 어깨를 흔들었지만 혼이 빠져나간 듯 반응이 없었다. 실장이 젊은 직원에게 눈짓을 했다. 직원이 앞으로 달려나와 급히 흩어진 종이들을 주웠다. 실장은 억지로 정현의 어깨를 눌러 그를 자리에 앉혔다. 다행히 면접이 진행될 동안 그는 더 이상의 돌발 행동 없이 얌전히 앉아 있었다.

정장 차림의 면접관들 뒤로 회사 빌딩과 마주하고 있는 또 다른 고층 빌딩이 보였다. 언론이 최근 수년간 개방적인 기업 문화의 예로 머핀 타워를 손꼽았기에 임원 면접 또한 유연한 분위기일 것이라 짐작하며 방에 들어섰을 지원자들이라면 주눅이 들 수도 있는 풍경이었다.

지은이 얼굴에 면접용 미소를 떠올리자 바로 면접이 시작되었다.

기본적인 질문에 잠시간 생각할 시간을 가진 뒤 차분한 목소리로 성의 있게 대답했다. 번갈아가며 면접관들의 눈을 하나씩 응시했다. 무슨 말을 해도 웃는 얼굴인 사람이 있는가 하면 한결같이 굳은 표정인 사람도 있었다. 날카롭게 생긴 여성 면접관이 가장 신경이 쓰였는데, 아니, 사실은 왼편에 앉은 젊은 남자 면접관이 가장 신경 쓰였다.

그는 마치 죽은 첫사랑이라도 본 듯한 얼굴로 그녀를 쳐다보고 있었다.

표정을 숨길 생각도 없는 것 같았다. 창백한 얼굴로, 테이블에 두 팔을 올려놓은 채 꼼짝 않고 지은의 말만 듣고 있었다. 아니, 듣고 있는지도 의문이었다.

급기야 지은은 저것이 일종의, 돌발 상황에 대처하는 면접자의 태도에 관한 시험이라는 데 생각이 미쳤다.

그녀의 생각은 틀렸다.

정현은 눈물이라도 쏟고 싶은 심정이었다. 달려 나가 그녀의 어깨를 붙잡고 왜 이제야 나타났냐고 소리치고 싶었다. 당장 으스러져라 껴안고 싶었다.

고개를 끄덕이며 지은의 대답을 듣던 실장이 정현에게 슬쩍 눈을 두었다가 기함을 했다. 정현의 눈가에 차오른 눈물이 툭 하고 떨어져 뺨을 스쳤다.

무심결에 정현을 쳐다본 지은의 눈동자가 방향을 잃고 흔들렸다. 짧은 순간이었지만 보고 말았다. 남자의 눈에서 눈물방울이 떨어져 내렸다. 자꾸 그에게로 곁눈질을 하게 된다. 면접관의 주목과는 다른, 부담스러운 시선이 똑바로 그녀를 향해 있었다.

'저것도 시험이리라.'

대답에만 집중했다.

면접관들이 서둘러 면접을 끝냈다.

지은은 침을 삼켰다. 발표는 두 시간 뒤에 난다고 했던가. 채용 공고만큼이나 발표도 시원시원한 회사였다.

마지막 인사를 하고 고개를 들 때 지은은 슬쩍 왼쪽 남자를 쳐다보았다. 하지만 재빨리 시선을 거뒀다. 그는 여전히 물기 젖은 눈으로 그녀를 빤히 쳐다보고 있었다. 지은은 몸을 돌려 문 쪽으로 걸어갔다.

그때였다. 더 이상 참지 못한 정현이 자리를 박차고 일어섰다. 그는 빠르고 힘 있는 걸음으로, 문고리를 잡으려는 지은에게로 걸어갔다.

지은이 '어?' 하며, 자신의 어깨를 감싸는 남자의 손을 쳐다봤다. 부드럽지만 절대 놓치지 않겠다는 의지가 실린 손이었다. 정현이 그녀를 와락 껴안았다. 빈틈이라도 주면 빠져나갈 것을 염려하는 것처럼 제 품으로 그녀를 깊숙이 끌어안았다.

지은은 속으로 신음을 흘렸다. '마지막 시험이다!'란 생각이 뛰쳐나가려는 비명을 간신히 붙잡았다. 미남의 향긋한 체취에 그만 정신이 몽롱해지려고 했다. 그리고 그런 자신이 어이가 없었다. 남자의 향기에 취하다니 이게 무슨……. 남자친구와 헤어지고 처음 안겨보는 사내의 품이었다.

생긴 것만큼이나 근사한 미소를 지으며 남자가 지은에게서 몸을 뗐다. 정현이 지은의 어깨를 잡고, 금세라도 다시 눈물이 떨어질 것 같은 눈으로 말했다.

"자그마치 삼십 년을 기다렸어."

정현은 그녀의 대답을 기다리지 않았다.

"아니, 그것보다 훨씬 긴 시간을 기다렸는지도."

"저기…… 아직도 면접 중인가요?"

지은이 입꼬리를 간신히 들어 올리며 다가오는 실장에게 물었다. 실장은 정현을 지은에게서 억지로 떼어내며 정현의 귀에 속삭였다.

"이번 달 기행은 분량을 다 채운 줄 알았는데."

정현은 실장을 돌아보지도 않고 지은의 손목을 붙잡았다. 그리고 그녀를 옆방으로 데리고 들어가버렸다. 그의 돌발 행동에 실장과 직원들이 잠긴 문을 두들기며 뭐라 뭐라 해댔다.

정현은 문짝을 등지고 서서 말했다.

"면접 계속 해요! 전, 오래전 선약이 있습니다!"

누군가가 몹시 화가 난 듯 쾅 하고 문을 발로 찼다. 그게 마지막이었다. 밖이 조용해지자 정현이 웃는 얼굴로 지은을 보았다.

지은이 주춤주춤 물러섰다. 널찍한 소파의 모서리를 잡고 서 그를 꼼꼼히 뜯어봤다. 얼마든지 살펴보라는 듯, 경계하는 길고양이에게 손바닥을 펴 보이며 자신을 무장 해제하듯 남자는 가만히 문가에 기대서 있었다.

조금 전엔 면접자들을 시험하기 위해 데려다놓은 일개 직원일 거라 생각했는데 찬찬히 뜯어보니 평범한 회사원 같지 않은 독특한 분위기가 있었다. 표정은 단정하고, 눈은 명석해 보였다. 입가에 장난기가 흘렀지만 미소를 그리며 굳게 다문 입매는 신중했다. 미친 사람처럼 보이지는 않았다.

방에 몰래카메라가 달려 있나? 지은은 눈을 굴려 방 구석구석을 살폈다.

정현이 한 발짝 내디뎠다. 지은은 그만큼 물러섰다. 지금 그녀의 머릿속엔 온갖 장면들이 떠올랐다. 섣부른 예상도, 허황된 추측도 일단 접어두었다. 하지만 그저께, 재벌 2세쯤 되는 남자와 평범한 여인이 사랑에 빠져 첫 만남에서 뜨거운 정사를 나눈 뒤 어쩌고저쩌고하는 내용의 영화를 본 터였다.

그런 일이 생기면 기분이 좋을 거라 생각했는데 지금 지은의 심정은 복잡했다. 고생이 구만리 같은 그런 고약한 관계는 싫었다. 정현이 어느새 가까이 다가와 있었다.

"보면 첫눈에 알아볼 거라 생각했어."

"거리를 두고 얘기하는 게 좋겠어요."

지은이 손바닥을 보이며 침착하게 말했다.

"제가 오해하는 걸 수도 있는데, 아니라면 미리 사과드릴게요."

"오해?"

"전 좋아하는 사람이 있어요. 아니, 결혼을 약속한 사람이 있습니다."

"아, 그래?"

정현이 입가를 들어 올리고 웃었다. 저 자신만만한 표정. '그래봤자 별수 없어. 날 사랑하게 될 테니까.' 하는 저 표정.

지은은 경계심을 더 높였다. 소리를 질러야 되나? 젊은 남자와 여성 면접자가 단둘이 방에 있는데 왜 아무도 들여다보지 않는 거야!

정현은 허리를 짚고 서서 창 밖으로 시선을 던졌다. 이른 노을 자락이 방 안에 내려앉았다. 그의 늘씬한 몸매에 지은은 저도 모르게 시선이 갔다. 재킷 단추를 풀어헤쳐 흐트러진 듯한 차림새와 노을빛에 약간 붉어진 그의 얼굴이 기이한 분위기를 만들었다. 천진함을 정리한 차분한 표정은 그대로 또 섹시한 멋이 있었다. 지은은 이런 생각을 하고 있는 자신이 믿기지 않았다. 순간 자신이 낯설어졌다. 정현이 말했다.

"미친 사람이라고 해도 좋아."

'이미 그렇게 생각하고 있답니다.'

"이미 그렇게 생각하고 있겠지."

지은이 놀란 눈으로 정현을 쳐다보았다. 그가 사악한 미소를 지었다. '맞지?' 하는 표정이었다. 지은은 경계심을 한 단계 더 높였다. 정현이 '오늘 아침엔 토스트를 먹었지.' 정도를 말할 것처럼 담담한 투로 말했다.

"난 전생을 기억해."

"⋯⋯예?"

목소리가 뒤집혀서 나왔다. 잘못 들은 건가?

하지만 정현은 같은 말을 반복했다. 그러고는 지은이 잡고 서 있는 소파의 다른 끝 쪽을 잡고 서서 잠잠한 시선으로 지은을 바라봤다. 그는 지은의 의문에 가득 찬 눈을 마주하자 눈을 감고 고개를 숙였다.

건조하고 무거운 침묵이 방 안을 내리눌렀다. 정현이 내리깔고 있던 눈을 치켜떴다. 실망스러운 눈초리가 지은을 향했다.

'왜 내가 저런 눈빛을 받아야 하는 거지?'

지은은 억울한 생각이 들었다. 정현이 말했다.

"지금 그 모습을 보니 날 기억 못하나 보군."

"······저는 그쪽을 여기서 처음 보는데요."

"그럴지도 모른다고 생각했지만 막상 닥치니까 엄청 실망인데."

정현이 처연한 미소를 지었다.

"그래······ 날 전혀 기억 못한단 말이지."

지은의 심장 한구석이 뻐근해져왔다. 정현의 갈색 눈동자에 붉은 노을빛이 일렁였다. 웃음을 치운 그가 손가락 하나를 치켜세우고 다그치듯 말했다.

"자그마치 삼십 년이 넘는 세월을 기다렸어! 나만이 너를 기억한다면 내가 그토록 고민해온 시간들은 대체 뭐란 말이야!"

"자, 잠깐만요."

지금 이 남자가 무슨 말을 하는 거야. 미친 사람은 아닌 것 같다고 했던 말 취소. 차라리 학창 시절 길에서 날 보고 첫눈에 반해 지금껏 연정을 품어왔다고 해라.

정현은 아랑곳하지 않고 그녀에게로 한 발짝 내딛으며 말을 이었다.

"네게서 들을 말이 있어."

"잠깐만요. 생각 좀 하고요. ······그러니까, 그쪽이 전생을 기억한다고요?"

정현은 대답을 하지 않는 것으로 긍정을 대신했다.

"나를 기다렸다고요?"

정현이 고개를 옆으로 비스듬히 숙였다. 지은은 두 손으로 얼굴을 반쯤 감쌌다. 웃고 싶은데 웃음은 나오지 않았다. 저 진지한 눈빛을 보고 웃는다면 진짜 매너가 없는 인간이다.

저치가 미친 사람이든 연기가 아주 뛰어난 사람이든 지은은 일단 이 상황을 벗어나야겠다고 생각했다.

"저와 그쪽은 아는 사이겠군요. 물론 전생에 말이죠."

"당연하지."

"어떤…… 사이였는데요?"

제발 그 말만은 하지 마라. 지은은 이 미친 연극에 장단을 맞추고 있는 자신이 우스워졌다. 정현이 차분한 말투로 말했다.

"너와 난, 주종 관계였지."

"……뭐라고요?"

목소리가 다시 뒤집혀 나왔다. 정현은 잔인하게도 또박또박한 말씨로 반복했다.

"주인과 하인 관계였다고."

"……내가 주인, 그쪽이 하인?"

"아니, 그럴 리가. 내가 주인, 그쪽이 하인."

'그럴 리가.'는 또 뭐가 그럴 리가야. 내가 주인인 게 왜 그럴 리가야. 웃긴 사람이네. 누구는 죽었다 깨어나도 하인 신세고 누구는 주인이야? 물론 지금 상황은 엇비슷했다.

지은이 과격하게 손을 내젓고 말했다.

"말도 안 되는 소리! 아니, 백 번 양보해서, 아니다. 만 번쯤 양보해서 그렇다고 해요. 하지만 난 불행히도, 아니, 다행히도 전생을 기억 못하고 그쪽이 기대하는 그 어떤 말을 해줄 수가 없어요. 유감스럽게 됐네요."

"정말 날 기억 못하는 거야?"

"기억 못해요, 네버!"

지은이 소리를 높여 부정했다. 그러고는 머리가 지끈거려 이마를 짚었다. 그만 처음 보는 남자 앞에서 목소리를 높이고 말았다. 그것도 이마에 내 천(川)자를 그리고. 드문 일이었다. 그녀는 여간해서는 화를 내지도, 흥분하지도 않았다. 그런 생각이 들자 이마의 내 천자가 더 깊어졌다.

사실일지도 모르겠다. 저놈의 전생 타령이.

아니다. 그럼 하인이었다는 걸 인정하는 셈이잖아. 지은이 이를 부득 갈고 정현을 노려보았다. 하지만 또다시 알 수 없는 심장의 통증을 느끼고 손가락으로 그 부분을 꾸욱 눌렀다. 그의 장단에 놀아나는 기분이 들었다.

"하인과 주인 관계, 그게 다예요?"

"우린 친구였어. 즐거운 순간을 함께했지."

"친구요?"

"응, 친구. 그럼 뭐라고 생각한 거야?"

희미한 미소를 띠고 추억을 더듬던 정현이 정색을 하고 말했다. 지은은 갑자기 얼굴이 화끈거렸다. 그래, 뭐라고 생각한 거냐, 한지은. 뜨거운 정사라도 나눈 관계라고 생각한 거냐.

"아, 아. 엉큼한 생각 한다."

정현이 장난스러운 미소를 지으며 지은을 가리켰다. 지은이 화들짝 놀라 뒤로 멀찌감치 물러섰다. 정현이 또 '맞지?' 하는 표정을 지었다. 화가 치밀었다. 저놈의 등짝을 때려주고 싶었다. 음? 따귀도 아니고 웬 등짝.

정현은 팔짱을 끼고 다시 추억을 더듬는 표정으로 말했다.

"넌 애먼 생각을 할 때면 그런 표정을 지었어. 맞아. 아, 정말 감동인데."

"누가 무슨 생각을 했다는 겁니까. 아, 그쪽이 이상하다는 생각은 했네요."

"속아 넘어가줄게."

"여자였나요?"

"누가? 네가? 그럼, 여자였지. 나는 남자."

"그런데도 친구 사이……, 주인과 하인……. 하!"

"맞아. 그건 정확히 기억해. 네가 날 좋아하긴 했지만."

"상대가 기억 못한다고 덮어씌우지 마요."

"어차피 상관없잖아? 전생에 그랬다는 건데. 좋아했음 어떻고 결혼한 사이였으면 어때. 지금은 아닌데."

들을 말이 있어 삼십 년 넘게 기다리고 그 사람을 만났다고 눈물까지 흘렸던 남자가 하는 말치고는 지나치게 담백했다. 정현이 싱글거리며 말했다.

"예전처럼 좋은 친구 사이로 지냈으면 좋겠어. 날 기억 못한다는 건 맥 빠지지만 어쩔 도리가 없는 거니까. 친하게 지내다 보면 생각나는 게 있지 않겠어? 영화를 보면 다들 그러더군."

'좋은 친구 사이로 지냈으면 좋겠어'라니, 삼십 대 성인 남자가 하는 말치고는 너무 순박하지 않은가. 지은은 한껏 빈정거려주고 싶었다. 하지만 그 대신 차분한 음성으로 반박했다.

"영화에선 다들 기억 상실증에 걸렸다가 다시 기억이 돌아오지만, 제가 아는 분은 마흔 살 때 교통사고로 기억을 잃으시고 결국 기억을 못 찾고 여든에 돌아가셨어요."

"……그거 참 암울한 이야기군."

정현이 엄지손톱으로 입술을 쓸어내리며 진지한 표정을 했다. 보기보다 다채로운 표정을 가진 남자였다. 지은은 갑자기 피식 웃음이 나왔다. 저런 남자가 자신에게 첫눈에 반해 작업의 일환으로 이런 황당한 얘기를 늘어놓을 것 같지는 않았다.

지은은 의도하지 않게 환히 웃고 말았다. 정현이 그녀 못지않게 밝게, 기꺼이 웃으며 말했다.

"그래. 그렇게 웃어야 라야답지."

그 말에 지은은 언제 웃었냐는 듯이 표정을 굳히고 물었다.

"라야? 그건 또 뭐예요?"

"왜, 기억나는 게 있어? 본인 이름을 들으니까 뭔가가 떠올라?"

"전혀요."

순간 반짝거리던 정현의 눈동자에 실망이 들어찼다. 지은은 '생각이 나는 게 있다면 좋을 텐데'란 생각을 했다. 그럼 저 남자는 기억을 되찾은 친구를 어떤 눈으로, 어떤 표정을 하고 쳐다볼까. 그건 조금 궁금했다.

'어, 너무 가까운 거 아닌가.'

정현은 지은이 의식도 못한 사이에 코앞까지 다가와 있었다. 지은은 방어적으로 팔을 올려 얼굴을 가렸다. 정현이 그녀의 손목을 잡을 것처럼 손을 뻗었다. 그 모습이 어떤 몹시 소중한 것을 만지려는 것처럼 조심스러워 느린 동작임에도 지은은 미처 피할 생각을 하지 못했다.

그때 방문을 걷어차며 사람들이 들어왔다. 문을 열어젖힌 남자는 아까 면접장에서도 본 사람이었다. 장 실장이 화가 난 표정으로 뚜벅뚜벅 걸어와 정현을 쏘아보고는 무서울 정도로 빠르게 표정을 바꿔 웃는 낯으로 지은에게 말했다.

"지금까지, 돌발 상황에 대처하는 면접자의 태도에 관한 시험이었습니다."

지은이 이마를 찡그리고 정현을 보았다. 정현이 뭐라 하려 하자 장 실장, 아니, 인후는 악문 이를 드러내고 손가락을 세워 보였다. 인후는 자연스럽게 지은을 문 쪽으로 안내했다.

"면접은 이것으로 끝. 언제 발표가 나는지는 알죠?"

"……두 시간 뒤에."

"맞아요. 두 시간 뒤에 홈페이지와 회사 로비에 게시됩니다. 좋은 결과 있길 바라요."

지은은 그제야 납득이 간다는 듯 '그럼 그렇지' 하는 표정을 지었다. 자신이 했던 대사를 되짚어보았다. 얼굴이 화끈 달아올랐다. 그런 상황에서 어떤 대응을 해야 정답이 되는 거지?

지은은 방을 나가기 전 마지막으로 정현을 돌아봤다. 정현이 창 쪽을 보고 있어 그의 얼굴을 다시 볼 수는 없었다.

문이 닫히자마자 정현이 홱 고개를 돌려 인후를 노려봤다. 인후가 소리 지르지 말라는 손짓을 했다. '아직 밖에 사람들이 있어.'

잠시 후, 문밖에서 웅성대는 소리가 사라지자 인후가 비난조로 말했다.

"설명을 듣고 싶습니다."

잠시 천장을 올려다본 정현이 한숨을 쉬고 다시 인후를 보았다.

"멱살을 쥐고 흔들려는 거라면 삼 분 줄게."

인후는 기다렸다는 듯이 말을 놓았다.

"방금 전 그 황당한 짓을 보고 직원들이 무슨 생각을 했을 것 같아?"

"모르지. 네 눈엔 어떻게 보였는데?"

"지원자에게 첫눈에 반해 면접 도중 작업질을 하는 정신 나간 대표. 아니지, 비서실장을 놀라 자빠지게 할 심산으로 미친 짓을 시도하는 정신 나간 대표."

"그래. 맞아."

정현은 불성실하게 답하고 창가로 가 창문을 열었다. 인후가 그의 등에 대고 다그쳤다.

"그런 해괴한 짓을 한 이유가 뭐야?"

"그녀가 내 전생의…… 인연이라 너무 반가운 나머지 가만있을 수가 없었어.”

“······.”

인후는 순간 모든 의욕을 상실한 표정을 지었다. 그리고 정말 정현의 말처럼 ‘전생’이란 것이 존재한다면 자신이 이전 생에 정현에게 큰 잘못을 저질러서, 그 업보로 이런 일을 감내해야 하는구나, 라는 생각을 했다.

뒤를 돌아보지 않아도 인후가 어떤 얼굴을 하고 있을지 짐작이 갔지만 정현은 더 길게 설명하지 않았다. 차가운 기운이 잔뜩 열이 오른 몸을 식혀주었다. 힘들게 되찾은 소중한 것을 다시 눈앞에서 놓쳐버린 기분이었다. 가슴이 꽉 조이듯 답답하면서 부글거렸다. 기분이 좋은 건지 불쾌한 건지 분간이 안 갔다.

인후가 말했다.

“와이프와 내가 소개팅으로 만난 건 알고 있지?”

정현이 무슨 소리야, 라는 눈으로 그를 돌아봤다.

비서실장이자 정현의 동창이기도 한 인후는 그의 친구로서 정현의 이성을 100프로 믿었다. 아니, 90프로 정도 믿었다. 그가 아는 정현은 황당한 거짓말을 하는 사람도, 충동적인 인간도 아니었다. 인후가 의미심장한 미소를 지었다.

“난 첫눈에 와이프에게 반했어. 전생에 부부가 아니었을까 싶었다니까? 그런데 만약 그녀가 ‘난 전생에 당신을 만났어요.’라고 했으면 첫인상이야 어쨌든 도망쳤을 거야. 천천히 다가가. 너에게 경계심을 가지게 하지 말고, 조금씩. 가랑비에 옷 젖는 줄 모른단 말 몰라?”

정현이 미간을 살짝 구기고 말했다.

“······삼 분 지났어.”

석양이 짙게 깔린 하늘 너머에서 비행기로 보이는 불빛이 반짝였다.

그와 동시에 정현의 머릿속에 그녀의 입사 지원서가 떠올랐다.

인후가 뒷짐을 지고 웃었다.

"그래서, 전생의 인연을 합격시킬까요, 합격시키지 말까요?"

창가를 두 손으로 짚은 채 정현이 말했다.

"내 면접 채점표 좀 가져와주겠어요?"

지은은 개운한 표정으로 회사 계단을 내려왔다. 엘리베이터로 내려가긴 싫었다.

이곳은 내가 앞으로 일할 곳이다, 라는 걸 곳곳에 새겨두고 싶었다. 대학 면접 때에도 그랬다. 면접을 끝내고 계단을 하나씩 내려오면서 주문을 외듯 "이곳은 내 모교가 될 곳이다."라고 중얼거렸었다.

지은은 마음속으로 되뇌었다. '이곳은 내 회사가 될 곳이다. 진오 선배와 함께 다닐 회사.' 웃음이 실실 나왔다. 누군가가 비상구 문을 열고 나와 계단을 올라가는 소리가 들렸다. 지은은 순식간에 표정을 수습했다.

「자그마치 삼십 년이 넘는 세월을 기다렸어!」

계단을 내려가던 걸음이 우뚝 멈추었다.

「난 전생을 기억해.」

'끄아악!'

지은은 갑자기 봇물 터지듯 밀어닥친 부끄러움에 양손으로 머리를 감싸며 계단 한편에 쭈그리고 앉았다.

「그렇게 웃어야 라야답지.」

그 다정한 목소리와 해맑은 웃음이 거짓이었단 말이지.

「예전처럼 좋은 친구 사이로 지냈으면 좋겠어.」

"좋은 친구 사이 좋아하시네."

지은은 자신을 믿을 수가 없었다. 그런 얼토당토않은 소리에 장단을 맞추다니. 그런 시험이 있다는 소리는 들어본 적이 없다. 이건 압박 면접도 아니지 않은가. 아무리 방금 전 나누었던 대화라지만 그의 표정과 말투가 또렷이 기억난다는 사실이 더 믿기지 않았다. 계단에 주문을 새겨 넣는 게 아니라 그의 목소리가 머리에 새겨지는 기분이 들었다. 화가 가라앉자 빈 공간을 채운 건 울적함이었다.

'살짝…… 아주 살짝, 진짜일 수도 있다 생각했는데…….'

지은이 1층 비상구 문을 열고 나왔다. 그녀의 눈이 커졌다. 영화처럼 진오 선배가 눈앞에 있었다. 지은의 대학 선배이자 그녀에게 수시 채용이 있다는 것을 알려준 사람. 진오는 외국 번화가 한복판에서 십년지기를 만나기라도 한 듯한 표정으로 그녀를 반겼다. 그는 항상 그랬다. 학교 복도에서도, 식당에서도, 캠퍼스 길에서도 언제나 그런 얼굴로 사람을 맞았다. 처음에는 그것이 과장된 제스처 같아 싫었는데 어느 순간부턴 누군가가 이름을 부르면 뒤돌아봤을 때 항상 그가 서 있길 바랐다.

엘리베이터를 기다리던 진오가 지은을 발견하고는 두 팔을 벌리며 그녀를 껴안을 것처럼 달려왔다. 하지만 그녀를 안지는 않았다. 다가온 그가 슬그머니 팔을 내리자 지은은 몰래 쓴웃음을 지었다. 진오가 어깨에 멘 가방끈을 추스르며 말했다.

"오늘이 면접날이었지?"

"못 만나고 갈 줄 알았는데 만났네요."

"그러게. 신기하게 딱 마주쳤네."

"면접까지 온 것도 선배 덕이에요."

"우리 사이에 인사치레는 됐고, 면접은 잘 봤어? 아, 이런 거 물어보면 안 되나."

"잘 봤어요. ……그렇게 생각하고 싶어요."

"응원해주러 간다는 게 하필이면 오늘 외근이 있어서. 원래 외근은 잘 없는데. 미안해."

지은이 고개를 흔들었다.

"미안하긴요. 선배 아니었으면 올해는 꼼짝없이 백수 신세였을 텐데."

"발표는 언제 나지?"

"두 시간 뒤예요."

"시원시원하네. 나 때에는 그 정도는 아니었는데. 우리 회사가 원래 좀 시원시원해. 같이 다니면 좋겠다. 학생 때 생각나는걸."

진오가 활짝 웃었다. 남들이 보기엔 수수하기 이를 데 없는 진오의 얼굴이 지은의 눈엔 매력적으로 보였다. 진오가 말했다.

"곧바로 집에 갈 거야?"

"모르겠어요."

"기다리지 않을래? 두 시간 뒤쯤이면 나도 퇴근하는데. 기다려주면 밥 살게."

"뭐 사줄 건데요?"

"뭐 먹고 싶은데? 합격하면 네가 사기다."

"물론이죠."

"혹시 다른 약속 있는데 내가 잡는 건 아니지?"

"백수가 무슨 약속이 있겠어요. 기다릴게요."

지은은 말을 뱉고 너무 저자세인가 하는 생각을 했지만 진오는 그런 걸 신경 쓰는 남자가 아니었다. 진오가 바깥을 가리켰다.

"건물을 나가서 왼쪽으로 가다 보면 1층에 큰 커피숍이 있거든. 거기서 기다릴래? 사실 커피는 우리 회사 커피가 가장 맛있는데. 나중에 들어와서 실컷 마셔. 이런 얘기 미리 하면 부정 타나?"

"괜찮아요. 전 그런 운에 강하거든요."

"지금 결재 받으러 가야 하는데, 네가 그 운 좀 나눠줄래?"

"얼마든지요."

진오가 장난스럽게 손바닥을 내밀자 지은은 거기에 자신의 손을 마주 댔다. 심장이 기분 좋게 쿵쾅거렸다. 하지만 표정은 옅은 미소를 유지한 채 큰 변화가 없었다.

엘리베이터 문 사이로 진오가 끝까지 손을 흔들고 있는 모습이 보였다. 지은은 오늘 그를 만났다는 것만으로도 뭔가 큰일을 한 것처럼 보람찬 기분이 들었다. 남자 따위 다시 사귀나 봐라 했던 것이 엊그제 같은데 누군가를 좋아하고 그와 대화를 한 것만으로도 이렇게 가슴이 벅차오른다. 지은은 인정해야 했다. 아마 자신은 상처받고 또 상처받아도 아마 또 누군가를 좋아하게 될 것이다.

회전문을 열고 나가기 전 로비를 다시 한 번 돌아봤다. 천장이 참으로 높았다. 지은이 총을 쏘듯 천장을 가리켰다.

'다음에 올 땐 커피를 마셔주지.'

그러고는 부끄러워져 지나는 사람이 쳐다보기 무섭게 종종걸음으로 건물을 빠져나왔다.

지은은 진오가 말한 대형 커피숍을 찾아갔다. 이른 저녁을 맞아 테이블은 반 이상 찬 상태였다. 커피를 주문하고 컴퓨터가 있는 자리로 갔다. 인터넷으로 '머핀 타워'를 검색했다. 면접 전에도 검색해봤지만 그때에는 회사에 대한 조사뿐이었다. 사장의 학력과 경력은 외웠어도 얼굴까지 익혀놓아야 한다는 생각은 미처 하지 못했다. 지금 생각해보면 조금 안이한 태도가 아니었나 싶다.

「합격할 경우 당신의 상사가 될 분입니다. 미리 알아두세요.」

검색창에 '머핀 타워 대표'를 쳤다. 게임 회사 '머핀 타워'에 관한 기사,

머핀 타워가 만들어낸 게임기와 게임에 대한 기사, 블로거들의 글들이 끝도 없는 숫자의 행렬로 모니터에 나타났다. 한 시간 남짓한 검색에도 특별한 글은 눈에 띄지 않았다. 거의 기계적으로 기사를 읽어 내려가던 지은의 눈이 순간 반짝였다.

수년 전 경제 관련 기사였다. 그의 이름을 찾을 수 있었다. 서정현.

젊은 CEO, 자본금은 학자금 대출로……, 오 년간 눈부신 성장……, 대학 동아리 활동으로 시작된 사업이……, 유럽 비디오 게임 시장의 공고한 체제에 지각 변동을 일으키며……, 연간 수익률 상승폭은 국내 기업 50순위 안에……, 어쩌고저쩌고하는 머핀 타워의 대략적인 연력을 소개한 기사에 그의 사진이 박혀 있었다. 지금과 크게 다르지 않지만 확실히 어려 보이는 그였다. 대학생 때? 대학을 졸업하고 나서? 캐주얼한 옷을 입고 책상에 걸터앉은 채 수줍은 미소를 짓고 있는 그를 비스듬히 찍은 사진이었다.

'실물이 훨씬 나아.'

지은은 두 손을 깍지 끼고 그 위에 턱을 올려놓았다. 실제 그를 떠올렸다.

「좋은 친구 사이로 지냈으면 좋겠어.」

지은은 저도 모르게 미소를 지었다. 순간 모니터에 화면 보호기가 켜지면서 검은 화면이 나타났다. 모니터에 자신의 웃고 있는 얼굴이 비치자 지은은 깜짝 놀라 얼른 웃음을 지웠다. 깍지 낀 손을 풀어 마우스를 쥐고 흔들었다. 다시 화면에 그의 사진이 나타났다.

지은은 다른 기사를 클릭했다. 뜻밖에도 여성 잡지에 난 기사였다. 그것도 최근 기사.

꼭지 제목은 '결혼 적령기 여심(女心)을 흔드는 미혼의 인기남들. 전문직에서 연예인까지'.

'맙소사.'

지은은 커피를 한 잔 더 주문했다. 주문한 것을 가지고 오는데, 잡지 코너에 시선이 꽂혔다. 지은은 주위를 살피며 아까 인터넷 기사로 본 여성 잡지를 꺼내들었다.

자리에 앉아 휴대전화로 시각을 확인했다. 아직 발표까지 한 시간 정도 남았다. 심장이 기분 나쁘게 두근거렸다. 두근거림을 잊기 위해 잡지를 펼쳤다.

꽤 비중 있는 꼭지였다. 변호사, 성형외과 의사, 치과 의사, 운동선수, 모델, 개그맨, 프로 게이머……. 여성들의 다양한 취향에 부합하는 각양각색의 남성들 사진이 짤막한 인터뷰 기사와 함께 실려 있었다. 그중 몇 개는 진짜 인터뷰도 했고 정면에서 확실히 찍은 사진이 박혀 있었지만, 몇몇 사람은 본인 허락을 받고 실은 게 맞나 싶을 만큼 기사가 부실했다. 아직 결혼을 하지 않은 미남 톱 배우는 예전에 찍은 게 분명한 의류 화보 사진을 재활용했고 인터뷰 없이 그의 최근작을 근황 삼아 써놓았다.

'서정현'은 가장 마지막 페이지에 나왔다. 타이틀은 '아시아, 유럽, 아메리카! 3대륙을 뒤흔드는 젊은 CEO'.

"푸훗……!"

지은은 소리 내어 웃고는 자기 웃음소리에 놀라 입을 틀어막았다. 헛기침을 하고 접었던 잡지를 다시 펴들었다. 최근 것으로 보이는 사진이 실려 있었다. 이십 대 때 사진과 비교하니 확실히 다른 것이 느껴졌다. 세월의 흔적을 그의 얼굴에서 찾겠다는 것은 무리였다. 십 년에 가까운 시간이 흘렀다는 것은 그 시간만큼 고스란히 쌓여온 듯한 그의 존재감에서 알 수 있었다. 부산히 일을 하는 모습을 연출하지 않아도 그에겐 한 기업의 수장다운 존재감이 있었다.

잠시나마 그를 일개 사원으로 착각했었다는 사실을 믿을 수가 없었다. 고작 삼십 대의 남자가 어떻게 하면 이런 느낌을 줄 수 있을까. 그런 사람이었기에 젊은 나이에도 그 정도 회사를 꾸릴 수 있었던 걸까.

지은은 식어버린 커피를 마시고 쓴 입맛을 다셨다.

의식하지 않으려고 했지만 예정된 시각이 다가오자 잡지를 뒤적이는 것도 재미가 없어졌다.

맞춰놓은 휴대전화 알람이 울렸다. 지은은 컴퓨터 앞으로 가 회사 홈페이지를 찾았다. 벌써 십 분 전쯤에 합격자 발표 게시물이 올라와 있었다. 한숨을 몇 번이나 내쉬고 침을 몇 번이나 삼켰을까. 마우스 커서를 합격자 발표 게시글로 가져갔다. 클릭.

누군가가 먹고 그대로 놔두고 가버린, 컴퓨터 옆 테이블을 치우러 점원이 다가왔다. 그가 지은을 이상한 눈으로 흘깃 쳐다봤다. 지은은 눈으로 모니터를 뚫을 기세였다. 시선을 느꼈는지 지은이 천천히 그에게로 고개를 돌렸다. 눈물이 그렁한 눈을 보고 점원이 놀란 눈을 끔벅였다. 지은이 울먹이는 목소리로 말했다.

"이상하게 생각되겠지만 축하해주실래요? 저 취직 됐거든요."

점원은 모니터를 보고 그제야 이해가 된다는 듯 웃었다.

"물론이죠. 정말 축하드려요."

"고맙습니다."

때마침 합격 문자가 날아왔다. 지은은 휴대전화를 내려다보며 눈물을 뚝뚝 흘렸다. 난감한 표정으로 웃던 점원이 달려가 티슈를 잔뜩 가지고 왔다. 진오가 도착한 것은 지은이 화장실로 달려가 세수를 한 뒤 화장을 새로 하고도 이십 분이 지나서였다.

진오는 자기 일처럼 기뻐했다.

"내가 말했지, 반드시 붙는다고! 내가 붙었는데, 내 과제를 그렇게 잘

도와줬던 네가 안 붙으면 말이 되겠어.”

“전 디자인 부서도 아닌데요, 뭐.”

“우리 회사는 사내에서 공모전도 많이 열고 각자 자기 업무를 하면서 다른 분야 공부도 해. 능력을 인정받으면 부서 이동도 자유로운 편이고. ‘즐겁게 일하자, 게임처럼’, ‘게임은 일이지만 일은 게임처럼’ 우리 회사 모토잖아.”

진오가 신바람이 나서 하는 얘기를 듣고 있자니 지은은 밥을 먹지 않아도 배가 부른 것만 같았다. 진오가 혼자 실컷 떠들고는 머쓱하게 웃었다.

그는 주스로 목을 축이고 초조하게 맞잡은 손 사이로 손가락을 문질렀다.

“선예는…… 요즘도 만나?”

지은이 감정을 숨기지 못하는 사람이었다면 지금 상황에서 얼굴을 굳혔을 것이다. 하지만 지은은 별 표정 변화 없이 오히려 활짝 웃으며 대답했다.

“예, 그럼요. 지난주에도 만났는걸요.”

“그래?”

진오가 수줍은 미소를 지었다.

2학년 대학 축제 때였다. 한창 과 주막에서 술판이 벌어질 시각 지은을 만나러 온 선예가 간이 천막 안으로 들어섰다. 선예가 지은을 찾기 위해 말을 건 것이 진오였고, 진오는 선예에게 첫눈에 반했다. 그는 지은과 대화를 나누는 선예를 보느라 뜨거운 프라이팬 위에 자신의 손이 얹혀 있는 것도 몰랐었다.

진오는 그토록 반짝이는 눈동자로 지은을 쳐다보다가도 꼭 이렇게 선예의 얘기를 꺼내고는 했다. 지은은 그걸 알고도 선예가 밉지 않았다.

혜경과 선예는 "질투를 하지 않다니, 그건 사랑이 아니야."라고 말했지만 아무러면 어때.

"만날 때 나도 부르고 그래라."

"선배 바쁘잖아요."

"주말엔 할 일 없어. 애인도 없는데."

"주위에서 찾아보세요."

"그러니까. 네가 소개팅 좀 시켜줘."

정말 속 보이는 소리다. 그는 자기 속이 빤히 들여다보인다는 것을 알까. 지은이 미소를 띤 채 원하는 대답을 하지 않자 진오는 머쓱한 표정으로 머리를 긁적였다.

"언제부터 출근해?"

"다음 달부터요."

"그동안 실컷 놀아. 여행도 가고. 그러고 보니 너 배낭여행 갔다 왔지?"

진오의 휴대전화가 울렸다. 진오가 미안하다는 손짓을 하고 전화를 받았다. 통화를 하는 그의 표정이 심각해졌다.

"다친 덴 없고? 어느 병원인데? ……응. 알았어. 곧 갈게."

진오가 휴대전화를 끊고 어두운 얼굴로 말했다.

"어떡하지?"

"무슨 일인데요?"

"동생 녀석이 오토바이 사고를 냈다나 봐."

"어머, 다친 데는 없대요?"

"자기가 직접 전화를 한 걸 보니 큰일은 아닌 것 같아. 지금 가봐야 할 것 같은데 미안해서 어쩌지?"

"어떡하긴요. 당연히 가봐야죠."

"미안해, 내가 붙잡아놓고는."

진오가 가방을 챙겨 들었다.

"다음에, 다음에 내가 밥 살게."

"지금 밥이 문제예요! 어서 가봐요."

진오가 허둥지둥 일어서 나가려다 말고 테이블 위에 놓인 지은의 손을 꼭 잡았다. 미안하다는 뜻이었다. 지은은 알겠다는 듯 마주 웃었다. 진오가 급히 커피숍을 나갔다. 자동문이 열렸다 닫혔다. 문이 닫히는 순간 그의 뒷모습을 보며 지은이 혼잣말로 중얼거렸다.

"선배, 내가 많이 좋아하는 거 알아요?"

"알아. 알고말고."

지은은 눈을 끔벅였다. 잘못 들었나?

혹시나 하고 진오를 찾았지만 그는 가게 밖에서 택시를 잡고 있었다. 지은의 머릿속에 물음표가 떠올랐다. 그때 같은 목소리로 같은 대사가 반복되어 들려왔다.

어, 이 기분은 기시감이 드는데.

지은은 의자 등받이에 오른팔을 올리고 뒤를 살폈다.

바로 뒤쪽 테이블에서 누군가가 신문을 읽고 있었다. 그가 스륵, 신문을 내렸다. 지은은 그가 처음 그녀를 봤을 때처럼 귀신이라도 본 듯한 표정을 지으며 비명이 미처 목을 빠져나오지 못한 것 같은 소리를 냈다. 정현이 커피 잔을 입으로 가져가며 말했다.

"그 모습은 왠지 기시감이 드는데."

"뭐, 뭐, 뭐, 뭐…… 뭐예요?"

지은이 놀란 표정을 감출 생각조차 못하고 어버버한 소리로 외쳤다. 정현은 신문을 읽던 시선을 들어 새침한 표정으로 말했다.

"이거는 신문, 이거는 커피, 이거는 책, 이거는 휴대전화. 내 번호 알고 싶어요?"

정현은 준비하고 있었던 것처럼 명함집에서 명함을 꺼내 건넸다. 건네는 모양새가 이상했다. 그가 저쪽 편에 앉아 있어 지은이 명함을 받으려면 일어서서 몸을 한껏 수그려 손을 뻗거나 직접 걸어가 받아야만 했다. 하지만 정현은 앉은 채로 꼼짝 않고 있었다. 팔을 쭉 뻗은 것도 아니고 팔꿈치만 살짝 구부린 상태로 손목만 까닥거려 그녀를 재촉했다. 꼭 '받으러 와' 하는 모양새.

받으러 가는 건 싫었다. 자세가 좀 우습겠지만 등받이 너머로 몸을 뻗는 쪽을 택했다.

지은은 손을 뻗어 명함을 낚아챘다. 그 순간 정현이 입꼬리를 올리고 웃었다. 쉽게 다가오지 않는 경계심 많은 길고양이가 자신이 준 음식을 먹을 때 지을 만한 표정이었다. 지은은 잘생긴 사람이 밉살맞을 땐 얼마나 밉살맞을 수 있는가를 실감했다.

명함은 이미 알고 있는 사실을 확인하는 것밖에 되지 않았다. '머핀 타워 대표 서정현'은 지은이 보고 있는 명함을 눈으로 가리키며 말했다.

"거기 내 폰 번호 적혀 있죠? 전화해요. 메일을 보내도 좋고. 하루에 몇 번씩 확인하니까. 난 일기 쓰는 것도 좋아하는데. 혹시 일기 쓰나? 그런 표정 짓지 마요. 내가 일기 안 쓴다고 뭐라는 게 아니잖아요?"

"그러지 마세요, ……사장님. 당황스러움을 넘어 조금 무서워지려고 합니다."

그녀의 퉁명스러운 대구에 정현은 서글픈 미소를 지어 보였다.

"그냥 이름으로 불러줬으면 좋겠는데 그것도 싫다고 하겠죠?"

"……싫은 게 아니라 곤란한 거죠."

지금 정현의 모습은 이십 대 때 사진과 더 닮아 있었다.

「자그마치 삼십 년이 넘는 세월을 기다렸어!」

「날 전혀 기억 못한단 말이지.」

「예전처럼 좋은 친구 사이로 지냈으면 좋겠어.」

지은은 명함을 들여다보는 것으로 그의 눈을 피했다.

"제 나이가 그렇게 어리지는 않습니다, 사장님."

"그래요, 지금 우리 나이는 우리가 이전 생에서 헤어졌을 때보다도 많죠."

낚싯밥 같은 그의 말에 지은이 슬쩍 웃었다.

"네, 바로 그런 이야기를 그냥 믿어드릴 수 있을 만큼 어리지 않아요. 허락하신다고 해서 사장님을 이름으로 부를 수 있을 만큼 분별력이 없는 나이도 아니고요."

"흐음."

"전 사장님의 농담을 재밌게 받아칠 수 있을 만큼 넉살도 없습니다. 농담 상대를 고르신 거라면 잘못 고르셨어요."

그의 표정이 묘해졌다. 지은은 난감한 상황에 더 이상 할 말을 찾지 못해 몸을 돌려 자리에 앉았다. 머릿속이 뿌옇게 어두워지는 기분이 들었다.

"그러니까 장난 그만하세요."

"장난? 네게 한 말은 하늘에 맹세코 모두 진실이야. 내가 미친 게 아니라면."

그가 연극 같던 존대를 집어치웠다. 지은은 엉뚱한 생각을 하느라 변화를 알아채지도 못했다.

마주 보고 있을 땐 그의 외모에 가려 의식하지 못했는데 뒤돌아 그의 목소리를 듣고 있자니 고요하면서도 힘이 실린 음성이 참 듣기 좋았다. 남자의 매력을 이렇게 순간순간 깨닫는다는 건 낯선 경험이었다. 친구가 연인이 되듯 천천히 서로를 알아가고 자기도 모르게 상대가 좋아지는, 그런 사이가 지은이 생각하는 이상적인 연인 관계였다. 빤히 보이는 매력에 반하는 건 어린 감정 같아 싫었다. 물론 이 경우는 한쪽이 친구 관계를 원하니까 해당 사항이 없으려나.

지은은 그만 골치가 아파 눈을 감고 손등에 얼굴을 묻었다.

"결국 맹세를 해도 미친 사람이라면 빠져나갈 구석이 있는 거잖아요. 믿은 쪽만 이상한 사람이 되는 거죠."

"그런가? 똑똑한데? 하지만 동시에, 끝까지 믿지 않는다는 건 나를 미친 사람으로 생각한다는 거군."

말문이 막혔다. 지은이 고개를 들었다. 정현이 걸어와 맞은편 자리에 와 앉았다.

그의 앞엔 진오가 미처 다 마시지 못하고 간 주스가 놓여 있었다. 지은은 이 와중에도 진오가 어디까지 갔을까를 생각했다. 선배 동생은 괜찮은 걸까? 선배가 많이 놀란 표정이던데 같이 따라간다고 할 걸 그랬나? 지은은 생각을 들키기 싫어 입에서 나오는 대로 말했다.

"돌발 상황에 대처하는 태도에 대한 시험이라고 들었어요."

"알아, 나도 그 자리에 있었어. 그땐 보는 눈들이 많았잖아."

"그 사람이 거짓말을 한 거란 말이군요."

"거짓말이라기보다 나를 감싼 거지. 그리고 그 말을 한 사람은 장인 후 비서실장이야. 기억해두는 게 좋을 거야. 내 고등학교 동창이기도 하고. 대학 동아리에서 친해져서 같이 회사를 차렸는데, 내 뒤치다꺼리 하는 게 특기라 몇 년 전부터는 아예 비서실로 발령내버렸지. 그래 보여도 애까지 있는 유부남이야."

그는 자신이 알고 있는 모든 정보를 오늘 내로 그녀에게 모두 알려주고 싶은 모양이었다. 조금 있으면 그의 신상 명세는 물론이거니와 첫사랑은 언제였는지까지 알게 될 것만 같았다. 모두 진짜인지는 알 수 없었지만 뭔가를 잔뜩 말하고 싶어 하는 그의 마음이 전해졌다. 지은의 입장에선 부담스럽기 짝이 없었다.

지은은 다시 진오를 떠올렸다. 회사엔 선배를 좋아하는 여자가 없는 걸까? 난 왜 여기서 이 남자와 이런 얘기를 하고 있는 거지? 그때 따라간다고 할 걸 그랬어. 그랬으면 선배네 가족도 만날 수 있잖아. 어느 병원이라고 그랬지?

짝!

지은이 어깨를 움찔하며 고개를 들었다. 정현이 일부러 소리가 나게 손바닥을 마주쳤다. 그는 여전히 무표정한 얼굴이었지만 목소리는 노기를 띠고 있었다.

"상대의 말을 완전히 믿지는 않더라도 대화 중에 딴생각을 하면서 입에서 나오는 대로 말하는 건 삼갔으면 하는데. 더욱이 그 상대가 자신을 전생의 인연이라 믿고 어렵게 만난 기쁨을 주체 못하고 있다면 말이야."

'그 표정이 지금 기쁨을 주체 못하는 표정 맞나요?'

지은은 혹여 말이 튀어나갈까 입을 꾹 다물었다.

정현이 흐트러짐 없는 표정으로 말을 맺었다.

"설사 미친 인간이 하는 말이라도 그 순간만큼은 집중해줘야 하는 게 예의 아닌가?"

"……죄송합니다."

지은이 정중히 사과하자 정현은 언제 화를 냈냐는 듯 우아한 미소를 지어 보였다.

우아한 미소라. 지은은 문득 진오가 웃는 모습을 떠올렸다. 진오를 좋아하지만 그는 우아한 미소와는 거리가 멀었다. 살가운 미소, 정감 있는 미소가 어울리지.

지은은 입가에 슬쩍 미소를 걸치고 시선을 들다가 다시 서늘하게 자신을 쳐다보고 있는 정현과 눈이 마주치고 사레가 들려 콜록거렸다. 주먹으로 입을 틀어막고 숨을 가다듬었다.

지은은 어떤 표정을 지어야 될지 몰라 눈앞에 보이는, 한참 전에 식은 커피 잔을 들어 입으로 가져갔다. 쓰다.

지은은 맛도 없고 차갑게 식어 색도 더 이상 예뻐 보이지 않는 짙은 커피 속으로 시선을 던지며 말했다.

"그러니까 방에서 했던 말이 전부 진짜라는 거군요. 시험이 아니었다?"

"그렇다니까. 몇 번을 말해."

"절 놀리려고 한 말이 아니라고요?"

"녹음기를 틀어줄까?"

지은은 채용 공고에 적혀 있던 문구를 떠올렸다.

[면접관과 말 배틀을 할 수 있을 정도의 배짱을 가진 자에게는 가산점이 있음.]

지은이 조용히 웃으며 도발적인 투로 말했다.

"부모님 이름을 걸고, 회사 존폐를 걸고 맹세할 수 있나요? 만약 거짓이면 앞으로 사장님 인생엔 고독과 절망만이 가득할 겁니다."

"초등학생도 아니고……, 꼭 그렇게까지 해야겠어?"

정현이 불만스러운 표정을 지었다. 하지만 이내 대답했다.

"맹세하지."

이 사람 진심인가? 진심이라고 해서 뭐가 달라지는데? 아, 좋은 친구 사이!

지은은 정현을 차분히 응시하며 말했다.

"그럼 믿어드릴게요. 하지만 제가 믿는다고 해서 변하는 건 없습니다. 저는 전생에 대한 기억이 조금도 없어요. 꿈도 잘 안 꾸죠. 사실 전생 같은 건 믿지도 않아요. 사람들이 지난 일을 아름답게 추억하는 것처럼 저역시 옛날을 그리워합니다. 사장님의 마음을 십분 백분 이해해요. 하지만 이렇듯 굉장히 멋있게 지금을 살아가시잖아요. 그렇게, 과거는 과거로 추억하고 현재를 살아가면 되는 거라고 생각합니다. 아니라면, 죽음으로써 전세와 현세를 구분하는 의미가 없을 테니까요."

호오, 오늘따라 달변인데. 지은은 자신이 한 말을 곱씹어보고 마음에들어 흡족한 표정을 지었다.

그녀의 말을 잠자코 듣고 있던 정현이 이마를 살짝 찌푸리며 냉랭하게 말했다.

"내 전생은 그다지 아름답지 않아. 추억할 만한 기억이 못 되지."

지은은 예상치 못한 대답에 당황했다. 깍지 낀 손을 무릎 위에 올려놓은 채 초조하게 손가락으로 손등을 긁적였다. 지은은 달래는 듯한 투로다시 말을 이었다.

"그게 전생의 덕이든 뭐든 저에게 호감을 가져주신 건 감사합니다. 그건 정말 감사해요. 하지만 친구가 되자는 건, 안 될 말입니다. 집에 가셔서 곰곰이 생각해보세요. 사장님도 안 될 말이란 거 아실 겁니다. 오늘합격한 입사 예정자 주제에 너무 되바라진다 생각하실 수도 있겠지만, 그런 분이 아니라고 믿고 제 입장을 밝히는 겁니다. 어떻게 회사 상사, 그것도 대표님과 친구가 될 수 있겠어요? 비서와 사장, 공적인 관계로잘 지내자시면 거기까지는 모른 척…… 지낼 수도 있을 것 같습니다. 죄송합니다."

말을 마칠 때가 돼서는 점점 고개가 숙여져서 결국 '죄송합니다.'와 동시에 지은은 머리를 90도로 숙이고 자신의 깍지 낀 손을 내려다봐야 했다. 정현이 한참 동안 대꾸가 없자 지은은 불안한 마음이 들었다.

'설마 합격한 날 합격 취소당하는 건 아니겠지.'

지은이 슬그머니 고개를 들어 정현을 보았다. 정현은 의자에 등을 기대고 팔짱을 낀 채 무표정한 얼굴로 지은을 물끄러미 보고 있었다. 말할 때의 용기는 다 어디로 갔는지 정현의 눈을 똑바로 볼 수가 없어 그의 꾹 다문 입에 시선을 고정했다. 그의 입술이 살짝 벌어졌다.

"잊고 있었군. 합격 축하해."

휴대전화가 부르르 진동했다.

정현이 심드렁한 얼굴로 휴대전화를 확인했다. 지은이 물었다.

"방금 제가 한 말 귀담아 들으신 거 맞나요?"

정현은 그녀를 흘깃 쳐다보고는 고개를 끄덕였다.

"물론 들었지. 눈은 감으면 그만이지만 귀는 막을 수가 없으니."

"……듣기 싫은데 억지로 들었다는 소리로 들리네요."

"그건 아니야. 그런데 귀담아 들었다는 건 어느 정도를 말하는 거지?"

"……이거죠. 제 말에 납득하셨나요?"

"납득? 납득한다는 건 또 어느 정도를 얘기하는 거지? 네 윤회설에 동의하냐고? 전생은 존재하지 않는다고 생각하지만 굳이 있다고 친다면 과거는 과거로 추억하고 현재를 살아가야 한다, 아니라면 죽음으로써 전세와 현세를 구분하는 의미가 없을 테니까……. 좋은 말이야. 멋진데? 다음 게임에 대사로 써먹어보라고 해야겠군."

그의 이죽거림에 지은의 표정이 착 가라앉았다.

"죄송하지만 제가 오해하는 거라면 미리 사과드릴게요."

"오해? 그 말도 기시감이 드는데? 자주 쓰는 말이야? 사과를 너무 자주 하는 것도 좋지 않은데."

"……오해하는 거라면 미리 사과드릴게요. 지금 제 눈엔 사장님이 빈정대는 걸로 보입니다. 자수성가한 대단한 분의 귀엔 개똥철학으로 들릴지 모르겠지만 나름대로 고심해서 한 말이랍니다. 빈정대지 말아주세요."

"빈정댄다는 건 '자수성가한 대단한 분' 이 정도는 돼야 하지 않아? 네 윤회설에 동의하냐고? 아니, 동의 안 해. 어릴 때 내가 가장 궁금했던 게 뭔 줄 알아? 왜 나는 다른 사람들처럼 깨끗이 새로 태어나지 못했을 까?"

"……."

"왜 나는 내가 죽는 순간을 기억하고 있는 걸까? 왜 나는 전생의 죄를 잊지 못하고 있는 거지? 이 생에서도 죄책감을 느끼라고? 왜 난 전생의 부모 때문에 현재의 부모님을 슬프게 하는 거야? 내가 기억하는 것들은 무엇을 위한 거지? 이유가 있을 거 아니야? 네 말처럼 그런 기억들이 가지고 있는 의미. 너는 뭐라고 생각해?"

정현은 마치 남의 얘기를 하는 양 조금도 흥분하지 않았다. '나'라는 1인칭 대명사가 3인칭처럼 느껴질 정도였다. 그는 시종일관 담담하고 차분한 말투를 유지했다. 너무 오랫동안 고민해와서 이 정도는 아무렇지도 않은 걸까. 하지만 표정은 굳어 있었다. 아무리 오랫동안 고민해와도 아픈 건 아픈 것이다.

지은은 전생이란 걸 믿지 않으니 그런 건 생각해본 적도 없었다. 그다지 추억할 만한 기억이 못 된다는 '전생'을 안고 어린 시절을 보낸다는 건 어떤 기분일까. 이유가 궁금하지만 그 이유를 풀 방법이 까마득할 때의 막막함은 어떻고? 부모를 부모로 받아들일 수 없는 기분? 그것만은 알 수 있었다. 끔찍할 것이다.

지은은 할 말을 찾지 못해 그저 정현의 시선을 그대로 받아들이는 수밖에 없었다.

정현의 손안에서 휴대전화가 다시 진동했다. 문자를 확인한 그가 짧게 혀를 차고 지은을 봤다. 그의 얼굴이 다시 생기롭게 변했다.

정현이 테이블 위에 팔짱 낀 팔을 올려놓고 싱글거리며 말했다.

"우리가 방금 나눈 대화, 꽤나 사이좋은 친구 같지 않았어?"

이번엔 다른 의미에서 할 말을 찾지 못했다. 지은은 입을 벌리고 어안이 막힌 표정을 지었다. 이미 지은의 머릿속엔 진오에 대한 생각은 한 톨도 남아 있지 않았다.

정현은 자기 테이블로 가 가방을 챙겼다. 가방을 테이블 위에 올려놓고, 그는 재킷을 들어 소매에 팔을 끼워 넣었다.

"안 된다고 하지 마. 오늘부터 친구, 내일부터는 친구 아니야, 라고 딱 잘라낼 수 없는 게 친구란 거니까. 난 그렇게 배웠어. 가랑비에 옷 젖는 줄 모른단 말도 있잖아. 걱정 마. 어느새 친구처럼 지내게 될 테니까."

그놈의 친구, 친구. 눈 하나 깜짝 안 하고 구조 조정 명령을 내릴 것 같은 사람이 다섯 살 유치원생처럼 친구 타령을 하는데 지은은 사흘 내리 밤샘을 했어도 느껴보지 못한 피로를 한꺼번에 느끼는 기분이 들었다.

지은이 피곤한 표정으로 두 눈을 감으며 중얼거렸다.

"차라리 연인이 되어달라고 하세요."

'응?'

지은이 감았던 눈을 번쩍 떴다. 뒤늦게 속으로 한 말인지 밖으로 내뱉은 말인지 의심해봤지만, 유감스럽게도 그 순간 그녀의 혀는 뇌보다 빨랐다.

지은이 눈을 두어 번 깜박이고 정현을 쳐다봤다.

'듣지 말았어야 하는데.'

옷깃을 정리하던 정현이 동작을 멈추고 지은을 빤히 쳐다봤다. 들었구나! 민망함에 지은은 고개를 홱 돌려 맞은편 빈자리를 보았다. 정현이 걸어와 맞은편 자리에 앉았다.

"진심이야, 그 말?"

"무슨 말이요?"

"방금 한 말."

"아무 말 안 했는데. 아, 말로는 사장님을 못 이길 것 같으니까 대꾸할 말을 찾느니 그냥 입 다물고 있는 게 좋겠다는 생각은 했네요."

"차라리 연인이 되어달라고 하세요."

정현은 만난 지 하루도 안 돼서 지은의 말투를 비슷하게 따라 할 수 있었다. 지은은 차마 그를 볼 수 없어 창 밖으로 보이는 전등 장식물을 보며 웃음을 흘렸다.

"재밌는 말이네요."

"네가 한 말이야."

"아니요."

"맞아."

"지금 우리 꽤나 사이좋은 친구 같지 않아요?"

"말 돌리지 마."

"진심일 리가 없잖아요. 그냥 머리를 거치지 않고 나온 말이라고요. 농담이요. 재미는 없었지만."

정현이 눈을 가늘게 뜨고 지은을 보았다. 지은이 그의 시선을 피하지 않고 당당한 눈빛으로 응사하자, 정현은 납득한 듯 미소를 지어 보였다. 정현이 손가락을 흔들며 말했다.

"혹시 그런 진심이 조금이라도 생기는 것 같으면 얘기해."

'얘기하면 뭐가 달라지나요?'

지은은 묻지 않기로 했다. 정현이 일어서며 눈짓을 했다.

"일어나. 데려다줄게."

"아니요. 호의는 감사하지만 버스 타고 가면 됩니다."

"한창 복잡할 시간인데? 이 근처에서 타면 앉지도 못할 거야."

"그게 일상인걸요."

"어차피 일어날 거잖아."

"전…… 조금 더 있다가요. 안녕히 가세요. 한 달 뒤 회사에서 뵙겠습니다."

지은이 웃는 얼굴로 딱 잘라 말했다. 정현이 조용한 눈으로 그녀를 내려다봤다.

그때 휴대전화가 울렸다. 정현이 시선은 그대로 그녀와 마주친 채 전화를 받았다.

"예, 저예요. 누구 좀 데려다주고 거기까지 적어도 두 시간은 걸릴 것 같습니다."

지은이 '으잉?' 하는 표정으로 두 손을 저었다. 정현은 그녀가 흔드는 손을 외면하며 뒤돌아섰다.

"그러세요, 그럼. 먼저 식사하세요. 네."

정현이 짧은 통화를 끝내고 지은의 맞은편 자리에 와 앉았다. 지은이 두 손을 힘없이 내렸다. 정현의 입가엔 한결같은 미소가 머금어져 있었지만 그의 눈길은 곱지 않았다. 지은이 그 눈초리에 대응하는 불쾌한 표정을 짓자, 정현이 도발적인 투로 말했다.

"기다리고 있으면 그 남자가 다시 올 것 같아?"

적의까지 느껴지는 그의 말에 지은의 머릿속은 의문으로 가득 찼다. 하지만 공격에 반응하는 본능이 의문을 저만치 밀어냈다. 지은이 미간을 찌푸리며 대꾸했다.

"무슨 말씀이신지……."

"계속 생각하고 있던 게 아까 그 남자?"

"……떠보지 마세요."

"짝사랑?"

"함부로 넘겨짚지도 말고요."

"전 좋아하는 사람이 있어요. 아니, 결혼을 약속한 사람이 있습니다."

정현이 지은의 말투를 따라 하며 말했다. 그녀가 몇 시간 전 면접실 옆방에서 한 말이었다. 지은의 표정이 구겨졌다. 정현은 아랑곳없이 말했다.

"결혼을 약속했다는 건 거짓말일 테고, 아까 그 남자가 좋아하는 사람?"

"이 정도면 상사께 화를 내도 무례하다는 소린 안 듣겠네요."

지은이 나갈 것처럼 자리에서 일어났다. 정현은 붙잡는 제스처조차 취하지 않고 턱을 괸 채 지은을 올려다봤다.

"그 사람은 네가 자기를 좋아한다는 걸 알아."

"……또 넘겨짚는다."

지은의 혼잣말 같은 대꾸에 정현은 그 자세 그대로 입가엔 유들유들한 미소를 걸치고 마치 유혹이라도 하는 듯한 눈웃음을 지었다. 정현이 말했다.

"그 남자는 네가 자신에게 호감을 가지고 있다는 걸 알면서도 거리를 두고 있어. 왜 그런 줄 알아?"

"이런 얘기 하고 싶지 않습니다."

"선예라고 했나? 아마 네 친구겠지. 네 친구 근황을 물을 때 그 남자 표정 봤어? 아마 좋은 사람일 테지. 엉큼한 속내를 숨길 수 있을 만큼 영리하진 않지만 나쁜 사람은 아니야. 하지만 선이 분명한 인간도 아니야. 누가 애인이 될지 모르지만 골치 좀 아플걸. 그 남잔 네 친구와 전혀 연관이 없는 여자가 자신에게 관심을 보이면 아마 좋아하지 않더라도 싫어하지만 않으면 교제를 할 사람이야. 너이기 때문에 사귀지 않는 거야. 너를 볼 때마다 선예란 여자가 떠오르니까. 일말의 희망을 버리지 못하는 거지. 언젠가 그녀와 사귀게 될 때를 생각해서. 너와 사귀었다가 헤어진 뒤 네 친구와 사귈 만큼 배짱이 좋지는 못하거든."

"얘기하고 싶지 않다니까요!"

지은이 소리를 질렀다. 사람들이 웅성거리는 소리가 들렸다. 뒤돌아보지 않아도 주위의 시선들이 느껴졌다. 지은의 가슴이 작게 오르락내리락했다. 정현이 밉살맞게 웃으며 손가락으로 콕 찍듯 지은을 가리켰다.

"이미 알고 있나 보군."

지은은 사람들이 이만큼 많은 자리에서 소리를 높여 화를 내본 기억이 없었다. 경험해본 적이 없으니 흥분을 가라앉히는 방법도 몰랐다. 웃기게도 눈물까지 글썽거리려고 했다.

이 남자 대체 뭐야. 전생의 인연이니, 사이좋은 친구니, 간이라도 내줄 것처럼 굴 땐 언제고 이제는 사실 원수가 아니었나 싶을 만큼 말에 가시가 느껴졌다. 뾰족뾰족 너무 아프다. 일부러 급소만 찔러대는 것 같았다.

지은도 알고 있었다. 애써 모른 척하고 싶어, 어떤 어휘를 골라 문구를 만들어 정갈하게 얘기할 수 있는 정도까지는 생각하지 않으려 했다. 그것을 정현이 말해버렸다. 그녀가 수년 동안 생각한 것을 정현은 단 몇십 분 대화를 들은 것만으로 소름 끼칠 만큼 정확하게 파악해낸 것이다. 이런 사람에게 이런 식으로 그 얘길 듣고 싶지는 않았어. 자기가 뭐라고.

지은이 한참 만에 가라앉은 목소리로 입을 뗐다.

"사장님은 절 오랜 친구로 생각하신다지만 전 아니에요. 진오 선밴 제 오랜 지인이고 친구고 은인이에요. 하지만 사장님은…… 사장님은 제게 만난 지 하루도 안 된, 직장 상사가 될 분에 불과하다고요. 저는 웃는 얼굴로 그런 얘기를 들을 수 있을 만큼 아직 사장님을……."

뒷말은 차마 뱉을 수 없어 삼켜버렸다. 정현 역시 듣기 싫은지 고개를 창 쪽으로 돌렸다. 두 사람 사이에 침묵이 길어졌다.

멀리서 점원이 주문받은 커피를 내놓는 소리가 들렸다. 정현이 난감한 눈으로 지은을 바라보았다. 그가 앉으라는 손짓을 했다. 지은은 꼼짝 않고 서서 원망 섞인 시선을 쉬이 거두지 않았다. 정현이 피곤한 목소리로 말했다.

"그렇게 쳐다봐도 미안하다고 안 해. 나도 화났으니까."

정현은 그녀를 올려다보며 속으로 혀를 찼다. 잡아먹겠구먼.

그는 최대한 다정한 표정을 지으려 애쓰며 나긋한 투로 말했다.

"지금도 생각해. 이렇게 마주 보고 얘기하는 것도 혹시 꿈이 아닐까."

지은의 눈동자가 흔들리는 것을 보고 정현은 속으로 미소를 지었다.

"영영 만날 수 없을지도 모른다고, 거의 단념했었어. 바라고 바라던 사람을 드디어 만났는데, 너는 날 본체만체하고 웬 엉뚱한 놈 생각만 하고 있으니…… 열 받잖아?"

그의 목소리가 점점 섬뜩하게 변한단 생각이 들어 시선을 내렸더니 그가 원망스러운 눈으로 쳐다보고 있었다. 지은은 속으로 신음을 흘렸다. 관계 역전인가.

그의 갈색 눈동자 속에 순간 금빛이 일렁인 것 같았다. 살짝 눈가를 찌푸려 그의 눈을 다시 들여다봤지만 그의 눈동자에 비친 건 전등밖엔 없었다.

정현이 따지듯 말했다.

"상상해봐. 다시 태어나서 너는 네 가족들을 알아보는데 그들은 널 전혀 못 알아봐. 간신히 찾아냈더니만 서먹하게 굴고 얘기하는 동안 '이런 미친놈을 봤나' 하는 눈으로 딴생각이나 하고, 기분이 어떻겠어?"

지은은 그의 눈빛에 압도당해서 저도 모르게 대답했다.

"슬프겠죠."

"비긴 걸로 하지. 나도 그쪽 생각 못하고 흥분한 건 사실이고 그쪽도 내 마음 생각 못한 건 마찬가지니까."

정현은 무릎을 탁 치며 후련한 표정을 지었다.

지은은 뭔가에 홀린 기분이었다. 그도 그런 게 어느새 마음이 차분해졌다. 그녀의 마음이 오히려 정현의 편을 드는 것 같다는 생각까지 들었다.

심장을 요동치게 하던 감정들은 다 어디로 간 거지? 머릿속을 어지럽히던 안개는 언제 걷힌 거야? 아니, 그것보다 그렇게 심한 소리를 들어놓고 이대로 화가 누그러지면 그건 그거대로 웃기지 않나? 선배를 향한 마음이란 게 이렇게 얕은 것이었나?

지은은 앉을 타이밍을 놓쳐 계속 서 있었다. 적절하게도 정현이 앉으라는 손짓을 했다. 못 이기는 척 자리에 앉았다. 그는 여전히 속을 알 수 없는 표정을 하고 의자에 깊숙이 몸을 기대고 앉아 시선을 멀리 딴 곳으로 던지고 있었다. 그의 얘기를 듣고 보니 그의 표정이 문득 슬퍼 보였다.

지은이 테이블 위로 몸을 살짝 수그렸다.

"그런데, 언제부터 보고 계셨어요?"

"네가 세수한 얼굴로 와서 화장을 할 때부터."

"그럼 우리가 하는 얘기도 다 들으셨겠네요."

"말했다시피 눈은 감으면 그만이지만 귀는 막을 수가 없으니. 별 얘기도 아니었잖아?"

그가 딴 곳을 향해 있던 시선을 지은에게로 돌렸다. 정현의 눈은 일부러 그러는 건지 더 이상 그녀에게 방금 전 같은 애정을 보이지는 않고 있었다. 순간 그 사실을 깨닫고 지은은 섭섭함을 느꼈다.

섭섭함? 무슨 섭섭함?

의문은 의식도 못할 만큼 잠깐이었다. 정현은 지은이 하는 것처럼 상체를 수그려 그녀 가까이 얼굴을 가져왔다. 지은은 얼굴에 열기를 느꼈다. 하지만 여기서 뒤로 물러선다면 왠지 그가 몹시 슬픈 표정을 지을 것만 같았다. 지은이 부루퉁한 얼굴을 지어내고 시선은 그의 얼굴에서 비껴둔 채 말했다.

"아는 사람이 대화를 나누고 있으면 다른 자리로 옮기지 그러셨어요?"

"둘러봐."

정현이 톡 쏘는 목소리로 말했다. 지은이 살짝 눈만 돌려 주위를 살폈다. 남아 있는 자리 하나 없이 넓은 매장엔 빼곡히 사람들이 들어차 있었다. 지은이 갑자기 생각난 듯 말했다.

"회사 커피가 더 맛있다고 하던데 왜 여기 와서 드세요? 설마 절 따라온 건 아니시겠죠?"

분위기 전환을 위한 농담이었는데 정현은 대답이 없었다. 지은은 가슴이 서늘해져서 다시 물었다. 정현이 상황에 어울리지 않는 해사한 미소를 지었다. 그러고는 그가 낼 수 있는 가장 나긋한 목소리로 말했다.

"따라온 거 아니야. 내가 그렇게 한가해 보여? 지나가다가 보여서 들어온 것뿐이야."

"……회사에서 바로 차를 타고 가지 않고 왜 걸어서 이쪽으로 오셨을까요?"

"호오, 예리한데? 라야도 그렇게 예리했지."

"말 돌리지 마세요."

"차 타고 지나가다가 보고 멈춘 거야."

"한가하신가 봐요."

"울고 있었잖아."

"누가요? 제가요?"

바로 눈앞에서 그의 미소 띤 얼굴을 감상하는 게 힘들어질 때쯤 정현이 허리를 뒤로 빼고 의자에 몸을 기댔다. '스토킹 같나?'라며 웃는 얼굴이 조금 홍조를 띠고 있는 듯도 했다. 수줍어하는 모습이 제법 귀엽단 생각이 들었다. ……이런.

지은은 또다시 한바탕 자신에게 욕설을 퍼부었다. 이렇게 외모에 나약한 인간이었다니. 외모에 초연하다고 생각했던 건 주변에 그만한 인물이 없었기 때문이었구나!

그녀는 의식하지 못하고 있었지만 그녀는 오늘 하루 만에 일 년치 자기반성을 다 하고 있었다. 지은은 그의 눈을 잠잠히 응시했다.

그러고 보니 친근감이 들기도 한다. 저런 건방진 말씨를 어디서 들어본 것 같기도 해.

지은은 자기도 모르게 자신의 기억과 감정을 조작하기 시작했다.

아…… 사실일지도 모르겠다. 저놈의 전생 타령이.

그렇게 생각하니 이 모든 상황이 납득이 갔다. 그에게 문득문득 느껴지는 이 낯선 감정들도, 절대 여느 사내들에게선 느껴지지 않던 감정들도, 그가 죽음을 뛰어넘어서까지 기억할 만한 사이라면 납득할 수 있었다. 생각을 바꾸고 나니 한결 마음이 편안해졌다. 그에게 말을 놓을 수도 있을 것만 같았다. 물론 그럴 생각은 없었다.

지은이 모든 상념을 떨쳐내듯 짧게 헛기침을 한 뒤 웃는 얼굴로 물었다.

"제가 그, 뭐냐…… 라야. 제 이름이 라야라면 사장님 이름은 뭐였나요?"

정현이 웃음을 싹 거두고 냉랭한 표정으로 말했다.

"네가 생각해내지그래."

"평생 모를지도 몰라요."

절대 흔들림 없을 것 같던 그의 표정이 갑자기 어두워졌다.

아차. 지은이 금세 말했다.

"생각해내도록 애써보겠습니다, 사장님."

"그냥 이름으로 불러줬으면 좋겠는데, 아직도 싫다고 하려나?"

"싫은 게 아니라 곤란합니다. 거절한 지 삼십 분도 안 된 것 같은데
요."

"회사에서는 안 된다 하더라도 밖에서만이라도. 내가 된다고 하잖
아."

"……나이 차도 있는데."

"지나는 사람을 잡고 물어볼까, 우리가 몇 살로 보이는지?"

정현이 지나가는 점원을 부르려고 하자 지은이 부리나케 일어나 그의
손을 낚아챘다. 지은은 이를 드러내며 꾸민 웃음을 지어 보였다.

"만일의 경우 숙녀의 마음이 상처받을지도 모른단 생각은 안 해보셨
나요?"

정현은 자신의 손 위에 포개진 지은의 손을 물끄러미 내려다봤다. 하
지만 이내 손을 빼내 테이블 밑으로 내리며 대꾸했다.

"넌 네 나이대로 보여."

"네, 제 나이대로 보이는군요. 빈말이라도 어려 보인다는 소리는 안
하시네요. 아니, 그게 아니라…… 보이는 게 어떤지는 중요하지 않아
요. 제가 그렇게 못 부르겠다는 게 중요한 거죠."

정현이 또 알 듯 말 듯한 미소를 지었다. 지은은 이제 무섭기까지 했
다. 저 친근한 듯 쓸쓸한 미소가 괜스레 마음을 어지럽혔다.

정현은 손안에서 전화기를 한 방향으로 돌려가며 손장난을 치다가 전화기 모서리로 테이블을 탁 찍으며 말했다.

"그거 알아? 말은 사장님이라고 하면서 네가 날 대하는 태도는 대학 선배쯤 되는 것 같아."

지은은 반박하려고 입을 살짝 벌렸다가 멈칫했다. 대화를 되짚어보니 부정하기 쉽지 않았다. 기업 대표에게 꼬박꼬박 말대답을 하는 평사원은 드물 테니까. 하지만 그건 그가 그렇게 말하게끔 대화를 이끌어간 탓이 컸다. 지은이 재빨리 반응하지 않자 정현은 '그렇지?' 하는 승리의 표정을 지었다.

"나쁘다는 게 아니라 좋다는 거야. 앞으로도 그렇게 대해줘. 네가 졸업한 고등학교 근처에 있는 대학을 나왔는데 혹시 한 번쯤 스치지 않았을까? 어때, 나 낯익지 않아?"

"전혀요. 봤다면…… 분명 기억했을 거예요."

뒷말은 너무 조그맣게 해서 정현이 듣지 못했다. 지은은 계속 휴대전화를 만지작거리고 있는 그의 손가락에 시선을 둔 채 물었다.

"저를 어떻게 알아보셨어요? 그 사람이, 저와 많이 닮았나요?"

"아니. 조금도 안 닮았어. 라야는, 굉장한 미인이지."

"아, 이 부분에서 화를 내면 되는 건가요?"

지은의 농담에 정현이 소리 내어 웃었다. 지은은 정현의 맑은 웃음소리에 슬며시 미소를 짓다가 그의 말 한마디에 그대로 표정이 얼었다.

"넌 고운 아이야. 귀여워."

정현의 말엔 거침이 없었다. 망설임이라곤 없었다. 뜸을 들이는 것도 없었다.

지은의 얼굴이 순식간에 새빨개졌다. 귀 끝까지 화끈거리는 게 느껴졌다. 정현은 고개를 기울이고 사랑스럽다는 눈길로 지은을 바라보았다. 애써 아닌 척 숨기고 있던 애정이 순간 빗장이 풀린 듯 넘쳐흐르는 것만 같았다. 정현의 눈이 추억을 더듬었다.

"어떤 군중 속에 있어도 라야를 찾아낼 수 있어. 주위를 환하게 만들거든. 환하고, 따뜻해. 그녀가 웃으면 세상이 함께 웃어. 과장이 아니라 그녀가 슬퍼하면 항상 비가 내리지. 타인의 기쁨을 자기 일처럼 기뻐하고 타인의 슬픔을 누구보다 예민하게 느껴. 그녀는…… 상대가 스스로를 가치 있는 존재로 느끼게끔 해줘. 라야 덕분에 세상에 색채가 있다는 걸 알았지."

그는 '그녀'를 현재형으로 말하고 있었다. 그에게 그녀는 과거의 사람이 아니었다.

지은은 손으로 입을 가렸다. 그렇지 않으면 아쉬워하는 표정이 드러날 것만 같았다. 정현의 회상을 끊어놓고 싶었다. 지은이 볼멘 목소리로 말했다.

"저와 공통점이라고는 없네요."

정현의 눈이 다시 지은을 보았다.

"공통점? 네가 그녀야."

"아닌 것 같아요."

"아닌 것 같은 게 아니야. 난 알아. 내가 그녀를 발견했는걸. 내가 발견자고 내가 수혜자야."

"수혜자요?"

"말했잖아. 그녀는 상대를 가치 있는 존재로 만들어준다고."

정현이 단호한 투로 긴 이야기의 방점을 찍었다.

"네가 그녀야. 한지은이 라야 윈터스야."

2

　지은은 정현이 데려다주겠다는 것을 사양하며 버스 정류장으로 향했다. 돌아보니 정현은 조수석 문을 열어놓고 차에 기대선 채 갈 줄을 몰랐다. 그는 딱히 지은을 보고 있지 않았지만, 그녀는 가다가 몇 번이나 뒤를 돌아보았다.

　정현은 하늘을 향해 고개를 젖히고 눈을 감았다. 카페에서 흘러나오는 음악과 퇴근길 차도의 경적 소리가 섞여 소음처럼 들려왔다. 이 모든 게 현실일까? 그녀의 부존재. 그 이유 하나만으로, 이 생의 모든 것을 부정한 때도 있었다. 눈을 뜨면 언제나처럼 그녀가 옆에 있을 거다. 그녀를 잃은 것도, 내가 죽은 것도 모두 악몽에 불과해.

　……아니.

　'이 생은 온전히 서정현의 것이야. '내 것'이다.'

　면접실로 들어오던 지은의 모습을 떠올리고 정현은 희미하게 미소를 지었다. 입사지원서의 사진만 보고 고개를 들지 않았더라면 아마 몰랐을 것이다. 지은은 염색기 하나 없는 까만 생머리를 하고 대학 신입생 같은 얼굴로 생글거리며 면접실로 들어섰다. 본인은 나름대로 포커페이스라고 생각하는 모양이지만, 정현의 눈엔 지은의 표정 변화가 빤히 들여다보였다. 얼핏 표정이 다양하지 않은 것처럼 보이는 건 그녀가 지나치게 머리를 굴리기 때문일 것이다. 라야와 지은은 비슷하면서 다른 타입이었다. '그'와 서정현이 다른 것처럼.

이런 기분 좋은 꿈이라면 그래, 꿈이라 해도 좋다. 또다시 눈을 뜨면 그녀는 사라지고 혼자 침대에 누워 있겠지. 씻고, 식사를 하고, 집을 나설 때쯤엔 이미 한지은이란 사람의 모습은 까맣게 잊힐 것이다. 꿈이 다 그런 거 아니…….

"제 입장을 이해해주셔야 해요."

그가 눈을 뜨고 앞을 보았다. 지은이 서 있었다.

정현의 입가에 뜻 모를 미소가 피어올랐다. 지은이 미간을 찌푸린 채 그를 마주 봤다.

"회사가 바로 코앞인데 직원들이 제 얼굴이라도 기억해봐요. 절 뭐라고 생각하겠어요? 그럴 거 아니에요. 신입이, 무슨 수를 써서 들어온 건 아닌가."

정현은 잠깐 생각에 잠긴 표정을 하더니, 이내 수긍했다.

"그러겠지."

지은이 심각한 표정이 되어 물었다.

"정말 그런 건가요? 정말 그 전생의 인연이란 이유로 저를……."

정현이 기대고 있던 차체에서 몸을 떼고 바로 섰다.

"그건 아니야. 자부심을 가져, 비서님."

지은이 한쪽 눈썹을 치켜 올렸다. 정현이 손가락으로 제 머리를 두드렸다.

"네 말이 맞아. 내 마음이 앞서서 네 곤란을 생각 못했어."

"……그럼."

지은이 정류장 쪽을 가리키며 조심스럽게 물었다.

"이해하신 걸로 생각하고, 저는 이만 가봐도 되는 거겠죠?"

정현이 싱긋 웃으며, 얼른 꺼지라는 듯 손을 흔들었다.

지은은 횡단보도를 건너기 전 딱 한 번, 고개를 돌렸다. 다시 카페 건물로 들어가는 그를 확인하고는 정류장으로 향했다. 버스가, 지은을 제외한, 정류장의 모든 사람들을 데리고 사라졌다. 지은은 자리가 나자 얼른 벤치에 앉았다.

잠시 뒤, 테이크아웃 컵을 든 남자가 그녀에게서 멀찌감치 떨어진 위치에 자리를 잡고 앉았다. 무심결에 남자를 쳐다본 지은이 몸을 크게 움찔했다.

정현이 커피를 홀짝인 뒤 말했다.

"모른 척해."

"그러고 싶은데 어렵네요, 그게."

"네가 내 이야기를 조금이라도 믿는다면 너도 내 입장을 이해해줘야 해."

정현은 지은이 아닌 도로 쪽을 쳐다보고 있었다.

"오늘은 널 다시 만난 날이잖아."

그는 계속 도로 쪽을 보며 한 손을 들어 보였다.

"넌 날 계속 무시하고 있다가 버스가 오면 타고 가면 돼."

"그동안 사장님은 제 옆통수를 쳐다보고 계시고요?"

"옆통수도, 뒤통수도 안 쳐다봐."

그리고 그는 조용히 커피를 마셨다. 달리 방법이 없어 지은은 그의 제안을 따랐다.

두 사람은 두 벤치의 끝과 끝에 앉아 오 분을 더 보냈다. 그동안 버스가 두 대 지나갔다. 다시 정류장에 두 사람만 남았을 때 지은은 호기심을 참지 못하고 정현을 쳐다보았다. 그는 여전히 시선을 정면에 두고 있었다. 그의 눈은 맞은편 정류장, 아니, 정류장에 잠시 멈추었다 떠나가는 버스들, 아니, 흘러가버린 무언가를 보고 있었다. 이를테면, 아주 먼 과거.

그는 웃고 있지 않으면 쓸쓸해 보였다. 뭐가 부족해서 저런 표정인 거야, 대체. 타야 할 버스가 왔지만 지은은 그것을 보내버렸다. 버스가 떠나자마자 그녀는 입에서 나오는 대로 말했다.

"제 얼굴 보셨죠?

화자(話者) 본인이 무슨 소리를 한 건지 모르니 청자(聽者) 역시 무슨 의미인지 모르는 건 당연했다. 정현이 살짝 고개를 돌려 그녀를 쳐다봤다. 그제야 그가 현실에 있는 인간처럼 보였다. 마법의 주문을 외워 과거로 타임 슬립한 사람을 다시 현실 세계로 불러온 듯한 기분이 들었다. 지은은 조금 흥이 난 목소리로 말했다.

"막 세수하고 나온 얼굴 보셨다면서요?"

"……귀는 막을 수 없지만 눈은 감을 수 있어."

"아, 지금이 화낼 타이밍?"

지은이 장난스레 손가락 하나를 세우며 대꾸했다. 정현이 웃었다. 그녀의 심장이 또다시 반응했다. 그의 웃음소리는 귀가 듣는 것이 아니라 심장이 듣는 것만 같았다. 한 번 크게 두근거린 심장은 그가 말을 시작하자 귀를 기울이며 새근새근 숨소리를 냈다.

"넌 정말이지……."

라야를 닮았어.

정현은 뒷말을 삼켰다. 그는 잠시 뜸을 들였다가 말했다.

"고마워."

"뭐가요?"

"글쎄. 맞혀봐."

진짜 맞혀보라는, 어떤 대답을 요구하는 것은 아니었다. 정현이 흐릿한 미소를 머금고 지은을 응시했다. 그 시선에 지은은 쑥스러운 웃음을 지으며 어깨를 추슬렀다. 다시 침묵이 흘렀다. 지은은 이 고요함이 그다지 불편하지 않았다. 정현이 손가락으로 컵의 옆면을 두들겼다. 그가 말했다.

"하루가 짧네."

"네. 금세 날이 어두워지는 걸 보니 곧 겨울이겠어요."

"그런 소리가 아니야."

정현은 조용히 웃는 낯으로 거침없이 말했다.

"좋아하는 사람과 함께 있으니 시간이 빨리 가는 것 같단 소리야."

지은의 표정이 또다시 얼어붙었다. 잠깐 뒤 목까지 확 하고 번지는 열기를 느꼈다. 귓바퀴가 뜨끔거렸다. 침을 넘기면 그 소리가 천둥처럼 들릴 것만 같아 숨조차 쉴 수 없었다.

이 사람은 대체 무슨 생각에서 이런 말을 하는 걸까. 지은은 놀림당하는 기분이 들어 급히 일어섰다. 마침 버스가 정류장으로 들어왔다. 지은은 인사도 없이 버스로 갔다. 정현이 그의 앞을 지나는 그녀에게 말했다.

"내일부터 해외 출장이라 당분간 연락을 못할 거야."

그런 말은 애인한테나 하세요, 친구님. 지은이 비웃음 섞인 표정을 짓고 걸음을 옮겼다. 정현이 말했다.

"문자 보내. 메일도 좋고."

지은은 인도 쪽 좌석에 앉았다. 정현은 그녀를 쳐다보고 있었지만, 딱히 손을 흔든다거나 인사로 보이는 제스처를 취하지 않았다. 지은은 버스가 떠나기 직전 그를 향해 무뚝뚝하게 고개만 꾸벅 숙였다. 그제야 그가 싱긋 웃으며 하는 듯 마는 듯 작게 손을 흔들었다.

버스가 정류장을 떠났다. 지은은 한참 동안 차창에 비친 자신의 얼굴을 바라보았다.

「좋아하는 사람과 함께 있으니 시간이 빨리 가는 것 같단 소리야.」

"잘도 그런 소릴⋯⋯."

지은은 정현의 눈을 떠올렸다. 금빛이 일렁인다는 착각까지 들던, 맑은 갈색 눈. 그 눈이 자신을 보고 있으면 지은은 꼼짝도 할 수 없었다. 지은은 그가 허락하지 않으면 입도 뗄 수 없었다. 그 순간, 그 공간, 그 공간에 함께하는 사람은 오로지 정현의 것이었다. 그가 주인이었다. 두근대는 심장도 내 것이 아니야. 그가 그러길 원했기 때문이다. 내 감정이 아니야. 시간이 빨리 간다고? 지은에게 그 순간은 영겁과 같았다.

"흥."

지은은 코웃음을 치고 눈을 감았다.

누군가가 물었다. 「이름이 뭐지?」

내가 대답했다.

「⋯⋯라야. 라야 윈터스.」

"⋯⋯지금, 뭐라고 그랬어?"

막 잠에서 깬 지은이 멍한 눈으로 자신을 깨운 동생에게 물었다. 예은이 침대 정리를 하며 대꾸했다.

"언니가 밥할 차례라고."

"내가 왜 밥이야? 설거지 할 차례 아닌가?"

"기억 안 나? 지난주에 체스 게임 해서 졌잖아. 나랑 바꿔놓고는."

지은이 몸을 일으키고 앉아 머리를 긁적였다. 암시란 무서운 것이다. 요상한 꿈을 다 꾸네. 깬 지 오 분도 안 돼서 꿈 내용이 벌써 가물가물하다는 게 개꿈임을 증명했다.

지은은 크게 기지개를 켜며 하품을 했다. 그녀가 배시시 웃으며 잠긴 목소리로 말했다.

"취직을 축하해주는 의미에서 네가 밥 좀 하면 안 될까?"

"일주일 내내 축하해줬음 됐지 뭘 더 바라는 거야? 아, 그리고 자는데 계속 폰 울리더라."

예은은 지은이 덮고 있는 이불 위로 휴대전화를 가볍게 던졌다. 지은이 하품을 하며 휴대전화를 확인했다. 부재중 전화가 두 통, 확인 안 한 문자가 하나. 모두 친구 혜경에게서 온 것이었다.

문자는 다음과 같았다.

[아직도 자고 있냐. 취직했다고 늘어졌네. 후딱 일어나서 전화해.]

지은은 버릇처럼 일어나자마자 컴퓨터를 켰다. 아직 잠이 덜 깬 눈이 모니터 모서리에 꽂아둔 명함에 가 꽂혔다. 정현의 명함이었다.

「문자 보내. 메일도 좋고.」

일주일 동안 메일 쓰기 창을 켜고 닫기를 몇 번이나 반복했다. 휴대전화 문자는 그것보다 더 많이. '안녕하세요.'까지 쓰고 지웠다. '거긴 날씨가 어때요?'라고 쓰고 지웠다. 더는 할 말이 없었다. 딱 하루 본 사이에 무슨 할 말이 있겠는가. 지은은 명함을 들고 한참을 들여다보다가 서랍 안에 던져놓았다.

지은은 취직 턱을 내라는 친구들의 성화에 집 근처 라이브 호프집을 찾았다. 친구들은 저녁 식사를 겸해서 벌써 거하게 안주상을 차려놓고 있었다. 지은이 가게에 들어서자, 준성이 소리 높여 그녀의 이름을 불렀다. 지은은 테이블에서 떨어질 것처럼 위태롭게 놓인 접시를 안쪽으로 밀어 넣으며 자리에 앉았다.

"적당히 좀 시키지. 난 아직 출근도 안 했어."

"걱정 마. 준성이가 쏘는 거야."

혜경이 소시지를 입에 넣으며 키득댔다. 소파에 파묻히듯 앉아 있던 준성이 건배를 할 것처럼 맥주잔을 들어 올려 보였다.

"나, 공모전 붙었다."

"어머. 우와! 우와, 우와!"

"이 정도면 네 취업에 비견할 만하지?"

이미 꽤나 마셔댄 모양이었다. 준성의 볼이 기분 좋게 달아올라 있었다. 그는 더 할 말이 있다는 듯 손을 까닥이더니 힘겹게 상체를 들어 올렸다. 그가 혀가 꼬부라진 소리로 말했다.

"너희 회사랑 일하게 될 것 같아. 우린 정말 하늘이 맺어준 친구 사이야, 안 그래?"

하늘이 맺어준 친구란 소리에 순간 지은의 입술이 일그러졌다. 눈치 빠른 세 친구가 술기운이 섞인 눈으로 의아한 시선을 던졌다. 지은은 손을 내젓고 선예가 건네는 맥주잔을 받아 들었다. 네 친구는 요란하게 건배를 했다.

수다스러운 친구들의 근황 토크가 이어졌다. 지은은 정작 술은 입에 대지 않고 그저 흐뭇한 얼굴로 친구들의 이야기를 술 삼아 안주 삼아 듣고 있었다. 상사를 씹어대던 혜경이 지은에게 새로운 뉴스가 없냐고 물었다. 지은은 일단 맥주를 한 모금 마셨다. 그리고 오랜 친구들에게 면접날 있었던 일을 풀어놓았다.

면접관으로 앉아 있던 젊은 사장이 자신을 보자마자 눈물을 흘렸다고 하자 준성은 "안 본 사이에 뻥이 많이 늘었구나."라고 했다. 그가 자신을 안더니 이어 옆방으로 끌고 간 이야기를 하자 혜경이 버럭 화를 냈다. 전생 얘기에선 모두 침묵했다. 그리고 이야기가 끝나자 세 친구는 한꺼번에 웃음을 터트렸다. 선예가 까르르 웃으며 말했다.

"네 사장 진짜 끝내준다. 내 그런 작업은 듣다듣다 처음이야."

"너 회사 생활 재밌겠다. 야."

혜경이 어이가 없다는 투로 말을 뱉고 맥주를 들이켰다. 준성이 부루퉁한 표정을 하고 테이블에 턱을 올려놓았다.

"마음에 안 들어."

"네가 마음에 드는 일이 몇이나 있냐."

혜경이 타박을 놓았다. 준성이 주먹으로 혜경의 옆구리를 찌르고는 지은을 보며 말했다.

"그래서 넌? 그 인간이 한 말을 믿어?"

"으음, 믿어서 변할 것도 없고, 안 믿을 이유도 없고."

무대에서 라이브로 기타를 치고 있는 청년의 손을 물끄러미 쳐다보던 선예가 몽롱한 목소리로 말했다.

"나도 그런 말 하면서 작업 거는 남자가 있었음 좋겠다. 제법 참신하잖아. 그렇게 접근하면 모른 척 사귀어줄 수도 있는데."

"아서라. 누가 듣고 따라할까 봐 무섭다."

혜경이 질겁하며 말했다. 선예가 키들키들 웃었다.

술이 약한 준성은 화장실을 몇 번이나 들락날락하다가 결국 먼저 자리를 떠야 했다. 동생이 데리러 올 때까지 준성은 "내가 너무 기분이 좋아서 마신 거야."란 말을 열 번쯤 하고, "우린 정말 하늘이 맺어준 친구 사이야."란 말을 여섯 번쯤 했다. "전생이라니, 웃기는 소리!"라는 새로운 테이프를 갈아 끼울 때쯤 그의 덩치 큰 동생이 도착해 죄송하다는 말을 하고 그를 둘러업고 갔다. 혜경은 떠나가는 준성을 향해 걸쭉한 욕설을 퍼부었다. 준성은 그것을 인사말로 들었는지 환한 얼굴로 손을 흔들었다.

준성이 떠나자 테이블이 다시 조용해졌다. 원체 말이 별로 없는 선예는 안경까지 꺼내 쓰고 피아노 치는 남자의 손을 열심히 쳐다보았고, 혜경은 얼마 전 길에서 만난 초등학교 동창 이야기를 하기 시작했다. 십년 만에 만나서 한다는 첫마디가 결혼했냐는 거였다나? 그러고는 이쪽 안부는 묻지도 않고 자기 남편과 시댁 자랑을 늘어놓았다고 한다. 혜경이 격앙된 목소리로 말했다.

"애초에 제 자랑을 하고 싶었던 거라고, 고건."

혜경이 잠시 틈을 주자, 지은은 테이블에 엎드려 있는 선예에게 말했다.

"얼마 전에 진오 선배 만났어."

혜경이 질겅질겅 오징어를 씹고 있던 움직임을 멈추었다. 시선은 여전히 무대로 두고 있지만 선예도 작게 반응했다. 지은이 멋쩍은 표정을 하고 손가락으로 컵 입구를 문질렀다.

"네 얘기 하더라. 우리 놀 때 자기도 불러달래."

선예가 뭔가 할 말이 있는 것처럼 손을 번쩍 들었다. 혜경이 먼저 나지막하게 말했다.

"너, 진짜 그러고 싶니?"

그 말에 선예가 힘없이 손을 내리며 덧붙였다.

"내 말이."

혜경이 말을 이었다.

"내가 말했지? 질투도 하지 않는 게 무슨 사랑이냐고. 너, 그 사람 좋아하는 거 아니야."

"내 말이."

선예가 테이블에 한쪽 볼을 붙인 채 이쪽을 돌아보았다.

두 친구는 예전에도 지은에게 말했다. 질투하지 않는 건 사랑이 아니라고.

선예를 미워하지 않는다는 것이지 진오의 그런 마음까지 아무렇지도 않다는 것은 아니었다. 그가 웃으면 마음이 따듯해졌다. 그가 선예 이야기를 꺼내면 섭섭하고 슬프다. 그와 함께라면 진심으로 웃을 수 있었다. 그것이 곧 깨질지 모를 웃음이라도 그 순간만큼은 즐거웠다. 이 정도면 좋아하는 거 아닌가? 아, 불같은 사랑? 지켜본 바에 따르면 그것들의 유통 기한은 대개 짧더라고. 내 짝사랑보다도.

지은은 정현에게서 들었던 진오에 대한 이야기를 두 사람에게도 들려주었다.

신기한 일이었다. 그의 입으로 들을 땐 한 마디 한 마디가 온몸에 멍이 지듯 욱신거렸는데 지금은 아무렇지도 않았다. 며칠간 머릿속으로 그의 말을 곱씹은 게 효과가 있는 모양이었다. 지은의 얘기를 잠자코 듣고 있던 혜경과 선예가 짠 것처럼 "하!" 하고 감탄사를 뱉었다. 선예는 예의 그 몽롱한 표정을 하고 박수까지 쳤다. 혜경이 말했다.

"내 생각을 그대로 옮긴 것 같아. 그 사람 무섭다."

지은이 남몰래 쓴웃음을 지었다.

일부러 생각하지 않으려고 했던 것을 까발리듯 풀어놓고 보니 오히려 상황은 간단했다. 진오는 자신을 후배 이상으로 생각하지 않는다. 그는 선예를 좋아한다. 자신도 그를 좋아하는 만큼 선예를 좋아한다. 아니, 그를 좋아하는 것 이상으로 선예를 좋아한다. 만약 두 사람이 사귀게 된다면 자신은 둘을 축복해줄 수 있을까? 며칠을 고민해 내린 결론은, '물론'이다.

여기선 진오와 선예가 서로 좋아한다는 것이 전제되어야 하는데, 사실 선예는 그에게 눈곱만큼도 관심이 없었다. 그녀는 진오의 이름도 잘 기억하지 못했다. 딱한 일이야. 지은은 새삼 진오가 안쓰러워졌다.

잘 모르는 남자에게서까지 핀잔을 듣는 걸 보면 이제 슬슬 짝사랑을 접어야 될 때가 온 듯싶었다. 지금은 오히려 생각할 기회를 준 정현에게 고마울 정도였다.

생각을 정리한다고 며칠째 잠을 제대로 이루지 못했다. 덕분에 어젯 밤엔 개꿈까지 꿨잖아?

「이름이 뭐지?」

「……라야. 라야 윈터스.」

지은은 꿈속의 대사를 떠올리고는 고개를 절레절레 흔들었다. 암시란 무서운 거야.

친구들에게 이런저런 속내를 털어놓고 나니 답답하던 가슴이 한결 편 해졌다. 대신 심장에 있던 열기가 얼굴로 올라왔는지 갑자기 눈시울이 붉어졌다. 지은은 화장실에 간다고 하고 자리에서 일어났다.

화장실 거울 앞에 서서 눈물이 마를 때까지 기다렸다. 여기까지다, 한 지은. 딱 여기까지만 궁상떨고 이제 진오 선배는 무성(無性)의 선배로 돌 아간다. ……좋아.

지은은 손수건으로 젖은 손을 닦으며 화장실을 나오다 문 앞에서 어 떤 남자의 가슴에 머리를 박았다. 지은이 부딪친 머리로 손을 올리며 반 사적으로 말했다.

"아, 죄송합니다."

"죄송합니다."

남자가 근사한 목소리로 동시에 말했다.

남자의 얼굴을 본 지은이 언 표정으로 눈을 끔벅였다. 이런 장소에서 맞닥뜨릴 리 없는 사람이 그녀를 빤히 쳐다보고 있었다. 먼저 정신을 차 린 쪽은 남자였다. 시간의 공백을 두고 만나서 그런지 일주일 전보다 훨 씬 선명한 인상인 정현이 반가운 미소를 지으며 지은의 눈앞에 살랑살 랑 손을 흔들었다.

"여긴 어쩐 일이야?"

"여긴 어쩐 일이세요?"

"왜 전화 안 받아?"

"출장 가신다더니?"

정현은 자신을 대하는 지은의 태도에서 반가움보다 당황스러움이 더 크다는 걸 눈치채고, 한 톤 가라앉은 목소리로 말했다.

"질문에 질문으로 대답하는군. 여긴 친구 가게야. 친구한테 전해줄 게 있어서 잠시 들른 거고. 귀국하자마자 전화했더니 안 받더군. 다시 묻지. 왜 전화 안 받아? 날 피하는 건가?"

"전화……. 전화가, 꺼져 있네요."

지은이 얼빠진 얼굴로 휴대전화를 내려다봤다. 다시 고개를 든 그녀가 믿기 어렵다는 듯 정현을 위아래로 훑었다. 정장이 아닌 가벼운 복장에 앞머리를 내리고 있는 정현은 전날보다 더욱 어려 보였다. 그는 출장의 피로가 가시지 않은 얼굴이었다.

의외의 장소에서 지은을 만나 잠시 기분이 좋아졌는데 저런 반응이라니. 정현은 실망스러운 마음에 피곤이 갑절로 늘어났다.

지은이 의심스러운 눈을 하고 말했다.

"저, 이 집 단골인데."

지은의 생각을 눈치챈 정현이 미간을 살짝 찌푸렸다.

"그래서? 무슨 말이 하고 싶은 거야?"

지은이 바로 대꾸했다.

"제가 오해하는 거라면 미리 사과드릴게요. 아, 사과하는 거 싫다고 하셨죠. 그럼 취소하고, 혹시 저 쫓아다니시는 거예요?"

정현은 찰나간 표정이 얼었다가 어이없다는 듯 웃었다.

"하, 그거 자의식 과잉 아냐?"

지은은 부끄러움과 발끈함이 섞여 얼굴이 달아올랐다.

며칠 동안 잠을 충분히 자지 못한 데다 출장의 피로까지 겹쳐 약간 제정신이 아닌 정현은 지금 그녀를 배려할 여유가 없었다.

"아무리 오래전 인연이 반갑다지만 옛 친구 꽁무니나 따라다닐 만큼 한가하진 않아."

그러고도 조금 울컥해서, 그는 마침 빈 술병을 양손에 들고 곁을 지나는 호프집 주인을 불러 세웠다.

오랫동안 단골인 지은도 주인의 얼굴을 알고 있었다. 항상 친절한 얼굴이던 주인이 한 번도 보인 적 없는 대(對) 친구용 표정을 하고 정현에게 말했다.

"믿을 수가 없군. 너 지금 우리 손님한테 수작 거는 거야?"

"시답잖은 농담은 됐고, 말해봐. 우리가 무슨 사이지?"

호프집 주인은 종종 친구들과 놀러 와 조용히 술을 마시고 가던 귀여운 단골의 얼굴을 기억하고 있었다. 그녀가 얼굴이 발그스름해져서는 자신의 입에 집중하고 있었다. 주인은 정현과 그녀를 번갈아 쳐다보다 지은을 보며 단호하게 말했다.

"나 이 사람 몰라요."

정현은 예상했다는 듯 말이 떨어지기 무섭게 되받아쳤다.

"모든 테이블에 안주를 돌리겠다면?"

"이 친구와 저는 사실 그렇고 그런 사이죠. 이건 농담이고, 실은 십년지기 친굽니다."

정현이 '맞지?' 하는 표정으로 지은을 돌아보았다. 지은은 오랜만에 술을 마신 데다, 얼굴에 열이 올랐다 가라앉았다가 반복되자 급격히 피로감을 느꼈다. 손등으로 눈을 비볐다. 정현이 금세 걱정스러운 얼굴을 하고 가까이 다가왔다. 그는 항상 순식간에 거리를 좁혀왔다. 정현이 갑자기 코앞까지 얼굴을 들이대자 지은은 화들짝 놀라며 고개를 뒤로 뺐다. 정현은 뒷짐을 지고 서서 고개를 갸웃했다.

"눈이 충혈된 것 같은데?"

"며칠 잠을 좀 설쳐서……."

"왜? 무슨 걱정 있어?"

진오 생각에 그랬다고는 말할 수 없었다. 방금 전 울어서 그렇다고는 더더욱 말할 수 없었다. 대답하지 않자니 정현이 저 예리한 눈으로 속을 꿰뚫어 볼 것만 같았다. 지은은 얼른 적당한 대답을 만들어냈다.

"꿈을 꿔서 잠을 푹 못 잤어요."

"꿈 잘 안 꾼다더니."

별걸 다 기억한다. 지은은 눈을 깜박거려 눈물이 나오게 했다. 따가운 게 조금 가라앉았다. 아픈 게 나아지니 난데없이 졸음이 몰려왔다. 벌써 취했나? 지은이 얼핏 잠 오는 표정을 짓자 정현이 물었다.

"커피 마실래? 나도 마셔야겠는데."

창고에 빈 술병을 가져다놓고 돌아오는 호프집 주인을 정현이 붙잡았다. 정현은 먼저 지은에게 "뭐 마실래?"라고 물어본 뒤 주인을 향해 손가락 두 개를 세워 보였다.

"아메리카노 두 잔, 이쪽 테이블로 갖다줘."

정현이 "이쪽." 그러면서 지은의 팔소매를 살짝 잡아당겼다. 주인은 맥주 박스를 바닥에 내려놓으며 으르렁거렸다.

"가게 앞에 나가서 간판 좀 보고 올래? 여기 술집이야."

"이거 왜 이래. 사무실에 머신기 숨겨둔 거 다 아는데."

주인은 정현과 거의 주먹다짐이라도 할 것처럼 아옹다옹하다가 결국 커피 머신기가 있다는 사무실로 향했다. 정현이 친구의 뒷모습을 보며 흡족한 미소를 지었다.

지은이 말했다.

"친구랑 사이가 좋으시네요."

"사이가 좋으니까 친구지."

"사이가 안 좋은 친구도 있어요."

"사이가 안 좋은 건 친구가 아닌 거 아닌가?"

지은은 머리가 복잡해지려 해서 입을 다물었다. 그리고 친구들이 있는 테이블로 눈을 돌렸다. 정현이 그녀의 시선을 좇으며 물었다.

"친구들이랑 온 거야?"

"아, 예."

"으음, 소개해줄 수 있어?"

지은이 잠이 번쩍 깬 얼굴로 고개를 휙 돌렸다. 그녀가 변명하듯 떠듬떠듬 말했다.

"대단한 사람들이 아니에요. 그냥 평범한 아이들이에요."

정현이 눈을 끔벅였다.

"나도 외계인은 아니야. 근데 친구한테 친구 소개하는 게 이상해? ……아, 난 친구 아니랬지. 그래, 뭐 할 수 없지, 불편하다는데. 그래, 난 만난 지 일주일밖에 안 된 직장 상사에 불과하니까."

정현이 쓸쓸한 표정을 지었다.

명백히 동정심을 불러일으키기 위해 지어낸 표정이었지만, 지은은 그걸 알고도 매몰차게 돌아설 수 없었다.

정현은 이미 일주일 전에 그녀가 그런 성격이란 걸 파악했다. 그녀를 혼란스럽게 해서 그 쓸데없는 머리 굴림을 멈추게 하는 덴 대충한 연기도 효과가 있었다.

안절부절못하며 정현의 안색을 살피던 지은이 신경질적으로 한 발을 바닥에 탁탁 굴렀다.

정현은 회심의 미소를 지었다.

"아…… 이분은 그, 우리 회사 사장님. 이쪽은, 제 친구들."

지은은 이럴 줄 알았으면 친구들에게 털어놓는 건 나중으로 미룰 걸 하는, 뒤늦은 후회를 했다. 정현은 가까이 있는 혜경에게 악수를 청했다.

"서정현이라고 합니다. 명함……은 차에 두고 왔네요."

정현이 왼손으로 상의 가슴 쪽을 더듬다가 차에 두고 온 코트에 명함집을 넣어둔 걸 떠올리고 머쓱하게 웃었다. 혜경은 그를 무례할 정도로 빤히 쳐다보았다. 정현은 인내심 있게 그녀가 손을 잡길 기다렸다. 혜경이 호탕한 웃음을 터뜨리며 그의 손을 꽉 붙잡았다.

"박혜경이라고 해요. 잘생겼다는 소리 많이 들으시겠어요?"

"그런 편이죠."

배구부 출신인 혜경은 정현의 손을 있는 힘껏 틀어쥐고 말했다.

"일찍 성공하셨네요."

"그것 또한, 그런 편이죠."

"저 알지 않아요? 왠지 낯이 익은데……."

"그랬다면 절 잊을 리 없을 겁니다."

여전히 웃는 낯이긴 했지만 순간 혜경의 눈이 훨씬 가늘어졌다.

"눈매 사납다는 소리 많이 듣지 않아요?"

"반가운 소리네요. 학창 시절에 첫 시비로 많이 듣던 말입니다."

혜경의 얼굴에선 이미 웃음이 사라진 뒤였다. 두 사람은 조금도 당황하는 기색 없이 말을 주고받았다. 당황한 것은 오히려 지은이었다. 혜경의 얼굴에서 웃음이 걷히는 순간 지은의 얼굴에선 핏기가 가셨다. 혜경이 잡고 있던 그의 손을 밀쳐내듯 놓아주었다. 선예가, 허옇게 안색이 질린 지은의 어깨를 흔들며 소개를 부탁했다. 지은이 정현의 눈치를 보며 말했다.

"아, 이쪽은 마찬가지로 제 고등학교 동창인…….."

"정선예라고 해요. 반가워요."

정현은 기꺼이 선예의 적극적인 악수에 응하며 살짝 고개를 숙였다.

TV에서도 찾아보기 힘들 것만 같은 미인을 앞에 두고 정현은 내심 감탄했다. 진오란 남자의 심정을 이해할 수도 있을 것 같았다. 숱한 남자들이 욕심내고 어리석은 미련을 둘 만한 여자였다. 정현은 자신의 눈치를 살피고 있는 지은의 시선을 느꼈다. 지은이 불안한 눈동자를 굴리며 그를 올려다보고 있었다. 문득 그녀의 머리를 쓰다듬어주고 싶은 충동이 일었다. 물론 그럴 수야 없었다.

선예가 화사한 미소를 지으며 고혹적인 목소리로 말했다.

"호감 가는 손을 가지고 계시네요."

정현은 자신이 잘못 들은 건가 싶어 눈가에 주름을 잡고 고개를 갸웃했다. 이때까지는 그래도 괜찮았다. 선예가 그다음부터 늘어놓은 횡설수설은 간신히 제 색을 찾고 있던 지은의 얼굴을 다시 창백하게 만들었다.

"지은이에게서 얘기 들었어요. 저도 종종 생각하죠. 난 '전생'에 무엇이었을까? 사막과 바다를 지나는 새였으면 좋겠다. 선인장도 괜찮겠어요. 미니 사이즈로다가. 집에 미니 선인장 화분이 세 개 있어요. 물을 자주 안 줘도 죽지 않아서 좋아요. 그래도 가끔씩은 물을 줘야 해요. 걔들도 먹고살아야 하니까. 원래 네 개였는데 하나는 깨먹었어요. 라면 냄비를 옮기다가 부딪쳤죠. 옮겨 심으면 됐는데 귀찮아서 그냥 쓰레기통에 버렸어요. 정말 못됐죠? 옮겨 심으면 됐는데. 난 정말 못된 기집애야. 난 윤회를 믿어요. 저희 집이 불교거든요."

지은은 선예를 향해 안타까운 손을 내밀었다가 '미니 선인장' 부분에서 그냥 손을 접어 얼굴을 가렸다. 얼굴을 덮고 있는 손가락 사이로 살며시 눈을 떠 정현을 보았다. 치켜 올라간 그의 입꼬리가 꾸민 웃음을 그리고 있는 것이 보였다. 지은은 그만 눈을 감아버렸다. 정현이 이를 드러내고 웃으며 지은에게로 몸을 숙였다. 그리고 그녀의 귓가에 속삭였다.

"이렇게 입이 가벼운 줄 몰랐어. 내일쯤이면 방송에도 나갈 수 있으려나?"

"죄송합니다. 하지만 저도 상담역을 해줄 누군가가 필요하다고요."

지은이 최대한 소리를 죽여 대꾸했다.

두 미남 미녀가 손을 잡고 있는 모습은 그것만으로도 그럴듯한 그림이 되었다. 사람들이 주목하는 걸 느낄 수 있었다. 정현이 그걸 눈치채고 맞잡은 손에 힘을 풀었다. 하지만 선예는 혜경만큼이나 강한 악력으로 그의 손을 쉽게 놓아주지 않았다. 정현이 그녀를 재촉하듯 웃는 얼굴로 고개를 기울이자, 선예는 묘한 미소를 흘리며 그의 손을 풀어주었다.

바에서 가게 주인이 정현을 불렀다. 정현은 정중히 양해를 구하고 자리를 떴다.

지은이 양손으로 얼굴을 감싸며 소리쳤다.

"너희들 대체 내 직장 상사에게 무슨 짓이야! 그냥 상사도 아니고 대표라고!"

"뭐 어때. 저 남자는 널 친구로 생각한다며?"

혜경이 마른 오징어를 물고 퉁명스럽게 대꾸했다. 지은이 손을 흔들었다.

"난 아니야. 내가 아니야! 그리고 친구의 친구한테는 무례하게 굴어도 돼? 사장님이 갑자기 기분이 나빠져서 '역시 친구 사이는 아닌 것 같아.

전생이고 나발이고 잊어버리고 넘어갑시다.'라고 나오면 난 꼼짝없이 '네.'라고 해야 하는 입장이라고."

"슬픈 입장이네."

혜경은 대충 대답하고 맥주잔을 찾았다. 선예는 기기묘묘한 눈길로 그와 악수했던 손을 눈앞에 들고 유심히 훑었다. 무슨 보석이라도 감정하는 듯한 시선이었다. 그녀가 얌전한 말씨로 말했다.

"섬세한 손이야."

"속을 알 수 없는 눈이야."

혜경이 맥주를 들이켠 후 말을 받았다. 선예가 덧붙였다.

"거칠거나, 노련하거나. 양쪽 다 좋아."

"나쁜 놈이거나, 상처가 많거나. 둘 다 안 좋아."

선예가 의아한 눈으로 혜경을 보았다.

"잘생기긴 했잖아?"

"멀끔하긴 해."

혜경이 거들었다. 선예가 지은을 보며 말했다.

"나 저 사람이랑 자고 싶어."

"나는 지은이 네가 저 사람이랑 사귀는 거 반대다."

혜경이 단호한 투로 말했다.

지은은 어안이 막힌 표정을 지었다. 꼭 슬프거나 감동적이거나 화가 나야지만 눈물이 나는 게 아니란 걸 깨달았다. 너무 황당해도 눈물이 났다. 지금 이 인간들이 술주정을 하고 있구나. 이른 저녁부터 마셔댄 두 사람은 이젠 거나하게 취해서 지은의 반응은 전혀 살피고 있지 않았다.

"여우 같아." 혜경이 말했다.

"느낌은 괜찮네." 선예가 말했다.

두 사람의 '응?' 하는 시선이 공중에서 부딪쳤다.

혜경이 말했다. "생긴 건 괜찮지."

선예가 말했다. "그러고 보니 여우 같아."

두 사람의 '뭐야.' 하는 시선이 부딪쳤다. 혜경이 낄낄거리며 말했다.

"앞으로 네 사장은 여우 사장이라고 불러야겠다."

마주 보고 한참을 키들대던 두 친구는 지은을 쳐다보고는 웃음을 멈추었다. 지은은 일찍이 그들이 보지 못한 무서운 표정을 하고 앉아 있었다. 선예가 딸꾹질을 시작했다.

지은이 가라앉은 목소리로 말했다.

"주정뱅이들에게 얘기를 털어놓은 내 탓이 커."

선예가 한 손으론 딸꾹질하는 입을 가리고 한 손으론 지은의 어깨를 잡고 조심스럽게 흔들었다. 지은은 반응이 없었다. 가장 찔리는 혜경이 웃기지 않은 농담을 던져봤지만 지은의 표정은 풀리지 않았다. 지은이 저승사자 같은 얼굴로 말했다.

"오늘은 이만하자."

가을 신고식이라도 치르는지 밤이 되자 바람이 쌀쌀해졌다.

정현이 양손에 든 테이크아웃 컵 중 하나를 지은에게 건넸다. 호프식 아메리카노였다.

지은은 반대 방향으로 간 친구들이 안 보일 때까지 서 있다가 정현을 돌아보았다. 걱정했던 것과 달리 정현은 기분이 상해 보이지 않았다. 오히려 조금 들뜬 기색이었다.

지은은 따뜻한 종이컵을 두 손으로 감싸 쥐었다. 정현이 말했다.

"네 친구들, 결코 평범하지 않아."

"죄송해요. 제가 대신 사과드릴게요."

주눅이 든 목소리였다. 정현이 흘깃 그녀를 내려다보고는 컵을 입가로 가져가며 말했다.

"네가 미안해야 할 일이 아니야. 나도 똑같이 굴었잖아. 그런 건 오랜만이라…… 재밌었어."

정현은 방금 전 대화를 반추하는지 시선을 허공에 두고 슬쩍 웃었다. 지은도 볼에 홍조를 띠고 따라 웃었다. 술에 취한 탓도 있었지만 추운 날씨, 잠 오는 상태, 따뜻한 커피, 그의 목소리가 어우러져 정신을 몽롱하게 만들었다. 지은은 자신의 상태를 깨닫자마자 급히 표정을 수습했다. 그녀의 정신은 그의 앞에서 종종 무방비 상태가 되었다. 왜 그럴까?

정현은 지은의 얼굴을 보고 웃음을 터뜨릴 뻔했다. 또 머리 굴리는 소리가 들리는군.

정현은 모른 척 걸음을 옮겼다. 지은이 가야 할 방향이었다. 두 사람은 나란히 걸었다. 지은이 바람 소리에 한 톤 높아진 목소리로 말했다.

"원래 그렇게 이상한 애들은 아니에요. 혹시 기회가 되면 멀쩡한 정신일 때 다시 소개해드릴게요. 기회가 되면."

"소개해주는 건 좋은데, 혜경 씨라고 했나? 내게 필요 이상으로 호전적이던 친구보고 대체 왜 그랬냐고 물어봐줘."

"제가 남자들한테 상처를 많이 받았다고 생각하거든요. 혜경인 사장님이 제게 관심이 있어서 그런다고 생각하나 봐요. 아마 그래서 그런 걸 거예요."

정현이 지은의 보폭에 맞춰 걸음을 늦추었다. 그가 예민해진 투로 물었다.

"상처 받았어?"

"아니요. 그거야 혜경이 생각이고 전 그렇게 생각 안 해요. 물론 만나고 헤어지면서 상처가 아예 없었다면 거짓말이겠지만 뭐, 상처 좀 받았음 어때요. 지금은 이렇게 멀쩡한데."

지은은 술에 취해 기분이 좋아졌다. 그래서 말이 많아졌다.

"친구들을 오해하지 말아주세요. 제겐 소중한 사람들이거든요. 흠이라면, 술이 강한 것도 아닌데 술을 좋아한다는 거?"

"그거 치명적인 흠인데."

지은의 웃음소리가 밤하늘에 울려 퍼졌다. 술기운으로 데워진 웃음소리가 솔직하고 청아했다. 정현도 덩달아 웃다가 지은의 모습에 라야를 겹쳐 보고는 올라가던 입꼬리를 내렸다.

지은이 물었다.

"차 어디 세워두셨어요?"

"네 집 근처에."

그 소리에 앞서가던 지은이 우뚝 걸음을 멈추었다. 정현이 겸연쩍은 미소를 지으며, 지은의 등에 손을 대려는 것처럼 그쯤 허공에 손을 띄워둔 채 "자, 자." 하고 그녀가 계속 걷도록 앞쪽으로 이끌었다. 지은이 입을 오물오물하며 속으로 뭔 말을 중얼거렸다. 그녀는 그의 안내에 어쩔 수 없이 터덜터덜, 운동화 끄는 소리를 내며 걸음을 옮겼다.

"솔직히 말해보세요. 역시 저 보러 온 거 맞죠?"

"맞아."

지은이 눈을 흘겼다. 자의식 과잉이 어떻다고?

정현은 그 시선을 피하며 말했다.

"근처에 와서 전화를 해도 안 받잖아. 그냥 돌아가려다가 친구한테서 전화가 와서 잠시 가게에 들른 거야. 거짓말을 한 건 아니잖아? 거기서 만난 건 순전히 우연이지. 네가 거기 있다는 걸 무슨 수로 알겠어? 이것만 봐도 우리가 얼마나 끈끈한 인연의 고리로 얽혀 있는지 알겠지?"

"어떤 사람도 출장 갔다 오자마자 '그냥 친구'를 만나러 나오진 않을 거예요."

"우린 그냥 친구 사이가 아니잖아. 레테의 강을 건너서도 기억하는 사이걸. 한쪽만 그렇다는 게 아쉽지만."

지은은 이젠 포기했다는 듯 힘없이 미소를 지으며 고개를 흔들었다. 정현이 말했다.

"선물을 사 왔거든. 그걸 핑계로 불러내려고 했지."

지은이 다시 멈춰 서며 인상을 찌푸렸다.

"선물이요? 부담스러워요, 그런 건. 받을 수 없어요."

"부담되는 선물을 사 왔을 리가 없잖아. 가방, 보석, 이런 걸 상상한 거야?"

정현이 지은을 향해 몸을 돌려 천천히 뒷걸음치며 대꾸했다. 지은이 무섭게 고개를 가로저었다. 정현은 손가락을 튕기고는 그녀를 가리키며 장난스러운 미소를 지었다.

"기대해. 전화도 한 통 못할 정도로 바빠서 선물을 사러 갈 시간이 없었거든. 그래서 눈에 보이는 족족 샀지. 엄청 심심하고 흔해 빠진 기념품들로만 모았어. 재밌겠지?"

대체 심심하고 흔해 빠진 기념품에서 뭘 기대하라는 거야. 하지만 덕분에 부담감은 좀 사그라졌다. 얼마나 심심한 기념품인지 살짝 궁금해지기까지 했다. 지은은 면세점의 여러 품목을 상상하다가 게임에서 힌트를 꺼내보는 심정으로 조심스럽게 물었다.

"출장을 어디로 다녀오셨는데요?"

"일본. 일본 가본 적 있어?"

"아니요. 비행기는 한 번도 못 타봤어요. 하지만 배낭여행으로 전국 일주는 했죠."

지은이 으스대며 말했다. 배낭여행 다녀온 덕을 이렇게 보는구나. 취직을 하기 전엔 여행을 다녀온 것을 후회했는데 취직을 하고 나니 다녀

오길 잘했다 싶다. 이것 봐, 이럴 때 이런 말도 못했음 얼마나 내 자신이 서글펐겠어.

어깨를 쫙 펴고 우쭐해하는 지은을 보고 정현이 말했다.

"알아. 면접 때 얘기했었지. 부럽네."

친근한 말투였지만 '면접'이란 말이 들어가자 새삼 그가 사장이란 사실이 떠올랐다. 면접 때 그가 짓고 있던 표정을 생각하면 그녀의 대답을 듣고 있었다는 게 믿기지 않았다. 완전 멍 때리는 표정 아니었나? 지은은 속으로 웃었다. 하지만 그가 울었다는 사실을 떠올리고는 올라가던 입꼬리가 슬그머니 다시 제자리를 찾았다.

지은은 그가 눈물을 떨구던 장면을 회상하며 진지한 목소리로 물었다.

"우리가 그 정도로 친한 사이였나요?"

"아, 물론이지."

지은은 더 긴 얘기를 듣고 싶었지만 정현은 지은에게서 빈 종이컵만 받아 들고 입을 꼭 다문 채 더 이상 대화를 이어가지 않았다. 지은이 눈을 가늘게 뜨고 불만스러운 듯 아랫입술을 내밀었다. 기껏 옛 추억에 대해 얘기할 기회를 줬더니.

'이런, 또 타임슬립하려고 한다.'

웬만해선 또렷한 빛을 잃지 않는 그의 눈이 또 초점을 잃으려 하자 지은이 큰 목소리로 말했다.

"어제 이상한 꿈을 하나 꿨어요."

정현이 고개를 돌리는 게 느껴졌다. 지은은 여전히 앞을 보고 걸으며 말을 이었다.

"누가 제게 묻더라고요. 네 이름이 뭐지? 그래서 대답했죠."

정현의 걸음이 갑자기 느려졌다. 그가 집중하는 것이 온몸으로 느껴졌다. 그 정도로 대단한 얘기는 아닌데. 지은은 아차, 싶었지만 입은 하던 얘기를 계속했다.

"라야. 라야 윈터스."

지은이 슬쩍 눈을 치켜떠 정현을 보았다. 지은이 더 이상 이야기를 이어가지 않자 정현은 미간을 좁혔다.

"그게 다야?"

"아, 네. 더 꿨던 거 같기도 한데 일어나니까 다 까먹었어요."

"그건 내가 이미 얘기해줬던 거잖아."

언짢다 못해 한심스럽다는 표정이었다.

"그렇죠. ……왜 그런 표정이세요? 왜 날 나무라는 거예요!"

민망해진 지은이 목소리를 높였다. 하지만 정현은 감정을 읽을 수 없는 무덤덤한 눈으로 지은을 응시할 뿐이었다. 지은 역시 조용한 눈으로 정현을 주시했다. 지은에게 꽂혀 있던 그의 시선이 살짝 옆으로 쏠렸다. 그는 지은의 어깨를 살짝 스치며 지나가 쓰레기통에 종이컵을 버렸다. 철제 쓰레기통 뚜껑이 삐걱삐걱 마찰음을 내며 흔들렸다. 정현은 몸을 돌리지 않고 잠시 눈을 내려뜨고 있었다. 귀까지 들리는 것 같던 심장 소리가 잦아들자 정현은 싱긋 웃으며 지은을 돌아보았다.

"안 가고 뭐해?"

"……앞으론 그런 꿈 꿔도 얘기 안 해줄 거야."

지은이 혼잣말로 중얼거렸다. 귀 밝은 정현은 그걸 듣고 소리 내어 웃었다.

텅 빈 도로 한편에 시동을 걸고 서 있는 차가 보였다. 정현은 지은에게 있어보라고 하고 차로 달려갔다. 지은은 머리를 젖혀 하늘을 올려다봤다. 이대로 몇 번만 더 만나면 아마 그를 대학 선배 정도가 아니라 고등학교 동창쯤으로 생각하게 될지도 모르겠다. 도시 하늘은 어쩜 이리도 흐릿할까. 별은 다 어디로 숨은 거야. 아, 찾았다! 딱 하나. 또렷한 별 하나가 까만 눈동자에 내려와 박혔다. 지은은 눈을 감고 배낭여행 때 강원도 어딘가에서 보았던 별이 가득하던 하늘을 떠올렸다. 밤공기를 크게 들이마셨다. 얼핏 정현에게서 났던 좋은 향기가 바람결에 실려 왔다.

응?

지은은 자신이 느낀 감각에 놀라 번쩍 눈을 떴다. 아니나 다를까, 정현이 되돌아오고 있었다.

날카로운 바람이 얼굴을 할퀴고 옷 속을 파고들었다. 지은은 팔짱을 낀 채 발을 동동 굴렀다. 그러다 편의점을 발견했다. 밤늦게 공부하기 일쑤인 동생들을 떠올렸다.

정현이 보도록 손가락으로 편의점을 가리키곤 잰걸음으로 가게 문을 열고 들어갔다.

문을 꼭 닫아둔 가게 안은 따뜻했다. 지은이 움츠린 몸을 펴고 과자 몇 개를 집어 들었다. 계산을 하려고 하자 정현이 큰 쇼핑백을 두 개나 들고 들어왔다. 바코드가 찍히는 소리를 뒤로하고 지은이 눈으로 쇼핑백을 가리켰다.

"설마 그게 다 제 건 아니겠죠?"

"왜 아니겠어."

지은은 입을 벌리고 다시 쇼핑백을 쳐다봤다.

그녀의 생각을 눈치챈 정현이 "아아." 그러면서 손가락을 흔들었다.

"심심하고 흔해 빠지고 자질구레한 것들이라니까."

거기다 자질구레하기까지 하단다.

정현은 지은에게 따라오라는 손짓을 했다. 그는 편의점 한편에 있는 테이블로 가 쇼핑백을 올려놓고, 지은을 돌아보며 물었다.

"집에 가서 풀어볼래, 여기서 볼래?"

가서 풀었는데 비싼 물건이 떡하니 들어 있으면 곤란하지. 뒤늦게 돌려준다고 하면 또 안 받는다고 버틸 테고. 지은이 심드렁하게 말했다.

"여기서 볼게요. 가짓수가 많나요?"

"많아."

그가 단호하게 말했다. 지은은 '자질구레한 것들이니까.'라고 속으로 대꾸했다.

정현이 쇼핑백 안에서 단단한 종이 상자를 꺼냈다. 상자 안에는 그야말로 온갖 것들이 들어가 있었다. 크기는 다양했다. 작은 상자에 든 것부터 비닐에 들어 있는 것까지. 자질구레하고 흔해 빠진 물건들은 분명 맞았다. 하지만…… 대체 이게 다 뭐야.

정현이 상자에서 물건을 하나씩 들어 설명했다.

"이건 딸기 초콜릿이야. 같이 갔던 장 실장이 부인이랑 딸이 좋아한다고 스무 개씩 사길래 나도 그 정도 사 왔다. 너한테 반쯤 넣었어. 다 못 먹겠으면 친구들한테 나눠줘. 이것도 초콜릿. 공항에서 많이들 사는 것 같길래 몇 개 챙겨 왔어. 이건 나무인형. 귀엽지? 네가 유카타를 입으면 꼭 이럴 것 같아. 어떤 걸 사야 할지 몰라서 세트로 샀어. 아, 혹시 인형 싫어해?"

지은은 멍한 눈으로 고개를 저었다.

"아니요. 좋아해요."

"다행이군. 이것도 인형이야. 판다 인형. 호텔 숍에서 샀던가? 맞아, 따로 선물 사러 나갈 시간이 없을지도 모른다고 생각해서 가장 먼저 샀던 걸 거야. 어디 보자…… 이건 저금통이고, 이건 게임팩. 게임기도 사 왔어. 게임 별로 안 하지? 면접 때 게임에 관련된 질문이라곤 딱 하나 던졌는데도 굼뜨게 대답했잖아. 게임 회사에 들어온 이상 게임도 좀 해야 돼. 적어도 우리 게임이 뭔지는 알아야지. 비서직이라고 예외 없어.

우리 게임기는 다음에 갖다줄게. 풀 패키지로. 그리고…… 이건, 우산. 우산인 줄 모르겠지? 여성을 겨냥한 초콤팩트 사이즈. 양산이랑 겸용이야. 휴대하고 다녀. 아, 이건 교토에서 산 경단. 이것도 교토에서 산 슈크림. 슈크림은 먹어보니까 맛있어서 몇 박스 더 샀어. 그리고 이거는 열쇠고리 세트. 이건 엽서세트."

"이거 들고 들어가면 제가 여행 갔다 온 줄 알겠네요. 이건 뭔가요?"

정신없이 그의 말을 듣고 있던 지은이 상자 안을 살피더니 알 수 없는 물건을 집어 들었다. 정현이 활짝 웃으며 말했다.

"온천가루. 목욕할 때 써보고 감상을 말해줘. 그리고…… 이건 양념장들이야. 요리하는 거 좋아한댔지?"

"……그런 말을 했었던가요?"

"특기라고 했었잖아."

"예, 면접 때 특기라고 했었죠. ……그거 거짓말이에요."

정현이 상자를 살피던 자세 그대로 어처구니가 없다는 표정으로 그녀를 봤다. 지은은 볼을 붉적이며 말했다.

"왜, 특기로 금방 할 수 있는 걸 대면 그 자리에서 해보라고 한다잖아요. 그림 그리기라고 하기엔 전공이니 당연한 거라 못하겠고, 일어만 잘한다고 하면 너무 단출하고, 그래서…… 요리라고 한 거예요. 그렇게 쳐다보지 마세요. 다른 면접자들도 다 비슷할걸요? 스쿠버다이빙 잘한다, 암벽 등반 잘한다, 그게 다 진짜일까요?"

"충고 고마워. 값진 의견은 앞으로 채용 때 반영하지."

정현이 심각한 얼굴로 그리 말하자, 지은은 얼굴도 모르는 미래의 지원자들에게 미안해졌다. 당장의 황망함을 모면하고자 청년 구직자들에게 예기치 못한 어려움을 안겨주게 되었구나. 면접하러 온 지원자가 그러겠지.

'제 특기는 스쿠버 다이빙입니다.'

그럼 정현이 사악한 미소를 지으며 말할 것이다.

'당장 할 수 있는 특기는 뭐가 있나요?'

'예?'

'지금 이 자리에서 확인할 수 있는 특기 말입니다.'

'아, 그게······.'

'그럼, 지원 분야의 일에 당신의 특기를 어떻게 활용할 수 있을까요?'

'그게 저······.'

'자신을 채용해달라고 우리를 설득할 준비가 전혀 되어 있지 않군요. 대체 뭘 준비해 온 겁니까? 면접을 하러 온 겁니까, 면접비를 챙기러 온 겁니까!'

정현의 천둥 같은 소리가 귓전에 울리는 듯했다. 지은이 시무룩해진 표정으로 정현의 눈치를 살폈다.

정현이 고민스러운 표정으로 턱을 매만졌다.

"그럼 오코노미야키 가루도 괜히 사 온 건가?"

"대체 오코노미야키 가루를 왜 산 거예요?"

정현이 상자를 뒤적거리며 말했다.

"네가 좋아한다고 해서."

"······아."

그랬었다. 특기가 뭐냐는 질문에, 일어와 요리를 잘한다고 했었다. 무슨 요리를 잘하냐고 묻기에 좋아하는 음식인 오코노미야키와 카레를 댔었다. 정현이 그녀의 생각을 읽기라도 한 듯 재빨리 카레가루를 들어 보이고 다시 상자에 챙겨 넣었다. 다음엔 화려한 꽃무늬가 그려진 작고 동그란 통을 손바닥에 올려 보여주었다.

"고체 향수야."

"……향수 안 쓰는데요."

"……이것도 실패군."

정현이 미간을 좁히며 손을 접었다. 지은이 웃으며 그의 손을 잡고 손가락을 다시 펼치게 했다. 그리고 향수의 뚜껑을 열고 향을 맡았다. 지은이 고개를 끄덕였다.

"향이 강하지 않아서 좋네요."

"향이 그렇게 진하지 않다고 해서 산 거야. 쓰기 싫으면 안 써도 돼."

"네. 사장님 만날 땐 안 쓸 거예요."

그녀의 농담에 정현이 살짝 고개를 숙이며 웃었다. 그가 저렇듯 쑥스러운 미소를 지을 때마다 지은은 이상스레 가슴이 저릿했다. 진오의 경우와는 달랐다. 진오가 웃으면 몸이 따스해졌지만 정현이 웃으면 서늘한 바람이 훑고 지나가는 것만 같았다. 지은은 조금 굳은 얼굴로 가방을 뒤적이는 정현을 주시했다.

정현은 복고양이 인형을 들어 보였다. 눈을 활처럼 휘어 뜨고 한 손은 구부려 들고 있는, 몸에 복(福)자가 새겨진 도자기 인형이었다. 지은이 싱숭생숭한 마음을 들키기 싫어 재빨리 말했다.

"귀엽네요."

"어째선지 호텔 숍에 있는 고양이들은 다 무섭게 생겨서 귀엽게 생긴 걸 고르느라고 시간이 한참 걸렸지. 하마터면 미팅에 지각할 뻔했다니까. 장 실장이 어찌나 잔소리를 해대는지, 진짜 늦은 것도 아닌데 말이야."

정현은 가장 아래에 소중하게 포장되어 있는 직사각형의 납작한 무엇인가를 꺼내 들어 지은에게 건넸다. 지은이 그를 쳐다보자, 그가 뜯어보라는 시늉을 했다.

책이었다. 저자는 그녀가 면접 때 좋아한다고 말했던 작가 이치노였다. 아마 그녀가 면접 중 가장 눈빛을 빛내고 얘기했던 순간이 아니었을까 싶다.

책 표지를 넘기자 저자의 자필 서명과 함께 이런 문구가 적혀 있었다.

[지은 씨에게. 당신이 가고자 하는 길, 그 끝에 히노마라의 낙원이 있을 것입니다. 자신을 믿고, 쭉 가십시오.]

《히노마라의 낙원》은 이치노의 소설 중 지은이 가장 좋아하는 것이었다. 주인공이 가고자 하는 이상향, 꿈을 가진 자가 마침내 목표를 이루었을 때 비로소 향하는 길이 보인다는 곳, 그것이 바로 히노마라의 낙원이었다. '자신을 믿고, 쭉 가십시오.'는 그 소설의 대표적인 문장이자, 지은이 감명 깊게 기억하는 말이었다.

면접 때 무서운 인상의 면접관이 물었었다.

「전공과 무관한 분야에 지원하셨네요. 살아오면서 본인이 한 일 중 가장 잘했다고 생각되는 일이 뭔가요?」

면접관의 기계적인 질문에 지은은 잠시간 생각할 시간을 가진 뒤 그녀의 눈을 똑바로 쳐다보며 대답했다.

「아까 가장 좋아하는 작가라고 말했던 이치노의 저서 중에 《히노마라의 낙원》이라는 소설이 있습니다. 거기에 이런 말이 나옵니다. 자신을 믿고, 쭉 가라. 지금까지 살아오면서 가장 잘한 일이라면 끝까지 제가 하고 싶은 전공을 고집한 것입니다. 사정이 있어 미술을 그만둘 뻔한 적도 있었지만, 결국 원하는 대학에서 원하는 공부를 마칠 수 있었습니다. 학비를 버느라 힘든 순간도 있었지만, 전 제 자신을 믿었고 제 선택을 믿었기에 당장의 어려움 같은 건 웃어넘길 수 있었습니다. 전 지금, 지원할 수 있는 분야 중 가장 잘할 수 있는 것을 선택했고, 마찬가지로 제 선택을 믿기에 더 열정적으로 제 일을 해나갈 수 있으리라 자신합니다. 십 년 뒤 누군가가 지금과 같은 질문을 던졌을 때 당당히, 머핀 타워에 지원한 일이라고 말할 수 있도록 말이죠.」

지은은 어떤 얼굴을 해야 할지 몰라 그냥 표정을 굳혀버렸다. 가슴이 먹먹해졌다. 책을 건네주기 전부터 이미 충분히 감동했다. 그는 그냥 보이는 족족 사 왔다고 했지만 그 얘긴 출장 내내 그녀를 떠올리고 있었다는 말이었다.

지은은, 차라리 그가 자신에게 반해서 이러는 거라면 좋겠다고 생각했다. 그럼 좀 더 이 마음을 감사히 받아들일 수 있을 것 같았다. 자신이 기억도 못하는 전생의 그녀를 위해 정현이 이토록 마음을 쓴다는 데 생각이 미치자 갑자기 울적해졌다.

정현이 고개를 숙이고 있는 그녀의 표정을 살피려는 듯 머리를 비스듬히 하고 물었다.

"지금 그 표정은 감동한 표정이야, 슬픈 표정이야?"

"……감동이요."

"그렇게 감동할 줄 알았으면 첨언을 좀 더 길게 적어달라고 할 걸 그랬어."

정현이 속도 모르고 웃으며 말했다. 지은은 그의 눈을 바라봤다.

저 눈은 나를 보고 있지 않아.

지은이 이토록 오랫동안 그를 응시하는 건 드문 일이라 정현은 이상한 낌새를 챘지만 '뭐, 이것도 좋다.'란 생각에 그냥 조용히 미소를 지었다.

"너무 머리 굴리지 말라니까. 기쁘면 솔직히 기쁜 표정을 지으면 되는 거야."

지은이 가라앉은 목소리로 물었다.

"저한테…… 왜 이렇게 잘해주시는 건데요?"

"……나 참."

정현은 난감한 얼굴로 팔짱을 꼈다.

"동생들을 좋아해?"

"예?"

"네 동생들 말이야. 네게 사랑스러운 동생들인가?"

"물론이죠. 당연한 말을."

정현은 그녀의 쉬운 대답을 맛나게 곱씹듯 잠시 사이를 두고는 씩 웃었다.

"당연하지 않아. 일가가 서로를 사랑하는 건 당연한 일이 아니야. 하지만 넌 그렇다니 운이 좋네."

지은은 책을 끌어안고서 눈을 깜박였다. 정현이 말했다.

"저번에도 말했지만 네 가족들이 환생을 했다고 생각해봐. 설사 네 동생들은 널 기억 못한다 하더라도 넌 전혀 남처럼 대할 수 없을 거야. 절대 그럴 수 없지. 동생들이 너에게 묻는 거야. '저한테 왜 이렇게 잘해주시는 건가요?' 네 대답은 뭐지?"

"……."

"그게 내 대답이야."

지은은 시선을 거둬 두 손으로 꼭 쥐고 있는 책에 눈을 박았다.

미칠 노릇이다. 저게 친구를 바라보는 눈이면 대체 연인은 어떻게 쳐다보는 건데.

미운 말을 하고 싶어졌다. '아무리 생각해도 전생 같은 건 없는 것 같아요. 친구놀이는 이쯤에서 그만두죠.' 그럼 그는 아마 또 그 쓸쓸한 표정을 짓겠지. 아니, 이번엔 무너지는 듯한 표정을 지을지도 모르겠다. 그건…… 조금 괴로웠다.

지은이 애써 웃으며 말했다.

"뭐라고 해야 될지 모르겠어요."

정현은 선물들을 다시 차곡차곡 챙기며 말했다.

"그 표정만으로 충분해. 고맙다는 말까지 해주면 더 기쁘겠고."

"고마워요. 정말…… 고맙습니다."

지은은 눈물이 나려는 걸 숨기려고 빠르게 눈가를 훔쳤다. 정현이 옆
눈으로 그것을 보고 움직이던 손을 멈췄다. 하지만 모른 척 말했다.

"그래. 나도 고마워."

"사장님이 뭐가 고마운데요."

"글쎄……."

"또 맞혀봐, 하려고."

지은이 퉁명스럽게 말했다. 정현이 기묘한 미소를 지었다. 그가 책을
달라는 듯 손을 뻗었다. 지은이 책을 꼭 끌어안고 말했다.

"선물 감사해요. 하지만 이걸 전부 받을 수는 없어요."

또 이러네. 정현이 한숨 섞인 웃음을 흘렸다.

"별거 아니잖아?"

"별게 아닌 게 아니에요."

'심심한 선물' 하나하나가 그의 마음이었다. 그게 친구를 향한 마음이
든, 다른 무엇이든.

수신처를 잘못 찾은 택배를 받아 챙기는 기분이었다. 지은이 손가락
으로 책의 표지를 두드렸다.

"이건 거절하기도 힘든 선물이죠."

그녀는 정현이 정리하고 있는 선물들을 눈으로 가리켰다.

"제가 사장님의 친구……, 그러니까 전생의 친구가 아니라 동생이었
어도 받기 힘든 선물들이에요. 제 입장을 이해해주셔야 해요."

"그래, 너의 입장. 너의 입장……."

정현은 못마땅한 듯 중얼거리더니 잠시 생각에 잠겼다. 그러더니 조

심스러운 투로 물었다.

"우리 회사 말고 다른 직장을 알아볼 생각은 없는 거지?"

"……제게는 내년에 고등학교에 들어가는 남동생이 있고…….."

지은이 기어들어가는 목소리로 변명하자, 그가 한 발짝 뒤로 물러서며 선물들을 가리켰다.

"알았어. 몇 개만 골라. 너의 입장과 나의 입장을 절충하는 거지."

지은이 책을 흔들었다.

"이거 하나면 되는데요?"

"이 많은 선물을 가져왔다가 거절당하고 그대로 가져가야 하는 내 입장도 생각해봐. 그런 내 뒷모습을 상상해보라고."

"네, 알았어요, 알았어."

지은은 정현에게 책을 건네고 선물들을 뒤적거렸다. 지은이 하나를 골라 쇼핑백에 넣으면 정현이 작은 걸 하나 더 골라 슬쩍 더해 넣고 지은이 다시 그것을 빼놓는 우스꽝스러운 짓을 십 분 동안 했다.

지은은 편의점에서 과자를 괜히 샀다고 생각하면서 쇼핑백에 과자가 든 봉지를 욱여넣었다. 물끄러미 그걸 보고 있던 정현이 손목을 들어 시계를 보며 말했다.

"그러다 찢어지겠어. 혹시 내일 시간 있어?"

말이 떨어지기 무섭게 결국 쇼핑백을 찢어 먹은 지은이 참담한 표정으로 쇼핑백과 정현을 번갈아 쳐다보며 대꾸했다.

"아, 내일요? 내일…… 글쎄요. 사장님은 애인도 없으세요?"

지은은 쇼핑백을 손보는 척 딴짓을 하면서 그의 대답을 기다렸다. 어쩌다 나온 말이었지만 사실 묻고 싶었던 거였다. 정현은 밉살맞게도 그에 대한 대답은 하지 않고, 혀를 차며 카운터로 가 비닐봉지를 가져왔다.

"내일 12시부터 6시까지, 시간 좀 내줘."

그러니까 대답은요?

"식사는 하고 집에 보내줄게."

다시 묻기가 그래서 지은은 아랫입술을 깨물고 그가 건네는 비닐봉지를 거칠게 잡아챘다.

12시부터 6시라. 약속 시간을 이렇게 정확하게 잡는 사람은 처음 봤다. 12시 '이후'도 아니고 12시부터 6시'까지'라니, 경영인은 다르군. 지은은 찢어진 쇼핑백에서 상자를 꺼내 비닐봉지에 넣으며 고개를 끄덕였다.

"이른 시간이네요. 그런데 일은 안 하세요?"

"어제까지 타국에서 밤샘하며 일한 사람에게 일 안 하냐는 말이 하고 싶어?"

"이걸 보면 그다지 일을 했다는 생각이 안 들어서 말이죠."

지은이 키득거리면서, 뚱뚱한 비닐봉지를 들어 보였다. 정현이 검지로 턱을 두드리며 신음 같은 소리를 흘렸다.

"포장지를 일부러 신경 써서 고른 보람이 없군. 어쨌든, 한 시간 전에 데리러 갈 테니까 준비하고 있어, 친구."

"어딜 가는데요?"

"가보면 알아."

"어허, 그렇게 말하는 사람치고 제대로 된 데 데리고 가는 사람이 없습디다. 아니, 웃지만 말고…… 어딜 가는지 알아야 거기에 맞는 차림을 하죠."

"아, 드디어."

정현이 손바닥을 마주쳤다.

"내 제안에 적극성을 보이는군. 우리 사이가 한결 가까워졌다는 뜻이지."

지은이 입을 벌렸다.

정현이 싱긋 웃었다.

"아무렇게나 입어. 아무렇게나 입어도 예뻐."

"그러니까 그런 부끄러운 말은 여자친구분한테 하시고 어딜 가는지 말하라니까요."

한 번 더 '여자친구' 미끼를 던져봤지만 정현은 실실 웃으며 원하는 대답을 내놓지 않았다. 저거 일부러 놀리는 거 맞지?

"한 시간 전에 데리러 올게."

골목으로 들어가는 지은을 향해 정현은 한 번 더 단단히 다짐을 받았다.

떠나는 차의 엔진 소리를 듣고 지은은 다시 뒤를 돌아보았다. 차 뒷좌석에서 정현이 얼굴도 내보이지 않고 열린 차창으로 손을 흔드는 것이 보였다.

끝까지 대답 안 하는 거 봐. 역시 약혼자 같은 게 있는 걸까? 부자들은 보통 정략결혼을 한다던데. 드라마에서나 그런가?

'너는 그런 거 고민할 필요 없거든요. 친구 사이라며?'

"맞아."

지은은 자신의 말에 스스로 대답하며 고개를 끄덕였다. 갑자기 양손에 무게감이 느껴졌다. 검은 비닐봉지가 빵빵한 쓰레기봉투처럼 보여서 웃음이 났다. 집까지 뻗어 있는 골목을 돌아보았다. 가로등이 얼마나 밝은지 골목만 대낮 같았다. 만약 어두컴컴한 골목이었다면 그가 집까지 데려다준다고 했을까?

밝은 가로등 빛 사이로 딱 붙어 걸어오는 젊은 연인들이 보였다. 지은은 봉지를 어깨에 둘러멨다. 그리고 천천히 오르막길을 올랐다.

3

"뭐 하다 온 거야?"

민익이 룸미러로 뒷좌석에 앉은 정현을 보며 물었다. 정현은 오랫동안 대꾸를 하지 않았다. 머리를 뒤로 젖히고 가만히 있더니, 번쩍 눈을 뜨고는 차창을 내려 밖으로 손을 흔들었다. 저게 뭐하는 짓이래?

출장을 다녀온 정현이 밤늦게 전화를 했다. 보통 이 시간에 연락하면 술을 마시자는 건데, 이번엔 달랐다. 술을 마셨으니 대신 운전 좀 해달라며, 익숙하지 않은 장소를 불러주었다. 덕분에 민익은 가장 좋아하는 예능 프로를 보지 못해 투덜거리며 집을 나섰다.

택시를 타고 그의 승용차가 있는 곳에 도착해 휴대전화로 게임을 하고 있자니 정현이 차창을 두드렸다. 그러고는 뒷좌석 문을 열어주자마자, 인사도 없이 뒷좌석에 있던 쇼핑백을 들고 가버렸다. 민익은 아주 잠깐 이직을 고민했다.

검은색 승용차가 부드럽게 골목을 빠져나와 도로를 달렸다.

민익은 골목을 떠나기 직전 차 사이드미러로 편의점에서 나오는 여자를 보고 고개를 갸웃거렸다. 정현의 기사 노릇을 한 지 오 년이 됐지만, 그가 늦은 시간까지 여자와 있는 모습은 처음 보았다. 저 인간의 빈틈하나를 잡은 것 같아 슬금슬금 입꼬리가 올라갔다.

정현은 차창을 닫고 피곤한 표정으로 널브러지듯 좌석에 몸을 묻었다.

룸미러를 통해 민익이 입꼬리를 올리고 웃는 모습이 보였다. 정현이
날 선 목소리로 물었다.

"뭐야, 그 표정은?"

"너야말로. 집에 들어오자마자 나가더니, 그때부터 이 시간까지 여자
랑 있었던 거야?"

"운전에나 신경 써."

정현은 팔을 들어 눈을 가려버렸다. 출장을 한 번 갔다 오면 반나절
정도는 죽은 듯이 잠들어 있곤 하던 정현이 이상하게 집을 나간다 싶었
다. 정현의 옆집에 살고 있어 민익은 그가 오늘 출장에서 돌아오자마자
한 시간도 안 돼 집을 나갔다는 것을 알고 있었다. 안 그래도 궁금했었
는데 의문이 쉽게 풀리는군. 민익이 물었다.

"누구야, 저 쓰레기봉투를 들고 가는 여자는?"

"쓰레기봉투……."

정현은 소리 낮춰 웃다가 웃는 것만으로도 체력이 다한 건지 배를 붙
잡고 옆으로 쓰러지듯 누웠다. 민익이 계속 뒷좌석을 힐끔거리자 정현
이 발로 운전석을 걷어찼다.

"전방 주시해."

"출장 한 번 갔다 왔다고 골골대는 꼴이라니. 난 사흘 내리 잠 한숨 안
자도 멀쩡하잖아."

"보나 마나 또 드라마 몰아서 본다고 그랬겠지. ……잠깐만, 지금 잠
한숨 안 잔 상태로 이 밤에 날 태우고 운전을 한다는 거야?"

정현의 타박은 귓등으로 흘리고 민익이 말했다.

"그렇게 체력이 약해서야……. 죽을 때 죽더라도 내 월급은 챙겨놓고
가."

"네 월급이고 퇴직금이고 한 푼도 안 떼어먹어."

"당연한 소릴. 자랑은 아니지만, 내가 빚을 못 받아낸 채무자는 없었어. 저승사자라고 해도 예외는 없지."

"너도 지옥으로 올 테니 도망칠 방법이 없겠군."

정현이 능글맞게 대꾸하자 민익은 "입만 살아서는." 따위의 욕설을 중얼거렸다. 라디오에선 현악 삼중주 클래식이 나오고 있었다. 정현은 제발 욕을 하든지 라디오를 듣든지 하나만 하라고 하고 싶었지만 말할 체력도 없어 완전히 드러누웠다. 검은 봉지를 낑낑 들고 가던 지은의 모습을 떠올리자 미소가 절로 지어졌다. 눈꺼풀이 점점 무거워졌다.

"삼십 분만 자. 도착하면 깨워줄게."

민익이 인심 쓰는 투로 말했다. 정현이 웃으며 속으로 대꾸했다.

'고마우셔라.'

희미해지는 의식 속에서 지은, 아니, 라야가 물었다.

「지금 자는 거예요?」

"지금 자는 거예요?"

잠들었었나?

부끄러움도 없이 코앞에 바싹 얼굴을 들이대고 있는 누군가가 있었다. 에메랄드빛 눈동자가 대담하게도 오랫동안 상대의 시선을 피하지 않고 자리를 지켰다. 오히려 눈을 감은 건 이쪽이었다.

여자가 믿기지 않는다는 목소리로 말했다.

"저 재미있는 인형극을 보면서 조는 사람은 당신밖에 없을 거예요."

그는 팔꿈치를 짚고 있는 팔에 얼굴을 기댄 채 잠이 덜 깬 눈으로 여자를 올려다봤다. 세상의 때가 묻지 않은, 아니, 묻었다 하더라도 비가 씻

겨주고 바람이 다 쓸어갈 것만 같은 얼굴을 한 여자가 허리에 손을 짚고 그를 내려다보고 있었다. 그녀의 붉은 머리카락이 바람에 흔들렸다. 라야의 머리카락은 그녀의 고향이라는 차이드 사막의 모래 빛깔을 닮아 있었다.

"사람들이 모두 박수를 치고 난리였는데 그 와중에 잠을 자다니 대단해요."

"……."

목이 잠겨 있었다. 잠깐 졸았던 것뿐인데 한 만 년은 말을 않고 있다가 입을 열려는 듯했다. 인형극 무대 쪽을 보았다. 작은 이동 극장에서 우화들을 엮은 인형극이 진행 중이었다. 큰 장이 열려서, 멀리까지 찾아온 이런저런 꾼들로 간만에 섬 동네가 북적였다.

무대 커튼 옆에서 붉은 여우 장갑 인형이 등장했다. 무대 아래서 흥행사의 목소리가 들려왔다.

"굴을 나갔던 붉은 여우가 돌아왔습니다. '내 말이 맞았어. 굴 밖엔 물고기도 새도 잔뜩 있다고. 햇볕 냄새는 어떻고. 비록나무 그늘은 말할 것도 없지. 좋아하지도 않는 굴에 있지 말고 나랑 같이 나가자. 너를 데리러 먼 길을 왔어.'

붉은 여우를 물끄러미 쳐다보던 하얀 여우가 뒷걸음질 치며 말했습니다.

'비록나무 그늘도 가을이 되면 없어질 거야.'

아, 가엽고 어리석은 하얀 여우……."

라야가 일어서라는 듯이 그에게 손을 내밀었다. 그는 잠시 그 작은 손을 쳐다보았다. 손을 잡지 않아도 따뜻한 체온이 느껴졌다. 그가 희미하게 웃으며 그녀의 손을 잡고 일어섰다.

마차가 지나가려는 것을 보고 그가 라야를 감싸며 멈춰 섰다.

인형극에 사람이 제법 몰린 모양이었다. 두 번째 인형극이 시작되려는 것인지 박수 소리가 극장 밖까지 들렸다. 라야가 말했다.

"계속 저렇게 박수가 나왔다고요. 그런데도 잠을 잘 수 있다니 신기해요. 예민한 사람인 줄 알았는데 그냥 성격이 나쁜 거였나 봐."

그가 웃으며 말했다.

"이것보다 더 시끄러워도 잘 수 있어. 잠은 생존에 꼭 필요한 거니까."

"잠은 생존에 꼭 필요한 거니까."

라야가 그의 말투를 흉내 냈다. 그녀의 입으로 듣는 '생존'이란 말은 마치 그 단어를 처음 듣는 것처럼 생경한 느낌이었다. 라야는 뭐가 그리 재밌는지 소리 내어 웃었다. 웃음소리가 얼마나 맑은지 지나는 사람들이 걸음을 멈추고 소리의 근원지를 찾아 고개를 두리번거릴 정도였다. 라야가 생글거리며 물었다.

"무슨 좋은 꿈이라도 꿨어요?"

"내가 좋은 꿈을 꿨을 리 있나."

"으음, 하지만 슬쩍 슬쩍 웃던걸요?"

"거짓말 마."

"진짠데."

라야가 눈을 가늘게 뜨고 고개를 기울이며 웃었다.

그때 온기를 품은 바람이 크게 두 사람을 감싸 안고 다시 하늘로 흩어졌다. 라야는 누군가의 작은 목소리에 귀를 기울이듯 조용히 눈을 내려떴다. 그는 탐탁지 않은 눈으로 그 모습을 지켜봤다. 또다. 또 저런 표정이야.

라야는 종종, 아니, 자주 저런 표정을 지었다. 그녀는, 바람이 불 때, 비가 내릴 때, 눈이 올 때, 공기가 따뜻해질 때, 차가워질 때, 나뭇가지가 흔들릴 때, 꽃잎이 떨어질 때, 그런 모든 순간에 마치 만물을 이해한다는 표정을 짓고는 했다. 그럴 때면 그는 그녀의 몸이 점차 투명해져 결국엔 대기로 사라져버릴 것만 같은 기분이 들었다.

라야가 누군가의 말에 대답하듯 "음, 음." 하는 낮은 허밍음을 냈다. 그러자 바람이 그 말에 응답하듯 그녀의 머리카락을 쥐고 흔들었다.

정현은 얼굴에 그림자가 드리운다는 생각이 들어 살짝 눈을 떴다. 민익이 이해할 수 없다는 표정으로 그의 얼굴을 들여다보고 있었다. 정현은 다시 눈을 감고 이마를 짚었다.

"나한테 뭐라고 그랬어?"

"이대로 밤새울 거냐고 물었지. 그래도 안 일어나길래 내가 업고 가줄까 그랬고. 그러니까 네가 잠은 생존에 꼭 필요한 거니 뭐니 그랬고. 잠꼬대 한 거야? 내가 업고 가주지. 물주한테 그 정도 서비스야."

민익이 유들거렸다. 정현이 무거운 몸을 일으켰다.

좁은 좌석에 억지로 몸을 누이고 있었더니 어깨까지 뻣뻣해졌다. 어깨를 몇 번 돌리고 자세를 바로 하고 앉았다. 정현은 양손으로 얼굴을 감싸고 잠시 가만히 있었다. 그리고 다시 손을 내렸을 땐 언제 피곤했냐는 듯 그의 눈은 또렷해져 있었다. 정현이 손을 저었다.

"비켜."

차 밖에서 몸을 수그린 채 안을 들여다보고 있던 민익이 두 손을 들어 보이며 비켜섰다.

차 문 닫는 소리가 넓은 지하 주차장에 울려 퍼졌다. 정현은 칸칸마다 빼곡히 들어찬 차들을 바라보았다. 섬뜩하리만치 선명히 전해지는 현실감에 저절로 미소가 떠올랐다. 기분 좋은 미소는 아니었다. 밟고 서 있는 바닥만큼이나 건조한 웃음이었다.

지은은 정말이지 이해할 수 없다는 표정으로 손에 쥔 휴대전화를 내려다보고 있었다.

다음 날 아침, 그러니까 정현과 약속한 당일, 11시가 되어도 그에게선 연락이 없었다. 늦을 거 같다는 문자 한 통 안 왔다. 1시까지는 일이 바쁜가 보다 했지만 3시쯤 되니 화가 났다. 이쪽에서 먼저 전화를 하자니 일을 방해할 수도 있겠다는 생각에 그러지도 못하겠다. 아침부터 일어나 부산을 떤 게 억울해서 문자로 한마디 할까 하다가, 자신과 달리 바쁜 사람이니까 하는 생각에 다시 시무룩해져 침대에 걸터앉았다.

하지만 역시 화가 났다. 약속 펑크는 어떤 관계에도 무례한 짓이잖아, 안 그래?

지은은 침대 위에 쓰러져 있는 판다 인형을 흘깃 쳐다보고는 짧게 문자를 찍어 보냈다.

[뭐 하세요?]

놀랍게도 답장은 삼십 초도 안 돼서 왔다.

[일하는 중이야.]

"그렇구나. 일하는 중이구나. ……지금 장난해?"

지은은 휴대전화를 침대 위로 던지고 웃옷을 홀러덩 벗었다. 매서운 눈이 침대 위에 나동그라져 있는 판다 인형에게로 향했다. 한 손으로 으깨버릴 것처럼 판다 머리를 움켜쥐었지만, 인형의 귀여운 눈망울에 힘이 쪽 빠져버렸다. 인형을 이불 위로 던지고, 화장대 앞에 앉았다. 그리고 드라이한 머리를 양 갈래로 나눠 땋으며 구시렁거렸다.

"누가 보면 내가 바란 일인 줄 알겠어. 내가 가겠다고 한 게 아니잖아?"

지은이 판다 인형을 돌아보았다.

"난 아직도 그쪽이 어색해. 부담스럽고, 그쪽 페이스에 말려드는 것도 싫어. 대화 중에도 몇 번씩 이게 무슨 짓이지 한다니까?"

판다는 대답 없이 누워 있었다. 지은이 판다를 향해 손을 내젓고 거울을 보았다.

"내가 자기보다 시간 많은 처지라 이거지. 아니면, 그 전생의 주종 관계란 게 아직도 이어지고 있다고 착각하거나? 아니고서야, 뭐? 일하는 중이야? 아, 그러세요? 우리나라는 자기 혼자 이끌어 가시겠지요. 3대륙을 뒤흔드는 젊은 CEO께서 어련하시겠어요."

부엌 한편엔 어제 가져온 선물들이 차곡차곡 쌓여 있었다. 어젯밤 지은이 검은 봉지를 들고 들어오자, 여동생 예은이 "누가 집 앞에 쓰레기 버리고 갔어?"라고 물었다. 선물을 풀어헤치자, 예은은 딸기 초콜릿을 챙겨 제 방으로 들어가버렸고, 남동생 동현은 게임기를 거실에 설치하고 교토 경단을 먹었다. 지은은 사인 북을 책상 위에, 판다 인형은 베개 곁에 두고, 자명종 시계를 맞춰놓은 뒤 잠이 들었다.

그런데, 이게 뭐야.

지은은 밥통을 열었다. 커다란 그릇에 밥을 던 뒤 카레를 얹었다. 카레도 정현이 준 선물 중 하나였다. 아, 맛있다. 지은은 조금 감탄했지만, 다시 구시렁대며 밥그릇을 깨끗이 비웠다.

왜 그가 연락을 안 했는지는 '오후 11시'가 돼서야 알 수 있었다.

저녁으로 또 카레를 먹고, 정현이 사준 게임기로 게임을 하고 있었다. 동현이 갑자기 게임을 정지시켰다. 지은이 눈으로 '왜?' 하고 묻자 동현이 눈으로 그녀의 방을 가리켰다. 방에서 휴대전화 소리가 들렸다. 지은은 후다닥 방으로 뛰어갔다.

화를 억누르며, 목소리를 "아아." 시범 삼아 내본 뒤 통화 버튼을 눌렀다.

"예, 전화 받았습니다."

'여우 사장'이 말했다.

– 준비 다 됐어? 편의점 앞으로 나와.

지은은 거짓웃음을 그리고 있는 입을 그대로 하고 눈동자만 굴렸다. 시선을 홱 올려 벽시계를 쳐다봤다. 정확하기도 하지. 딱 11시다.

지은은 "말도 안 돼, 말도 안 돼."를 연발했다. 정현이 의아한 목소리로 물었다.

– 뭐가 또 문제야?

"보통 11시라고 하면 오전 11시를 생각하지 않나요? 그럼 12시부터 6시까지 시간 내달라는 것도 새벽 시간이었어요? 무슨…… 제가 올빼미예요? 사장님은 잠도 안 자요?"

– 나는 직장이 있는 사람이야. 정상적으로 생각해서 평일 그 시간엔 회사에 있어야 된다고. 그래서, 준비가 안 됐다는 거야?

"당연하죠! 자려고 하던 참인데."

– 하루 정도는 안 자도 안 죽어. 대충 껴입고 나와. 잠옷만 아니면 상관없어. 야외에 가는 게 아니니까.

"안 돼요!"

– 나도 안 돼!

지은은 전화를 끊고 거칠게 옷장 문을 열었다. 그리고 보이는 대로 껴입었다. 꾸미고 자시고 할 여유가 없었다. 꾸밀 이유도 없지만.

낮에 입었던 그대로 입자니 새벽이라 추울 것 같았다. 옷을 몇 겹이나 껴입고 머리를 만지러 화장대 앞에 앉았다. 땋은 머리를 풀려던 지은은 잠시 거울을 보고는 그대로 일어섰다. 동생들에게는 혜경을 만나러 간다고 했다. 동생들의 예리한 눈초리를 피할 수 없었지만, 대충 웃음으로 때웠다.

　팔짱을 꼭 끼고 종종걸음으로 내리막길을 한달음에 내려왔다. 편의점 앞에 시동을 걸고 서 있는 차가 보였다.

　정현이 운전석에서 내렸다. 그녀와 달리 밤에도 여전히 수려한 외양을 자랑하며 정현이 손을 흔들었다. 차가 가까워지자 지은은 걸음을 늦추며 이를 드러내고 으르렁거렸다. 정현이 싱글거리며 말했다.

　"그런 모습도 괜찮은데?"

　"괜찮긴. 저는 추레하고 사장님은 오늘도 홀로 반듯하시네요."

　"나야 365일 한결같지. 타."

　정현이 차 덮개를 두드리곤 운전석에 탔다. 지은이 구시렁대며 조수석에 올랐다.

　"오면서 생각해봤는데요, 어제 분명 내일 12시부터 6시라고 하셨어요. 그렇다면 약속 시간은 '내일'이 아니라 모레……."

　"안전벨트."

　"예."

　"어제 우리가 몇 시에 헤어졌는데?"

　"……몇 시에 헤어졌는데요?"

　"정확히는 오늘 새벽이었지. 우리가 편의점을 나온 시간이 12시 20분이었어. 조금 있으면 오늘의 다음 날, '내일' 맞지? 그리고 낮에 만나길 원했음 난 12시부터 18시까지 시간을 내달라고 했을 거야."

　"아니에요, 아니라고요. 제가 보통이에요. 제가 보통이라고요!"

　"알았어. 난 비정상이야."

　정현이 순순히 인정하자 지은은 맥이 빠져버렸다.

　차가 골목을 빠져나와 자동차 행렬에 합류했다. 한참이 지나도 대화가 시작되지 않자, 어색해진 지은이 주절주절 말했다.

"선물 받은 책은 책 비닐까지 씌워서 책장에 잘 넣어뒀어요."

"동생들이 과자를 좋아해요."

"딸기 초콜릿을 벌써 반 이상 먹었어요."

"남동생 혼자 경단 한 박스를 다 먹은 거 있죠."

"게임이 생각보다 어려워요. 동생이랑 같이 하면 9라운드까지는 가는데 혼자서는 4라운드까지 가는 게 고작이에요."

혼자서 떠들고는 머쓱해져 입을 다물었다. 정현이 조용히 대꾸했다.

"정말 못하나 보군. 쉬운 게임인데."

그리고 다시 입을 다물었다.

지은은 곁눈질로 정현을 보았다. 정현은 거의 앞만 보고 운전을 했기 때문에 그늘진 차 안에선 그의 표정을 잘 살필 수가 없었다. 또 쓸쓸한 표정인 걸까?

땋은 머리끝을 만지작거리던 지은이 넌지시 물었다.

"뭐 기분 나쁜 일 있으세요?"

"아니. 왜?"

"그런데 왜 평소와 달리…… 조용하세요?"

"운전을 잘 못하니까."

"아……."

이유는 간단했다. 명쾌하군.

지은이 입을 다물면 그는 정말 전방만 주시한 채 아무 말이 없었다.

그는 회사에서 바로 온 건지 정장 차림이었다. 오늘도 출근을 했다면 잠을 별로 못 잤을 텐데 이렇게 또 밤을 새워도 되나 몰라.

'내일이 토요일인 게 다행이네.'

지은은 우울한 마음이 되어 다시 곁눈질로 정현을 보았다. 또 못된 말을 하고 싶어졌다. '그러니까 이런 이벤트는 애인한테나 하라고요.'

"왜 또 시무룩해 있는 거야? 진짜 내가 불러내서 할 수 없이 나온 거야?"

정현이 핸들을 꼭 붙잡은 채 고개를 돌렸다. 오늘 거의 처음으로 그의 얼굴을 자세히 볼 수 있었다. 지은이 걱정하던 것과 달리 그는 그다지 피곤해 보이지도, 쓸쓸해 보이지도 않았다. 그의 표정을 확인한 지은이 만족스러운 미소를 머금고 다시 고개를 바로 했다. 그리고 장난스러운 음성으로 말했다.

"당연히 억지로 나왔죠. 지금 제 꼴을 보세요. 그리고 졸리기까지 해요."

"가서 자. 거기 가서 자면 돼."

"좋아요. 그럼 이제 어디 가는지 알려주시죠?"

"다 왔어."

정현이 빌딩숲 어딘가를 눈으로 가리켰다. 그들이 탄 차가 화려한 빛 장식물 사이를 지나 호텔 마당으로 들어섰다.

4

가을 분위기를 내고 있는 장식물에 잠시 눈을 빼앗겼던 지은은 차가 호텔 정문 앞에 멈춰 서자 시선을 빼앗겼던 시간보다 더 길게 사고가 멈춰버렸다. 장신의 도어맨이 친절한 미소를 짓고 조수석 쪽으로 다가왔다. 지은은 본능적으로 조수석 쪽 도어록을 눌렀다. 도어맨이 당황스러운 얼굴을 했지만, 지은은 눈썹을 찡그린 채 유리 너머의 그를 응시할 뿐이었다. 여기 정말 호텔 맞지? 지은이 정현을 돌아보며 침착하게 말했다.

"혹시 술 드셨어요?"

"아니. 왜, 술 한잔 할까?"

정현이 예의 그 한결같은 미소를 지으며 고개를 기울였다. 지은은 그제야 저 표정이 그가 자신을 놀릴 때 짓는 표정이란 걸 알았다. 그녀의 속을 알면서도 되물어볼 때 그는 항상 저런 얼굴이었다. 지은은 알겠다는 듯 고개를 주억거렸다.

"좋아요. 충분히 놀랐어요. 일 분짜리 서프라이즈였어요. 아마 요 몇 년 새 가장 놀랐을 거예요. 자, 이제 진짜 속셈을 말해보세요."

"일단 내려."

정현이 지은의 안전벨트 쪽으로 손을 뻗자 지은이 그의 손목을 세게 붙잡았다. 덥석 잡을 땐 언제고, 생각보다 단단하고 따뜻한 감촉에 놀라 지은은 급히 그에게서 손을 뗐다.

"제가 할게요!"

정현이 어깨를 으쓱하고 먼저 차에서 내렸다. 지은은 조금 떨리는 손으로 안전벨트를 풀었다. 차에서 내리니 정현이 도어맨과 얘기를 나누는 모습이 보였다. 도어맨은 정현을 아는지 깍듯한 태도로 그의 말에 연방 고개를 끄덕였다. 정현이 몸을 돌려 지은 쪽으로 왔다. 도어맨은 그가 돌아서자 아주 잠깐 지은에게 시선을 두었다가 보지 말아야 할 것을 본 것처럼 금방 눈을 거뒀다. 그 태도가 무례하다기보다 손님의 프라이버시를 지켜주기 위한 세심한 배려로 보여 기분이 상하진 않았다. 도어맨이 급히 달려오는 어린 직원에게 정현의 차 키를 건네주며 뭐라 뭐라 했다. 지은이 도어맨에게서 프로페셔널함을 느끼고 속으로 감탄하고 있을 동안 어느새 가까이 온 정현이 얼굴을 바싹 들이밀고 말했다.

"뭐에 그렇게 감탄하고 있어?"

"글쎄요, 사장님 얼굴?"

여간해서는 당황하지 않을 것 같던 정현도 지은의 러키 펀치에 눈썹이 꿈틀거렸다. 하지만 이내 흥미롭다는 듯 눈을 가늘게 뜨고 지은을 보았다.

"좋아. 친구로서 진일보했군."

"호텔 앞에서 그 말을 들으니 안심이네요. 진짜 목적지가 어딘가요?"

정현이 지은의 등 뒤를 가리켰다. 몸을 돌려 뒤쪽을 보았다. 호텔 바로 옆에 위풍당당하게 서 있는 또 다른 빌딩이 있었다. 항상 밝은 시간대에만 찾았기에 그곳을 알아보는 데는 조금 시간이 걸렸다. 그녀도 잘 아는 건물이었다. 지은이 아는 한 가장 큰 서점이 있는 빌딩이었다.

정현은 길을 잘 아는 것처럼 한걸음에 빌딩 뒤쪽에 있는 샛문을 찾아 열고 들어갔다. 정현이 당당하게 들어가는 것과 달리 지은은 주뼛거리며 문밖에 서 있었다. 걸어가던 정현이 지은을 돌아보았다. 지은은 한때 이곳에 거의 매일 출근하다시피 들른 적이 있었다. 그래서 더욱, 밤 시간의 이 장소가 낯설게 느껴졌다. 빌딩 홀에도 회색 어둠이 짙게 내려앉아 있었다. 지은은 발을 움찔거리며 쉽게 건물 안으로 들어서지 못했다. 그때 듣기 좋게 낮은 목소리가 울려서 들려왔다.

"어서 와."

홀 중앙에 서 있는 그의 얼굴이 잘 보이지 않았다. 하지만 정현이 손을 내밀고 있다는 건 알 수 있었다. 그의 목소리도, 그의 손도 지은을 재촉하지는 않았다. 다시 그녀에게로 돌아오지도 않았다.

그냥, 거기에 서서 그녀가 오길 기다렸다.

지은이 긴장된 한숨을 내쉬고 건물 안으로 한 발을 내밀었다. 몇 발짝 걷자 뒤로 철문이 닫히는 소리가 났다.

정현이 손을 내리고 웃고 있는 것이 보였다. 약간 흥분되어 심장이 기분 좋게 뛰었다. 정현은 기다리지도 않고 홱 몸을 돌려 안으로 들어가버렸다. 지은이 빠른 걸음으로 그 뒤를 쫓았다.

서점 안은 몇 개의 전등만이 불을 밝히고 있어 꼭 달빛만이 이곳을 비추고 있는 것 같았다. 정현이 멈춰진 에스컬레이터를 걸어 내려오는 남자를 보며 웃었다. 남자는 정현과 인사를 나눴다. 정현이 친근한 투로 말했다.

"조만간 자리 한번 만들게."

"당연하지. 장부에 적어둘 거야. 제일 일찍 출근하는 직원한테 얘기해뒀으니까 내가 말한 대로 하면 돼. 비번은 알지?"

정현이 조용히 웃으며 관자놀이를 톡톡 두드렸다. 남자는 손등으로 정현의 팔을 툭 치고 가려다가 그의 어깨를 붙잡고 속삭였다.

"근데, 누구야?"

지은은 멀찌감치 서서 신발 끝으로 바닥을 두드리고 있었다. 정현이 그녀를 슬쩍 쳐다보고는 목소리를 낮춰 말했다.

"친구."

"친구? 농담이지?"

정현은 그저 웃었다. 그가 더 대답할 생각이 없다는 걸 알고 남자는 머쓱하게 입맛을 다셨다. 그러고는 정현의 귀에 대고 속삭였다.

"이 데이트 방법, 로열티는 없는 거겠지?"

"내 귀에만 안 들어오면 돼."

남자가 낮게 소리 내어 웃었다. 그는 책을 뒤적거리고 있는 지은에게 눈인사를 하고는 뒤로 손을 흔들며 서점을 나갔다. 그가 어둠 속으로 완전히 사라지자 지은이 정현에게 달려와 말했다.

"지금 뭐하는 거예요?"

"노는 거잖아."

정현이 정장 겉옷을 벗으며 태연히 말했다. 뭘 당연한 걸 묻냐는 투였다.

지은이 두리번거리면서 물었다.

"여기 우리 둘뿐이에요?"

"응. 멋지지?"

"무서운데요."

정현이 지은에게 있어보라는 듯 손짓을 하고는 그들이 들어온 서점 입구로 걸어갔다. 그리고 뭔가를 만지는 것 같더니 문 쪽에서 삐빅, 하는 전자음이 났다. 정현이 싱글거리며 돌아와 말했다.

"문을 잠갔어. 이제 좀 덜 무섭지?"

"……이제 제가 비명을 질러도 소용없는 건가요?"

지은의 심각한 농담에 정현이 크게 소리 내어 웃었다. 그가 저렇게 크게 웃는 모습은 처음 보았다. 그는 진심으로 즐거워하는 눈치였다. 뭔가를 해준 것도 없는데 저렇게 즐거워하다니, 진오도 평소 이런 기분으로 자신을 봐온 걸까. 지은은 정말 오랜만에 진오를 떠올렸지만 그전과 다른 점이 있었다. 예전엔 진오를 떠올리면 한동안 머릿속에서 그의 모습이 떠나질 않았는데, 지금은 진오를 잠시 생각한 것만으로도 정현에게 미안한 마음이 일었다. 어느덧 진오 생각은 저 멀리 물러가고 말이다.

정현이 큰 걸음으로 어딘가로 가 바구니를 가지고 왔다. 그는 지은이 손으로 짚고 서 있는 베스트셀러 책 더미 위에 바구니를 탁 내려놓으며 말했다.

"6시까지면 넉넉히 쇼핑할 시간이 되겠지?"

지은이 정현과 바구니를 번갈아 쳐다보며 물었다.

"쇼핑이요? 무슨 쇼핑?"

"책 쇼핑이지. 서점에서 채소나 생선을 살 수는 없잖아?"

"물론 이것도 사장님이 사주신다는 거겠죠?"

"왜, 또 부담스러워? 그럼 상한선을 두지. 딱 이 바구니 한가득 만큼, 어때?"

"무거워서 들고 가지도 못해요. 그리고 그런 문제가 아니에요."

정현은 셔츠 팔소매를 걷어 올리며 눈을 감고 고개를 저었다. 더 이상 반론은 듣지 않겠다는 것이었다. 다시 눈을 떴을 때 그의 얼굴은 표정을 가지고 있지 않았다. 혜경의 말마따나 웃음을 지운 그의 눈은 당최 속을 알 수가 없었다. 지은이 진열된 책을 손톱으로 톡톡 두드리며 말했다.

"한두 푼도 아니고, 그렇게 비싼 선물은 곤란해요."

"꼭 그렇게 사양을 해야겠어? 나 같으면 몇 권만 고르더라도 상대 성의를 생각해서 일단 움직이고 볼 텐데."

"전 안 그래요."

그의 박력에 압도돼 지은이 웅얼거리며 대꾸했다. 정현이 소매를 팔

꿈치까지 걷어붙이고 지은의 바로 앞까지 걸어와 섰다. 그는 양쪽 서적
코너에 두 손을 짚고 지은 쪽으로 몸을 숙였다. 그의 얼굴이 어느 때보
다 가까이 다가왔다. 이번엔 지은도 시선을 피하지 않았다. 그가 낮은
목소리로 말했다.

"이곳에 발을 내딛은 순간 너도 어느 정도 예상하고 있었잖아, 이런
상황."

사방이 조용했다. 책들이 빤히 두 사람을 주시하고 있는 것 같은 기분
이 들었다. 그의 눈을 뚫어져라 응시하던 지은이 결국 씨익 웃으며 대꾸
했다.

"지금 그 말, 아까 호텔 앞에서 들었으면 냅다 도망쳤을 거예요."

지은이 힘 있게 바구니 손잡이를 잡았다. 정현의 입가에 만족스러운
미소가 떠올랐다.

"그럼, 움직여볼까."

"위험해."

인기척도 없이 다가온 목소리에 놀라 라야는 그만 사다리에서 발을
헛디뎠다. 앞으로 고꾸라지려는 것을 간신히 버텼더니 이젠 몸이 뒤로
쏠렸다. 공중에서 팔을 몇 번 휘적거리다가 결국 뒤로 넘어졌다.

그가 라야를 가볍게 안아들었다. 라야는 놀란 눈으로 그를 올려다봤
다. 그러고는 미소 띤 얼굴로 뒤늦은 비명 소리를 냈다.

"꺄악."

그러자 그가 던지듯 그녀의 몸을 내려놓았다. 라야는 앙감질을 하다
가 결국 무릎을 꿇으며 엎어졌다. 그녀가 원망스러운 눈으로 그를 흘겨

봤다.

"내가 벌 떼에 쫓기든 말든 마님하고만 도망칠 때는 언제고 또 친한 척이에요?"

"친한 척한 적 없어. 그리고 벌들한테서 미움을 산 건 오로지 네 재주고."

그가 무표정하게 라야의 얼굴을 살피고는 조금 놀랍다는 듯이 말했다.

"그런데…… 멀쩡하네? 벌들한테 보기 좋게 몇 방 쏘였을 줄 알았더니."

라야가 반색했다.

"걱정한 거예요? 걱정돼서 날 찾아온 거예요?"

그가 코웃음을 쳤다. 그리고 허리를 굽혀 라야가 놓친 책을 주워 들었다. 그의 잘생긴 눈썹이 꿈틀했다.

"'황궁의 방중술'"

라야가 드맑은 목소리로 책의 제목을 읽었다. 그가 라야에게 책을 넘겨주지 않으려고 잡고 있는 손에 힘을 준 채 말했다.

"넌 당최 부끄러움이란 걸 모르는군."

결국 두 손으로 그에게서 책을 빼앗은 라야가 당당한 목소리로 말했다.

"부끄러운 게 뭔데요? 궁금하면서 묻는 게 무서워서 가만히 있는 게 진짜 부끄러움을 모르는 거죠. 자신을 바로 보기 두려워 스스로를 들여다보지 않으려는 것 또한 부끄러운 거고요. 자신에게 솔직하지 못하니 상대에게도 솔직하지 못해 결국 상처를 주고 사과조차 하지 않는 게 진짜 부끄러움을 모르는 거라고요."

"……나 들으라고 하는 소리야?"

또 위험한 줄 모르고 당돌한 소리를 하는 여자가 내심 걱정되어 그가 서늘한 시선을 만들어냈다. 하지만 라야는 두려워하지 않는 얼굴로 어깨를 으쓱했다.

"저한테 하는 소리예요."

남자의 눈이 맥이 빠진 듯 금세 평소의 무심한 제 색을 찾았다. 바닥에 떨어진 또 다른 책을 주워 들면서 그가 말했다.

"자기반성은 속으로 해. 대체 무슨 생각을 했기에 그런 말을 하는 거야?"

"궁금해요?"

라야가 초록빛 눈을 빛내며 도발적인 표정을 지었다. 그녀가 눈으로 말했다.

'궁금하죠? 묻지 않고는 못 배길걸?'

그의 표정엔 변화가 없었다. 그가 시선을 내려 손에 든 책을 보았다. 《차이드 어(語) 속에 숨겨진 소수 민족의 옛 풍습》.

라야가 드물게 수줍은 얼굴을 하고 그의 손에서 책을 끌어당겼다.

"혹시 궁금한 걸 알 수 있을까 해서요."

"궁금한 게 뭔데?"

"궁금해요?"

라야가 다시 도발적인 표정을 지었다. 하지만 이번엔 눈이 웃고 있지 않았다. 아일은 대답하지 않는 걸로 긍정을 대신했다. 라야가 에이, 그러면서 그에게서 눈을 떼고, 책 표지를 손으로 소중히 쓰다듬었다. 조심스럽게 책 옆모서리를 잡고 페이지를 반 정도 나눠 펼쳤다. 그리고 변색된 종이를 가만히 손으로 매만졌다.

"엄마는 종종 아빠를 '가인'이라고 불렀어요. 가인 님이 오면 같이 먹자꾸나, 이렇게요."

"처음 들어보는 말인데."

"다이런엔 없는 말이거든요. 대신 아빠는 엄마에게 종종 이런 말을 하셨죠. 그대를 만난 것이 내 생의 가장 큰 의미요."

"거참 낭만적이시군."

그의 이죽거림을 무시하고 라야가 한숨을 내쉬었다.

"이곳 사람들은 어떻게 그 긴 역사를 가지고도 연인을 부르는 사랑스러운 어휘 하나 없을 수 있나요? 그런 말도 없음 대체 어떻게 사랑하는 이를 부른다는 거죠?"

"민족성이겠지. 싸우느라 바쁜 동네라. 욕설은 차이드보다 많잖아?"

"우리 아빠도 다이런 사람인걸요? 하지만 얼마나 자상하셨는데. 우리 마을에서 가장 온화한 분이셨어요."

사람 좋게 생긴 면접관이 물었다.

「첫 월급을 타면 어디에 쓸 계획입니까?」

「먼저, 기본 생활비와 내년에 고등학교에 진학하는 남동생 교복비와 책값을 따로 떼어둘 것 같습니다. 그리고 가족들한테 줄 조그마한 선물을 살 돈 말고는 모두 저축할 계획입니다. 저를 위한 건 내년 초부터 찬찬히 고민해볼 생각이고요.」

면접관들이 살짝 웃는 것이 보였다. 비웃는 건가.

질문을 던졌던 면접관이 역시나 사람 좋아 보이는 미소를 지으며 말했다.

「가족들을 생각하는 마음이 지극하네요. 그럼 질문을 좀 바꿔서, 그런 상황을 전혀 고려하지 않고 오직 자신만을 위해 월급을 쓴다면 어떻게 쓸 생각인가요? 신입 초봉으로 할 수 있는 자신에 대한 투자 방법 말입니다.」

「한 달 월급으로 할 수 있는 일이라면, 역시 책이겠죠. 월급의 십분의 일 정도는 어학원을 다니면서 외국어를 더 탄탄히 하는 데 쓰고, 나머지는 역시나 책을 잔뜩 살 것 같습니다. 휴학을 했던 시기에 거의 매일 출근하다시피 서점에 들렀습니다. 그때 책을 바구니 한가득 살 수 있으면 얼마나 좋을까, 그런 생각을 했습니다. 그리고 꼭, 직장을 다니게 되면 매달 월급의 얼마 정도는 책을 사는 데 쓰겠다 그런 결심을 했었죠.」

지은은 서점 의자에 앉아 눈을 감고 있었다. 막상 사려고 하니 리스트가 잘 생각나지 않았다. 한동안 보지 못했던 소설을 읽어야겠다 싶어 베스트셀러 쪽에 가서 세 권을 고르고, 추리 소설도 집어 들었다. 어학 코너에 가서 영어 단어집과 일본어 회화 책을 골랐다. 예은이 눈여겨보던 재즈 피아노 교본과 동현의 문제집도 바구니에 넣었다. 그런데도 바구니가 반도 안 찼다.

'인터넷 서점 장바구니에 뭘 넣어뒀더라.'

지은은 미술 서적 코너로 갔다. 게임 디자인 책을 찾았다. 괜찮은 책인 것 같아 바구니에 넣었다. 잠시 진오가 떠올랐다. 또다시 알 수 없는 미안함이 마음을 어지럽혔다.

비싸서 침만 흘렸던 미술사 책을 찾아내 환호성을 지르고는 급히 입을 막았다. 작지 않은 소리가 빈 공간에 울려 퍼졌다. 하지만 당연히 그녀를 나무라는 사람은 없었다. 그것을 인식하자 지은은 천천히 고개를 흔들면서 콧노래까지 부르기 시작했다. 일상적이지 않은 시간에 일상적인 장소를 찾은 것만으로도 금기를 깨는 기분이 들었다. 유쾌했다.

한번 속도가 붙으니까 미술 관련 서적으로 바구니를 반이나 채웠다. 미술 코너 한구석이 텅 비어 있는 걸 보니 묘한 기분이 들었다. 바구니를 들고 에스컬레이터를 유유히 걸어 내려왔다. 혼자 돌아다닌 지 꽤 시간이 흘렀는데 그와는 한 번도 마주치지 않았다. 어디서 자고 있는 건 아닐까.

"거 봐."

지은이 중얼거렸다. 에스컬레이터를 내려오는 중간쯤에서, 아래층 한구석에 놓인 테이블에 정현이 앉아 있는 것이 보였다. 양탄자가 그녀의 발소리를 흡수했다. 지은이 다가가도 그에게선 아무런 움직임이 없었다. 정현은 팔꿈치를 짚고 있는 한 팔에 얼굴을 기댄 채 곤히 잠들어 있었다. 실은 죽은 게 아닌가 싶을 만큼 숨소리 하나 들리지 않았다. 심장은 뛰고 있는 걸까. 지은의 눈이 자연스럽게 그의 가슴으로 향했다.

지은은 시선을 들어 그의 얼굴을 보았다. 보기 좋게 얌전히 자고 있는 정현을 모처럼 유심히 살폈다.

귀에서 턱까지 내려오는 선이 부드럽다. 콧날은 날렵하다. 입매는 흐트러짐 없이 단정하다. 목은 단단하지만 매끈하고, 항상 등을 꼿꼿이 편 자세는 늘씬하다. 심지어 자고 있는 동안에도.

걷어 올린 소매 아래로 지나치게 희지 않은 상아색 피부가 건강하게 느껴졌다. 손은 크고, 손가락은 누구 말마따나 섬세해 보였다.

다시 시선을 되돌려 감아 그의 얼굴을 보았다. 그의 눈은…….

그의 눈은 투명한 갈색이었다. 보고 싶었다. 자세히, 오랫동안.

지은은 바구니를 바닥에 두고 조심스럽게 쭈그리고 앉았다. 그녀는 팔에 머리를 기댄 채, 고개를 숙이고 있는 그의 얼굴을 아래에서 올려다보았다.

지은은 그의 눈을 향해 천천히 손을 뻗었다. 대체 어쩌려는 생각이었을까.

지은은 그의 감은 눈에서 딱 손톱만큼의 거리만 남겨두고 뻗던 손을 멈추었다. 손가락 끝이 파르르 떨렸다. 미친 거 아니야, 나? 지은은 생경한 느낌에 눈을 내리고 머리를 가볍게 흔들었다. 그리고 다시 시선을 올렸다.

정현의 갈색 눈동자와 딱 마주쳤다. 그대로 굳어버렸다.

이미 늦었다. 손을 접을 수도 없었다.

그가 허락하지 않으면 지은은 입도 뗄 수 없었다. 고작 침을 넘기는 게 그녀가 할 수 있는 전부였다. 사방이 조용하니 시간이 더 느리게 흐르는 듯했다. 정현이 소리는 내지 않고 입술만 달싹거려 말했다. '뭐하는 거야.'

순간 마법이 깨졌다. 지은이 눈을 부릅뜨고 벌떡 몸을 일으켰다.

"이럴 줄 알았어요."

"뭐가?"

"보통 이런 장면에선 뭘 하기도 전에 상대가 눈을 번쩍 뜨더라고요. 시험 삼아 한번 해봤어요."

정현이 조용히 그녀를 올려다봤다. 지은은 뒷짐을 지고 웃어 보였다. 역시 너무 구차했지?

정현이 등을 곧추세우고 앉았다. 그리고 깍지를 끼고 길게 기지개를 켰다. 지은은 그가 자주 그러는 것처럼 그녀를 놀릴 거라 생각했다. 그럼 다른 이유에서 얼굴이 붉어진다는 것을 숨기고 이런저런 변명을 해봤을 텐데.

그는 마치 그녀가 항상 그래왔다는 것처럼 태연한 얼굴이었다. 지은은 손등으로 열이 오르는 뺨을 지그시 눌렀다. 정현이 눈으로 그녀의 바구니를 가리켰다.

"다 고른 거야?"

"아…… . 예, 얼추."

"배고프지 않아?"

정현이 자기 바구니를 들고 일어섰다. 그의 바구니엔 빈 공간 하나 없이 빽빽이 책이 채워져 있었다. 저걸 언제 다 골랐으며, 저걸 또 언제 다 읽을 생각인 걸까. 그냥 보이는 대로 집어넣고 자고 있었던 거 아냐?

그가 지은이 내려놓은 바구니까지 들면서 눈짓으로 그녀를 이끌었다.

자기도 모르게 그를 쫓던 지은이 미간을 찌푸렸다. 오늘 시작부터 지금까지 자신이 그의 요구에 너무 순순히 응한다는 생각이 들었다. 하지만 그런 진지한 생각은 배에서 들리는 꼬르륵 소리와 함께 무너졌다.

잠이 덜 깨서인지 그의 눈은 여전히 무표정했다. 그러나 입가에 옅은 미소가 스쳐갔다.

"얼마나 배고픈지 알겠어. 따라와."

지은이 입을 삐죽이며 그의 뒤를 따랐다.

"아…… 그건 좋은 생각이 아닌 것 같아요."

정현이 서점에 달려 있는 커피숍으로 들어가려 하자 지은이 다급히 말렸다.

"혹시 모르실까 봐 얘기하는 건데, 커피숍은 서점과 다른 회사예요. 그렇게 막 들어가면 경보 장치가…… 안 울리네요."

지은의 염려와 달리 정현이 커피숍 입구를 가로막고 있는 줄을 타 넘고 가도 경보는 울리지 않았다. 지은은 호들갑을 떤 자신이 부끄러워졌다.

정현은 모든 일에 당당했다. 그를 안 지 오래되지는 않았지만 그가 주뼛거리거나 망설이는 모습을 본 기억이 없다. 지은은 도둑고양이처럼 매사에 조심스러운 자신이 딱하게 느껴졌다.

정현이 커피숍 전등 스위치를 찾아 벽을 더듬었다. 곧 노란 전등이 어둠을 밝혔다.

정현이 양손에 든 바구니를 테이블 근처 바닥에 내려놓았다.

"뭐 마실래?"

지은은 그냥 편해지기로 했다. 꿈이라고 생각하면 뭐든 할 수 있을 것 같았다.

"아메리카노요."

뒤늦게 그를 곤란하게 할 만한 여러 메뉴들이 떠올랐지만, 그는 이미 휘적휘적 안쪽으로 걸어가고 있었다. 지은이 그의 등 뒤로 살짝 손을 들었다. 그러나 그뿐, 입에서 '저기, 딴 거 하면 안 될까요?'란 말은 나오지 않았다. 지은은 힘없이 눈을 내려 정현의 바구니를 보았다.

잠시 뒤, 읽고 있는 책 위로 그늘이 져 고개를 들었다. 정현이 쟁반을 들고 서 있었다. 그의 눈은 다시 장난기와 다정함을 담고 있었다. 지은이 좋아하는 눈이었다.

'좋아하는 눈?'

지은은 희미한 미소를 그리고 있던 입매를 얼른 고쳐 잡았다.

정현의 눈이 살짝 가늘어졌다. 지은이 눈치챌 정도는 되지 못했다. 그가 커피와 케이크 접시를 테이블에 내려놓으며 말했다.

"읽고 있는 그 책, 가져가지그래?"

지은은 자신이 보던 책의 표지를 다시 확인했다. 게임 디자인 관련 서적이었다.

"저 주려고 고르신 책이에요?"

정현은 그저 웃었다. 그는 대답 대신 종종 저렇게 웃었다.

지은은 다시 바닥에 내려져 있는 바구니를 보았다. 그의 바구니엔 게임 관련 서적이 가득 담겨 있었다. 특이한 점이라면 초급자용이라는 것. 지은이 정현을 응시하자 그는 '네가 생각하고 있는 그게 정답.'이라는 뜻으로 어깨를 으쓱였다.

지은이 괴로운 표정을 지어 보였다.

"숙제를 잔뜩 받은 기분인데요."

"원하면 시험도 가능해."

"사양할게요. 그건 정말 사양합니다."

정현이 소리 낮추어 웃었다. 지은의 심장이 다시 귀를 기울였다. 지은은 몰래 손을 움직여 명치 부분을 꾹 눌렀다. 이 뻐근한 감각을 설명할 길이 없었다. '미어지다'라는 표현이 비슷한 것 같아 집에서 사전으로 뜻을 찾아보고는 기겁을 했다.

또다시 꼬르륵 소리가 들렸다. 지은은 볼을 살짝 붉히며 배를 쓰다듬었다. 정현이 포크로 케이크 모서리를 잘라 그녀의 입 가까이 가져갔다.

지은이 눈을 크게 뜨며 다가오는 그의 손목을 붙잡았다.

"제, 제가 먹을게요."

정현은 잠시 그녀의 눈을 응시했다. 그녀의 어떤 태도가 그의 기분을 상하게 한 걸까.

그는 단호한 얼굴로 고개를 저었다. 지은이 포크를 빼앗으려고 했지만 그는 결코 빼앗기지 않았다. 더 세게 잡아당기면 포크가 날아갈 것 같아 지은은 손을 내렸다. 그리고 더듬거리며 말했다.

"이런 건 친구 사이에 할 만한 짓이 못 돼요."

"친구 사이니까 가능한 거야."

"아니에요. 친구면 안 되는 거죠."

"친구니까 돼."

또다시 그가 놀리는 표정을 지었다.

"연인 사이엔 이렇게 하지 않지."

그는 대뜸 포크의 방향을 틀어 자신의 입에 넣었다. 포크를 입에 문 그가 살짝 장난스러운 미소를 지었다. 포크가 부드럽게 그의 입술 사이로 빠져 나왔지만 그는 목을 움직이지 않았다. 대신 아무 말 없이 의자를 당겨 지은의 곁으로 왔다. 그가 뭘 하려는지 눈치챈 지은이 도망치려 했다. 하지만 정현이 더 빨랐다. 그는 절묘하게 지은의 몸엔 손 하나 대지 않고 소매만을 잡아당겨 그녀가 자신을 바로 보도록 했다. 그의 얼굴이 가까이 다가오자 지은이 소릴 질렀다.

"알았어요! 먹을게요! 주세요! 얼른!"

그제야 정현은 음식을 삼켰다. 방금 그 짓을 한 사람이 맞기나 한 건지 그는 정중한 어조로 말했다.

"사실 이런 짓은 연인 사이에도 하기 힘들지."

"당연하죠."

"네가 순순히 받아들일까 봐 살짝 겁났었어."

정현은 다른 깨끗한 포크를 들어 케이크를 먹기 좋은 크기로 잘랐다. 그리고 지은이 몸을 틀지 못하도록 한 손으론 그녀의 의자를 꽉 잡았다. 포크 머리가 지은의 꾹 다문 입술 바로 앞까지 다가왔다. 정현은 이제는 오기로라도 먹이겠다는 표정이었다. 지은은 그의 강렬한 시선을 피하며 살짝 입술을 벌렸다. 정현의 손은 여전히 꼼짝하지 않았다. 대신 그의 고개가 살짝 기울어졌다. 그 정도로는 들어가지도 않아.

지은은 두근대는 심장을 진정시키기 위해 손을 들어 목 아래 부분을 누르며 천천히 상체를 기울였다. 그리고 입을 조금 더 크게 벌렸다. 그녀가 정현에게로 몸을 숙이는 속도만큼 포크도 천천히 그녀의 입속으로 들어왔다. 지은은 눈을 어디에 두어야 될지 몰라 아주 가까이에 있는 그의 목에 시선을 놓았다.

차가운 포크 감촉이 혀에 닿았다. 입안에 달콤한 향이 퍼졌다. 혀를 움직였다. 부드러운 치즈 맛과 설탕 맛이 감돌았다. 온 신경이 눈과 오른쪽 다리에 집중되는 기분이었다. 의자를 짚고 있는 그의 팔이 오른쪽 다리에 스치는 것만 같았다. 지은은 두 다리를 바싹 모아 붙였다.

그녀의 목이 크게 움직이자 정현이 만족스러운 미소를 지었다. 그러고는 포크를 든 손가락에 힘을 풀었다. 포크가 힘없이 앞머리를 내렸다. 지은은 그가 건네는 포크를 잡아채며 붉어진 얼굴을 숨기려고 일부러 모난 목소리로 말했다.

"이제 만족하세요?"

"그런 표현이야말로 친구 사이에 나올 말한 말이 아니지."

정현이 손가락을 튕겨 그녀를 가리키며 밉살맞게 웃었다.

지은은 보란 듯 인상을 찌푸리고, 케이크 조각을 크게 잘라 입에 넣었다.

"됐어요?"

"착한 아이네."

정현이 그녀의 머리를 쓰다듬으려 손을 들어 올렸다. 지은이 흠칫하며 어깨를 움츠렸다.

그는 머쓱한 웃음을 지으며, 대신 어깨 위로 땋아 늘어뜨린 그녀의 머리 갈래 끝을 손가락으로 톡 치고 손을 내렸다.

지은은 포크를 입에 문 채 눈동자를 어지럽게 굴렸다. 그녀의 표정엔 미안함과 당황스러움이 뒤섞여 있었다. 정현은 하나도 기분이 상하지 않았다는 듯 여전히 애정 어린 눈빛으로 그녀를 위로했다.

"그런 표정 지을 거 없어. 좀 더 호통을 쳐도 된다고."

그는 발을 굴려 의자를 뒤로 물리고 멀찌감치 떨어졌다. 지은은 그제야 심장과 다리에 몰려 있던 피가 사지로 퍼져나가는 듯한 느낌을 받았다.

정현은 다른 테이블에 자리를 잡고 앉아 두 바구니에 있는 책들을 모조리 테이블 위에 쌓아 올렸다. 그리고 메모지에 뭔가를 옮겨 적기 시작했다. 지은이 커피 잔을 든 채로 의자를 슬슬 끌고 가까이 다가왔다. 그리고 넌지시 그의 어깨 너머를 살폈다.

정현이 책 뒤표지를 확인하며 말했다.

"아직 시간 남았으니까 한 번 더 둘러보고 와도 돼. 아님 한숨 자든가."

"사장님은 안 피곤하세요? 제가 잠 깨운 거 아닌가……."

그가 그녀를 슬쩍 돌아보며 말했다.

"그럼, 같이 잘까?"

지은이 눈을 가늘게 떴다. 정현은 짓궂은 농담을 사과한다는 듯 점잖게 고개를 까닥했다. 하지만 금세 입술에 키득거리는 미소가 걸렸다.

지은은 테이블로 돌아와 케이크 접시를 깨끗이 비웠다. 소리가 나지 않게 포크를 내려놓았다. 커피숍 입구 쪽을 보았다. 낮은 벽 너머로 침침한 조명 아래의 서가들이 한눈에 들어왔다. 너무 조용하다. 그와 그녀가 얘기를 나눌 땐 책들이 모조리 시선을 이쪽으로 돌렸다가 사람이 그쪽을 쳐다보면 평범한 책인 척 군다는 느낌이 들었다. 그 분위기가 조금 무섭고 섬뜩해서 지은은 더 뚫어져라 서가 쪽을 보았다.

고요하다. 펜촉이 종이를 긁는 소리만 들려왔다.

지은은 고개를 돌려 정현을 보았다. 정현은 필기에 열중하고 있었다. 고작 책 리스트를 적는 작업에도 그는 빛이 났다. 지은은 문득 그의 학창 시절이 궁금해졌다. 남녀공학을 나온 걸까. 어떤 모습으로 수업을 들었을까? 지금처럼 저런 표정을 하고 있었을까? 만약 그렇다면, 그의 학창 시절이 평안하지만은 않았을 것이란 생각이 든다.

그는 친구로 좋은 상대였다. 그게 의도적이든 아니든 그는 상대를 설레게 해주었다. 긴장감을 느끼게 했다.

저 눈을 보라. 그의 눈동자는 자신의 위험한 매력을 고스란히 담고 있었다.

정현이 슬쩍 눈을 들어 지은을 보았다. 지은은 재빨리 고개를 바로 했다. 위험한 남자라는 생각은 그가 그녀를 향해 저런 눈빛을 보낼 때마다 흔들렸다. 그의 눈은 종종 지나친 애정을 담고 있었다. 지은의 상식으로 저런 애정은 아주 오래된 사이에서만 느낄 수 있는 것이었다.

지은은 혼란스러워져 그만 눈을 감았다. 눈을 감으니 머리가 잠으로 인식했는지 머릿속이 아득해졌다.

귀가 예민해졌다. 사각대는 필기 소리가 크게 들려왔다. 아주 작은 소리도 잡아낼 수 있을 것 같다. 방금 전 정현의 시선이 까만 화면 속을 할퀴었다. 모은 다리에 다시 힘이 들어갔다. 책 냄새가 자욱한 서가, 침침한 조명, 코끝을 간질이는 커피 향, 입안에 맴도는 단내, 고요함, 적막함, 편안함, 아득함, 그리고 펜 끝이 종이를 스치는 소리…….

지은은 이 모든 것이 꽤 오랜 시간 기억에 남을 것 같다는 예감이 들었다. 그 어떤 호텔방보다 선정적으로.

Part 2.

상담

"이번엔 꿈에 대해서 얘기해보죠."

"맞아요, 꿈. 그게 진짜 문제죠."

"얼마나 자주 꾸나요?"

"그렇게 자주는 아니에요. 그런데 한 번 꾸면 반복해서 사나흘씩 꾸는 것 같아요."

"사장을 만난 다음부터 말이죠?"

"그러니까요. 사실 전 꿈을 잘 안 꾸는 편이거든요. 그런데 이게 진짜 그의 말대로 전생인지, 아님 그저……."

"전생이라 가정하고 말해봅시다. 시대가 어떻게 되나요?"

"시대나 나라 이름은 잘 모르겠어요. 시간순도 엉망이죠. 당시엔 분명 알았던 거 같은데 깨고 나면 사람들 이름이나 얼굴 같은 건 기억에 안 남아요. 그때 감정만 남고, 이미지로만 생각이 난달까요. 무슨 의미인지 아시겠어요?"

"저도 그래요. 분명 꿈속에선 모든 게 확실한데 깨고 나면 잊어버리죠."

"그래서 이걸 전생이라고 믿을 수 없는 거예요. 의미가 있는 거라면 깨고 나서도 기억을 해야 하지 않나요?"

"꿈에 당신 사장으로 추측되는 사람이 등장하나요?"

"으음, 잘 모르겠어요. 어떤 남자가 자주 등장하기는 하는데, 그게 사장님인지는. 사장님은 절 보고 한눈에 알아봤다고 하는데 저는…… 모르겠거든요."

"남자가 등장하기는 하는군요. 그 남자가 사장과 비슷한 분위기인가요?"

"아니요. 전혀 달라요. 꿈속에서의 그는 무뚝뚝하고…… 조금 무섭죠."

"무서워요? 사장 말처럼 정말 주종 관계였나요?"

"모르겠어요. 그런 것 같기도 하고, 아닌 것 같기도 해요. 사장님이 처음 만난 날 그런 말을 했어요. 전생에 내가 자기를 좋아했다고. 그런데 꿈속에서는 정말 그런 비슷한 감정을 느껴요. 설레고 안타깝고, 어쩌지…… 이게 사랑이 맞긴 한가……. 아, 정말 짜증 나요. 1인칭 시점일 땐 그런 심정이다가도 관찰자 시점일 땐 짜증이 나죠! 그녀에게 막 화를 내요."

"화를 내요?"

"네. 아, 맞아요! 이게 또 신기한 게, 제가 짜증을 내면 그녀가 대답을 하기도 해요. 예를 들어 '저런 무심한 남자가 뭐가 좋다고.' 그러면, 그녀가 '그를 몰라서 그래.'라고 대답하죠. 역시…… 전생이 아니라 개꿈 같아요."

"그런 감정이라면 자고 나도 많이 피곤하겠어요?"

"일에도 지장이 있을 정도예요."

"그래서, 그 마음이 꿈에서 깬 뒤에도 계속되나요?"

5

무거운 눈꺼풀을 살짝 들어 올렸다.

"일어나라고."

다시 눈을 감았다. 하얀 빛이 눈 속을 파고들었다.

무슨 꿈을 꾸었더라. 오랜만에 꾸는 꿈인데.

몸이 살짝 흔들렸다. 동현이 이불을 자기 쪽으로 끌어당기며 지은을 깨웠다.

"일어나. 깬 거 다 봤어."

"언니, 일어나. 나 나가봐야 돼."

예은이 귀걸이를 귀에 꽂으며 동현을 거들었다.

"취직했다고 제정신 아니지? 집에 몇 시에 들어온 거야?"

"……몰라."

지은이 이불 속에서 잠이 덜 깬 목소리로 웅얼거렸다. 예은이 다가와 지은의 엉덩이를 찰싹 때렸다.

"외박이라니. 아빠한테 다 이를 거야."

"일러라."

지은이 어린아이처럼 대꾸했다. 동생들이 동시에 으이구, 소리를 내며 엉덩이와 다리를 때렸다. 지은은 순간 자신이 가장 막내가 된 것 같았다. 동시에 가족들에게서 보호받고 있다는 기분이 들어 왈칵 눈물이 났다. 이런 새삼스러운 기분이라니. 꿈의 여운이 남아 있었다.

지은은 잠을 깨우려는 것처럼 이불에 얼굴을 비벼 눈물을 닦고 일어났다. 예은과 동현이 애정이 가득 담긴 눈으로 그녀를 쳐다보고 있었다. 그래, 저런 눈이다. 저런 애정은 아주 오래된 사이에서만 느낄 수 있는 것이다. 그런데 정현도 저런 눈으로 그녀를 보았다.

지은이 눈을 한 번 길게 감았다 뜨며 말했다.

"너는 주말 아침부터 어딜 가려고?"

예은은 능숙하게 다른 쪽 귀에도 귀걸이를 달며 대꾸했다.

"아침은 무슨, 우리 둘은 점심까지 먹었구먼. 오코노미야키 만들어놨으니까 먹어. 동현이도 오늘 학원 보충 수업 있어서 나가봐야 한대."

"누나가 제일 팔자 좋아."

동현이 중학생답지 않게 어른스러운 말을 내뱉었다. 그의 무서운 점은 그런 말이 너무 잘 어울린다는 것이었다. 동생 같지 않아. 지은은 종종 그가 오빠처럼 느껴졌다. 지은이 으음, 앓는 소리를 내며 머리를 긁적였다. 동현이 거실에 시선을 두며 물었다.

"거실에 있는 저 책들은 다 뭐야? 24시간 서점이라도 생겼어?"

"아, 그 책. 너희들 책도 있는데. 한번 봐봐."

지은이 배시시 웃으며 침대에서 몸을 빼 내려왔다. 동생들이 거실로 나가고 지은도 그 뒤를 따르려는데 휴대전화가 울렸다.

정현에게서 온 문자였다.

[잘 잤어?]

지은은 고개를 두리번거렸다. 어떻게 지금쯤 깼을 거란 걸 안 거지?

[네. 사장님은 잘 들어가셨어요?]

삼십 초쯤 기다리고 있다가 거실로 나가려는데 답장이 왔다.

[오랜만에 집에서 쉬는 중이야. 메일 보냈어. 시간 나면 확인해.]

지은은 오른손으로 [지금 확인할게요.]라고 문자를 찍으면서 왼손을 뻗어 컴퓨터 전원을 켰다. 두 개의 광고 메일과 여섯 개의 스팸 메일 사이에서 정현이 보낸 메일을 발견할 수 있었다.

장문의 메일이었다. '오늘은 날씨가 아침부터 꽤 쌀쌀하다, 일기예보를 보니 상당히 춥다더라, 밖에 나가려면 옷을 단단히 입어라.'라는 엄마 같은 인사로 운을 뗀 뒤, 정현은 자신의 주소를 알려주었다.

[나만 네 주소를 알고 있으면 혹시 무서워할까 봐.]

지은은 슬며시 웃었다. 예전 카페에서 '스토킹 같나?'라며 얼굴에 홍조를 띠고 웃던 정현의 모습이 떠올랐다. 그가 말끝을 흐리며 쑥스러운 미소를 짓던 얼굴이 눈에 선하다. 몇 시간 전에 헤어진 그가 벌써 그리워졌지만 지은은 그런 자신의 감정을 의식하지 못했다. 대신 턱을 괴고 있던 왼손으로 살짝 뜨거워지는 볼을 매만졌다.

그는 귀엽게도, 아니, 치밀하게도 인터넷에서 약도까지 찾아내 자신의 오피스텔 부분을 빨간 동그라미까지 쳐서 캡처한 그림을 붙여놓았다. 찾아오란 소린가?

[찾아오란 얘기는 아니고.]

깜짝.

[그렇다고 찾아오지 말란 얘기도 아니고.]

그가 옆에서 대꾸하는 듯한 기분이 들어 지은은 자신의 방을 스윽 둘러봤다.

그 흔한 이모티콘이나 줄임말 하나 없이 짤막짤막한 문장으로 이루어진 메일은 흡사 손으로 쓴 편지처럼 담담히 그의 이야기를 하고 있었다. 듣기 좋은 속도로, 적당한 높이로, 항상 심장이 귀를 기울이게 만들던 그의 목소리가 들리는 것만 같았다.

그는 먼저 가족 이야기를 했다. 양친 모두 건강하게 살아 계시고, 나이 차가 나는 남동생이 하나 있단다. 독립은 대학생 때 했고, 그 이후로도 쭉 본가에서 나와서 살았다고 한다.

[어릴 땐 몸이 약해서 독립을 한다고 했을 때 부모님 반대가 좀 심했지. 걱정 마, 지금은 아주 건강하니까.]

지은은 모니터 쪽으로 더 바짝 몸을 붙이며 눈가를 찌푸렸다. 병약한 부잣집 도련님의 이미지는 지금 그의 모습과는 거리가 있었다.

[병약한 부잣집 도련님은 아니고.]

이제 조금 무서운 생각이 들려고 했다. 고개를 두리번거리다 베개 근처에 있는 판다 인형에게 시선이 닿았다. 뭘 쳐다봐. 지은은 혼잣말로 중얼거리곤 다시 모니터를 쳐다봤다. 메일은 정현의 학창 시절 이야기로 넘어갔다.

[중학교, 고등학교 모두 남녀공학이었어. 인후와는 중학교 때 만났지. 하지만 인사를 할 만큼 친해진 건 고등학교 때부터야. 그때에도 그다지 친한 건 아니었어. 제대로 친해진 건 같은 대학에 와서부터지. 서로 첫인상이 별로 안 좋았거든. 나는 잔소리쟁이였던 놈이 싫었고, 놈은 내가 자주 수업을 빠지는 걸 마음에 안 들어 했지. 등교 거부하는 반항아쯤으로 생각했다나? 학교에 못 나올 정도면 실은 밤새 앓아서 그랬던 건데 말이야. 놈은 착실한 반장, 딱 그거였어. 담임이 입이 무거운 사람이라 내가 결석한 이유를 녀석에게도 안 가르쳐줬나 봐. 그러니 모범생 반장은 내가 복에 겨워서 반항하는 도련님쯤 되고, 선생은 그걸 감싼다고 생각했겠지.]

지은은 손가락으로 턱을 매만졌다. 장인후 비서실장이라면 확실히 기억이 난다. 정현이 특별히 기억해두라고 했던 사람이다. 면접관으로 정현 옆에 앉아 있었고, 면접실에 들어선 그녀에게 "지금이라도 포기하려면 그대로 문을 나가시면 됩니다."라고 말했었다. 면접 중 질문은 한 번도 던지지 않았지만 다정한 눈으로 '너무 긴장하지 마요.'라는 듯한 시선을 보내줘 좀 더 침착하게 답변할 수 있었다. 수수하지만 단정한 인상에 일찍 성공한 엘리트 느낌을 풍기는, 선한 눈매가 인상적인 남자였다.

맞다. 그날 방에 뛰어들어 와서는 정현을 잡아먹을 듯 쏘아보기도 했었지. 그렇구나, 친구여서 그럴 수 있었구나.

[난 고등학생 때까지는 친구가 그다지 없는 편이었어. 인후와 알게 된 뒤로는 어쩔 수 없이 인간관계가 늘어났지. 녀석이 그런 타입이니까. 너니까 하는 얘긴데, 녀석이 내 가장 친한 친구라고 할 수 있지. 섭섭해하지 마. 너와 난 이 세상에서 만난 지 한 달도 안 됐잖아?]

'안 섭섭하거든요?'

지은은 마치 그가 앞에 있는 것처럼 짜증 난다는 표정을 지으며 입만 벙긋거려 대답했다.

[그리고 강민익이라는 친구가 있어. 내 기사야. 중세 시대 '기사(騎士)' 말고 운전기사.]

'당연히 그 기사를 생각하지요.'

[내가 길에서 주운 놈이지.]

'비유적인 표현인가?'

[성질이 사나워서 너한테 보여주기가 그러네. 저번에 출장 갔다 온 날 보여줄 수 있었는데 밤중엔 유난히 사나운 친구라 소개해줄 수가 없었어. 내 옆집에 살아. 정말 하루 종일 보기는 피곤한 얼굴인데 별수 있어, 내 발인데. 말했다시피 난 운전을 잘 못하니까. 나중에 정식으로 소개해줄게. 너무 기대는 하지 마.]

길에서 주운 데다 성질이 사납다라.

'개를 얘기하는 건가?'

그 뒤로 정현의 대학 생활이 이어졌다. 인후와 같은 학교, 같은 과에 들어가서 우연히 동아리까지 같은 곳에 들게 되었고 거기서 급격히 친해졌다고 한다. 그와 MT에서 오해를 푼 얘기, 친해지게 된 계기며 이런 저런 에피소드가 재미있게 쓰여 있어 지은은 읽는 내내 입가에 미소를 띠고 있었다. 동아리 사람들과 마음먹고 만든 게임이 마니아들 사이에서 입소문을 타게 됐고, 운 좋게 작은 회사와 손을 잡았는데 그것이 히트를 쳤다는 데서 이야기가 끝났다.

지은은 메일 쓰기 창을 열어놓고 한참을 가만히 앉아 있었다. 답장하라는 말은 없었지만 왠지 자신의 이야기도 들려주고 싶었다.

'저희 가족은 모두 다섯입니다. 아빠, 엄마, 저, 여동생, 남동생까지 다섯 명이죠. 여동생은 의대에 다녀요. 똑똑한 아이죠. 학교에서 1등을 놓쳐본 적이 없답니다. 제 자랑스러운 동생이에요. 사실 피아노를 했었는데 형편상 관두었죠. 저는 미술을 고집하고 동생은 자신이 하고 싶은 걸 결국 접어야 했다는 게 늘 마음에 걸려요. 자기는 취미로 하면 된다고 하지만 어쩌다 음악회를 다녀오는 날이면 얼굴이 어두워져 있어서 마음이 안 좋아요. 제 남동생은 내년이면 고등학생이 돼요. 걔는 더 똑똑해요. 아마 제가 가장 머리가 나쁠 거예요. 그렇다고 제가 바보라는 건 아니고요. 성적을 봐서 아시겠지만 저도 공부는 곧잘 했어요. 남매들 중에서 가장 평범하다는 거예요. 이 얘긴 괜히 했나?'

여기까지 썼는데 휴대전화가 울렸다. 지은은 길게 몸을 뻗어 휴대전화를 집어 들었다. 혜경에게서 온 문자였다.

[좀 보자. 멀쩡한 정신으로. 선예 북 카페로 오게나.]

"정말 믿을 수가 없군."

준성이 보던 책을 떨어뜨리듯 테이블 위에 내려놓으며 말했다. 새벽에 정현과 있었던 일을 친구들에게 털어놓자 준성이 가장 먼저 저런 반응을 보였다.

"네가 그토록 조심성 없는 아인 줄 몰랐어."

단정적인 말투에 지은이 기분이 상한 표시를 내자, 준성은 얼른 눈치를 보며 책으로 얼굴을 가렸다. 선예가 안경을 벗어 들고 손등으로 눈을 비비며 말했다.

"나도 놀라워. 내가 아는 넌 새벽에 남자를 따라 그런 곳까지 가지는 않거든."

"나도 내가 놀라워."

지은은 순순히 인정했다. 그와 함께 있으면 지은은 자신이 아닌 것만 같았다. 그의 앞에선 소리를 지르기도 하고, 화도 내고, 실없이 웃기도 하고, 심지어 딱 한 방울이었지만 눈물을 흘리기도 했다! 맙소사.

지은은 새삼 그것을 깨닫고 자신이 또 한 번 낯설어졌다. 아침에도 그랬다. 어슴새벽에 서점 빌딩을 나와 두 사람은 호텔로 갔다. 호텔이라니! 그리고 호텔 레스토랑에서 천천히 아침 식사까지 했다! 뭐에 씐 게 아니고서야 평소의 그녀라면 절대 하지 않을 짓이었다. 양손에 책이 가득 담긴 쇼핑백을 들고, 그의 차에서 내려 집 대문 앞에 서는 순간 온몸을 감싸는 그 낯섦이란……. 자신에게 낯섦을 느낀다는 건 좋은 기분이 아니었다.

"네가 악마에게 홀린 거야."

혜경이 진심을 담아 말했다. 지은은 문득 그녀가 술자리에서 했던 짓을 기억하고 있는지 궁금했다. 그것에 대해 묻자 혜경과 선예는 동시라고 할 만큼 빠르게 시선을 교환하고는 들고 있던 책에 시선을 박았다.

지은이 술자리 파장 전에 보였던 저승사자 같은 얼굴을 지어내며 말했다.

"응, 물었잖아? 네가 사장님한테 무슨 소리를 했는지 기억해?"

"사실 기억나지 않아. 공격적인 언사를 주고받았던 거 같기는 한데……."

혜경은 눈만 살짝 들어 대답을 하고 다시 책에 시선을 고정했다. 지은의 눈이 이번엔 선예에게로 향했다. 선예는 헛기침을 하고 안경을 고쳐 썼다.

"나도 뭔가 성희롱적인 발언을 했던 거 같은데, 기억이 안 나. 그 사람 얼굴을 보면 생각이 날지도."

"그래? 그럼 여기 오라고 해볼까? 보면 생각이 난다니 사과를 할 수도 있겠네."

지은이 꾸민 웃음을 지어내고 휴대전화를 들어 보였다. 바로 옆에 앉은 혜경이 점잖게 그녀의 휴대전화를 빼앗았다.

"아니야, 그러지 마. 사실 난 기억이 나. 미안해."

"난 정말 기억이 안 나는걸?"

혜경의 배신에 선예가 예쁜 눈을 치켜떴다. 혜경은 도망갈 틈을 찾았다는 듯이 선예를 물고 늘어졌다.

"넌 정말 어이가 없었다니까. 전생을 믿는다는 둥 미니 선인장이 되고 싶다는 둥, 기절하는 줄 알았어. 지은아, 그렇지? 아, 그렇게 무섭게 쳐다보지 좀 마. 실례한 걸로 치면 선예도 만만찮았는데 왜 나만 그런 눈으로 보는 거야. 그 남자 손을 붙잡고 호감이 간다느니, 자고 싶다느니, 그쪽이 더 실례 아냐?"

"넌 사장님한테 눈매가 사납다고 했어."

혜경은 벌어진 입을 급히 다물고 주먹으로 입을 틀어막았다. 이맛살을 찌푸리는 걸 봐서 이제 생각이 났나 보다. 선예가 낄낄거리며 웃었다. 준성이 어이가 없다는 눈으로 친구들을 훑어봤다.

"내가 가고 나서 대체 무슨 일이 있었던 거야? 종합해보면 눈매가 사납고, 호감 가는 손을 가졌고, 지은이가 전생의 인연이라고 꽤나 설득력 있는 헛소리를 해대는 놈이란 건데…… 그게 널 밤중에 불러내서 폐점한 서점에서 데이트를 했다는 거 아니야?"

"사장님은 눈매가 사납지 않아."

세 친구의 눈이 동그랗게 커졌다. 지은은 자신이 한 말이 어떤 뜻으로 받아들여질 수 있는지 깨닫고 수줍게 입술을 앙다물었다. 준성이 그녀를 향해 손가락질을 했다.

"지금, 네가, 우리들 앞에서 고작 만난 지 며칠 안 된 남자를 감싸고도는 거야?"

"감싸기는 무슨."

지은이 부끄러운 듯 웃었다. 준성이 버럭 소릴 질렀다.

"지금 감싸고도는 거잖아!"

"왜 소릴 질러?"

혜경이 지은 대신 목소리를 높였다. 준성이 혜경을 홱 돌아보며 말했다.

"지금 내가 화 안 내게 생겼어? 내 첫사랑이 한밤중에 아무도 없는 서점에서 남자와 단둘이 있었다는데!"

준성은 손가락으로 V자를 만들어 보인 뒤 두 손가락을 마주치며 '단둘'을 강조했다.

"게다가 내 두 번째 사랑은 그 남자랑 자고 싶다고 하고. 화나지, 화 안 나게 생겼어? ……아, 미안. 내가 널 안 좋아했다고 해서 네가 매력이 없단 소린 아니야."

화가 난 것처럼 친구들을 하나하나 쏘아보며 소리를 질러대던 준성은 혜경을 보더니 언제 그랬냐는 듯 표정을 풀었다. 뜬금없는 사과를 받은 혜경이 얼굴을 굳혔다.

"왜 내게 사과를 하는 거야? 넌 우리 반 여자애들 반 이상을 좋아했었어. 그런 네놈 사랑 따위 안 받아도 괜찮아. 하나도 안 아쉽거든?"

"그래도 미안."

혜경은 어깨동무를 하듯 준성을 끌어당기더니 그의 목에 팔을 두르고 천천히 힘을 줬다. 준성이 컥컥 소리를 내며 다급히 혜경의 팔을 쳤다. 지은이 선예를 향해 조용히 말했다.

"그 사람은 너희들 같아. 기분이 그래. 어느 순간 불쑥불쑥 오래된 사이처럼 느껴져. 내게 해가 될 일을 할 리 없다, 그런 생각."

"제대로 세뇌당했군!"

아직 헤드록 자세에서 풀려나지 못한 준성이 소리쳤다. 혜경이 그를 더 꽉 조였다. 준성이 얕은 비명을 내질렀다. 선예가 읽던 책을 테이블에 내려놓으며 말했다.

"너…… 네가 좋아한다던 그 선밴가 하는 사람은 정리한 거야?"

지은이 입을 벌린 채 선예를 마주 봤다. 요란을 떨던 혜경과 준성도 동작을 멈추었다. 지은의 멍하던 눈이 점점 커지면서 빛을 찾는가 싶더니 평소보다 한 톤쯤 올라간 목소리로 소리쳤다.

"아니야!"

"뭐가 아니야? 양다리라고?"

"아니! 그러니까, 정리하고 말고 할 것도 없어. 동경하던 선배였고, 이제 조금씩 덜 마주치면서 마음을 접어볼까 그런 생각을 하고 있는 중이야. 그러다 보면 다시 예전처럼 편한 선배로 대할 수 있겠지. 그게, 그게 하루아침에 되는 게 아니잖아. 아니, 여기서 그 얘기가 왜 나와?"

"너희 사장이랑 잘되어가는 중이라며?"

"지금까지 내 말을 어디로 들은 거야. 사장님과 난 그런 관계가 아니라니까. 친구야, 친구."

선예가 긴 속눈썹을 깜박였다.

"우리 나이가 몇인데. 성인 남녀 사이에 친구라니?"

지은이 격앙된 목소리로 반박했다.

"준성이는? 준성이는 그럼 친구가 아니면 뭔데?"

"쟤는 우리가 어릴 때 만난 사이잖아. 무성(無性)이라고."

선예의 거침없는 말에 준성이 충격받은 표정을 했다. 준성이 팔로 그의 목을 감고 있는 혜경을 올려다봤다. 혜경이 안타까운 눈빛을 꾸며내며 고개를 끄덕였다.

지은은 정현을 처음 만났을 때의 일을 떠올렸다.

「예전처럼 좋은 친구 사이로 지냈으면 좋겠어.」

지은은 허공에 시선을 두고 천천히 고개를 가로저었다.

"아니야. 그도, 나도, 그렇게 생각 안 해."

때마침 지은을 구원하는 전화 벨소리가 들려왔다.

지은은 구세주에게 감사하는 마음으로 발신자를 확인도 하지 않고 통화 버튼을 눌렀다.

"네, 여보세요! ……진오 선배?"

이름과 학번만 덜렁 적어놓고 몇 시간째 진도가 안 나가는 리포트를 보는 심정이었다. 피하고 싶지만, 하긴 해야 한다.

좋지 않은 마음으로 준비를 하자니 행동도 더뎠다. 지은은 한숨을 내쉬며 화장대 앞에 앉았다. 머리를 드라이하기 위해 어깨 위로 늘어뜨리고 있는 땋은 머리를 풀었다. 벽시계를 보았다. 늦었다! 바삐 머리끈을 풀고, 쥐고, 내리는 손이 순간 멈칫했다.

지난밤 서점에서 정현의 손가락이 닿았던 부분을 천천히 손으로 빗어내렸다. 손바닥이 뜨거워지는 기분이 들었다. 머릿속에 선예의 말이 지나갔다.

「우리 나이가 몇인데. 성인 남녀 사이에 친구라니?」

거울을 통해 방으로 들어오는 예은이 보였다. 지은이 말했다.

"일찍 왔네?"

"응, 리포트가 있어서. 어디 나가게? 혜경이 언니?"

"아니. ……대학 선배."

"저녁 먹고 올 거야?"

지은이 눈을 내리깔면서 고개를 끄덕였다. 며칠 전 진오가 저녁을 사겠다고 연락을 해왔다. 거절할 핑계가 없어 약속을 잡기는 했지만 막상 나가려고 하니 마음이 심란했다. 당분간 만나지 않고 정리할 시간을 갖겠다고 결심했는데, 그런 마음을 먹은 지 며칠 되지도 않아 그를 만나게 생겼다. 하긴, 웃으면서 헤어졌던 후배가 갑자기 자신을 피한다는 생각이 들 때 진오가 느낄 황당함을 생각하면 무작정 피할 수도 없었다.

'어차피 회사에서 마주칠 테니까.'

그녀의 눈이 열린 서랍 속을 뒤졌다. 아직 포장 케이스에 얌전히 들어 있는 향수를 꺼내 쥐었다. 고체 향수는 지금 지은의 뺨처럼 고운 장밋빛을 띠고 있었다. 시간을 두고 은은한 향기가 주위에 퍼졌다. 청량감이 느껴졌다. 강하지 않은 풀잎향. 멀리서 더 진한 향을 맡을 수 있는 난향처럼, 코를 뒤로 물릴수록 느껴지는 상쾌함이 강해졌다.

향수를 꺼내 들고 아주 잠깐, 진오를 만나러 가면서 안 쓰던 향수를 바른다는 게 우습다는 생각을 했다. 향수를 찾은 건 분명 이유가 있어서였다.

진오의 버릇 같은 미소에 흔들리지 않을 강한 자신이 필요했다. 정현과 있을 땐 왠지 또 다른 한지은이 되는 것 같았으니까, 지금 그녀에게 필요한 건 그런 새로운 자신이었다. 손가락이 닿자 고체 향수의 표면이 살짝 녹았다. 목덜미에 손가락을 가져갔다.

"무슨 향기야? 좋네."

예은이 나는 듯 마는 듯한 향기를 쫓아 눈을 감고 다가왔다. 지은이 장난스럽게 예은의 콧등에 향수를 찍은 손가락을 스쳤다. 눈을 흘기며 손가락으로 코를 훔치는 예은의 표정이 한결 밝아져 있었다. 사람을 '들뜨게' 하는 향기였다.

마치 '누구'처럼.

차가운 가을바람이 사장실의 창문을 두드렸다.

오늘의 공식 일정이 모두 끝난 정현은 어김없이 노트북 앞에 앉아 있었다. 한 시간째 말소리라고는 들리지 않는 조용한 방 안. 노트북 엔진이 돌아가는 소리를 따라 춤을 추듯 스탠드 빛 아래로 먼지가 유영했다. 간간이 딸각이는 마우스 소리가 들려왔다.

[며칠 전 친구들을 만났어요. 혜경이와 선예가 그때 호프집에서 있었던 일에 대해서 사과하고 싶대요. 혜경이와는 같은 중학교를 나왔어요. 한 번도 같은 반이 된 적은 없지만 인연이긴 한 건지 혜경이 얼굴은 어떻게 기억을 하고 있었어요. 혜경인 대회에 나가서 상도 타 오고 했기 때문에 조회 시간에 자주 단상에 올랐었거든요. 아, 제가 말했었나요? 혜경이는 중학생 때부터 배구를 했어요. 고등학교 2학년 때 같은 반이 되고, 혜경이가 배구를 그만두면서 친해지게 됐죠.]

정현은, 술에 취해 그에게 막말을 해대던 혜경을 떠올렸다. 그녀는 큰 키도 키지만 굽이 높은 하이힐까지 신고 있어 웬만한 키로는 그녀를 내려다볼 수도 없을 듯했다. 허리까지 오는 긴 생머리를 포니테일로 틀어 올린 스타일도 특이했다. 무엇보다 가장 인상적인 것은 그의 손을 으스러뜨릴 듯 악수를 해오던 손아귀 힘이지만.

[준성이도 그때 같은 반이었어요. 저와는 같은 미술 학원을 다녔죠.

지금은 광고 쪽 일을 하고 있어요. 공모전에 당선돼서 우리 회사와 일하게 될 거라고 하던데 자세한 건 모르겠어요. 선예는 2학기 때 전학을 왔죠. 짝인데도 말을 트는 데 사흘은 걸린 것 같아요. 교과서도 안 가져와 놓고 같이 보자는 말 한 마디 안 하는 거 있죠? 걔를 보겠다고 동급생, 후배, 선배 할 것 없이 쉬는 시간마다 교실 복도가 얼마나 복작복작했다고요. 그것 때문에 우리 반 애들은 매점에 한 번 가려고 해도 인파를 뚫어야 했어요! 몇 주 뒤엔 인근 학교의 남학생들로 하굣길이 북적였죠.]

정현은 그의 손을 꽉 잡고 놓아주지 않던 미인의 얼굴을 기억하고 있었다. 그건 쉽게 잊힐 성질의 것이 아니었다. 정현은 손가락으로 눈두덩을 비볐다. 감은 눈 너머로 그의 눈치를 보던 지은의 표정이 떠올라 입꼬리가 슬슬 올라갔다. 혜경이란 여자부터 선예란 여자까지, 참 개성 넘치는 친구들이다. 정현은, 지은이 바로 앞에 있기라도 한 것처럼 모니터 쪽으로 중얼거렸다. '누가 평범하다고?'

정현의 메일은 언제나 장문이었고, 지은의 메일은 갈수록 길어졌다.

그가 처음 메일을 보냈던 날 이후로 두 사람은 적어도 이틀에 한 번씩은 메일을 주고받았다. 지금까지 서로가 모르는 세월의 공백을 채우려는 듯이.

지은은 그렇게 생각하지 않는다 하더라도 정현은 그렇게 느꼈고, 메일을 읽고 쓰는 일과가 어느덧 그에겐 매일 먹는 비타민처럼 되어갔다.

똑똑.

노크 소리에 정현이 문 쪽으로 슬쩍 눈을 두면서 "예." 하고 대답했다. 갓 뽑은 커피를 가지고 비서가 들어왔다. 커피 잔을 책상에 내려놓은 그녀가 말했다.

"기분 좋은 일이 있으신가 봐요?"

정현이 모니터에서 시선을 떼고 그녀를 쳐다보았다. 비서는 입가를 들어 올리고 웃으며 손가락으로 입술 모양을 따라 그렸다. 그제야 자신이 여전히 웃는 표정이란 걸 안 정현이 책상에 바짝 붙이고 있던 몸을 뒤로 물렀다.

"좋은 일…… 좋은 일 있죠. 표시가 나나요?"

"평소보다 많이 웃으시긴 해요."

정현은 솔직하게 웃었다.

비서는 눈치가 빠른 사람이었다. 그녀는 하루 동안 정현의 얼굴을 가장 많이 보는 사람 중 한 명이며, 그의 표정이 요 몇 주 새 눈에 띄게 밝아졌다는 걸 세 번째로 눈치챈 사람이기도 했다. 첫 번째는 비서실장 장인후, 다음은 기사 강민익, 그리고 그녀.

눈치가 빠르다고 해서 '좋은 사람이 생기신 건가요?'라고 물을 만큼 입이 재빠른 사람은 아니었다. 그녀가 인사를 하고 방을 나가려 하자, 정현이 불러 세웠다.

그는 할 말이 있는 것처럼 입술을 달싹거렸다. 하지만 끝내 별말 없이 그녀를 내보냈다. 몇 주 뒤에 들어올 지은을 잘 부탁한다는 말을 하려다가 관뒀다. 쓸데없는 참견이겠지.

지은을 생각한 것만으로도 기분이 좋아져서 슬며시 미소가 떠올랐다.

잠시 뒤 인터폰이 울렸다.

— 차가 정문에서 대기 중입니다.

진오는 오늘도 외국 번화가 한복판에서 십년지기를 만나기라도 한 듯한 표정으로 인사를 해왔고, 지은은 자기도 모르게 활짝 웃으며 그를 반겼다.

그다음부터는 언제나 그렇듯 진오 위주로 대화가 진행되었다. 그가 말을 하면 지은은 맞장구를 치는 식으로 한 시간여가 지났다.

지은은 간간이 심장이 따듯해지는 걸 느꼈다. 그럴 때마다 속으로 마음을 다잡았다.

진오가 테이블을 탁 치며 말했다.

"앞으로 또 오토바이 타겠다는 소리 하려면 네 등록금은 알바를 하든 뭐를 하든 혼자 해결해야 될 거야, 라고 얘기해줬지."

"그래도 그 정도 다친 게 어디예요. 다행이에요, 정말."

진오가 동의한다는 듯 미소를 지어 보였다.

또다시 심장 언저리의 온도가 올라갔다. 지은은 속으로 숨을 들이마셨다. 일부러 그의 어깨 너머에 눈을 두었다. 앉은 곳에서 면접날 정현과 아옹다옹했던 자리가 보였다. 그래, 여기서 정현에게서 한소리 들었었지.

빈 테이블이지만 지은의 눈엔 그날 말싸움을 하는 자신과 정현의 모습이 어슴푸레 보이는 듯했다. 화가 나 벌떡 일어난 그녀의 뒷모습이 보이고, 앉으라고 손짓을 하는 정현이 보였다. 슬쩍 웃음이 나왔다.

빨대에 바람이 들어가는 소리를 듣고, 지은은 다시 진오를 쳐다봤다. 진오가 빨대에서 입을 떼고 다 마신 주스 컵을 손으로 흔들었다. 잠시 생각에 잠긴 것 같던 그가 어렵게 운을 뗀다는 식으로 말했다.

"선예 씨는, 혹시 사귀는 사람 있어?"

기분 좋게 따듯하던 심장이 일순 차갑게 식는 걸 느낄 수 있었다. 머릿속에 정현이 했던 말이 들려왔다.

「너이기 때문에 사귀지 않는 거야. 너를 볼 때마다 선예란 여자가 떠오르니까.」

허탈한 웃음이 나왔다. 진오의 눈이 조금 커지는 걸 똑똑히 보고 지은이 말했다.

"선배는 선예 얘기를 안 할 때가 없네요."

지은은 생각보다 더 까칠한 자신의 말투에 놀랐다. 진오가 잠시 놀란 표정을 지었다.

　이윽고 그는 오랫동안 쌓인 괴로운 한숨을 내뱉었다.

　"그랬나? 내가 그런 줄도 몰랐네."

　그게 끝이었다. 모처럼 말할 기회를 준 셈인데도 그는 거기까지였다. 선예에게 관심이 있다거나 소개해달라는 말은 절대 하지 않았다. 진오는 에둘러 선예에 대한 관심을 표현할 뿐 결코 직접적으로 그녀를 좋아한다는 말을 하지 않았다. 자신을 좋아하는 후배한테 친구를 소개해달라고 말하지 못하는 입장이 이해가 안 되는 건 아니지만, 끝까지 미움받지 않고 착한 선배이고 싶어 하는 그에게 처음으로 화가 났다.

　지은은 토라진 표정으로 창 밖으로 시선을 돌렸다. 진오는 화를 내는 후배가 낯설어 애꿎은 빈 컵 속만 헤집었다. 쌀쌀한 날씨에 아직 녹지 않은 얼음이 딸가닥 소리를 내며 흔들렸다.

　진오는 한참 눈치를 보다 머뭇거리는 목소리로 말했다.

　"미안해. 내가 그런 줄 몰랐어. 화 풀어, 응?"

　"화 안 났어요."

　"에이, 표정이 아닌데?"

　진오가 장난을 걸어왔다. 곁눈으로 그걸 본 지은이 피식 웃었다. 이내 속 깊은 곳에서 한숨이 흘러나왔다.

　그녀의 기분이 풀렸다고 생각했는지 진오가 다시 밝은 표정으로 말했다.

　"그런데, 너도 화낼 줄 아는구나?"

　"당연하죠."

　지은이 눈을 흘기며 대꾸했다. 진오가 얼른 받아쳤다.

　"하지만 난 네가 화내는 걸 처음 보는데? 오죽하면 네 별명이 보살이었겠어?"

"보살? 처음 들어보는 소리예요!"

진오가 키득거렸다.

"그렇겠지. 네가 없는 자리에서 부르던 별명이니까."

"어쩜, 이런 게 진짜 화나는 거죠!"

"그래, 이제 보니 화낼 수 있네. 그런데 대학 땐 한 번도 화내는 모습을 보여주지 않았잖아?"

"이유도 없이 화를 낼 순 없죠!"

"화내지 마. 좋은 뜻이었어."

"안 좋아요. 요즘 같은 세상에 속없이 착하다는 말이 칭찬만은 아니잖아요."

가게 문이 열리면서 매장 안으로 바람이 들어왔다.

진오가 고개를 갸웃했다. 그는 코를 킁킁거리더니 지은 쪽으로 살짝 몸을 숙였다.

"샴푸 바꿨어?"

"샴푸요? 아니요. 아⋯⋯!"

지은이 목덜미로 손을 가져갔다. 그리고 부끄러운 듯 볼을 붉히며 웃었다. 진오가 소년 같은 미소를 지었다. 그때 두 사람이 앉아 있는 테이블 위로 그림자가 드리웠다.

테이블 위로 몸을 숙이고 있는 진오의 얼굴을 가리며 등장한 인영(人影)에 지은 웃고 있던 얼굴 그대로 창 쪽을 바라보았다. 그리고 굳어버렸다.

같이 고개를 돌린 진오도 놀란 얼굴이 되었다. 입을 먼저 뗀 건 진오 쪽이었다.

"어?"

긴가민가하던 지은은 진오가 그를 알아보자 헉 하는 숨을 들이켰다. 역시 맞구나!

정현이 유리벽 너머에서 가게 안쪽을 들여다보고 있었다. 그의 안중에 진오는 없었다. 지은이 놀란 토끼눈을 하고 정현을 쳐다보았다.

정현은 기울이고 있던 고개를 바로 하고 유리창을 짚고 있던 손을 내렸다. 지은에게 꽂혀 있던 시선을 들어 올려 잠시 허공을 보았다. 아주 잠깐. 그러고는 큰 걸음으로 커피숍 출입문을 향해 걸어갔다.

진오가 얼떨떨한 표정을 하고 지은을 쳐다봤다.

"저, 저 사람은 우리 회사 사장인데?"

"……."

지은은 양손으로 얼굴을 감쌌다. 당황할 일도, 죄책감 느낄 일도 아니다. 하지만 이런 상황에서 마주치고 싶지 않은 건 분명했다.

진오는 정현의 뒤를 쫓으려고 몸을 반쯤 돌리고서 말했다.

"우리 사장이랑 혹시 아는 사이야?"

지은의 눈이 손가락 사이를 지나 출입문을 찾았다.

정현은 미간을 살짝 좁히고, 빠르지도 느리지도 않은 걸음으로 지은이 있는 테이블로 곧장 왔다. 지은은 얼굴을 가리고 있던 손을 무릎 위로 내리고, 테이블 옆에 와 선 정현의 발치에 시선을 두었다.

아까 유리창 너머에서 그의 눈이 이렇게 말하는 듯했다. '기껏 충고해 줬더니…… 쯧쯧.' 정현의 나무라는 목소리가 머리 위로 떨어질 것 같았다. 하지만 그전에 진오의 목소리가 들렸다.

"대표님."

진오가 엉거주춤 자리에서 일어났다. 정현은 눈만 돌려 진오를 보았다. 노성한 품이 밴 조용한 시선엔 치기 어린 질투도, 무례함도 없었다. 오히려 옅은 미소까지 띠고 있었다. 인사를 하는 진오의 목소리에서 긴장이 물어났다.

"디자인 1팀의 남진오라고 합니다."

"……아."

거의 일주일 만에 듣는 정현의 목소리였다.

또다. 그 짧은 말에도 차가운 바람이 심장을 할퀴고 지나갔다. 지은은 또다시 심장 근처로 손을 가져갔다.

"그렇군요. 전 이쪽과 아는 사이라."

정현의 목소리가 고개를 숙이고 있는 지은의 턱을 잡아 올렸다.

지은은 스스로도 당최 이유를 알 수 없는 죄책감과 민망함으로 상기 된 표정이었다. 그녀가 어떤 마음이라는 것까지는 알 수 없지만 눈동자 가 불안하게 흔들리고 있다는 건 알 수 있었다.

뭣 때문에 그렇게 불안해하는 거야? 나 때문이야? 내가 즐거운 시간 을 방해해서? 심란한 마음과는 반대로 그녀를 안심시키기 위해 정현은 본능적으로 웃고 말았다. 그가 웃자 지은의 얼굴에도 안심하는 미소가 떠올랐다. 정현은 본래 자기 자리인 양 지은의 옆자리에 자연스럽게 앉 았다.

"회사 근처까지 와놓고 인사도 없이 가려고 했던 거야?"

"아, 아니요. 일하는 데 방해될까 봐서요……."

지은이 어색하게 서 있는 진오의 눈치를 보며 대꾸했다. 그녀의 시선 에 정현은 웃고 있는 입술이 단단히 굳는 느낌을 받았다. 정현은 목구멍 까지 올라온 사나운 말을 삼켰다.

사실 테이블에 와 앉음으로써 그와의 관계를 진오에게 설명해야 될 지은의 곤란함 같은 건 일부러 무시해버렸다. 한번 곤란해보라지.

기껏 모진 말로 진오에 대한 마음을 정리하라고 충고 아닌 충고를 해 주었다. 어떻게 만난 그녀인데, 그런 그녀에게서 미움받을 수도 있다는 위험을 감수하고 그런 말을 한 것은 지은이 그날 그의 눈앞에서 상처를 받고 있었기 때문이다. 그녀가…… 더 이상 엉뚱한 남자에게서 상처받지 않길 바랐다.

요 며칠 새 정현은 그녀와 자신이 꽤 가까워졌다고 생각했다.

그녀 자신도 어렴풋이 눈치챈 그녀의 변화를 그 역시 느끼고 있었고, 그래서 정현은 '이 정도의 속도'로도 만족했다.

'언젠가는 그녀도 다시…….'라고 순진한 기대를 빨리도 품었다.

"멍청하게도."

혼잣말이 컸다. 정현의 말에, 자리에 앉으려던 진오는 선 것도 앉은 것도 아닌 투명 의자 상태가 되어버렸다.

정말 멍청하지 않나. '마침내 만난 라야'가 솔직해진 모습으로 그가 아닌 다른 남자를 향해 웃을 수도 있다는 생각을 왜 못했을까. 그를 안 시간보다 훨씬 긴 시간을 알아온, 알아오다 뿐인가, 좋아해온 사내를 안 지 얼마 되지도 않은 남자의 몇 마디에 넘어가 포기할 거라고 생각하다니.

운명이니까, 운명이라고, 당연한 수순이니까, 원래 내 몫을 찾은 것처럼 쉽게 기쁘게 당연하게 여겼다.

당연한 것을 취하는 데 복잡한 술수나 치밀한 전략을 세워야 할 이유가 없지 않나!

그렇게, 어울리지 않게 순진했다.

"금방 갈 겁니다."

'그러니 자리를 비켜달라.'는 생략된 말이 어색하게 서 있는 진오에게 충분히 전달되었다. 무언의 압박에 진오는 주저주저하다 화장실을 간다는 핑계로 자리를 떴다.

진오가 사라졌음에도 분위기상 주도권을 쥐고 있는 정현이 그대로 아무 말이 없자 테이블에 참기 힘든 불편함이 자리 잡았다. 지은은 문득 사막에서 태양을 쳐다본다면 이런 기분일 것 같다는 엉뚱한 생각이 들었다. 목이 타들어가는데 피하고 싶어도 피할 수가 없다.

실제로도 숨이 막힌다는 기분이 들어서 지은이 참지 못하고 먼저 입을 뗐다.

"사람을 쫓아냈으면, 무슨 말이라도 해보세요."

정현은 대꾸 없이 대뜸 그녀가 마시고 있던 주스 컵을 가져와 아무렇지도 않게 빨대를 제 입에 물었다.

'목이 마른 건 나예요.'

지은은 점잖게 정현의 손에서 컵을 빼앗아 다시 테이블에 놓았다.

"지금 무슨 생각 하고 계신지는 모르겠지만……."

"가랑비."

"네?"

"가랑비에 옷이 젖기도 전에 다른 남자 우산으로 뛰어들면 그게 무슨 소용인가 하는 생각을 하고 있었어."

정현은 또 그렇게 지은이 알아듣지 못할 말을 하고, 공기 중의 불편함을 털어내듯 나른한 자세로 의자에 기댔다. 그러고는 다시 지은의 컵을 가져와 빨대를 물었다.

"급하게 세운 첫 번째 전략은 역시 성공 확률이 낮다는 것도."

빨대를 입에 문 채 웅얼거리는 정현의 말이 딱히 상대에게 하는 말이 아니라 혼잣말 같다는 생각을 하며, 지은이 볼멘 표정으로 말했다.

"무슨 말인지 못 알아듣겠어요. 그것보다 여기는 왜 또 지나가신 거예요?"

"내 회사 앞을 내 발로 지나가지도 못해?"

정현이 빨대를 씹은 채로 쏘아붙였다. 돌변한 그의 말투에 지은도 기다렸다는 듯이 만만치 않은 태도로 반격했다.

"어떻게 이렇게 매번 마주치냐는 거죠. 살면서 한 번도 안 마주친 게 신기할 정도예요!"

"하! 내가 할 소리야! 내가 하늘에 묻고 싶은 말이라고."

정현이 기대고 있던 몸을 벌떡 일으켜 진심으로 하늘에다 묻듯 천장을 올려다보며 소리쳤다. 놀란 지은이 나무라는 표정을 지으며 정현의 입을 제 손으로 틀어막고 입술 앞에 손가락을 세워 보였다. 그리고 진오가 간 화장실 쪽을 살폈다.

정현은 저항할 새도 없이 당한 스킨십에 잠시 멈칫했다. 하지만 이내 지은의 시선 방향을 확인하고는 방어적으로 그녀의 손을 잡아 내리며 공격적인 투로 말했다.

"우리 회사 반경 1킬로미터 안에서 약속을 잡는 사람들은 전부 머핀 타워 앞에서 만나자고 하는 거 몰라? 여긴 내 영역이라고."

"깡패도 아니고 영역은 무슨. 설사 절 발견했다고 해도 못 본 척 지나갈 수 있잖아요. 선배한테 뭐라고 설명하냔 말이에요. 오해받을 수 있는 상황은 피하고 싶다고 했잖아요."

"누군가가 해준 충고를 귓등으로 흘린 값이라고 쳐. 그 누군가도, 오해받을 수 있는 상황은 피하고 싶다던 말을 귓등으로 흘렸다고 하면 되겠군."

정현은 지은에게 다시 컵을 빼앗기면서도 밉살맞게 끝까지 말을 마쳤다.

지은이 신경질적으로 컵을 테이블에 내려놓으며 말했다.

"선배랑 어떻게 갑자기 거리를 두란 거예요? 사람 인연을 갑자기 끊어요? 게다가 회사에서도 만날 사인데."

정현과의 관계를 진오에게 뭐라고 설명해야 할지 막막해 한숨 섞인 말이 나왔다.

"그냥 지나갈 순 없었어요?"

의도하지 않게 나무라는 말투가 되어가고 있었다. 자신이 무슨 짓을 해도 부모는 받아줄 것을 아는 자식처럼 지은은 자기도 모르게 그에게 투정을 부리고 있었다. 도둑이 제 발 저린다고 정현과의 만남에 당황한 자신을 부정하듯, 말문이 터진 지은은 그에게 대꾸할 타이밍도 주지 않았다.

"왜 이런 자리에서 사장님한테서 또 이런 소리를 들어야 하는지도 모르겠어요. 친구라면서요. 이런 대화를 나누고 있는 자체가 이상해요. 진오 선배는 앞으로도 계속 만나야 해요. 과 모임이 있어도 만나야 되고 동아리 모임에서도 만나야 해요. 이제 회사에서도 만나겠죠. 출근하다가 만날 수도 있고 점심도 같이 할 수 있고 가끔씩 퇴근도 같이 할지 몰라요. 그때마다 이렇게 감시당하는 기분 느끼면서 한소리 들을 수는 없……. 어떻게 이렇게 매번 불편하게 마주쳐요……. 사장님 만날까 봐 무서워서 이 근처에선 약속도 못 잡겠어요."

정현의 언뜻 무덤덤해 보이는 표정에서 심각함을 발견했더라면 좀 더 세심한 단어를 선택했을 것이다. 정현의 표정이 미묘하게 변했다. 웃음을 씹어 뱉어버린 듯 건조한 표정이 되었다. 복잡한 생각을 감추느라, 혹여 정리되지 않은 상태에서 말을 뱉을 경우 험한 심정을 반영한 말이 나올까 봐 애써 가벼운 말로 대꾸하던 정현은 이제 오히려 머릿속이 깨끗해졌다.

"내가……."

심장엔 야속함, 혀끝엔 원망만 남았다.

"큰 착각을 하고 있었네."

착각.

과연 머리 좋은 그가 일부러 의도하고 고른 단어일까 싶을 만큼 효과적인 단어였다. 그녀가 날리는 수많은 잽 펀치를 묵묵히 견디다 카운터 펀치를 먹인 것처럼 강렬한 한 방이었다.

지은은 그 말을 듣는 순간 아무렇게나 뱉어내던 말에 브레이크가 걸리는 기분이었다. 심장이 덜컹했다. 착각? 착각이라니. 어떤 착각? 무슨 착각?

지은이 되묻기도 전에, 정현은 그녀에게 쏠려 있던 몸을 바로 했다. 지은은 그제야 진오가 돌아오고 있다는 걸 알았다. 그녀를 향했던 집요하리만치 강렬한 시선도 진오가 맞은편에 와 앉자 거두어졌다.

상황도 모르고 쓸데없이 밝은 진오가 자리에 앉으며 물었다.

"지은이가 대표님과 아는 사이인 줄은 몰랐네요. 왜 말 안 했어, 지은아? 어떻게 아는 사이야? ……무슨 얘길 하고 있었길래 얜 또 이렇게 멍 때리고 있는 거야? 야, 한지은."

정현은, 생각에 잠겨 컵에 시선을 두고 있는 지은을 곁눈으로 살폈다.

자기 말을 듣지 않고 진오를 여전히 애정으로 대하는 지은이 원망스러웠다. 큰 상처든 생채기든 그녀의 마음을 아프게 해온 진오에게 분노가 일었다. 그녀를 좀 더 빨리 찾아내지 못한 자신에게 화가 나고, 그녀와의 미래를 안이하게 생각했던 것이 우습고, 당장은 어찌할 바를 모르겠다는 것이 열이 받아 참을 수가 없었다.

속에선 지옥불이 일어도 웃는 얼굴을 유지할 수 있는 스스로에게 새삼 감탄하며 정현이 말했다.

"대학 선배시라고요?"

"같은 과, 같은 동아리였죠. 아, 스터디도 같이 했었구나."

"동기들보다 더 가까웠겠는데요?"

"제대한 뒤에 복학하고 나서는 거의 하루 종일 붙어 있었다고 해도 될 거예요. 후배라기보다는…… '가장 친한 친구'였다고 할 수도 있겠네요."

정현은 그 순간만큼은 제 손에서 컵을 빼앗아준 지은이 고마웠다. 안 그랬다면, 저놈에게 던져서든 제 손안에서든, 유리컵이 산산조각 나고 선혈이 낭자하는 사태가 벌어졌을 테니까.

'……아.'

정현은 갑자기 든 엉뚱한 생각에 손바닥을 펼쳐 내려다보았다.

그렇게 되면 상처 입은 나를 그녀는 어떤 눈으로 쳐다볼까. 걱정해줄까? 아예 질려버려 할까? 저 앞에 있는 놈이 저기 앉아 있다는 것도 까먹을 만큼 내게 집중해줄까?

그녀를 원망하는 중에도 이런 생각을 하는 스스로가 우스워서 정현은 솔직하게 웃고 말았다.

진오는 '회사 대표'에게서 지금껏 보지 못한, 감히 볼 거라고 생각지도 못한, 매우 인간적인 표정을 발견하고 고개를 갸우뚱했다. 구름 위 존재 같던 그가 처음으로 같은 인간처럼 느껴졌다. 그러다 지은을 보았다. 지은은 진오가 와 앉을 때부터 컵만 쳐다보고 있었다. 정확히는 컵에 꽂힌 빨대에 시선이 고정되어 있었다.

지은의 머리는 정현이 뱉은 '착각'이란 말의 의미를 생각하느라 두 남자가 나누는 대화는 전혀 받아들이지 못하고 있었다.

"……무슨 착각이요?"

지은이 불쑥 머릿속 말을 내뱉었다. 그러고는 자기가 그 말을 뱉었다는 걸 모르는 사람처럼 의아한 표정을 지으며 정현을 보았다. 정현 역시 놀랐지만 여전히 마뜩잖은 듯이 그녀를 보았다.

"한번 맞혀봐."

아, 또 그 소리. '맞혀봐.' 저건 분명 입버릇이야.

지은의 묘하게 조급한 낯빛을 확인하자, 정현은 진정 꾸민 것 없는 사악한 미소를 지어 보였다.

그저 자조적인 말에 불과한 것을, 지은이 저렇듯 의미 부여를 하며 고민하는 모습을 보이는 게 조금 신이 났다. 그래, 그녀가 약자일 때도 있어야지. 나만 당하란 법 있나.

그 순간은, '그'의 개입이 전혀 없는 완벽한 서정현이었다. 그녀를 감히 원망하고 탓할 수 있는, 이 생의 온전한 주인이었다.

"그럼 전, 이만 일어나겠습니다. 두 '친구' 사이의 시간을 방해했네요."

결정적 대답을 듣지 못한 지은이 애매한 표정으로 정현을 쫓아 반쯤 일어났다.

"가시게요?"

정현은 속으로 쓴웃음을 지었다. 그럼 남을까?

그는 속마음을 절대 읽히지 않을 자신이 있었다. 그리고 숨기는 것도 능숙했다. 그렇기에 속으로야 광풍이 몰아쳐도, 그녀가 바라고 진오가 익히 알고 있는 '직장 상사'의 엄숙한 가면을 쓰고 두 사람의 눈을 똑바로 쳐다보며 태연히 인사를 할 수도 있었다. 정현이 웃는 낯을 하고 지은에게만 들릴 만한 목소리로 말했다.

"네 고민의 결론이 뭔지 꼭 알고 싶으니까 빠른 시일 내에 연락 줘."

정현이 자리를 뜨려는 찰나, 커피숍 출입문이 열리며 바람이 들어왔다. 정현의 눈썹이 꿈틀거렸다. 그는 뭔가를 말하려는 것처럼 입을 살짝 벌렸다가 그대로 고개를 숙여 지은에게로 몸을 굽혔다.

아주 느린 동작이었다. 아니, 진짜 느린 건지는 모르겠다. 그 순간 지은에게는 그의 모든 것이 슬로 모션처럼 보였다. 그걸 맞은편에서 보고 있는 진오도 얼굴을 붉힐 만큼 묘한 움직임이었다. 순식간에 귀까지 빨개진 지은이 목과 어깨를 움츠렸지만 거부할 수는 없었다. 그의 콧날이 그녀의 목선을 따라 귓가까지 스칠 듯 훑었다. 지은이 긴장된 침을 삼켰다. 그것만으로도 풀잎향이 주위로 선선히 퍼졌다.

"하……."

정현이 믿기 어렵다는 듯이 힘 빠진 웃음을 흘렸다. 그의 숨결이 귓가에 닿았다. 세포 하나하나가 깨이는 기분이 들어 지은은 손가락을 움찔했다. 아마 손가락 끝까지 붉어졌으리라.

다가왔던 것과 달리 정현은 금방 고개를 물리고 자세를 바로 했다. 진오는 그의 분위기에 압도되어 둘 사이에 끼어들 생각조차 못하고 있었다.

지은이 붉어진 얼굴로 정현을 올려다봤다. 정현은 등을 꼿꼿이 펴고, 창 밖 거리로 시선을 던지고 있었다.

'직장 상사'의 엄숙한 가면 따위는 이미 산산조각이 났다. 대신 급히 그와 다른 이 사이에 휘장이라도 친 듯, 그의 표정에선 무색무취, 어떤 감정도 느낄 수 없었다.

하지만 그 속은 방향을 알 수 없는 분노로 들끓었다. 향기를 맡은 순간 눈에서 불꽃이 튀었다.

이대로 그녀를 쳐다보면 후에 수습할 수도 없는 책망의 눈길이 될 것 같아 눈을 다른 곳으로 돌렸다. 그녀를 원망하는 마음과 그녀를 절대 원망할 수 없는 마음이 힘겨루기라도 하는지 심장이 뻐근했다.

"그냥 지나갔어야 했는데……."

그랬다면 이런 우스운 질투 따위 하지 않았을 텐데.

"네?"

그의 잘 들리지도 않는 혼잣말에 지은이 되물었다.

정현이 일렁이는 눈으로 그녀를 내려다보았다. 지은의 새까만 눈동자에 라야의 눈빛이 어렸다. 순간 그의 동공이 빠르게 팽창했다 수축했다. 머리 어디가 잘못되기라도 한 건지 어떤 말도 나오지 않았다. '라야.' 입 대신 심장이 그리운 이의 이름을 몇 번이고 몇 번이고 부르기 시작했다. 라야, 라야, 라야, 라야, 라야…….

다른 인격에게 몸을 잠식당하는 기분이 들어 그대로 가만히 있을 수가 없었다.

정현은 그대로 도망치듯 몸을 돌려 가버렸다.

자신을 쳐다보던 정현의 마지막 눈길에 지은은 뭔가에 홀린 듯 자리를 박차고 일어났다.

그녀가 따라오는 걸 알지만 정현은 걸음을 멈추지 않았다. 달려온 지은이 정현의 팔을 잡고 그를 돌려세웠다. 순순히 몸을 돌린 그가 지은을 내려다봤다.

마음이 조금도 실려 있지 않은 눈이었다. 다정하지도, 장난스럽지도 않았다. 지은은 왠지 모르게 불안한 심정이 되어 말했다.

"그냥 그렇게 가면 어떡해요?"

정현은 대답하지 않았다.

그런 그가 낯설어 지은은 그만 눈물이 나려고 했다. 의식도 못하는 사이, 생의 처음부터 함께했던 이처럼 가깝게 다가왔던 그가 갑자기 흔적도 없이 사라질 것만 같았다. 그녀가 이해할 수 없다는 표정을 짓고 울먹이는 목소리로 말했다.

"왜…… 왜 그런 표정이에요?"

"내 표정이 어떤데?"

말이 나오긴 하는구나. 피가 거꾸로 솟는 기분이라 입을 떼면 말 대신 피라도 쏟을 줄 알았다.

"화난 거예요?"

"아니. 내 표정이 화난 것 같아?"

화난 표정은 아니었다. 하지만 아무것도 느낄 수가 없었다. 그는 한 번도 그녀에게 그런 표정을 보여준 적이 없었다. 그가 화가 났다는 걸 알면서도 그것을 느끼고 있는 감정을 설명할 수가 없어 그저 그의 팔을 붙잡고 있는 손에 더 힘을 주었다.

정현이 그의 팔을 잡고 있는 그녀의 손을 물끄러미 내려다보다 다른 손으로 그녀의 손을 물리게 했다. 그 부드러운 손짓에도 지은은 상처 받았다. 심장이 화상을 입은 것처럼 따가웠다.

심장이 따가울 수도 있구나.

정현이 아니라, 그의 심장에 살고 있는 '다른 남자'가 그를 부추겼다. 조금만 더 이렇게 있으면 지은에게 잔인한 짓을 할 것 같았다. 정현은 재빨리 말했다.

"왜 내가 화가 났다고 생각하는 건지 모르겠군. 그럴 이유가 없잖아. 돌아가. 일행이 기다리잖아."

그는 심지어 웃었다.

가만히 서 있는 지은을 두고 그대로 몸을 돌렸다. 문이 열렸다 닫혔다.

진오가 다가왔지만 지은은 그것을 느낄 수도 없었다. 그녀는 정현이 내친 손을 거두지도 못했다. 그 손을 천천히 가슴으로 가져갔다. 심장이 욱신거렸다. 지은은 치료약을 찾듯 다가온 진오를 보았다. 아무 소용이 없었다.

지은은 다시 고개를 돌려 이미 사라진 정현의 그림자를 쫓았다. 저주를 걸어놓고 풀어주지도 않은 채 죽어버린 마법사의 흔적을 쫓듯이.

가게를 나와 인도에 발을 내딛는 순간 정현의 얼굴이 휴지처럼 구겨졌다. 그대로 주저앉고 싶었다. 발이 갈 방향을 못 잡았다. 빠르게 걷기는 하는데 어디로 가야 할지 몰랐다.

빌어먹을…….

그녀의 향기가 코끝에서 떨어지지 않는다. 그의 입을 틀어막던 그녀의 손. 살 냄새, 부드러운 감촉. 그 손으로 다른 사람을 만지는 건 상상도 하기 싫다. 그 손가락이 다른 사람을 향하는 것조차 질투난다.

친구.

친구라니! 미친놈! 그딴 말도 안 되는 미친 소리를 잘도 했다.

이런 생각을, 이런 감정을 품고 잘도 친구란 말이 나왔다.

이렇게 한 달도 안 돼 무너질 거, 우습지도 않은 상대한테 질투 따위를 느껴서 그녀가 보는 앞에서 내동댕이칠 배역을 잘도 맡을 생각을 했다.

그녀에게서 멀어질수록 향기는 진해졌다. 그가 준 선물로, 그가 전해준 향기로, 그녀가 다른 이를 유혹하고 있었다. 울상이던 지은의 얼굴이 떠올라 한 손을 들어 얼굴을 가렸다. 뒤통수에 정이 박힌 것만 같다. 횡단보도까지 갈 엄두가 나지 않아 6차선 도로를 가로질렀다. 차들이 그를 거의 박을 듯 다가와 멈췄다. 클랙슨 소리도 지금 그의 귀엔 제 미친 심장 소리보다 작게 들렸다.

멀리서 차 한 대가 무서운 속도로 달려왔다. 통화를 하면서 한 손으로 운전 중이던 사내는 뒤늦게 정현을 발견하고 욕설을 뱉으며 급히 브레이크를 밟았다.

요란한 마찰음을 내며 차가 가까스로 멈춰 섰다. 범퍼가 정현의 다리에 닿을 듯 와 멈췄다.

사내가 차창을 열고 몸을 빼내, 정현에게 욕설을 퍼부었다.

"야, 이 미친 새끼야!"

정현은 잠시 서서 한숨을 쉬고는, 사과하듯 한 손을 저었다. 말이 좋아 사과지, 미안한 것보다 피곤한 기색이 더 보였다. 분을 못 이긴 사내가 차에서 내리려고 안전벨트를 풀었다. 정현은 그를 무시하고 길가에 세워진 검은 승용차로 갔다.

차에서 한쪽 발을 내린 사내는 정현이 다가가는 차 운전석을 보고는 동작을 멈추었다. 사나운 인상의 남자가 운전석 차창에 팔을 걸치고서 이쪽을 무섭게 쳐다보고 있었다. 순식간에 화가 식어버린 사내는 다시 차로 들어가 조용히 제 갈 길을 갔다.

민익은 뒤에 들어와 앉은 정현을 돌아보았다. 정현은 좌석에 파묻히듯 누워 고개를 젖혔다. 민익이 의아한 눈길을 보내며 말했다.

"경찰서가 코앞인데 무단횡단을……."

정현이 난데없이 고함을 질렀다. 열린 차창 밖으로 길을 지나던 사람들이 움찔하며 걸음을 멈추는 것이 보였다.

놀란 표정을 지은 것도 잠시, 민익은 침착하게 창을 닫았다. 정현이 날카로운 음성으로 소리쳤다.

"문 닫아! 다시 뛰쳐나가기 전에!"

민익은 콧숨을 내쉬며 도어록을 눌렀다. 달칵. 문 잠기는 소리가 나자마자 정현은 또다시 분한 고함을 터뜨렸다.

잠시 뒤 소리 지르는 걸 멈춘 정현이 팔을 들어 눈을 가렸다. 민익이 물었다.

"우는 거냐?"

"눈알이 빠질 것 같아."

"왜, 그리던 첫사랑이 애라도 생겼대?"

정현은 웃지 않았다.

'반쯤 맞나 보군.' 민익은 낭패스러운 표정을 감추기 힘들어 차 정면을 보았다.

앞좌석을 들이박을 것처럼 일어난 정현이 물었다.

"그럼 대체 어떻게 했어야 하는 건데?"

"뭐가?"

"그렇게 찾아도 안 보이더니 뜬금없이 부하 직원으로 들어오게 된 여자를 붙잡고 사장이란 놈이, '우리는 사랑하는 사이였다.'고 말하란 말이야? 만나자마자 '일단 사귀어보면 생각이 날 거야.' 유혹이라도 해? 그게 뭐야, 미친놈이잖아? 안 그래도 미친놈처럼 쳐다보는데, 뭐라고 해야 조금이라도 덜 미친놈처럼 보일 수 있는 건데?"

"……지금 내가 네 말을 알아들을 거라고 생각해서 하는 말은 아니지?"

정현은 민익의 뒤통수를 쏘아보고 힘없이 드러누웠다.

'그럼 내가 어떻게 했어야 되는데…….'

미처 밖으로 나오지 못한 울부짖음이 명치에 맺힌 듯 답답했다.

처음엔 잘못 본 거라 생각했다. 정현은 회사를 나와 차를 타고 가면서 카페를 지났다. 얼마 전 이쯤을 지나가다 유리창을 통해 울고 있는 지은을 발견하고 차에서 내렸었다. 그걸 떠올리고 오늘도 같은 곳을 지나다 그쪽을 보았다.

눈을 의심했다. 그녀가 화를 내고 있었다. 진오 앞에서 토라진 표정을 짓고 있었다. 예전의 지은은 속없는 인형처럼 웃고만 있었다. 마음을 드러내지 못하고, 좋아하는 남자에게 애정 어린 시선 하나 건네지 못했다.

때론 의도하기도 한 장난스러운 말과 행동에, 정현에게만은 다양하게 반응하는 지은의 솔직한 감정들이 그에겐 이것이 꿈이 아니라는 생생한 현실감을 부여했다. 화를 내고 눈물을 글썽이는 지은은 정현에게 '마침내 만난 라야'인 셈이었다. 그런 그녀가, 오늘은 진오를 향해 원망을 담아 화를 내고 있었다.

잘못 본 것이리라. 확인해야 했다.

"그냥 지나갈 것을……."

정현이 팔을 살짝 들어 룸미러로 보이는 민익에게 물었다.

"말해봐."

민익이 룸미러를 슬쩍 쳐다봤다. 정현이 물었다.

"나 어때?"

"……다시 한 번 말하지만, 난 여자가 좋아."

"농담 집어치우고, 만약에 여동생이 있다면 나한테 소개해줄 수 있겠어?"

"아니."

"잠깐이라도 좋으니까 생각 좀 해보고 답하지?"

"잠깐이 아니라 종일 생각해도 대답은 같아."

정현이 무겁게 몸을 일으켰다.

"어째서? 나 정도면 괜찮지 않나?"

"솔직히 말해줄까?"

"언제부터 예의를 차렸다고……."

민익이 커다란 몸을 힘들게 돌려 정현의 눈에 시선을 맞췄다.

"넌 지켜보기 불안한 놈이야. 몸을 풀가동해서는 배터리 나갈 때까지 움직이지. 널 보면 느껴지는 그 위태위태함이 사랑인 줄 착각하는 여자도 있을 수 있어. 얼굴도 반반하니 많겠지. 하지만 그야말로 착, 각, 이야. 옛날 그쪽 일을 하면서 그런 경우를 많이 봤지. 벼랑 끝에 매달린 듯 살아가는 남자들을 구하고 싶어 하는 여자들. 보통은 같이 떨어지더군. 넌 그 정도는 아니겠지만, 어쨌든 비명횡사할 타입이야. 결혼은 하지 마라. 남의 집 귀한 딸 데려다가 가엾게 만들지 말고."

"악담은 다 했어?"

"아, 나도 비명횡사할 타입이니까 혼자 너무 마음 상해하진 마."

"얼마나 위로가 되는지 마음이 다 훈훈하네."

정현이 이를 드러내고 웃었다. 다시 정면으로 몸을 돌린 민익이 차 시동을 걸며 말했다.

"너의 어두운 면에 반해서 다가온 여자는 네 그 속을 드러내지 않는 태도에 질려서 떠나겠고, 네 밝은 면에 반해서 접근한 여자는 네 어두운 면에 겁을 먹고 떠나겠지."

"한마디로 평생 혼자 살아라?"

"독신이 어때서?"

"내가 무슨 속을 드러내지 않는다는 거야. 네게 사랑한다고 고백이라도 하란 말이야, 뭐야?"

민익이 낮게 웃음을 흘렸다.

차가 출발했다. 빨간 불이 들어오고, 두 사람의 차가 행렬의 가장 앞을 차지하고 섰다. 뒤로 다른 차들이 줄줄이 멈춰 섰다.

정현은 허벅지에 팔꿈치를 대고 턱을 괴었다. 눈을 감으면 헤어질 때 지은의 표정이 떠올라서 다시 눈을 떴다.

"내가 너한테 내 꿈에 대해서 얘기했던가?"

정현의 진지한 목소리에 민익이 드물게 고개를 재빨리 흔들며 말했다.

"아아, 그 정도만 하지. 난 남의 짐까지 이고 갈 여력이 없어. 난 내 짐, 넌 네 짐 들고, 각자 가자고."

정현이 피식 웃었다. 매몰찬 놈. 턱을 괸 채로 고개를 돌려 창 밖을 보았다. 말간 창에 그녀의 얼굴이 보였다. 처음엔 라야, 다음에는 지은.

눈을 감았다. 다시 그녀들이 보였다. 대체 어쩌란 거냐. 눈을 떠도, 감아도 피할 수 없는 그녀의 모습에 괴로운 한숨이 차올랐다.

6

"어서 오세요."

은혜가 마당으로 들어서는 정현과 민익을 다정한 목소리로 맞았다. 종종 피곤해한다는 인후의 말과 달리 오늘 은혜는 정현이 처음 그녀를 만났던 대학생 때와 다를 바 없어 보였다. 정현이 미소를 지으며, 은혜를 쫓아 나온 소녀에게 인사를 했다.

"오랜만이네, 아빠랑 똑같이 생긴 아가씨."

다섯 살짜리 꼬마는 얼굴이 발그스름해져서 만삭인 엄마 뒤로 숨었다. 그러고는 엄마의 옷자락을 잡고 빼꼼 고개를 내밀어 경계하는 눈으로 아빠의 친구들을 살폈다. 은혜가 뒤로 손을 뻗어 딸아이의 머리를 쓰다듬었다. 민익이 무서운 얼굴로 어울리지 않게 손을 흔들자 아이는 화들짝 놀라며 마당 뒤쪽으로 도망가버렸다. 민익은 머쓱해져서 손가락을 오므렸다.

정현이 건네는 쇼핑백을 받아 든 은혜는 두 사람을 집 안으로 안내했다. 정현이 뒤를 따르며 물었다.

"오늘의 주인공은 어디 있나요?"

"어젯밤부터 보일러가 이상한 것 같아서요. 전공 좀 살려보라고 보일러실로 보냈어요. 그런데 한 시간째 저러고 있네요."

신발을 벗던 정현이 멈칫하고 말했다.

"전공으로 보일러 수리를 배운 기억은 없는데요?"

은혜가 어깨를 으쓱하며 특유의 느긋한 말투로 대꾸했다.

"알아요. 한 번쯤은 공대에 대한 세간의 편견에 기대보려고요."

"흠."

정현이 슬리퍼를 신으며 말했다.

"그러다가 보일러가 아예 망가지는 수가 있어요."

"그러면 애 아빠 용돈으로 교체해야죠, 뭐."

은혜가 정현을 돌아보며 의미심장한 미소를 지어 보였다.

정원으로 이어지는 거실 유리문이 활짝 열려 있었다. 초저녁, 회사 인근의 쌀쌀한 바람과 달리 주택가의 바람은 선선했다. 부드러운 바람이 커튼을 흔들고, 발코니로 다가온 정현의 머리카락을 어루만졌다.

테이블 위에 겹겹이 쌓인 접시를 세팅하던 은혜가 계단을 가리키며 말했다.

"2층 창고에 가서 내어놓은 박스 좀 가져와주겠어요? 가지고 내려온다는 게 깜박했네요."

정현과 민익은 소파에 앉아 가위바위보를 했다. 정현은 가위, 민익은 보.

정현이 밉살맞게 가위였던 손가락 두 개를 들어 보였다.

"2층이래."

은혜가 냅킨 위에 나이프를 탁 내려놓으며 재촉했다.

"복도 맨 끝에 있는 방이에요. 갈색 종이박스요. 유리잔이니 조심해주세요."

민익이 엉거주춤 일어섰다.

"아, 예."

"가는 김에 그릴용 용기도 좀 가져와주시겠어요? 부엌에 있는 줄 알았는데 없네. 회색 선반 가장 오른쪽 칸 두 번째 줄에 있어요. 거기 없으면 그 밑에."

밥솥이 삐익 하는 소리를 내며 증기를 내뿜었다. 민익이 큰 덩치만큼이나 쿵쾅거리는 발소리를 내며 계단을 올라갔다. 은혜는 정현을 쳐다보지도 않고 냉장고 안을 뒤지면서 말했다.

"정현 씨는 보일러실에 가서 주인공 좀 불러주겠어요?"

"예예, 그러죠."

"대답은 한 번만 하세요."

은혜는 딸아이에게 하듯 엄히 꾸중하는 투로 말했다. 정현은 들리지 않을 만큼 작게 "예, 선생님."이라고 대꾸하면서 지하실로 내려갔다.

발소리를 듣고, 단단한 상자 더미에 걸터앉아 있던 인후가 계단 쪽을 쳐다봤다. 눈을 마주쳤지만 서로 인사는 없었다. 인후는 다시 보일러 매뉴얼 책자로 눈을 박았다. 얼마 안 돼 그가 짜증 섞인 표정으로 뒷머리를 긁적였다. 정현이 웃으며 말했다.

"못 고치면 못 고치겠다고 해."

"고칠 수 있을 거라고 말했는걸."

"고장 내면 네 용돈으로 교체해야 될 거야."

인후가 번쩍 고개를 들었다. 정현이 빙글 웃으며 말했다.

"네가 고치든, 못 고치든 은혜 씨는 이미 보일러를 새로 교체하기로 마음먹었어. 그것도 네 용돈으로."

인후가 괴로운 듯 양손으로 얼굴을 감싸며 고개를 숙였다. 정현이 허름한 의자를 끌어와 앉으며 말했다.

"생일 축하해."

"아…… 고마워. 선물은 뭐 가져왔냐?"

인후는 기대한다는 얼굴로 두 손을 비볐다.

진지한 표정을 짓고 있는 정현에게서 이상한 낌새를 챈 인후가 손을 내리며 말했다.

"무슨 할 말 있어?"

할 말…… 있지.

정현은 살짝 쥔 주먹으로 입술 아래를 지그시 누른 채 신중하게 말했다.

"네가 보기에, 난 어떤 사람이지?"

이건 또 무슨 소리야, 라는 눈빛을 하고 인후가 고개를 살짝 기울였다.

"만약 여자 형제가 있다면 내게 소개해줄 수 있겠어?"

인후는 생각에 잠긴 표정을 지어 보였다. 민익보다는 오래 생각했다. 하지만 그리 긴 시간은 아니었다.

"아니."

정현은 튀어나갈 듯 몸을 앞으로 당겼다가 다시 힘없이 의자에 앉았다. 믿던 인간까지 저런 대답이라니. 남자들이 말리는 남자는 절대 사귀지 말라는 말이 있다더니, 자기가 꼭 그 짝이 아닌가.

인후는 심상찮은 분위기를 감지하고 쩝, 입맛을 다신 뒤 말했다.

"과거의 여잘 여태껏 못 잊고 있는 남잘 어떻게 소개해주냐? 그냥 과거도 아니고 전생이라는데. 과거에서 헤어 나오지 못하는 인간은 지금 제 주변에 있는 이들을 불행하게 만들지."

정현이 자신의 발끝을 내려다보며 말했다.

"나 때문에 네가 불행해?"

"원론을 얘기하면 그렇다는 거야. 내가 존경하는 세 분이 계시지. 우리 엄마, 우리 와이프, 너희 어머니. 나도 딸이 있지만, 만약 우리 딸이 날 부모로 받아들이지 못하고 늦게까지 엄마 아빠 소리 한 번 안 하고 맨날 악몽이나 꾸고 헛소리 하고, 그런 짓을 십여 년간 해대면 못 참을지도 몰라. 넌 네 부모님한테 감사해야 돼."

"……알아."

정현이 피곤한 음색으로 말을 뱉고 이마를 짚었다.

과거의 여자를 못 잊는다라……. 지금 하는 고민의 원인 제공자가 바로 그 과거의 여자이니 인후의 대답은 적절한 답변이 되지 못한다.

아니다, 그의 말이 옳을지도.

서정현도 완전히 '그'가 아닐진대, 전생에 대한 기억이 전혀 없는 지은은 라야라고 볼 수도 없었다. 그런 그녀에게 뭘 기대하고, 뭘 욕심내고 있는 거지? 지금 느끼고 있는 이 감정도 지은이 아니라 라야에 대한 것이 아닐까?

황당한 생각이다.

마치 지은과 라야를 분리해서 생각하는 것 같지 않은가. 완전히 다른 개인처럼!

그런 생각이 들자마자, 정현은 숨을 쉬는 게 불편해졌다. 이마를 짚고 있지 않은 손으로 가슴을 두드렸다. 그가 신음을 흘리자, 인후가 다가왔다.

"뭐야, 괜찮아?"

정현이 얼른 대답하지 않고 몸을 웅크리고만 있자 인후가 다급한 목소리로 말했다.

"119 부를까? 병원 갈래?"

"호들갑은…… 조용히 좀 있어. ……머리 울리잖아."

"호들갑 안 떨게 생겼어? 내 집에서 죽으면 안 돼, 빌어먹을!"

정현이 웅크린 자세 그대로 고개만 들어 실눈을 뜨고 인후를 쳐다봤다. 걱정하던 모습은 간데없고, 정현이 자신을 쳐다보기 무섭게 멀쩡한 얼굴로 바뀐 인후가 "이왕이면 나가서 죽어."라고 속삭였다. 정현은 이마를 잔뜩 찡그리고 어이가 없다는 눈으로 인후를 올려다봤다.

인후의 천연덕스러운 표정을 보고 있자니, 온몸의 피가 한꺼번에 모여들어 심장을 터뜨려버릴 것 같던 감각이 잠잠해지는 걸 느낄 수 있었다. 정현이 심장 부분을 주먹으로 꾸욱 누르며 허리를 펴고 앉았다. 인후는 몰래 안도의 한숨을 내쉬었다.

정현이 말했다.

"죽을 일 있으면 반드시 네 집에 와서 죽을 거야."

"그럼 난 네 시체를 길에 몰래 갖다 버리겠지."

"문자를 남겨놓아야겠네. 무슨 일이 생긴다면 장 씨부터 찾아라."

두 사람의 유치한 말싸움은 은혜가 식칼을 들고 문가에 서 있는 걸 발견할 때까지 계속됐다.

"자, 아 해."

진오가 고기를 집은 젓가락을 지은의 입 앞으로 가져가며 말했다. 지은은 뒤로 고개를 빼며 힘없이 말했다.

"그냥 제가 먹을게요."

"손이 머쓱하잖아. 어서."

하지만 지은은 직접 젓가락질을 해 진오의 젓가락에서 고기를 빼내와 먹었다. 진오가 젓가락 쥔 손으로 박수를 쳤다. 그가 그녀의 가라앉은 기분을 풀어주려 하고 있다는 걸 알면서도 지은은 그에 맞춰줄 수가 없었다. 정현의 마지막 눈빛이 잊히지가 않았다. 화나고, 실망하고, 원망스러운 마음이 느껴졌지만 눈빛은 너무나 차가웠다.

질투? 그가 질투를 한 걸까?

지은은 사내가 그런 반응을 보일 때 그 감정의 기저에 무엇이 있는지는 알 만한 나이였다. 질투든 뭐든 그녀는 정현이 자신에게 그런 태도를 보였다는 것이 충격이었다. 더한 충격은 자신이 그런 것에 충격을 받았

다는 사실 그 자체였다! 정현의 쌀쌀맞은 태도가 이다지도 마음을 어지
럽히는 원인이 될 수 있다는 것, 그 감정이 무엇인지 또한 잘 안다.

정현이 몸을 숙여 다가오던 모습이 떠올랐다. 얼굴에 열이 번져왔다.
오해한 거야, 진오 선배에게 잘 보이려고 향수를 바른 거라고 생각하
고…….

"단단히 오해하고 있어."

진오가 고기를 굽다 말고 지은을 쳐다봤다. 지은은 헛 하며 입술을 앙
다물었다. 진오가 젓가락으로 그녀를 가리키며 말했다.

"지금 네 표정 얼마나 가관인지 모르지? 시무룩했다가 벌게졌다가 하
얘졌다가……. 그리고 사람 앞에 두고 다른 사람 생각하는 거 아니야."

지은이 얼굴을 붉혔다. 정현도 비슷한 소리를 했었지. 진오는 원래도
작은 눈을 더 예리하게 뜨고 그녀를 살피다 다시 고기를 굽기 시작했다.
고개를 숙이고 있는 지은을 흘깃 쳐다본 진오가 말했다.

"우리 사장이랑 어떤 사인지 물어봐도 돼?"

"……물어보지 마요."

"……알았어."

진오는 기본적으로 좋은 사람이었다. 항상 미소 띤 얼굴로, 예의 바르
게 사람을 대했다. 사람들이 그의 웃음 짓는 눈매에 간과하고 있는 것이
하나 있었는데, 그건 그 작은 눈 너머로 끊임없이 상대를 관찰하는 시선
이 있다는 것이었다. 그는 상대가 자신에게 바라는 것이 무엇인지를 캐
치해내는 능력이 뛰어났다. 그래서 지은이 자신을 좋아한다는 걸 눈치
채는 것도 빨랐다.

진오는 사람들이 생각하는 것보다 훨씬 눈치 빠르고, 게다가 경쟁심
도 강한 사내였다. 선예를 좋아하는 것도 어쩌면 그 경쟁심 때문인지도
모른다.

진오에게 정현은 어떤 인간인지 가늠하기 힘든 사내였다. 관찰할 생각조차 해보지 않았다고 해야 할까? 너무나 다른 인간이었다. 눈에 보이는 것도, 들리는 것도, 사는 세상도.

한 번도 개인적으로 대면하지는 못했지만, 복도를 지나다 본 정현은 대부분 눈을 내려뜨고 있었고, 간혹 들여다본 눈동자는 아주 깊고 깊어 오랫동안 쳐다보기 두려울 정도였다. 눈뿐만 아니라 그는 온몸으로 위압적인 분위기를 풍기고 있어 그보다 나이가 어린 진오가 그의 속을 읽어내기란 여간 어려운 일이 아니었다. 진오가 보아온 그 어떤 사람보다 정현은 자기방어가 공고한 인물이었다. 그런 그가 지은의 앞에서 무너지는 듯한 표정을 짓는 순간 확신했다. 묘한 쾌감으로 가슴이 떨렸다.

'질투……인 걸까?'

진오는 콜라가 담긴 컵을 입으로 가져가며 슬쩍 지은을 쳐다보았다. 지은은 가방 안에서 휴대전화를 꺼내 만지작거리고 있었다. 신경 거슬리네. 지은은 한 번도 진오 앞에서 휴대전화를 살핀 적이 없었다.

진오의 시선이 지은의 머리카락을 따라 흘러 그녀의 목덜미에 가 닿았다. 콜라의 탄산이 목을 자극했다. 정현이 그녀에게로 고개를 숙이던 모습이 떠올랐다. 진오는 오늘 지은의 입술이 평소보다 더 붉어 보인다는 생각을 했다.

'질투라……. 기분이 나쁘진 않군.'

아직 콜라 속에 담긴 그의 입술이 기묘한 선을 그리며 구부러졌다.

"창고 정리를 하는 건가?"

정현이 천장을 쳐다보며 중얼거렸다. 창고로 간 민익은 한참 동안 돌아오지 않았다. 대신 우당탕 하는 소리와 뭔가가 깨지는 소리가 번갈아 들려왔다. 정현이 은혜를 쳐다봤지만 그녀는 위층에서 들리는 소음에도 그저 미소 띤 얼굴로 테이블을 세팅 중이었다. 마나님의 명령으로 걸레로 집 안 구석구석을 닦고 있던 인후에게 은혜가 말했다.

"여보, 깜박 잊고 파를 안 사 왔는데."

"사 올까?"

인후는 걸레를 던져버리고 강아지처럼 달려와 그녀가 건네는 만 원짜리 지폐 한 장을 받아 들었다. 정현은 소파에 앉아 보일락 말락 미소를 짓고 그 모습을 지켜봤다. 손으론 아직 욱신거리는 심장을 눌렀다.

인후는 안방에서 재킷을 가지고 나와 뒤도 안 돌아보고 현관을 나갔다. 흙 묻은 인형을 질질 끌고 집 안으로 뛰어들어 온 희나가 엄마의 앞치마를 붙잡고 칭얼거렸다. 정현이 듣기로는 무슨 말인지 전혀 알아먹을 수 없었지만 은혜는 고개를 끄덕이며 말대답을 해주었다. 그리고 마지막으로 덧붙였다.

"그럼, 희나는 엄마 좀 도와주겠어? 저기 있는 정현이 아저씨랑 놀아주는 건 어때?"

정원을 보고 있던 정현이 확 고개를 돌렸다. 은혜가 그를 향해 빙긋 웃어 보였다. 모처럼 엄마가 하는 부탁에, 희나는 낭패스러운 얼굴로 정현을 쳐다보고는 슬금슬금 작은 발을 옮겨 소파 쪽으로 다가왔다. 그리고 정현과 조금 떨어진 곳에 거의 기어오르다시피 올라와 자리를 잡고 앉았다.

정현은 아이를 어떻게 대해야 될지 몰라 그냥 희나의 정수리를 내려다봤다. 머리 가운데에 가르마를 타 만든 트윈 테일 머리가 아이답게 귀여웠다. 입을 힘 있게 다물고 있는 희나의 자그마한 얼굴이 점점 새빨개지다 못해 거의 폭발하기 직전까지 갔다. 부엌에서 요리 중인 은혜가 점잖게 말했다.

"정현 씨, 숙녀를 그렇게 빤히 쳐다보는 건 실례예요."

정현이 크게 웃었다. 은혜가 고개를 살짝 기울이며 눈썹을 찡그렸다. 정현은 희나를 내려다보며 정중하게 "미안." 그러고는, 손으로 입을 틀어막았다. 눈썹을 찡그리고 있는 희나의 표정은 제 엄마를 꼭 닮아 있어서, 정현은 터져 나오려는 웃음을 막을 수가 없었다. 심장의 통증이 어느새 깨끗이 사라졌다.

천장에서 뭔가가 깨지는 소리가 났다. 그런데도 은혜는 아무 걱정 없다는 표정으로 라디오에서 흘러나오는 음에 맞춰 콧노래를 흥얼거릴 뿐이었다. 정현이 걱정스러운 시선을 들어 올려 천장을 보았다. 잠시 뒤 우당탕거리는 소리가 잦아들었다. 정현이 말했다.

"제수씨."

"네?"

"나 어떤 사람 같아요?"

경쾌한 도마질 소리가 멈췄다. 은혜가 고개를 들어 정현을 보았다. 정현의 눈은 여전히 천장을 향해 있었다.

"나, 남자로서 영 아닌가?"

"누가 그래요? 남자로서 영 아니라고?"

"제수씨 남편이요."

드물게 기가 죽은 듯한 그의 목소리에 은혜의 눈이 가늘어졌다. 다시 양파를 썰었다. 그녀가 소매로 눈가를 훔치며 나긋한 목소리로 말했다.

"정현 씨는…… 괜찮은 남자예요. 사려 깊고, 똑똑하고."

"생긴 것도 나쁘지 않고."

정현이 슬며시 말을 넣었다. 은혜는 고개를 주억이며 리모컨을 들어 라디오 소리를 줄였다.

"네, 그런 뻔뻔스러운 면도 매력이죠. 그렇게 뻔뻔스럽게 얘기해도 밉지 않다는 게 또 매력이에요. 좋아한다는 말 한 번 하지 않아도 상대를 사로잡죠. 정현 씬 상대를 불안하게 만들거든요."

정현이 웃음을 거두고 은혜를 쳐다봤다. 은혜가 도마를 들어, 잘게 썬 양파를 달구어진 냄비에 쓸어 넣었다.

"조급증이 나게 하죠. 안달이 나요. 자신의 감정을 자신이 컨트롤할 수 없다는 거, 사랑으로 착각하기 좋죠. 자신만 특별히 여겨준다고, 다른 사람을 향해선 저렇게 웃지 않는다, 그렇게 욕심을 갖게 하곤⋯⋯."

라디오 음악이 멈췄다.

"결국엔 상대가 지쳐 나가떨어지게 만들죠. 좋아한다는 말을 하지 않는 것처럼, 싫어한다는 말도 하지 않지만 상대는 알아서 물러나요. 관계가 오래 지속되기 힘들죠."

"날 얼마나 봤다고⋯⋯."

정현의 목소리가 낮아져 있었다. 주걱으로 맛을 보던 은혜의 입가가 슬그머니 올라갔다. 그녀는 변함없이 느긋한 말투로 말했다.

"잘 알아요, 알고말고요. 희나야, 잠시 귀 좀 막고 있을래?"

희나는 엄마 말이 떨어지기 무섭게 앙증맞은 손을 들어 양쪽 귀를 틀어막았다. 그러고도 부족한지 "에에" 하는, 사이렌 같은 소리를 지르며 고개를 흔들었다. 은혜가 싱긋 웃고, 딸아이를 보던 시선을 돌려 정현을 보았다.

"나도 한때 정현 씨를 좋아했는걸요."

정현은 표정 없이 눈만 한 번 깜박였다. 은혜가 들고 있던 주걱으로 정현을 가리키며 말했다.

"그런 게 또 매력이죠. 웬만해선 놀라지도 않는 것. 한 번쯤은 그 얼굴이 당황하는 걸 보고 싶거든요. 도전 욕구를 불러일으켜요."

은혜는 장난스레 주먹을 불끈 쥐고 파이팅 포즈를 취해 보였다. 정현이 입술을 살짝 벌렸다. 엄청 오랫동안 입을 열어보지 못한 듯 입술이 바싹 말라 있었다. 침을 한 번 삼켰다. 그리고 말했다.

"놀랐는데. 지금 엄청 놀란 표정 아니었나?"

"아니요. 길에서 동전을 발견해도 그것보다는 놀라겠네요. 아, 애 아빠와 사귀기로 마음먹은 뒤론 한눈 판 적 없어요. 그거에 대해선 인후 씨에게 죄책감 안 느껴도 돼요."

정현은 속으로 한숨을 내쉬며, 아직 고개를 흔들고 있는 희나를 내려다봤다. 그녀의 머리를 쓰다듬어주자 희나는 입을 벌리고 소리 지르는 것을 멈췄다. 은혜가 "손 떼."라고 말하며 귀에서 손을 떼는 제스처를 해 보였다. 그제야 희나는 귀에서 손을 뗐다. 은혜는 착한 딸을 향해 미소를 지어 보였다. 그런 뒤 주전자를 들어 냄비에 물을 부었다. 물속에 담긴 그녀의 시선이 아련해졌다.

"정현 씨는 문득문득 딴 곳으로 사라져버릴 것 같거든요. 대화를 나눌 땐 세상에 당신과 나 하나밖에 없는 기분이 들다가도 또 어느 순간 보면 눈이 먼 곳을 향해 있단 말이죠. 그럼 상대는 황당해요. 유령과 얘기하는 기분이 들거든요. 싸울 수도 없어요. 당신의 눈이 어디를 향하고 있는지, 누구를 향하고 있는지 알면 싸워보기라도 할 텐데 상대가 누군지 알 수가 없으니 질투만 남죠. 빈껍데기 같은 질투만 보이니 자신이 초라해져요. 몇 달은 괜찮을지도 몰라요. 하지만 그런 거, 어떤 여자가 오래 버틸 수 있겠어요."

냄비가 보글보글 끓었다. 은혜는 고개를 기울여 음식 냄새를 맡았다. 머리카락을 귀 뒤로 넘기자, 정현이 손을 들어 눈을 가리고 있는 모습이 보였다. 은혜가 애교 있는 말투로 물었다.

"왜요, 충격이에요?"

"……네. 사내놈들한테서 들었던 그 어떤 독설보다도 충격적이네요."

희나는 갑자기 괴로운 표정을 짓는 아저씨와 웃고 있는 엄마를 번갈아 쳐다보다가 안고 있던 인형의 손을 들어 정현의 무릎을 쓸어주었다. 정현이 손을 살짝 들고 희나를 쳐다보았다.

"위로해주는 거니?"

희나가 제 아빠와 똑같은 표정으로 웃으며 고개를 끄덕였다. 정현은 그의 무릎을 토닥이고 있는 인형에게로 시선을 내렸다가 슬며시 인형 팔을 잡아들었다. 여기저기 묻어 있는 흙먼지야 털면 된다지만 팔 부분에 박음질이 뜯어져 솜이 튀어나오려고 하고 있었다.

"희나야, 네 친구 팔이 떨어지려고 한다."

"엄마가 고쳐주기로 했어요. 근데 저저저저저번에 그랬는데 아직도 안 고쳐줬어."

정현이 은혜를 쳐다보자 그녀는 음식 맛을 보는 척하며 시선을 피했다. 정현이 물었다.

"반짇고리 어디 있어요?"

은혜가 가리킨 거실 서랍장에서 반짇고리를 가져온 정현이 무릎에 인형을 올려놓고 터진 부분을 꼼꼼히 바느질했다. 엄마의 희고 작은 손이 아니라, 남자의 커다란 손이 작은 바늘을 능숙하게 다루는 모습은 희나의 호기심을 충분히 자극하며 놀라운 감흥을 안겨주었다. 그녀는 별이 한가득 쏟아질 것처럼 큰 눈을 반짝였다. 정현이 슬쩍 희나에게 시선을 주며 뻐기는 말투로 말했다.

"굉장하지?"

"응!"

"희나야, 네, 라고 해야지."

은혜가 엄한 투로 말했다. 희나는 금세 고쳐서 "네."라고 대답하고, 정현이 건네는 인형을 받아 들고 인형의 팔을 몇 번 잡아당겨보았다. 그리고 소파에서 기어 내려와 은혜에게로 쪼르르 달려왔다. 그리고 엄마의 고개를 자신 쪽으로 숙이게 하고는 속삭이는 목소리로 말했다.

"엄마, 엄마. 나 아빠 말고 아저씨랑 결혼하면 안 돼?"

"잘생긴 사위 좋지."

은혜는 누가 들으라는 듯이 큰 소리로 말했다. 정현이 반짇고리를 챙기며 말했다.

"어떡하지, 스무 살이 넘어야 입후보가 가능한데?"

희나가 혼란스러운 눈으로 엄마를 쳐다봤다. 은혜는 허리를 숙여 딸아이와 눈을 맞춘 뒤 말했다.

"네가 스무 살이 돼야 아저씨랑 결혼할 수 있대."

"언제 스무 살이 되는데? 몇 밤 자야 돼?"

"많이."

"얼마나 많이?"

정현은 반짇고리의 뚜껑을 닫았다. 반짇고리 안에 들어 있던 향낭에서 흘러나온 향기가 손가락에 묻어났다. 코끝에 잠시 잊고 있었던 지은의 향기가 맴돌았다. 열린 창을 통해 바람 한 줄기가 흘러들어왔다. 향기가 더 진해졌다. 정현의 눈빛이 흐릿해졌다.

다가온 희나가 그의 옆에 웅크리고 앉아 다시 물었다.

"얼마나 많이 자야 돼? 열 밤보다 많이?"

정현의 눈이 소녀의 새까만 눈동자를 들여다보았다. 그가 흐릿한 음성으로 말했다.

"한 밤 자고, 두 밤 자고, 세 밤 자고…… 네 밤, 다섯 밤…… 네가 더이상 날짜를 세지 않게 되는 어느 날쯤."

은혜가 주걱을 물이 튈 정도로 휘두르며 소리쳤다.

"바로 그 표정! 먼 곳으로 가버리는 것 같은 그런 눈이 문제란 말이에요!"

7

두려움을 모르는 왕이 말하길,

태양은 눈을 감았고,

달도 더 이상 그대의 편이 아니오,

검은 새의 눈이 아무리 어둠에 밝다 하나,

금야는 늑대의 울음소리가 왕의 휘장에 닿지 못할 것이오

기사의 침묵에 승리를 확신한 왕이 고함쳤다네

깃털을 뽑아 피를 닦고, 발톱을 뽑아 바치시오,

약속하건대,

그대를 에워싼 푸른 범들을 물려 이빨만은 남겨주겠소

오만한 기사가 말하길,

늙은 왕이여, 푸른 쥐들을 물러나라 하시오,

검은 새의 발톱은 사납고,

장담하건대,

검은 새는 쥐의 수를 세지 않소

"도련님, 이제 성도(聖都)에 다 와갑니다."

아일은 읽던 책에서 시선을 들어 올렸다. 나이답지 않은 차분한 눈이 마차의 문에 난 작은 창을 향했다. 창을 가리고 있는 커튼을 걷어 올렸다. 창 밖으로 조용히 내리는 함박눈이 보였다. 페렐의 올겨울 마지막

눈이 내리고 있었다. 토프는 혹시나 그가 못 들었을까, 뒤에 달린 작은 창으로 고개를 돌리며 조금 더 큰 소리로 말했다.

"오늘은 성도에서 편히 주무실 수 있을 것 같네요."

굳게 닫혀 있던 마차의 옆 창이 철컥 소리를 내며 열렸다. 토프는 고삐를 세게 움켜쥐며 뒤를 돌아봤다.

"아이고, 도련님, 그러다 감기라도 걸리시면 전 죽습니다."

소년의 가는 금발이 바람에 휘날렸다. 눈이 내리고 있었지만 차가운 바람은 아니었다. 가슴을 탁 트이게 하는 상쾌한 바람이었다. 토프는 그가 풍경을 천천히 감상할 수 있도록 마차의 속력을 줄였다. 소복이 쌓인 눈이 세상의 소리까지 모두 덮어버린 듯, 하얀 풍경은 더없이 고요하고 평화로웠다. 소년의 눈에 느릿하게 떨어지는 눈송이가 보였다. 눈송이가 아기 새의 하얀 솜털처럼 아주 느릿하게 나뭇가지 끝을 스치고, 천천히 땅으로 내려앉아 금세 시야에서 사라졌다.

"도련님."

창문 닫는 소리가 들리자, 토프가 나직하게 아일을 불렀다.

"성도엔 처음이시죠?"

"……예."

모처럼의 대답에 토프가 웃으며 말했다.

"저도 주인님은 오랜만에 뵙는군요. 도련님을 보시면 반가워하실 겁니다."

순간 소년의 호흡이 사라졌다. 토프는 마차 안이 텅 비어버린 듯한 느낌에 흠칫하며 몸을 돌렸다. 아일은 책에 시선을 고정한 채 숨소리를 죽이고 있었다. 하루 온종일 저러고 있으면 지겨울 만도 한데 그는 여간해선 자세를 바꾸지 않는다. 참 여러모로 나이답지 않은 소년이다. 토프의 말에 뒤늦게 반응하듯 아일의 입가에 애잔한 미소가 떠올랐다. 안 그래도 또래보다 작은 체구인 것을, 그의 미소는 한층 더 그를 가냘파 보이게 했다. 그는 정말 주인 부부를 빼닮았다. 말수가 적고 내성적이며 책을 좋아하는 점은 아버지인 그레엄 클레이모어를, 어린 나이에 벌써부터 저런 쓸쓸한 미소를 자주 짓는 것은 어머니인 아넷을 닮았다. 저런 웃음밖에 보지 못해서일까. 다른 미소는 아예 있다는 것조차 모르는 게 아닐까. 그런 생각이 들자 마음씨 착한 토프는 코가 시큰해졌다. 그가 애써 밝은 목소리로 말했다.

"도련님은 책을 많이 읽으시니까 이미 원하시는 이름이 있을지도 모르겠네요. 혹시 받고 싶은 이름이라도 있으신가요?"

아일은 한참을 생각한 후 대답했다.

"아니요. 없습니다."

기껏 생각해 대답한 게 저건가. 토프는 맥이 풀려서 하마터면 잡고 있는 고삐를 놓칠 뻔했다. 아일은 다음 책장을 넘겼다. 하지만 그의 흐릿한 눈은 책을 읽고 있지 않았다.

받고 싶은 이름?

클레이모어가(家) 출신 중 그가 닮고 싶은 인물은 없었다. 존경스러운 인물은 많았지만, 그들처럼 격렬한 삶을 살 자신은 없었다. 아일은 몇 번이나 같은 문장을 읽다가 작게 한숨을 내쉬고 창 밖을 보았다.

눈 덮인 언덕 아래로 성도의 밤거리가 내려다보였다. 대도시의 등광이 어둠 속을 점점이 수놓고 있었다.

성도의 아침이 밝았다. 거리마다 활기가 넘쳤다. 하루를 시작하는 이들의 움직임에도 생기가 가득했다. 새벽부터 팔 생선을 손질하는 상인의 이마엔 벌써 땀이 맺혔고, 식사를 준비하는 여인의 손은 분주하기 이를 데 없었다. 아침 이슬을 머금은 꽃들이 신선한 향기를 내뿜었다. 따사로운 햇살이 주택가 담벼락을 뛰어넘는 고양이를 쫓았다. 담 위에 쌓여 있던 눈 더미가 젖은 소리를 내며 바닥으로 떨어졌다. 황궁으로 향하는 사람들의 행렬이 도시 곳곳에서 눈에 띄었다.

땡, 땡.

도시 중간에 우뚝 솟은 첨탑에서 종이 울렸다.

이슬에 반사된 햇빛이 궁중의 뜰을 더욱 빛나게 했다. 그레엄 클레이모어는 멀리서 들려오는 병사들의 고함 소리에 민감하게 반응하며 미간에 주름을 잡았다. 아일이 조용히 그의 뒤를 따르고 있었다. 두 사람은 대화 한 마디 없이 긴 회랑을 걸었다.

어린 아들의 눈은 걷는 동안 자연스럽게 앞뒤로 흔들리는 아버지의 손에 가 있었다. 그레엄은 왼 손목에 클레이모어가의 가주를 상징하는 가주 팔찌를 차고 있었다. 검은 새의 깃털 문장(紋章)이 혈관을 잘라 이어 붙인 것 같은 붉은 팔찌 위에 장식으로 검게 빛나고 있었다. 무인의 것보다는 문인의 것에 가까운 그레엄의 손목에서 클레이모어가의 가주 팔찌는 유난히 무겁게 느껴졌다.

아일은 버릇처럼 한숨을 내쉬었다. 아버지의 꼿꼿한 등을 보고 있자니 괜스레 어깨가 뻐근해졌다. 살가운 환영은 기대하지도 않았다. 하지만 어떻게 어머니의 안부조차 묻지 않을 수 있는가. 하긴, 그건 어머니도 마찬가지지만. 그녀 역시, 아버지의 부름으로 집을 떠나는 아들에게 아무런 인사말도 전하지 않았다. 잘 다녀오라는 말도, 어서 오라는 말도 전혀 듣지 못한 소년은 체념한 얼굴로 멀리 들려오는 병사들의 훈련 소리에 귀를 기울였다.

"이게 누구야. 클레이모어!"

긴 회랑이 십자 모양으로 교차하는 곳에 다다르자, 능글맞은 목소리가 그레엄을 불러 세웠다. 왼편 회랑에서 한 사내가 느긋한 걸음으로 걸어오고 있었다.

위대한 가문 중 하나인 와이즈가를 상징하는 검은 사자 문장 장식이
사내의 팔찌에서 번뜩였다. 그의 어깨 너머로 그의 아들로 추측되는 소
년과 하인이 보였다. 그레엄이 드물게도 미소를 살짝 지으며 그를 향해
고개를 숙였다. 와이즈 선제후(選帝侯)가 넉살좋게 두 팔을 펼치며 포옹
이라도 할 것처럼 다가왔다.

"오랜만이야. 자네도 오랜만, 이놈의 황궁도 오랜만. 자네도 성도엔
오랜만이지?"

"네, 그간 무탈하셨습니까?"

"뭐야, 그 딱딱한 말투는. 우리끼리 있을 땐 그러지 말라니까. 겨드랑
이가 간질간질하잖나. 닭이 되어 날아가버리겠어."

"닭은 날지 못합니다."

그레엄이 무미건조한 목소리로 대꾸했다. 순간 분위기가 썰렁해졌
다. 아일이 믿기지 않는다는 듯 눈썹을 찡그리며 아버지를 올려다봤다.
저거 혹시 농담인가? 설마.

아일은 자신을 쳐다보는 시선을 느끼고 눈을 돌렸다. 와이즈의 아들
이 묘한 미소를 띠고 이쪽을 쳐다보고 있었다. 또래를 만난 반가움인지,
잿빛 눈동자가 장난을 걸듯 아일에게 눈웃음을 쳤다.

"그거 농담 맞지? 자네도 농담을 할 줄 아는군. 오래 살고 볼 일이야."

와이즈 선제후가 손을 내저으며 웃었다. 그와 그레엄은 에른스트 아
카데미의 선후배 사이였다. 두 사람은 나란히 앞장서서 걸어 나갔다. 정
원과 이어진 회랑을 지나 건물 안으로 들어섰다. 유리 아치를 통해 희미
한 빛이 내리자 와이즈가 눈살을 찌푸렸다. 그는 그레엄을 따라 그늘진
구석으로 몸을 옮겼다.

"그래, 어떻게 지냈나? 부인이 요양차 세르노다로 가는 바람에 홀아

비 신세라는 얘기는 들었네만…… 응? 이 아이가 자네 아들인가? 호오,
몰라보게 컸군."

고개를 돌려 그레엄을 쳐다보던 와이즈가 그제야 아일을 발견하고 걸
음을 멈췄다. 그는 완전히 몸을 돌리고서는, 한 손으로 무릎을 짚고 상
체를 수그려 아일의 눈을 유심히 들여다보았다. 아일을 보는 와이즈의
눈에 이채로운 빛이 스쳤다. 전사의 피가 흐르는 다이런 인으로서 클레
이모어가의 적통이 어느 정도의 그릇이 되는지 가늠해보려는 마음도 있
고, 노련한 정치인으로서 자신에게 위협이 될 만한 자인지를 알아보려
는 경계의 마음도 있었다. 그가 고개를 갸웃하며, 실제 마음이야 어떻든
선해 보이는 미소를 지었다.

"자네를 쏙 빼닮았군. 외모도, 분위기도."

아일은 그레엄이 숨을 크게 들이마시는 걸 보았다. 선제후가 좋은 뜻
으로 말했다 하더라도 그레엄의 귀엔 좋게 들리지 않았을 것이다. 그레
엄은 어릴 때부터 지금까지 클레이모어가 출신답지 않다는 얘기를 수없
이 들어왔으니까.

와이즈는 소년의 보드라운 손을 쳐다본 뒤 싱긋 웃으며 몸을 일으켰
다. 다시 걸음을 옮기며, 와이즈가 넌지시 물었다.

"검은 아직 잡지 않는가 보군."

"제 어미와 함께 있으니까요."

그레엄이 무뚝뚝하게 답했다. 와이즈는 자신의 어깨 너머를 힐끔 돌
아보며 중얼거렸다.

"재능이 없어 보이진 않는데."

아일의 곁으로 와이즈의 아들이 슬그머니 다가왔다. 그리고 아일의
어깨를 손끝으로 톡톡 두드리곤 말했다.

"난 르웨이라고 해."

아일은 무표정한 얼굴로 르웨이를 가만히 쳐다본 뒤 대꾸했다.

"아일."

"아일? 아일이라……. 《화염》에 등장하는 기사의 이름이 아일이었지. 클레이모어 저택엔 큰 서재가 있다면서? 거기에《란 에드가 전기》초판본이 있다는 소릴 들었는데, 혹시 읽어봤어? 나도 가보면 안 될까? 초대장 좀 보내줘."

르웨이는 아버지 와이즈의 외모뿐 아니라 소탈한 말투까지 닮은 소년이었다. 아일은 조용한 눈길로, 조잘거리고 있는 르웨이를 살폈다. 그리고 잠시 뒤, 그는 르웨이가 경계할 필요가 없는 아이란 결론을 내렸다.

누군가가 바로 옆에서 이렇게 빠른 말을 뱉어내는 건 오랜만의 일이라 아일은 살짝 눈썹을 찌푸렸다. 기분이 나쁘다기보다 어떻게 상대해야 될지를 몰랐다. 아일이 무슨 생각을 하는지 알 리 없는 르웨이는 잿빛 눈동자를 반짝이며 물었다.

"아, 맞다! 궁금한 게 있어. 클레이모어 후손들은 알고 있다고 하던데, 초대 에드가의 부인은 정말 사라진 라타니아 왕녀였니?"

대답을 하기 위해 아일이 입술을 떼는 순간 우렁찬 목소리가 들려왔다.

"클레이모어! ……와 와이즈로군."

큰 목소리가 먼저 마중을 나온 모뤄 선제후는 와이즈를 발견하고는 밝던 표정을 순식간에 지워버렸다. 아일은 와이즈가 입술을 비틀며 웃는 것을 보았다.

허리춤에 붉은 검집을 매단 모뤄가 우람한 체격만큼이나 당당한 걸음걸이로 다가왔다. 위대한 가문 중 하나인 모뤄가를 상징하는 목련 장식이 그의 굵은 손목에서 번뜩였다. 그가 죽으면 다음 모뤄가의 가주는 자신의 손목에 맞게 새로 가주 팔찌를 제작해야겠구나, 라고 아일은 생각했다.

그레엄은 와이즈 때보다 훨씬 예의를 갖추어 인사했다. 모뤄가 관두라는 듯이 손을 내저었다. 빠르게 곁을 지나던 모뤄의 눈이 그레엄을 꼭 닮은 아일에게 가 꽂혔다. 그가 우뚝 걸음을 멈추었다. 그리고 홱 몸을 돌려 아일에게로 얼굴을 들이밀었다. 머리를 박을 것 같은 위협적인 움직임이었다. 속으로 움찔했지만, 아일은 단단히 발을 붙이고 서서 모뤄의 눈을 마주 보았다.

와이즈가 완전히 전사의 피를 숨기지는 못한다 하더라도 좀 더 정치인에 가깝다면, 모뤄는 더 말할 것도 없는 무인이었다. 아일 같은 소년은 눈빛만으로도 무릎 꿇게 할 정도로 그의 눈은 야성적이었다. 모뤄가 단단한 음성으로 말했다.

"네가 클레이모어의 아들이겠군. 그래……."

그가 허리를 펴고 섰다. 아일은 큰 바위산이 솟아오르는 것 같은 느낌을 받았다. 모뤄가 입가에 만족스러운 미소를 걸고 고개를 주억거렸다.

"생긴 건 양인데 눈은 늑대야. 늑대들 사이에 던져놓으면 큰일 나겠어. 먹이인 줄 알고 온통 덤벼들겠군. 어느 쪽이 더 큰일일까. 양인 척하는 늑대가 더 큰일일까, 양인 줄 알고 덤벼든 늑대가 더 큰일일까."

"답지 않게 웬 비유십니까?"

와이즈가 그의 말을 자르며 들어왔다. 와이즈와 모뤄의 시선이 사납게 부딪쳤다. 모뤄가 입꼬리를 내리고 노골적으로 싫은 표정을 하는 것과 달리 와이즈는 입만 웃은 채 눈은 웃지 않는 것으로 불편한 기색을 드러냈다. 둘 사이에서 어느 쪽 편도 들어줄 수 없는 그레엄이 한숨을 내쉬며 아들을 보았다. 아일은 지금 눈앞에서 일어나고 있는 일에 조금도 관심 없다는 듯 눈을 내려뜨고 있다가, 아버지의 시선을 느끼고 고개를 들었다. 어머니 아넷의 눈을 그대로 박아놓은 듯한 짙은 금색 눈동자였다. 그레엄은 아일이 자신을 쳐다보기 무섭게 고개를 돌려버렸다.

한 살이라도 더 젊은 자신이 물러서야지 별수 있나. 그런 생각을 하며 와이즈가 한발 물러섰다. 그가 먼저 눈을 피하며 어깨를 으쓱하자, 모뤄는 불만스럽다는 듯 혀를 찼다. 그러다 아일을 보고는 무서울 정도로 입을 크게 벌리고 활짝 웃었다.

"네게 소개해줄 아이가 있다."

뜬금없이 무슨 소개? 모뤄를 제외한 모두가 그렇게 생각했다.

모뤄가 뒤를 돌아보며 손짓을 했다. 아일의 눈에 모뤄의 다리를 붙잡고 있는 고사리 같은 손이 보였다. 큰 덩치에 가려 있던 소녀가 모뤄의 다리 옆으로 고개를 내밀었다. 모뤄는 소녀를 소년들 앞에 세웠다. 세게 쥐면 부서질세라 소녀의 어깨를 조심스레 붙들고 있는, 모뤄의 큼직한 손이 그녀를 더욱 작아 보이게 했다.

곱슬거리는 검은색 머리카락, 뽀얀 얼굴, 수줍음 때문인지 약간 흐릿해 보이는 눈빛까지, 모뤄가 자신의 딸이라고 말하지 않았다면 아무도 모를 정도로 아버지를 전혀 닮지 않은 귀여운 여자아이였다. 소년들이 소녀를 쳐다보자, 그녀의 뺨이 분홍빛으로 물들었다.

모뤄가 아일을 향해 말했다.

"내 딸이란다. 리디아, 인사하렴."

리디아는 꾸벅 고개를 숙이곤, 부끄러운 듯 다시 아버지 뒤로 숨어버렸다. 그러고는 아버지의 옷자락을 움켜쥔 채 고개를 내밀어 두 소년을 살폈다.

"이런 그늘진 장소에서 무슨 회동들이신가."

분위기를 순식간에 냉각시키는 목소리가 들려왔다. 이기죽거리는 말투의 주인공이 건물 그늘을 빠져나와 모습을 드러냈다.

눈가에서 시작되어 턱까지 이어지는, 화상 자국 같기도 하고 칼자국 같기도 한 상처가 사내의 교활한 인상을 한층 더 험상궂게 만들었다. 깡마른 체구에 속을 알 수 없는 눈, 속내야 어쨌든 여유로운 미소를 머금고 있는 사내의 모습에서 아일은 그가 무인이 아니라 전형적인 정치꾼임을 알았다. 그리고 두 위대한 가문의 수장들이 불편함을 넘어 적대적인 빛을 눈에 담는 것을 보고는 새로 등장한 인물이 페렐가 사람일 거라 짐작했다. 아니, 페렐가의 가주로군. 다가온 사내의 손목에 녹색 뱀 문장이 감겨 있는 것을 본 아일이 생각했다.

위대한 가문 중 하나인 페렐가의 현 주인이 탁한 목소리로 말했다.

"그레엄 후센…… 클레이모어."

뜻밖에도 페렐 선제후는 아일의 아버지 그레엄에게 가장 먼저 인사를 건넸다. '그레엄 후센…… 클레이모어.' 페렐은 항상 그레엄의 이름을 부른 후 한 박자 쉬고 성(姓)을 붙였다. 그 잠깐의 침묵은 '당신은 클레이모어의 이름을 달 자격이 없어.'라는 걸 의미하는 듯했다. 적어도 그레엄은 그렇게 느꼈다.

페렐 선제후의 인사에 그레엄은 깊이 고개를 숙여 예를 표했다. 고개를 드는 그레엄의 얼굴은 항상 그렇듯 표정이 없었지만, 아일은 그가 기분이 좋지 못하단 걸 눈치챘다.

상대를 놀리는 표정인 페렐의 시선이 아일에게 가 닿았다. 아일이 예를 표했다. 페렐의 얼굴에서 아주 잠깐 미소가 사라졌다. 하지만 이내 빙글빙글 웃으며 그가 말했다.

"자네를 닮아 유약한 인상의 아이로군. 어디 가서 남의 자식이란 소리는 안 듣겠어."

무례하기 짝이 없는 말이었다. 하지만 그레엄의 표정엔 별 변화가 없었다. 그를 대신해 모뤄가 인상을 찌푸렸다. 페렐이 농담이라는 듯 고개를 저었다.

"모뤄 경, 안 그래도 험악한 인상을 왜 그렇게 찡그리고 있나. 어이구, 이거 귀한 따님이 행차하셨군. 그런데…… 세간에 떠도는 소문처럼 정말 저주라도 내렸나, 어째 무인 가문에 여인밖에 태어나질 않아? 또다시 데릴사위를 들여야 할지도 모르겠군. 내, 걱정이 돼서 하는 말이야. 그래도 아버지를 안 닮아서 얼마나 다행이야. 데릴사위 구하기는 쉬울 게 아닌가."

모뤄가 얼굴을 굳히고 덤벼들 듯 발을 내밀었다. 그러자 와이즈가 손을 뻗어 그를 말리며 페렐의 말에 대꾸했다.

"페렐 경, 나이가 드시더니 수다스러워지신 것 같습니다."

페렐은 잠시 입매를 가지런히 했다가, 르웨이를 보고는 비릿한 웃음을 흘리며 말했다.

"첩의 자식도 황궁에 들어올 수 있다니, 세상 참 좋아졌어."

"말이 지나치십니다, 페렐 경!"

모뤄의 목소리가 복도를 쩌렁쩌렁 울렸다.

와이즈는 무표정한 얼굴로 혀로 윗니를 핥았다. 아일은 르웨이를 보았다. 순진한 눈매, 장난스럽던 미소는 간데없고 르웨이의 얼굴이 차갑게 가라앉아 있었다. 그 순간 르웨이의 눈은 아버지인 와이즈의 눈을 닮아 있었다. 화가 날수록 냉철해지는 정치인의 눈이었다. 갑자기 나타나 모두의 열등감을 헤집으며 분위기를 싸하게 가라앉힌 페렐은 기분이 좋은 듯 흥흥거리며 웃었다.

페렐의 뒤에 도열해 있던 사람들 중 한 사람이 슬쩍 대열을 이탈해 나왔다. 그가 옆에 와 서자 페렐이 정중한 태도를 취했다.

흰색 로브를 입은 사내였다. 모자를 눈 아래까지 덮고 있어 얼굴은 코와 입이 보이는 게 다였다. 하지만 그것만으로도 묘한 위압감이 느껴졌다. 위압감은 사내의 입이 미소를 그리자 부드러운 분위기로 바뀌었다. 피부를 보아 젊은 사내일 거라 짐작했는데, 그의 입에서 나온 목소리는 생각보다 훨씬 낮고 거칠어 노인의 것처럼 들렸다.

"끼어들어서 죄송하지만, 시간이 너무 지체되는 것 같군요."

그는 부드럽게 페렐을 나무라고 있었다. 페렐이 고개를 반대편 쪽으로 숙이며 미간을 찌푸렸다. 하지만 목소리만은 밝게 말했다.

"예. 가시죠, 아레욘 님."

아레욘? 성명술사 아레욘?

마지막 예언자라 불리는 성명술사 아레욘은 놀란 눈으로 자신을 바라보는 두 소년과 한 소녀를 잠시 바라본 뒤 페렐을 따라 걸음을 옮겼다. 그의 흰 로브 자락이 빛을 뿌리듯 아련한 자국을 남기고 주인을 따라 그늘로 숨어들었다. 아일은, 아레욘이 몸을 돌리는 순간 그의 입이 기이한 미소를 그리는 것을 보았다. 그의 움직임처럼, 그의 목소리처럼 여운이 길게 남는 미소였다.

"아일 클레이모어!"

클레이모어의 이름이 돔형 건물 내부에 크게 울려 퍼졌다. 그 소리에 놀란 것인지 유리 돔 지붕 위에 앉아 있던 새들이 푸드득 날갯짓을 하며 하늘로 날아올랐다. 정오부터 시작된 성명 의식은 해가 뉘엿뉘엿 저물어갈 때까지 계속되었다. 지루함을 견디지 못한 사람들이 연회장 안과 밖을 들락날락하면서 분위기는 초반의 엄숙함을 많이 잃어버렸다. 하지만 클레이모어의 이름이 들려오자, 분잡하던 분위기가 공기를 달리했다. 그리고 다른 의미에서 어수선한 분위기가 만들어졌다.

아일은 자신의 이름이 불리자, 감고 있던 눈을 뜨고 자리에서 일어섰다. 이미 두 번째 이름을 받은 르웨이가 옆에 앉아 있다가 작은 목소리로 그를 응원했다. 아일이 연단 위로 올라섰다. 한 발짝씩 계단을 올라갈 때마다 웅성거리던 사람들의 목소리가 잦아드는 걸 느낄 수 있었다.

"그레엄 후센 클레이모어의 독자(獨子), 아일 클레이모어가 맞습니까?"

아일의 이름을 불렀던 관리가 다시 한 번 그를 확인했다. 아일은 대답 없이 고개만 끄덕였다. 관리가 조용한 손짓으로 연단 중앙을 가리켰다. 그곳엔 로브 모자를 깊숙이 눌러쓴 아레욘이 서 있었다. 그는 성수가 담긴 그릇에 한 손을 집어넣고 있었다. 천천히 손을 움직이며 물을 휘젓는 그의 모습에서 부드러운 위엄이 느껴졌다.

아일이 그의 앞으로 가 한쪽 무릎을 꿇고 앉았다. 지금 그의 머릿속엔 빨리 의식을 끝내고 집으로 돌아갔으면 좋겠다는 생각밖에 없었다. 반겨주는 사람은 없지만, 그래도 그의 침대만은 언제나 그의 몸을 편히 받아주었다. 침대에 누워 있으면 적어도 수많은 사람들에 둘러싸여 외로움을 느끼는 일은 겪지 않아도 되었다. 그런 생각을 하며 눈을 내려뜨고 있는 아일의 시야에 바닥을 쓰는 흰색 로브 자락이 보였다.

아일은 슬쩍 고개를 들었다. 아레욘의 입이 묘한 미소를 그리고 있었다. 아까 회랑에서 보았던 바로 그 미소였다.

여전히 물을 휘젓고 있는 아레욘의 행동이 방금 전과 달리 조금은 장난스러워 보였다. 로브 소매를 팔꿈치까지 걷어 올리고, 느릿하게 움직이는 그의 손목이 물장난을 하는 아이의 것처럼 여려 보였다. 아일의 시선을 느꼈는지 아레욘은 시선을 물속에 둔 채 나지막한 목소리로 말했다.

"사람의 운명은 정해져 있다지?"

혼잣말인지 그에게 한 질문인지를 생각하느라 아일이 눈썹을 찡그렸다.

"우리가 어떻게 할 수 있는 게 아니야."

의도한 건지는 알 수 없었지만, 아레욘의 목소리는 너무나 작아서 바로 앞에 앉아 있는 아일만이 겨우 알아들을 수 있었다.

"하지만 운명은 곧은 한 갈래 길이 아니라 선택 가능한 수없이 갈라진 길이지."

아레욘이 물에서 손을 빼냈다. 그의 긴 손가락을 따라 물줄기가 바닥으로 흘러내렸다. 그는 젖은 손을 들어 올려 아일의 머리를 부드럽게 짚었다. 정수리가 순간 시원해졌다. 기이한 감각에 아일이 고개를 들려 했지만, 은근히 강한 힘이 그의 머리를 눌렀다.

"인간은 죽음을 피할 수 없어. 모든 생명이 그렇지. 아무리 애를 써도 어차피 마지막 갈 곳이 정해져 있고 닥쳐올 앞일은 알 수 없는 거라면……."

아레욘의 얼굴에 잔잔히 떠올라 있던 미소가 완전히 사라졌다. 아일의 머리카락에서 떨어진 물방울이 하얀 뺨을 타고 흘러내렸다. 그리고 턱으로 고여 들어 점점 굵어진 물방울은 바닥을 짚고 있는 아일의 손등 위로 떨어졌다.

"미리 포기할 이유도 없겠지."

지켜보는 모든 이들이 숨을 죽였다. 아레욘의 쉬어버린 듯 속삭이는 목소리가 아일의 머리 위로 떨어졌다.

"에드가."

아일이 눈에 띄게 몸을 움찔했다.

귀를 의심했다. 잘못 들은 것이리라.

고개를 들어 믿기 힘들다는 눈으로 아레욘을 올려다봤다. 하지만 아레욘은 어느 때보다 단호해 보이는 입술을 열어 조금 더 명확한 음성으로 말했다.

"아일 에드가 클레이모어. 그게 너의 이름이다."

평생, 아니, 죽어서도 잊히지 않을 잔인한 목소리였다.

8

차가운 새벽 공기가 붉은 벽돌의 저택을 에워싸고 있었다. 희뿌연 청색 하늘 위로 초승달이 우련했다. 아침 식사를 준비하는 소리와 함께 부엌 창문에서 밝은 빛이 새어나왔다. 그곳 말고는 아직 모든 곳이 어둠에 잠겨 있었다.

새벽같이 시장에 다녀온 남자 하인이 정문에서 한참 떨어진 곳에 있는 작은 샛문을 열고 들어왔다. 정원 한편에 쌓인 눈을 치우고 있던 다른 하인이 인사를 건넸다. 두 사람은 모닥불 근처에 쭈그리고 앉아 잠시 수다를 떨었다. 그곳에선 웅장한 저택 건물이 한눈에 보였다. 오늘은 특별히 더 생선이 좋더란 말을 하며 생선 두름을 들어 보이는 남자의 눈에 희미한 불빛이 보였다. 남자가 고개를 갸웃했다. 저기가 어디더라? 그래, 서재 쪽이다.

테이블 위에 올려놓은 램프의 불이 안온하다. 불이 바람결에 흔들렸다. 살짝 열려진 창틈으로 바람이 흘러들어왔다. 따뜻한 램프 빛, 서가에 가득한 책 냄새, 부드러운 양탄자 감촉이 아늑한 분위기를 만들고도 남았지만, 지금 서재 바닥에 주저앉아 있는 소년의 얼굴에선 편안한 기색 따윈 찾아볼 수 없었다.

그의 주위로 십여 권의 책들이 어지럽게 흩어져 있었다. 소년은 무릎을 모으고 앉아 양손으로 얼굴을 감싸고 있었다. 울고 있는 게 아닌가 싶을 정도로 소년의 분위기는 어둡게 가라앉아 있었다. 얼굴을 가리고 있던 손을 힘없이 내려 바닥을 짚었다. 흩어진 책들을 둘러봤다. 그는 체념한 표정을 짓고 있었다.

아일은 며칠 전까지 살았던 세르노다의 저택으로 돌아가지 못했다. 아버지 그레엄과 할머니 히비커스가 사는 원래의 집, 붉은 벽돌의 저택이 있는 아히름으로 돌아왔다. 어머니 아넷을 따라 세르노다로 간 지 이 년 만의 일이었다. 아일의 뜻이 아니었다. 아무도 그에게 의향을 묻지 않았다. 그것은 당연했고, 그도 당연하게 받아들였다.

성명 의식이 끝나고 이어진 연회에서 화제의 주인공은 말할 것도 없이 에드가의 이름을 받은 아일이었다. 아일은 그날 셀 수도 없을 만큼의 귀족, 정치가들과 인사를 나눴다. 서른 명 이후로는 세는 것을 포기했다.

전쟁 영웅의 현신을 바라보는 호기심 섞인 시선들이 쏟아졌다. 아일은 쓰러질 것 같은 현기증을 느끼고 도망치듯 연회장을 빠져나왔다. 그에게 호의를 보내던 귀족들은 아일이 몸을 돌리자마자 섬뜩할 정도로 표정을 달리했다. 뒤에 눈이 달려 있지 않아도 느낄 수 있었다. 소름이 끼쳤다. 귀족들 특유의 경계 어린 눈초리가 어디를 가나 그를 쫓아왔다.

아일은 사람들의 주목에 익숙하지 않았다. 그것은 클레이모어란 이름에 열등감을 가지고 있는 아버지 그레엄 역시 마찬가지였다. 그는 연회 내내 굳은 얼굴을 하고 있었다. 단 한 번도 아들과 눈을 마주치지 않았다.

하지만 그레엄의 어머니, 즉 아일의 할머니인 히비커스는 그렇지 않았다. 그녀는 그 어느 때보다 자신감 넘치고 오만한 태도로 다른 귀족들을 대했다. 나약한 아들 때문에, 명문 무가(武家)에 어울리지 않는 아들 때문에 수십 년간 억눌러온 권력에 대한 욕망이 고개를 쳐들었다. 탐욕스러운 본성이 눈을 떴다. 열등감과 피해 의식으로 인해 삐뚤어질 대로 삐뚤어진 마음의 그릇은 기회를 만나는 순간 불타는 열망으로 채워졌다.

가문의 옛 영광을 되찾을 수 있는 기회, 자신이 속한 세상에서 중심이 될 수 있는 기회, 더 많은 이들 위에 군림할 수 있는 기회. 무엇보다 그녀를 가장 설레게 하는 것은, 자신을 무시해왔던 자들을 비웃어줄 수 있는 기회를 얻었다는 것이었다. 그것은 상상만으로도 달콤했다. 악마가 건네는 붉은 과실처럼.

집으로 돌아온 아일이 가장 먼저 한 일은 서재로 가 '에드가'에 관한 책이란 책은 전부 읽는 것이었다. 에드가란 이름이 한 줄이라도 언급된 책은 모조리 찾아내 읽었다. 초대 에드가의 어둡고 안타까운 삶을 다룬 이야기부터 란 에드가의 무용담을 엮은 전기까지.

그들에 대해 알면 알수록 드는 생각은, 자신은 절대 그렇게 살고 싶지도 않고 살 수도 없다는 것이었다. 치열한 삶 따위 한 번도 원한 적 없다. 또래 소년들이 에드가 전기를 읽고 그들의 영웅담에 환호했다면 아일은 에드가들과 그들이 사랑한 여인들의 이야기에 더 마음이 울렸다. 다른 이들이 초대 에드가의 억울한 처형을 안타까워했다면 아일은 그의 도망친 가족들의 행방이 궁금했다.

그들의 인생은 '운명의 소용돌이에 휩쓸린 영웅'이란 말이 더없이 잘 어울렸다.

그들이 운명에 짓눌린 삶을 산 것과 자신이 에드가란 이름에 짓눌린 삶을 사는 것, 무엇이 다른가.

싫다. 꼭 그들처럼 살게 되리란 법은 없다, 그렇게 자위하면서도, 아일은 이미 예전의 아일이 아니었다. 그를 대하는 사람들이 달라졌으며, 그를 둘러싼 환경이 변했다. 그는 더 이상 아일이 아니라 아일 에드가 클레이모어였다. 자신의 이름 뒤에 따라붙은 클레이모어라는 피의 이름이 그토록 무거운 줄 예전엔 미처 몰랐었다.

주위가 변했다고? 아일 자신 또한 변했다.

"일어나."

해를 등지고 선 남자가 눈을 내려뜨고 무미건조한 목소리로 말했다. 아일은 연습장 흙바닥에 드러누워 거친 숨을 몰아쉬었다. 귀가 윙윙거렸다. 자신의 숨소리조차 멀리서 들려오는 듯했다. 강렬한 태양빛 때문에 눈도 제대로 뜰 수 없었다.

검술 선생은 훈련에 있어선 사정을 봐주는 게 없는 자였다. 선생이 일어나라는 듯 목검 끝을 쓰러진 아일에게 겨누었다. 그의 재촉에도 아일은 일어날 수가 없었다. 남은 힘을 끌어 모아 겨우 손가락 두 개를 까닥할 수 있었다. 딱 죽고 싶은 심정이었다. '차라리 죽여라.'란 말이 머릿속에 이명과 함께 맴돌았다.

침을 삼키려 해봤지만 바짝 마른 혀는 물기를 만들어내지 못했다. 검 끝이 가리키고 있는 목울대가 점점 뜨거워졌다. 선생은 '어서!'라는 듯이 짧게 혀를 찼다. 지면을 뜨겁게 달구는 열기와 합쳐져 검날이 흔들리는 모습이 아지랑이처럼 어른거려 보였다.

한참 뒤 아일은 속으로 욕설을 뱉으며 다시 검자루를 거머쥐었다. 후들거리는 무릎을 짚고 일어났다. 얼굴을 타고 흐른 땀이 입술에 고여 들었다. 혀로 입술을 핥았다. 넘어지면서 어디를 잘못 깨물었는지 피 맛이 느껴졌다. 흐릿하던 시야가 조금 개었다.

자신을 쏘아보고 있는 소년을 마주 보며 선생은 내심 감탄했다. 저 눈빛 좀 보게. 그래, 깡이든 고집이든 맹탕보다야 낫지. 오서는 참전 경력도 많은 용병 출신이었다. 귀족 도련님의 개인 지도 따위 취미에 안 맞는 그가 제의를 받아들인 데는, 돈도 돈이지만 역시 에드가의 이름을 받은 아이가 누구인지 직접 자신의 눈으로 확인해보고 싶다는 게 가장 큰 이유였다. 영웅의 첫 스승이란 자리가 살짝 탐나기도 했고.

아일이 다시 자세를 취했다. 몸은 비틀거리면서도 쥐고 있는 검은 용케 흔들리지 않고 상대를 제대로 겨누고 있었다. 오서의 입꼬리가 눈치채지 못할 만큼 치켜 올라갔다. 가르치는 재미가 있는 소년이었다. '과연'이라고 할까. 생긴 건 얌전한 도련님과라 사실 첫 만남에선 대놓고 실망한 표정을 지었었다. 하지만 어디까지나 첫인상만.

"어때, 할 만해?"

오서가 느물거리는 표정으로 물었다.

할 만하냐고? 아일은 대답 대신 속으로 자신이 아는 모든 욕을 퍼부어 주었다. 오서가 허리에 한 손을 올린 채 슬쩍 검을 움직여 아일의 목검을 툭 쳤다. 그 정도 충격에도 아일은 휘청거렸다. 오서가 콧숨을 내쉬며 검을 내렸다.

"그만하지. 식사하고, 한 시간 휴식."

그리고 검으로 아일의 어깨 너머를 가리켰다.

"오후부터 다시 대련."

그가 가리킨 곳엔 안타까운 표정을 한 소년이 서 있었다.

아일을 생각해서 그늘엔 들어가지도 못하고 반나절 내내 햇빛 아래에 서서 발만 동동 구르고 있는 소년, 그의 이름은 겐이었다. 겐은 아히름 주민으로 아일보다 한 살 많고, 무뚝뚝한 아일에게도 주눅 들지 않고 끊임없이 말을 거는 밝은 성격의 소년이었다. 오후 대련은 항상 그가 아일의 상대였다.

오서가 소매로 이마의 땀을 닦으며 아일을 스쳐 지나갔다. 그의 발소리가 건물 안으로 사라지자 아일은 간신히 붙들고 있던 의식을 놓아버렸다. 무릎이 꺾이고, 동시에 하늘이 보였다.

열 번…….

오늘만 열 번째 바닥에 머리를 찧었다. 결국 두 자릿수를 채웠다. 희미해지는 의식 속에서 아일은 겐이 달려오는 소리를 들었다.

얼음물로 세수를 하고 고개를 들었다. 겐이 옆에 서 있다가 바로 수건을 건넸다. 연방 싱글거리는 얼굴인 겐을 보면 아일도 웃을 수밖에 없었다. 아일이 희미한 미소를 지으며 수건을 받아 들었다.

"고마워."

아일은 수건으로 턱 아래를 훔치며 방금 전까지 자신이 뻗어 있던 자리를 보았다. 마른 모래 위로 아지랑이가 피어오르고 있었다. 겐이 그늘 쪽으로 옮겨주지 않았더라면 그대로 숨이 넘어갔을지도 모른다. 아일은 대야를 바닥에 쏟아 붓고 다시 물을 채웠다. 그리고 겐이 만약을 위해 남겨두었던 얼음을 모두 넣었다. 그런 뒤 별말 없이 겐에게도 대야를 권했다. 겐이 두 손을 얼굴 앞에 들고 빠르게 흔들었다.

"전 괜찮습니다."

겐의 이마에도 땀이 송골송골 맺혀 있었다. 가만히 서 있기만 해도 땀으로 옷이 축축해질 정도로 굉장한 날씨였다. 아일은 망설이는 겐을 보고 손을 까닥하며 편하게 씻으라는 듯 한 발 뒤로 물러섰다. 겐은 누가 있는지 주위를 두리번거린 후 헤헤 웃으며 대야를 자기 쪽으로 잡아당겼다.

타오르는 태양을 바로 쳐다본다는 건 거의 불가능했다. 잠깐만 바라봐도 눈이 멀 것처럼 앞이 하얘졌다. 두 소년은 그늘이 진 회랑 턱에 걸터앉아 있었다. 커다란 뭉게구름이 느리게 지나가며 훈련장 공터 위로 그림자가 졌다. 두 사람의 얼굴에도 그늘이 졌다.

아무 말 없이 나란히 앉아 있어도 별로 어색하지 않았다. 아일은 원체 말이 없는 소년이었고, 겐은 수다스러운 편이었지만 아일이 원하는 것 같으면 오래도록 입을 다물었다.

오전 수련이 끝나면 두 사람은 이렇게 잠깐씩 휴식 시간을 가질 수 있었다. 하늘을 한참 동안 올려다보고 있자니 아일은 왠지 여기가 다이런이 아닌 완전 딴 세상인 것 같은 기분이 들었다. 넓은 저택 안 뒤틀린 공간의 틈새에 숨어 있는 듯한 기분. 신비로운 시간을 공유하는 두 사람 사이에 묘한 유대감이 흘렀다.

"저라면 다섯 번 넘어졌을 때 포기했을 거예요. 그대로 뻗어서 안 일어나고 버렸을걸요?"

세수를 하고도 수건을 쓰지 않은 젠의 얼굴은 이미 물기가 다 증발한 뒤였다. 아직 상처랄 게 별로 없는 어린 피부가 햇빛 아래 반짝반짝 빛났다. 햇빛 때문이 아니라 그의 형형한 눈 때문에 그렇게 보이는지도 몰랐다.

"역시 크롬헬에 들어갈 생각이신가요?"

젠이 물었다. 아일은 대답 없이 기둥에 몸을 비스듬히 기대고 머리를 갖다 댔다. 차가운 대리석의 감촉이 느껴졌다. 어지러운 머리가 조금 맑아졌다.

아일은 잠시 뜸을 들인 뒤 대답했다.

"아마도."

젠은 고개를 끄덕였다.

"역시 그렇겠죠? 에드가는 크롬헬로 가야죠. 당연한 거예요."

아일의 눈이 흐릿해졌다. 젠은 신이 난 목소리로 계속 말했다.

"저도 이번에 크롬헬 시험을 쳐볼 생각인데, 붙을 수 있을까요?"

"내가 갈 수 있으면 너도 갈 수 있지 않을까?"

처음 만날 때 젠은 아일과 비슷한 덩치의 소년이었다. 하지만 석 달 만에 젠의 키는 아일의 키를 훌쩍 넘었고 체격도 날이 갈수록 좋아졌다.

가볍고 발랄한 말투는 장난꾸러기 소년 같고 늘 생글거리고 웃는 얼굴은 무인이라기보다 수완 좋은 상인의 그것 같아 보였지만, 젠의 검술 실력은 만만치 않았다. 아일은 오서가 혼잣말로 젠의 재능을 칭찬하는 소리를 들었다.

그래, 이런 아이가 전사의 재목감이다, 내가 아니라.

아일은 기둥에 등을 완전히 붙이고 드러눕듯이 두 다리를 쭉 뻗었다.

"같이 갈 수 있으면 좋겠다."

거의 혼잣말 같은 소리였지만, 젠은 그 말을 듣고 정말로 기쁜 듯한 표정을 지었다.

"네, 네! 정말 그랬으면 좋겠어요! 그럼 우리는 동기가 되는 거네요. 멋지다!"

"왜 크롬헬에 들어가려고 하는 건데?"

아일이 피곤한 얼굴에 설핏 미소를 지으며 물었다.

"왜냐니요? 동경하니까요. 다 계획이 있어요. 크롬헬을 졸업한 뒤엔 치안대에 들어갈 생각이에요. 사실 동경한다고 말했지만, 전쟁은 무서워서 군 지원은 좀……. 게다가 전 딸린 식구가 많은 집안의 장남이라 오랫동안 집을 비울 수 없기도 하고요."

젠은 얼굴에 홍조를 띠고 뒷머리를 긁적였다.

"전 동네를 지킬 테니 도련님은 나라를 지켜주세요. 나중에 유명해져도 저 잊지 마세요?"

그렇게 말하고 젠은 소년다운 미소를 지어 보였다. 아일은 얼굴에 그림자를 드리우는 구름을 올려다보았다. 젠과 함께 간다면 크롬헬 생활도 그렇게 힘들지만은 않겠다, 그런 생각을 하며 아일은 눈을 감았다.

새하얗게 질린 젠이 검을 떨어뜨렸다. 그의 얼굴에 쌀알 같은 핏방울이 튀어 있었다. 팔짱을 낀 채 멀찍이 서서 대련을 지켜보고 있던 오서가 욕설을 뱉으며 달려왔다. 바닥에 주저앉아 있는 아일의 얼굴은 다친 사람이라고는 보기 힘들 만큼 차분한 표정이었다. 하지만 그도 처음 당한 일이라 안색만은 점점 창백해져갔다.

겐이 휘두른 검에 귀를 베였다. 손으로 틀어막고 있어도 손가락 사이로 선홍색 피가 뚝뚝 흘러내렸다. 얼굴 한쪽과 어깨 자락은 금세 피로 흥건히 젖어버렸다. 피 냄새를 맡은 심장이 사납게 뛰었다. 충만함이라도 느낀다는 것처럼. 아일은 눈을 가늘게 떴다. 가슴이 뻐근해졌다.

질렸다는 표정의 오서가 지혈을 하며 아일을 나무랐다.

"또 대련 중에 머리가 딴 곳에 가 있었군."

"죄송합니다."

아일은 두말없이 인정했다. 오서가 처치를 하는 동안 아일은 겐을 올려다보았다. 겐은 울 것 같은 표정을 하고 바들바들 떨고 있었다. 아일이 조용히 말했다.

"네 잘못이 아니야."

"맞아. 네 잘못이 아니다."

오서는 뒤늦게 겐의 상태를 알아채고 아일에게 말할 때보다 훨씬 누그러진 말투로 말했다. 그도 그런 것이 모르는 사람이 보면 겐이 다친 거라고 생각할 만큼 그의 상태는 불안정해 보였다. 겐은 아일이 인상을 찌푸릴 때까지 죄송하다는 말을 중얼거렸다.

아일은 문득 겐이 다시는 검을 잡을 수 없을지도 모른다는 생각을 했다. 왜 그런 생각이 들었을까.

왜…….

피가 묻은 옷을 갈아입기 위해 방으로 가는 길이었다.

"저는 역시 이쪽 체질이 아닌 것 같아요. 아버지가 하는 상점이나 물려받을까 봐요."

겐의 말에 아일이 놀란 얼굴로 멈춰 섰다. 상처를 누르고 있는 수건 끝에 맺힌 핏방울이 뚝 하고 떨어졌다. 겐이 "어, 어." 하며 손바닥을 뻗었지만 핏방울은 그의 손가락 끝을 스쳐 하얀 복도 바닥에 떨어졌다. 겐이 피가 묻은 손가락을 자신의 옷에 쓱쓱 닦고는 아일의 눈치를 살피며 말했다.

"피를 보니까 정신이 하나도 없는 거 있죠. 이래가지고 어떻게 무관이 되겠어요."

"피를 처음 보면 누구나 놀라."

"도련님은 아니시잖아요."

아일은 자신도 그렇다는 말을 해주고 싶었다. 그런데 입이 떨어지질 않았다. 아직도 귀를 베고 지나가던 검날의 느낌이 덜렁거리는 귓바퀴에 선득하니 남아 있었다.

섬뜩했다. 잠깐만 고개를 숙이는 게 늦었으면 베이는 건 귀가 아니었을지도 모른다.

소름이 끼쳤다. 아픔을 인식하기 전에, 놀란 얼굴로 검을 거두는 겐에게 살의를 품은 자신을 믿을 수가 없었다. 그 순간 나는 나였을까?

몸 안에서 엄청 뜨거운 것이 터져 나와 몸을 적실 때의 충격으로 얼굴은 여태껏 핏기가 돌아오지 않고 있었다. 하지만 머리는 마치 무엇에 홀린 듯 끊임없이 검날이 귀를 베는 순간을 되새김질하고 있었다.

아일은 손가락이 자신도 모르는 사이에 떨리는 것을 느끼고 귀를 감싸고 있는 수건을 꼭 틀어쥐었다. 자신도 두렵다. 어떻게 안 두렵겠나. 당연하다.

겐이 상기된 표정으로 말했다.

"크롬헬 입학은 관둘까 봐요."

가슴이 철렁 내려앉았다. 아일이 다급한 말투로 말했다.

"넌 재능이 있어."

"아니요. 아닌 거 같아요."

아일은, 기가 죽어 힘없이 웃는 겐의 얼굴을 한 대 후려갈기고 싶었다. 그러지 않기 위해 이를 악물고 주먹을 틀어쥐었다. 끈적한 피가 손가락 틈으로 스며 나왔다. 겐에게 이 정도로 의지를 하고 있었나. 그가 크롬헬에 가지 않겠다는 말을 하자 아일은 절망까지 느꼈다.

"저도 크롬헬에 들어가서 도련님과 친구가 되고 싶었어요."

겐은 쑥스러운 듯 어깨를 움츠리고 웃었다. 아일은, '너는 이미 내 친구다.'란 말을 하려고 했다. 입을 열고 짧게 숨을 들이마시는 순간, 겐이 허리를 급히 숙이는 것이 보였다. 복도 저쪽에서 호위를 대동한 히비커스가 걸어오고 있었다. 근처에 몸을 숨길 곳이 있었으면 피했을 것이다. 빠르게 주위를 둘러본 아일은 하는 수 없이 겐을 따라 살짝 고개를 숙였다.

그녀가 빨리 지나가기를 바랐다. 하지만 그의 기대는 여지없이 무너졌다. 아들 내외를 꼭 닮은 손자에게 평소 눈길 한 줌 주지 않던 그녀가 어찌 된 일인지 지나던 걸음을 멈추었다. 그 손자가 자신의 상품이 된 때에는 경우가 다르다는 걸까. 아직 원석 상태의 보석이 세공 단계에서 흠집이 난 것을 발견한 그녀의 눈이 짧지만 강렬한 분노로 번뜩였다.

"무슨 일이냐?"

겐은 그녀의 목소리를 듣는 것만으로도 오금이 저렸다. 등줄기로 식은땀이 흘렀다. 덜덜 떨리는 손을 다른 손으로 꽉 붙잡았다.

아일이 나지막이 말했다.

"별일 아닙니다."

"별일 아니다?"

젠은 고개를 숙이고 있었지만 히비커스의 시선을 느낄 수 있었다. 그녀의 날카롭게 찢어진 눈은 어느 때보다 뱀의 그것을 닮아 있었다. 짙은 청색 눈동자에서 독을 머금은 냉기가 뚝뚝 흘러내렸다. 독기가 형태를 가지고 목을 조여오는 느낌이 들어 젠은 고개를 더 낮게 수그리며 바닥에 떨어진 핏자국에 시선을 두었다.

"훈련을 하다 보면 비일비재하게 일어나는 일입니다."

히비커스에게 전혀 주눅 들지 않는 목소리가 그녀의 말을 받았다. 훈련장 쪽에서 오서가 느릿한 걸음으로 다가왔다.

히비커스는 표정의 변화 없이 짧게 물었다.

"청력에 이상은?"

"귓바퀴가 살짝 베인 정도입니다. 청력엔 이상이 없습니다."

오서는 정말 아무 일 아니라는 듯이 태연한 표정이었다. 그는 더 할 말이 있다는 것처럼 검집으로 어깨를 톡톡 두드리며 반대쪽으로 고개를 기울였다. 히비커스의 눈에 평민 용병 출신인 오서가 곱게 보일 리 없었다. 오서는 호위인 시반의 추천으로 데려온 검사였다. 히비커스를 대하는 오서의 태도는 말만 존대다 뿐이지 전혀 고용주를 대하는 고용인의 태도가 아니었다. 귀족을 대하는 평민의 태도는 더더욱 아니고.

하지만 어쩌겠나, 더러운 걸레라도 당장 눈앞의 얼룩을 지우자면 집어 들 수밖에. 지금 히비커스를 화나게 하는 건 오서가 아니었다. 그녀의 가느다란 눈이 애처로울 정도로 겁먹은 표정인 젠을 훑었다. 고작 저런 아이에게 상처를 입었단 말인가. 이래서야 어디…… 쯧! 히비커스가 혀를 찼다. 젠에겐 그 소리가 우레처럼 들렸다.

"제가 잘못한 겁니다."

아일이 젠의 앞을 막아서며 말했다.

"예, 이 녀석이 잘못한 겁니다."

오서가 고개를 가볍게 끄덕이며 동조했다. 뱀이 혓바닥을 날름거리는 듯한 눈초리가 세 사제를 훑었다.

"쓸모없는 것……."

정확히 누구에게 한 말인지 모르겠는 말을 뱉고 히비커스는 서늘한 시선을 거뒀다. 겐은 여전히 매를 맞는 아이처럼 고개를 숙인 채 떨고 있었다. 아일과 오서는 히비커스가 안 보이게 될 때까지 그녀의 뒤를 지켜보았다. 겐을 보호하기 위해 무의식중에 나오는 행동이었다.

태양 볕은 아직도 뜨거웠다. 회랑까지 들어온 햇빛이 발을 뜨겁게 달구었다. 하지만 세 사람은 조금도 덥다는 생각을 못했다.

아일은 고개를 돌려 회랑 바깥쪽을 보았다. 구름이 유유히 떠다니는 드맑은 하늘이 보였다. 저기만 딴 세상이었다. 아니, 이곳만 딴 세상이다. 후덥지근한 바람이 온몸에 진득한 땀을 건드렸다. 가슴이 서늘해졌다.

오서가 개인적인 용무를 보러 저택을 나간 지 이틀째 되는 날이었다. 아일은 오전 개인 훈련을 평소보다 일찍 끝마쳤다. 검을 내리고 회랑 쪽을 보았다. 항상 겐이 서 있던 자리가 비어 있었다. 오늘 그가 오지 않았다. 눈을 작게 뜨고 하늘을 보았다. 해가 큰 비록나무 끝에 달려 있었다. 조금 늦는 건가 싶었는데, 지금까지 오지 않는 건 아무래도 이상했다.

아일은 처음 겐을 대련 상대로 데리고 온 하인을 찾아갔다. 마구간지기인 라스는 어두운 얼굴로 말머리를 쓰다듬고 있다가 아일을 발견하고 황급히 허리를 숙였다. 아일이 손을 내저으며 말했다.

"오늘 겐이 오지 않았습니다."

"아, 저, 그게……."

아일은 그의 얘기가 끝나자마자 말에 올라탔다. 말머리를 곧장 사냥
터 쪽으로 돌렸다.

「아침에 왔다가 훈련장으로 가는 길에 시반 님을 만나…….」

「시반? 그 사람이 왜?」

그때부터 심장이 불안하게 뛰기 시작했다.

「사냥을 하는데 몰이꾼이 부족하다고.」

무도(武道)를 중시하는 다이런에서 귀족들이 사냥을 하는 것은 흔한
일이었다. 정치인들은 사냥을 하면서 정책을 논하고 밀담을 나누었다.
다이런에서 사냥은 단순한 놀음, 그 이상의 것이었다. 물론 귀족 여성들
도 사냥을 즐겼다. 하지만 히비커스는 아니었다. 그녀는 사냥 초대엔 일
절 응하지 않았다. 사냥을 주최하는 일도 없었다. 그녀는 사냥을 싫어했
다.

라스는 시반이 직접 겐을 데리고 갔다 했다. 시반은 히비커스의 개인
호위 무사였다. 사냥몰이꾼을 모으는, 그런 잡일을 하는 사람이 아니었
다. 그는 히비커스의 명령만 듣고, 그녀의 의지가 아니면 그녀 곁을 뜨
는 일이 없는 자였다.

사냥몰이꾼? 웃기는 소리! 몰이꾼은 항상 저택의 하인들을 썼다. 겐
은 아일의 대련 상대로 데려온 아이였다. 하인이 아니었다. 몰이꾼이 부
족하면 부족한 대로 사냥을 하면 된다. 지금까지 그래왔다.

어리석은 것, 자기가 거길 왜 따라가? 내게 한 마디 말도 없이!

거절했어야지! 자신은 그런 일을 하러 온 게 아니라고 말했어야지!

안다. 그도 안다. 겐이 시반의 말을 거절하기 힘들었으리란 걸 잘 안
다. 하지만 알면서도 그 아이가 원망스러웠다.

그래도 거절했어야지! 그래도 거절했어야지!

「그렇게…… 매번 빵을 안 먹고 가져가서, 대체 몇 명이 나눠 먹는 거

야?」

「아, 티가 났나요?」

「코앞에서 그러는데 모르는 게 이상하지. 가족이 몇 명인데?」

「아홉 명이요. 할머니, 아빠, 엄마, 저, 누나, 동생 네 명이죠.」

「많기도 하네.」

「제가 장남이잖아요. 혼자만 좋은 밥을 먹으려니까 속이 불편해서…….」

「그냥 먹어. 가족들 것은 내가 따로 일러둘 테니까.」

「아니요! 과분한 배려세요.」

「대련 상대가 비실대면 내가 곤란하니까 그러는 거야.」

「전 정말 행운아예요.」

「또, 또, 그 부담스러운 표정. 제발 부탁이니까 식사나 계속 해.」

「정말이에요. 전부 다 행운이고, 꿈같아요. 도련님과 함께할 수 있는 이 상황, 전부 다요.」

아일은 이를 악물고 말을 정신없이 몰아 달렸다. 앞머리가 이마 뒤로 흩날렸다. 바람이 귀를 사납게 스치고 지나갔다. 너덜거리는 붕대를 거칠게 잡아 풀었다. 밀려나는 바람결에 피 묻은 붕대가 날아가버렸다. 귀가 방금 상처를 입은 것처럼 뜨거웠다. 다시 피가 흘러 귀 안쪽에 고이는 것이 느껴졌다.

아일은 자신에게 화가 났다. 이런 일을 예상 못한 자신에게 분노가 치밀었다. 친구를 잃을지도 모른다는 공포가 피를 끓어오르게 했다. 충분히 예상할 수 있는 일이었다. 그래도 설마, 설마 이 정도로 잔인한 사람은 아닐 거라고, 그렇게 믿고 싶었다. 그런 사람의 피가 제 몸에 흐른다는 걸 인정할 수 없었다. 그래서 눈을 가리고 모른 척했다. 빌어먹을, 조금만 더 일찍 그를 찾았더라면! 그랬어야 했다. 그랬어야지! 아일은 끓

임없이 자책하며 사냥터로 내달렸다. 제발 기우이길 바랐다. 죽여버리
겠다, 정말 사실이라면 죽여버리겠어!

「저라면 다섯 번 넘어졌을 때 포기했을 거예요. 그대로 뻗어서 안 일
어나고 버텼을걸요?」

사냥터로 들어서자 공기가 바뀌는 게 느껴졌다. 피 냄새가 맡아졌다.
단지 상상으로 인한 착각이었을까. 멀리 사람들이 모여 있는 것이 보였
다. 잠시 속력을 줄였던 아일은 사람들 쪽으로 방향을 잡은 뒤 다시 말
을 박차 달렸다.

「에드가는 크롬헬로 가야죠. 당연한 거예요.」

가까이 다가갈수록 피 냄새가 진해졌다. 바람이 불었다. 선명한 죽음
의 냄새가 느껴졌다. 어제까지만 해도 멀쩡히 살아 있던 아이였다. 자신
이 무슨 소리를 해도 이를 드러내며 웃던 모습이 눈에 선하다. 그런 아
이가 죽는다고? 말도 안 돼. 아일은 자조 섞인 미소를 지었다. 분명 지
나친 걱정이다. 그래, 그 정도까지 잔인한 사람은 아닐 거다. 그 애한테
무슨 잘못이 있다고 사냥 중 사고를 핑계 삼아, 아니다, 그 정도까지는
아니야.

「왜냐니요? 동경하니까요. 다 계획이 있어요. 크롬헬을 졸업한 뒤엔
치안대에 들어갈 생각이에요.」

말을 몰아 사람들이 모여 있는 쪽으로 바짝 다가갔다. 그리고 말고삐
를 잡아당기는 동시에 몸을 날려 뛰어내렸다. 누가 봤다면 감탄할 만큼
능숙하고 민첩한 움직임이었다. 하지만 아무도 그 모습을 보지는 못했
다.

아일의 눈에도 낯이 익은 사람들이 슬픈 얼굴, 참담한 얼굴, 분노를
숨기지 못하는 얼굴로 무엇인가를 내려다보고 있었다. 가슴이 불안하게
오르내렸다.

「그럼 우리는 동기가 되는 거네요. 멋지다!」

아일은 사람들을 헤치고 안쪽으로 들어갔다. 그제야 사람들이 그를 알아보고 길을 비켜주었다. 중앙에 거뭇한 무엇인가가 있었다. 아무리 그렇게 생각하지 않으려고 해도 그건 시신을 옷으로 덮어둔 것처럼 보였다. 몇몇 하인들에게서 원망 어린 시선을 읽었지만 아일은 그런 걸 신경 쓸 상태가 아니었다. 가쁜 숨을 고르며 무릎을 꿇고 앉았다.

「전 동네를 지킬 테니 도련님은 나라를 지켜주세요.」

무엇인가를 덮고 있는 옷자락을 조심스레 잡았다. 옷을 들추기 전 시신 곁에 놓인 화살이 보였다. 피가 묻은 화살촉. 시선을 덮고 있는 옷에도 가슴 부분에 피가 번져 있었다.

「나중에 유명해져도 저 잊지 마세요.」

간절한 염원을 담아, 제발 그가 아니길 빌며, 천천히 덮여진 옷을 들추었다.

웃기지 않나, 사람의 마음이란. 누군가가 죽은 게 확실해도 자신이 아는 사람만 아니면 된다고, 자신이 아끼는 사람만 아니면 된다…… 감히 그런 생각을 한다. 그게 당연한 거라 여기면서도 정말 지독하게 이기적으로 느껴진다. 그런 생각을 한 벌일까. 어떻게 나쁜 예감은 빗나가질 않는 거지?

「저도 크롬헬에 들어가서 도련님과 친구가 되고 싶었어요.」

콰앙!

문이 벽에 세게 부딪쳤다. 그 퍼런 서슬에 벽에 닿아 있는 장식장과 서랍장들이 지진이라도 만난 듯 흔들렸다. 튕겨 나오는 문을 움켜잡는 손이 있었다. 히비커스는 서류를 보고 있던 눈을 들어 문가에 서 있는 손자를 보았다.

어머니에게 말을 건네고 있던 그레엄도 고개를 돌려 아들을 발견했다. 그의 가지런한 눈썹이 움찔했다. 저런 표정의 아들은 한 번도 본 일이 없었다. 자신을 닮아 말수도 없고 감정을 드러내는 일도 없는 아이였다. 무슨 일이지? 그레엄은 진실로 상황을 모르고 있었다. 순간 머릿속이 차갑게 가라앉으며 그의 흔들리는 눈동자가 히비커스를 보았다.

올 줄 알고 있었다. 히비커스의 동요 없는 청색 눈동자는 그렇게 말하고 있었다.

아일은 방으로 들어오지 않고 턱을 살짝 치켜든 채 문가에 그대로 서 있었다. 분노로 얼굴이 창백했다. 문을 짚고 있는 손엔 누구의 것인지 모를 피가 묻어 있었다. 상처에서 나온 피가 귓가의 머리카락을 적시고 목덜미로 흘러내렸다.

호위 무사 시반은 무표정한 얼굴로 팔짱을 낀 채 장갑 낀 손으로 제 팔뚝을 톡톡 두드리고 있었다. 아일이 태어나기도 전부터 히비커스의 곁을 지키던 사내. 히비커스는 자신의 손을 더럽히는 인간이 아니었다. 아마 그녀가 정말 겐을 죽이기로 마음먹었다면 그 일을 직접 실행에 옮긴 사람은 시반일 것이다.

"왜 그러셨습니까?"

아일이 물었다. 히비커스는 안경을 벗고 눈을 치켜떴다. 아일의 눈에 눈물이 맺혔다. 말을 뱉는 순간 치밀어 오르는 원망을 참지 못해 몸이 부들부들 떨렸다. 잔뜩 잠긴 목소리가 같은 말을 반복했다.

"왜 그러셨습니까."

"사냥 중 '비일비재'하게 일어나는 사고다."

히비커스가 조롱하는 말투로 말했다. 그 순간 아일은 머릿속에서 뭔가가 뚝 끊기는 걸 느꼈다. 사고? 그녀는 겐의 죽음을 비웃고 있었다. 개미를 지그시 밟아놓고 왜 거기에 있었냐고 묻는 아이 같은 치졸한 악

의가 느껴졌다. 어떤 엄청난 악의로, 치밀한 계획의 일환으로 그를 죽인
게 아니었다. 아일은 그걸 직감했다. 그녀는 단지 그에게 저 말을 뱉고
싶어서, 단지 그것 때문에 저런 미친 짓을 벌인 것이다. 비일비재하게
일어나는 사고? 앞으로도 또 일어날 수 있는 사고?

숨을 쉴 수가 없었다. 몸에 그녀의 피가 흐르는 걸 용납할 수 없다는
것처럼 모든 혈관이 움직임을 멈추었다.

히비커스가 못마땅한 표정으로 혀를 찼다.

"평소엔 돌처럼 굴다가 별거 아닌 것에 감정을 쏟는 건 네 아비를 닮
았구나."

그 말 한마디에, 차갑게 얼어버렸던 혈관들이 뜨거운 분노를 만나 산
산이 부서졌다. 붉은 파편이 몸속 곳곳에 박혀들었다. 몸속에 휘몰아치
던 피가 거꾸로 솟구쳐 목까지 비릿한 냄새가 차올랐다. 눈앞이 시뻘겋
게 변했다.

"그 아이는!"

아일이 격앙된 목소리로 소리치며 히비커스를 향해 무섭게 걸어왔다.
시반이 움찔하며 팔짱을 풀 정도의 기세였다. 히비커스의 이마에 짙게
주름이 잡혔다. 아일은 히비커스의 목을 움켜쥘 것처럼 손을 뻗었다가
멈칫했다. 놀란 낯빛을 한 그레엄을 본 것이다. 아일은 히비커스의 바로
코앞에서 손을 멈추었다.

시반은 히비커스와 닮은 눈을 하고 아일을 바라보았다. 히비커스가
미리 일러두지 않았더라면 그는 일찌감치 위험한 상태인 아일을 제압했
을 것이다. 그 정도로 아일의 분위기는 심상치 않았다. 소년의 음성에서
느껴지는 비통함은 당장 살인으로 이어져도 부족하지 않을 만큼 강렬했
다. 아일은 뻗은 손을 파르르 떨다가 갈고리처럼 힘껏 오므렸다. 그리고
감정을 억누른 목소리로 말했다.

"그 아이는……."

심장에 박힌 말을 씹어뱉었다.

"제 친구였습니다."

"친구? 동화책에 나오는 말이로구나."

아일이 너무 힘들게 말을 뱉은 것에 비해 히비커스의 말투는 맥이 빠질 정도로 가벼웠다. 당장 터져버릴 것 같은 소년의 모습과 중년 여성의 냉소적인 모습은 기이한 대조를 이루었다.

그녀의 반응에 아일은 찬물을 뒤집어쓴 듯 몸이 차갑게 식어버렸다. 피가 차갑게 식어버렸다. 이 사람에게는 어떠한 말도 안 통한다. 나는 지금 벽에다가 얘기를 하고 있어. 거대한 바위산에 머리를 찧는 기분이었다. 아무 소용이 없다. 이 사람한테 화를 풀어봤자, 젠의 억울함을 이야기해봤자 이 사람은 이해를 하지도, 자신의 행동을 반성하지도 않아. 아일은 쓰러질 것처럼 뒤로 물러났다. 더 이상 의미가 없다는 걸 알면서도, 아일은 허탈한 목소리로 중얼거렸다.

"할머님은…… 그 아이가 어떤 애인지도 모르시지 않습니까?"

"내가 알아야 될 이유가 없지."

히비커스가 이해할 수 없다는 표정으로 코웃음을 쳤다. 그리고 다시 안경을 쓰며 내려뜬 눈으로 서류를 보았다.

"새 아이가 올 게다."

아일이 눈에 띄게 몸을 움찔했다. 히비커스는 고개는 숙인 채 눈만 치켜떠 아일을 보며 웃었다.

"그 아이가 '사라진다면' 또 다른 아이가 오겠지."

아일은 손에 잡힌 화병을 그대로 던져버렸다. 히비커스를 아슬아슬하게 지나쳐 벽에 부딪친 화병은 와장창 소리를 내며 산산조각이 났다. 깨진 조각들 사이로 물이 흘러나와 붉은 양탄자로 스며들었다. 물기를 머금은 얼룩이 번져갔다. 피 냄새를 풍기다 해도 그럴듯할 정도로 검붉은 색의 얼룩이었다. 히비커스가 서류에 튄 잔 파편을 털어내며 말했다.

"제 어미처럼 화도 못 내는 인형일까 봐 걱정했는데, 다행이로구나. 그래, 그래야 무시를 당하지 않아."

"그냥…… 그 아이를 내쳤으면 되잖아."

슬픔과 분노로 가득 찬 몸에서 겨우 빠져나온 목소리는 소년의 것이 아닌 것처럼 낮고 거칠었다. 히비커스가 음산한 미소를 지었다.

"그랬다면 네가 이만큼 충격을 받지도 않았겠지."

아일은 둔기로 머리를 얻어맞은 것 같은 멍한 표정을 지었다.

거대한 악과 마주한 기분이 들었다. 어떻게 하면 지금 자신이 느끼는 이 경멸을 표현할 수 있을까. 경멸? 자신이 경멸한다고 이 사람이 마음이 아프기는 할까.

히비커스는 고작 이런 일에 저런 반응을 보이는 손자가 마음에 들지 않았다. 그녀가 언짢은 표정을 지으며 말했다.

"사람은 두 종류가 있다. 대신할 사람이 있는 자와 대신할 사람이 없는 자."

더 이상 그녀의 이야기를 듣고 싶지 않았다. 아일은 표정을 완전히 지우고 몸을 돌려버렸다. 등 뒤로 그녀의 목소리가 쫓아왔다.

"다시 그런 일이 벌어지는 걸 막고 싶다면 네가 강해지면 되는 거다. 아무도 네게 상처를 입힐 수 없도록, 세상 그 누구도 감히 네게 칼끝을 들이대지 못하도록."

아일은 문도 닫지 않고 방을 나가버렸다. 한바탕 태풍이 몰아치고 간 방은 상당히 오랜 시간 동안 침묵에 잠겨 있었다. 그레엄은 아들이 나간 문 쪽을 쳐다보다가 들고 있는 서류를 내려다보았다. 하지만 글이 눈에 들어올 리 없었다. 그는 아들을 말리지도, 어머니를 말리지도 못했다.

언제나 그랬듯이.

그의 생각을 눈치챈 히비커스가 마뜩잖은 표정으로 입술을 일그러뜨렸다.

"복종하는 법도 가르쳐야지. 네가 하지 못하니까 내가 하는 거다."

아일은 넋 나간 표정으로 회랑 턱에 걸터앉아 있었다. 훈련장 공터에 피어오르는 아지랑이 사이로 몇 번 다리를 휘청거리다 급기야 쓰러져버리는 자신의 모습이 보였다. 그러자 겐이 달려가는 것이 보였다. 겐은 지금 아일이 앉아 있는 옆자리로 쓰러진 아일을 끌고 왔다. 어쩔 줄 몰라 우왕좌왕하다가 수건을 집어 들어 얼음물에 적셨다. 그러고는 조심스러운 손길로 아일의 이마에 그것을 올려두고는 한숨을 내쉬었다.

아일은 물기 어린 눈동자로 그 모습을 모두 지켜보았다. 겐이 소매로 이마의 땀을 훔치고 밝게 웃으며 하늘을 올려다보았다. 그의 시선을 따라 아일도 하늘을 보았다.

오늘 한 사람이 죽었다.

어제까지 멀쩡히 살아 있던 사람이었다. 그런데 이제 다시는 볼 수 없다고 한다.

그래도 세상은 변함없이 돌아간다. 시간은 여지없이 흐른다. 어제와 똑같은 하늘, 똑같은 태양이 그렇게 야속할 수가 없었다. 강렬한 태양빛에 잠시 눈을 감았다 뜨자 눈물이 흘렀다.

그를 위로해주는 사람은 아무도 없었다. 아무도.

"도련님, 그만 돌아가시는 게……."

아일을 겐의 집으로 안내한 마구간지기 라스가 초조한 얼굴로 말했다. 아일은 마당에 서서 집 안을 바라보고 있었다. 무거운 죄책감이, 겐을 죽인 자의 피가 자신의 몸에도 흐르고 있다는 부정할 수 없는 사실이 그를 집 안으로 발을 들여놓지 못하게 하고 있었다. 겐의 가족들이 울고 있었다. 이웃들이 그들을 위로하고 있었다. 하지만 아일은 함께 울 수도, 감히 그들을 위로할 수도 없었다.

몸은 바깥에 둔 채, 영혼은 집 안으로 들어가 겐의 차가운 손으로 쓰다듬고 있었다. 영혼이 없는 자의 눈은 시신처럼 빛을 잃고 텅 비어 있었다.

장남의 주검을 붙잡고 오열하는 어머니의 목소리가 문턱을 넘었다. 그 소리가 화살이 되어 심장에 박힌 듯 아일은 비틀대며 뒤로 물러섰다. 부모의 정을 모르는 아일도 그 울음 속에 섞인 피 끓는 애통함을 느낄 수 있었다.

「사람은 두 종류가 있다. 대신할 사람이 있는 자와 대신할 사람이 없는 자.」

아일은 초점을 잃은 눈으로 고개를 흔들었다.

'틀렸습니다. 겐을 대신할 사람은 없어요. 대체 저 가족들에게 겐을 대신할 사람이 누구란 말입니까.'

"도련님? ……도련님!"

안타까운 얼굴로 집 안을 들여다보고 있던 라스가 뒤늦게 아일이 사라진 것을 알고 그를 찾았다.

아일은 쓰러질 것 같은 몸을 벽에 의지한 채 걷고 또 걸었다. 한 발짝 한 발짝이 족쇄를 단 것처럼 무거웠다. 죄의 무게다. 그런 생각이 들었다. 그러다 기력이 다 빠진 듯 벽에 한쪽 어깨를 기대고 섰다. 벽을 짚고 있는 손에 경련이 일었다. 울음을 제때 토해내지 못한 작은 몸이 추위에 떠는 것처럼 덜덜 떨렸다. 그때 무엇인가가 날아와 근처 벽에 부딪쳤다. 아일의 눈이 천천히 아래로 향했다. 돌멩이였다. 아일은 벽에 등을 기대고 그늘진 얼굴을 돌려 돌이 날아온 방향을 보았다.

좁은 골목 어귀에 작은 그림자 둘이 서 있었다. 둘 중 더 작은 그림자가 악에 받친 목소리로 소리쳤다.

"우리도 다 알아! 어른들이 얘기하는 거 다 들었어! 네놈들이 우리 오빠를 죽인 거지?"

그리고 짧은 팔을 휘둘러 돌을 던졌다. 하지만 그것은 아일의 얼굴도 스치지 못했다. 둘 중 큰 그림자가 소리쳤다.

"네놈 때문에 우리 형이 죽은 거야!"

"……그래."

큰 그림자는 돌을 던지려다 말고 움찔, 들었던 팔을 멈추었다.

"내가 죽였어."

아일의 음성은 젖어 있었다. 약간의 웃음기가 섞여 있는 것이 조금 기쁜 듯 들리기도 했다. 아일이 어두운 골목 구석에서 달빛 아래로 모습을 드러냈다. 두 남매에게로 천천히 걸어오는 그에게선 목소리만큼이나 질퍽하고 위태로운 분위기가 느껴졌다. 착각이 아니었다. 하얀 달빛을 받아 섬뜩할 정도로 흰 그의 얼굴에 의미를 알 수 없는 미소가 걸려 있다.

"그런데, 그런 걸로 죽일 수 있겠어?"

그래, 당연히 원망을 해야지. 아무도 그를 탓하지 않았다. 눈은 그를 나무라면서도 그에게 원망의 말을 하는 사람은 한 사람도 없었다. 화를 내야지. 왜 일찍 겐을 찾지 않았냐고, 왜 히비커스의 행동을 미리 예상하지 못했냐고 나무라야지!

아일은 처음으로 자신에게 화를 내는 사람을 만나고 진심으로 가슴이 떨렸다. 겐의 동생들은 아일이 다가오자 언제든지 돌을 던질 수 있는 자세를 취하며 주춤주춤 뒤로 물러섰다. 아일이 아주 낮은 목소리로 속삭였다.

"네 형이 어떻게 죽었는지 알아?"

아일은 심장 쪽을 가리켰다.

"여기에 화살이 박혔어. 누군가가 자신을 죽이려고 한다는 걸 알았을까? 모르고 죽었다면 좋을 텐데. 도망을 치다가 죽은 걸까? 모르고 죽었겠지? 제발 그래야 하는데."

어느 순간부터 그는 혼잣말을 하고 있었다. 정신이 나간 듯 보이는 그의 행동에 남매는 서로를 마주 보았다가 두려운 눈으로 아일을 응시했다. 아일은 알아들을 수 없는 말을 중얼거리다 남매와 눈이 마주치자 씨익 웃었다.

"그런 걸로는 날 죽일 수 없어. 어서 집으로 돌아가."

다정하기 이를 데 없는 목소리였다.

"그리고 칼이라도 가져와."

결국 여자아이가 울음을 터뜨렸다. 남자아이는 울먹울먹하다가 아일의 발 가까이 돌멩이를 집어던졌다. 그러고는 우는 동생의 손을 붙잡고 뛰어가버렸다. 아일은 두 손으로 얼굴을 감싸고 소리 죽여 웃었다. 아니, 울었다.

마음에도 없는 소리. 저 아이들이 그럴 수 없으리란 걸 알고 그런 소리를 한 거다. 이 얼마나 간사한가.

'난 죽음으로 죄를 씻을 수 있을 만큼 대단한 사람이 못 돼. 겐, 나는 네 영혼의 무게의 십분, 아니, 백분의 일도 되지 못하는 인간이야. 난 너처럼 나를 사랑해주는 사람이 없거든.'

아일은 벽에 머리를 기대고 그대로 주저앉았다. 눈을 감고 있으면 그의 의지와 상관없이 세상의 모든 소리가 들려오는 기분이 들었다. 고통스러운 생각은 머릿속을 비우면 되고 더러운 것은 눈을 감는 것으로 피할 수 있다지만, 들리는 것은 어찌할 도리가 없었다. 귀를 막으면 된다고? 아일은 무릎을 모으고 웅크리고 앉아 양손을 들어 귀를 막았다.

추위에 새빨개진 귀와 경련이 멈추지 않는 손 사이, 완벽히 막히지 않은 틈새로 세상의 소리가 밀려들었다. 오히려 더 선명히. 마치 거부하면 거부할수록 더 깊이 발을 들여놓게 되는 그의 운명처럼. 아무도 그에게 네가 원하는 것이 무엇이냐고 묻지 않는다.

마차 바퀴가 더러운 물웅덩이를 밟고 지나갔다. 지붕 끝에 매달린 고드름이 녹아 바닥으로 떨어졌다. 누군가가 창문을 열고 맞은편 벽에 가래침을 뱉었다. 싸움 소리가 이어졌다. 고양이가 담을 뛰어넘는 소리, 개가 컹컹 짖는 소리, 그리고 그 소리가 들려왔다.

"두렵나?"

가까이서 들려온 소리에 아일은 무거운 머리를 들었다.

사내가 이해할 수 없다는 표정을 지으며 고개를 옆으로 기울였다. 그림자가 져 반밖에 보이지 않는 사내의 얼굴은 웃는 것처럼 보이기도 하고 화를 내는 것처럼 보이기도 했다.

아일은 넋이 나간 얼굴로 사내를 올려다보았다. 아일의 시선에 맞추려는 듯 사내가 쭈그리고 앉았다. 성인 남자라고는 믿기 힘들 만큼 천진한 빛을 간직한 눈이 희미해져가는 아일의 영혼을 붙들었다. 사내가 온화한 목소리로 말했다.

"뭐가 그렇게 두렵지? 불안한 눈빛이야."

그래, 진정 아버지라면 저런 목소리로 자신을 위로해줘야 된다. 아일은 갑자기 눈물이 왈칵 쏟아지려고 했다.

사내는 두 손에 입김을 분 뒤 언 손가락을 비볐다. 그리고 본격적으로 이야기를 하기 시작했다.

"새파랗게 어린 놈이 벌써부터 그렇게 포기하는 눈을 해서는 안 되지.

있어선 안 될 일이야. 무슨 일인지는 모르겠지만 세상엔 자신의 의지로 되지 않는 일들이 많아. 아마 네 나이 때에는 더 그렇겠지. 그때마다 모든 것을 놓아버리고 자기만의 굴로 들어가버리면 그 인간은 포기하는 방법밖에 배우지 못해. 그렇게 어른이 되어버린 자들은 손쓸 방도가 없지."

사내는 모은 무릎 위에 팔짱을 낀 두 팔을 올리고 그 위에 턱을 얹었다.

"세상엔 상대의 의지와 희망을 먹어치우며 자라는 자들이 있지. 하지만 그들을 전부 죽일 수 없다면 적어도 그들이 원하는 대로는 되지 말아야지. 의지가 없고 희망이 없고 꿈이 없는 자가 어떻게 인간이야? 배부르고 몸이 편하다고 인간인가? 소, 돼지도 그 정도 대우는 받아. 끊임없이 꿈틀대야 인간이지! 쉽게 만족하지 않아야 인간이야. 신이 인간에게 욕심을 왜 줬는데? 자신이 가져야 할 몫을 지키라고! 악한 욕심 대 선한 욕심, 욕심과 욕심이 싸우는 거지. 억울하지도 않나? 네게 그런 두려움을 안겨준 자들이 원하는 대로 되는 것이."

술 취한 중년에겐 가끔 좌절한 철학자의 영혼이 들어오기도 한다더니. 아일은 헛웃음을 흘렸다.

"앙루, 술주정 그만하고 가지. 얘야, 너도 추운데 이러지 말고 집에 들어가거라."

동료를 찾아 주점 뒷문을 열고 나온 남자가 사내를 일으켜 세우며 말했다. 아일은 코끝을 스치고 지나가는 미세한 술 냄새를 맡았다. 두 남자는 서로를 의지하며 비척비척 걸어 골목을 빠져나갔다. 사내의 이야기를 듣고 있는 동안은 느낄 수 없었던 세상의 소리가 다시 예민한 귀를 파고들었다. 아일은 그제야 살이 에이는 듯한 추위를 느꼈다. 두 무릎을 더 바싹 끌어안았다. 그리고 무연히 눈을 감고 무릎에 얼굴을 묻었다.

봄이 겨울과 함께 사랑의 도피라도 했는지 예년에 비해 일찍 찾아온 여름은 인간들의 편의 따윈 봐주지 않았다. 혹자들은 이번 여름에 '미친 여름'이란 별명까지 붙여주었다. 낮에는 대지를 다 녹여버릴 것 같은 열기가 안 그래도 무거운 발을 길게 붙잡고 늘어졌다.

오서는 오만상을 찡그린 채 아일의 개인 훈련을 지켜보고 있었다. 반년간의 정도 정이라고, 오서 역시 겐의 소식을 듣고 모든 걸 다 엎어버리고 싶을 만큼 분노했다. 하지만 남은 제자의 저 꼴을 보니 그럴 수도 없었다.

잠을 자기는 하는 건지, 겐이 죽은 후 아일은 언제나 오서보다 먼저 훈련장에 나와 있었다. 그리고 오서가 시키지 않아도 대련 시간이 될 때까지 아무 말 없이 훈련장을 돌고 목검을 내려치는 연습을 했다. 원래도 말수가 별로 없는 아이이긴 했지만, 요 근래 아일은 정말 필요한 말 외에는 일절 입을 떼지 않았다. 비명이라도 지르라고 대련을 할 때면 일부러 그를 과격하게 다뤘다. 그럼에도 아일은 신음 소리조차 흘리지 않았다. 시체가 움직이는 것 같은 섬뜩함마저 느껴졌다.

훈련이 끝나고 텅 빈 눈으로 인사를 하는 아일을 볼 때마다 오서는 정말 팔이라도 부러뜨려 비명을 지르게 하고 싶은 충동을 억눌러야 했다.

오서는 손가락으로 미간을 슬쩍 문질렀다. 빌어먹을, 아예 주름이 자리를 잡겠군.

"저기."

하인이 오서를 불렀다. 오서가 찡그린 얼굴 그대로 하인을 보았다. 하인의 옆에 겐 또래의 소년이 서 있었다. 덩치는 겐보다 컸지만 수줍음이 느껴지는 얼굴의 아이였다. 오서는 못마땅한 표정으로 소년을 응시했다. 그에게 화를 내는 것이 아니었지만 소년은 두려움을 느끼고 어깨를 움츠렸다.

오서가 심란한 눈으로 아일을 보았다. 아일은 이곳으로는 눈을 돌리지 않은 채 훈련장을 계속 돌고 있었다.

오서는 자신을 학대하는 제자를 슬픈 눈길로 바라보았다가 초록 잎이 무성한 비록나무를 올려다보았다. 이파리에서 끈적거리는 녹물이 뚝뚝 떨어져 내리는 것 같은 착각이 들었다. 정말이지 지독한 더위였다.

"얼마를 받기로 했지?"

아일의 대련 상대로 온 빅터는 회랑 턱에 앉아 하늘을 올려다보고 있었다. 갑자기 들려온 소리에 그는 시선을 내렸다. 그리고 아일이 앞에 와 서 있는 걸 보고는 눈을 크게 뜨며 벌떡 일어섰다.

"예, 예?"

덩치와 어울리지 않는 얼빠진 목소리에 웃을 만도 한데 아일의 무표정한 얼굴엔 변화가 없었다. 빅터는 긴장된 침을 꿀꺽 삼켰다.

아일의 눈에 설핏 피곤이 스쳤다. 그는 핏줄이 터진 듯 따가운 눈을 지그시 감았다. 빅터는 초조한 표정으로 그의 말을 기다렸다. 빅터가 고개를 돌려 선생을 찾았다. 마침 오서가 자리를 비운 사이였다. 아일의 턱에서 땀방울이 떨어졌다.

아일은 눈을 반쯤 뜨고 평이한 목소리로 물었다.

"얼마를 받고 이 일을 하는 거냐고 물었다."

"아, 그…… 일단 이번 달엔 일만 오천 케니를 받고 다음 달부터는 이만 케니를 받기로……."

빅터는 두 손을 깍지 끼고 우물거리는 말투로 말했다.

아일은 손에 들고 있던 목검 중 하나를 빅터에게 던졌다. 빅터는 허둥거리는 손으로 목검을 받아 들었다. 아일은 별말 없이 몸을 돌려 공터 쪽으로 걸어갔다. 땀범벅인 뺨을 어깨 자락에 문질러 닦았다. 그리고 뒤를 돌아보지 않은 채 따라오라는 듯 아래로 내린 목검을 까닥거렸다.

빅터는 두 손으로 꼭 목검을 움켜쥐고 어쩔 줄 모르겠다는 눈으로 공터 중앙에 선 아일을 보았다. 그도 동네 어른들에게서 들어 젠의 이야기를 알고 있었다. 에드가의 이름을 받았다는 아일의 이야기도 알고 있었다. 빅터는 겁먹지 않기 위해 심호흡을 했다. '에드가'는 지금 훈련장을 몇 바퀴나 돌아 곧 쓰러질 것 같은 상태가 아닌가. 저 정도면 나도 지지 않아.

"검은 좀 쓸 줄 아나?"

"예?"

생각에 빠져 있던 빅터가 어깨를 움찔했다. 아일은 눈을 내려뜨고 빅터 쪽으로 목검을 겨눠 까닥거렸다. 빅터는 입술을 굳게 다물고 회랑 그늘을 벗어나 햇볕이 쨍쨍한 공터로 나왔다.

"동네 아이들 사이에서는 가장 잘 다루는 편입니다."

빅터가 약간 뻐기는 말투로 말했다. 빅터가 앞에 와 서자 아일이 희미한 미소를 지으며 숙이고 있던 고개를 들었다.

머리를 움직이자 이마에서 흐른 땀이 눈으로 들어갔다. 고개를 젖혀 눈을 가늘게 뜨고 하늘을 보았다. 구름 하나 없이 태양빛만이 새하얗게 하늘을 점령하고 있었다. 태양을 바로 쳐다보며 아일은 생각했다. 이대로 눈이 멀어버리면 이 짓도 끝날까.

하지만 그렇게 되기 전에 눈은 저절로 감겼다. 도저히 버텨낼 수가 없었다. 그의 힘으로는.

아일은 고개를 내려 빅터를 보았다. 그리고 뒤늦게 빅터의 말에 대꾸했다.

"그거 다행이군."

뺨을 타고 흐른 땀이 입가로 배어드는 순간 아일의 가지런한 입술이 미소를 그렸다.

훈련장으로 돌아오던 오서는 누군가의 비명 소리를 듣고 반사적으로 소리가 들려온 쪽으로 달려갔다. 그가 도착했을 때 처음 눈에 들어온 것은 부러진 팔을 붙잡고 나뒹굴고 있는 빅터였다. 오서가 경악에 찬 눈으로 아일을 보았다. 아일은 한 손은 허리를 짚고 한 손은 여전히 검을 잡은 채 고개를 기울이고, 쓰러져 있는 빅터를 내려다보고 있었다. 아일은 인내심 있게 기다렸다. 비명을 지르던 빅터가 이윽고 끅끅거리는 울음 소리만 내자 아일이 분명한 목소리로 말했다.

"돌아가서 아이들에게 전해."

흥분이 거세된, 지극히 잔잔한 목소리였다.

"내 상대로 이 저택에 들어올 땐 몸 성히 돌아갈 생각은 않는 게 좋을 거라고. 그래도 하고 싶다면……."

빅터는 고통스러운 와중에도 놓치지 말아야 될 명령처럼 아일의 목소리에 귀를 기울였다. 울음소리까지 멈추고.

그가 우는 것을 멈추는 순간을 놓치지 않고 아일은 허리를 폈다. 고개를 든 아일의 눈에 노여운 표정의 오서가 보였다. 아일은 흘깃 시선을 내려 빅터를 내려다보며 말을 맺었다.

"적어도 받는 돈은 제 목숨 값으로 생각되는 정도를 부르라고 말이야."

빅터가 팔이 부러져 대련 상대를 그만둔 이후에도 두 명의 아이가 더 저택을 찾았다. 오서가 잠깐 자리를 비운 사이 어김없이 한 아이의 팔이 부러졌고, 두 번째 아이는 오서의 눈앞에서 다리가 부러졌다. 결국 그 뒤론 오서가 아일의 대련 상대가 되었다. 전장을 떠돌며 수없이 많은 동료들을 잃어온 그도 친구를 잃은 아이에게 어떤 위로를 해야 되는지는 몰랐다. 훈련을 빨리 끝마치고 아일을 쉬게 해주는 게 그가 할 수 있는 배려의 전부였다. 그러나 훈련이 일찍 끝나면 아일은 개인 훈련을 하는 것으로 자신을 혹사했다. 달이 뜰 때까지 훈련장을 돌다가 지쳐 쓰러지기 일쑤였다. 그러면 오서가 와 그를 들쳐 업고 방으로 옮겼다.

수개월이 흘렀다.

일 년 내내 푸른 비록나무는 여전히 울창했지만 다른 나무들은 모두 낙엽을 떨어뜨린 뒤였다.

약속된 기간이 지나고 오서가 저택을 떠날 날이 왔다. 아일은 그날 아침도 새벽같이 일어나 훈련장을 돌았다.

굳게 다문 입술 사이로 입김이 새어나와 차가운 공기 중에 하얗게 퍼졌다.

길을 떠나기엔 조금 이른 시각이었지만 오서는 평소보다 일찍 일어나 떠날 채비를 마쳤다. 짐을 꾸린 그가 훈련장으로 왔을 때 아일은 항상 앉는 회랑 턱에 앉아 가쁜 숨을 몰아쉬고 있었다. 고개를 숙이고서 오서 쪽은 쳐다보지도 않았다.

"가는데 인사도 안 하는 거냐?"

대답이 들려오지 않자 오서는 쩝, 입맛을 다시며 몸을 돌렸다. 한참을 가도 붙잡지를 않는다, 망할 놈. 오서는 결국 다시 몸을 돌려 사나운 걸음으로 아일에게 다가왔다. 아일의 어깨를 확 잡아 돌리려고 손을 뻗었다가 멈칫했다. 아일이 몸을 가늘게 떨고 있었다. 오서는 몇 번이나 입술을 달싹거렸다. 하지만 무슨 말을 해야 될지 몰랐다. 그는 얼굴을 찡그리며 제 머리를 거칠게 헝클었다. 그러고는 아일의 등 뒤에 몸을 웅크리고 쭈그려 앉았다. 오서가 아침 기운에 잠긴 목소리로 말했다.

"그 정도면 네 또래와 일대일로 붙어서 형편없이 지는 일은 없을 거다."

그에게서 일찍이 들어본 적 없는 따뜻한 말투였다.

"언젠가 주위에 당장 적수를 찾아보기 힘들 정도가 되더라도 상대를 얕보는 짓은 하지 마. 얕보면 빈틈이 생기고, 바마에라는 빈틈을 아주 달게 먹지. 그 사냥개가 널 지나칠 거란 생각은 하지 마. 예외는 없어. 자신감과 경계심을 절대 떨어뜨려놓지 마."

오서는 아일의 뒤통수를 흘깃 보며 흠흠, 헛기침을 했다.

"크롬헬에 가면 지금보다 더 힘들 거다. 어차피 크롬헬이란 데가 대충 해서 버텨낼 수 있는 곳은 아니지만…… 지금처럼 반시체로 반응하는 건 관둬. 네 어리광 같은 자기학대, 받아줄 사람 거긴 없어."

큰 바람이 불었다. 비록나무들이 서로 스치면서 대지를 흠뻑 적시는 듯한 소낙비 소리가 났다.

"네 이름 때문에라도 주목하는 사람들이 많을 거다. 잠은 꼭 자도록 해. 수면이 얼마나 성장에 중요한데. 잠이 안 오면 동료한테 한 대 쳐달라고 해. 기절을 해서라도 자. 내 동료 중에 크롬헬 출신이 있었는데, 거기 밥이 무지하게 맛이 없대. 그래도 먹어. 안 먹으면 너만 손해야. 일단 덩치를 키워야 괴롭히는 놈들이 줄어든다고. 그래, 시비 거는 놈들이 있을 거란 예상을 해두는 편이 좋을 거야. 넌…… 네가 싫다고 해도 어쨌든 에드가니까. 괜히 한번 시비를 걸어보는 놈들이 있을 거란 말이지. 그런 놈들은 어딜 가나 있어. 견제한다고 시비일 테고 심심해서 시비일 테고 그냥 네가 너라서 시비겠지. 넌, 은근히 한 대 치고 싶게 생겼거든. 내 말 듣고 있는 거냐? ……빌어먹을! 겐이 그렇게 된 건 네 잘못이 아니야! 왜 너 때문이라고 생각하는 거냐! 그런 식으로 따지자면 저택을 비운 내 탓도……!"

"겐."

조용한 목소리가 오서의 흥분한 목소리를 베고 들어왔다. 아일은 숙이고 있던 머리를 들었다.

"아직까지 그 애 생각을 하고 있을 만큼……."

그리고 잠시 뜸을 들였다. 머릿속에 겐의 얼굴을 떠올리는 데 드는 시간, 딱 그 정도의 짧은 공백이었다.

"전 그렇게 착한 인간이 못 됩니다. 벌써 얼굴도 까마득한걸요."

아일은 자조적인 미소를 지었다.

"겐이 죽은 날 그 애 집에 찾아갔을 때 제가 느꼈던 게 뭔 줄 아십니까?"

아일은 허벅지에 두 팔을 얹은 채 고개만 돌려 오서를 보았다.

"부러웠습니다. 살아 있는 나보다 죽은 그 애가 더 나아 보여서요. 그 애가 죽으니 슬퍼하는 사람들이 많더군요."

일 년 새 키가 부쩍 큰 소년은 눈의 깊이 또한 훨씬 깊어져 있었다. 하지만 푸른 새벽의 기운을 밀어내기엔 부족한 듯 소년의 짙은 금색 눈동자가 힘없이 흔들렸다. 아일이 목이 멘 목소리로 말했다.

"제가 죽어도 슬퍼할 사람이 있을까요?"

"이…… 이 녀석아…… 내가 있지 않냐?"

아무리 힘들어도 앓는 소리 한 번 않던 아이가 눈물을 글썽이자 오서는 그만 자신답지 않은 소리를 하고 말았다. 정처 없이 길을 떠나는 용병이 할 만한 말이 못 되었다. 오서 역시 말을 뱉고 아차 싶었지만 거두고 싶은 생각은 없었다.

"그런데 왜 떠나려고 하십니까?"

눈물이 고여 흔들리는 눈만큼이나 불안하게 떨리는 목소리에서 절망과 슬픔이 느껴졌다. 아일의 두 눈에서 눈물이 후드득 떨어졌다. 오서의 심장도 덜컹 내려앉았다. 오서는 자신도 모르게 한쪽 무릎을 꿇고 아일 쪽으로 몸을 숙였다.

"선생님까지……."

아일은 다가와 손을 뻗는 오서를 거부하듯 몸을 옆으로 틀었다. 울음이 섞여 격해진 목소리가 회랑에 울려 퍼졌다.

"선생님까지 가시면 제 편은 아무도 없습니다. 사람들 속에 혼자만 떨어져 있는 것 같은 기분이 어떤 건지 아십니까? 세상에 섞이지 못하고 홀로 물 위를 둥둥 떠다니는 기분입니다. 귀만 물속에 잠겨서 아래에서 들려오는 사람들 소리를 끊임없이 동경하고 부러워하고 질투하고! 왜 다른 사람들은 태어나면서부터 아무렇지도 않게 가지는 걸 저는 어떻게 한 사람도 가질 수 없는 겁니까? 외로워 죽을 것 같습니다! 외로워서 미쳐버릴 것 같습니다! 차라리 아무것도 느끼지 못하면 좋겠습니다! 애초에 내 편 같은 건 있어본 적도 없는데 왜 이런 기분을 느껴야 되는 겁니까! 왜? 왜! 왜!"

오서는 자신에게서 도망치는 아일을 붙잡아 와락 껴안았다. 아일이 빠져나가려 하자 머리를 손으로 고정하고 자기 가슴에 얼굴을 묻게 했다. 아일은 몇 번이나 몸을 비틀어댔지만 그럴수록 오서는 그를 더욱 끌어안았다. 백 마디 말보다 짧은 포옹이 더 큰 위로가 될 때가 있다. 오서의 뜨거운 심장이 이마로 느껴지자 아일은 결국 참았던 울음을 터뜨렸다. 오서가 괴로운 목소리로 말했다.

"넌 살아온 날보다 살 날이 더 많은 나이야. 직접 찾아. 왜 못 찾아? 네 편이 되어줄 사람을 찾으면 될 거 아니야."

아일은 고개를 흔들었다. 그러면 또 겐처럼 죽을 거다.

그의 생각을 눈치챈 오서가 아일이 고개를 흔들 수 없도록 머리를 더 단단히 잡아 눌렀다.

새벽안개를 몰아내려는 듯 커다란 바람이 불었다. 비록나무가 크게 흔들렸다. 세찬 빗소리가 소년의 울음소리를 가렸다. 오서는 자존심 강한 제자가 우는 것을 듣지 않지 않으려는 듯 빗소리에 귀를 기울였다.

그렇게 오서는 저택에 온 지 이 년째 되는 날 왔던 때와 똑같은 모습으로 떠났다.

그가 떠나고 한 달 뒤, 요양차 친정에 가 있던 어머니 아넷이 붉은 벽돌의 저택으로 돌아왔다.

그리고 또 한 달이 흘렀다. 정말 운명이 그런 건지 아일은 모처럼 밖에 나갔다 돌아오는 길에 편지를 배달하는 사람을 만나 크롬헬에서 온 우편물을 곧장 전해 받았다.

불길할 정도로 붉은색인 봉투.

덕분에 아일은 봉투를 뜯어보지 않아도 그것이 크롬헬 무관학교의 입학 통지서란 것을 알았다. 봉투 입구를 봉인하고 있는 촛농엔 바마에라 문양이 찍혀 있었다. 전쟁의 신 하나미온의 충견(忠犬) 바마에라. 국가에 대한 절대 복종. 국가가 원한다면 개가 되기를 서슴지 않는 자들을 길러내는 곳이 크롬헬 무관 학교였다.

아일은 비록나무가 흔들리는 소리를 듣고 하늘을 올려다봤다.

「상대를 얕보는 짓은 하지 마.」

「얕보면 빈틈이 생기고, 바마에라는 빈틈을 아주 달게 먹지.」

「자신감과 경계심을 절대 떨어뜨려놓지 마.」

비도 오지 않으면서 하루 온종일 하늘이 끄무레했다. 통지서가 오려고 해서 그랬나 보군.

아일이 신문에 실린 전사자 명단에서 오서의 이름을 발견한 것은 그로부터 한 달 뒤, 그가 크롬헬로 떠나기 열흘 전의 일이었다.

아침부터 하늘이 어둑하던 그날은 정말 정오쯤부터 비가 내렸다.

아일은 히비커스가 저택을 며칠 비운 기간에 맞춰 크롬헬로 떠나기로 마음먹었다. 방문을 닫고는 뒤도 안 돌아보고 곧장 저택을 빠져나왔다.

현관을 지나 계단을 내려와 땅에 발을 딛는 순간, 아일은 스스로도 놀랄 정도로 홀가분한 기분을 느꼈다. 저택의 웅장한 정문이 희미하게 보였다. 저기를 지나면 이 기분이 더 좋아지겠지.

"섭섭합니다, 도련님."

토프가 마차 문을 열며 아일에게 말을 건넸다.

"크롬헬에 가서도 잘해내실 거라 믿습니다. 아무렴요, 우리 도련님이 어떤 분이신데."

토프는 아일을 진심으로 대해주는 몇 안 되는 사람 중 하나였다. 아일이 옅은 미소를 지어 보였다.

"아마 주인님도 많이 그리워하실 겁니다."

토프가 순진하게 말했다. 아일은 그만 소리 내어 웃고 말았다.

"과연 그럴까요."

마차에 올라타기 전 마지막으로 저택을 돌아봤다. 자식이 먼 길을 떠나는데 나와 보지도 않는 사람들. 이제 기대를 안 하니 마음이 아플 것도 없었다. 아일은 그렇게 생각하며 조소를 흘렸다. 하지만 가슴에 돌이 얹힌 것 같은 감각을 모른 체할 수는 없었다. 심장은 늘 분노와 낙심을 얘기한다. 매번 지치지도 않고 실망한다. 심장이 수다스러우니 그의 입은 딱히 말할 필요는 못 느낀다. 할 수만 있다면, 여태 그런 감정을 품고 있는 심장을 뽑아내 보란 듯이 저택 벽에 던져버린 뒤 떠나고 싶은 심정이었다.

토프가 속없는 웃음을 지으며 말했다.

"물론이죠. 표현을 못해서서 그렇지 주인님도 많이 걱정하고 계실 겁니다. 주인마님도 마찬가지시고요. 부모 마음이 다 그런 거지요."

"어떻게 그리 잘 아십니까?"

아일이 빈정거리는 말투로 말했다. 결혼한 지 이십 년이 지나도록 자식이 없는 토프를 비꼰 것이었다. 화풀이로 한 말이라 아일은 곧 후회했다. 아일의 가시 돋친 말에도 토프는 유순한 성격 그대로 어눌한 표정을 지으며 머리를 긁적였다.

"자식은 없지만 저도 조카가 하나 있지요. 한 번도 본 적 없는 아이지만 간혹 상상을 해보곤 한답니다. 그래서 그런지 왠지 자식이 있는 거 같아요."

"형제가 있는 줄은 몰랐네요."

아일은 미안한 마음에 조금 누그러진 말투로 대꾸했다. 토프가 신이 나 말했다.

"네, 하나 있죠. 남동생이요. 지금은 어디서 살고 있는지도 모르겠지만 방랑벽이 있는 그놈을 꽉 붙잡은 여자와 어디선가 잘 살고 있을 겁니다. 몇 년 전에 유랑 상인 편으로 편지가 한 통 왔었죠. 그때에는 자기 부인을 꼭 닮은 딸을 낳고 차이드 어디서 살고 있다고 했는데. 아이의 눈이 아로마니의 색을 닮았답니다. 그놈은 여행을 많이 해서 아로마니의 색깔을 안다지만 전 바다를 본 적이 없는데 설명하는 게 어찌 그 모양인지……. 하지만 아로마니가 에메랄드빛이란 건 저도 알지요. 에메랄드빛 눈동자라니 얼마나 예쁜 아이일지 저 같은 무지렁이는 상상도 못하겠습니다. 도련님은 아로마니에 가보셨지요? 어땠던가요? 정말 그렇게 아름답나요?"

아일은 언젠가 어머니와 함께 갔던 아로마니 바다를 떠올렸다. 에메랄드빛이라. 글쎄, 에메랄드 수억 개를 녹인다고 그 색이 만들어질까. 반딧불 숲을 통째로 바다에 담근다면, 그래, 그 비슷한 풍광을 만들어낼지도 모르겠다. 그건 에메랄드빛 따위가 아니었다. 비가 내린 후 바다 위로 드리운 무지개도 그 영롱한 바다 빛깔에 빛을 잃었다. 그것은 인간의 손을 거쳐 만들어진 보석 빛에 비할 바가 아니었다. 아로마니 바다는 아일이 기억하는 가장 아름다운 풍경이었다.

그 색을 닮았다고? 그건 인간이 가질 수 없는 색이야.

아일은 기분이 뒤틀려 다시 빈정거리고 말았다.

"동생분이 자식을 아끼는 마음이 큰가 봅니다. 과장을 한 거겠지요. 만약 사실이라면 조카 분은 아마 요정쯤 될 겁니다."

자식을 아낀다. 하, 이제 얼굴도 모르는 아이에게까지 질투를 느껴야 되나.

아일은 저택을 다시 돌아보지 않고 바로 마차에 올랐다.

작은 창까지 두꺼운 커튼으로 막은 마차 안은 충분히 어두웠지만 아일은 그 빛조차 싫다는 듯 두 눈을 감았다. 본격적으로 내리기 시작한 비가 마차 천장을 두드리는 소리가 들렸다. 곧 마차가 출발했다. 저택을 빠져나가자 빗소리가 더욱 거세졌다. 저택 정원의 비록나무가 만들어내는 가짜 빗소리가 아니었다. 진짜 비가 무섭게 내리고 있었다.

9

　크롬헬 무관학교가 있는 노체 모뤄는 엄연히 시(市)로 분류되고는 있
으나 보통 마을보다도 크기가 작았다. 그리고 폐쇄적이었다. 깊고 울창
한 숲이 노체 주변을 둘러싸고 있었다. 크롬헬은 도시의 가장 높은 지대
에 자리했다. 노체 어디에서도 크롬헬의 첨탑을 볼 수 있었다.

　늦은 새벽이었다. 달이 뜨면 노체 시는 완전히 정적에 잠겼다. 얼마나
조용한지 숲에서 부엉이가 울면 그 소리가 크롬헬 기숙사까지 들려온다
고 할 정도였다.

　기숙사 창틀에 앉은 부엉이가 크고 둥그런 눈알을 굴렸다. 가파른 절
벽 아래로 노체 시가지가 내려다보였다. 부엉이가 날개를 퍼덕이며 검
은 하늘로 날아올랐다. 이윽고 기합이 들어간 날카로운 목소리가 기숙
사에 울려 퍼졌다.

　"기상!"

　스무 명의 신입생들이 잠을 자고 있는 방에 무서운 인상의 교관들이
들이닥친 것도 그 무렵이었다. 잠귀가 밝은 아이들이 침대에서 놀란 몸
을 일으켰다. 방문을 활짝 열어젖힌 두 명의 교관은 뒷짐을 진 채 문 양
옆에 서서 그들을 둘러봤다.

　"오 분 안으로 모든 훈련생들은 제2훈련장으로 집합!"

　기상 나팔 소리도, 종소리도 들을 수 없었다. 오로지, 교관인 것 같은
사람의 목소리만이 조용한 복도에 메아리쳤다. 딱 세 번. 날카로운 목소

리는 3층부터 1층까지 계단을 내려가면서 같은 말을 세 번 반복하고 입을 다물었다. 정적에 휩싸인 기숙사 복도가 북새통으로 변한 것은 한순간이었다. 훈련생들이 복도로 쏟아져 나왔다.

눈치 빠른 아이가 침대를 박차고 교관들 사이를 지나쳐 방을 나갔다. 다른 아이들도 그 뒤를 따랐다. 아직까지 상황 파악이 안 된 아이가 서둘러 나가려는 옆 침대 아이에게 질문을 던졌다.

"무슨 일이야? 설마 이 시간에 훈련을 하는 건 아니겠지?"

문 옆에 서 있던 교관 중 하나가 절도 있는 걸음걸이로 그에게 다가왔다. 낮고 갈라진 목소리가 신입생을 겨냥했다.

"내가 누구로 보이나?"

신입생은 침대에 앉아 어리둥절한 얼굴로 그를 올려다보았다. 교관이 소년의 턱을 우악스럽게 움켜잡았다. 그는 소년의 턱을 치켜들고 자신의 눈을 똑바로 쳐다보게 했다. 그리고 소년의 겁먹은 얼굴에 얼굴을 바짝 들이밀고 낮게 속삭였다.

"나는 네 엄마가 아니다. 지금 저 소리가 밥 먹으러 오라는 소리처럼 들리나? 집합하라는 명령 못 들었나?"

소년의 눈에 공포가 번졌다. 교관이 소리쳤다.

"혀를 움직이기 전에 발을 움직여!"

위협적인 목소리가 아직까지 방 안에 남아 있는 학생들을 신속하게 복도로 내몰았다.

"네놈은 아직 생각을 할 필요가 없어! 어떤 의문도 가질 필요가 없어!"

소년은 눈물이 맺힌 눈으로 고개를 빠르게 끄덕였다.

"알아들었으면 당장 뛰쳐나가!"

신입생들이 출입구를 못 찾아 우왕좌왕하는 사이 상급생들은 이미 훈련장 중앙에 정렬해 있었다. 신입생들은 대형에 합류하고도 긴장 어린 시선으로 주위를 살폈다. 마지막 한 명의 훈련생까지 자리에 와 서자, 뒤쪽에서 그들을 지켜보고 있던 교관 중 하나가 앞으로 나왔다. 키는 작달막했지만 달라붙은 옷 위로 드러나는 근육이 범상치 않은 사내였다. 평민 출신 교관 벤클로에였다. 그의 굵직한 목소리가 훈련장의 정적을 깼다.

"마지막 열, 앞으로."

그의 말엔 항상 웃음기가 배어 있었다. 그것을 바로 앞에서 대하는 상급생들의 표정은 딱딱하기 이를 데 없었다. 마지막 열을 채우고 있던 신입생들이 주뼛거리며 대형 앞으로 달려 나왔다. 벤클로에의 웃는 입매는 의도적으로 한참 동안 닫혀 있었다. 훈련장을 팽팽히 메우고 있는 침묵이 무거웠다. 문득 벤클로에가 어딘가를 가리켰다. 상급생들은 눈만 굴려, 신입생들은 고개까지 돌려가며 그가 가리킨 방향을 보았다. 벤클로에의 손가락 끝에 뾰족한 나무 한 그루가 걸려 있었다.

"저 나무를 우리는 니시에라고 부른다."

니시에는 저승으로 가는 관문을 떠받들고 있다는 기둥에 붙은 이름이었다.

"너희들은 앞으로 저 나무를 꿈에서도 보게 될 것이다. 선착순 한 명."

신입생들은 무슨 말인지 모르겠다는 표정으로 벤클로에를 보았다. 벤클로에가 가느다란 눈을 매섭게 치뜨며 고개를 갸웃했다.

"이번 놈들은 단체로 머리가 둔한 건가, 몸이 둔한 건가?"

가장 눈치 빠른 아이가 대열을 이탈해 튀어 나갔다. 다른 아이들도 그 뒤를 쫓아 나무를 향해 달려갔다. 그들이 니시에를 손으로 짚고 다시 돌아올 때까지 벤클로에는 싱글거리는 얼굴로 제 손에 박인 굳은살을 이리저리 눌러보고 있었다. 가장 먼저 튀어나갔던 아이가 가장 먼저 도착해 벤클로에 앞에 섰다. 벤클로에는 빙글빙글한 미소를 달고 침묵했다.

꼴찌까지 그의 앞에 와 서자 마침내 그가 고개를 들었다. 제일 먼저 와 선 훈련생에게 그가 물었다.

"이름과 소속?"

"딜런, 적색조입니다!"

"나머지는 다시. 선착순 한 명."

같은 짓을 열아홉 번 반복했다. 열여덟 차례 꼴찌를 하고 열아홉 번째 달리기에서도 마지막으로 들어온 소년은 결국 도착과 동시에 흙바닥에 엎어졌다. 벤클로에는 그가 일어설 때까지 웃는 얼굴로 기다렸다.

"모두 봤나? 늦는 놈이 항상 늦는다."

벤클로에가 조소 섞인 목소리로 물었다.

"이름과 소속?"

소년은 숨을 헐떡이느라 바로 대답을 하지도 못했다. 앳된 티가 역력한 소년이었다. 체구는 동년배 중에서도 작은 편이었고, 변성기를 거치지 않은 목소리는 여렸다.

"메이튼……, 메이튼 슈만. 흑색조입니다."

벤클로에가 웃는 입매를 실룩이며 훈련생들을 보았다.

"흑색조의 감독생이 누군가?"

첫 번째 줄에서 한 사람이 빠져나왔다. 벤클로에의 가느다란 눈매가 더욱 가늘어졌다.

"에드가, 자네 부대에서 낙오자가 나왔다. 누구에게 책임을 물어야 하나?"

아일은 조용한 눈으로 교관을 쳐다보았다. 어제 신입생들이 들어왔다. 감독생인 그가 교육을 시키고 말고 할 시간이 없었다. 그러나 변명은 허락되지 않았다.

벤클로에가 훈련생들을 향해 큰 목소리로 말했다.

"적색조는 이번 주말 오전 훈련에서 제외다. 모처럼의 휴식을 마음껏 즐기도록."

얼굴 근육 하나 움찔거리지 않던 상급생들도 그 말엔 슬쩍 미소를 지었다. 적색조의 신입생들이 환호를 질렀다. 1등을 해 자신의 조에 휴식을 안겨준 딜런이란 소년은 우쭐한 표정을 지으며 웃었다.

"그리고 흑색조는……."

벤클로에는 과장된 연극적 제스처를 하며 메이튼을 가리켰다.

"여기 있는 누구 덕분에, 여덟 조 중에서 가장 먼저 콴비노의 일출을 볼 수 있는 영광을 얻게 되었다. 자랑스럽게 여기도록."

그러고는 손가락을 까닥거려 아일을 불렀다. 아일이 그의 앞에 와 서자 벤클로에의 얼굴에서 미소가 사라졌다. 벤클로에가 아일의 눈을 똑바로 응시하며 말했다.

"자네의 교육 소홀에 대해선 따로 책임을 묻지. 흑색조 전원, 왕복 한시간 주겠다. 할 말 있나?"

"없습니다."

"……좋아."

벤클로에는 할퀴는 시선으로 아일을 쳐다본 뒤 그의 어깨를 스쳐 앞으로 나아가며 소리쳤다.

"해산!"

근육도 잡히지 않은 어린 신입생들까지 데리고 산 정상인 콴비노를 한 시간 만에 왕복한다는 것은 애초에 불가능한 일이었다. 벤클로에도 그 사실을 알고 있었다. 그는 콴비노에서 일출을 보게 될 것이라고 말했다. 한 시간 안에 되돌아올 수 있다면 흑색조원들은 크롬헬에서 일출을 보게 되는 것이 맞다. 아일도 무리한 명령이란 걸 알았기에 신입생들에 맞춰 달리는 속도를 늦추었다. 그들이 콴비노에 도착했을 땐 이미 일출이 시작되고 있었다.

정상에 도착하자마자 신입생들은 하나같이 죽은 듯이 쓰러졌다. 소년들의 어깨 위로 새벽빛이 스며들었다. 상급생들은 선 채로 숨을 골랐다. 아일은 한참을 뛴 뒤에 바로 다리를 누이면 더 힘들어진다는 충고를 하지도, 다시 행군을 재촉하지도 않았다. 그저 절벽 쪽으로 돌아서서 주황빛으로 물들어가는 하늘을 바라보았다.

"이게 다 네놈 때문이야."

아일은 슬쩍 눈을 돌려 소리가 들려온 쪽을 보았다. 덩치가 큰 신입생 하나가 메이튼을 탓하고 있었다. 말을 거들지는 않았지만 몸을 추스른 다른 신입생들도 메이튼에게 힐난의 눈초리를 보냈다. 메이튼은 무릎을 가슴 쪽으로 당기며 고개를 숙였다.

"호오, 저 녀석들 보래요."

아일의 곁으로 다가온 상급생이 말했다. 아일과 같은 방을 쓰고 있는 로바키였다.

"저 모습, 왠지 기시감이 드는데?"

그의 말에 아일이 피식 웃음을 흘렸다. 로바키는 팔꿈치로 아일의 옆구리를 쿡 찌르며 키들거렸다.

"내가 한 달 만에 꼴찌에서 벗어났던가?"

"한 달 하고도 보름."

아일이 무뚝뚝하게 대꾸했다. 로바키가 상체를 흔들며 애교 섞인 목소리로 말했다.

"한 달로 쳐줘. 우리 내기할까? 저 녀석이 몇 달 만에 꼴찌에서 벗어날지?"

아일은 몸을 반쯤 돌려 메이튼을 보았다. 겉모습만 봐서는 대체 어떻게 크롬헬에 들어올 수 있었는지 의문이 들 정도로 유약한 분위기의 소년이었다. 아일이 말했다.

"두 달."

"난 반년! 족히 반년은 걸릴 거야. 뭘 걸지? 아, 난 네 나이프 케이스가 갖고 싶어."

"난…… 네 시계."

"시계? 이거?"

로바키가 주머니에서 금색 칠이 멋스럽게 벗겨진 회중시계를 꺼냈다. 아일은 로바키의 손에서 시계를 받아 들어 시간을 확인했다. 벌써부터 자기 것인 양 그의 손은 거침이 없었다. 로바키에게 다시 시계를 돌려준 아일은 신입생들이 모여 있는 쪽으로 걸어갔다. 그는 메이튼을 탓하던 신입생의 뒤에 가 섰다. 그러고는 앉아 있는 소년의 두 어깨를 대뜸 꽉 움켜잡았다. 어깨를 누르는 억센 힘에 소년이 몸을 움찔했다. 소년은 고개를 뒤로 젖히고 아일을 올려다보았다. 아일이 바위 같은 표정을 하고 물었다.

"이름."

"아, 컬레이 도르만입니다."

컬레이는 선망하는 이의 손이 제 어깨를 누르고 있다는 사실에 감격했다. 고작 자신의 이름을 말하는 목소리가 떨렸다. 신입생들은 아일의 또 다른 이름이 에드가라는 것을 알고 있었다. 어제 그가 자신을 감독생이라고 소개하는 순간부터 그들의 가슴은, 위인전기에서 에드가라는 이름을 처음 접한 때와 비슷한 감각으로 뛰기 시작했다. 어린 소년들의 눈엔 아일, 아니, 에드가는 전설 속에서 튀어나온 인물처럼 느껴졌다. 아일이 신입생들을 둘러보며 크지 않은 목소리로 말했다.

"크롬헬로 돌아간다."

그의 명령에 신입생들이 모두 자리에서 일어났다. 하지만 아일이 어깨를 누르고 있는 컬레이는, 당연하게도 일어날 수가 없었다. 아일이 무뚝뚝한 어조로 다그쳤다.

"컬레이, 왜 일어나지 않나?"

컬레이는 벌게진 얼굴로 아일을 올려다보았다. 아일은 그 자세 그대로 조원들을 향해 고갯짓을 했다. 부조장인 로바키의 지시에 맞춰 행군 대형이 갖추어졌다. 그제야 아일은 컬레이를 놓아주었다. 허둥지둥하는 모양새로 일어선 컬레이는 대열의 맨 뒤쪽에 가 섰다. 아일이 몸을 곧추세우며 말했다.

"두 달."

맨 앞 열에 서 있는 로바키가 입술을 실룩였다. 아일은 그것을 보고도 표정의 변화 없이 말을 이었다.

"우리는 두 달간 부정기적으로 오늘과 같은 일을 반복하게 될 것이다. 새벽에 자다가 훈련장에 모일 것이고, 교관은 매번 메이튼을 지목할 것이며, 우리는 그때마다 이곳 콴비노에 오르게 될 것이다."

아일의 눈이 대형 사이에 숨어 있는 메이튼을 찾아냈다.

"우리의 대표는 빠르지 않다. 체구도 작다. 체력도 좋지 않다."

메이튼의 얼굴이 붉어지는 것이 보였다.

"타고난 차이를 혼자서 단기간에 메우기란 쉬운 일이 아니다. 덧붙여…… 컬레이!"

컬레이가 대열에서 빠져나와 어설픈 차려 자세로 섰다. 아일이 물었다.

"아까 왜 제때 일어서지 못했나?"

너무나 뻔한 대답이었기에 진짜로 대답을 해야 되나, 다른 의미의 질문인가를 고민하느라 컬레이는 입술을 벌린 채 대답을 망설였다. 그가 말하지 않아도 모두가 답을 알고 있었다. 아일은 그의 대답을 기다리지 않았다.

"누군가가 어깨를 누르고 있어서였지. 네가 방금 메이튼에게 한 짓도 다를 게 없었다."

아일은 성큼성큼 걸어 메이튼이 서 있는 가장 왼쪽 열로 갔다. 그가 자신의 옆에 와 서자 메이튼이 불안한 눈동자를 굴렸다. 돌연 메이튼의 양어깨를 붙잡은 아일이 동료들 쪽으로 소년의 몸을 돌려세웠다. 메이튼은 흐힉, 소리를 내며 몸을 움찔거렸다. 쏟아지는 조원들의 시선이 부담스러웠다. 어깨를 누르고 있는 손이 무서울 정도로 단단했다. 무릎이 저절로 구부려졌다.

아일은 차분하지만 힘이 느껴지는 목소리로 말했다.

"너희들은 방금 우리 대표의 어깨에 불필요한 짐을 올려놓았다. 그럴수록 우리 대표의 몸은 무거워질 것이고, 우리는 그만큼 오래 콴비노를 벗어나지 못하게 될 것이다. 이 자리에서 확실히 말해두겠다. 조원들 사이에 그 어떤 형태의 폭력도 금한다. 정말 이곳을 빨리 벗어나고 싶다면……."

아일은 메이튼의 팔뚝을 잡아 일으켰다.

"동료가 주저앉게 하지 마라. 낙오자를 버리고 가는 행동을 벌써부터 배울 필요는 없다."

자기 자리로 돌아간 메이튼이 상기된 얼굴로 아일을 바라보았다. 아일이 짊어진 이름의 무게, 그리고 그에 걸맞은 재능, 스스로가 갈고닦은 인간적 매력을 상대가 깨닫는다면 아일의 빼어난 외모는 무인으로서의 약점이 되지 못했다. 그는 태양처럼 눈부셨다.

"콴비노까지의 행군을 의미 없는 벌이라고 생각하지 마라. 우리는 메이튼 덕분에 여덟 조 중에서 가장 먼저 콴비노의 일출을 볼 수 있는 영광을 얻게 된 것뿐 아니라⋯⋯."

훈련생들이 작게 웃음을 터뜨렸다. 아일은 살짝 미소 지었던 입매를 단정히 하며 지금까지 중에서 가장 확고하고도 확신에 찬 어투로 말했다.

"여덟 조 중에서 가장 먼저, 가장 강한 결속력을 가지게 될 것이다."

태양빛이 산자락을 따라 흘렀다.

"두 달 후."

산과 맞닿아 있는 하늘이 빛났다.

"다른 조의 훈련 소리를 들으며 주말 아침을 맞는 건 우리가 될 것이다."

아일은 책상 위에 팔꿈치를 올리고 종이학을 접고 있었다. 의미 없는 손장난이었다. 아무것도 하지 않고 이렇게 오랫동안 손을 쉬게 하는 건 오랜만의 일이었다.

며칠 전 휴교령(休校令)이 떨어졌다. 갈라마와의 국경 지역에서 벌어지고 있는 산발적 전투가 여느 때와 달리 길어지고 있는 모양이었다. 참전 경험이 있는 교관의 상당수와 훈련생들이 자원해 전쟁터로 떠났다. 휴교령 이후, 많은 훈련생들이 집으로 돌아갔다. 잠시간의 휴식이었다. 일주일도 안 되어 거의 모든 훈련생들이 학교를 떠났다. 교정이 썰렁했다. 기숙사 복도는 수도원처럼 적막했다.

아일은 하얀 종이학을 창가에 놓아두었다. 창틈으로 들어온 바람에 종이학이 살짝 흔들렸다.

노크 소리가 들렸다. 메이튼이 문을 열고 들어와 경례를 붙였다. 소년의 키는 입학했을 때보다 한 뼘이나 더 자라 있었다. 부끄러움이 많아 존경하는 이 앞에서는 항상 붉어지곤 하던 얼굴도 이제 제법 유들유들한 숫기가 보였다. 그가 붉은색 고수머리를 손으로 쓸어내리며 말했다.

"저는 이만 가보겠습니다."

아일은 주머니에서 금색 칠이 멋스럽게 벗겨진 회중시계를 꺼내 시간을 확인했다.

"그래, 가봐."

"조장은 집에 안 돌아가십니까?"

"저 녀석은 원래 집에 잘 안 가. 하지만 이번엔 어쩔 수 없이 가지."

안쪽 방에서 로바키가 짐 가방을 들고 나오며 끼어들었다. 메이튼은 넉살좋은 선배의 대꾸에 마주 웃고는 다시 아일을 보았다. 그제야 아일의 발치에 놓인 짐 가방이 눈에 띄었다. 메이튼이 조심스러운 어투로 말했다.

"아히름에 저택이 있다고 들었습니다. 집에서 마차를 보내왔는데, 어차피 같은 방향이니 동행하는 게 어떨까 하고⋯⋯."

"로바키, 오늘 비가 올까?"

아일이 창 밖을 바라보며 물었다. 메이튼도 그의 시선을 따라 창 밖을 보았다.

어제 저녁과 새벽 사이에 몇 차례 비가 왔고, 정오가 지난 지금도 하늘은 먹구름으로 뒤덮여 있었다. 열린 창문으로 스산한 바람이 불어왔다. 로바키는 창 쪽은 쳐다보지도 않고 가방을 침대 위에 올려놓고서 자물쇠를 단단히 채우며 대꾸했다.

"아니. 안 와."

"이렇게⋯⋯ 날이 궂은데도요?"

메이튼이 되묻자 로바키가 굽혔던 허리를 펴며 말했다.

"응. 안 와. 아, 넌 모르겠구나. 나 반 점쟁이잖아."

메이튼은 로바키가 농담을 한다 생각하고 웃었다. 아일과 로바키의 진지한 표정을 보고도 두 사람이 자신을 놀린다고 생각했다. 로바키만이라면 모를까, 아일은 누구를 놀리는 성격이 못 되었다. 메이튼은 미심쩍은 눈으로 로바키를 바라보았다. 로바키가 싱글거리며 말했다.

"영 못 믿는 눈치군. 네가 좀 말해줘, 에드가. 네 말이라면 믿을 거야."

"그럼, 신세 좀 지지."

아일이 가방을 들고 일어서며 메이튼에게 말했다.

"정말 점쟁이십니까?"

고개를 한껏 젖힌 메이튼이 물었다. 하늘이 거짓말처럼 개었다. 밤새 비가 쓸고 지나간 하늘은 전날보다 맑고 쾌청했다.

메이튼은 마차에 기대서서, 나무 그늘에 숨어 있는 로바키를 바라보았다. 로바키의 얼굴은 나무기둥에 가려 보이지도 않았다. 그는 바닥에 엉덩이를 붙이고 앉아 이마에 땀까지 흘려가며 칼로 '니시에 나무'에다 무엇인가를 새기고 있었다. 나무 그늘 속에서 들려오는 로바키의 목소리가 시원스럽게 느껴졌다.

"그렇다니까. 난 내가 어디서 죽는지도 알고 있는걸."

"……."

"전쟁터에서 죽어."

어이없어하는 메이튼의 얼굴을 보고 로바키는 낄낄거리고 웃었다. 아일이 돌아오는 것이 보이자 메이튼은 차체에서 등을 떼고 자세를 바로했다. 다가온 아일이 로바키를 보고는 괴이쩍다는 듯 물었다.

"뭐하는 거야?"

"너와 내가 사랑하는 사이라는 표시를 남기고 있지."

아일은 코웃음을 치고 마차에 올랐다. '다 됐다!'를 외치며 로바키가 일어섰다. 그는 만족스러운 표정으로 자신이 새긴 것을 빈손으로 쓸어

내렸다.

로바키가 마차 쪽으로 걸어오며 칼끝으로 메이튼을 가리켰다.

"너 진짜 내 말 안 믿지? 내가 다른 건 몰라도 날씨 하나는 기가 막히게 맞힌다니까. 심지어 아주 먼 미래도 볼 수 있어."

"어떤 미래를 보시는데요."

"어떤 미래?"

로바키는 팔짱을 끼고 고민에 빠진 표정으로 턱을 만지작거렸다. 마차 안에서 아일이 재촉의 의미로 콧숨을 내쉬었다. 로바키가 턱을 쓰다듬던 손으로 아일을 가리켰다.

"아주 먼 미래. 이를테면…… 그래, 그저께는 저 녀석의 미래를 보았지. 저 녀석은 아주 먼 미래에 아주 높은 건물에서 일하게 될 거야."

"아주 높은 건물이요?"

"그래, 아주 아주 높은 건물. 건물 전체가 반짝이는 건물. 하루 일과가 끝나면 주점에 모여 친구들과 술을 마시기도 해. 우습지도 않은 농담을 하면서."

메이튼은 농담을 하는 아일을 떠올려보려고 애썼다. 불가능했다.

로바키는 두 손으로 마차 문틀을 붙잡고 마차 안으로 몸을 숙였다. 아일을 쳐다보는 로바키의 눈은 정말 점쟁이라도 되는 양 짙고 깊고 고요했다.

"넌 아마 그리워하는 이를 오랫동안 찾아 헤매게 될 거야. 하지만 결국은 만나게 돼. 그러니까 너무 힘들어만 하지 마."

두 사람은 한참을 서로 마주 보았다. 아일이 느릿하게 눈을 감았다 뜨며 말했다.

"흰소리 그만하고 가봐."

언제 진지했었냐는 듯 로바키는 키들거리며 마차에서 내렸다. 그리고 마차에 오르는 메이튼에게 말했다.

"또 봐."

"잘 가십쇼."

"아니지."

메이튼의 인사말을 들은 로바키가 다시 메이튼을 불러 세웠다.

"또 보자는 인사가 맞아."

"뭐가 다른가요?"

메이튼이 이해가 안 된다는 표정을 지었다. 아일은 '또 시작이군.'이라고 생각하며 눈을 감았다. 로바키가 진지하게 말했다.

"잘 가라는 건 아예 꺼지라는 거고, 또 보자는 건 후를 기약하는 거잖아."

"네에……. 그럼 잘 가시고, 또 뵙죠."

"아니야! 또 보자고!"

"예! 뭐가 다른지 모르겠지만 몇 개월 후에 또 뵙죠!"

"우리는 또 만날 거란 말이다!"

"당연히 또 만나겠죠!"

"그래! 몇 개월 후에도 보고, 토할 만큼 먼 훗날에도 또 보고! 달들이 다른 시간에 다른 모습으로 뜨더라도 어쨌든 매일매일 지겹게 떠오르는 것처럼 우리 역시 돌고 돌아 지겹게 또 만나게 된다고! 망할! 그때에도 난 네놈의 한심한 머리에 치를 떨겠지!"

아일이 조용히 말했다.

"메이튼, 그만하고 올라타."

로바키는 자기 마차로 가면서 들으라는 듯이 말했다.

"지겨워 죽겠어! 나중에도 저 멍청한 놈을 가르쳐야 한다는 사실이 징그러워 죽겠어!"

메이튼은 아직 저지르지도 않은 멍청함을 이유로 욕을 먹는 기분이라 억울해졌다.

마차 문을 닫은 메이튼이 마부에게 출발하라는 손짓을 했다.

타앙!

너른 벌판에 총성이 울렸다. 작은 짐승이 수풀 속으로 숨어들었다. 총의 반동으로 엉덩방아를 찧은 사내가 신경질적으로 혀를 찼다.

"빌어먹을! 방금 꼬리에 맞은 거 봤어?"

"그러니까 왜 그런 요상한 물건을 들고 설쳐. 소리로 놀라게 해서 죽일 셈이야?"

회색 머리칼의 귀족 사내가 예의 바른 얼굴 속에 비웃음을 숨기고 말했다. 그의 말을 듣고 뒤따라오던 귀족 청년들이 웃음을 터뜨렸다. 총을 든 사내는 짜증 섞인 표정으로 자신을 놀린 사내를 노려보았다.

"르웨이, 네가 이 물건에 대해 제대로 안다면 이렇게 가까운 거리에선 그런 말을 하지 않을 거야. 그래, 에드가라면 잘 알겠군. 자네가 설명 좀 해주지그래? 이게 어떤 물건인지."

청년들이 아일을 돌아보았다. 아일은 사냥에는 관심이 없다는 듯 느긋하게 말을 몰아 그들과 거리를 둔 채 따라오고 있었다. 그의 화살집엔 화살이 꽉 차 있는 상태였다. 그에겐 딸린 종자(從者)도 없었다. 그의 눈은 사냥감을 찾고 있지 않았다. 구름 한 점 없는 하늘을 올려다보고 있었다. 아일이 말했다.

"쓸 만한 물건이지. 다리가 저릴 만큼 긴 시간 동안 상대가 코앞에서 부동자세로 기다려주길 바라야 한다는 점만 빼면 말이야."

청년들이 피식 웃었다. 민망해진 사내가 얼굴을 붉혔다.

사내는 총을 자신의 종자에게 던져주고는 도망치듯 말에 올랐다.

르웨이는 다른 귀족 사내들을 앞으로 가게 하고, 자신은 말머리를 돌려 아일의 곁으로 다가왔다.

"무슨 생각을 그렇게 해? 혹시 나랑 같은 생각을 하나?"

"네가 무슨 생각을 하는데?"

아일이 르웨이를 보았다.

"그냥 저택에 남아 도색 서적이라도 보는 편이 나았겠다 하는 생각."

앞서간 청년들이 뭔가를 발견했는지 요란한 함성을 질렀다. 르웨이는 사냥을 접을 생각으로 활과 화살집을 종자에게 넘겨주었다. 자유로워진 두 손으로 고삐를 움켜잡으며 그가 말했다.

"무슨 바람이 불어서 저 불청객들을 따라나선 거야?"

아일은 날개를 활짝 편 채 숲 위를 나는 검은 새를 보고 있었다. 붉은 벽돌의 저택을 지키는, 클레이모어 가문의 상징 검은 새였다. 까마귀의 깃털을, 올빼미의 눈을, 매의 발톱을, 늑대의 영혼을 가진 '검은 새'는 숲 중앙에 삐죽이 솟은 나무 위를 원을 그리며 날았다. 그리고 더 높은 하늘로 솟구쳐 오르더니 아일과 르웨이가 있는 방향으로 날아왔다. 르웨이가 심드렁한 말투로 물었다.

"더 있다 올 거야?"

아일은 대답 없이 자신의 머리 위 한참 높은 창공을 가로지르는 새를 따라 시선을 움직였다. 르웨이는 종자를 앞세워 저택 쪽으로 말머리를 돌렸다.

르웨이가 가고 아일은 혼자 남았다. 이제 앞서간 다른 이들의 모습도 보이지 않았다. 그들이 간간이 내지르는 소리도 바람이 수풀을 흔드는 소리에 가려 더 이상 들리지 않았다. 아일은 다시 고개를 젖혀 새파란, 새가 지나간 이후엔 어떤 움직임도 포착되지 않는 하늘을 올려다보았다. 그곳은 아무것도 없는 빈 공간이었다. 너무나 높아 바람도 닿지 못할 곳.

바람이 말갈기를 흔들었다. 아일이 희미한 미소를 지으며 말을 쓰다
듬었다. 주인의 부드러운 손길에 말이 푸르릉 소리를 내며 고개를 흔들
었다. 벌판을 채운 낮은 풀들이 바람에 흔들렸다.

"저게 뭘로 보여?"

낯선 인영을 발견한 사내가 다른 이들에게 물었다. 가까이 있는 청년
이 대꾸했다.

"사람이잖아? 계집 아니야? 클레이모어가의 하인인가?"

모두가 말을 세우고, 숲으로 들어가는 소녀를 바라보았다. 사내들을
발견하고 도망치는 걸로 보이지는 않았다. 숲으로 뛰어들어 가는 걸음
이 경쾌하고 발랄했다. 인간이라기보다 작은 들짐승이나 요정처럼 느껴
졌다.

요정이라니, 머리가 어떻게 됐나 보군. 사내는 자신의 생각에 실소를
터뜨렸다. 저것의 정체가 무엇이든 지금 이 사냥터에 있어야 할 존재가
아님엔 분명했다. 사내는 종자에게 손을 내밀어 총을 달라는 재촉을 했
다. 종자가 화약을 재빨리 채워 넣지 못하자 사내는 욕설을 내뱉고 활을
움켜잡았다. 사내의 행동을 발견한 청년이 기겁하며 물었다.

"뭐하는 거야?"

"어르신들 노는 곳에 함부로 들어오면 어떻게 되는지 교육 좀 해주려
고."

어렴풋이 보이는 뒷모습만으로도 순진해 보이기 짝이 없는 천한 것
의 모양새가 사냥감을 몇 번이나 놓쳐 상한 마음을 더욱 뒤틀리게 했다.
멋모르는 계집이 어쩌다 실수로 사냥터에 들어온 것일 터, 화살 몇 개로
겁을 주면 금세 땅에 고개를 처박고 용서를 빌 거다. 그럼 이 마음이 좀

풀어지겠지, 그런 생각이었다. 처음엔.

소녀가 깊은 숲으로 들어가는 것을 보고 사내는 급하게 말을 몰았다. 종자도 떨쳐내고, 마른 나뭇가지를 밟아대는 말발굽 소리도 숨기지 않고 소녀를 쫓았다. 땅 위로 솟아나온 굵은 나무뿌리를 가볍게 뛰어넘는 소녀의 모습이 보였다. 소녀의 치맛자락이 나풀거렸다. 말발굽 소리를 들은 소녀가 걸음을 멈추고 고개를 돌렸다. 가는 머리카락이 바람에 들렸다 어깨 위로 내려앉았다. 그 순간, 화살이 소녀의 머리칼을 스치고 지나갔다.

멀지 않은 곳, 나무 기둥에 박힌 화살이 바르르 화살대를 떨었다.

소녀가 하얗게 질린 얼굴로 사내를 보았다. 사내는 섬뜩한 미소를 지으며 다음 화살을 집었다. 그는 벼랑에 몰린 짐승을 위협하듯 천천히 말을 몰아 소녀에게 다가갔다. 사내의 눈에서 번들거리는 살기를 읽은 소녀는 더 볼 것도 없이 뒤돌아 도망쳤다. 소녀는 믿을 수 없을 만큼 빨리 달려 숲 속 깊이깊이 달아났다. 사내가 말 옆구리를 걷어찼다. 말이 울부짖는 소리를 듣고 소녀는 더 빨리 달렸다.

바로 앞 나무 둥치에 두 번째 화살이 와 박히자 소녀는 비명을 질렀다. 하지만 뜀박질을 멈추지는 않았다.

금세 따라잡을 거라 생각한 거리가 쉽게 좁혀지지 않자 사내는 이상스러운 생각이 들었다. 스쳐 지나가는 풍경이 기묘하게 느껴졌다. 높은 나무가 하늘을 가리고 울창한 수풀이 음습한 향기를 뿜어냈다. 눅눅한 바람이 얼굴에 달라붙었다. 코 밑이 축축해졌다. 누군가가 자신을 쳐다본다는 기분이 들었다. 그것도 하나가 아닌 수많은 시선들이.

숲이 소녀를 쫓는 그를 지켜보고 있었다.

섬뜩한 기운이 고삐를 쥐고 있는 사내의 팔뚝을 훑었다. 순간 날카로운 무엇인가가 사내의 얼굴을 할퀴었다. 사내는 비명을 지르며 고삐를 놓쳤다. 몸이 낙마할 것처럼 기우뚱했다. 그는 얼른 다시 고삐를 부여잡고 뜨끔뜨끔한 이마를 거칠게 훔쳐냈다. 손에 진득한 피가 묻어났다. 사내는 욕설을 내지르며 뒤를 돌아보았다. 길까지 뻗어 나온 나뭇가지 끝에 핏방울이 맺혀 있었다. 사내는 멀찌감치 도망치고 있는 소녀를 노려보았다.

멀리 갔다고는 하나 활의 사정거리 안에 있었다. 사내는 말을 멈추고 시위에 화살을 메겼다. 소녀가 돌부리에 걸려 넘어졌다가 일어서는 것이 보였다. 사내의 얇은 입술이 잔인한 미소를 그리며 치켜 올라갔다. 시위가 팽팽히 당겨졌다.

활시위를 막 놓으려는 찰나, 심상치 않은 말 울음소리가 팔목을 잡아챘다. 말굽이 만들어낸 흙먼지가 사내의 시야를 어지럽혔다. 사내가 욕설을 중얼거리며 활을 내렸다.

"에드가!"

아일은 분한 목소리로 자신을 부르는 사내를 무시하고 말을 몰아 달렸다.

따라잡으려고 하면 못할 것도 없었지만 아일은 무슨 마음에선지 일정한 간격을 두고 소녀를 좇으며 그녀가 도망가는 것을 지켜보았다. 소녀는 몇 번이나 휘청거리면서도 결코 넘어지지 않았다. 뒤도 한 번 돌아보지 않았다. 뒷모습만으로도 살고자 하는 절박함이 느껴졌다.

겐도 저런 모습으로 도망쳤을까.

도망치는 소녀의 모습 위로 겐의 모습이 겹쳤다. 소녀는 가까이서 들려오는 말굽 소리에 발을 서두르다 튀어나온 나무뿌리에 걸려 고꾸라졌다. 그리고 움푹 팬 구덩이 아래로 그대로 굴러 떨어졌다.

무릎에서 피가 나는 것을 느끼지도 못하고, 바닥을 짚고 다시 일어서려던 소녀는 자신을 뒤덮는 커다란 그림자에 숨이 멎었다. 땅을 박차고 뛰어오른 말이 소녀의 머리 위를 날았다.

쿠웅!

쫓고 쫓기는 추격전의 끝을 알리는 말굽 소리가 숲을 흔들었다.

소녀는 나뭇잎과 흙을 군데군데 묻히고 주저앉아 말 위의 남자를 올려다보았다. 말이 투레질을 하며 바닥을 찼다. 아일은 잠잠한 눈으로 소녀를 내려다보았다. 소녀의 시선이 금빛 눈동자에 스며들었다.

방금 전부터 소리도 없이 성기게 내리기 시작한 비가 대지를 적셨다. 두 사람이 서로에게 보내는 시선만큼이나 조용히 공기가 젖어갔다.

바람이 앞 머리칼을 흔들고, 머리카락의 날카로운 끝이 눈을 스쳐도 흔들림이 없던 그의 눈동자가 흔들렸다. 소녀의 눈엔 그가 언젠가 보았던 아로마니 바다가 들어앉아 있었다. 그가 십여 년간 아무 감흥 없이 보아왔던 클레이모어가의 숲이 전혀 다른 모습으로 담겨 있었다.

소녀의 눈동자에서 시작된 푸른빛이 주위로 번져갔다. 비를 머금은 나뭇잎이 진한 초록빛을 냈다. 그에겐 단단한 감촉 이상의 것을 느끼게 하지 못하던 돌이 소녀의 곁에선 이끼라는 생명을 품은 존재가 되었다. 쓸모없는 병사처럼 보이던 고목(枯木)은 특유의 냄새를 풍기며 숲의 주인이 되었다. 숲은 전보다 선명한 색을 내고, 전보다 넓어졌으며, 전보다 독특한 향기를 뿜었다. 소녀가 있어 숲은 그날 처음으로 그에게 숲이 되었다.

그녀는 과연 사람일까.

그런 의문이 들려는 찰나, 소녀가 앉은 채로 손가락으로 아일을 가리키며 소리쳤다.

"굉장한 미남!"

"……."

요정인지 아님 그 비슷한 다른 무엇인지는 알 수 없으나 사람이 아니란 건 분명했다. 사람이라면 이런 상황에서 저런 말을 하지 못할 테니까.

"그걸로 날 죽일 건가요?"

소녀가 웃는 얼굴로 아일이 메고 있는 활을 가리켰다. 아일은 소녀의 자그마한 손에서 활로, 다시 활에서 소녀의 손으로, 그리고 소녀의 얼굴로 시선을 옮겼다. 그는 표정 없이 그녀를 물끄러미 응시했다. 소녀는 두 손으로 무릎을 짚고 어깨를 움츠리며 웃었다. 저 표정을 앞에 두고 화를 낸다는 것은 얼마나 허망한 짓일까.

소녀가 낭랑한 목소리로 말했다.

"여기가 클레이모어 경의 저택이 맞나요? 사람들한테 물어물어 찾아왔는데 길을 잘못 들었나 봐요. 여기 사는 분이세요? 혹시 토프 윈터스란 이름 들어보셨어요? 그분을 찾아왔거든요. 아, 여기 들어오면 안 되는데 제가 들어온 건가요? 그래서 아까 그 남자도 그렇게 화를 낸 건가? 외지인이라 몰랐어요. 날 먼저 쫓아오던 남자가 혹시 그쪽 동료? 아는 사람이라면 앞으로 그런 장난은 치지 말라고 말해줘요. 진짜로 절 죽이려는 줄 알았어요. ……죽일 생각이 아니라면 뭐라도 말 좀 해보지 않을래요? 멀쩡해 보여도 사실 나 엄청 불안해하고 있거든요. 아! 무릎에서 피도 난다!"

소녀는 피 묻은 손바닥을 아일에게 보이며 호들갑스럽게 떠들어댔다.

기이한 날씨였다. 가는 비가 내리는데 나무 틈으로 보이는 하늘은 맑았다. 멀리 보이는 숲은 어두운데 소녀와 그의 주위엔 빛이 내렸다. 얼굴을 치는 빗방울이 따스했다.

아일이 비로소 입을 열었다.

"이름이 뭐지?"

왜 그런 질문을 했을까? 그녀의 이름이 무슨 의미가 있다고.

푸른 나뭇잎을 투과한 햇살이 소녀의 붉은 머리칼 위로 떨어졌다.

소녀는 무표정한 그를 향해 사랑스러운 미소를 지어 보였다.

사랑스러운 입술이 말했다.

"라야. 라야 윈터스."

아일은 입속말로 그녀의 이름을 되뇌었다. 처음 들어본 이름이 아주 오래된 기억 속의 감정처럼 다가왔다. 몹시 익숙한 느낌이었다. 평소와 다를 바 없이 뛰는 심장이 그녀의 이름을 듣고서야 비로소 뛰는 것 같은 기분. 평소와 다를 바 없이 흐르는 피가 그녀가 있어서 비로소 흐르는 것 같은 기분.

소녀로 인해 숲이 그에게 진정한 의미의 숲이 되었듯이, 그녀가 허락해야 그는 비로소 존재했다.

그 사실을 깨닫자 갑자기 숨쉬기가 버거워졌다. 그가 신음을 뱉으며 가슴을 부여잡았다.

영혼과 영혼이 자리다툼을 했다. 기억과 기억이 뒤엉켰다. 어떤 것이 앞선 기억이고 어떤 것이 후의 감정인지 혼란스러웠다.

그가 핏발이 서고 눈물이 맺힌 눈으로 소녀를 바라보았다.

소녀가 있던 자리엔 그가 마지막으로 보았던 라야의 모습으로 그녀가 앉아 있었다.

아…… 그래. 라야 윈터스.

그가 숨을 헐떡이며 애타는 목소리로 그녀를 불렀다.

"라야."

라야는 고개를 비스듬히 숙이며 조금 슬퍼 보이는 얼굴로 웃었다. 왠지 모르게 그를 탓하는 듯 보였다. 그녀가 작은 입을 달싹였다.

정현은 고개를 비틀어 베개 쪽으로 얼굴을 파묻었다. 급하게 내쉬는 숨이 목까지 찼다. 가슴을 움켜잡았다. 머리가 다시 바뀐 주인 때문에 혼란스러워하고 있었다. 현기증 정도가 아니었다. 눈앞이 핑핑 돌고 천장이 내려앉고 몸이 침대 안으로 꺼지려고 했다. 그는 태아처럼 몸을 웅크리고, 계속 라야의 이름을 부르고, 도와달라는 말을 하고, 살려달라는 말을 되풀이했다. 기도도 그 정도로 간절히 하면 이루어질 법도 했다. 온기보다 한기가 도는 기온임에도 땀이 비 오듯 흘렀다.

"지금은 부재중이오니,"

자동 응답 전화기의 기본 응답 목소리로 세팅되어 있는 여자 음성이 들려왔다.

"삐 소리 후 메시지를 남겨주십시오."

그가 숨을 얕게 뱉어내며 눈을 가늘게 떴다. 그의 눈이 전생에서는 절대 볼 수 없는 물건을 찾으려 하고 있었다. 책상에 놓인 노트북이 초점이 불분명한 갈색 눈동자에 비쳤다. 곧이어 거실에 있는 전화 스피커에서 목소리가 들려왔다.

─ 나다.

"……"

─ 폰은 왜 안 받는 거냐? 오늘 내려가기 전에 집에 들러서 아이들한테 줄 물건 몇 개하고 태원이네에서 부탁한 것도 가져가. 인터넷으로 주문을 하라고 해도 녀석은 왜 자꾸 나한테 부탁을 하는지 모르겠다. 아니라고 하지만 태원이 놈 컴맹이 분명해.

그렇게 말하고 아버지는 인사도 없이 전화를 끊었다.

전화가 끊길 때쯤 정현은 완전히 눈을 뜨고 있었다. 요동치던 심장이 조용해졌다. 고막 바로 안쪽에서 뛰는 듯하던 심장 소리도 잦아들었다. 몸을 바로 누이고 이마를 만져보았다. 땀이 축축하게 만져졌다. 옷이 물속에 들어갔다 나온 듯 젖어 있었다.

정현은 누운 채로 꿈에 대해 생각했다.

만약 꿈의 신이 있다면 그 신은 작가들에게 영감을 나눠주는 신이기도 할 것이다. 어떻게 하면 독자들을 엿 먹일 수 있는지 가장 악랄한 방법을 알려주는 신. 꿈은 언제나 결정적인 순간에 깼다.

침대 옆 협탁에 반쯤 마시고 놓아둔 물 컵이 보였다. 목이 말라 그거라도 마셨다. 얼마나 미지근한지, 정현은 입에 물을 머금었다가 다시 컵에 뱉었다.

욕실로 가 샤워를 하고 수건으로 물기를 닦고 옷을 입고 아침을 간단히 준비하고 식사를 하고 양치질을 하고 설거지를 하는 내내, 정현은 지은에 대해 생각했다. 그리고 앞으로 어떻게 해야 좋을지에 대해서도.

집을 나가기 전 정현은 휴대전화를 확인했다. 무의식중에 메일을 열었다가 일주일 전에 받은 지은의 메일을 보았다. 그는 현관에 선 채로, 휴대전화 화면에 보이는 그녀의 이름을 한참 쳐다보았다.

10

붉은 벽돌의 성이란 별칭을 가진 대저택 위로 땅거미가 내렸다.

투둑. 투둑.

빗방울이 크고 작은 동심원을 그리며 붉은 지붕을 때리기 시작했다. 먹구름에 밀려 지상 가까이 내려온 바람이 거대한 저택 안으로 숨어들었다. 바람은 우뚝 솟은 나무의 울창한 잎 사이를 지나다 저택 복도를 걷는 한 아이를 발견했다. 인간의 모습을 하고 있지만 자신들과 비슷한 향기를 지닌 아이.

바람은 장난기가 돌아 소녀의 붉은 머리를 흔들어보았다. 낯선 장소에 대한 두려움으로 불안한 듯 흔들리던 소녀의 눈이 이쪽을 향했다. 그녀가 싱긋 웃는다.

나를 보는 걸까?

"라야."

키 작고 뚱뚱한 중년 사내가 하얀 복도를 달려왔다. 뒤뚱거리는 모양새가 불안하다. 하지만 용케 넘어지지는 않는다. 사내가 소녀를 다시 한 번 부르고 그녀 앞에 와 섰다. 잠시 무릎을 짚고 숨을 돌린 그가 말했다.

"그렇게 혼자 사라지면 안 된단다, 애야. 이 저택에선 길을 잃을 수도 있어."

"미안해요, 토프. 하지만 전 한 번 본 길은 안 잊어버려요. 길을 잃어도 다시 왔던 길을 되짚어 가면 돼요. 지금까지 그래왔는걸요."

토프는 숨을 쌕쌕 뱉으며 통통한 손을 내저었다.

"그런 문제가 아니야. 혹여 네가 가지 말아야 할 곳에 가서 큰일을 치를까 봐 하는 소리야. 네가 살았던 곳은 어떤지 모르겠지만 이곳은 '규칙'이란 게 있어."

"규칙은 차이드에도 있어요."

"아니, 그런 규칙이 아니야. 엄한 규칙이지. 아무도 가르쳐주지 않지만 어기면 큰일이 나는 규칙."

"아무도 가르쳐주지 않는데 어떻게 아나요?"

"오늘 처음 본 조카가 이렇게 사랑스러운 건 어떻게 따로 배우지 않아도 할 수 있는 걸까?"

토프가 동그란 눈동자를 반짝 빛내며 물었다. 라야는 그에게서 뜻밖의 순간에 낭만적인 말을 뱉어 사람을 당황시키던 아버지의 모습을 찾아냈다. 저택에 들어온 이후로 줄곧 굳은 표정이던 소녀의 입가에 오랜만에 웃음이 걸렸다. 그녀의 백부, 토프가 놀란 표정을 지었다. 웃는 모습이 동생을 닮았구나. 토프는 그런 생각을 하면서 조금 눈시울을 붉혔다. 그가 손을 내밀었다.

"자. 가자, 라야."

"……네, 백부."

라야는 토프의 손에서 아버지와 비슷한 온기를 느끼고 마음 한구석에 남아 있던 경계심을 완전히 풀었다. 이분을 만나기 위해서 그 험한 길을 왔다.

라야의 웃음은 자식이 없는 토프의 마음에도 무한한 감동을 일으켰다. 하지만 온화한 분위기는 갑자기 등장한 쨍한 목소리에 의해 깨져버리고 말았다.

"토프! 토프!"

깡마르고 신경질적인 인상의 여자가 토프를 부르며 복도 끝에서부터 빠르게 걸어왔다. 그녀는 못 볼 것을 본 것처럼 라야를 흘겨보고는 토프에게 말했다.

"윈터스 씨, 마차 정비를 끝내지도 않고 사라지면 어쩌자는 겁니까?"

"죄송합니다, 밀러 부인. 조카가 갑자기 사라져서 혹시나 길을 잃지는 않을까……."

"변명은 됐어요. 어서 가보세요."

토프가 엉거주춤 고개를 숙이고 밀러를 지나치려 하자, 그녀는 토프의 손을 잡고 있는 라야의 손목을 홱 낚아챘다.

"지금 뭐하자는 겁니까? 이 아이를 데려다주고 가려고요? 오늘 안으로 정비를 끝낼 수는 있는 겁니까? 오후엔 주인님이 마차를 사용하셔야 된다고 아침부터 말했을 텐데요."

그렇게 말한 밀러는 라야의 팔을 자기 쪽으로 잡아당겼다. 그녀가 눈살을 찌푸렸다. 소녀가 입은 옷은 저택에서 일하는 하녀들보다 허름했고, 오랫동안 씻지 않았는지 얼굴은 도시 거지들만큼이나 지저분했다.

그런데도, 그럼에도 불구하고 소녀는 반짝였다.

밀러는 딱한 생각이 들어 그만 자기도 모르게 혀를 찼다. 이런 아이에게 이런 아름다움은 오히려 독인 것을.

밀러는 라야의 여린 팔을 다정한 손길로 쓸어주고 허리를 일으켰다. 그리고 안경을 고쳐 쓰며 토프를 향해 말했다.

"제가 쥬네에게 일러두겠어요. 윈터스 씨는 바로 가보세요."

"예, 예. 감사합니다, 밀러 부인."

토프는 라야에게 안심하라는 듯 눈인사를 하고 복도를 뛰어갔다. 밀러는 눈을 내려 라야를 보았다. 라야는 불안한 마음에 어깨를 움츠리며 미소를 지었다. 밀러는 고개를 돌려 누가 없는지 살펴보고는 희미하게 웃었다.

"잠시 여기 있겠니? 나는 바쁜 사람이라 너를 방까지 데려다줄 수 없구나. 대신 쥬네라고, 네 또래의 여자아이를 여기로 보내마. 그 애를 따라서, 우선 오늘은 네 방에 가 있거라. 내 말 알아듣겠니?"

"네. 감사합니다, 밀러 부인."

라야는 다이런식으로 감사의 예를 표했다. 밀러는 버릇처럼 미간을 찌푸렸다. 말에 외국어 억양이 섞인 것도 그렇고 어울리지 않게 예의를 아는 것도 이상했다. 토프의 조카라고 들었는데. 그녀의 생김새나 행동거지는 귀한 집에서 교육을 잘 받고 자란 아이처럼 보였다. 밀러는 라야의 작은 어깨를 톡톡 두드리고 몸을 돌렸다.

라야는 복도에 주저앉아 양손으로 턱을 괴고 정원을 바라보았다. 그녀가 태어나고 자란 고향에선 볼 수 없는 꽃들과 나무들이 가득했다. 굉장히 넓은 정원이었지만 라야의 눈엔 '그들'이 조금 답답해하는 것처럼 보였다. 이유 모를 한숨이 나왔다.

라야는 아까 토프의 말과 비슷한 말을 하던 아버지를 떠올리고 웃었다. 그러고는 눈물이 나려 해서 팔에 얼굴을 묻었다. 불규칙적으로 떨어지던 빗방울들이 굵어졌다. 라야는 일찌감치 비가 내릴 것을 알고 있었다.

지붕 바깥으로 손을 내밀었다. 차가운 빗방울이 손바닥 위로 떨어졌다. 물기를 잔뜩 머금은 바람이 불었다. 조금 전부터 나뭇가지에 걸터앉아 자신을 지켜보던 바람이 움직이자 라야는 '그녀'를 따라 천천히 복도를 걸었다. 바람이 말했다.

어어, 아까 거기 그대로 있으란 말 못 들었어?

라야가 대답했다.

"괜찮아."

괜찮긴 뭐가 괜찮아

바람은 조금 신이 나서 쫓아올 테면 쫓아와보라는 듯이 빠르게 날았다. 하지만 결코 그녀가 쫓아오지 못할 만큼 빠르게 날지는 않았다. 도시의 하늘은 이제 온통 먹구름으로 뒤덮여 있었다. 멀리 번개가 번쩍였다.

라야는 복도를 내달렸다. 고향에서 뛰어놀던 그 시절이 떠올랐다. 그곳의 바람은 물기 하나 없이 메마르지만 다정한 바람, 이곳의 바람은 장난기가 많지만 역시나 다정한 바람. 천둥이 쳤다. 천둥 따위 하나도 무섭지 않아. 그런 건 무서운 게 아니야. 라야는 두렵게 뛰는 심장을 타이르듯 어머니의 말을 되뇌고 되뇌었다. 눈가에 눈물이 맺혔지만 상관없었다. 달리면 눈물은 거둬졌다.

바람을 쫓던 라야가 문득 뛰던 걸음을 멈추었다. 앞서가던 바람이 갑자기 어딘가로 빨려 들어가면서 날카로운 비명을 내지르고 있었다. 바람은 '그것'에게 끌려가지 않기 위해 태풍처럼 날을 곤두세웠다. 비명은 맹수의 포효로 변했다. 주위의 공기가 어느덧 서늘하게 바뀌어 있었다. 그녀가 내뱉은 입김에도 차가운 공기가 달라붙었다. 태풍의 눈 속에 그가 있었다. 그곳만이 완전히 다른 세상처럼 보였다.

창백한 얼굴의 사내가 빗줄기에도 아랑곳없이 우두커니 서 있었다. 이미 반쯤 미쳐버린 바람이 사내의 시린 뺨을 벨 듯 칼날을 휘둘렀다. 번개가 그를 내리찍을 것처럼 공기를 갈랐다. 사내의, 가슴이 아릴 정도로 노곤하고 희미한 인상을 확인하는 순간 라야는 왜 이렇게 '그들'이 그에게 이를 드러내는지 이해하지 못했다. 그 순간만큼은 이 세상이 상처 입은 동물을 괴롭히려는 괴물들처럼 여겨졌다. 그래서 라야는 한참 동안 사내의 손에 검이 들려 있다는 것을 눈치채지 못했다.

누구를 도발하려는 것인지 그가 내리고 있던 검을 슬쩍 움직였다. 그의 주위로 날카로운 공기들이 모여들었다. 먹구름이 성난 눈을 번뜩이고 으르렁거렸다. 바닥은 물안개로 자신을 숨겼다. 장미는 가시를 세우고 풀은 독을 뿜었다. 바람은 칼날을 벼리고 비는 냉기를 토해냈다. 그가 그렇게 만들었다. 그가 그들을 자극했다.

우르릉 쾅!

천둥이 쳤다. 빗물에 젖은 그의 입술이 들썩였다.

그의 '명령'을 시작으로 온 세상이 그에게로 달려들었다.

라야가 아는 세상이 아니었다. 다정한 그들이 아니었다. 사내에게 세상은 자신을 집어삼키려는 맹수와 다름없었다. 잔뜩 날을 세운 바람이 휘몰아쳤다. 눈을 뜨기 힘들 정도로 엄청난 돌풍이 정원을 휩쓸었다. 나뭇가지들은 채찍을 휘두르듯 적군 아군 할 것 없이 주위의 다른 가지를 쳐댔고, 꽃잎과 잎사귀들은 힘없이 회오리바람에 휩쓸려갔다. 누구의 것인지 모르는 공포에 질린 비명 소리가 귓전을 파고들었다. 라야는 자신도 이 아비규환에 휩쓸릴 것 같아 본능적으로 근처 기둥을 붙잡았다.

사내는 공중에 검의 흔적을 뿌리면서도 그에게로 달려드는 세상을 그저 흘려보내듯 움직였다. 그래서 세상과 싸우는 듯한 모습인데도 라야는 그의 모습이 퍽 처연하게 보였다. 바람은 사내가 휘두르는 검에 처참하게 갈라져 벽으로 내동댕이쳐졌다. 라야는 그녀의 심장을 지나 뒷벽에 부딪친 뒤 산산조각 나는 바람을 느낄 수 있었다.

심장 근처로 손을 가져갔다. 그리고 펼친 손바닥을 내려다보았다. 다쳤을 리가 없다. 하지만 진짜 어디가 상하기라도 한 것처럼 가슴이 욱신거렸다. 멀리 떨어져 있는 그의 금색 눈동자가 심장의 상처를 파고들었다. 문득 행동을 멈추고 그녀를 살피는 그의 눈동자에 점차 붉은 기가 들어찼다. 그녀의 눈이 크게 벌어졌다.

"이거야 원…… 심장이 떨려서 책을 못 읽겠네."

사내의 시선이 그녀의 얼굴을 비껴 소리가 들린 쪽을 향했다. 숨 쉴 틈을 주지 않던 팽팽한 공기가 거짓말처럼 가라앉았다. 그녀에게서 서너 발자국 정도 떨어진 위치에 또 다른 사내가 서 있었다. 쯧. 그가 펼쳐진 책 위로 날아든 잎사귀를 손으로 툭 쳐내며 짧게 혀를 찼다. 그의 잿빛 머리칼에도 꽃잎 하나가 위태롭게 달려 있었다. 그가 몸을 움직이자 꽃잎은 바닥으로 떨어졌다. 잿빛 머리 사내는, 본래는 그가 앉아 있었을, 쓰러진 의자를 다시 일으켜 세운 뒤 느긋하게 다리를 꼬고 앉았다. 그리고 검을 들고 서 있는 사내에게 말했다.

"날 쫓아내려는 건 알겠는데…… 알아둬, 난 심장이 약하다고. 방금 그 짓으로 내 수명이 사흘은 줄었을 거야."

"그러니까 돌아가."

검을 내린 사내가 대답했다. 방금 전 여운으로 허공을 휘돌던 붉은 꽃잎이 사내의 금발 위로 내려앉으려 했다. 사내는 보지도 않고 가볍게 검을 들어 올려 꽃잎을 베었다. 두 조각 난 꽃잎이 바닥으로 떨어졌다. 사내는 매몰차게 그것을 지르밟고 테이블로 왔다.

뒤늦게 인기척을 느낀 잿빛 머리 사내가 고개를 돌려 소녀를 발견했다. 소녀의 지저분한 외양에 잠시 눈을 찌푸렸던 회색 눈동자는 이내 흥미로움을 띠고 그녀를 위아래로 훑었다.

"에드가, 아는 아가씨야? 하녀 같지는 않고, 누구?"

"르웨이."

아일의 눈짓에 르웨이는 테이블 위에 올려놓은 자신의 팔을 보았다.

"아……."

르웨이는 팔을 들고 그 밑에 깔린 수건을 아일에게 건넸다. 아일은 수건을 낚아채 땀과 빗물로 흠뻑 젖은 얼굴을 닦았다. 르웨이는 다시 소녀를 찾았다. 아까 그 꼴을 봤을 텐데도 소녀는 겁도 없이 슬그머니 이쪽으로 몇 걸음 더 다가와 있었다. 르웨이의 눈이 가늘어졌다. 용감한 아가씨, 좋지. 르웨이는 뒤로 몸을 돌려 등받이에 팔을 얹고 소녀에게 말했다.

"눈 색만 특이한 게 아니라 호기심도 특별한가 봐? 이름이 뭐지, 아가씨?"

"……라야 윈터스."

"흐음, 윈터스라……. 《태엽 시계의 비밀》에 나오는 시인의 성이 윈터스였지. 내가 좋아하는 성이야. 이름이, 라야? 라야라고 했나? 반 외국인인가?"

마지막 질문은 아일에게 던진 것이었다. 아일은 대답 없이 수건으로 정성스레 검을 닦은 후 검집에 넣었다. 아일은 처음 시선을 거둔 뒤론 라야에게 눈길을 주지 않고 있었다. 라야가 그를 향해 방긋 웃으며 말했다.

"아침엔 도와줘서 고마워요. 고맙다는 인사를 제대로 못해서 다시 만나면 한다는 게……."

"르웨이, 방해되니까 네 집으로 돌아가."

아일이 그녀의 말을 싹둑 자르며 말했다. 르웨이는 라야를 슬쩍 쳐다보고는 아일을 향해 어깨를 으쓱했다.

"클레이모어 경께 허락받았어. 얼마든지 있어도 된다고."

"예의상 하는 말을 곧이곧대로 들으면 되나."

"그런 기색은 못 느꼈는데."

"아카데미엔 거짓을 예로 포장하는 법이란 필수 교양이 있다더군."

르웨이가 어이없다는 듯 말했다.

"그런 강의는 없어."

"너무 쉬운 주제라 강의가 폐지됐나 보지."

무시당했다고 생각한 라야가 조금 더 큰 목소리로 말했다.

"저기요⋯⋯."

"보고 싶은 책이 있으면 빌려줄 테니 가지고 돌아가."

아일은 그녀를 없는 사람 취급하고 있었다. 사실 그건 이 저택의 하인들이라면 항상 겪는 일이었다. '주인들이 말을 걸기 전까지 고용인들은 절대 입을 열어선 안 된다.' 토프가 말한 아무도 가르쳐주지 않아도 저절로 습득하게 되는 규칙 중 하나였다.

르웨이는 불만스러운 표정을 하고 손톱으로 입술을 깔짝거렸다.

"한두 권이 아니야."

"마차를 빌려주지."

"마차는 나도 있어."

"약속하지. 원하는 책을 모두 읽을 때까지 네 수명은 반년쯤 줄어 있을 거다."

아일이 으스스한 미소를 지었다. 르웨이는 이를 악물고 웃었다.

"제가 차이드에서 와서 잘 몰라서 묻는 건데요."

르웨이가 깜짝 놀라 그녀를 돌아보았다. 이 정도로 무시하면 물러서는 게 보통인데, 제정신인가, 이 아가씨?

라야는 할 말이 있는 것처럼 손가락 하나를 세웠다. 하지만 아일은 눈을 내려뜬 채 움켜쥔 젖은 수건을 보고 있었다. 라야는 그의 싸늘한 태도에 조금 기가 죽었다.

기가 죽을수록 그녀의 목소리는 더 당당해졌다.

"여기는 남들이 가르쳐주지 않는 규칙이 있다면서요?"

라야가 싱긋 웃고 덧붙였다.

"혹시 그 규칙 중에 고맙다는 인사는 귓등으로 흘려라, 그런 것도 있나요?"

르웨이가 책으로 웃고 있는 입을 가렸다. 이 아가씨는 외국인이 분명하군. 아니면 미쳤거나.

르웨이는 그녀와 함께 아일의 반응을 기다렸다. 아일은 테이블 위로 수건을 던지고 검집을 움켜잡았다. 그리고 르웨이를 쳐다보며 말했다.

"복도를 왜 얼굴이 비칠 정도로 닦는지 알아?"

르웨이는 눈을 굴렸다. 그리고 책 모서리로 자신을 가리켰다. 나보고 묻는 건가? 아일이 아무 반응이 없자 그는 고개를 갸웃하며 말했다.

"글쎄, 생각해본 적 없는데. 주인들이 밟는 걸음걸음이 상쾌하라고?"

"하인들에게 보여주기 위해서지."

르웨이가 눈썹을 치켜떴다.

아일이 왼손으로 검자루를 잡았다. 스르릉. 검집에서 푸른 검이 뽑혀 나왔다. 새벽의 기운을 모으고 모아 검을 벼린 듯 서늘하고 드맑은 기운이 뿜어 나왔다. 그 검 끝이 르웨이의 얼굴을 향했다. 웬만해선 웃음을 잃지 않는 르웨이의 입가가 딱딱하게 굳었다.

"매일매일 복도를 닦으면서 스스로를 비추어 보라. 그리고……."

검 끝이 르웨이의 콧날을 아슬아슬하게 지나쳐 라야에게로 향했다. 라야의 눈은 조금도 흔들리지 않았다. 하지만 그녀 자신만은 속일 수 없었다. 심장이 그의 한 마디 한 마디를 쫓아가며 쿵쿵 울렸다. 모든 것을 태워버릴 것 같은 금색 눈동자가 그녀를 집어삼켰다.

"네 주제를 알라."

휴대전화 진동 소리에 잠을 깼다. 지은은 졸린 눈을 깜박였다. 방 안이 캄캄해서 벽시계를 확인할 수가 없었다. 휴대전화 시계를 확인했다.

저녁 8시.

어두운 방 안에 휴대전화 창만 눈부시게 빛났다. 진오의 문자였다. 주말에 영화 보러 갈 생각이 없냐는 내용이었다. 어떻게 된 게, 진오에 대한 마음을 접기로 한 다음부터 그가 연락을 해오는 일이 더 잦아졌다.

"……시시해."

마음속 어딘가에서 '시시하다니, 너 좀 이상한 거 아니야?'란 소리가 들려왔지만 그뿐이었다. 지은은 잠에 깊이 취해 있었다. 평소와 조금 다른 억양으로 다시 한 번 말했다.

"시시해."

휴대전화를 껐다. 지은의 몸이 다시 어둠 속으로 숨어들었다. 눈을 감고 있으면 방 사이 벽도 모두 허물어지고, 집과 집 사이의 벽도 허물어지고, 땅과 하늘의 경계도 사라졌다. 지은은 침대 위에 거꾸로 누워 꿈 같은 평온함에 취해 있었다.

정현에게선 일주일째 연락이 없었다. 매일 보내오던 메일도 보내오지 않았다. 지은은, 자신이 왜 이렇게 이른 시각에, 침대에, 그것도 거꾸로 누워 있는지 깨닫고는 밀려드는 슬픔에 몸을 동그랗게 말았다. 뺨에 부드러운 시트 감촉이 닿았다. 며칠 전에 깨끗이 빨아 햇볕에 바짝 말린 뒤 새로 깐 침대 시트였다. 익숙한 냄새가 그녀를 꿈에서 현실로 불러왔다. 방문이 살짝 열리고, 어두운 공간의 한 모퉁이가 하얀 실선으로 갈라졌다. 거실의 불빛이 그림자를 밀치고 들어왔다. 예은이 작은 목소리로 물었다.

"언니, 저녁 먹고 자지?"

지은은 대답하지 않았다. 예은이 고개를 갸웃하고는 다시 문을 닫았다. 따뜻함을 느꼈다. 동생의 다정한 목소리에, 고작 깨끗한 시트 감촉에, 늘 보고 듣는 모든 것에.

마음의 차가움이 더 선명해졌다. 눈을 감자 눈물이 떨어져 침대 시트로 스며들었다. 귓가가 축축해졌다. 아주 작은 목소리로 속삭이듯 중얼거렸다.

"오해라니까……."

휴대전화를 손으로 매만졌다. 지은은 더 작고 둥글게 몸을 웅크리며, 휴대전화를 쥔 손을 얼굴 가까이 가져왔다. 졸음이 몰려왔다. 자는 것은, 너무나 쉬웠다.

네가 먼저 전화해

"뭐?"

라야는 바람이 속삭이는 소리에 뒤로 고개를 돌리며 되물었다. 바람은 대답하지 않았다.

그녀는 고개를 갸웃하고는 다시 바닥을 보았다.

저택 외벽을 따라 난 긴 복도에 메이드복을 입은 두 소녀가 쭈그리고 앉아 비지땀을 흘리고 있었다. 그녀들의 손길이 닿은 복도는 곧 백옥처럼 하얗게 빛났다. 얼마나 깨끗한지 타일은 바로 이어지는 정원의 기운을 받아 푸르스름한 빛깔을 띠기도 했다. 그렇게 아침부터 시작된 청소는 정오 햇살이 정원을 가득 메울 때까지 계속되었다.

"이 정도로 닦으면 되지 않을까?"

라야는 걸레질을 멈추고 쥬네를 돌아보며 물었다. 쥬네는 라야보다 한 살 많고 생김생김이 귀여운, 시골 출신의 소녀였다. 그녀는 밀러 하녀장의 당부로 라야에게 이곳에서 해야 할 일들과 규칙들을 가르쳐주고 있었다. 쥬네는 멀리서 밀러의 목소리가 들리자 호들갑스럽게 놀라며 삐뚤어진 캡을 고쳐 썼다. 그러고도 마음에 안 드는지, 젖은 손을 앞치마에 닦고, 머리칼을 한 올도 흘러내리지 않게 틀어 올려 묶은 뒤, 단정히 캡을 쓰고, 얼굴이 비치는 바닥을 내려다보았다. 그녀는 흡족한 미소를 띠고 라야를 보았다.

"거기는 그 정도면 될 거야. 이제는 이쪽을 닦자."

쥬네를 따라 라야도 몸을 돌렸다. 쥬네가 걸레질을 하며 말했다.

"그래서, 계속 말해봐. 차이드는 정말 온통 사막이야? 모래뿐인 거야?"

"차이드 전체가 사막인 건 아니야."

"많이 덥겠다, 그치?"

"성 안은 그렇게 덥지도 춥지도 않아."

"거기도 식물이 자라?"

"물론이지. 람프할레만…… 아, 내 고향 말이야. 람프할레만엔 다른 곳에선 구하기 힘든 약재 식물 같은 게 많이 나서, 그걸 구하러 다른 성에서도 많이 찾아오곤 했어."

"흐응."

알아듣는 건지 못 알아듣는 건지, 쥬네는 흐리멍덩한 눈을 하고 고개를 주억거렸다.

라야는 어젯밤 참으로 오랜만에 푹신한 침대에서 잘 수 있었다. 같은 방을 쓰게 된 샬롯은 라야보다 다섯 살 많고, 주근깨 진 얼굴에 항상 수줍은 미소를 짓고 있는 아가씨였다. 두 사람은 금세 친구가 되었다. 둘은 새벽까지 수다를 떨었다. 라야는 또래와의 이야기에 굶주려 있던 터라 대화는 거의 일방적이었다. 하지만 샬롯은 반짝이는 눈으로 라야의 말에 귀 기울여주었다.

몸이 꽤 피곤했기 때문에 푹 잘 수 있을 거라 생각했는데, 라야는 간

밤에 잠을 설쳤다. 낮에 본 사내의 모습이 꿈속에 계속 등장했다. 사내의 강렬한 눈빛에 놀라서 깼다가 다시 잠들기를 수차례, 그녀는 결국 끄응, 신경질 섞인 신음을 흘리며 완전히 잠에서 깼다. 이불 속에서 상체만 일으킨 채 창문을 보았다. 아직 밖은 깜깜한 새벽이었다. 빌어먹을. 그녀는 허공을 향해 주먹을 휘둘렀다.

"하암."

분명 소리가 안 나게 하품을 했는데 어디선가 하품 소리가 들렸다. 라야는 주위를 두리번거렸다. 메이드복을 대충 갖춰 입은 여자가 기지개를 켜며 걸어오고 있었다. 그녀는 새까만 머리를 쥬네처럼 틀어 올렸지만, 귓가로 머리카락 몇 올이 빠져나와 있는 데다 캡도 쓰고 있지 않았다. 쥬네가 반가운 낯빛으로 말했다.

"싱클레어, 언제 온 거야? 휴가는 어땠어? 결혼식은 멋있었어? 신부는 예뻤어? 나도 결혼식 보고 싶었는데. 오라버니가 결혼하니까 섭섭하지? 아, 맞아, 내가 부탁한 레이스는 사 온 거야?"

"방금 왔어. 레이스는 네 베개 위에 올려놨고."

싱클레어는 필요한 대답만 하고 다시 길게 하품을 했다. 그녀가 느긋하게 걸어와 곁에 와 섰다. 라야는 그녀를 좀 더 자세히 볼 수 있었다. 싱클레어는 전반적으로 숭굴숭굴한 생김이었지만, 총명해 보이는 눈빛과 입가에 걸린 알 듯 말 듯한 미소가 만만찮은 사람이란 인상을 주었다. 싱클레어가 말했다.

"것보다 우리 옆방에 새로 들어온 아이가 있다던데, 만나봤어? 외국인이라지?"

라야가 손가락으로 자신을 가리키며 배시시 웃자, 싱클레어는 "아." 그러더니 남자처럼 다리를 옆으로 벌린 채 쭈그리고 앉았다. 싱클레어의 검은색 눈동자가 라야의 에메랄드빛 눈동자를 빨아들일 듯 응시했다. 이윽고 싱클레어가 싱긋 웃으며 말했다.

"거참, 너 기가 막히게 예쁜 눈을 가졌구나."

"네 눈도 예뻐."

"고마워."

두 사람은 표정 하나 바뀌지 않고 서로 거침없이 칭찬을 주고받았다. 쥬네가 입술을 일그러뜨리고 두 사람을 보다가 "에잉." 그러면서 걸레를 바닥에 내팽개쳤다. 그녀의 토라진 표정을 보고 라야와 싱클레어는 소리 내어 웃었다. 두 사람이 쥬네의 부드러운 머리칼과 아기 같은 피부를 칭찬하자 쥬네는 언제 화를 냈었냐는 듯이 활짝 웃었다.

"여기는 남들이 가르쳐주지 않는 규칙이 있다면서?"

걸레질을 하던 라야가 두 사람에게 물었다. 싱클레어와 쥬네는 서로 마주 보았다가 라야를 보았다. 쥬네는 고개를 갸웃했지만, 싱클레어는 곧 무슨 소리인지 알겠다는 듯이 입가에 비릿한 미소를 걸고 머리를 끄덕였다. 싱클레어가 마른 걸레로 바닥에 윤을 내며 말했다.

"누가 가르쳐주지 않아도 저절로 알게 되는 규칙이란 게 더 맞겠지. 아넷 부인의 방 앞을 지날 때에는 발소리를 내면 안 된다거나, 해가 진 뒤에는 되도록 동쪽 건물로는 가지 않는 게 좋다거나."

라야는 어제 동쪽 건물에 갔었던 일을 떠올리고 눈을 좌우로 굴렸다. 거기서 그 남자를 만났지. 잠을 설치게 만든 남자. 라야는 걸레질을 멈추고 바닥을 내려다보았다.

「매일매일 복도를 닦으면서 스스로를 비추어 보라. 그리고⋯⋯.」

깨끗한 바닥에 그녀의 긴장된 표정이 비쳐 보였다.

「네 주제를 알라.」

라야가 뒤를 돌아보며 물었다.

"왜 동쪽 건물로 가면 안 돼?"

"해가 진 뒤에만."

"그러니까 왜? 흡혈귀라도 살아?"

상대의 혼을 옭아맬 것처럼 강렬하다가 어느 순간 이상할 정도로 희미해지던 사내의 눈이 떠올랐다. 그녀의 말을 농담이라고 생각했는지 싱클레어가 흐흐 웃으며 말했다.

"에드가, 그러니까 이 집 도련님이 그 시간에 정원을 쓰거든. 남이 보는 걸 별로 안 좋아하는 것 같더라고. 그 규칙은 잊어버려도 돼. 조금 있으면 그는 크롬헬로 돌아갈 테니까."

"크롬헬?"

"아, 모르겠구나. 크롬헬 무관……."

쥬네가 싱클레어의 말을 자르며 끼어들었다.

"크롬헬 무관 학교, 몰라?"

라야가 무표정하게 대답했다.

"몰라."

"정말 몰라? 크롬헬이란 이름도 들어본 적 없어?"

"없어."

"정말 모르나 보네."

쥬네가 벌떡 일어나서 말했다.

"국가가 원하는 것은 고고한 기사도가 아니다! 무인의 명예는 오직 전장에만 머무는 것!"

"쥬네, 앉아. 하녀장이 오면 어쩌려고."

싱클레어가 점잖게 말렸다. 쥬네는 멈추지 않았다.

"국가에 대한 절대 복종! 복종을 위한 인내, 인내를 위한 체력, 실전을 위한 훈련, 그것이 크롬헬의 교육 이상! 참전 날짜가 졸업일이라는 크롬헬 무관 학교! 몰라? 들어본 적이 없단 말이야? 오는 길에도 못 들었어?

안 그래도 지금 전쟁이 한창인데?"

라야가 이마를 찌푸렸다. 지금 제 나라가 전쟁 중이란 말을 쥬네는 너무나 밝은 얼굴로 하고 있었다. 라야는 이곳까지 오는 동안 전쟁의 폐허를 여러 번 뚫고 지나왔다. 그래, 거기서 다이런의 깃발을 보았었다. 아이를 안고 죽은 여인, 머리에 창이 꽂힌 채 늘어선 시신들, 눈도 채 감지 못하고 죽은 사람들. 속이 다 비워져 더 이상 토해낼 것도 없을 만큼 토악질을 했다. 그리고 어느 순간 더 이상 시체들을 봐도 아무렇지 않았다. 그것이 더 무서웠다.

죽음에 익숙해진다는 것이 그렇게 무서울 수가 없었다. 어떻게 똑같은 사람을 이토록 잔인하게 죽일 수 있을까. 그렇구나, 어제 그 남자도 그런 부류였어.

라야가 지나온 다이런의 거리는 전쟁 중이라고는 믿을 수 없을 만큼 평온했다. 누가 살짝 밀기만 해도 철퍼덕 쓰러질 것 같은 지친 몸을 이끌고 번화한 도시 한가운데에 들어선 그녀가 처음 본 것은 자신의 어린 딸을 보며 환하게 웃고 있는 중년 남자였다. 그리고 그녀는 피곤도 잊을 정도의 분노를 느꼈다.

이들은 전쟁의 참상을 백분, 천분, 만분의 일도 알지 못한다! 전쟁, 아니, 학살은 그들의 나라 밖에서 이뤄지고 있으니까! 그들이 저렇게 풍족하게 입고 먹고 자는 것도 수천 명의 피 위에 얹어진 것들이야!

아무것도 모르고 웃고 있는 부녀에게 분노를 느낀 자신을 용서할 수 없어 라야는 골목에 숨어서 또 한참을 울었다.

라야는 천진하게 웃고 있는 쥬네의 얼굴에서 두려움을 느꼈다. 인근 국가들의 무력을 훨씬 상회하는 압도적인 군대를 보유한 국가, 다이런. 어린아이, 여자 할 것 없이 전쟁이란 말을 스스럼없이 내뱉는 나라. 이런 나라가 아버지의 조국이라니 믿을 수가 없다.

싱클레어가 쥬네를 바라보며 고개를 절레절레 흔들다 침통한 낯빛의 라야를 발견했다. 멍청할 정도로 순진한 쥬네를 탓하는 것인지, 자신의 조국에 적의를 드러내고 있는 외국인을 탓하는 건지, 아니면 순진하지도 않고 그렇다고 대놓고 조국을 비난하지도 못하는 자신에 대한 조소인지, 싱클레어의 입가에 애매한 미소가 걸렸다.

"쥬네 말대로 지금은 전쟁 중이라 크롬헬에 휴업령이 내린 상태지. 여간해선 저택에 안 오는 양반인데 그 때문에 하는 수 없이 돌아온 모양이야."

멀리서 밀러의 목소리가 들려오자, 작업을 멈추고 있던 세 사람은 누가 먼저랄 것도 없이 걸레질을 시작했다. 그러고는 웃긴지 소리 낮춰 키득거렸다. 싱클레어가 이어 말했다.

"전쟁이 끝나든 길어지든 그 사람도 곧 크롬헬로 돌아가겠지."

라야가 알겠다는 듯이 고개를 끄덕였다. 그렇군, 원래 이 저택에 있는 사람이 아니었군.

이상한 기분이었다. 이 저택에 와서 처음 만난 사람이 원래는 이 저택에 없는 사람이라니. 그건 마치 지금껏 당연하게 여기고 있던 사실이 사실은 진짜가 아니라고 지적받는 기분이었다.

쥬네가 콧노래를 부르기 시작했다. 싱클레어도 따라 불렀다. 쉬운 음정이라 라야도 얼마 안 있어 따라 부를 수 있었다.

바람이 불었다. 라야의 얼굴에 기분 좋은 미소가 떠올랐다. 미소는 오래가지 않았다.

바람이 사라진 방향을 보고 있던 라야의 눈에 어젯밤 꿈속에서까지 그녀를 괴롭히던 사내가 보였다. 그가 동쪽 건물에서 이쪽으로 걸어오고 있었다. 눈치 빠른 싱클레어가 콧노래를 멈추고 쥬네에게 주의를 주었다.

사내는 이번에도 어김없이 그들을 완벽하게 투명인간 취급했다. 그는 아래쪽엔 눈길 한 줌 안 주고 세 사람을 지나쳐 갔다. 라야가 뜬금없이 말했다.

"쥬네, 복도를 왜 얼굴이 비칠 정도로 닦는지 알아?"

그녀의 도발에도 그는 걸음을 멈추지 않았다. 라야도 신경 쓰지 않았다. 쥬네와 싱클레어가 의아한 눈으로 라야를 보았다. 라야는 마른 수건으로 거울처럼 반질반질한 바닥을 한 번 크게 쓸었다. 그리고 혼잣말처럼 중얼거렸다.

"네 주제를 알라…… 내 주제. 내 처지가 어떻다는 거지? 난 잘 모르겠는데."

바람 같았다. 그는 바람보다 빨랐고 바람만큼 부드러웠다. 다가서는 지도 모를 만큼.

그는 어느새 곁에 와 서 있었다. 그리고 일은 삽시간에 벌어졌다.

아주 가벼운 발놀림이었다. 그는 대야의 손잡이를 발끝으로 들어 올려 허공에서 대야를 뒤집어엎었다. 라야는 얼굴 정면으로 대야에 있던 검은 물을 온통 뒤집어썼다. 빈 대야가 요란한 소리를 내며 바닥에 나뒹굴었다. 그 소리가 분위기를 더 싸하게 가라앉혔다. 쥬네는 그만 새된 비명을 지르고 그의 눈치를 보며 자신의 입을 틀어막았다. 싱클레어도 속으로 신음을 흘렸다.

라야의 뽀얀 얼굴을 타고, 붉은 머리카락을 타고, 보기 애처로울 만큼 물이 주르르 흘러내렸다. 라야의 꽉 쥔 주먹이 부들부들 떨렸다. 그에게 새하얗게 질린 얼굴을 보여주고 싶지 않았다. 작은 가슴이 두려움과 흥분으로 천천히 오르내렸다. 속에서 뭔가가 부글부글 끓어올랐다. 그녀는 비명인지 욕지기인지 모를 그것을 한꺼번에 내뱉지 않기 위해 입을 살짝 벌린 채 조금씩 더운 김을 토해냈다. 뺨을 타고 내려온 물줄기가 입안으로도 흘러들어왔다. 더러운 물 맛이 잠시 잊고 있었던, 어제까지의 악몽을 생생히 되살려주었다.

이까짓 더러움은 더러운 것도 아니야! 그녀가 전혀 기죽지 않은 눈으로 그를 올려다보았다. 그는 그런 짓을 저지른 사람이라고는 믿기 어려울 만큼 태연한 표정을 하고 있었다. 그가 나직하게 말했다.

"이런 짓을 당해도 아무 말 못하고, 이런 짓을 저질러도 아무도 뭐라 하지 않는 게, 각자의 처지란 거겠지."

라야가 놀란 눈을 홉떴다. 그에게선 조금도 흥분한 기색을 찾아볼 수가 없었다. 그의 목소리에서 누군가를 괴롭혀 얻은 쾌감이나 우월한 위치를 확인한 즐거움 따위를 느꼈다면 라야는 그를 수없이 봐온 그저 그런 인간으로 여겼을 것이다. 하지만 그는, 아니었다.

그는 조용하지만 예의 그 강렬한 눈길로 라야를 찍어 누르듯 응시하고는 홱 몸을 돌려 가던 길을 갔다. 쥬네와 싱클레어가 달려와 라야의 얼굴과 몸 여기저기를 깨끗한 수건으로 닦아주었다. 쥬네는 눈물까지 글썽였다.

"어떡해, 어떡해…… 감기 걸리겠네. 이걸 다 뒤집어쓰고……."

"울지 마, 쥬네. 정신 사나워."

싱클레어가 엄한 말투로 쥬네를 나무랐다. 쥬네가 빠르게 고개를 끄덕이며 소매로 눈가를 훔쳤다. 싱클레어는 아무렇지도 않은 듯한 라야의 표정을 보고 그녀가 제법 힘든 길을 걸어왔음을 직감했다. 그녀는 라야가 마음에 들었다. 싱클레어가 라야의 손을 닦아주다 말고 갑자기 키득거리며 말했다.

"난 저 사람이 말하는 거 처음 들었다."

"어, 그러게……."

라야의 이마를 닦아주던 쥬네가 멈칫하며 그가 사라진 방향을 돌아보았다. 라야도 같은 곳을 보았다. 라야가 불확실한 어조로 말했다.

"경고…… 를 해주는 것 같지 않았어?"

싱클레어와 쥬네가 라야를 보았다. 라야가 두 사람을 번갈아 보며 말했다.

"아무도 가르쳐주지 않는 규칙 말이야. 그런 식으로 굴다간 이것보다 더 큰일을 당할 수도 있을 거라고, 충고해주는 것 같지 않았어?"

"자상하네. 두 번만 자상했다가는 연못에 빠트리겠어."

싱클레어가 심각한 얼굴로 말했다. 쥬네가 깔깔 웃었다. 라야도 웃었다.

바람이 불었다. 이상하게 마음 한구석이 싸해졌다. 심장의 겉은 아직 살얼음이 언 것처럼 차가운데 그 안은 점점 따뜻해져오는 기분이 들었다. 봄기운이 호수의 얼음을 깨부수는, 겨울이 가고 봄이 찾아오는, 그래, 그런 기분이었다.

바람이 속삭였다.

친구들이 생겼네

라야는 일찍 잠에 들 생각에 일찌감치 침대 위로 올라갔다. 이런 생활도 괜찮은 것 같았다. 아침 일찍 일어나 정해진 일을 하고 휴식 시간을 갖는다. 라야는 지금 느껴지는 피곤함이 진심으로 기뻤다. 보람찬 하루였다. ……걸레 빤 물을 뒤집어쓰긴 했지만.

몇 달 전이라면 상상도 못할 생활이었다. 지금은 굶주리지 않고 따뜻한 이불을 덮고 잘 수 있다는 것만으로도 만족스러웠다. 마찬가지로 일을 빨리 마친 샬롯이 방으로 돌아왔다. 샬롯은 라야가 책상에 놓인 책을 유심히 보고 있는 것을 보고는 저택에 큰 서재가 있다는 것을 알려주었다. 라야는 그길로 바로 서재로 향했다.

책 냄새가 바람결에 실려 왔다. 라야는 천천히 큰 걸음으로 두 칸씩 계단을 오르면서 샬롯이 해준 말을 되새김질했다.

한 걸음. 저택의 서재는 고용인들도 얼마든지 책을 볼 수 있게 개방되어 있다고 했다.

두 걸음. 그 때문에 그레엄 후센 클레이모어의 어머니 히비커스는 서재가 있는 층에는 아예 걸음도 하지 않는단다. 샬롯은 그렇게 말하고 다행스러운 일이라고 덧붙였다. 뭐가 다행스럽다는 걸까.

세 걸음. 라야는 그제야 자신이 '그 남자' 말고는 저택의 다른 주인들을 한 번도 만나보지 못했다는 사실을 깨달았다.

네 걸음. 저택의 윗분이라 할 말한 사람들은 그레엄 후센 클레이모어와 그의 부인, 그들의 외동아들, 그리고 클레이모어의 어머니, 모두 네 명이라고 했다. 하지만 클레이모어의 아들은 곧 크롬헬로 돌아갈 테니까 하인들이 신경 쓸 만한 사람은 결국 세 명이라고 보면 된다, 라고 샬롯은 말했다.

샬롯 역시 그가 곧 크롬헬로 돌아갈 거라고 '확신'했다. 마치 그와 크롬헬은 떼려야 뗄 수 없는 관계처럼, 모두 그런 식으로 말했다. 라야는 이상한 낌새를 느꼈지만 그게 뭔지 몰라 더 캐물어볼 수도 없었다.

다섯 걸음. 클레이모어 부인은 몸이 약해 정말로 거의 방에서 나오지 않는다고 했다.

여섯 걸음. 바람이 책 냄새를 한가득 품고 계단 아래로 불어와 그녀를 스쳐 지나갔다. 라야는 빨리 계단을 뛰어올랐다.

조심스럽게 서재 문을 열었다.

"누구야?"

싱클레어가 구석에서 책을 읽고 있다가 자그마한 인영을 발견하고 경계 어린 목소리를 던졌다. 문고리를 잡고 몸의 반은 아직 복도에 두고 있는 라야가 몸을 움찔했다. 싱클레어가 읽던 책을 한 손에 들고 밝은 곳으로 나왔다. 라야가 안심한 표정으로 미소를 지었다. 싱클레어가 '오.' 작게 입을 오므리며 반가운 기색을 했다.

"책을 좋아하는 줄은 몰랐네."

싱클레어는 라야가 보고 싶다는 책을 찾아 천천히 책장을 눈으로 훑으며 걸었다. 라야가 뒷짐을 지고 그 뒤를 따르며 대꾸했다.

"싱클레어는 왠지 책을 좋아하게 생겼어."

"똑똑해 보인다는 뜻이지?"

싱클레어가 킥킥 웃으며 너스레를 떨었다. 그녀는 걸음을 멈추고 발돋움을 해 책 한 권을 빼내 들었다. 웬만해선 읽어볼 엄두가 나지 않을 만큼 두꺼운 책이었다. 그래서인지 책 모서리엔 먼지가 뽀얗게 앉아 있었다. 싱클레어가 반대쪽으로 후, 먼지를 불고 손으로 표지를 쓴 뒤 라야에게 책을 건넸다.

"클레이모어 집안에 대한 책은 이게 제일 낫지. 두꺼워서 보기도 전에 질리지만 쉽게 적혀 있어서 오히려 책장은 더 잘 넘어가."

"고마워. 안 그래도 뭘 봐야 하나 고민이었거든. 싱클레어는 이 서재에 있는 책을 모두 다 읽은 거야? 어떻게 그렇게 쉽게 찾아?"

"내가 이 집에 들어온 게 뭣 때문인데. 서재가 고용인들에게 개방되어 있기 때문이야."

싱클레어가 씩 웃어 보였다. 라야는 싱클레어의 검은 눈동자에서 무엇에도 얽매이지 않는 자유로운 영혼을 보았다. 그녀는 분명 언젠가 이 저택을 떠날 것이다. 라야는 예언처럼 그것을 직감했다.

"주인어른은 어떤 분이야?"

"뭐, 그럭저럭…… 괜찮은 분이지."

그렇게 말은 했지만 싱클레어의 입술은 뭐가 못마땅한지 한쪽으로 쏠려 있었다. 그녀가 달빛이 내리는 창가 테이블로 갔다. 이번에도 그녀는 다리를 옆으로 벌리고 그 사이를 한 손으로 짚으며 의자에 앉았다. 라야도 다가와 의자에 앉았다. 싱클레어가 달을 올려다보며 말했다.

"그 책을 보면 알겠지만 클레이모어가는 가장 이름난 무문이지. 반외국인인 넌 상상도 못할 거야. 다이런에서 무인 가문이라……. 아마 나는 견디지 못할 거야. 클레이모어 경도, 그의 아들도 딱한 사람들이지. 그레엄 클레이모어는 무인으로서의 재능이 형편없었고, 그의 아들은 완전히 반대. 아, 끔찍한 일이야. 재능이 없어도 문제, 재능이 넘쳐도 문제."

라야가 무슨 말인지 모르겠다는 듯이 눈을 끔벅였다. 싱클레어는 혼잣말을 하다가 문득 라야의 표정을 보고는 씩 웃으며 말했다.

"성명술사에 대해 알아?"

달빛을 머금고 더 신비한 빛을 띠는 에메랄드빛 눈동자를 응시하며, 싱클레어는 귀가 어깨에 닿을 정도로 고개를 기울였다. 싱클레어의 나른한 목소리가 달빛 아래 몽환적으로 들려왔다.

"우리나라는 아이들이 열 살쯤이 되면 성명술사를 찾아가 두 번째 이름을 받지. 돈이 많이 드는 일이야. 그래서 귀족이나 되어야 두 번째 이름을 가질 수 있는 거야. 요즘은 진짜배기 성명술사가 많이 줄었는데, 귀족과 부자들의 수요는 여전하니까, 갈수록 성명술사들 몸값만 비싸지고 사기도 판치고…… 아, 이건 사회 문제니까 접어두자고.

오래전에 이런 일이 있었어. 왕자가 두 번째 이름을 받게 될 나이가 된 거야. 지금의 제1왕자 말이야. 그의 생일날, 그 또래의 귀족 아이들을 모아 함께 한 자리에서 유명한 성명술사에게서 이름을 받기로 한 거야. 멋진 이벤트잖아? 나라가 시끌시끌했어.

그때 초빙된 성명술사는 그 이름도 유명한 아레욘. 그는 예언자에 가까운, 아니, 예언자지.

자, 모두 황궁에 모였어. 나라 안의 귀족이란 귀족, 정치인이란 정치인은 다 모였을 거야. 황궁 밖에선 시민들이 왕자의 새로운 이름을 환호하려고 기다리고 있었지. 두두두두두두."

그녀는 입으로 북소리를 냈다. 그리고 테이블을 손바닥으로 탁 쳤다.

집중하고 있던 라야가 어깨를 움찔하자, 싱클레어는 입꼬리를 말아 올렸다.

"마지막 차례가 왕자였어. 귀족 아이들은 들러리에 불과했지. 당연하잖아? 그게 당연한 전개였어. 성명술사 아레욘은 신에게 묻지. '이 아이의 인생을 보여주십시오. 이 아이가 나아가야 할 길을 비춰주십시오. 당신의 품에 잠들어 있는 자들의 이름을 내려주십시오.' 이렇게 말했다는 건 아니고, 대충 화려한 수사를 막 섞어서 어려운 말로 중얼거리는 거야. 여하튼 그렇게 물으면 성명술사의 눈에 아이의 이름이 보인다고 해. 대개 그 아이의 가문 출신 중에 유명했던 사람의 이름이 내려지지.

한 명, 한 명, 아이가 성명술사 앞에 무릎을 꿇고 앉으면 아레욘이 새로운 이름을 내리는 거야. 마지막 순서가 되려면 아직 한참 멀었어. 앞에 수십 명이나 되는 아이들이 줄을 서 있었으니 처음에는 왕자에 대한 기대로 눈을 초롱초롱 빛내던 사람들도 이내 시큰둥…… 지겹다 못해 잠시 식장을 나갔다가 올까, 사람들이 슬슬 엉덩이를 들썩이던 바로 그때!"

싱클레어가 다시 한 번 테이블을 내리쳤다.

"아레욘이 한 아이의 이름을 불렀지. '아일 클레이모어.'

클레이모어, 클레이모어…… 사람들이 웅성거리기 시작했어. 책만 붙들고 사는 샌님, 골골대는 노인 할 것 없이 몸속에 전사의 피가 흐르는 다이런 인이라면 어떻게 '클레이모어'란 이름을 듣고도 한 번 뒤돌아보지 않을 수 있을까.

확신하는데, 라야. 다이런 인치고 클레이모어가를 모르는 사람은 없어. 그건 진짜 간첩이야. 아니, 간첩도 모를 수 없지. 지금은 그 명성이 예전만 못하다지만, 식장을 빠져나가려던 이들의 엉덩이를 잡아 붙들 정도의 위력은 가지고 있었어.

사람들의 입을 타고 타고 식장에 이야기가 흘렀지. '지금 클레이모어가의 주인은 전혀 클레이모어답지 않다면서요.' '전형적인 문관이라고 하던데.' 비웃는 소리가 번져갔어. 고약한 사람들. 그때 현장에 있던 그레엄은 그 소리를 들었을까? 기분이 어땠을까. 그의 어머니는 어떤 표정을 짓고 있었을까. 괜히 내가 다 마음이 아프네. '자자, 모두 조용히.'"

싱클레어가 진중한 표정을 하고 말투를 바꿔 말했다. 그녀는 성명술사 아레욘의 흉내를 내고 있었다.

"'아일 클레이모어, 당신의 이름을 신께 묻겠습니다.' 좌중 침묵. 식장은 더없이 조용해졌지. 모두가 아레욘의 입에 집중하고 있었어.

'으흠.' 그가 눈을 감은 채 작게 고개를 끄덕였어. 아마 옆 사람이 침을 삼키는 소리도 들을 수 있었을 거야. 그리고 그의 입이 열렸지. '에드가.'

식장은 이름이 발표되기 전보다 더 조용해졌어. 마치 '지금 내가 들은 게 맞는 거야?'라는 듯이. 모두 숨도 멈추고 귀를 기울였어. 좌중의 간절한 요구에 응하고자 아레욘이 다시 한 번 말했어. '에드가. 아일 에드가 클레이모어, 그게 너의 이름이다.'

격한 흥분이 식장을 휩쓸었어! 그 순간 그 얘기를 바로 앞에서 들은 사람들은 어떤 기분이었을까? 벅찬 감동을 느꼈을까? 아마 위대한 역사의 한중간에 서 있는 기분이었을 거야! 이제 사람들은 지금 의식이 무엇을 위한 거였는지도 잊어버렸어! 왕자의 새로운 이름? 알 게 뭐야! 하지만 왕자는 왕자지.

마지막 순서, 떨떠름한 표정의 왕자가 아레욘 앞에 무릎을 꿇었어. 그 순간에도 사람들은 에드가 생각밖에 하지 않았을 거야. 에드가, 에드가라니! 아레욘이 왕자의 이름을 발표해.

'엘칸.' 좌중 침묵. 다시 한 번 말하지. '헤르첸 엘칸 라우니트, 그게 너의 이름이다.' 그래도 좌중 침묵. 이번엔 다른 의미의 침묵이었어. …… 여기까지."

라야가 작게 비명을 지르며 의자를 싱클레어 가까이 당겨 가져갔다.

"여기까지라니! 어떤 의미의 침묵인데? 끝까지 말해줘야지!"

싱클레어는 느물거리는 미소를 지으며 라야의 손에 들린 책을 가리켰다.

"거기 적혀 있어. 이유는 네가 직접 읽어보고 찾아. 난 이만 자러 가야겠다."

휴대전화 알람 소리에 몸을 움찔하며 깼다. 지은은 비몽사몽간에 휴대전화의 확인 버튼을 눌렀다. 가슴 깊은 곳에서 한숨이 흘러나왔다. 손으로 이마를 짚었다. 이마가 뜨끈뜨끈했다. 어젯밤엔 결국 밥도 안 먹고 그대로 자버렸나 보다.

밤새 몸을 웅크리고 있어서 그런지 잠을 자도 잔 것 같지가 않았다.

휴대전화를 머리맡으로 던지고 기지개를 켰다. 발끝에 푹신한 베개가 닿았다. 아직도 거꾸로 누운 상탠가. 눈을 감으면 언제라도 다시 꿈속으로 돌아갈 것만 같았다. 아직 어둠이 걷히지 않은 공간 속에서 지은은 꿈에서 본 남자의 모습을 떠올리려고 애썼다.

머리 아래로 팔을 집어넣어 팔베개를 했다. 머릿속이 윙윙, 귀엔 이명이 들렸다. 벌써 무슨 꿈을 꾸었는지 잘 생각이 나질 않았다. 그러나 바싹 마른 혀 하나만은 아직 꿈속에 남아 있는 듯 자연스럽게, 하지만 낯선 이름을 부르고 있었다.

'아일.'

누구지?

다시 졸음이 몰려왔다. 희미해지는 의식 속에서 지은은 자신의 질문에 자신이 대답했다.

"아일…… 에드가, 클레이모어."

11

라야가 저택에 들어온 바로 다음 날부터 주인의 먼 친척이라는 사람들이 하루에 한 명꼴로 저택을 방문했다. 쥬네는 그들이 모두 오랜만에 저택으로 돌아온, 클레이모어의 아들을 만나러 온 것이라고 했다.

오늘 아침, 그레엄 클레이모어의 사촌을 태운 마차가 저택을 빠져나가는 것을 마지막으로 모든 손님이 떠났다. 한동안 접대 준비로 눈코 뜰 새 없이 바빴던 하인들은 그제야 한숨 돌릴 수 있었다.

라야는 점심 식사를 마치고 저번부터 봐두었던 정원의 테이블을 찾아갔다. 동쪽 건물에 속해 있어 가기가 찝찝했지만, 다행히 지금은 해가 중천에 떠 있는 한낮이 아닌가.

바람이 그녀의 등을 장난치듯 살며시 떠밀었다. 그러자 그녀는 미소를 머금고 거드름을 피우듯 뒷짐을 지고 천천히 걸었다.

커다란 나무 테이블이 정원 가운데 덩그러니 놓여 있었다. 나뭇결이 살아 있는 테이블과 의자가, 그대로 나무 둥치인 것처럼 주변과 자연스럽게 어울렸다.

라야는 치맛자락을 모아 무릎 사이에 끼우고 긴 의자 중간에 앉았다. 책을 테이블 위에 올리고, 잠시 눈을 감았다. 바람 향기와 햇살 향기, 녹음의 짙은 향이 폐를 채웠다. 새 지저귀는 소리를 듣고 눈을 떴다. 노란 새 한 마리가 다가와 부리로 책 모서리를 톡톡 찍고 있었다.

"넌 어디서 왔니? 여기 자주 와?"

그녀가 장난스러운 눈빛을 하고는 상체를 살짝 숙였다.

"그런데 너, 여기 들를 땐 몸조심하는 게 좋을 거야. 왜냐면 여긴……
흡혈귀가 살거든."

그러고는 우스운 생각이 들어 크게 웃었다. 새는 웃음소리에도 놀라
지 않고 고개를 들어 그녀를 보았다. 그녀의 말을 알아듣기라도 하듯 새
가 작은 머리를 옆으로 기울였다. 라야가 새를 향해 손가락을 흔들었다.

"농담이야. 하지만 정말 날이 저문 뒤엔 여기 오지 않는 게 좋을 거야.
너같이 작은 아이는 자칫하면 휩쓸릴 수도 있어. 그 사람은 꽃잎 한 장
도 봐주는 게 없거든. 검 끝에 걸리면 그대로 베어버린다고. 무섭지?"

새가 반대쪽으로 머리를 까닥했다. 라야가 고개를 끄덕였다.

"그 남자가 누군지 궁금해? 알았어, 말해줄게. 어디 보자, 먼저……
넌 이 저택의 주인이 누구인지 아니? 몰라? 왜 몰라, 너도 다이런에 사
는 새라면 알아야지. 아, 넌 아기 새라서 모르는가 보구나. 여긴 클레이
모어가 저택이야. 클레이모어가 누구냐고? 그 얘기를 하자면 다이런이
건국되던 시기로 올라가야 돼. 흠흠! 다이런의 초대 왕인 디아프 라우니
트에겐 나라의 기틀을 잡는 데 도움을 준 동료가 넷 있었지.

페렐, 기번, 와이즈, 모뤄. 그래, 맞아. 모뤄는 지금 이 저택이 속해 있
는 영토의 이름이기도 해. 건국 공신 네 명의 이름은 지금까지 네 선제
후 가문의 이름과 네 개 주(州)의 이름으로 이어져 오고 있지. 그게 클레
이모어와 뭔 관계가 있냐고? 급하긴, 기다려봐. 이제부터가 진짜야.

모뤄 선제후 가문의 시조가 바로 크롬헬 모뤄야. 크롬헬 무관 학교라
고 알아? 몰라? 넌 모르는 게 많구나. 그건 배울 게 많다는 뜻이니 속상
해할 필요는 없어. 위대한 기사였던 크롬헬 모뤄의 이름을 따서 만든 무
관 양성 학교, 바로 지금의 크롬헬이지. 크롬헬 모뤄는 디아프 왕의 외
척이면서 가장 친한 친구고 훌륭한 기사였어.

크롬헬 모뤄는 평생 결혼을 하지 않았지. 일찍이 사랑하는 연인을 잃은 경험이 있거든. 제자도 두지 않기로 유명했어. 그의 검법이 그대로 사라질 것을 안타까워한 사람들은 끊임없이 그에게 제자를 들이도록 권유했지. 크롬헬의 제자라는 유일무이한 자리에 자신들의 핏줄을 올리고 싶어 하는 이들이 매일매일 모뤄 성을 찾았어. 하지만 크롬헬은 그들에게 이런 말을 했다고 해.

'난 검술만을 넘겨주는 방법 따위는 모른다.'

그는 자신이 마음까지 쏟을 수 있는 아이를 찾고 있었는지도 몰라. '크롬헬은 절대 제자를 들이지 않는다.'고 모두가 단념했을 때 그가 나타났어. 에드가 클레이모어!

크롬헬은 드디어 자신의 모든 것을 넘겨줄 만한 아이를 찾아낸 거야.

에드가는 훌륭한 기사였어. 어쩌면 그 스승보다 훨씬. 처음엔 그를 시기하던 자들도 점차 에드가의 실력과 성품에 매료되어갔지.

크롬헬은 에드가에게 자신의 양자가 되어 모뤄가를 이어 가달라는 제안을 해. 하지만 에드가는 스승이 그랬듯 자신의 모든 것을 바칠 만한 여인을 만나게 되지. 그는 모든 것을 버리고 사랑하는 여인과 함께 떠나는 길을 택해. 사랑하는 이를 잃었을 때의 아픔을 누구보다 잘 아는 크롬헬은 그를 놓아줘. 자신의 제자이자 아들 같은 에드가, 그만은 행복하길 바라면서."

라야는 크롬헬의 마음을 이해하는 것처럼 미소를 지었다.

"에드가는 부귀영화를 버리고 사랑하는 여인과 시골로 내려가. 그리고 마을 아이들에게 검술을 가르치며 평화로운 나날을 보내지. 그가 가르친 아이들이 여행을 떠나고 참전을 하고 기사가 되면서 에드가의 이름은 어떻게 된 게 점점 더 유명해져가. 그는 그저 가족과 함께하는 평온한 삶을 원했을 뿐인데, 사람들은 그를 가만 내버려두지 않았어. 그는 누가 뭐래도 단 한 명뿐인, 크롬헬 모뤄의 제자니까. 결국 일이 터지고 말지."

라야의 표정이 어둡게 변했다. 새가 고개를 까닥하더니 몸을 부르르 떨며 날개를 크게 퍼덕였다.

"그 무렵 새로운 왕이 즉위해. 그래…… 엘칸 라우니트."

서늘한 바람이 불었다. 그녀의 목소리가 점점 무겁게 가라앉았다.

"그는 강력한 왕이 되길 원했어. 제후들에게 휘둘리지 않는 절대 왕권. 그는 영리하고 잔인한 자였지. 반기의 기미라도 보이면 그 뿌리까지 뽑아 감히 자신에게 이를 드러내는 자가 없도록 했어. 이런 일이 있었대. 그의 즉위를 축하하는 연회 자리에서 한 귀족이 술에 취해 그만 말실수를 한 거야.

'첫째 엘칸보다는 둘째 헤룬이 더 온화한 성격이다.'

그건 사실이니까, 몇몇 귀족들은 그의 농담에 웃음을 흘렸지. 엘칸도 함께 웃었어. 그리고 다음 날, 엘칸이 즉위한 뒤로 처음 열리는 귀족 회의에 참석하기 위해 회의장에 들어선 사람들은 왕의 발밑에 늘어선 머리들과 맞닥뜨려야 했어. 말실수를 한 귀족과 그 농담에 웃은 사람들까지 밤새 모조리 죽임을 당했지. 질린 표정의 귀족들을 보면서 엘칸은 웃으며 이런 말을 했다고 해.

'역시 첫째 엘칸보다는 둘째 헤룬이 더 온화한 성격인 것 같아. 경들은 어떻게 생각하나?'

몇 달 뒤엔 그의 이복동생인 헤룬 라우니트가 사고로 죽게 돼. 과연 사고사일까?

그런 엘칸의 귀에도 날로 명성을 더해가는 에드가의 이야기가 들려왔어. 기사들이 세운 나라 다이런이니, 세 사람 이상만 모이면 어김없이 에드가 얘기가 나오는 거야. 그 성정에, 엘칸의 심기가 불편해진 것도 당연하지.

'뭐가 그리 대단하다고. 이건 마치…… 왕이 둘인 것 같지 않은가.'

엘칸은 에드가가 절대 받아들일 수 없는 요구를 했다고 해. 그리고 그 것을 거절한 에드가에게 치욕적인 죄목을 씌우지. 에드가가 잘못하지 않았다는 것을 모두가 알면서도 누구도 그의 편을 들어줄 수가 없었어. 결국 에드가는 왕이 보는 앞에서 참수형을 당해. 엘칸은 후환을 없애기 위해 에드가의 아들까지 죽이려 했지. 하지만 모뤄가의 도움으로 에드 가의 부인과 아들은 왕의 손이 닿지 않는 곳으로 도망을 쳐."

자신의 이야기에 몰입한 듯 그녀의 눈빛이 흐릿해졌다.

"세월은 흐르고 흘러, 엘칸 이후로 왕의 이름이 바뀐 것만도 아홉 번 째. 다시 역사에 에드가의 이름이 등장한 것은 대륙이 전쟁의 소용돌이 에 휩싸였던 시기야.

다이런이 주변 연합국들과의 전쟁에서 패색이 짙던 때, 용병으로 참 전해 다이런군에게 철저히 불리했던 전투를 승리로 이끌어낸 사내가 있 었어. 그가 바로 란 에드가 클레이모어. 그래, 란은 클레이모어의 피를 이어받은 남자였어. 그 승리로 다이런은 연합국들과의 전쟁에서 유리한 고지를 점하게 돼.

그렇게 승기를 잡은 다이런은 이후 중요한 전투마다 승승장구하게 되 지. 종전 후, 당시 다이런 왕이었던 두마란은 란 에드가의 공을 치하하 며 왕명으로 클레이모어 이름에 씌워진 누명을 벗겨주고 작위를 내려. 클레이모어는 다시 한 번 모뤄가에 충성을 바치는 맹세를 하지.

그 후로도 클레이모어가는 이름난 무관을 많이 배출해냈대. 크롬헬 모뤄는 수제자 에드가가 떠난 후 양자를 들였는데, 그 후 모뤄가는 여인 들이 많이 태어나서 데릴사위를 들이는 경우가 많았다네. 그래서 요새 는 최고의 무인 가문 하면 모뤄가보다 클레이모어가를 더 많이 떠올린다고…… 책에 그렇게 적혀 있었어. 나야 모르지, 외국인이니까.”

라야는 눈가에 눈물이 맺힌 게 쑥스러워 괜히 입을 삐쭉 내밀고 이야기를 마무리했다.

책을 읽을 때에도 라야는 초대 에드가에게 지나치게 감정 이입이 되었다. 억울하게 누명을 쓰고 죽임을 당한 에드가를 생각하면 마음이 아팠다. 그는 아마 죽는 순간에도 자신보다는 사랑하는 연인과 아들을 걱정했을 것이다. 에드가의 모습에 아버지의 모습이 겹쳐 보였다.

클레이모어가의 서재에 있는 책이니 그의 선조에게 유리하게 씌어 있겠지만 그걸 염두에 두고 읽어도 엘칸이란 왕이 그렇게 미울 수가 없었다. 심지어는 그의 이름을 이어받았다는, 얼굴도 모르는 지금의 왕자도 싫어졌다.

‘하긴 내가 그를 싫어한다고 해서 뭔 일이 일어나는 것도 아니지만.’

라야는 피식 웃으며 손등으로 눈가를 훔쳤다. 바람이 그녀의 어깨를 다독였다. 새가 부리로 다시 책 모서리를 찍었다. 라야는 새가 놀라지 않게 살며시 책 표지를 손으로 쓸며 웃었다.

“그래, 네가 궁금한 거. 내가 조심하라고 한 사람, 그 사람이 바로 세 번째 에드가야. 아일 에드가 클레이모어.”

큰 바람이 불면서 커다란 나무의 잎사귀들이 서로 스치는 소리가 났다. 구름 한 점 없는 파란 하늘 아래 그렇게 푸른 빗소리가 들려왔다. 라야가 손을 내밀자 노란 새는 기다렸다는 듯이 그녀의 손가락 위에 올라탔다. 라야가 희미하게 웃었다.

“안됐지 않아? 그런 식으로 누군가의 이름을 받게 되면 본인은 그러고 싶지 않아도 주위에서 가만두지 않을 거야. 정작 본인은 기사보다는 화가가 되고 싶다고 해도 사람들은 그에게서 전대 에드가의 모습을 보고 싶어 할 거 아냐. 항상 주시하겠지, 그가 어떤 길을 가는지. 자신의

길이 정해져버린 사람이라니…… 슬프다. 게다가 그 이름이 힘든 길을
간 이의 이름이라면 더욱. 그건…… 너무 슬퍼."

라야는 아기 새가 손가락에서 폴짝 뛰어내리자 입꼬리를 들며 시선을
올렸다. 그리고 벼락을 맞은 듯 굳어버렸다.

착각인가? 환상인가?

라야는 눈앞의 환영이 사라지길 기다렸다.

잎사귀들이 스치면서 우수수 빗소리가 났다.

한참을 기다려도 환영은 사라지지 않았다. 환영이라기엔 정면에서 자
신을 마주 보고 있는 금빛 눈동자가 지나치게 선명했다. 다행히 두 번째
만났을 때처럼 상대를 찢어발길 듯한 눈빛은 아니었지만, 저 나른한 눈
동자가 영혼을 통째로 쥐고 흔드는 것처럼 심장을 우둔거리게 했다.

경직되어 있는 라야를 깨우려는 듯 바람이 그녀의 머리카락을 흔들었
다. 그의 이마를 덮고 있는 가는 금발도 함께 흔들렸다. 그제야 현실감
이 느껴졌다. 라야는 속으로 비명을 질렀다. 지금까지 본인을 앞에 두고
무슨 소리를 한 거야!

반대편 의자에 누워 있던 아일이 상체를 일으켜 고개만 돌려 그녀를
보고 있었다.

바람이 다시 한 번 크게 불었다. 꽃잎 하나가 책 위로 떨어졌다. 그가
그녀의 앞에 놓인 책을 흘깃 내려다보았다. 아일은 완전히 몸을 일으키
고 앉아 깍지 낀 손을 테이블 위에 올려놓고 그녀를 마주 보았다. 라야
는 너무 당황스러운 나머지 손가락으로 어딘지도 모를 허공을 가리키며
떠듬거리는 목소리로 말했다.

"아, 아직 해가, 해가 떨어지지 않아서……."

"라야 윈터스."

라야의 눈이 놀란 듯 커졌다. 이름을 기억하고 있구나.

그는 눈을 내리깐 채 표정 없는 얼굴만큼이나 고저 없는 목소리로 말했다.

"너 같은 이에게서 어쭙잖은 동정을 받을 만큼 에드가란 이름이 가볍지 않다."

라야가 미간을 찌푸렸다.

'나 같은 이? 또 저런 식으로 얘길 하는군.'

그녀가 불만스러운 표정으로 아랫입술을 내밀었다. 그가 눈을 내리깔고 있는 것도 마음에 들지 않았다. 라야가 그의 시야에 들어가려는 것처럼 머리를 테이블에 바짝 붙이고 그를 올려다보았다. 그가 눈을 슬쩍 치켜떴다. 라야가 발랄한 목소리를 지어내어 말했다.

"처음 만났을 때에도 말했지만, 정말 미남이에요."

당황은커녕 그에게선 그녀의 말에 반응하는 어떤 기색도 찾아볼 수가 없었다. 생글생글 웃고는 있지만 라야는 등에 식은땀이 흘렀다. 하지만 그럴수록 목소리는 더 밝아졌다.

"저도 미인이란 소리는 좀 듣는 편이죠."

무슨 황당한 소리냐고 대꾸라도 하지, 그는 흐트러짐 없는 표정으로 라야를 쳐다보고 있을 뿐이었다. 성공하지 못한 공격은 공격자에게 되돌아오는 법, 라야는 민망함을 숨기기 위해 이를 드러내고 더 크게 웃었다. 순간 그의 금색 눈동자가 일렁이는 듯싶더니 그것을 숨기려는 것인지 그는 조용히 눈을 감았다. 라야는 아쉬움을 느끼고 작게 한숨을 내쉬었다.

무슨 아쉬움?

배알이 뒤틀릴 정도로 나른하든지 등골이 오싹할 정도로 살벌하든지, 두 가지밖에 없는 눈빛이 무에 그리 아쉽다고.

하지만 라야는 솔직한 아이였다. 그녀는 자신이 저 눈꺼풀 아래 숨겨진 눈동자를 다시 보고 싶어 한다는 것을 인정했다. 할 수만 있다면 손을 뻗어 저 눈가를 만져보고 싶었다.

호기심, 그것은 그녀의 천성과도 같았다.

그가 다시 눈을 뜨자 라야는 속을 들킨 것처럼 모으고 있던 다리를 움찔했다. 아일은 잠시간 그녀의 눈을 응시했다. 라야는 꼭 다문 입술에 멋쩍은 미소를 걸고 초조한 듯 손가락으로 손등을 긁적였다. 그가 돌연 깍짓손을 풀고 주먹으로 그녀의 앞에 놓인 책을 내리쳤다.

새가 놀란 날갯짓을 하며 근처 나무로 날아가버렸다. 실제로 큰 위력은 없었지만 라야는 순간 영혼이 흔들릴 정도의 강렬한 바람을 느꼈다. 그녀가 놀란 눈으로 그를 보았다가 시선을 내려 그의 주먹에 깔린 꽃잎을 보았다. 그가 말했다.

"몇 살인지 모르겠지만, 엉뚱한 소리가 실수로 이해받을 나이는 지난 거 같은데."

다른 사람이라면 위협으로 들렸겠지만 라야는 그의 말이 또다시 자상한 충고로 들렸다.

이곳은 말실수가 그냥 실수로 끝나지 않는 곳이다, 라고 남들이 가르쳐주지 않는 규칙을 일러주고 있었다. 이 사람은 묘한 방식으로 마음을 드러내는군.

라야의 입꼬리가 말려 올라갔다. 제대로 된 대화법을 못 배운 뒤틀린 사람이야. 라야는 주먹 쥔 두 손을 가슴 앞에 두고 거기에 몸을 기대며 상체를 숙였다. 그녀가 빙글거리는 얼굴로 말했다.

"긍정적인 감정은 많이 말하는 게 좋댔어요. 자신에게도, 상대에게도."

"……."

그녀의 태도는 나이답지 않게 능글맞은 면이 있었다.

"저희 아버지가요."

눈은 전혀 웃지 않은 채, 그가 작게 코웃음을 치고 몸을 일으켰다. 그가 주먹을 거두자 라야가 "어어." 하며 그의 손을 덥석 잡았다. 그의 손에 딸려 가는 분홍 꽃잎을 떼어내어 그에게 보여주었다. 그러고는 꽃잎을 이마에 붙이고 바보처럼 씨익 웃었다. 막상 꽃잎을 이마에 붙이고 보니 그가 혹시나 방금 전 책을 내리칠 때처럼 주먹으로 자신을 때릴지도 모른다는 생각이 들어 긴장으로 어깨가 뻣뻣해졌다. 왜 이런 짓을 한 거지? 뒤늦은 후회가 밀려왔다.

저걸 천진하다고 해야 하나, 얼빠진 것 같다고 해야 하나. 그녀를 보고 있던 아일이 처음으로 미소란 것을 지어 보였다. 실소였지만.

그 모습에 억지로 미소를 그리고 있던 라야의 입꼬리가 스르륵 내려왔다. 그의 웃음엔 슬픔이 짙게 묻어 나왔다. 라야는 그 향기를 맡을 수 있었다. 그녀는 저런 웃음이 싫었다. 물기에 젖어 있는 웃음이 싫었다. 엄마도 헤어질 때 저런 웃음을 지었다. 그리고 아버지는…… 아버지는…….

「눈물은 그때그때 비워줘야 해. 안 그러면 눈물을 담고 있는 우물이 어느 순간 와르르 무너질 수 있거든.」

「무너지면 어떻게 되는데요?」

「어떻게 되겠니? 거기에 깔려버리거나…….」

「피하면 안 돼?」

「피하더라도 더 이상 감정을 담아둘 우물이 없으니.」

「큰일이네.」

「그래, 그런 사람들이 아무 데나 자신의 눈물을 쏟아붓는 거란다.」

「다시 우물을 지으면 되잖아요.」

「그래, 그러면 돼. 하지만 쌓는 데는 한참이 걸리지. 그래서 한 번 우물이 무너진 사람들은 계속 무너진 잔해만 만지작거리고 쉽사리 다시 우물을 쌓을 생각을 하지 못하는 거야. 그러니까, 라야. 눈물이 나면 그때그때 비우도록 해. 기쁜 마음도 슬픈 마음도 상대에게 보여줘야 알 수 있는 거야. 입을 꾹 다물고 있으면 알 수가 없어, 모든 사람이 독심술사는 아니니까.」

「독심술사는 말하지 않아도 아나요?」

「그렇다고 하더라만……. 하지만 독심술사도 사랑하는 사람에게서 사랑한다는 말을 듣고 싶을 거야. 모든 걸 알고 있어도 말로 확인받고 싶을 때가 있는 법이니까. 이건 라야한테 너무 어려운 말인가?」

「저도 그 정도는 알아들어요.」

「그래, 우리 딸은 똑똑해서 알아듣지.」

라야의 두 눈 가득 눈물이 차올랐다. 푸른빛이 부풀어 오르는가 싶더니 크게 일렁이고는 이내 굵은 눈물방울이 되어 떨어졌다. 아일의 동공이 커졌다. 라야의 시선은 그의 얼굴 너머를 향해 있었지만 아일은 그녀가 그를 보고 있다고만 생각했다. 라야가 손으로 뺨을 훑었다. 손가락에 눈물이 만져졌다. 그녀가 당황한 목소리로 말했다.

"햇빛에, 너무 눈이 부셔서요."

그녀의 이마에 붙어 있던 꽃잎이 힘을 잃고 떨어졌다. 라야가 "어어." 소리를 내며, 허공을 빙빙 돌면서 내려앉는 꽃잎을 잡으려고 손을 허우적댔다.

아일은 꽃잎이 가려는 곳을 정확히 알고 있기라도 하듯 느릿하게 손을 움직였다. 그의 손 위로 꽃잎이 사뿐히 내려앉았다. 라야가 내두르던 손을 멈칫하고 그를 올려다봤다. 침을 꿀꺽 삼켰다. 자신의 눈앞에서 꽃잎을 찢어발길 셈인가. 라야가 그런 생각을 할 만큼 그는 차가운 표정 그대로 꽃잎을 손 위에 둔 채 아무 행동도 취하지 않았다. 마치 그녀를 놀라게 할 사악한 꿍꿍이라도 생각하고 있는 것처럼.

그가 몸을 반듯이 일으켰다. 라야도 그를 따라 등을 꼿꼿이 펴고 앉았다.

아일은 무표정한 얼굴로 물끄러미 그녀를 응시하다 그녀의 이마에 꽃잎을 붙여주고는 그대로 정원을 걸어 나갔다. 라야는 차마 그가 사라진 방향을 쳐다볼 엄두를 못 내고 멍한 표정으로 앉아 있었다. 손을 들어 이마를 만져보았다. 꽃잎을 떼어 손바닥 위에 놓았다. 가까운 나무로 도망쳤던 새가 테이블 위로 날아들었다. 라야가 새를 내려다보며 원망스럽게 말했다.

"누가 얘기 좀 해주지, 근처에 사람이 있다고."

그제야 몸을 돌려 그가 사라진 방향을 보았다. 그는 벌써 모습이 보이지 않았다. 꽃잎을 만지작거리던 손가락을 들어 코로 가져왔다. 향기를 더 진하게 해주기 위해 바람이 불었다. 라야는 긴장한 어깨를 작게 휘휘 돌리고는, 다시 어깨를 축 늘어뜨리고 편히 앉아 멍하니 있었다. 손가락으로 관자놀이를 긁적였다. 향수처럼 꽃잎 향이 손가락이 스친 자리에 묻어났다. 눈을 감았다.

바람이 불었다. 푸른 빗소리가 났다. 그리고 눈앞에 그가 있었다.

눈을 떴다. 빈자리만이 있었다.

책 위에 올려둔 꽃잎이 바람결에 그가 있던 자리를 지나 그녀의 시선을 따라 푸른 하늘로 높이 날아올랐다.

한산한 시골 간이역.

덜커덩대는 기차 소리가 멀어지고, 선선한 바람이 불어왔다. 기찻길 곁에 핀 들꽃이 흔들렸다. 간이역 역무실 문을 왈칵 열어젖히고 까만 얼굴을 가진 소년이 뛰쳐나왔다. 역무원복을 입은 남자가 아들이 건넨 도시락을 들고 나와 소리쳤다.

"차 조심해! 너무 급히 달리지 말고."

"알았다니까!"

소년은 방금 한 말이 무색하게 힘껏 자전거 페달을 밟았다. 소년의 얇은 옷 사이로 바람이 휘몰아쳤다. 포장되어 있지 않은 흙길을 달리니 먼지바람이 일었다. 이미 수천 번 보아와 눈을 감아도 현연히 떠오르는 고향의 풍경이지만 어제 피지 않은 들꽃, 어제 거기 없던 돌멩이 하나까지 모두 담으려는 듯 소년의 까만 콩 같은 두 눈이 반짝였다.

그런 소년의 눈에 시골길을 터덜터덜 걸어가는 한 사람이 보였다. 이곳과는 어울리지 않는 도시인의 느낌. 소년의 호기심 어린 눈이 가느다랗게 변했다. 자전거가 앞서가던 사람을 따라잡아 바람처럼 그 곁을 지나갔다. 소년의 자그마한 입이 휘파람을 불 것처럼 오므라들었다.

아주 넓은 마당, 눈부신 햇살 아래, 길고 긴 빨랫줄에 널린 새하얀 이불보처럼, 그렇게 선명한 듯 아련한 느낌의 여자였다. 그 곁을 스쳐 지나가면서, 소년은 여자에게서 햇살 냄새가 난다는 생각을 했다.

소년은 일부러 자전거의 속도를 늦추고 뒤를 보았다. 여자는 하얀 플레어 원피스를 입고 있었다. 길게 머리를 땋아 뒤로 늘어뜨리고, 크림색 리본을 두른 왕골 모자를 살포시 썼다. 이제 보니 도시인의 느낌보다는 어디 낯선 이국의 이방인 같았다. 기이한 패션 감각이라고, 소년은 생각했다. 여자에게 한 가지 안타까운 게 있다면 그녀의 이마가 조금 전부터 계속 구겨져 있다는 것이었다.

소년이 이토록 오랫동안 자신을 살피는데도, 여자는 전혀 눈치를 채지 못하고 있었다. 간이역에서부터 여기까지 오는 동안 계속 휴대전화를 내려다보고 있었기 때문이다. 여자는 통화 버튼을 누르고, 미간을 찌푸린 채 휴대전화를 귀에 갖다 댔다.

 ─ 고객이 전화를 받지 않아 삐 소리 후 음성 사서함으로 연결됩니다. 연결된 후에는 통화료가 부과…….

 지은은 목을 가다듬었다.

 "아침부터 네 번째 전화하는 거예요."

 목소리가 가라앉아 있었다.

 "솔직히 말해보세요. 지금 저 피하시는 거죠? 그때 화난 거 맞잖아요. 뭐가 화난 표정이 아니라는 거야, 맨날 웃던 사람이 안 웃으면 화난 거지. 아휴, 오해하는 거라니까요. 그러니까 그게…….

 아이고, 어떻게 말하지. 그걸 어떻게 말해.

 진오에 대한 짝사랑을 접기로 했다, 그래서 흔들리지 않기 위해 향수를 발랐다, 당신이 선물한 향수를 바르면 당신과 있을 때처럼 다른 한지은이 될 수 있을 것 같아서…… 란 말을 어떻게 해!

 지은은 계속 "아휴, 아휴."를 연발하다 짧게 덧붙이고 전화를 끊었다.

 "메시지 확인하면 전화 좀 주세요."

 찡그린 이마가 펴질 줄을 몰랐다. 휴대전화가 고장 난 건가 싶어 눈 가까이 가져와 들여다보았다. 까만 화면에 구겨진 얼굴이 보였다. 울컥 화가 치밀었다. 다시 통화 버튼을 눌렀다. 대기음이 한참 동안 들리고 다시,

 ─ 고객이 전화를 받지 않아…….

 빠직.

 "사람이 그러는 거 아니에요. 기분 상하는 일 있다면 대화로 풀어야죠! 잠수 타는 거, 그거 진짜 짜증 나거든요! 나이도 먹을 만큼 먹은 사람이 왜 그래요? 자기가 사춘기 십 대야, 뭐야? 오춘기쯤 돼요?"

홧김에 날 선 목소리로 말을 뱉고 전화를 끊었다. 휴대전화 창 불빛이 꺼지기도 전에 후회가 밀려왔다.

'……미쳤나 봐!'

지은은 양손으로 머리를 부여잡고 속으로 비명을 질렀다. 모자가 땅에 떨어졌다. 휴대전화를 눈앞에 들고 머릿속으로 괴성을 질렀다. 저장한 것을 취소할 수만 있다면 하고 싶었다.

'그런 방법이 있나? 으아, 어떡하면 좋아…… 그래, 맞아! 인터넷!'

정보의 보고 인터넷. 방법이 없을 리가 없다.

'그전에 메시지를 확인하면 어쩌지?'

지은은 고개를 이리저리 돌려 땅바닥에 떨어진 모자를 찾았다. 모자를 집어 들고 대충 툭툭 털었다. 걸음이 빨라졌다. 멀리 자전거가 가는 것이 보였다. 산등성이로 구름이 잡힐 듯 낮게 깔려 있었다. 그제야 개울물 소리가 들려왔다. 벼가 고개를 숙이고 있는 누런 논을 훑고 산자락에서 큰 바람이 몰려왔다. 순간 모자가 벗겨지려고 해 챙을 움켜잡았다. 그때 전화벨이 울렸다.

"아, 예! 여보세요! ……아, 엄마."

그리운 목소리. 전화로 거의 매일 듣는 목소리였지만 엄마가 가까이 있다고 생각하니 또 마음이 달랐다. 지은의 얼굴이 모처럼 활짝 펴졌다.

"응, 다 왔어. 방금 전에 역에 내렸어. 당연히 혼자 찾아갈 수 있지. 시골길이 뭐 크게 변하나, 몇 번 가봤음 척이지. 응, 알았어. 안 그래도 배가 고팠거든."

걸음이 더 빨라졌다. 한 손으론 휴대전화를 잡고, 한 손으론 모자챙을 잡고, 귓가에 바람이 휘몰아치는 소리를 들으며 흙길을 달렸다.

"네가 알아서 잘할 거라고 생각하지만, 비서라니……."

화연이 과일이 담긴 접시를 가져와 지은의 얼굴 옆에 놓으며 말했다. 밥을 좀 과하게 먹은 지은이 마룻바닥에 누워 배를 두드리며 화연을 올려다봤다.

"얼굴이 더 좋아 보이네. 아빠가 잘해주나 봐."

몇 년 전 아빠의 고향인 이곳으로 이사를 온 뒤 엄마의 건강이 눈에 띄게 좋아졌다. 이곳에 내려올 때마다 지은은 그것을 확연히 느꼈다.

화연이 감을 깎으며 말했다.

"아빠야 늘 똑같지. 아직 내 말에 대답 안 했어. 비서라니, 전공이 아깝지 않니?"

"요즘 같은 때 전공만 고집해서 어떻게 취직을 해? 인사 이동 때 디자인 부서라거나 그쪽으로 갈 수도 있으니까……. 비서도 난 적성에 맞다고 생각하는데?"

"그렇다면 다행이고."

화연이 우련한 미소를 지었다. 어릴 땐 저 미소가 다른 엄마들과 달리 마냥 아가씨 같고 예뻐 보여서 좋았는데, 지금은 그녀가 좀 더 활짝 웃었으면 좋겠다고 지은은 생각했다.

지은은 미니 토마토 하나를 입에 넣고, 팔을 뻗어 엄마의 입에도 한 개 넣어주었다. 건강해진 이후에도 화연의 손목은 여전히 가늘었다. 어깨도 가냘프고, 체구도 아담했다. 하지만 얼굴색은 저번보다 생기 있어졌다. 그것을 눈으로 확인할 수 있기에, 이곳에 내려올 때마다 남매는 부모와 떨어져서도 잘 살아갈 수 있는 용기를 얻었다.

"아빠는 저렇게 나가면 언제 돌아온대?"

아빠는 오늘 딸내미가 온다고 어제부터 부지런히 감을 땄다고 한다. 그걸 인근 고아원과 양로원에도 가져다주기로 약속했는데 깜박 잊었다면서 집을 나간 게 벌써 한 시간째다. 지은은 '오랜만에 장녀가 왔는데 그런 약속은 나중으로 미뤄도 되지 않나?' 하는 생각에 못내 섭섭한 표정을 지어 보였다.

그걸 눈치챈 화연이 말했다.

"네 아빠 몰라서 그래? 집에 뭐가 남아도는 꼴을 못 봐요. 약속은 또 칼 같고. 일이 없으면 일을 만들어요. 그게 네 아빠 낙이기도 하고."

"그래도…… 맨날 이렇게 엄마 혼자 두고 다녀?"

"왜, 같이 등산도 다니고 산책도 하고 그래. 네 아빠 성격에 어떻게 나한테 맞춰서 하루 종일 집에만 있어?"

"하긴. 그런데 보통 작곡가라고 하면 집에 틀어박혀서 머리 싸매고 있지 않아?"

"네 아빠는 반쪽짜리 작곡가잖니."

두 사람은 마주 보고 웃었다. 화연이 감을 지은의 입에 넣어주며 말했다.

"조금 있다 시장에 가야 되는데 너도 갈래?"

"당연하지."

지은이 발딱 일어나 말했다.

"언제 갈 거야? 지금 당장? 준비할까?"

"과일 다 먹고, 아빠 오시면 집 보게 하고, 천천히."

엄마와 오랜만에 장을 보러 간다는 것에 신이 나 지은은 어린아이처럼 이 방 저 방을 왔다 갔다 했다. 화연이 가만 앉아 있으라고 했지만, 그건 오히려 역효과였다. 엄마의 잔소리가 그리웠던 지은은 더 흥분해서 마당과 집 안팎을 들락거렸다. 지은이 어떠한 마음에서 그러는지 알기 때문에, 웃고 있는 화연의 눈이 금세 촉촉해졌다. 그때에도 그랬다.

그때에도, 저렇게 좋아했었다.

화연은 아이에게 쉽사리 잊히지 않는 충격을 준 것만 같아 지금도 그

때를 떠올리면 마음이 짠해졌다.

"엄마, 이것 봐."

한참을 앞서가던 지은이 엄마를 불렀다. 화연은 눈살을 찌푸리며 손을 들어 쨍한 햇빛을 가렸다. 그녀의 시야가 순간 흐릿해졌다. 환한 빛속에서 빛보다 환한 딸아이를 찾지 못해 화연은 안타까운 마음에 잠시 눈을 감았다 떴다. 집을 나설 때부터 컨디션이 좋지 않았다. 구름이 너무 낮게 깔린 하늘도 그러했고, 풀 향이 짙은 바람도 그러했고, 지은이 저토록 흥분을 해서 걸음을 빨리하는 것도 그날과 비슷했다. 처음으로 쓰러졌던 그날. 난생처음 응급실로 실려 갔던 날.

다른 게 있다면, 엄마에게서 떨어져 복잡한 인파 속으로 사라지는 바람에 그녀를 당황케 했던 여덟 살배기 소녀가 아니라,

"괜찮아? 어지러워? 저기서 잠시 쉬다 갈까?"

스스로 걸음을 늦추고 뒤로 돌아와 엄마를 챙길 줄 딸이 이제는 옆에 있다는 것.

지은이 화연의 파리한 안색을 살피며 그녀의 손에서 장바구니를 빼앗아 들었다. 화연은 힘없이 웃으며 딸아이의 등을 밀었다.

"햇빛이 너무 강해서 그래. 뭘 보라고?"

"아, 꽃. 꽃 보라고. 화분 두 개 사다가 하나는 여기 집에 두고 하나는 우리 집에 놓는 게 어떨까?"

지은은 꽃집 앞에 진열된 화분 중 샛노란 꽃을 가리켰다. 화연이 분홍 꽃이 더 낫지 않냐고 하자 지은은 심각한 표정으로 턱을 매만졌다.

"그럼 하나씩 사지 뭐."

"가지고 다니기 힘들어. 시장 나올 때 사자."

뭔들 안 좋을까. 지은은 활짝 웃으며 화연의 말에 고개를 끄덕였다.

동생들도 없으니 마음껏 어리광을 부리고 싶었다. 그런 마음이 보여서 화연은 간간이 지은의 등을 친밀히 토닥여주었다.

화연의 이마에 살짝 식은땀이 맺혔다. 오일장이 열린 오늘은 점포만 있던 한가한 시장이 아니었다. 길 가장자리와 길 한가운데, 두 사람이 간신히 지나갈 틈만 남기고 노점상들이 좌판으로 길을 점령했다.

바삐 걸음을 옮기는 사람들의 어깨가 화연의 어깨에 툭툭 닿을 때마다 그녀는 숨이 가빠졌다. 그럴수록 이제 제법 단단해진 딸아이의 손을 꼭 잡았다. 곧 손이 축축해졌다. 덩치 큰 사내의 어깨가 화연의 몸을 크게 밀치고 갔다. 순간, 잡고 있는 손을 놓쳤다. 인파 속으로 몸이 떠밀리려는데, 지은이 쑤욱 손을 뻗어 그녀의 손목을 잡았다. 화연이 살짝 당황하며 눈을 깜박였다. 뭐 이 정도 가지고, 라는 듯 지은이 어깨를 으쓱하며 웃었다. 화연은 어느덧 자신보다 키가 커진 딸아이를 유심히 보았다.

얘가 언제 이렇게 자랐지? 부모와 자식의 관계는 언젠가 역전이 된다더니. 화연은 이 순간 지은이 몹시 믿음직스러웠다.

"네가 장녀라서 얼마나 다행인지 몰라."

"나도 그렇게 생각해."

지은의 천연덕스러운 대답에 화연이 드물게 소리 내어 웃었다. 지은이 눈가를 살짝 찡그리며 말했다.

"내가 막내였으면 어지간히 구박받았을 거야. 게으르지, 성격은 천하태평이지. 아, 이거 완전 바보 막내 스테레오 타입이네."

"스테레오 타입이 뭐야?"

"으음, 그게 뭐냐면……."

지은이 손가락으로 턱을 긁적였다. 화연이 염려스럽다는 표정으로 말했다.

"회사에서도 그런 식으로 일할 거니? 자네, 여기 보고서에 쓴 이 말이 뭔가? 아, 그게 뭐냐고 물으시면 딱히 똑 부러지게 뭐다라고 얘기하기가……."

화연이 지은의 말투를 흉내 내며 말하자 지은이 배를 잡고 웃었다.

"혹시 내 말투가 흉내 내기 쉬운가? 얼마 전에 어떤 사람도 만난 지 하루 만에 날 흉내 냈었거든."

"누군데?"

"……안 가르쳐주지."

지은은 장난스럽게 대꾸하고, 몸을 돌려 인파를 헤치고 걸어갔다. 잊고 있었던 정현의 일이 생각나 표정을 마음대로 할 수가 없었다.

화연이 땀을 닦는다고 잠시 잡고 있는 손을 놓았다. 그런 줄도 모르고 지은은 장바구니만 덜렁덜렁 들고 계속 앞으로 걸었다. 노점상들이 틀어놓은 요란한 스피커 소리가 가까워졌다. 서로 경쟁이라도 하듯 찢어지는 소리를 내며 여기저기서 이 음악, 저 소리 따위가 섞여서 들려왔다. 쿵쿵거리는 스피커 소리. 심장도 기분 나쁘게 쿵쿵거렸다. 생각에 잠긴 지은의 이마가 신경질적으로 일그러졌다.

화연은 갑자기 시야에서 사라진 지은을 찾아 깨금발을 들고 사람들의 어깨 너머를 살폈다. 어딜 간 거야, 대체. 남의 지갑까지 가지고. 이래서 장바구니는 내가 든다니까.

지은에게서 떨어지자 마치 기다렸다는 듯 지나는 사람들이 화연을 떠밀었다. 일부러 앗 하는 비명을 질러봤지만 눈길도 주지 않고 저마다 바쁜 걸음을 옮길 뿐이었다. 화연이 힘든 한숨을 내쉬고 "잠시만요, 실례합니다."를 연방 내뱉으며 사람들을 헤치고 앞으로 나아갔다. 가만히 서 있다가는 복잡한 장터에서 지은과 길이 엇갈릴 것 같았다. 머리가 지끈거렸다. 사람들 살 냄새와 생선 냄새, 고기 냄새, 음식 냄새, 흙냄새가 뒤엉켜 속이 울렁거렸다. 숨이 턱까지 차올라 구역질이 나려고 했다. 그래서 잠시 멈춰 섰다. 사람이 길 한가운데 우두커니 서 있으니 바삐 지나는 사람들의 눈초리가 사납다. 그걸 알고도 화연은 걸음을 옮길 수가 없었다. 가을답지 않게 이곳엔 바람 한 점 불지 않는다. 사람들이 뿜어내는 열기만 가득하다. 이마에 손을 붙이고 하늘을 올려다봤다. 그만 태양을 바로 보고 말았다. 눈이 가늘어졌다. 하늘이 빙빙 돌았다. 이마에 붙이고 있는 손끝이 경련이 일어난 듯 파르르 떨렸다.

아, 이건 별로 안 좋은데…… 별로 안 좋아…….

"엄마?"

지은은 등줄기를 타고 흐르는 섬뜩한 감각에 몸을 움찔하며 뒤를 돌아봤다. 그제야 엄마가 사라진 것을 알았다. 바닥에 껌이 붙은 것처럼 발을 딱 붙이고 섰다. 귀는 엄마의 목소리를 찾고 있었다. 눈을 굴려 시야가 볼 수 있는 모든 곳을 살폈다. 고개를 휘이 돌렸다. 360도로 몸을 돌렸다. 휘청. 장터가 지은을 중심으로 빙글빙글 돌았다.

귓속으로 시장의 모든 소리가 모여들었다. 스피커 소리, 사람들 소리, 자동차 경적 소리까지. 지은은 침착하게 왔던 길을 되돌아갔다. 아까 들었던 스피커 소리를 지나, 아까 보았던 채소 좌판을 지나, 아까 커피 향을 맡았던 커피 노점상을 지났다.

'안 돼.'

낯설지 않은 공포가 온몸의 털을 곤두세웠다. 사람들이 걸음을 멈추고 뭔가를 보고 있었다. 안 돼, 안 돼, 안 돼. 지은은 기도처럼 중얼거리며, 무겁지만 빠른 걸음을 옮겼다. 달리기는 싫었다. 그러면 생각이 사실이 되어버릴 것 같아서.

둘러 서 있는 사람들을 헤치고 안쪽으로 들어갔다.

"안 돼……."

비명이라기엔 너무나 슬픈 목소리가 흘러나왔다. 지은은 울지 않으려고 정신을 바짝 차리고 쓰러진 엄마에게 달려갔다. 정신을 잃고 쓰러진 화연의 안색이 파리했다. 사람들이 웅성거렸지만 지은의 귀엔 아무 소리도 들려오지 않았다. 눈가로 차오른 눈물방울로 시야가 일그러졌다. 화연의 머리를 받치고 있는 손이 덜덜 떨렸다.

잊어버리고 있던 기억이 바로 몇 시간 전 일처럼 떠올랐다. 그녀가 여덟 살이었던 그때, 인적이 드문 산속에서 아이가 할 수 있는 일이라곤 누군가가 오길 바라면서 쓰러진 엄마 앞에서 목 놓아 우는 것밖에 없었다. 처음으로 죽음이란 걸 인식한 순간이었다.

지은이 놓쳐버린 화연의 팔이 힘없이 툭 하고 바닥에 떨어졌다. 그 장면에 간신히 정신이 든 지은이 떨리는 손으로 휴대전화를 꺼내 들었다.

'119가 몇 번이더라…… 119가 몇 번이더라…… 119…….'

제정신이 아니었다.

주위를 둘러싸고 구경하는 사람들이 야속한 것도 아니었다. 그저 머릿속으로 '제발 진정 좀 해.'를 외치고 있었다. 눈물로 휴대전화의 숫자가 잘 보이지 않았다. 울음이 목까지 차올랐다.

"한지은……?"

기다리던 목소리였다. 여덟 살 소녀가 그토록 기다리던 누군가.

지은은 고개를 들어 앞을 보았다. 누군가가 사람들을 헤치고 나와 그녀를 내려다보고 있었다. 지은은 눈물이 고인 눈을 깜박였다. 화연의 얼굴 위로 투두둑 눈물이 떨어졌다. 시야가 환해졌다.

정현의 눈이 경악으로 커진 것은 아주 찰나의 순간, 그의 시선이 기민하게 화연의 얼굴과 지은의 손에 가 닿았다. 그는 지금 그녀가 원하는 것을 정확히 알고 있었다. 그의 냉정하고 또렷한 음성이 멍한 귀를 뚫고 들어왔다.

"119."

지은의 부릅뜬 눈이 본래의 색을 찾았다.

창백하고 겁먹은 표정의 남자가 병원 문을 열고 들어왔다. 누구에게 물을 것도 없이 잘 알고 있는 길을 빠르게 걸었다. 이곳에 내려와 처음 이 병원에 왔던 날, 그는 응급실 가는 길이며 병실, 진료실 위치까지 모두 익혀두었다. 숨을 뱉는 시간도 아깝다는 것처럼 입을 꾹 다물고 응급실로 향했다. 심장이 불안하게 요동쳤다. 코너를 도니, 울고 있는 딸이 보였다. 심장이 발 아래로 떨어졌다.

"지⋯⋯ 지은아, 엄마는?"

지은이 뭐라고 말하기도 전에 태원은 두려운 마음으로 응급실 문을 열었다. 수많은 사람들 중 아내만 보였다. 파리한 얼굴의 화연이 쌕쌕 숨을 쉬고 있었다. 태원은 비틀거리는 걸음으로 그녀가 누워 있는 침대로 다가갔다.

안경다리를 입에 문 채 차트를 작성 중이던 담당 의사가 그를 발견하고 고개를 돌렸다. 태원이 떨리는 시선으로 의사를 쳐다봤다. 의사가 안경을 쓰며 덤덤히 말했다.

"일사병입니다."

태원은 눈을 깜박였다. 고인 눈물이 안으로 쏙 들어갔다.

"⋯⋯네?"

목소리는 아직 젖어 있었다. 의사는 차트를 가슴에 붙이며 작지만 명료한 음성으로 말했다.

"지난여름에도 밭일을 하다가 쓰러져서 온 일이 있었죠? 그때에도 말했지만, 오늘처럼 태양 볕이 강한 날에는 외출을 삼가주세요."

태원은 오늘 날씨를 떠올려보았다. 구름도 낮고, 바람도 제법 시원했다. 해가 조금 높게 떠 있는 것 같기는 했지만, 이런 선선한 날씨에 일사병이라니.

"정말 일사병입니까? 이렇게 날씨가 좋은데?"

"아, 예. 종종 그럴 때가 있어요."

의사는 차트에 뭔가를 적은 뒤 볼펜으로 뒷머리를 긁적였다.

"으음, 저번 달에 우리 병원에서 종합 검진을 하셨네요? 저체중이고, 저혈압…… 뭐, 그것 말고는 괜찮습니다. 운동 꾸준히 하시고, 밥 좀 많이 드세요. 고단백 고칼로리로. 집에 가셔서 물 많이 드시고요, 장시간 야외에 있는 건 피해주세요. 환자가 일어나면 바로 집으로 돌아가셔도 좋습니다."

의사는 간호사에게 뭐라고 말하면서 다른 환자에게 가버렸다.

태원은 멍한 눈으로 아내를 내려다보았다. 화연은 평소처럼 편안한 얼굴로 잠들어 있었다. 태원은 소매를 들어 눈가를 닦은 뒤, 아내의 창백한 얼굴을 부드럽게 매만졌다. 그러고는 곁으로 다가온 지은을 향해 홱 고개를 돌리고 말했다.

"놀랐잖아, 이것아! 왜 밖에서 처울고 있어?"

"나도 놀랐단 말이야!"

지은이 벌게진 눈으로 항의했다. 그녀의 눈엔 여전히 눈물이 가득 고여 있었다. 태원은 한숨을 내쉬고, 이리 오라는 듯 손짓을 했다. 지은은 아버지의 가슴팍에 정수리를 쿵 찧으며 안겼다. 태원은 놀랐을 딸아이의 마음이 이해가 되고도 남아 그녀의 머리를 쓰다듬어주었다. 지은이 다시 낮은 울음소리를 내며 어깨를 들썩였다. 태원은 턱을 딸아이의 머리 위에 얹고 그녀의 어깨를 토닥였다.

태원은 응급실 안을 휘이 둘러보았다. 지은에게서 두 걸음 정도 떨어진 위치에 서 있는 남자가 태원의 레이더망에 걸렸다. 그의 눈이 커졌다. 태원이 어리둥절해서 물었다.

"네가 여긴 무슨 일이야?"

정현이 웃으며 다가왔다. 태원이 딸을 더 깊숙이 끌어안으며 재빨리 물러서라는 손짓을 했다. 그래도 아랑곳없이 가까이 다가온 정현이 말했다.

"오랜만이네요, 아저씨. 안녕하셨어요?"

"오냐. 네 아비도 건강히 잘 살아 있겠지? 내가 한 욕만 해도 족히 천년은 살 테니까."

"재밌는 농담이지만, 아들 된 입장에서 웃을 수도 없네요."

그를 유심히 쳐다보던 태원이 살짝 걱정스러운 낯빛을 했다.

"진짜 여긴 어쩐 일이야? 어디 아픈 거야?"

정현이 어깨를 으쓱했다. 그리고 다음 순간 정현의 시선이 사랑스러운 딸에게 가 닿자, 태원은 지은의 뒤통수를 단단히 잡고 그녀가 정현을 돌아보지 못하도록 했다. 그 방어적인 태도에 정현이 재밌다는 듯 웃었다.

태원이 다시 물었다.

"그럼? 잔치 때문에 내려온 건 아는데."

"네, 그리고 아버지께 부탁하신 것도 겸사겸사 가져다 드리려고 왔고요. 그런데,"

정현이 확인하겠다는 듯 검지를 세워 들었다.

"아저씨께서 늘 자랑하시던 미대 다닌다던 맏딸이 혹시?"

그리고 태원의 품에서 빠져나오려고 버둥대는 지은을 가리켰다. 태원이 긍정의 의미로 큰 눈을 끔벅이자, 정현이 탄식 어린 한숨을 내뱉었다.

'이 정도면 등잔 밑이 어두운 정도가 아니라, 안경 쓰고 안경 찾은 꼴 이었네.'

정현은 속으로 멍청한 십 대의 자신, 이십 대의 자신에게 차례로 욕을 퍼부었다.

자신 앞에서 항상 웃는 상이던 정현이 심각한 표정으로 딸의 뒤통수를 바라보자 태원은 목덜미가 서늘해졌다. 늑대 앞에 토끼를 갖다놔도 이것보다 불안함을 느낄까. 그래서 아무도 묻지도 않은 말을 했다.

"네놈은 네 아버지를 너무 빼닮아서 별로야."

"그래서 그렇게 격의 없이 대하신 거였군요."

정현이 금세 능글맞게 대꾸해왔다.

지은이 태원의 가슴을 밀쳐내며 품에서 빠져나왔다. 그녀는 눈썹을 찡그리고 태원과 정현을 번갈아 쳐다보았다. 태원이 어깨를 으쓱하며 눈으로 '왜?' 하고 물었다. 왠지 아빠는 미덥지가 않아. 지은은 정현을 향해 완전히 몸을 돌렸다.

정현이 솔직한 미소를 짓고서 그녀를 마주 봤다. 무슨 상황인지를 물으려던 지은은 잠시 말문이 막혔다. 며칠 전 카페에서 정현이 그녀의 목덜미로 고개를 숙이던 모습이 떠올랐다.

태원은 돌아서 있는 딸아이의 표정이 보이지 않았지만 눈을 가려 사내놈의 얼굴을 못 보게 하고 싶었다.

지은이 물었다.

"우리 아빠랑 어떻게 아는 사이세요? 그러니까…… 우리 아빠와 사장님 아버님이 친구?"

"사장님?"

태원은 자신에게 필요한 말만 듣는 재주가 있었다. 지은이 있어보라는 듯 뒤로 손을 뻗었다. 다른 손으로는 정현을 재촉했다. 정현이 의미

심장하게 웃으며 말했다.

"맞아, 두 분은 고향 친구 사이시지."

위험하다!

태원은 본능적으로 지은을 자신 쪽으로 끌어당겨 안았다. 사실을 얘기한 것에 불과했지만, 태원의 귀에 정현의 목소리는 마치 사랑 고백을 하는 것처럼 들렸다.

태원이 정현에게 손가락질을 하며 말했다.

"둘이 무슨 사이야? 사장님이라니? 게임 회사와 우리 지은이가 무슨…….'"

순간 뭔가를 깨달았다는 듯 태원이 입을 쩌억 벌렸다. 그는 지은의 어깨를 잡고 그녀를 자기 쪽으로 확 돌려세웠다.

"안 돼, 지은아! 전공이 아깝지도 않아? 굳이 취직을 해야겠다면 다른 좋은 회사들도 많아!"

"대화를 하려면 밖에 나가서들 하세요!"

무섭게 생긴 간호사가 다가와 세 사람을 병실 밖으로 쫓아냈다. 간호사는 태원의 팔뚝을 세게 잡아채 문 쪽으로 밀었다. 정현을 향해서도 우악스러운 손길을 뻗었다가 그의 얼굴을 보고는 슬그머니 방향을 바꿔 그의 등을 살짝 밀었다. 그 장면을 본 태원의 얼굴이 더 구겨졌다. 정현이 태원에게 다가서며 넌지시 말했다.

"제 입으로 얘기하기 쑥스럽지만, 저희 회사 괜찮은 회사입니다."

"왜 하필 이놈 회사야! 왜 하필 게임 회사냐고!"

태원이 분한 목소리로 말했다. 정현이 어리둥절해하는 지은에게 말했다.

"아저씨는 우리 회사를 다단계 회사쯤으로 생각하시더라고."

태원이 빠르게 말했다.

"애들 코 묻은 돈 갈취하는 게 다단계랑 뭐가 달라."

"코 묻은 돈……. 대체 몇 년도에 발을 붙이고 계신 건가요, 아저씨."

정현이 슬퍼하며 말했다.

지은이 두 팔을 벌려 아버지와 정현 사이를 가로막고 섰다.

"목소리 좀 낮춰, 아빠. 여기 응급실 앞이야."

태원이 입술을 내밀고 얌전해졌다. 지은은 침착하게 말을 이었다.

"그리고 사장님께 감사 인사부터 해야 돼. 시장 갔다가 엄마랑 떨어졌었는데 그 와중에 엄마가 쓰러지고, 난 정신이 하나도 없고…… 그런데 사장님이 지나가다 발견하고 도와주신 거란 말이야. 의사 선생님이 일사병도 위험할 수 있다고 했는데…… 아빠는 아무것도 모르면서, 도와준 사람한테 지금 뭐하는 거야?"

태원은 꾸중을 들은 아이처럼 입을 삐죽거렸다. 사실 그는 평소와 다름없이 행동했을 뿐이었다. 정현의 아버지 명훈과는 어린 시절부터 고등학교까지 함께 자라온 싸움 친구 사이였다. 그러다 보니 그들 간의 대화는 6할이 욕설이다.

명훈이 이곳에 한번 내려오는 날이면 태원은 그의 아들 자랑을 수 시간 동안 들어줘야 했다. 그런데 언젠가부터 바빠진 명훈이 잘 내려오지 않게 되었고, 그 즈음해서는 그를 대신해 그의 아들놈이 꾸준히 이곳을 찾았다.

아들놈은 자신의 아버지를 닮다 못해 보다 한 단계 업그레이드 되어가지고 설랑은 태원이 봐도 멀끔하게 생기고, 능글맞은 건 제 아버지 뺨친다. 게다가 똑똑하기까지 해서 이른 나이에 회사 오너라나? 뚜쟁이 때문에 집 전화통이 불이 난다고 했던가?

태원이 언젠가 한번 농을 걸어봤더니 마치 제 아비처럼 잘 받아넘긴다. 정현과 대화를 할 때면 태원은 젊은 시절로 돌아간 것만 같아 기분이 좋아졌다. 그렇게 아들놈도 친구처럼 똑같이 대한 것뿐이었다. 조금 흥분했다 뿐이지 악의가 있는 건 아니다.

……왜 본인이 화를 안 내는데, 내 딸내미가 화를 내는 거야!

태원은 울먹이는 표정으로 입술을 부루퉁 내밀었다. 배신감에 찬 눈빛으로 차마 지은을 보지는 못하고, 얄밉스럽게 해명도 해주지 않고 서 있는 정현을 쨰려봤다. 오해를 풀어주려는 듯 정현이 손가락 하나를 세우며 입을 벌렸다.

그때 응급실 문을 열고 간호사가 나왔다. 그녀는 가슴 아래에 팔짱을 끼고 무서운 얼굴로 세 사람을 둘러봤다. 그리고 들으라는 듯 무거운 한숨을 크게 내쉬었다. 정현이 곧추세운 손가락을 간호사를 향해 돌리며 단정한 말투로 말했다.

"죄송합니다. 시끄럽게 안 하겠습니다."

간호사가 눈가의 주름을 펴며 태원을 쳐다봤다.

"환자분이 깨어나셨어요."

태원과 지은은 누가 먼저랄 것도 없이 응급실로 달려 들어갔다.

"어머, 내가 또 쓰러졌었나 보네."

화연이 울상인 두 사람을 누운 채로 올려다보며 웃었다. 지은이 화연의 손등에 이마를 비비자 화연은 다른 손으로 딸의 머리를 쓰다듬어주었다. 화연이 지은의 뒤에 서 있는 정현을 발견하고 반가운 빛을 보였다.

"어머, 정현 씨가 여긴 어쩐 일이야?"

정현이 미소를 짓고 고개를 숙여 인사했다. 지은이 화연에게 상황을 설명하는 동안 정현은 느긋하게 팔짱을 끼고 지은을 지켜보았다. 가는 머리칼 한 올이 그녀의 뺨을 간질이고 있었다. 정현의 부드럽게 웃고 있던 입매가 서서히 풀어졌다. 손을 뻗어 그녀의 얼굴을 만지고 싶은 충동이 일었다.

그날, 그는 잠자리에 들 때까지만 해도 지은을 원망하다가 진오를 질투하다가 스스로에게 화를 냈다. 그리고 지은이 선물한 향수를 바르고 진오를 만나러 간 것을 상기하고 또다시 지은을 원망하다가 진오를 질투하다가 그런 자신에게 짜증을 내는 바보짓을 반복했다. 그런 전쟁통 같은 생각 더미 속에서 살아남은 잔상은 우습게도, 향수의 향과 발갛게 달아올랐던 그녀의 귀, 훑고 내려가며 눈에 새겨진 하얗고 부드러운 목선, 그리고 그녀의 살 냄새. 종국엔 원망도 질투도 온데간데없이 사라져 버렸다.

시장에서 화연을 안은 채 울고 있는 지은을 만나는 순간 정현은 깨달았다. 아마 자신은 지은이 무슨 짓을 해도 그녀를 진정으로 미워할 수는 없을 것이다.

마음에 내키지도 않은 친구 배역 따위 그만두고 나니, 어차피 비워져 있는 여주인공의 상대역 자리가 보였다. 거기까지 생각이 미치자 오히려 마음이 편안해졌다. 지금 그녀를 보면서 음흉한 생각을 거둘 수 없다는 게 그 증거다.

아직 긴장이 채 풀리지 않아 조금은 창백한 얼굴. 저 뺨에 입을 맞춘다면 다시 생기가 돌아올까? 볼이 발갛게 달아오를까? 면접 때처럼 그녀를 끌어안고 싶었다. 그녀의 몸이 지금의 그만큼이나, 아니, 이보다 더 뜨거워지게 만들고 싶었다.

기회가 온다면 놓치지 않을 것이다. 손길이 닿은 모든 곳에 입을 맞추고, 찰나의 순간이라도 그녀의 몸에서 떨어지는 일은 없을 거다. 저 여린 목을 끌어당겨 오랫동안 입술을 파묻고 있을 것이다. 그녀는 어떤 목소리로 사랑을 속삭일까.

정현은 고개를 들어 천장을 보았다. 문득 자신이 표정 관리가 되고 있는지 궁금했다. 지금 내 표정이 어떻지? 그녀의 눈에 자신을 비춰 보고 싶었다. 저 눈동자에 담긴 나는 어떤 표정으로 그녀를 안고 있을까? 눈을 감았다.

'맙소사, 대체 무슨 생각을 하는 거야.'

정현은 실소를 흘리며 시선을 내렸다. 뜨끔. 태원이 살기에 가까운 기운을 뿌리며 그를 노려보고 있었다. 알고는 있었지만 감이 빠른 사내다. 태원이 굳은 얼굴로 손가락 두 개를 세우고 두 눈을 찌를 듯한 제스처를 해 보였다. 정현은 웃으며 어깨를 으쓱했다.

술에 취해 기분이 좋아진 태원은 정현에게 종종 자식 자랑을 하곤 했었다. 착하고 영리한 첫째 딸, 속 깊고 믿음직스러운 둘째 딸, 무슨 생각을 하는지 알 수 없는 애늙은이 막내아들. 그러면서 자신의 딸이 결혼하면 꼭 정현에게 청첩장을 보내겠다고 했었다. 정현은 그걸 생각해내고 으스스한 미소를 지었다. 만약 지은의 결혼식에서 그녀를 처음 보았다면 태원과 화연은 물론이고 부모님까지, 자신이 제대로 미쳐 날뛰는 꼴을 볼 수 있었을 것이다.

거미 따위가 목덜미를 슬금슬금 기어가는 기분이 들었다. 정현이 뒷목을 주물렀다.

만약 지은이 이미 결혼을 했다 하더라도 그에겐 장애가 되지 않았을 것이다. 하물며 그깟 젖내 나는 놈 따위가 방해가 될까 보냐.

정현은 진오를 떠올리고 불쾌한 듯 송곳니를 핥았다. 목에서 손을 내리고 앞을 보는데 태원이 여전히 자신을 관찰하고 있는 것이 보였다. 정현이 멋쩍게 웃었다. 다른 사람이었다면 홀딱 넘어갈 만한 미소였지만 태원은 속지 않았다. 태원의 눈이 가늘어졌다. 정현은 진심으로 당황하며 시선을 피했다.

"앗!"

정현을 살피던 태원이 갑자기 소리를 질렀다.

"내가 문을 잠그고 왔던가? 생강물 달인다고 가스레인지를 켜놨었는데…… 껐는지 생각이 안 나!"

"아빠."

지은이 나무라는 표정으로 벌떡 일어섰다. 태원이 발을 동동 구르며 말했다.

"저놈의 섬뜩한 표정을 보고 있으니까 갑자기 생각이 났어! 어쩌지? 어쩌지! 불난 거 아니겠지?"

"옆집에 전화를 해서 확인해보라고 하면 되겠네요."

정현이 조용히 끼어들었다. 태원과 지은, 화연이 동시에 "아아!" 하는 감탄을 내뱉었다. 지은이 태원에게 휴대전화를 건넸다. 초조한 얼굴로 수화기를 귀에 붙이고 있던 태원이 이맛살을 찌푸리며 말했다.

"전화를 안 받네."

"내일 잔치 때문에 모두 회관에 모인다고 하지 않았어요?"

화연은 일어날 것처럼 상체를 들었다가 기운이 쑥 빠진 얼굴로 다시 베개에 머리를 묻었다. 태원이 "맞다. 그렇지." 하며 휴대전화를 끊었다. 지은이 말했다.

"그럼, 제가 얼른 가볼게요. 아빠는 엄마랑 천천히 오세요."

지은은 정현을 한 번 쳐다본 뒤 휴대전화를 받아 들고 병실을 나갈 채비를 했다. 정현도 팔짱을 풀고 태원과 화연을 향해 고개를 숙였다.

"저도 이만 가보겠습니다. 화연 씨, 큰일이 아니라서 다행이에요."

"정현 씨한테 고맙다는 인사도 제대로 못 했네. 다음에 집에 들러요. 식혜 해놓을게."

"꼭 들러야겠네요."

지은을 따라 정현이 몸을 돌리자 어느새 다가온 태원이 그의 어깨를 잡아 세웠다. 태원은 정현의 속을 가늠하려는 듯 갈색 눈동자를 빤히 들여다보았다.

"넌 잠시 여기 있어. 지은아, 뭐해? 어서 가봐라."

태원은 지은을 향해 나가라는 듯 손을 흔들었다. 지은은 불편한 표정으로 우물쭈물하다가 응급실을 나갔다. 태원이 정현의 얼굴에 얼굴을 바싹 들이밀었다. 정현이 달갑지 않은 표정을 하며 고개를 뒤로 젖혔다. 음악가답지 않게 농사꾼만큼이나 억센 손이 그의 어깨를 단단히 붙잡고 있었다. 태원이 음험한 목소리로 말했다.

"언감생심……."

짧은 말이었다. 하지만 무슨 뜻인지는 알 수 있었다.

"아무리 잘나서 편히 살아왔다지만 세상일이 다 네 맘 먹은 대로 되는 건 아니지."

어른스러운 충고조의 말투를 하려고 애썼지만 듣는 사람에겐 협박으로 들렸다. 조금은 흔들리는 모습을 보일 거라 생각한 정현이 눈만 살짝 내려뜨고 묘한 미소를 떠올리자 태원은 발끈했다. 마음에 안 들어, 아주 제 아비를 꼭 닮아가지고는!

정현이 한 번 헛기침을 하고 조용히 말했다.

"저기, 아저씨. 저도 바쁜 사람이라 이만 가봐야겠습니다."

"놀러 온 놈이 바쁘긴 뭐가 바빠?"

"수녀님들한테서 부탁받은 일도 있고요."

"나랑 여기서 더 놀다 가."

"아니요, 응급실은 영 싫어서."

"아."

응급실은 싫다는 말에 태원이 으르렁대던 표정을 풀고 어깨를 놓아주었다. 정현이 웃는 낯으로 말했다.

"언제 한번 따님 회사에 구경 오세요. 제가 뭘 하는지 보여드리겠습니다."

뭘 하는지 보여주겠다……?

태원의 눈에서 불똥이 튀었다. 정현의 말을 전혀 뜻밖의 의미로 해석한 태원이 그의 목을 조를 듯 손을 뻗었다. 화연이 엄한 목소리로 태원을 불렀다. 태원은 언제 그랬냐는 듯 순한 얼굴이 되어 그녀를 돌아봤다. 정현은 그 순간을 놓치지 않고 응급실을 빠져나왔다. 뒤에서 태원이 짖는 소리가 들려왔지만 걸음을 멈출 생각은 없었다.

선득한 느낌에 정현은 뒷목을 쓸어내리며 안도의 한숨을 쉬었다.

지은을 쫓아가려고 걸음을 빨리했다. 병원 문을 열고 나오자 지은이 그를 기다리고 있는 것이 보였다. 발끝을 바닥에 톡톡 두드리고 있던 지은이 정현을 발견하고 환하게 웃었다. 정현은 그만 마음이 다 녹아내리는 것만 같아 그냥 그 자리에 주저앉고 싶었다. 간신히 입꼬리를 들어올려 무너지려는 몸을 잡아 일으켰다.

지은이 다가왔다. 바람이 불었다. 머리칼 몇 가닥이 그녀의 뺨을 간질였다. 정현은 거침없이 손을 뻗어 그녀의 머리칼을 귀 뒤로 넘겨주었다. 지은은 얼굴을 붉혔지만 웬일인지 그대로 있었다. 발그레한 미소를 짓고 그녀가 말했다.

"어서 가요, 집이 다 타버리기 전에."

마침 정문 앞에 택시가 와 섰다. 지은이 잰걸음으로 달려갔다. 택시 문을 열고 그녀가 빨리 오라며 손짓을 했다. 정현은 병원 쪽을 돌아보며 회심의 미소를 지었다.

'어쩌나요, 아저씨. 정말 세상일은 맘먹은 대로 되는 게 아니네요.'

"저도 서명훈 아저씨 알아요. 아빠가 통화하는 걸 들은 적도 있는걸요. 우와…… 정말 신기하다. 세상 참 좁아요, 그쵸?"

내가 할 말이야. 정현은 안타까움과 아쉬움이 뒤섞인 마음이 되어, 남의 속도 모르고 발랄하기만 한 아가씨를 내려다봤다. 이토록 가까이 있는 사람을 그토록 오랫동안 찾아 헤맸다. 그녀의 어린 시절을 온통 자신으로 채울 수도 있었는데, 그런 기회를 날려버렸다는 사실이 아쉬워 미칠 것만 같았다. 그랬음 지금쯤은 그녀를 얼마든지…….

정현은 잠시 멈춰 서서 속으로 자신에게 욕설을 퍼부었다.

그가 갑자기 걸음을 멈추고 이마를 짚고 있자, 지은이 놀라서 되돌아왔다.

"왜요? 어디가 안 좋아요?"

"아니. ……네 모습을 보고 있자니 현기증이 나서."

정현이 진지한 얼굴로 말했다. 지은은 미간을 살짝 찌푸렸다가 무뚝뚝하게 말했다.

"되도 안 한 소리. 어서 빨리 걷기나 해요."

그녀는 홱 몸을 돌려 걸어가버렸다. 몸을 돌린 지은의 얼굴이 점점 붉어졌다. "그러고 보니 오늘 햇빛이 좀 있네. 몸이 약한 사람은 쓰러질 수도 있겠어."라 중얼거리며 손부채질을 했다. 정현이 뒷짐을 지고 걸어와 나란히 섰다. 지은이 약간 풀이 죽은 목소리로 말했다.

"저기…… 아까 아빠가 사장님한테 그런 식으로 군 거, 제가 대신 사과할게요. 죄송해요."

"아니야. 아까 말하려다 말았는데, 아저씨는 보통 때에도 날 그런 식으로 대하셔. 우리 아버지한테 그러듯이 친구처럼 대하는 거니까, 기분 안 나빠. 말이 나왔으니 말인데, 사실 아저씨랑 우리 아버지는 단순 친구라기보다 앙숙에 가깝지."

"앙숙이요?"

정현은 고개를 끄덕이고는, 뒷짐 진 손에서 한 손을 빼내 지나는 길에 서 있는 나무로 팔을 뻗었다. 벌써 새빨갛게 단풍이 든 잎을 하나 잡아 뜯었다.

"정확히 얘기하자면 사랑하는 여자를 사이에 두고 싸운 사이?"

지은의 눈이 휘둥그레졌다.

"연적!"

"그래, 연적."

"맙소사. 그런 얘기는 전혀 못 들었어요."

"흠, 우리 부모님은 자식들한테 자기들 연애 이야기 하는 게 취민데."

"저희 부모님은 그런 얘기 안 하세요. 그럼…… 사이에 두고 싸웠다는 그 여자는 누군가요? 혹시…… 사장님 어머니?"

"아니."

"그럼…… 우리 엄마?"

"아니, 화연 씨도 아니야."

지은은 눈을 깜박였다. 정현은 손가락 사이로 잎줄기를 뱅글뱅글 돌려가며, 자신만을 향해 있는 그녀의 시선에 흠뻑 취해 있었다. 지은이 다시 정면을 쳐다보며 말했다.

"그 말은, 둘 다 닭 쫓던 개 신세라는 거?"

"그런 셈이지."

정현이 재밌다는 듯 낮게 웃었다. 지은은 그의 웃고 있는 얼굴을 슬쩍 쳐다봤다. 그렇게 헤어져놓고, 이렇게 만나 아무 일 없었다는 듯이 서로 부모님 연애 이야기를 하고 있다는 게 믿기지가 않았다. 그의 손안에서 뱅글뱅글 돌아가는 단풍을 눈으로 쫓았다.

"왜 우리 엄마를 화연 씨라고 불러요?"

"원래 아줌마라고 불렀는데 화연 씨가 화연 씨라고 부르라고 해서……. 왜, 너도 지은 씨라고 불러줘?"

"아, 좋아요! 저도 좀 그런 식으로 불러줘요."

뜻밖에도 지은이 반색하며 대꾸하자 정현은 놀란 표정을 지었다. 그가 놀란 표정을 짓는 건 드문 일이라 묘한 감명을 받은 지은이 더욱 흥분하여 말했다.

"회사에선 어차피 그렇게 부를 거잖아요. 저도 사회인으로 대우해주세요."

정현의 표정에서 금세 놀란 기색이 사라졌다. 지은은 아쉬운 마음에 입맛을 다셨다. 정현이 다시 걸음을 옮기며 말했다.

"좋아. 그럼 지은 씨라고 불러줄 테니까 너도 정현 씨라고 불러."

"좋아요, 밖에선 정현 씨라고 부를게요."

정현이 또 한 번 놀란 표정을 지으며 그녀를 쳐다봤다. 지은은 이제 그의 놀란 표정을 즐기며 말간 눈동자를 빛냈다.

"왜 놀란 얼굴이세요?"

"앞으로 세 번 정도는 더 거절할 줄 알았거든."

지은은 왠지 승리감에 도취되어 주먹으로 입술을 누르며 낮게 웃음을 흘렸다. 그러다 번뜩 생각난 것이 있어 얼굴을 굳히고 따지듯 물었다.

"왜 전화 안 받았어요?"

"전화? 휴대전화?"

"네. 오늘 아침부터 몇 통이나 했어요."

"그게 말이야, 동생 녀석이 몰래 가지고 나갔다가 개울물에 빠뜨려서……."

"참 진부한 변명이네요."

"자주 일어날 수 있는 일이니까 진부하지."

정현은 지은이 자신의 말을 믿어주지 않는 것이 마음이 상한 듯 눈을 흘겼다. 지은은 조금도 수그러드는 기색 없이 코웃음을 치고 그를 훨씬 앞질러 가기 위해 걸음을 빨리했다. 그래봤자 금세 따라잡혔다.

그의 말이 사실이라면 아직 음성 사서함을 확인 못했겠군. 빨리 집에 가서 녹음한 것을 지우는 방법을 찾아봐야지. 동생이 개울물에 빠뜨렸 다라…….

"동생이라면 친동생?"

"아니, 그냥 동생."

"그냥 동생……. 남자요, 여자요?"

정현의 입꼬리가 슬슬 올라가는 듯하더니 그가 말했다.

"그 질문의 속뜻은 뭐야? 연인 사이에 일반적으로 받아들일 수 있는 그 의미로 이해하면 되는 건가?"

지은이 몸을 들썩일 정도로 화들짝 놀라며 그를 돌아봤다.

"무슨 소리예요? 그냥 말 그대로예요. 왜 자꾸 저를 놀리는 거예요? 제 반응이 재밌어요? ……그전에 저도 할 말 있네요. 왜 저번에 그런 식 으로 가버리셨어요? 아니라고 하지 마세요, 분명 화난 거였어요. 매일 문자랑 메일 보내던 것도 안 보내고……."

위기를 감지한 정현의 눈이 다시 단단히 휘장을 쳤다. 그의 입가에 알 듯 말 듯한 미소가 떠올랐지만 그게 감정을 드러내는 건지는 알 수 없었 다. 그가 말했다.

"네가 먼저 하겠다는 생각은 안 해봤어?"

지은은 얼른 손을 들어 목 아래를 눌렀다. 또 한 번 서늘한 바람이 심 장을 훑고 지나갔다. 이번에도 상처가 난 듯 가슴이 우둔거렸다. 하지만 며칠 동안 머릿속을 떠다니던 질문을 하지 않을 수 없었다. 그녀는 자신 이 할 수 있는 가장 태연한 목소리를 짜내 물었다.

"혹시 저 좋아하세요?"

회심의 일격에도 정현의 눈이 흔들리는 일은 없었다. 지은은 문득 이 사람이 무너지는 순간이 있을까 궁금했다. 그리고 그 순간엔 반드시 자신이 앞에 있고 싶다는 생각을 했다. 그때 머릿속에서 자신의 것 같지 않은 목소리가 들려왔다.

이 사람을 무너뜨리는 건 나여야 해

의식하는 것보다 빠르게 스쳐 지나간 목소리가 조금은 섬뜩해 지은은 두려움을 느꼈다. 정현이 동요하지 않고 그녀를 빤히 쳐다보았다. 오히려 고개를 돌린 쪽은 자신의 그런 마음을 들킬까 무서운 지은이었다.

정현이 말했다.

"그전에 네가 대답해야 할 것이 있어."

지은은 강렬한 시선을 피해 고개를 숙였다. 정현이 천천히 양손을 뻗어 그녀의 얼굴을 감싸 쥐었다. 지은의 눈이 화등잔만 하게 커졌다. 머릿속에서 폭탄이 터진 듯 일순 안개가 걷히고, 밝아진 시야엔 정현만이 들어왔다.

"내가 널 좋아할지도 모른다는 생각을 언제부터 한 거야?"

얼굴을 감싸는 부드러운 손길과 달리 질문을 던지는 목소리는 엄했다.

지은은 그의 표정이 조금 이상하다고 생각했다. 수심에 찬 듯, 조금은 간절함을 담고, 긴장을 하고 있는 걸까. 지은은 뜻밖의 질문에 재빨리 대답하지 못하고 그의 눈동자를 가만히 들여다보았다. 그에게 빨려 들어갈 것 같은 느낌에 본능적으로 그의 가슴을 밀었다. 하지만 그에게 손이 닿자 온몸의 힘이 쭉 빠지면서 세게 밀쳐낼 수가 없었다. 마치 앙탈이라도 부리는 것 같은 자신의 모습에 지은은 헛웃음이 나왔다. 간신히 미소를 지으며 말했다.

"제가 먼저 물었어요."

목소리가 떨렸다.

"네 대답을 들어야 대답할 수 있어. 순서가 그래."

억울하게도 그의 목소리는 조금도 떨리지 않았다.

"처…… 처음 만났을 때부터요."

"처음? 면접날?"

"네. 친구 사이라고 했지만, 왠지 단순한 친구 사이는 아닐 것 같았어요. 그쪽이 그렇다고 하니까 믿는 척했지만 지금 생각해보니 알면서도 모른 척했던 거예요. 예, 처음부터 그렇게 생각했어요. ……그, 그렇게 쳐다보지 마요. 착각일 수도 있다고 생각하니까! 착각할 수 있잖아요, 그렇게 잘해주면. 웃어도 좋아요. 하지만 제가 없는 데서 웃으세요!"

정현은 웃지 않았다. 지은은 이번에야말로 힘껏 그의 손을 뿌리치며 그에게서 떨어졌다. 정현이 손을 거두며 생각에 잠긴 듯 눈을 내려뜨고 턱을 매만졌다.

"흐음, 그렇다면 내가 널 좋아할지도 모른다고 짐작하고 있으면서, 그 밤중에 날 따라 서점까지 왔다는 거군. ……간땡이가 부었어, 지은 씨?"

그가 금세 심각한 표정을 바꿔 짓궂게 웃으며 말했다. 지은이 분한 듯 주먹을 휘두르며 말했다.

"이번엔 그쪽이 대답할 차례예요!"

"아니, 아직 한 가지 질문이 더 남았어. 그렇다면, 자기를 좋아한다고 생각되는 사람이 선물로 준 향수를 바르고 짝사랑하는 남자를 만나러 간 그 심보는 뭐야? 지은 씨 그렇게 잔인한 사람이야?"

지은은 의외의 어퍼컷에 놀라 한 발자국 뒤로 물러섰다.

"아니에요! 그건 오해예요! 그러니까 그게……."

뭐라고 얘기하지? 정말 '진오에 대한 짝사랑을 접기로 했다, 그래서 흔들리지 않기 위해 향수를 발랐다, 당신이 선물한 향수를 바르면 당신과 있을 때처럼 다른 한지은이 될 수 있을 것 같아서.'란 말을 해야 되는 거야?

지은은 발을 단단히 땅에 붙이고 섰다. 그에게도 스스로에게도 강한 확신을 주기 위해 명확한 말투로 말했다.

"진오 선배를 좋아한 건 오래됐어요. 좋아한다기보다 동경한 거에 가깝지만. 사장님은 진오 선배가 선이 분명한 사람이 아니라고 했지만, 희미한 선이긴 해도 제겐 선배가 그어놓은 선이 보여요. 이제 그런 짝사랑은 싫어요. 그래서 마음을 접으려고요. 우쭐해하지 마세요. 사장님한테서 한소리 들었다고 그런 결심을 하게 된 게 아니니까. 사실 생각은 오래전부터 했었어요. ……무작정 선배를 피할 수는 없고, 그래서 기분 전환 겸, 향수를 발랐던 거예요. 유혹하려고 바른 게 아니란 말이에요."

그렇게 말하고 지은은 그의 가슴께로 향해 있던 시선을 들어 정현을 흘깃 올려다봤다. 정현은 눈을 내려뜨고 있었다. 어디를 쳐다보고 있는 거지? 오늘 머리 모양이 어땠더라? 으헛, 촌스러운 땋은 머리, 5대 5 가르마! 지은은 반사적으로 손을 들어 머리를 감쌌다. 정현이 작게 한숨을 내쉬는 소리가 들렸다. 그가 가슴이 떨릴 만큼 감미로운 목소리로 나직하게 말했다.

"이렇게 오랫동안 있자니……."

있자니?

"아저씨 집이 홀라당 타겠다는 생각이 든다."

지은이 왈칵 문을 열어젖히고 집 안으로 들어섰다. 부엌으로 달려가 가스 밸브를 잠그고 가스레인지 불을 껐다. 주전자에서 물이 넘쳐 불이 꺼진 상태였다. 창문을 모두 활짝 열었다. 보이는 문이란 문은 죄다 열어놓았다. 돌아보니 정현은 마당 안으로 들어오지도 않고 문밖에 서서 하늘을 올려다보고 있었다. 그가 조용한 목소리로 말했다.

"네게 거짓말을 했어."

"네?"

달려온 터라 숨이 턱까지 차오른 지은이 냉장고에서 보리차 통을 꺼내 컵에 물을 따르며 대꾸했다.

"무슨 거짓말이요?"

"우리 전생에 대한 거 말이야."

지은이 그럴 줄 알았다는 듯 손가락을 튕기며 말했다.

"역시 주종 관계가 아니었죠? 내가 하인이라니 무슨……."

"아니, 그건 맞아."

"빌어먹을……."

"지금 욕한 거야?"

"잘못 들으셨어요."

지은은 시치미를 떼며 보리차를 시원스럽게 마셨다. 정현이 마당을 가로질러오며 말했다.

"거짓말을 했다기보다 어떤 사실을 숨긴 거지."

여전히 물 컵에서 입술을 떼지 않고 지은은 눈만 들어 다가온 그를 보았다.

"네 짐작대로, 우리는 친구 사이기도 했지만 사실은 그렇고 그런……."

푸웃!

지은은 정현의 얼굴에 보리차를 뿜어내고 콜록거렸다. 목을 부여잡고 한참을 기침하다가 괴로운 표정으로 정현을 올려다보았다. 진지한 말을 하는 와중에 습격을 당한 정현은 굳이 황당함을 감추지 않았다. 그는 공중에서 빛을 받아 유리 파편처럼 반짝이는 물방울들을 보며 잠깐 말을 잃었다.

잠시 뒤 그는 셔츠 옷자락을 들어 얼굴을 닦았다. 지은이 손을 내저으며 기침 섞인 목소리로 말했다.

"죄, 죄송해요. 그 말에 놀라서 그런 게 아니라, 마침 딱 그 순간에 사레가 들려서……."

"우리는 연인 사이였어."

정현이 다가와 지은의 팔을 붙잡았다. 그는 손수건을 꺼내 지은의 입가와 목을 닦아주었다. 지은은 그냥 그가 하는 대로 가만히 내버려두었다. 정현은 애정이 넘치다 못해 괴로워 죽을 것 같은 심정으로 말했다.

"너를 좋아하냐고? ……감히, 그런 말을 하기 힘들 정도로……."

지은이 믿기 힘들다는 듯 눈을 크게 떴다. 그가 무너지려 하고 있었다.

"그 정도로 너를 좋아해."

Part 3.

꿈

뭐가 괜찮다는 걸까.

"괜찮아, 라야."

저 정도로 피를 흘려도 살아 있을 수 있는 걸까. 그 정도로 상태가 좋지 않은 어머니가 괜찮다고 몇 번이나 말했다. 자신의 고통이 진짜 참을 만하다는 걸까, 아니면 그저 넋이 나간 딸을 다독이려는 것일까, 더 이상 그들이 쫓아오지 않으니 안심하라는 말을 하고 싶은 것일까.

그녀는 문득 어머니의 상태가 자신이 기억하고 있는 것보다 더 심각하다는 걸 알고 이것이 실제가 아니라 꿈이라는 것을 알았다. 어머니의 복부 자상에서 흐른 피가 옷을 흥건히 적시고 있었다. 그것 또한 기억보다 훨씬 선명하고 과장되어 있었다.

그녀는, 정신을 못 차리고 부들부들 떨고만 있는 꿈속의 자신에게, 어린 자신에게 제발 멍청히 그러고 있지 말고 어머니를 더 꼭 안아주라고 말하고 싶었다. 하지만 목소리는 닿지 않았다.

동굴 밖으로 번개가 쳤다. 어린 그녀가 몸을 들썩였다. 곧이어 대지를 뒤흔드는 천둥이 들려왔다. 그녀는 어머니 곁으로 기듯이 다가가 안겼다. 어머니는 품속으로 파고드는 어린 딸을 껴안고 이마와 머리를 어루만져주었다. 이생의 마지막 손길인 것처럼 몹시 정성스럽고 소중한 움직임이었다.

"라야, 저런 건 무서운 게 아니야. 번개나 천둥 같은 건 전혀 무서운 게 아니야."

그 말의 의미를 꿈을 꾸고 있는 지금은 알 수 있었다.

어머니의 입가로 울컥 피가 고였다. 피가 흐르지 않도록 입을 꽉 다물었지만 턱을 타고 한 줄기가 흘러내렸다. 딸의 손등 위로 핏방울이 뚝 하고 떨어졌다. 그녀가 놀란 표정으로 고개를 들어 어머니를 보았다. 딸의 얼굴이 죽어가는 어머니의 얼굴보다 더 창백해졌다. 그녀가 눈물을 쏟으며 어머니에게 뭐라 뭐라 말했다. 하지만 꿈을 꾸고 있는 그녀의 귀에 그 말은 들려오지 않았다. 어머니의 목소리만이 들렸다.

"라야, 날 봐."

어머니는 갑자기 결심한 듯 딸의 양 팔뚝을 단단히 붙들었다. 굉장한 힘이었다.

"약속해, 라야!"

다친 사람이 맞기는 한 걸까. 일부러 딸을 놀라게 하려고 장난을 치는 게 아닐까. 아버지가 종종 그랬던 것처럼.

"반드시 행복해지겠다고 약속해!"

가여웠다. 어머니, 그녀도 부모 없이 외로이 젊은 시절을 보냈다. 그래서 자신의 딸이 겪게 될 힘겨운 일들을 쉽게 짐작할 수 있었다. 부모도 없고 가족도 하나 없는 소녀가 혼자 살아가기에 세상은 녹록지 않다. 험한 경험을 하게 될 딸이 안쓰러워, 그 괴로움이 염려되어 도저히 눈을 감을 수가 없었다. 행여나 눈을 깜박이면 그대로 목숨이 끊어질까 무서워 그녀는 눈 한 번 깜박이지 않고 딸을 무섭게 응시했다. 죽음이 목덜미를 부여잡고 있었지만 쉽게 끌려갈 수 없어 어머니는 그렇게 이생과 연결된 모래알 같은 작은 면적의 땅덩이를 가까스로 붙잡고 있었다.

"약속해, 어서!"

미안했다. 너무 미안해서 딸을 붙잡고 다짐을 받고 또 받았다.

"어서, 라야! 아무리 힘들어도 결국엔 행복해지겠다고 약속해! 절대 불행한 상태에서 멈춰 있지 않겠다고!"

죽어가는 사람이라고 믿기지 않을 만큼 크고 힘 있는 목소리였다.

"누가 널 절망하게 만들어도 반드시 이겨내 행복해지겠다고 약속해, 어서!"

그녀는 무슨 말인지 완전히 이해하지 못하고 고개를 빠르게 끄덕일 뿐이었다. 눈물이 튀었다. 줄줄 흘러내린 눈물이 자신의 몸을 붙잡고 애원하듯 매달리는 어머니의 손에 떨어졌다.

그제야 어머니는 안심하고 웃었다. 비가 내려서 그런가, 어머니의 미소는 젖어 있었다. 죽어가는 이의 마지막 소원이라면 들어주겠지. 아무리 어린 딸이라도 어머니의 유언이라면 목숨을 걸고 지켜내려 할 것이다. 어머니는 다시 한 번 더 딸을 온 힘을 다해 그러안았다.

어머니의 손에서 생명의 힘이 점점 사라져가는 걸 느낄 수 있었다. 움켜잡아도 결국엔 손가락 사이로 흘러 빠져나가는 모래처럼 어머니의 생명을 이루고 있는 무엇인가가 어머니의 몸에서 사라져가고 있었다.

그녀는 어머니에게 안긴 채로 어머니의 가슴에 얼굴을 묻고 오래도록 고개를 들지 않았다. 도저히 어머니의 상태를 확인할 수가 없었다. 우는 동안은 어머니가 자신을 떠나지 않을 거란 생각에, 눈물이 완전히 말라버려 아무리 짜내도 더 이상 나오지 않을 때까지 울었다. 눈물이 나오지 않으면 목소리를 높여 울음을 그치지 않았다. 동굴 밖으로 큰 번개가 쳤다. 천둥이 뒤를 이었다.

어머니 말대로였다. 그런 건 하나도 무서운 게 아니었다.

12

"진수성찬이네."

지은이 부스스한 머리로 밥상 앞에 책상다리를 하고 앉으며 말했다. 태원이 반찬을 나를 동안 화연은 수저를 챙겼다. 지은은 젓가락을 들고 "잘 먹겠습니다."라고 말한 뒤, 태원이 앉기도 전에 밥을 먹기 시작했다. 그녀의 눈이 조금 부어 있다는 생각이 들어 자리에 앉던 태원이 고개를 갸웃하며 물었다.

"눈은 또 왜 그래? 울었어?"

화연도 지은을 보았다. 지은이 입안 가득 밥을 물고 '응?' 하는 눈으로 엄마와 아빠를 쳐다보았다. 밥을 씹으면서 거울로 가 얼굴을 보았다. 그러네. 마치 운 것처럼 눈이 부어 있었다. 지은이 손등으로 눈을 비비며 다시 밥상 앞에 와 앉았다.

"꿈을 꿔서 그런가?"

"무슨 꿈? 꿈도 잘 안 꾸는 애가."

화연이 지은의 밥 위에 반찬을 올려주며 대꾸했다. 지은은 밥숟갈을 평소보다 많이 떠 입에 넣으며 웅얼거리는 투로 말했다.

"무슨 꿈인지는 잘 모르겠고…… 일어나니까 베개가 축축했어."

"집엔 언제 갈 생각이야?"

화연이 생선살을 발라내며 물었다. 지은이 발라낸 생선살을 냉큼 집어 먹으며 대답했다.

"글쎄, 오늘? 내일쯤?"

"하룻밤 더 자고 가지? 오늘 저녁에 마을 잔치가 있거든."

"보통 추수가 끝나야 잔치 같은 거 하는 거 아냐?"

"그런데 그렇게 됐어. 서울로 이사를 가는 집이 있는데 그 집 애가 워낙 이번 잔치를 기다려와서 말이야. 환송회 겸 이번엔 좀 당겨서 하기로 했지."

"마을 사람들이 착한가 부네."

화연이 행복한 미소를 지으며 고개를 끄덕였다. 그녀의 미소에서 이웃들이 얼마나 좋은 사람들인지, 화연이 얼마나 이곳 생활을 마음에 들어 하는지 알 수 있었다. 지은은 기쁘면서도 조금 쓸쓸해졌다. 화연이 물 컵에 보리차를 따르며 말했다.

"맞다. 식혜 해놓기로 했는데."

태원이 고봉밥에 숟가락을 꽂으며 말했다.

"정현이 놈 주려고 하는 거라면 할 필요 없어."

"왜 그래요, 정말. 당신도 사실은 엄청 고마워하면서."

태원이 입을 삐죽거렸다. 화연이 지은의 밥그릇 옆에 물 컵을 놓아주며 말했다.

"그러고 보니 마을 잔치도 정현 씨가 많이 도와주고 있네."

쿨럭. 지은은 사레가 들려 가볍게 기침을 했다. 화연이 등을 쓸어내려 주었다. 지은이 괜찮다는 듯 손을 내저었다. 표정 관리가 힘들어 물을 마시는 척하며 컵으로 입술을 가렸다.

「우리는 연인 사이였어.」

얼굴에 열이 올라 따귀를 때리듯 살짝 볼을 쳤다.

「너를 좋아하냐고? ……감히, 그런 말을 하기 힘들 정도로…….」

'아, 미치겠네.'

어제 그렇게 난데없는 고백이 있은 직후, 태원의 연락을 받은 옆집 아이가 대문을 왈칵 열어젖히고 집으로 뛰어들어 왔다. 불이 나지 않은 걸 확인한 아이는 예전에 정현이 가져다준 게임의 다음 스테이지를 도저히 깰 수 없다고 하면서 당장 자기 집에 가자고 그를 졸라댔다. 그러자 정현은 아무 일 없었다는 듯이 평소의 그 살랑살랑 흔드는 손 인사를 하고는 아이를 따라 훌쩍 가버렸다. 그게 끝이었다.

「그 정도로 너를 좋아해.」

지은은 그의 목소리를 떠올리고 믿기 힘들 정도로 기쁜 마음이 되었다가 다시 시무룩해졌다. 여기서 '너'는 한지은을 이야기하는 걸까, 전생의 그녀를 이야기하는 걸까. 그는 이렇게 대답하겠지? '그런 말이 어딨어? 네가 그녀야. 한지은이 라야 윈터스야.'

라야의 기억을 가지고 있다면 납득할 수 있었을까? 그의 고백에 온전히 기뻐할 수 있었을까? 지은은 라야에 관한 기억 한 자락 가지고 있지 않았다. 그녀에게 라야는 생판 모르는 남과 다를 바 없었다.

「너를 좋아해.」

"하아……."

이건 꼭, 호감을 가지고 있는 사람이 다른 이에게 할 고백을 연습 삼아 들어주고 충격을 받은 모양새가 아닌가.

"무슨 걱정 있니?"

지은이 갑자기 어두운 얼굴이 되어 한숨을 쉬자, 화연이 물었다.

"아니……. 정현 씨가 뭐 어쨌다고?"

"매년 동네 초등학교에서 잔치를 열거든. 동네 사람들도 다 모이고, 정현 씨가 후원하는 천사의 집 사람들도 모두 불러서. 나도 조금 있다 음식 만드는 거 도와주러 가야 해. 저녁때 너도 와."

"천사의 집?"

"저기 산 밑에 수녀님들이 하시는 고아원이랑 요양원이 있어. 나도 산책하러 자주 가. 건물이 엄청 예쁘거든. 정원도 예쁘고, 옆에 작은 미술관도 있고. 그것도 전부 정현 씨가 지어준 거야. 원래는 몇 년 전에 문을 닫으려고 했는데, 마을 사람들이 십시일반해서 문 닫는 것까지는 막았지. 그리고 몇 년 전부터는 정현 씨가 도와주면서 건물도 새로 짓고, 마을에 도서관도 들어서고……."

화연은 마치 자기 자식의 기특한 일을 남에게 자랑하듯 말하고 있었다. 지은의 웃고 있는 얼굴이 점점 굳어갔다. 화연이 드물게 환한 미소를 머금고 정현에 대한 칭찬을 하는 동안 그를 향한 지은의 복잡다단한 감정은 어느덧 성공한 또래에 대한 질투로 화했다. 화연은 그 속도 모르고 뿌듯한 얼굴로 손을 마주치며 말했다.

"정말 기특하지 않아? 그렇게 잘 자라기도 힘들 텐데. 안 그래요, 태원 씨?"

지은은 태원도 자신과 같은 마음일 거라 확신했다. 제발 나와 같은 심정이라고 말해줘, 아빠! 하지만 태원은 그것만은 동의한다는 듯 피식 웃으며 아무 말 없이 밥을 먹었다. 지은의 마음에 질투의 그림자가 커다랗게 날개를 펼쳤다.

이른 낙엽 하나가 하얀 스케치북 위로 떨어졌다.

하얀 손이 낙엽을 들었다. 그것을 잠시 공중에서 뱅글뱅글 돌려보다가 이내 부는 바람결에 실어 보냈다. 낙엽은 속절없이 날아가 개울물을 타고 아이들이 놀고 있는 곳까지 내려갔다. 동네 아이들이 모여 꺅꺅 비명을 질러대며 놀고 있었다.

그 소리에 지은은 잠시 고개를 들었다가 다시 시선을 내려 크레파스통에서 빨강색을 찾았다. 그녀는 개울이 내려다보이는 큰 바위 둔덕에 앉아 크레파스로 그림을 그리고 있었다. 태원과 화연이 잔치 준비를 도우러 집을 나간 후, 지은은 태원의 작업실에서 스케치북과 크레파스를 찾았다.

사실 지은은 정현을 기다렸다. 어제 그렇게 갔으니 늦어도 점심 무렵쯤 오지 않을까 싶었다. 하지만 점심 식사를 하고 나서도 그는 나타나지 않았다. 지은은 그가 어디서 머무는지도 몰랐다. 혹시나 싶어 스케치북을 챙겨 밖으로 나왔다.

알록달록. 울긋불긋. 지금 눈앞에 보이는 풍경처럼 스케치북도 온갖 색으로 가득 찼다. 지은의 전공 교수가 봤으면 비명을 질렀을 만큼 유치하고 야단스러운 색 배합이었다. 지은은 킥킥 소리 내어 웃었다. "다 됐다!" 혼잣말을 하며 눈앞에 스케치북을 들었다.

스케치북 위로 길게 그림자가 드리웠다.

"우와."

지은은 가만히 있었다. 금세 고개를 돌렸다가는 반가운 표정이 드러날 것 같았다.

정현이 말했다.

"정말이지…… 내가 그려도 그것보다는 잘 그리겠군."

"그럼 직접 그려보시든가요."

지은은 돌아보지 않은 채 뒤쪽으로 스케치북을 건넸다. 그의 손이 스케치북에 닿는 그 감각만으로도 지은은 표정 관리가 제대로 되지 않았다. 발을 까닥까닥하며 개울가로 시선을 던졌다.

"잔치 준비하는 데 안 가봐도 돼요? 아, 후원자는 몸으로 하는 노동은 안 하나?"

정현이 고개를 비스듬히 기울이고 그림을 보다가, 힐끔 그녀를 내려다보았다.

"뭐지, 그 가시 돋친 말투는?"

"……미안해요. 못나서 그래요. 옹졸하고 불평만 많아서 그래요. 질투해서 미안해요. 정말이에요. 빈정대서 미안해요."

진심이었다. 처음엔 빈정대려고 한 말이었지만, 두 번째는 자신이 잠시나마 그를 질투한 게 못나서 한 말이었다. 지은은 고개를 젖히고 반쯤 감은 눈으로 그를 올려다봤다. 산자락 너머로 넘어가는 해가 아주 눈부셨다.

그녀를 조용한 시선으로 주시하던 정현이 들고 있던 책을 건넸다.

지은의 작은 손이 쉽게 잡기 힘들 만큼 두꺼운 책이었다.

지은이 꺼림칙한 표정으로 책을 받아 들었다. 또 숙제는 아니겠지? 찬찬히 책장을 넘기는 지은의 얼굴에 놀라움이 번졌다. 저번 서점에서 샀던 미술사 책의 후속편 격인 책이었다. 비싸서 감히 살 엄두를 못 냈다가 그날 상권을 사고, 하권은 국내엔 아예 출간이 되지 않아 예전 대학 도서관에서 한 번 본 걸로 아쉬움을 달래야 했다. 그 하권이 지금 지은의 손에 있었다.

'내가 언제 이걸 가지고 싶다고 얘기한 적이 있었던가? ……독심술?'

"독심술 같은 거 없어."

"제발 그러지 좀 마요. 난 스릴러물도 잘 못 본단 말이에요."

정현이 키득거리며 웃었다. 그가 갑자기 표정을 확 바꾸어 개울 쪽을 향해 소리쳤다.

"양진성, 그런 장난 치지 말랬지!"

돌이 많은 개울가에서 여자아이에게 위험한 장난을 걸던 남자아이가 깜짝 놀라 행동을 멈추었다. 모두가 정현을 발견하고 손을 흔들었다. 꾸지람을 들은 진성이란 꼬마도 두 손을 흔들며 팔짝팔짝 뛰었다. 지은은 소년의 모습이 까만 콩 같다는 생각을 했다. 주인에게 꼬리를 흔드는 강아지 같기도 하고.

정현이 한숨 섞인 웃음을 지었다. 지은은 책을 가슴에 꼭 품고, 옆에 앉으라는 듯 돌바닥을 손으로 탁탁 두드렸다. 정현이 스케치북을 덮으며, 내리뜬 눈으로 그녀를 보았다.

방금 전까진 표정 관리에만 신경을 쓰느라 본 체 만 체 하더니, 고작 저런 선물 하나에 천진하게 웃는다. 이 여자를 어떻게 거절할 수 있을까.

정현이 미소를 지으며 그 옆에 앉았다. 지은이 책을 들어 보이며 물었다.

"어떻게 알았어요?"

"책을 쇼핑백에 넣을 때 가장 소중히 챙겼잖아. 넣고도 차에서 몇 번씩 꺼내 보고. 나도 사서 읽어봤지. 재밌었어. 그래서 같은 작가의 다른 책을 찾아봤더니……."

기특한 눈썰미로고. 지은은 눈을 가늘게 뜨고 정현을 보았다. 동생에게 하듯 그의 뺨에 쪽 뽀뽀라도 해주고 싶은 심정이었다. 물론 그럴 수야 없었다.

"우리나라엔 출간이 안 됐고, 원작은 불어라 못 읽을 것 같고, 일어로 번역된 게 있길래. 괜찮은 선택 맞지?"

뽀뽀 정도는 한 번 해줄까? 그럼 그는 황당해할까, 좋아할까? 지은은 책 사이에 새빨간 단풍잎이 끼여 있는 것을 발견했다. 정현을 보았다. 정현이 팔에 머리를 기대고 그녀를 비스듬히 쳐다보며 웃었다. 그가 머리를 쓰다듬어주고 있다는 착각이 들 만큼 따뜻한 눈빛이었다. 지은은 미소를 지으며, 단풍잎 줄기를 잡고 공중에서 뱅글뱅글 돌렸다. 바람이 불었다. 이건 날려 보낼 수 없지. 지은은 단풍잎을 책 중간 부분에 다시 끼워 넣었다. 정현이 물었다.

"어머니는 좀 어떠셔? 괜찮은 거 같아?"

지은은 책을 덮어 품에 꼭 안고, 고개를 끄덕였다.

"예. 걱정했는데, 아침에 보니 안색도 좋고 기운도 넘쳐 보였어요. 지금 잔치 준비 도운다고 천사의 집에 가셨는데……. 듣자니 기특한 일을 하고 있던데요? 노블레스 오블리주?"

"하."

정현은 헛웃음 짓고 대화를 피했다. 쑥스러워서 그런 게 아니라 정말 이야기를 피하는 것처럼 보였다. 지은은 이상한 낌새를 느꼈지만, 그의 표정이 어두워 보여 더 이상 캐묻고 싶지 않았다. 그는 개울가에서 놀던 아이들이 돌아가는 모습을 유심히 지켜보고 있었다. 어린아이 몇 명이 이쪽으로 오려고 했다. 아까 정현에게 꾸지람을 들었던 진성이란 남자아이가 눈치 빠르게 그들을 가지 못하게 붙잡고 정현을 향해 오케이 사인을 보냈다. 정현이 그걸 보고 기특하다는 듯 낮게 웃었다. 지은은 그의 웃음소리에서 그가 꽤 기분이 좋다는 걸 읽을 수 있었다.

정현은 한쪽 다리를 당겨 세워 그 위에 팔을 걸치고 맞은편 산을 바라보았다. 그녀와 함께 있는 이 시간을 충분히 즐겨줄 생각이다.

"왜 처음부터 말하지 않았던 거예요?"

정현이 그녀를 보았다. 지은이 끌어 모은 무릎 위에 머리를 얹고 그를 보았다. 정현도 고개를 기울여 그녀와 시선을 맞추었다.

"뭘 말이야?"

"연인 사이였다는 거. ……내가 지레 겁먹고 도망칠까 봐?"

"그것도 있고…….."

정현은 바닥을 짚고 있는 손을 오므렸다. 손안이 허했다. 그녀의 손을 잡고 싶었다.

"처음부터 기울어진 관계를 또 반복하고 싶지 않았거든."

그가 쓸쓸하게 웃었다.

"그래서 면접 때에도 사실 떨어뜨려버리려고 했는데, 다른 면접관들이 널 너무 좋게 봐서 내 말이 안 먹히더군."

죄다 농담인지, 어느 정도 섞여 있는 건지 알 수는 없었지만, 지은은 아버지를 닮아 중요한 말을 골라내는 재주가 있었다. '처음부터 기울어진 관계를 또 반복하고 싶지 않았거든.'

지은이 되물었다.

"그때에는 주종 관계였으니까?"

정현이 웃었다. 아픈 미소였다.

"그래, 예전의 우린 거기서 완전히 자유롭지 못했지. 그땐 그게 어려웠다지만 지금은 가능하잖아? 아, 좋은 세상이야. 난 이곳이 좋아."

그가 진심으로 활짝 웃으며 멀리 시선을 던졌다. 진홍빛 노을이 그를 물들이고, 개울을 물들이고, 세상을 물들였다. 이 세상을 사랑하는 그에게로 온 세상이 쏟아지는 것 같았다.

"그런데 왜 밝혔어요?"

이번엔 반대로 지은이 멀리 시선을 던지고 정현이 그녀를 쳐다보았다.

"네가 '영영' 도망가버릴 것 같아서."

지은은 정현의 목소리에서 질투를 느꼈다. 하지만 그것이 그가 의도한 것인지, 아님 감정을 주체 못해 흘러나온 것인지까진 알 도리가 없었다. 정현이 조금 강한 어조로 말했다.

"네가 날 어떻게 생각하는지 모르겠지만, 난 보기보다 집착이 강한 사람이야."

지은이 고개를 주억거렸다.

"아니라면 전생 같은 건 기억도 못했겠죠."

"맞아. 네게 연락을 안 하는 동안 곰곰이 생각해봤는데…… 널 놓아줄 수 있을까……."

정현은 입술을 굳게 다물고 천천히 고개를 가로저었다. 그리고 진지한 표정으로 지은을 응시했다. 지은은 영화에서처럼 심장 박동이 점점 커지는 소리를 들을 수 있었다.

"그래서, 본격적으로 유혹해보려고."

지은의 눈이 커졌다. 뭔가를 떨쳐낸 듯 씨익 웃는 정현은 제동 장치가 없는 자동차처럼 위험스럽게 다가왔다. 그는 가벼운 미소 하나만으로도 주위를 눈부신 풍경으로 만들었다. 그녀가 가진 미학적 감각이 놀랍도록 반응했다. 지은은 그에게 달려들어 키스하고 싶은 충동을 느꼈다.

맙소사! 지은은 재빨리 고개를 돌려 무릎에 얼굴을 묻었다. 분명 이 감정은 그가 의도한 것이다! 그는 자신이 다가서는 게 아니라 상대가 자신에게 달려들도록 만드는 매력의 소유자였다. 이대로 멍하니 있다가는 한 달 안에 그에게 넘어갈 것이 분명했다. 이런 남자가 드물기도 하지만, 그녀는 이런 매력을 가진 남자에 대한 면역이 조금도 없었다.

그 상태 그대로 두 사람은 한참을 앉아 있었다. 이제 주위가 제법 어둑해졌다. 지은은 이 상황이 조금 불편하다는 생각을 하면서도 이상하게 자리를 박차고 일어날 수가 없었다. 또다시 자신의 마음이 그의 편을 든다는 요상한 생각이 들었다.

"어제, 시장엔 왜 왔던 거예요?"

지은은 살짝 고개를 들어 눈만 내놓고 곁눈질로 그를 보았다. 정현은 방금 그런 말을 한 사람이라고는 믿기 어려울 만큼 태연한 얼굴로 말했다.

"잔치에 필요한 물건을 사려고. 수녀님이 부탁하셨거든."

"저희 때문에 못 샀겠네요."

"어제 저녁에 후딱 갔다 왔지."

고백을 하고 난 이후에? 자신은 그 생각을 하느라 오후엔 아무 일도 할 수 없었는데, 그는 시장도 가고 할 거 다 했군. 보통 고백한 사람이 고백받은 사람보다 더 초조해야 하는 거 아니야?

그는 너무 태연했다. 어제 일도 꿈같이 느껴졌다.

"때마침 나타나줘서 고마워요. 거의 정신이 나갔었거든요. 정말 딱 필요할 때 등장한 거예요. 보통 때였음 반했을지도 몰라."

지은은 아무 말이나 나오는 대로 하고 있었다. 그에게 주도권을 넘겨주기 두려웠다.

"전 엄마가 쓰러지면 어떻게 해야 될지 모르겠어요. 동생들은 비슷한 상황에도 잘만 대처하던데, 전 어제처럼 완전 넋이 나가버리거든요. 여기도 엄마 요양차 내려온 거예요. 지금은 많이 좋아지셨죠. 그렇게 쓰러진 건…… 정말 몇 년 만이에요. 이게 트라우마란 걸까요?"

그녀의 눈이 흐려졌다. 눈빛에서 슬픔이 느껴져 정현은 그녀가 더 이상 말하지 않았으면 했다. 하지만 지은은 말을 멈추지 않았다.

"일곱 살 땐가, 여덟 살 땐가. 아빠가 혼자 몇 달간 여행을 가겠다고 하는 바람에 두 분이 크게 싸우셨어요. 엄마는 화가 나서 절 데리고 집을 나왔죠. 그리고 버스를 타고, 같이 단풍놀이를 갔어요. 엄마와 단둘이 여행을 하는 건 아마 처음 있는 일이라 좀 과하다 싶을 만큼 신이 났어요. 흥분해서 휴게소마다 들러서 이것저것 사 먹었던 기억이 나요. 산에 가니까 사람들이 얼마나 많은지…… 제가 기억하는 가장 복잡한 인파예요.

집에서 나올 땐 단풍놀이 같은 거 갈 생각이 없었으니까, 옷도 제대로 안 입고 있었죠. 그래도 아래에선 괜찮았는데 산 위는 꽤 춥더라고요. 아직도 전 산이 싫어요. 그래서 난 춥다고 계속 칭얼댔어요. 엄마 곁옷까지 내가 입었을 거예요. 생각나요. 빨간 재킷이요. 잊을 수가 없죠. 등산을 하는데 그때에도 전 좀 산만했어요. 대체 왜 그랬을까……. 자주 엄마 손을 놓고 제 좋을 대로 가버렸죠. 올라가는 길에서 노점상이 보이는 족족 멈춰 섰어요. 군밤을 먹겠다고 엄마 손을 놓아버렸죠. 그리고 길을 잃었어요.

난 그때만 해도 잘 안 우는 아이였어요. 그대로 그 자리에 있었으면 됐는데, 울면서 엄마를 찾아달라고 했으면 됐을 것을…… 뭣도 모르고 계속 어른들을 쫓아서 위로 올라갔어요. 몇 시간이 흘렀는지도 모르겠어. 아침에 올라가서 날이 어둑해질 때까지 있었으니까 한참 됐겠죠. 엄마는 그동안 사색이 돼서 절 찾아 산을 올라갔다 내려갔다…… 아마 그때 심장이 안 좋아지셨을 거예요. ……새까맣게 탔을 거야, 하루 종일……."

지은은 속으로 '어? 어?' 하면서도 어느 순간 왈칵 눈물이 쏟아지는 걸 막을 수 없었다. 정말 순식간이었다. 갑자기 뜨거운 눈물이 차올랐다. "어?" 하는 외마디 소리와 함께 굵은 눈물방울이 볼을 타고 주르륵 흘러내렸다. 얼른 소매로 눈물을 훔쳐냈다.

"어…… 그리고, 한참을 올라가서 사람들도 잘 안 다니는 곳으로 들어가서는, 벤치에 앉아 어둑해질 때까지 한참을 앉아 있었어요. 집에서 엄마를 기다릴 때처럼……. 그냥 기다리고 있으면 오겠거니…… 밤이 돼도 오질 않아서, 그제야 무서워져서 울고 있으니까, 엄마가 왔어요."

지은은 그때가 생각이 나는지 힘없이 웃었다.

"어떻게 찾았을까, 그 넓은 산에서……. 울음소리를 듣고 온 걸까요? 잊히지가 않아요, 그 사색이 된 얼굴이……. 난 다시 신이 나서 또 앞장서서 가기 시작했어요. 그런데 한참을 기다려도 엄마가 안 와서…… 그렇게 또 한참을 울었어요. 쓰러진 엄마를 놔두고 갈 수도 없고…… 그때에는 휴대전화도 뭣도 없었으니까 마냥 울었어요. 누가 올 때까지…….
맙소사, 하루 종일 날 찾았어! 시장에서 엄마를 찾은 그 시간보다 더 긴
시간을…… 나는 그동안도 심장이 터져버릴 것 같았는데, 엄마는, 엄마
는 어땠을까. 나는 그 짧은 시간에도 그렇게 많이 나를 원망했는데, 엄
마는 어땠을까…… 어떡해, 상상도 모……!"

　몸이 흔들리면서, 다음 눈물이 떨어진 것은 정현의 품속에서였다. 그
는 조용히 그녀를 끌어안았다. 그리고 자신의 체온을 그녀에게 옮겨주
는 것이 그의 존재의 이유인 양 그렇게 가만히 있었다.

　지은의 거친 숨소리가 잦아들었다. 끊임없이 뭔가를 중얼거리던 목소
리도 옹알이처럼 작아졌다. 지은은 그제야 자신이 그의 품속에 있다는
것을 알았다. 요란하던 심장 고동이 잠잠해졌다. 그의 가슴에 귀를 대고
있어 그의 규칙적인 심장 소리에 심장이 박자를 맞추기 시작했다.

　자신의 방, 자신의 침대, 이불 속에 있는 것처럼 편안했다. 이 세상에
서 가장 편안한 장소, 가장 소중한 '내 것'.

　지은은 멍해진 의식 속에서 중얼거렸다. 내 거야, 내 것이야.

　그가 귓가에 속삭이는 소리가 들렸다.

　"고마워."

　"……뭐가요."

　지은이 울음을 삼키며 물었다. 정현은 그녀의 머리 위에 뺨을 살며시
대며 대답 없이 웃었다.

　지은이 잠긴 목소리로 말했다.

　"콧물 묻어요."

　"씻으면 돼."

　"옷에 묻어요."

　"그럼 빨면 되지."

지은이 억지로 울음을 삼키려 하자 정현이 등을 토닥거리며 말했다.

"울음이 나올 것 같으면 울어. 안 그러면 쌓여. 더러운 건 씻으면 된다지만 쌓인 건 여간해선 씻기질 않지. 네 콧물이 더럽다는 건 아니고."

정현은, 그녀가 자신의 가슴에 얼굴을 묻고 키득거리며 웃는 것을 느꼈다. 정현은 그녀가 도망칠 것 같아 아주 살짝 더 힘을 줘 그녀를 꼭 껴안았다.

"가장 좋은 건 지금처럼 누군가에게 안겨서 우는 거지만 누가 없으면 혼자서라도 울어."

지은이 울먹이는 음성으로 장난치듯 말했다.

"그럼 정현 씨는 누가 울고 있으면 이렇게 다 안아주나요?"

정현이 어깨를 으쓱했다.

"뭐 대충은."

"아무나 막 안아주고, 헤픈 사람이야."

"그러라고 있는 몸이야."

지은은 생각했다. '헤픈 사람이라 다행이야.'라고. 하지만 농담이라도 왠지 심장이 욱신거려 말로 나오지는 않았다. 대신 그의 옷깃을 더 세게 움켜잡았다.

지은은 그의 품에서 노을 진 하늘이 완전히 어두워질 때까지 소리 죽여 울었다. 아주 오래된 눈물이 그의 가슴에 젖어 들었다.

욕조에 뜨거운 물을 받았다. 지은은 잠시 물소리를 듣고 있다가 김으로 뿌옇게 흐려진 거울을 보았다. 손가락으로 그림을 그렸다. 남자 얼굴을 그리고, 멍하니 그것을 보고 있다가 깜짝 놀라서는 손바닥으로 문질러 지웠다.

하지만 금세 김이 다시 차면서 그림이 어슴푸레 보이기 시작했다. 누가 볼까, 거울을 향해 샤워기 물을 틀었다. 거울로 뜨거운 물이 눈물처럼 주르륵 흘러내렸다. 지은은 그림이 지워진 거울을 손으로 한 번 길게 쓸었다. 심장이 싸해졌다.

욕조 물 위에 정현에게서 선물로 받은 온천가루를 뿌렸다. 분홍색 가루가 수면 위로 하늘하늘 떨어져 내렸다. 섬세한 향기가 욕실 가득 차올랐다. 벚꽃색이 물속으로 잠잠히 내려앉았다.

옷을 모두 벗고, 욕조에 몸을 담갔다. 지은은 물이 똑똑 떨어지는 수도꼭지를 응시했다. 숨이 막혔다. 욕실 가득한 김 때문에 숨이 막혔다. 온몸을 감싸는 열기 때문에 숨이 막혔다. 끝없이 떠오르는 정현의 눈빛 때문에 숨이 턱턱 막혀왔다.

지은은 욕실에서 나와 곧장 작은 방으로 들어갔다. 옷장에서 예전에 놔두고 간 옷을 찾아 입었다. 수건으로 머리에 남은 물기를 마저 닦고, 책상 위에 있는 스케치북을 집어 들었다. 낮 동안 그렸던 그림은 정현이 가져가버렸다.

「못 그렸다면서 왜 가져가요?」

「못 그린 거니까. 잘 그린 건 많을 거 아니야.」

말로는 못 이긴다니까.

지은은 피식 웃고 스케치북을 책상 위에 던져놓았다. 양말을 챙겨 들고 거실로 나왔다.

거실 한편에 놓인 컴퓨터 앞에 화연이 앉아 있었다. 그녀는 인터넷 쇼핑 결제를 하느라 잔뜩 긴장한 얼굴로 모니터를 응시 중이었다.

"조금 있다가 너도 잔치 갈 거지?"

"응. 컴퓨터 끄지 말고 나 좀 줘요."

지은은 화연이 비켜준 컴퓨터 의자에 가 앉았다. 포털 사이트 검색창에 '음성 메시지 지우는 법'을 쳤다.

……없다.

……없어!

지은은 앉은 채로 발을 동동 굴렀다. 내가 뭐라고 그랬지? 뭐라고 남겼더라?

「잠수 타는 거, 그거 진짜 짜증 나거든요! 나이도 먹을 만큼 먹은 사람이 왜 그래요? 자기가 사춘기 십 대야, 뭐야? 오춘기쯤 돼요?」

이런.

어둠이 내린 초등학교 운동장 중앙에 캠프파이어를 하듯 커다란 모닥불이 피워졌다. 타닥타닥, 장작불이 타올랐다. 그 주위로 동네 꼬마들이 소리를 지르며 뛰어다녔다. 정현도 모닥불 근처에 팔짱을 끼고 서 있었다. 그는 영혼 없이 속이 텅 비워진 것 같은 눈을 하고 있으면서도, 이따금씩 불에 너무 가까이 다가서는 아이들에게 주의를 주었다.

누군가가 교문에서부터 무섭게 달려왔다. 얼굴이 새까만 사내아이였다. 아이의 아버지가 소년을 불렀지만, 아이는 아버지를 지나쳐 정현의 등에 쿵 하고 부딪쳐서야 멈춰 섰다. 멍하던 정현의 눈에 빛이 돌아왔다. 그가 남자아이를 흘깃 내려다보며 말했다.

"진성아, 이제 네가 일부러 부딪친다는 생각까지 든다."

소년이 헤헤 웃으며 양손으로 들고 있던 휴대전화를 건넸다.

"햇볕에 아주 바짝 말렸어. 이제 될 거야."

정현이 휴대전화 전원 버튼을 눌러보았다. 화면이 움직이는 것을 보고 잠시 신호가 잡힐 때까지 기다렸다. 우르르 문자가 쏟아졌다. 정현이 보라는 듯 휴대전화를 흔들며 말했다.

"봤지? 내가 얼마나 바쁜 사람인지. 또 한 번 내 폰을 몰래 가져 나갔다간 회사 차원에서 네게 책임을 물을 수도 있어."

"난 형네 회사에 들어갈 거야."

"게임만 잘한다고 되는 게 아니야. 우선 구구단부터 떼고 얘기하자."

진성이 익, 그러면서 정현의 정강이를 찰 것처럼 발을 휘둘렀다. 정현은 슬쩍 피했다. 진성이 분한 얼굴로 다른 쪽 발을 휘둘렀지만, 정현은 그것마저 피하며 싱글거렸다. 다른 아이들이 노는 건 줄 알고 두 사람에게 달려들었다. 정현은 얼른 전화를 받는 척하며 무리에서 빠져나왔다.

그는 어른들이 있는 테이블로 갔다. 먹음직스러운 요리들이 한상 가득 차려져 있었다. 그가 다가오자 사람들은 서로 옆자리를 권하며 살가운 말을 건넸다. 정현은 웃는 얼굴로 일일이 대답하며, 선 채로 휴대전화에 들어온 문자를 확인했다.

지은은 발을 동동 구르며 걸음이 느린 화연을 기다렸다. 화연은 고개를 갸웃했다. 분명 저 표정은 재촉하는 건데 빨리 가자는 말은 안 한다. 왠지 딸의 초조함이 느껴져 화연은 좀 더 빨리 걸었다.

학교 교문이 보이자 결국 지은은 화연을 놔두고 후다닥 운동장으로 달려 들어갔다. 그녀의 매서운 눈이 정현을 찾았다. 그가 휴대전화를 귀에 대고 있었다!

운동장 한편에서 군고구마를 만들고 있던 태원이 지은을 불렀다. 하지만 지은은 그것도 무시하고 초등학교 체력장 때 이후로 가장 빨리 달렸다.

"안 돼! 잠깐만!"

다급한 목소리가 운동장에 울려 퍼졌다. 정현이 그녀를 발견하고 놀란 눈을 했다. 휴대전화가 그의 귀에서 조금 떨어졌다. 지은은 달리는 속도를 멈출 수가 없었다. 휴대전화를 잡아챌 듯 뻗는 팔에도 힘이 붙었다. 정현은 그녀의 무서운 기세에 그만 휴대전화를 놓치고 말았다. 그녀의 손끝이 위태롭게 휴대전화에 닿았다. 휴대전화가 팽그르르, 깨끗한 호선을 그리며 까만 하늘을 날았다. 그러고는 맥주가 가득 담긴 컵 속에 풍당 빠져버렸다.

취이익 하는 맥주 거품 소리와 함께 컵 주위로 맥주가 흘러넘쳤다.

지은이 "엄마야." 뒤늦은 비명을 지르고 슬금슬금 뒤로 물러났다. 운동장에서 대화 소리가 완전히 사라지고, 모닥불 소리만이 들려왔다. 모두가 지은과 정현을 주목했다.

정현은 휴대전화를 들고 있었던, 지금 비어버린 손으로 입을 가렸다. 사람들의 손을 거쳐 거쳐 휴대전화가 담긴 맥주 컵이 정현이 있는 쪽으로 이동했다. 동네 이장이 안타까운 눈으로 정현의 앞에 맥주 컵을 들어 보였다. 정현이 조심스럽게 맥주 속에서 휴대전화를 꺼냈다. 휴대전화에선 애처로울 정도로 끊임없이 물방울이 흘러내렸다.

누군가가 이장에게 물었다.

"누구여, 저 처자는?"

"감나무 집 딸내미."

정현은 이미 멀찌감치 도망친 지은을 눈으로 좇았다. 공중에서 휴대전화를 몇 번 휘휘 턴 뒤, 지은의 뒤를 느긋하게 밟았다.

지은은 도망갈 곳이 없어 우왕좌왕하다가 운동장 가장자리를 빙 돌아 태원이 있는 곳까지 왔다. 작은 모닥불 옆에 무릎을 모아 쭈그리고 앉았다. 태원이 쇠꼬챙이로 불속에 있는 고구마를 뒤적이며 말했다.

"딸, 왜 그런 거야?"

"몰라도 돼요."

지은은 어느새 다가온 정현의 인기척을 느끼고 어깨를 움찔했다.

태원이 쇠꼬챙이로 고구마 하나를 푹 찔러 정현에게로 건넸다.

"이걸로 퉁 치지?"

정현은 냉정하게 손을 저었다. 태원도 더 이상 뭐라 하지 않고 씨익 웃으며 다시 고구마를 모닥불 속에 던져 넣었다. 정현은 아직도 물이 줄줄 흐르는 휴대전화를 지은의 눈앞에 가져가 보여주며 으르렁대듯 물었다.

"나한테 이러는 이유가 뭐야?"

"으, 음성 메시지 확인했어요?"

"……사춘기, 오춘기? 그거 때문에 그런 거야?"

지은은 양손으로 얼굴을 감쌌다.

"미안해요! 유치했죠? 그래서 지우려고 했는데 지우는 방법을 몰라서, 그래서 인터넷에 찾아봤는데 그런 방법이 없는 거예요, 왜 지우는 방법이 없는 거야! 사람이 실수할 수 있는 거잖아요. 별의별 이상한 방법들은 다 있으면서 고작 음성 메시지 하나 지우는 건 왜 없는 건데! 정보의 보고가 뭐 그래? 하긴 말은 뱉으면 주울 수 없는 거니까. 하지만, 그래도 메시지는 지우는 방법이 있어야 되는 거 아니에요?"

지은은 단어가 떠오르는 족족 바로 입으로 토해내듯 아주 빠르게 말했다. 정현이 말할 기회를 주지 않겠다는 듯이. 그러고는 무릎 위로 팔짱을 끼고 부끄러운 듯 고개를 푹 숙였다. 정현은 무릎을 짚고 선 채로, 횡설수설하는 지은을 바라보았다. 그의 얼굴에 잔잔한 미소가 떠올랐다. 사춘기라…… 그럴지도.

정현은 약한 신음을 흘리며 시선을 돌렸다. 금방이라도 터질 듯 심장이 펄떡였다. 젠장, 이러다 정말 심장이 멎겠어! 이건 사랑의 표현도 뭣도 아니었다. 그는 심장의 통증이 멈출 때까지 모닥불을 바라보았다.

통증이 가라앉자마자 정현은 또다시 지은을 찾았다. 꿈같은 순간이 아닌가. 그녀에게 말을 걸면 그녀가 종알종알 대답한다. 자신이 원하면 얼마든지 갈 수 있는 곳에 그녀가 있었다. 요즘은 매순간이 축복처럼 느껴졌다. '축복처럼'이 아니라 이건 축복이다.

정현은 금세라도 귓가에 아침을 알리는 자명종 소리가 들릴 것 같아

더럭 겁이 났다. 생각 같아선 그녀를 항상 곁에 두고 싶었다. 숨 쉬는 공간에, 손이 닿는 거리 안에 항상 그녀가 있기를, 매일 아침 눈을 뜨는 순간부터 지쳐서 잠이 들 때까지 갈망하고 또 갈망했다.

하지만 두려웠다. 그랬다간, 그 정도로 행복했다간 기다렸다는 듯이 벌(罰)이 떨어질 것 같았다.

어때? 행복했나?
자 이제,

지옥으로 떨어질 시간이야.

'라야……'
정현은 약이라도 삼키듯 라야의 이름을 중얼거렸다.
이상한 낌새를 눈치챈 지은이 정현의 안색을 살폈다. 금방 목욕을 하고 나와 아기 살결처럼 뽀얀 얼굴에 모닥불 그림자가 어른거렸다. 정현은 발갛게 달뜬 저 얼굴이 사랑스러워 미칠 것만 같았다. 그녀가 사랑스러울수록 저주처럼 심장이 옥죄어왔다.
건강해졌던 심장이 지은을 만난 뒤로 이상 증세를 보이는 건 분명 정신적인 이유가 클 것이다. 상실에 대한 두려움, 불안, 생생한 슬픔, 죄책감이 몸 상태를 안 좋게 하는 것이다. 똑똑한 머리는 그걸 잘 알고 있으면서도 마음대로 되지 않는 게 몸이다. 머리와 심장이 각기 다른 인격의 소유란 생각까지 들었다.
두 손이 너무나 텅 빈 것 같아 주먹을 꽉 쥐었다. 웃음에 아쉬운 한숨이 섞여 나왔다.
얼굴이라도 한번 만져보고 싶어.

정현이 무의식중에 지은 쪽으로 살짝 몸을 숙인 그때였다. 정현은 쇠꼬챙이가 끝이 벌겋게 달구어진 채 자신을 겨냥하고 있는 것을 발견했다. 정현이 살짝 눈을 치켜뜨고 태원을 보았다.

"아빠! 지금 위험하게 뭐하는 거야!"

지은이 기함을 하며 소리쳤다.

"……군고구마 먹으라고."

태원은 딸 대신 정현을 노려보며 퉁명스럽게 대꾸했다.

사랑스러운 딸이었다, 너무나 사랑스러운. 내 마음 좀 알아주려무나, 딸아. 내가 누누이 얘기했잖니. 사내는 모두 늑대라고.

지은이 자신에게 화를 내는 동안에도 태원은 정현을 뚫어져라 응시했다. 정현은 통증이 잠잠해지는 것을 느꼈다. 참, 기이한 일이 아닌가. 정현은 멀쩡해진 가슴을 주먹으로 몇 번 툭툭 쳐보았다. 좀처럼 거두어지지 않는 쇠꼬챙이를 바라보며 정현은 생각했다.

심장이 멎기 전에 다른 식으로 죽을 수도 있겠군.

"자네는 나이가 올해 몇인고?"

이장네 할아버지가 지은에게 물었다. 지은은 콜라를 마시며 정현을 찾고 있다가 "네?" 그러면서 질문을 던진 맞은편 할아버지를 보았다. 근처에 앉은 사람들이 모두 호기심 어린 눈으로 그녀를 주목하고 있었다.

이곳은 지은이 태어나기도 전에 태원이 떠나온 그의 고향. 몇 해 전 태원, 화연 부부가 이곳으로 이사를 온 뒤 지은도 몇 달에 한 번씩 이곳을 찾았다. 하지만 늘 집에만 틀어박혀 있어 그동안 이웃들은 한 번도 만나보질 못했다.

마을 사람들은 새로운 얼굴을 만난 즐거움에 식사를 하던 것도 멈추고 빤히 그녀의 대답을 기다리고 있었다.

지은은 콜라를 엄청 쓰게 넘긴 후 대답했다. 이장네 할아버지가 또 말했다.

"결혼할 때 다 됐고만. 신랑감은 있고?"

빠르다! 지은은 시골 사람들의 이런 신상 정보 수집에 익숙하지가 않았다. 일부러 대답을 피할 때 쓰는 곤란한 미소를 지어봤지만, 이곳 사람들에게는 통하지 않았다. 그들은 더 반짝이는 눈으로 그녀를 응시했다. 지은은 금세 항복했다.

"아니요. 아직 결혼 생각이 없어서요. 조금 늦게 할 생각이에요."

"요즘은 다 그렇다더구먼. 왜, 우리 첫째 손자도 느지막이 결혼했잖아."

'왜 늦게 하려고 하느냐. 일찍 하는 게 좋다.' 어쩌고저쩌고 이런저런 오지랖들을 늘어놓을 거라 예상했는데, 사람들은 지은의 말에 충분히 납득한 듯 순박한 얼굴로 고개를 끄덕였다. 그러고는 다시 저마다의 대화로 돌아갔다.

지은이 자기 분량의 닭고기를 깨끗이 먹어치우고 아쉬운 듯 입맛을 다시자, 옆에 앉아 있던 외국인 여자가 지은의 빈 접시에 다시 닭고기 살을 덜어주며 생긋 웃었다. 그 웃음이 얼마나 선량한지 마음이 다 훈훈해질 정도였다. 지은은 이 동네가 좋아지려고 했다. 두런두런 이야기를 나누는 사람들의 목소리가 정감 있었다. 크지도 작지도 않은, 귀를 기울이면 들리고 귀를 닫으면 들리지 않는, 딱 그 정도의 목소리들이었다.

배낭여행 때 보았던 강원도에서의 하늘보다 더 드맑은 하늘이었다. 수많은 별들이 쏟아질 듯 박힌 가운데 믿기 힘들 정도로 크고 밝은 별이 보였다. 우주 어딘가에서, 벌써 아주 오래전 수명이 다해 사라져버린 항성의 빛이 이제야 여기까지 닿은 건 아닐까?

지은은 어두운 교사(校舍)로 들어갔다. 아담한 복층 건물이었다. 지은이 한 발짝 내딛을 때마다 나무 바닥이 삐걱삐걱 비명을 질러댔다. 발이 바닥에 붙을 때마다 복도 전체가 한 번 밑으로 가라앉았다 오르는 느낌이 들었다. 어둡고 눅눅하고 조금은 을씨년스럽기까지 한 분위기였지만 교실마다 내려앉은 달빛이 워낙 온유해 무섭다는 생각은 들지 않았다.

지은은 걸음을 멈추고 섰다. 아직 그 교실엔 닿지도 않았지만, 교실 뒷문이 열려 있는 것밖에 보이지 않지만, 그가 그곳에 있을 거란 확신이 들었다.

……거 봐.

지은은 조용히 웃었다.

어떻게 그가 여기 있을 거란 걸 알았는지, 이제 그런 건 별로 신기할 거리도 못 되었다. 그의 전생 타령에 나도 흠뻑 빠졌나 보지 뭐.

책걸상 하나 없이 텅 빈 교실. 정현은 낮은 창턱에 걸터앉아 있었다. 긴 다리를 화단 쪽으로 내고, 신발 발꿈치를 벽에 톡톡 부딪치며, 그래, 그는 이어폰을 귀에 꽂고 음악 소리에 맞춰 발을 건들거리고 있었다. 지은이 교실 안으로 발을 내디뎠다. 삐걱. 정현이 뒤도 돌아보지 않고 다가오라는 듯 손을 까닥 들어 보였다. 지은은 조심스럽게 문을 닫았다. 그러려던 건 아닌데 문이 닫히면서 덜커덕 잠기는 소리가 났다. 그 소리에 정현이 왼쪽 이어폰을 빼며 뒤를 돌아봤다. 그가 진지한 표정으로 말했다.

"이제 내가 비명을 질러도 소용없는 건가?"

지은은 그만 웃음을 터뜨렸다. 저건 서점에서 내가 했던 소리잖아. 만난 지 한 달도 되지 않아서 벌써 추억이라고 할 만한 것이 생겨버렸다. 훗날 떠올리면 웃음을 지을 만한 추억.

희미한 달빛 아래, 하얀 셔츠를 입고 창틀에 기대 앉아 있는 그의 모습은 살아 있는 인간치고는 지나치게 우련한 감이 있었다. 그가 캄캄한 밤하늘로 흩어져버릴 것 같은 생각이 들어 지은은 빠른 걸음으로 그에게 다가갔다. 정현이 '응?' 하는 눈으로 그녀를 보았다. 지은은 그래야 된다는 생각이 들어 활짝 웃었다. 그녀가 웃자 정현은 당연히 따라 웃었다.

지은은 그의 오른쪽 옆자리에 걸터앉아 이어폰을 가리켰다.

"뭐 듣고 있었어요? 아, 무슨 장르의 음악 좋아해요?"

"내가 들어서 좋은 음악."

정현은 손가락으로 매만지고 있던 한쪽 이어폰을 지은의 왼쪽 귀에 꽂아주었다. 연주 음악이었다. 클래식은 아니다. 뉴에이지? 피아노 음을 배경으로 바이올린 선율이 흘렀다. 맑은 소리, 큰 기교 없는 순수한 연주였다.

"제목이 뭐예요?"

"없어."

그는 눈을 감고 있었다. 지은은 그가 이렇듯 눈을 감고 있는 순간이 좋았다. 그러면 그의 근사한 얼굴을 좀 더 뻔뻔스럽게 쳐다볼 수 있으니까.

"내가 불면증이 있다고 하니까 음악 하는 친구가 만들어준 곡이야."

"불면증 있어요?"

"예전에. 오래전에."

"불면증 있다고 음악까지 만들어주고, 좋은 친구를 두었네요."

정현은 아주 작게 고개를 끄덕였다. 음악에 리듬을 맞추는 건지 그녀의 말에 동의하는 건지 알 수 없었지만 더 이상 묻고 싶지 않았다. 지은도 눈을 감고 음악 소리에 귀를 기울였다. 피아노 소리, 바이올린 소리, 아, 첼로 소리도 있었다. 정현이 들리는 음악만큼이나 부드럽고 나긋한 목소리로 말했다.

"한번 상상해봐."

지은은 눈을 감고 정현이 말하는 장면을 머릿속에 그려보려 애썼다.

"바이올린은 남자고, 피아노는 여자야. 먼저 여자가 천천히 걸어오지. 남자가 울고 있어. 여자가 울고 있는 남자를 발견해. 들어봐, 바이올린이 흐느끼는 것 같잖아? 남자는 아이처럼 울다가, 또 흐느끼다가, 미친 것처럼 중얼대기도 해. 이때 여자가 다가와. 우는 남자를 달래는 거야. 그의 말에 일일이 대꾸를 해주면서. 그럼 남자는…… 여자에게 매달리지. 이때, 첼로. 남자를 말리러 오는 또 다른 사람이야. 여자는 괜찮다고 그를 물러나게 하지. 그럼 바이올린 남잔 또 여자에게 매달려. 흐느끼며…… 아까보다 더 구슬프게, 크게. 차마 여인이 자신을 놔두고 가지 못하도록."

지은은 머릿속에 떠오른 '그게 혹시 당신의 전생이냐.'는 말을 차마 묻지 못했다.

"바이올린 뒤쪽으로 계속 피아노 음이 들리지?"

'우리의 전생이냐.'는 말도.

가슴이 답답해져왔다. 김이 가득한 목욕탕 욕조 속에 있는 것처럼 숨이 콱콱 막혀왔다.

정현은 여전히 눈을 감고 있었다. 지금 그의 눈엔 무엇이 보이는 걸까? 결국 음악은 피아노와 바이올린 소리가 겹치면서 끝이 났다. 둘은 끝까지 함께했을까?

"아, 왈츠로군."

정현이 갑자기 눈을 반짝 뜨고 지은을 보았다. 지은은 놀란 표정으로 손을 저었다.

"저 춤 못 춰요. 왈츠라니."

"보통 이럴 경우 남자도 그냥 물러서진 않지."

정현은 한 손으로 창틀을 짚고 교실로 훌쩍 뛰어넘어 들어왔다.

"못 춰도 괜찮아, 내가 가르쳐줄 테니까.'라고 그러던가?"

그리고 지은의 손을 이끌었다. 왼쪽 귓가에 울리는 아름다운 선율, 오른쪽 귀엔 풀벌레 소리, 서늘한 밤 향기, 달빛만이 비추는 교실, 아늑한 어둠, 몽환적인 분위기. 그래, 아무러면 어때. 어둠은 그녀의 등을 부드럽게 떠밀었다. 달빛이 그녀에게 무대가 저기라고 가리켜주었다. 지은은 그의 손을 잡고 창틀에서 뛰어내렸다. 정현이 미소를 짓고 말했다.

"왈츠 레슨은 훗날로 미루고, 오늘은 우리만의 춤을 추자고."

지은이 활짝 웃으며 말했다.

"못 춘다고 얘기했어요. 발 밟아도 몰라."

"되도록 떨어져서 춰야겠군."

"이어폰 때문에 멀어지지도 못해요."

"딱 좋군."

아주 가깝지도, 너무 멀지도 않은.

두 사람은 마주 보고 웃었다. 정현은 왼손으로 지은의 오른손을 꼭 붙잡았다. 지은은 그의 어깨에 살며시 왼손을 얹었다. 정현은 오른손으로 그녀의 등을 부드럽게 받치고 그녀를 끌어안 듯 당겼다.

그와 그녀 사이의 거리는 주먹 하나 겨우 들어갈 정도, 서로의 얼굴을 서로의 눈에 담기엔 충분한 거리.

몽글몽글한 선율이었다. 작고 동그란, 달빛을 머금은 듯 환한 금색의 방울이 귓가에서 하늘하늘 흩날리다가 반짝반짝 빛 가루를 뿌리고 터졌다. 귀 안 가득 부드러운 선율이 들어찼다.

정현은 거침없이 흘러가는 선율의 시작을 놓치지 않았다. 두 사람은 음악에 맞춰 미끄러지듯 스텝을 밟았다. 안온한 달빛이 가는 은빛 조각을 뿌리며 내려앉았다.

조용조용 느릿하던 음악 선율이 서서히 빨라졌다. 정현은 좀 더 그녀를 꼭 끌어안았고 지은은 새하얀 구두로 사뿐히 바닥을 밟았다. 그녀의 단순한 동작은 해사한 흔적을 남기며 어둠 속을 환히 비췄다. 그의 우아한 동작은 그녀를 위해 존재하는 양 겸손했다.

두 사람은 몇 번을 헤어졌다가 당연히 함께인 것처럼 다시 만났다. 어느 순간 두 사람의 호흡이 일치했다. 지은은 믿기 힘들다는 듯이 밝게 웃었다. 정현은 별로 신기하지 않은지 당연한 거 아니냐며 고개를 기울이고 마주 웃었다.

다채로운 음색을 띤 선율이 빠르게 여울져 흘렀다. 두 사람은 교실 전체를 무대 삼아 빙글빙글 돌았다.

빠르게.

아주 빠르게.

이제 그는 그녀가 자신의 심장 소리를 들을 수 있을 만큼 그녀를 가까이 끌어안았다. 그녀를 품에 안고 부드럽게 맞잡고 있는 손은 절대 놓지 않았다.

지은은 이대로 하늘을 날 수도 있을 것 같았다. 그녀의 얼굴이 흥분으로 반짝거렸다. 그의 눈만 바라보고 있으면 어지러운 것 따위는 없었다.

두근거리던 심장은 이미 사라지고 없었다. 그녀는 이 순간 진정한 자유를 느꼈다.

지은의 하얀 스커트 자락이 날개처럼 펄럭였다. 정현은 심장의 통증마저 삼켜버리는 바람을 느꼈다.

두 사람에게 축복의 꽃가루를 뿌리듯 달빛이 끝없이 부서져 내렸다.

그의 손가락 사이사이에도, 그녀의 손 위에도.

그의 어깨 위에도, 그녀의 콧잔등에도, 그들의 머리 위에도, 그들의 달뜬 입술 위에도.

눈이 부셨다. 그에겐 그녀가, 그녀에겐 그가.

창 가득 불어오는 바람이 눈물이 날 만큼 싱그러웠다.

끝을 모르고 굽이쳐 흐르던 선율이 점차 부드러워지며, 반짝이던 선율은 초기의 몽글몽글하던 빛의 구슬로 돌아갔다.

달빛은 달에서 왔으니 달로 돌아가야 한다. 어둠이 내려앉으면서 음악도 귀에서 멀어져갔다.

음악이 끝나는 순간 지은은 숨이 멎는 것 같았다.

놀랄 정도로 가슴을 가득 메운 행복은 너무 짧은 순간 그 천장까지 손이 닿았고 추락은 더 빨랐다.

흥분이 가라앉자 그 자리를 메운 건 원인을 알 수 없는 불안감이었다.

그녀의 가슴이 여운으로 오르내렸다. 귀를 갖다 대면 그의 심장 소리를 들을 수 있을 만큼 가까운 거리였다. 그도 나만큼 심장이 빠르게 뛰고 있을까? 지은은 고개를 들어 정현을 보았다. 처음 만났을 때의 그를 떠올렸다. 벌써 오래전 일처럼 아득했다. 그때에도 이런 눈을 하고 있었나?

지은은 정현이 자신에게 보이는 헌신에 대해 생각하고 있었다. 무표정한 얼굴을 하고 있어도, 퉁명스럽게 말을 뱉어도, 쓸쓸한 미소를 지어도 그의 행동 이면엔 항상 그녀를 향한 애정, 신실함이 있었다. 지은이 이토록 오랫동안 아무 말도 하지 않고 있는데도 그는 웃는 얼굴로 가만히 그녀를 기다릴 뿐이었다. 지은은 자신을 내려다보는 투명한 갈색 눈동자에서 한없는 애정을 읽을 수 있었다. 어떻게 사람을 이런 눈으로 볼 수 있는 거지? 이 눈엔 경계심이라고는 없다. 의심이라고는 없다.

애정, 애정, 애정, 그리움, 그리움, 그리움, 그리고…….

사랑.

나는 고작…… 나는 고작 만난 지 한 달도 안 된 사람…….

방심은 순간이었다. 마음의 틈이 벌어지는 순간을 놓치지 않고 그녀의 검은 눈 가득 눈물이 차올랐다. 불안한 어둠이 차올랐다.

눈을 감자 눈물이 떨어졌다. 딱 한 방울이었다. 하지만 그녀는 무너진 둑을 막는 방법 따윈 알지 못했다. 지은은 이어폰을 벗어 던지고 교실을 뛰쳐나왔다. 울음이 터질 것 같아 손등으로 입을 막았다. 걸었다. 계속 걸었다. 돌아갈 때의 복도는 올 때보다 훨씬 길고, 어둡고, 쓸쓸했다.

어떡해…….

어떡하지…….

어떻게 해야 되는 거야…….

지은은 결코 걸음을 멈추지 않고 뒷걸음질 치며 교실 쪽을 보았다. 정현이 밖으로 나와 이쪽을 보고 있었다. 기어이 눈물이 떨어졌다.

나는 지금,

'그녀'를 질투하고 있어.

13

교사 밖으로 나오자 야속하게도 학교 담벼락에 붙은 가로등이 환히 지은을 비추었다. 그녀는 팔로 얼굴을 가리고 고개를 숙였다. 황당해하고 있을 그가 안쓰러워 허벅지를 꼬집어서라도 눈물을 참아볼 걸 후회가 됐지만 이미 늦었다.

그녀는 행여나 사람들이 자신을 발견할까 건물 그늘에 숨어 교문으로 향했다. 손등으로 눈물을 훔치며 문득 뒤를 돌아보았다.

정현이 쫓아오고 있었다! 엄청 빠른 걸음으로!

지은은 그에게 다가오지 말라는 듯 팔을 내저었다.

"쪼, 쫓아오지 마요!"

뒷걸음질 치며 걷던 지은은 결국 그에게 쫓기는 모습으로 달리기 시작했다. 그녀가 속도를 높일수록 정현은 더 빨리 걸었다. 그의 큰 걸음걸이는 그녀의 달리는 속도와 맞먹었다. 돌아보지 않아도 그와의 거리가 점점 좁혀지는 게 느껴졌다. 지은은 거의 비명을 지르며 소리쳤다.

"꺄악! 대체 왜 쫓아오는 거예요!"

"왜 도망가는 건데!"

"따라오지 마요!"

"그러니까 왜 그러냐고!"

"따라오지 말라니까!"

귀신에게 쫓기는 기분이 이런 걸까! 지은은 이제 다른 이유에서 눈물이 났다. 이런 눈물 콧물 범벅이 된 얼굴로 붙잡히면 끝장이다!

술래잡기가 따로 없었다. 지은은 정신없이 달렸다.

이젠 정현도 달리기 시작했다. 무슨 여자 뜀박질이 저렇게 빨라! 이제 오기로라도 따라잡을 생각이었다. 그런데 쉽지가 않았다. 그녀의 치맛자락이 곧 손에 잡힐 것 같다가도 건물 코너를 돌면 어느새 그녀는 저 멀리 가 있었다. 안타깝던 마음은 어느 순간 승부욕으로 불타올랐다.

지은은 두 팔을 무섭게 휘두르며 달렸다. 두 사람은 작은 건물을 빙빙 돌면서 쫓기고 쫓았다. 모닥불 근처에서 뛰어놀던 아이들이 두 사람을 보고 달려왔다.

"누나, 우리도 같이 해요."

"너희들은 또 뭐야? 술래잡기 하는 거 아니야!"

지은은 눈물범벅인 것도 잊고 자신의 옆을 쪼르르 달리는 아이들에게 버럭 소리쳤다. 아이들이 꺄아, 즐거운 비명을 지르며 운동장과 교사 안으로 숨어들었다. 그러니까 술래잡기가 아니라니까, 얘들아! 지은은 흩어지는 아이들을 향해 안타까운 손을 내밀며 달리는 속도를 줄였다. 그때 정현이 화가 난 듯한 목소리로 자신을 부르는 것이 들렸다. 그녀는 반사적으로 다시 달렸다. 어두운 건물 안으로 뛰어들어 갔다. 쫓아오지 마요, 제발! 계단을 두 칸씩 뛰어올랐다.

긴 복도, 창 너머로 아스라한 달빛이 그들의 추격전을 흐뭇하게 지켜보고 있었다. 건물 곳곳에서 아이들의 술래잡기하는 소리가 들려왔다.

지은은 계단으로 여러 명이 올라오는 소리를 듣고 당황해 고개를 이리저리 돌리다 음악실로 뛰어들어 갔다. 시골 학교답지 않게 제법 악기 구색을 갖추고 있는 모습에 감명을 받은 그녀는 잠시 멍하니 있다가 발소리를 듣고 복도 쪽 벽에 바짝 붙었다. 아이들 발소리, 재잘대는 목소리가 멀리 사라지자 지은은 작게 한숨을 쉬며 벽에 미끄러지듯 주저앉았다. 달밤에 체조하는 것도 아니고 이게 무슨. 이게 다…….

덜컹.

음악실 문이 스르륵 열렸다.

심장도 덜컹. 지은은 잔뜩 웅크린 자세로 고개만 살짝 돌려 문 쪽을 보았다. 내리깔고 있던 시선을 천천히 들어 올렸다. 기다란 그림자가 교실로 느릿하게 들어왔다. 공포 영화가 따로 없다. 그림자는 문틀을 잡고 어두운 교실을 휘이 둘러보다가 일순 고개를 까닥하고는 벽 쪽을 보았다. 숨죽인 채 그것을 보고 있던 지은은 결국 비명을 질렀다. 저도 모르게 술래잡기에 빠져들던 정현은 지은을 발견하고는 눈을 번뜩이며 웃었다.

"못 찾을 줄 알았지?"

게임 오버.

지은은 양손으로 얼굴을 감싸며 고개를 숙였다. 그리고 울음이 채 걷히지 않은 목소리로 말했다.

"왜 쫓아온 거예요? 쫓아오지 말라니까……."

"그러는 너는 왜 도망간 건데."

다가온 정현이 그녀 옆에 무릎을 굽히고 앉았다. 그리고 다정한 목소리로 다시 한 번 물었다.

"왜 도망친 거야?"

지은은 대답하지 않았다. 정현은 손으로 바닥을 짚고 조심스레 그녀 곁으로 와 벽에 등을 기대고 앉았다. 2층 창으로 보이는 달은 또 다른 운치가 있었다.

그가 조용히 말했다.

"혹시 우리가 연인 사이였다는 게 신경 쓰이는 거야?"

"……."

창 밖을 향해 있던 정현의 눈이 가느다랗게 빛났다. 검은 하늘 멀리, 별치고는 지나치게 밝은 무엇인가가 보였다. 그는, 그 옛날 누가 묻지도 않았는데 형형한 눈을 빛내며 우주에 관해 일장연설을 늘어놓던 한 사내를 떠올렸다. 라야를 떠올릴 때와 또 다른, 사무치는 그리움에 눈가가 젖어왔다. 그는 눈을 내리깔고 아득한 목소리로 말했다.

"처음 만났을 때 말했잖아, 전생에 좋아한 사이였으면 어떻고 결혼한 사이였으면 어떠냐고. 다시 처음부터 시작하고 싶다고. 내가 그러기 싫다고 해서 그렇게 되는 것도 아니고. 집착이 심한 사람이라고 말했지만 내가 널 좋아하는 마음이 그렇다는 거지, 네가 싫다는데 끝까지 강요할 생각은 없어."

그의 목소리가 울적해졌다. 차라리 모르면 괜찮을 텐데 그의 애틋한 마음이 느껴져서 지은은 더욱 괴로웠다. 다시 눈물이 나려고 했다. 지은은 '그녀'를 생각하는 정현의 마음에 그가 된 것처럼 시린 아픔을 느꼈다. 정현이 다정한 눈빛으로 지은을 보았다.

"당장 대답을 해달라는 게 아니야. 기다릴게. 기다리는 데는 또 내가 이골이 났지."

그가 씨익 웃었다. 지은은 무릎에 턱을 얹고 달을 보았다.

"늙어 죽을 때까지 기다릴 수 있어요?"

"그건 좀……."

그는 잠시 정색을 했다가 소리 내어 웃었다.

"앞으로 유혹하겠다고 했잖아."

그러고는 손가락 하나를 세워 보였다.

"일단은 친구, 거기서부터 시작하자고. 넌 지금까지 했던 대로 똑같이 날 대하면 되는 거야. 처음부터 단순한 친구 사이는 아닐 거라고 짐작했었다며? 변하는 건 아무것도 없어."

'있어요. 내가 당신을 좋아하게 됐다는 거.'

지은은 젖은 눈으로 애써 웃었다. 그녀는 자신의 발치를 내려다보며 짐짓 엄격한 말투로 말했다.

"좋아요. 한번 해보세요. 전 마음껏 방어해보겠습니다."

"내가 얼마나 공격에 강한지 모르는군. 네가 전생을 기억한다면 하지 못할 말이야."

지은은 고개를 돌려 그를 쳐다봤다. 그가 눈부시게 웃고 있었다. 저 눈에 담긴 무한한 애정, 그리고 그리움. 그는 무엇을 저리 그리워하는 걸까? 내가 기억도 못하는, 진짜일지 아닐지도 모를 전생? 전생의 '그녀'? 눈물은 달리면서 다 쏟았다고 생각했다. 하지만 그의 눈을 들여다보는 순간 머릿속에서 또르륵, 물방울이 떨어지는 소리가 났다. 거의 말라버린 것 같던 우물 밑바닥에 물방울이 떨어졌다. 다 비워낸 줄 알았던 눈물샘이 다시 채워지기 시작했다.

그가 더없이 부드러운 목소리로 말했다.

"자, 이제 제대로 좀 웃어봐."

"웃고 있는 거예요."

지은이 정색하자 정현이 키득거렸다.

"난 네 웃는 모습이 좋아."

"……가벼운 공격이로군요."

그가 조금은 사악해 보이는 미소를 지었다. 지은은 이 웃음이 좋았다. 이때에는 그가 전생에 매달리는 그가 아니라 오로지 서정현처럼 보였다. 그가 서정현스럽게 눈을 내리깔고 말했다.

"받아넘길 수 있겠어?"

"가뿐해요."

지은은 자리를 털고 일어섰다. 정현은 그녀를 올려다봤다. 달빛을 머금은 듯 환한 아이. 그녀가 만면에 미소를 짓고 그를 돌아보았다. 그녀는 눈빛만으로 그를 일으켜 세웠다.

지은은 악기들이 진열된 장식장으로 다가갔다. 뒷짐을 지고 유리 너머로 장식장 안을 들여다보았다. 그녀는 맑은 건반 소리에 고개를 돌렸다.

창가 근처, 검은 피아노 앞에 정현이 서 있었다. 그림자가 진 그의 얼굴이 진지해 보였다. 장난을 치듯 한 손으로 아무렇게나 건반을 눌러대더니 어느 순간 그가 내리고 있던 왼손을 들어 올렸다. 그리고 열 손가락이 빠르게 건반 위를 움직였다. 가볍지만 힘 있는 움직임. 그의 긴 손가락이 섬세하게, 하지만 정확히, 빠르게 건반을 내달렸다. 경쾌한 선율이 지금 그의 표정만큼이나 장난스럽게 물결쳐 교실 가득, 창 밖 너머까지 흘러 넘쳤다.

장난스럽던 선율은 종국엔 따라가기 버거울 정도로 격정적이 되어 지은은 입을 떡하니 벌린 채 경탄 어린 눈으로 그의 손가락을 바라보았다. 그의 손가락이 끝까지 열정적인 느낌을 놓치지 않고 건반 위에서 추던 짧은 춤을 멈추었다. 마침표를 찍듯, 쿵, 쿵, 쿵. 심장도 쿵.

지은은 아쉬운 한숨을 폭 내쉬고 놀랍다는 표정으로 박수를 쳤다. 정현이 진지한 표정을 거두지 않고 그녀를 보며 말했다.

"잘 치지?"

울적하던 마음은 이미 경쾌한 피아노 소리와 함께 훌쩍 날아가버렸다. 지은이 흥분한 목소리로 대답했다.

"예, 굉장해요! 아, 이건 불공평해. 피아노는 또 언제 배운 거래요?"

"어머니가 강제로 시켰어."

정현은 눈썹을 찡그리고 '강제로'에 힘을 주며 말했다. 말은 그렇게 했지만, 건반 위에 덮개를 씌우고 피아노 뚜껑을 조심스럽게 닫는 모습은 피아노를 꽤나 소중히 대하는 듯 보였다. 그는 피아노 의자를 끌어와 창밖을 내다볼 수 있게 놓은 다음, 한쪽에 앉고는 와서 앉으라는 듯 옆자리를 탕탕 두드렸다.

운동장 중앙에 모닥불이 피어오르는 것이 보였다. 지은은 조금 전보다 훨씬 밝은 얼굴이 되어, 창틀에 손을 짚고 고개를 내밀어 아래를 내려다보았다. 그것을 물끄러미 보고 있던 정현이 말했다.

"어릴 땐 거의 매일 두 시간씩 피아노 레슨을 받았지. 대체 내가 왜 피아노를 배워야 하는 건지 의문이었는데 오늘을 위해서였나 봐."

지은이 돌아보았다. 정현은 상쾌한 바람을 느꼈다.

지은이 물었다.

"어머니가 피아니스트세요?"

"아니, 그렇다면 그런 의문도 안 가졌겠지. 음악과는 아무 관련 없는, 한때는 회사원, 지금은 주부. 피아노는 단지 어머니의 개인적인…… 동경 같은 거? 자식들한테 자기들 연애 얘기하는 게 우리 부모님 취미라고 내가 말했었나?"

지은은 창에서 몸을 떼고 편하게 앉았다.

"어머니는 어린 시절부터 악기 다루는 남자에 대한 동경이 있으셨지. 그래서 사귀었던 남자들은 모두 음악을 하는 사람들. 좋아하는 피아니스트의, 표 값만 기십만 원 하는 연주회를 쫓아다닌 적도 있었고, 고등학교 때 첫사랑은 학교 기악부 부장이었다더군. 대학에 가서는 음대 건물에 죽치고 앉아 있다가 교수한테 주의를 받기도 했대. 결국 바이올린 전공의 대학생과 사귀게 됐는데 성격 차이 때문에 헤어지고……, 이다음이 진짜 걸작이지. 그 바이올린 남자와는 친구로 지내게 됐어. 어느 날 어머니가 그에게 남자를 소개해달라고 했다나 봐. 그래서 같은 과의 피아노 전공을 소개해줬는데, 꽤 오랫동안 사귀다가 결혼식까지 하게 돼."

"뭐요?"

결혼식이란 말에 지은의 눈이 커졌다. 그녀가 알기로 정현의 아버지는 음악을 하는 사람이 아니었다. 정현은 거기서 놀랄 줄 알았다는 듯 뿌듯한 미소를 지어 보였다.

"그래서 결혼식장까지 딴따라다, 들어가게 됐는데…… 남자가 도망쳐버려. 알지? 영화에서처럼. 주례가 신랑한테서 결혼 서약을 받으려는 순간 신랑이 뒤로 돌아 식장을 뛰쳐나가버린 거야. 그 장면을 네가 봤어야 되는데. 그때 그 장면을 찍은 비디오가 집에 있거든. 정말 무지 웃겨."

"그게 웃긴 건가요?"

지은이 어이가 없다는 듯 웃었다. 정현은 잠시 멈칫했다가, 다시 생각해봐도 웃긴다는 듯 킬킬거렸다.

"네가 그걸 봐야 된다니까. 신부와 주례가 황당해하는 표정을 왜 줌으로 잡아 찍어놓은 건지. 난 그 장면을 찍은 사람을 꼭 한번 만나보고 싶어. 분명 블랙코미디에 재능이 있는 사람이라고. 그쪽 계통에 있는 사람이라면 투자까지 하고 싶을 정도야. 우리 가족은 우울한 일이 있으면 그걸 보지."

마지막엔 진지한 표정이었다. 지은은 입꼬리를 씰룩거리며 웃었다. 이해할 순 없었지만 집안 분위기가 그렇다는데 어쩌겠나. 정현이 이어 말했다.

"여기서부터가 진짜 히트야. 신랑이 식장을 뛰쳐나가는 순간 그를 쫓아간 사람이 있었거든. 어머니에게 그를 소개해준 사람, 바이올린 전공한다는, 한때 엄마가 사귀었던 그 남자. 알고 보니 두 사람은 서로 사랑하는 사이였던 거야."

지은은 자신의 귀를 의심했다.

"……뭐라고요?"

그가 두 손을 벌리며 말했다.

"서로의 마음을 몰랐다가 결혼이 진행되면서 알게 된 거지. 그 시절엔 그런 일이 드물었으니까. 그 일을 계기로 서로의 마음을 확인한 두 사람은 잘 먹고 잘 살았다는 이야기지. 해피 엔딩."

"……어, 어머니는요? 어머니는 그 뒤로 어떻게 되셨는데요?"

"그렇게 신랑이 도망가버리고 망연자실해 있는 어머니를 위로해준 사람이, 바로 우리 아버지. 신랑 측 지인으로 왔다가 들러리를 서게 됐는데 그 꼴이 됐으니 끝까지 남아서 위로해준다는 것이…… 그만…….."

"그만?"

"그날 밤 어머니는 결혼이 예정대로 진행되었다면 첫날밤을 보냈을 호텔에서 필름이 끊길 정도로 술을 마셨대. 올라가는 비행기 시간 때문에 마지막까지 남아 있던 아버지를 어머니가 거의 끌고 가다시피 방으로 데려가서는…… 내가 태어났다는 이야기. 정말 황당할 정도로 재미있는 이야기지 않아?"

"……그게 다 진짜라고요?"

"좀 더 자세히 얘기해줄까? 그 뒤에 두 분의 로맨스는 더 장난이 아닌데. 우리 형제는 이런 얘기를 당사자들한테 매일 들었어. 별로 듣고 싶지도 않은데 말이야. 대체 어떤 자식이 밥을 먹으면서 부모님의 속도위반 결혼 얘기를 듣고 싶겠어?"

지은은 진심으로 정현이 안됐기도 하고 부럽기도 하고 이상한 심정이 되어 그의 어깨를 두드리며 웃었다.

"영화로 만들어도 되겠어요."

"영화로 만들면 진부하지. 진짜니까 재밌는 거야."

"두 분을 꼭 만나보고 싶네요. 제게도 그런 얘기를 들려주실까요?"

"물론이지."

정현은 자신의 어깨를 두드리는 지은의 손을 부드럽게 잡았다.

"꼭 만나게 해줄게."

그의 의미심장한 말에 지은은 웃음을 멈추고 수줍은 미소를 지었다. 그러고는 스륵 손을 빼내 부끄러운 표정으로 그에게 잡혔던 손등을 매만졌다. 지은은 처음 만났던 날 그가 했던 말을 떠올렸다.

「어릴 때 내가 가장 궁금했던 게 뭔 줄 알아? 왜 나는 다른 사람들처럼 깨끗이 새로 태어나지 못했을까?」

「왜 난 전생의 부모를 잊지 못해서 현재의 부모님을 슬프게 하는 거야? 내가 기억하는 것들은 무엇을 위한 거지? 이유가 있을 거 아니야?」

"지금은…… 전생의 부모님 때문에 부모님을 슬프게 하지 않나요?"

들뜬 표정인 그에게 이런 질문을 던지는 게 죄스러웠다. 왜 이런 질문을 던진 걸까. 그냥 궁금했다. 지금의 그를 더 알고 싶었다. 라야가 모르는, 그녀가 절대 알 수 없는 서정현이란 남자를 알고 싶었다. 정현은 고개를 기울이고 묘하게 가라앉은 낯빛으로 그녀를 쳐다봤다. 하지만 이내 옅은 미소를 띠고 말했다.

"그러지 않기 위해 애쓰고 있지. 지은 죄가 너무 많아서 죽기 전까지 다 갚을 수 있을진 모르겠지만."

"정현 씨께 부모님은……."

"지금 내게 부모님은 그분들이야. 그분들이 없었으면 지금의 나도 없어. 나는 다른 사람들보다 훨씬 오랫동안 부모님 품에 있었지. 그 정도로 어린 시절의 난 불안정했어. 그걸 참고 견뎌내고 받아주신 분들이야. 이제 그것에 대한 혼란은 없어, 절대."

목소리가 더없이 단호했다. 그림자를 모두 몰아내듯, 강하고 명료한 어조였다.

아, 언젠가 이 사람이 나에 대해서도 이렇게 말해주는 순간이 왔으면 좋겠다. 전생을 떨쳐버린 그가 오로지 서정현으로서 나에 대해 이렇게 말하는 순간이 온다면…….

지은은 다시 눈물이 날 것 같아 의자 위로 발을 끌어올려 무릎을 모으고 얼굴을 묻었다. 정현은 우주와 닮은 검은 하늘을 올려다보며 또 그 오래전 우주에 대해 말하던 사내를 떠올렸다. 추억에 잠긴 그가 느릿한 목소리로 말했다.

"내가 사랑하는 사람들에게 너를 소개해주고 싶어."

달빛이 창틀에 스며들었다. 정현에게 오늘의 달은 그 어느 때보다 눈부셨다. 하지만 지은에게 오늘의 달은 조금 애달파 보였다.

칭얼대는 아이, 그것을 모른 척하는 부모, 크게 수다를 떨고 있는 사람들, 코를 골며 자고 있는 노인, 도저히 가방을 올려놓을 엄두가 나지 않는 빽빽한 짐 선반. 지은은 이 모든 것에서 조금 답답함을 느꼈다. 하지만 지금 그 무엇보다 그녀를 곤란하게 하는 것은 앞자리에 앉은 젊은 커플이었다. 지은보다 훨씬 어린, 어떻게 보면 고등학생으로 보이기까지 하는 두 남녀가 그녀의 눈앞에서 서로 엉켜 있었다. 지은이 일부러 헛기침을 해봤지만 아랑곳 않고 서로를 매만지고 있었다. 저렇게 좋을까.

지은은 한숨을 폭 쉬고 들고 있던 가방을 힘겹게 들어 올려 짐칸 위에 쑤셔 넣었다. 크로스백을 벗어 들고 자리에 앉았다.

기차는 이미 간이역을 벗어났다. 너른 창 너머로 멀리 황금빛 논들이 보였다. 여기서 개울이 보이는 것 같기도 하다.

그 짧은 시간 동안 이곳에서 많은 일들이 있었다.

엄마와의 오랜만의 외출. 엄마가 쓰러지고, 거기서 휴가차 내려온 정현을 만났다. 참 기이한 인연. 그의 아버지와 그녀의 아버지는 오랜 친구 사이. 정현과는 오해를 풀었다. 그리고 갑작스러운 고백.

「우리는 연인 사이였어.」

그 정도로 너를 좋아해.

지은은 다시 한 번 입속에서 그 말을 되뇌어보았다.

개울가의 추억. 그에게 털어놓은 이야기. 그의 다정함. 친절한 마을 사람들. 그리고…….

「오늘은 우리만의 춤을 추자고.」

달빛 아래에서의 왈츠.

눈물은 이미 어젯밤에 잔뜩 쏟았다. 다행이지 않은가. 안 그랬음 지금 저 민망한 커플 앞에서 눈물을 흘렸을 거야. 마치 실연당한 여인네를 보는 눈으로 쳐다봤겠지?

'……그만 좀 비벼대!'

남자가 여자의 셔츠 안으로 손을 넣기 일보 직전이 되자, 지은은 진지함을 잃고 으르렁거리는 표정을 해 보였다.

"옆에 앉아도 될까?"

지은이 고개를 돌렸다. 그는 유령처럼 다가와 자신이 원하는 순간 눈부신 존재감을 드러낸다. 정현이 화사하게 웃으며 지은을 보고 있었다. 지은은 심장에 부는 바람을 느꼈다. 지은이 웃으며 말했다.

"싫다고 하면 안 앉을 건가요?"

정현은 옆자리에 조용히 앉는 것으로 대답을 대신했다.

지은은 그제야 앞자리에 앉은 커플이 행동을 멈춘 것을 알았다. 여자친구의 몸에서 슬그머니 손을 뗀 어린 남자는 경계와 동경이 뒤섞인 눈으로 정현을 주시했다. 여자는 흐트러진 옷매무새를 단정히 했다. 지은이 재미있다는 표정으로 어린 커플을 응시했다. 두 사람은 정현에게 집중하느라 지은이 자신들을 보고 있는 줄도 몰랐다. 집으로 돌아가면 기차에서 만난 근사한 혹은 재수 없는 사내에 대해 주위 사람들에게 이야기를 풀어놓겠지.

지은이 그런 생각을 하며 흐뭇한 미소를 짓고 있는 동안 정현은 괴이쩍다는 표정으로 그녀를 보고 있었다.

지은을 배웅하러 왔던 태원은 정현이 기차에 오르는 것을 발견하고 당장 내리라고 고래고래 소리를 지르며 달리는 기차를 쫓아왔다. 화연은 정현에게 지은을 잘 부탁한다고 소리치며 묘한 미소를 지었다. 그렇게 기차는 간이역을 떠났다.

정현은 느긋하게 지은을 찾았다. 찾는 것은 쉬웠다. 발이 이끄는 대로 가면 그녀가 있었다.

……거 봐. 그의 얼굴에 조용한 미소가 떠올랐다.

다양한 표정으로 울적해하고 열받아하고 씩씩대는, 세상에서 가장 아름다운 사람이 그곳에 있었다.

정현은 노트북을 꺼낸 다음 등 뒤쪽에 가방을 놓았다. 그걸 본 지은이 말했다.

"어제 들었던 음악 말이에요. 친구가 만들어줬다는 음악이요. 제 메일로 좀 보내주실 수 있어요?"

정현이 손가락을 튕기고 노트북을 펼쳤다.

"지금 당장 보내주지."

지은은 노트북을 만지작거리고 있는 정현의 옆얼굴을 유심히 보았다. 어제와 다름없는 모습이다. 정말 항상 한결같아. 혼란스러운 건 나뿐이다.

커튼을 활짝 젖힌 창 밖으로 햇빛이 눈부셨다. 가방에서 그가 선물로 준 책을 꺼냈다. 아무 페이지나 넘겼다. 일어로 되어 있는 글이 눈에 들어오지 않았다. 그림만 보았다. 지금 그녀의 심정처럼, 어떤 그림은 어지러운 색 뭉치, 어떤 그림은 무채색. 책장을 바삐 넘기던 손가락이 멈췄다. 르누아르.

《뱃놀이 하는 사람들의 점심》

지은은 르누아르의 온화한 화풍이 좋았다. 특히나 이 그림 속에 담긴 취기 어린 느긋함이 좋았다. 부드러운 다정함이 좋았다.

지은은 정현을 보았다. 그는 살짝 미간을 찌푸린 채 노트북 모니터를 응시 중이었다. 뭔가에 열중하면 그의 눈동자는 설핏 금빛이 감돌았다. 지은은 이제 더 이상 그런 것이 신기하지 않았다. 신기한 것은 그런 것을 신기하게 생각하지 않는 자신이었다.

지은은 처음 르누아르의 이 그림을 본 날을 떠올렸다. 친구네 집 거실에 걸려 있던 액자. 진품도 아닌, 겨우 복사본의 그림을 보고 지은은 한참을 서 있었다. 처음 본 그림에서 그리움을 느꼈다. 그리움이라……

지은은 르누아르의 또 다른 그림을 찾았다. 그것이 아마 있을 텐데……. 하지만 곧 자신이 찾는 것이 무엇인지 깨닫고 책장을 넘기던 손을 멈추었다. 지금 그녀는 남녀가 춤을 추는 그림을 찾고 있었다. 책을 덮어버렸다. 정현은 여전히 모니터를 보면서 말했다.

"주말에 시간 괜찮아?"

"이번엔 또 뭘 하려고요."

지은은 내심 기쁘면서도 샐쭉 웃으며 그를 보았다. 정현은 영화 예매 사이트를 찾아 들어갔다.

"이번엔 평범한 거. 영화 보기 어때?"

"안 돼요. 월요일에 출근인데 그거 준비해야죠."

"준비할 게 뭐가 있어."

"정현 씨는 사원으로 일해본 적도 없잖아요!"

지은이 으르렁거리며 말했다. 정현은 실실 웃으며 손가락으로 턱을 매만졌다. 그때 휴대전화가 울렸다. 자신의 것인 줄 모르고 있는 지은에게 정현은 눈으로 그녀의 가방을 가리켰다. 지은은 급히 휴대전화를 꺼내 화면을 보았다. 모르는 번호였다.

"네, 여보세요. ……아, 진오 선배."

지은은 창 쪽으로 몸을 돌리며 작은 목소리로 말했다.

정현은 여전히 태연한 표정으로 모니터를 응시 중이었다. 하지만 굳게 다물린 입 안쪽으로는 불쾌한 듯 혀로 송곳니를 핥았다. 온 정신이 귀에 쏠려 있으니, 손은 생전 안 보던 연예 기사를 찾아 들어가고 있었다.

지은이 창문에 거의 머리를 박을 듯 고개를 숙이고 속삭였다.

"토요일요? 모임? 그런 얘기 못 들었는데……. 몇 시요? 6시? 아, 예. ……커플 모임이요? 그런 걸 왜 한대요. 예. 아니요, 저…… 그날 저는 선약이 있어서요. 예. 죄송해요, 선배. 미안하다고 전해주세요. 네, 그럼 다음 주 회사에서 봐요. 네, 끊을게요."

지은은 전화를 끊고 한숨을 내쉬었다. 그리고 정현의 눈치를 봤다. 그는 한 손으로 턱을 괸 채 인터넷 검색에 열중이었다. 신경이 안 쓰이는 거야, 안 쓰이는 척하는 거야?

정현이 노트북 모니터를 그녀 쪽으로 홱 돌리며 말했다.

"토요일 6시에 영화를 보면 되겠군."

그가 입꼬리를 끌어올리며 웃었다. 지은은 눈을 가늘게 뜨고 나무라는 투로 말했다.

"남의 통화나 엿듣고, 비매너야."

"눈은 감으면 그만이지만……."

"귀는 막을 수가 없으니, 예, 알죠."

지은이 눈을 흘기고 노트북을 자기 쪽으로 가져가자 정현은 기분이 좋은 듯 키들거리고 웃었다. 영화 사이트를 한참 동안 살펴보던 지은이 모니터를 손톱으로 톡톡 두드리며 말했다.

"이 영화 어때요? 요즘 뉴스에서도 흥행 돌풍이라고 그러던데."

정현이 그녀의 어깨 가까이 몸을 붙이고 모니터를 들여다보는 그녀의 얼굴 곁에 자신의 얼굴을 가져갔다. 고개를 돌리면 입술이 스칠 만큼 가까운 거리였다. 지은은 햇살에 눈이 부신 것처럼 눈썹을 찡그리고 머리를 조금 떨어뜨렸다. 정현은 고개를 까닥 기울이며 못마땅한 표정을 지었다. 그녀의 태도 때문이 아니라 그녀가 고른 영화 때문에.

"아…… 난 이런 영화 싫은데. 슬픈 거잖아. 이런 건 집에서 혼자 봐야지."

"왜요. ……설마 울까 봐? 울어요?"

지은은 믿기 힘들다는 표정으로 물었다가, 확신을 가지고는 웃으며 다시 물었다. 정현은 손톱으로 입술을 쓸며 고개를 끄덕였다.

"옛날엔 잘 안 울었는데……."

"말도 안 돼. 꼭 이걸로 봐요. 영화 보면서 우는 남자 보고 싶었거든요. 날 위해 꼭 울어줘요!"

날 위해 꼭 울어달라니. 지은은 자신의 말이 얼마나 못된 말인지, 그가 어떤 마음으로 저 말을 받아들일 수 있는지 깨닫고 잠시 얼굴을 굳혔다. 하지만 그가 보기 전에 다시 활짝 웃었다. 지은이 상영 시간을 확인하며 다시 한 번 확실히 말했다.

"꼭 이걸로 보는 거예요."

지은이 즐거운 표정을 하자, 그가 피식 웃으며 말했다.

"뭘 그렇게 좋아하는 거야."

"벌써부터 두근거려요. 영화에 대한 기대감이 물씬 솟는데요?"

"……."

기대감. 기대감이라…….

요즘은 매일 아침 눈을 뜨면 얼마든지 그녀를 만날 수 있다는 기대감으로 가슴이 벅차올랐다. 기대감이란 말로는 부족하다. 이건 그가 태어나서, 서정현으로 태어나서 한 번도 느껴보지 못한 생에 대한 갈망, 집착이었다. 지쳐서 침대에 누우면 다시 눈을 떴을 때 모든 게 꿈이기를 바라는 것이 아니라, 어서 내일이 오길 바라며 잠이 드는 것. 그는 여태껏 수없이 밤을 새워왔으면서도, 창 밖으로 푸른 새벽빛이 번지는 것을 알면서도 단 한 번도 고개를 돌려 태양을 본 적이 없었다.

그러다 얼마 전 처음으로 '이 세상'의 일출을 보았다. 일본 출장 중 호텔에서, 그는 창문 가득 여명이 밝아오는 것을 느끼고 테라스로 갔다. 산자락 위로 태양이 서서히 머리를 내밀고 있었다. 어느 세월에 다 올라올까, 아침이 되기 전까지 올라오기는 하는 걸까 싶었던 그것은 생각보다 빠르게 아침 안개를 헤치고 세상에 자신의 존재를 드러냈다. 그녀가 그에게 존재를 드러냈듯이, 눈물이 날 정도로 환하고, 눈부시며, 벅찬 순간이었다.

지은이 그의 시선을 느끼고 고개를 돌렸다. 그리고 뭔가를 중얼중얼하며 수줍은 듯 웃었다. 정현도 웃었다.

창 밖으로 햇살이 눈부셨다. 하지만 정현에겐 그녀가 더 눈부셨다.

내게 너는,

내일이고, 태양이다.

14

어두운 영화관, 관객석 곳곳에서 훌쩍이는 울음소리가 들려왔다. 엔딩 크레딧이 올라가고 조명이 켜졌다. 눈물을 글썽이던 관객들은 황망한 표정을 감추지 못하고 손수건이나 옷자락 따위로 얼굴을 감추었다. 출입문을 나가는 관객들의 표정에서 감동과 여운을 읽을 수 있었다.

정현이 빈자리에 내려놓은 코트를 챙겨 들었다. 그러자 일어서는 걸로 알았는지 지은이 그의 소매를 살짝 잡아당겼다.

"가지 마요……. 사람들 다 내려가고……."

꽉 잠긴 목소리였다. 영화 중반에 정현이 건네준 손수건은 이미 형체를 알아보기 힘들 만큼 축축이 젖어 뭉개져 있었다. 지은의 눈은 개구리 눈처럼 퉁퉁 부어 있었다. 정현은 주먹으로 입술을 눌러 웃음이 터져 나오려는 걸 막았다.

그녀는 영화 내내 울었다. 엔딩 장면에선 옆자리에 앉은 여자와 합창이라도 하듯 꺽꺽, 통곡을 해댔다. 급기야 앞자리 등받이를 붙들고 숨이 넘어갈 것처럼 흐느꼈다. 저러다 호흡 곤란이라도 오는 건 아닐까, 정현은 보는 내내 조마조마했다. 다행히 그녀가 쓰러지기 전에 영화가 끝났다.

지은은 젖은 손수건으로는 안 되겠다 싶었는지 가방에서 티슈를 꺼내들었다. 티슈로 콧물을 훔쳤다.

"이건 말도 안 돼……. 무슨 이런 영화가 다 있어. 영화 내내 울었어요.”

“그래…… 그랬지.”

지은은 코를 콩 풀었다. 사람들이 거의 다 빠져나가고 청소하는 사람들이 들어왔다. 정현은 다리를 꼬고 앉아 느긋한 시선으로 그것을 바라보았다.

“멋진 영화야. 인기가 있는 건 다 이유가 있네.”

“말도 안 돼…… 정현 씨는 왜 안 우는 거예요? 잘 운다면서요? 적어도 마지막 장면에선 울었어야죠! 어떻게 울지를 않아요?”

“울었어. 소리를 안 내서 그렇지.”

지은은 또 영화 장면이 생각났는지 티슈에 얼굴을 묻었다. 정현이 희미하게 미소를 지으며 말했다.

“옆에서 누가 어찌나 통곡을 해대는지 도저히 같이 목 놓아 울 수가 없더라고.”

“음흉하게 웃지 마요.”

“음흉한 건 그런 게 아니지.”

지은은 뭐가 음흉한 건데요, 라고 물으려다 그의 눈을 보고 멈칫했다. 표정을 바꾼 갈색 눈이 스크린에서 방향을 틀어 그녀를 바라보았다. 지은은 움츠린 어깨를 움찔하며 젖은 손수건을 꽉 움켜쥐었다. 격한 키스를 퍼붓는 듯한 시선이었다. 상대의 옷깃을 헤치고 보드라운 목덜미를 더듬어 머리카락 깊숙이 감각을 밀어 넣는 시선.

얼굴이 뜨거워져 지은은 황급히 그의 시선을 피했다. 그리고 다른 사람들을 찾았다. 영화관 직원들을 발견한 그녀가 안도의 한숨을 쉬었다.

정현은 어느새 평소의 태도로 돌아와 영화관 내부를 둘러보고 있었다.

“나 이 영화관 자주 오는데.”

"어, 저도요."

"거의 혼자 왔지."

"저도요! 선예는 연극파고 혜경인 액션 영화를 보면서도 조는 애라, 전 영화 친구가 없어요. 그래서 맨날 혼자 왔어요. 사실 누구랑 같이 보는 걸 더 좋아하는데."

정현이 싱긋 웃으며 손가락으로 자신을 가리켰다. 지은이 어깨를 으쓱하며 웃었다. 계단을 내려가는 연인들을 유심히 지켜보던 정현이 말했다.

"몇 년 전에 여기 이 영화관에서, 영화가 끝나고 사람들이 적당히 빠져나갈 때까지 기다린 일이 있어. 대충 빠져나간 것 같아서 뒤를 둘러봤더니 하필이면 눈이 간 곳에서 웬 연인들이 키스를 하고 있는 거야."

"저도 그런 적이 있어요. 엔딩 크레딧까지 다 보고 간다고 앉아 있었더니 사람들이 거의 빠져나갔더라고요. 그래서 나만 남았나 하고 뒤를 돌아봤는데 딱 저 자리쯤에서 연인들이 지나친 애정 행각을…… 엄청 당황스러웠어요. 야한 영화도 아니었는데……."

지은이 뒤쪽을 돌아보며 어떤 자리를 가리켰다. 정현은 맞잡은 손을 무릎 위에 올려놓고 고개를 돌려 그녀가 가리킨 방향을 보았다.

"맞아, 딱 저 자리쯤이었어."

"여자가 남자 무릎에 아예 올라타서는 얼굴을 붙잡고 키스를 하는데……."

"……그래, 여자 머리가 특이했었지. 회색 염색에 펑키 스타일이었나."

"남자는 민머리였죠. ……그걸 어떻게 아세요?"

"……혹시 그다음에 청소하시던 분이 호통을 치던 것까지 똑같나?"

"……멋진 금발을 두건으로 가린 아주머니였죠."

두 사람은 스크린을 보며 한참 동안 아무 말 없이 앉아 있었다.

정현이 쿡, 웃음을 터뜨렸다. 지은은 믿기 힘들다는 듯이 고개를 작게 가로저었고, 그는 크게 소리 내어 웃었다.

"말도 안 돼. 어디 앉아 계셨어요?"

"글쎄, 오른쪽 라인이었으니까 저쯤?"

"완전 반대네요. 전 일 번 라인이요. 벽에 완전 붙어 있었거든요. 키스하는 걸 보자마자 놀라서 얼른 도망치듯 나와버렸죠. 저 못 보셨어요? 엄청 후다닥 일어나서 나갔는데."

"기억 안 나. 조금 놀라서 쳐다보다가 벽 쪽으로 고개를 돌렸을 거야."

그가 안타깝다는 표정으로 웃었다. 그때 만났으면 얼마나 좋았을까.

정현이 또 맑은 눈 가득 사랑스러운 감정을 채우려고 하자, 지은은 속으로 비명을 지르며 들고 있던 축축한 손수건을 그의 얼굴에 냅다 던져버렸다. 그리고 계단으로 도망쳤다. 위험하다! 방어해보겠다는 말을 괜히 했나 봐! 그의 말대로 작정하고 덤벼드는 그의 공격은 일반 남자들의 것과는 질적으로 달랐다.

출입문을 나서는 지은의 얼굴이 새빨개져 있었다. 출입문 쪽에 서 있던 영화관 직원이 웃으며 말했다.

"영화가 많이 감동적이셨나 봐요."

"예? 아, 예."

지은은 가방에서 손거울을 꺼냈다. 눈이 도깨비 눈처럼 퉁퉁 부어 있었다. 이 꼴을 하고 정현과 마주 보고 있었구나.

정현이 뒤따라 나와서 느긋한 말투로 말했다.

"그냥 헤어지기 아쉽지?"

지은은 팔을 들어 엉거주춤 얼굴을 가리며 말했다.

"영화 보여주셨으니까 저녁은 제가 살게요."

정현이 코트 자락 한쪽을 펼치며 천연덕스러운 표정으로 말했다.

"부끄러우면 이동하는 동안은 여기 들어와 있어도 되는데."

지은이 기가 막힌다는 표정으로 그를 돌아보았다. 그의 어깨 너머로 어린 여직원이 얼굴을 붉히고 있는 것이 보였다. 왜 저런 표정이지? 지은은 갑자기 불쾌해졌다. 표정에 드러나진 않았지만 걷는 걸음걸이에 화가 실렸다. 지은이 빠르게 걸으며, 쫓아온 정현에게 말했다.

"제발 그런 부끄러운 짓 좀 하지 마요."

"부끄러워? 뭐가 부끄러운데? 부끄러운 건 그런 게 아니지."

정현이 코트 주머니에 양손을 찔러 넣고 그녀를 뒤따라오며 대꾸했다. 지은은 뭐가 부끄러운 건데요, 라고 물으려다 또다시 살짝 열었던 입을 조용히 닫았다. 얼굴이 화르륵 달아올랐다. 그걸 본 정현이 능글맞은 미소를 지으며 말했다.

"또 이상한 생각 한다."

"아니에요, 그런 거! 그럼 부끄러운 게 뭔데요! 말해보세요!"

지은이 발끈해서 소리쳤다. 정현은 주머니에서 손을 빼내 뒷짐을 지고 그녀의 빠른 걸음에 느긋하게 맞춰 걸었다.

"궁금하면서 묻는 게 무서워서 가만히 있는 게 진짜 부끄러움을 모르는 거지. 자신을 바로 보기 두려워 스스로를 들여다보지 않으려는 것 또한 부끄러운 거고. 자신에게 솔직하지 못하니 상대에게도 솔직하지 못해 결국 상처를 주고 사과조차 하지 않는 것이 진짜 부끄러움을 모르는 거야."

"……뭐예요, 그거. 나 들으라고 하는 소리예요?"

순간 그의 입가에 시종일관 어려 있던 미소가 사라졌다. 하지만 이내 다시 여유 있게 웃으며 고개를 까닥했다.

"아니, 나보고 하는 소리야."

정현은 뭔가를 생각해내려는지 잠시 길게 눈을 한 번 감았다 떴다. 눈을 뜨자 보이는 것은 자신을 이상하게 쳐다보고 있는 지은이었다. 정현이 말했다.

"왜, 뭐 찔리는 거라도 있어?"

"……그런 거 없어요."

다시 돌아서 열심히 걸어가는 지은의 뒷모습을 보며 정현은 작게 웃음을 터뜨렸다. 앞에서 보지 않아도, 그녀가 작은 몸을 들썩이며 뭔가를 불만스럽게 구시렁대고 있다는 걸 알 수 있었다.

사랑스럽다고, 이토록 사랑스럽다고, 너는 누군가에게 그런 사람이라고 말해주고 싶었다. 하지만 어떻게? 이 세계의 언어로, 아니, 인간의 언어로 어떻게 이 마음을 설명할 수 있을까. 지은이 고개를 돌리고 우두커니 서 있는 정현을 돌아보았다. 그러고는 언제 화를 냈냐는 양 말간 눈으로 그를 재촉했다. 그녀가 손을 까닥이며 말했다. 어서 와요.

'어서 오라…….'

너도 한 번 기다려봐야 돼.

그는 그 순간 오로지 서정현이었다. 하지만 발은 이미 걷고 있었다. 그런 자신이 어이가 없어 정현은 헛웃음을 짓고 말았다.

그래, 너는 내게 그런 사람이야.

"한지은?"

커피숍으로 가는 길. 드디어 혼자서도 게임을 12라운드까지 갈 수 있게 됐다고, 그래서 동생에게서 칭찬받았다는 말을 하면서, 정현에게서도 칭찬을 받길 기대하고 있던 지은은 자신을 부르는 소리에 고개를 돌렸다. 그리고 얼굴이 굳었다.

진오였다.

지은이 정현의 소매를 살포시 잡고 있던 손을 놀란 듯 놓았다. 정현이 황망해하는 그녀의 손에 잠시 눈을 두었다가 서늘한 시선을 들어 올려 진오를 보았다.

진오는 오늘 모임이 있을 거라고 하던 대학 동아리 사람들과 길을 지나던 중이었다. 다른 사람들도 하나둘씩 지은을 발견하고 반갑게 인사하며 다가왔다. 지은이 떨떠름한 표정을 재빨리 지우고 웃으며 말했다.

"여기서 만날 줄은 몰랐네."

지은과 친하게 지냈던 연아가 그녀를 발견하고 꺄아, 즐거운 비명을 지르며 달려왔다. 지은도 그녀를 알아보고 웃었다. 그녀는 지은을 넘어뜨릴 것처럼 뛰어왔다가, 정현을 보고는 눈썹을 치켜뜨며 재빨리 멈춰섰다. 연아가 지은의 손을 잡으며 작은 목소리로 말했다.

"오랜만에 나오라니까 나오지도 않고, 약속이 있다더니……."

그리고 다시 슬쩍 정현을 보았다. 연아가 지은의 귀에 속삭였다.

"안 나올 만하다, 야."

"그런 거 아니야."

정현은 난처한 표정의 지은을 물끄러미 보고 있다가 진오에게로 시선을 돌렸다. 진오는, 지은을 발견한 것도 자신이고 그녀를 부른 것도 자신이면서 멀찌감치 서서 관찰하듯 이쪽을 쳐다보고 있기만 했다. 진오가 기묘한 미소를 그리며 고개를 살짝 숙였다.

정현은 가라앉은 눈길로 진오를 응시하며 조용히 미소를 지어 보였다. 아랫사람의 인사를 받는 듯한 태도였다. 그것은 정현이 명백히 의도한 것이었다.

진오의 얼굴에선 웃음이 사라졌다. 그것을 의아하게 여긴 두완이 진오의 어깨를 툭 쳤다. 진오는 정현과 지은을 보고 있는 시선을 거두지 않은 채로, 손으로 입 모양을 가리며 두완의 귀에 뭔가를 속삭였다. 정현의 눈이 가늘어졌다. 두완이 '사장?'이라고 입을 벙긋거리는 것을 보고, 정현은 코웃음을 쳤다.

'입도 가벼운 놈이군.'

지은이 어떤 오해를 받게 될지 뻔한 상황에서 저런 입방정이라니. 아니나 다를까, 동아리 사람들이 두완의 말을 전해 듣고 웅성거리기 시작했다. 정현은 언짢은 표정으로 지은을 보았다. 사람 보는 눈 좀 키워야겠어, 지은 씨.

그의 시선을 느낀 지은이 정현을 올려다보았다. 그녀가 곤란한 미소를 지어 보였다. 지은은 다른 여자 동창들과도 어색한 인사를 나누었다.

동아리 회장이었던 두완을 위시한 남자 동창들도 주뼛거리며 다가왔다. 정현은 남녀노소 모두에게 먹힐 만한 선한 눈을 가장하고, 가장 앞에 서 있는, 우두머리라 할 만한 자에게 먼저 손을 내밀었다.

"서정현이라고 합니다."

"아…… 아, 예."

두완은 얼떨결에 두 손으로 그의 악수를 받고 허리를 굽혔다. 그리고 아차 했다. 강자 앞에서 움츠리게 되는 생물적 본능과 사회적 체면 사이에서 두완은 짧은 시간 동안 번민했다. 하지만 정현은 그가 당황스러워한다는 것을 다른 사람들이 눈치채기 전에 얼른 두완의 손을 두 손으로 감싸며 아주 반갑다는 듯이 웃었다. 그 모습은, 두완에겐 미묘한 감동을, 지켜보는 이들에게는 정현이 생각보다 훨씬 괜찮은 인격을 갖추었다는 인식을 은연중에 안겨주었다.

진오는 그 분위기를 읽고 속으로 혀를 찼다. 진오만이 정현에게 속지 않았다. 물론 그것은 당연했다. 정현이 그러길 원했으니까.

정현은 다른 사람들에게도 모두 악수를 청했다. 어느새 진오를 제외한 모든 이들이 그에게 호의적인 눈길을 보내고 있었다. 정현은 마지막

으로 진오와 악수했다. 두 사람은 서로의 손을 굳게 잡으며 팽팽한 눈인
사를 나눴다. 진오가 말했다.

"밖에서 자주 뵙는 것 같습니다."

"오늘로 두 번째인 것 같은데. 아, 제가 상대에게 깊은 인상을 주는 면
이 없잖아 있지요."

정현이 그 '깊은 인상을 주는' 미소를 지으며 대꾸했다. 진오의 가는
눈이 더욱 가늘어졌다.

"저야 위에서 주는 일을 받아서 하는 처지라지만, 일로드 출시로 윗선
은 제법 바쁘다는 얘기를 들었습니다. 그런데 얘기를 전해준 사람의 과
장이었나 보네요."

상사, 그것도 회사 대표에게 주제넘은 말을 하는 사원이라니. 두완은
진오의 말에 기겁을 하며 그를 말렸다. 진오는 정현이 이딴 일로 자신에
게 위해를 가하지 않으리란 것을 알고 있었다. 진오는 의식하지 못하고
있었지만, 그는 정현과 창립 멤버들이 만들어놓은 머핀 타워의 자유로
운 회사 분위기에 완전히 길들어 있었다.

정현이 진오의 말에 당황스러운 척하며 웃었다.

"상사가 휴일에 쉬지를 않으면 부하 직원에겐 보이지 않는 압력이 되
는 법이죠. 남진오 씨가 이처럼 쉴 수 있는 것도 그 덕분이라고 생각해
보는 건 어떻겠습니까."

뭐 대단한 말을 했다고, 다른 사람들은 이제 아예 방청객처럼 감탄을
지르고 있었다. 진오는 고립된 느낌이 들어 그만 소리 내어 웃고 말았
다. 뒤늦게 괜히 시비를 걸었다는 생각이 들었다.

정현이 웃자 분위기가 다시 화사해졌다. 그는 어느덧 무리의 분위기
를 주도하고 있었다.

사람들은 둘을 쉽게 놓아주지 않았다. 지은은 2차부터 합류하라며 매

달리는 친구들에게 붙잡혀 난처한 표정으로 정현을 돌아보았다. 정현은 무리들과 약간 거리를 두고 물러나 있었다. 일단 알았다고 말하고 간신히 빠져나온 지은이 그에게로 달려왔다.

정현이 웃는 얼굴로 말했다.

"대신 사과하겠다는 말을 하려는 거라면 진짜 화낼 거야."

지은은 그가 진짜로 웃고 있는 건지 살피려는 듯 그의 눈을 들여다보고는 싱긋 웃었다.

"제가 왜 그런 말을 하겠어요?"

정현은 순간 그녀의 눈을 보기 두려워졌다. 대신 그녀의 눈을 닮은 밤하늘을 올려다봤다. 자신들을 내려다보는 저 달도, 몇 개 안 되는 저 별도, 지금 주위에 있는 모든 사람들도, 자신과 그녀만 남기고 모조리 치워버리고 싶었다. 그런 과격한 생각을 그녀에게 읽히고 싶지 않았다.

그때 불청객들이 두 사람에게로 달려왔다. 정현은 그들의 발소리를 듣고 진심으로 그들을 치워버리고 싶어졌다.

"지은아, 얘기 해봤어?"

정현이 고개를 내려 연아를 보았다. 연아가 그의 시선에 부끄러운 듯 어깨를 움츠리고 지은에게 속삭였다.

"같이 가자. 커플 모임인데 어떻게 된 게 커플은 나랑 두완 선배밖에 없어."

"커플 아니라니까."

지은이 연아보다 더 작은 목소리로 말했다. 연아가 고개를 갸웃하며 정현에게 물었다.

"지은이와 어떻게 아는 사이세요?"

"아버지 친구 딸이요."

정현의 천연덕스러운 대답에 연아는 생기발랄한 웃음을 쏟아냈다.

"엄마 친구 사돈의 팔촌과 비슷한 말인가요?"

그녀의 농담에 정현은 재미있다는 듯이 웃었다. 지은이 고개를 작게 주억거리는 동안 곁으로 다가온 친구들이 양쪽에서 그녀의 팔을 하나씩 잡았다. 지은이 당황한 비명을 질러대며 정현을 돌아보았다. 연아가 정현에게 말했다.

"같이 가세요. 재밌을 거예요."

"글쎄요, 저는……."

"지은이 대학 때 얘기 궁금하지 않아요?"

연아가 뒷짐을 지고 의미심장한 미소를 던졌다. 정현은 잠잠한 눈길로 눈앞의 자그마한 여자를 쳐다보았다.

"지은 씨와 친한 사이신가요?"

"무지 친하죠. 대학 동창들 중에선 가장 친할걸요?"

연아가 지은과 사람들이 사라진 방향으로 손을 뻗어 가자는 제스처를 해 보였다. 정현은 먼저 가라는 듯 똑같은 손짓을 해 보였다. 그리고 휴대전화를 꺼내 어딘가로 전화를 걸었다.

— 예, 강민익입니다.

"나야."

— 알아.

"몇 시간 뒤에 나 좀 데리러 와줘."

— ……너는 왜 맨날 이 시간에 전화를 해? 일부러 그러는 거지? 나 엿 먹으라고!

정현은 시끄러운 차 경적 소리에 눈썹을 찡그리며 한쪽 귀를 막았다. 멀리 지은이 끌려가는 모습이 보였다. 괜히 안타까운 마음이 일었다. 날선 목소리가 나왔다.

"거참, 그깟 쇼 프로 좀 건너뛰면 어때서……, 재방송으로 보면 되잖아."

– 이건 재방송을 안 하니까 그러지!

"인터넷 다시보기로 봐!"

– 난 컴퓨터로 그런 거 안 봐!

정현은 한숨을 내쉬었다.

"……알았어. 집에 케이블 놔줄게."

– ……어디로 가면 된다고?

빌어먹을 놈.

"잘생겼다는 소리 많이 들으시겠어요."

두완이 정현의 컵에 맥주를 따라주며 물었다.

정현은 자신에 대해 한마디도 하지 않았지만, 이미 무리들 사이에선 이런저런 정보가 합쳐져 그럴듯한 인물상이 만들어지고 있었다. 여자들은 언젠가 잡지에서 보았던 '결혼적령기 여심을 흔드는 미혼의 인기남' 기사를 얘기했고, 남자들은 풍문으로 들었던 자수성가한 젊은 CEO에 대한 과장된 정보를 쏟아냈다.

정현은 두완의 넉살에 담담한 얼굴로 답했다.

"예."

풋! 지은이 맥주를 마시다 말고 웃음을 터뜨렸다. 진짜구나. 저 사람은 본인이 잘생겼다는 걸 알고 있어. 저 뻔뻔스러운 얼굴은 진짜야.

사람들이 호의로 건네는 술을 차마 거절할 수 없어 정현은 벌써 여러 잔째 마신 뒤였다. 얼굴엔 변화가 없었지만 머리가 약간 몽롱해졌다. 지은의 대학 생활 얘기를 해준다고 꼬실 때는 언제고 이자들은 그의 사생활에만 관심이 있었다.

정현은 지은을 찾았다. 맞은편 조금 떨어진 곳에서 지은이 술을 홀짝이다 그를 발견하고 미안하다는 눈길을 보냈다. 정현이 희미한 미소를 지었다.

'이 일을 빌미 삼아 다음 주말에 어디 멀리 여행이라도 가자고 해볼까…….'

거의 모든 사람들이 그에게 술을 권했을 때쯤 바로 맞은편에 앉아 있던 진오가 정현의 빈 술잔에 맥주를 채웠다.

"주량이 어떻게 되세요?"

"글쎄요, 잘 모르겠습니다."

사람들이 오오, 감탄사를 질렀다. 술이 세다는 말이 아니었다. 정현은 필름이 끊길 정도로 술을 마시지 않는 것뿐이었다. 하지만 거기서 변명을 늘어놓고 싶지 않아 정현은 입을 다물었다. 진오가 맥주를 가득 채운 잔을 정현의 앞으로 살며시 밀며 말했다.

"오늘 그 주량을 확인해보시는 건 어떻겠습니까? 술주정 정도는 모른 척해드리죠."

진오가 입술 앞에 손가락을 세워 보였다. 정현은 턱을 괴고 있던 손을 내려 컵 손잡이를 잡았다.

'퍽이나 그러겠군.'

지은은 또다시 삽시간에 조용해진 테이블을 둘러봤다. 정현이 술을 마실 때마다 옆 사람과 대화를 나누던 이들까지 모두가 숨을 죽이고 그가 잔을 비우기를 기다렸다. 이런 분위기라면 원샷을 안 할 수가 없다. 벌써 몇 잔째야. 지은은 걱정스러운 눈길로 정현을 보았다. 어떻게 하면 그를 데리고 이 자리를 뜰 수 있을까, 지은은 머리를 굴리기 시작했다. 정현이 컵을 테이블에 내려놓기 무섭게 다시 맥주가 채워졌다.

더 이상 안 되겠다 싶었는지 정현이 점잖게 다음 잔을 거절하려는 순간, 지은의 곁에 있던 남자가 질문을 던졌다.

"정말 지은이와는 아무 사이가 아니신 건가요?"

모두의 시선이 남자에게로 쏠렸다. 성호였다. 그가 미심쩍다는 듯이 물었다.

"아버지 친구의 딸? 정말로?"

그는 무례할 정도로 직설적인 성격으로, 선배들에게는 짜증 나는 후배, 후배들에게는 껄끄러운 선배, 동급생들에게는 안 엮이고 싶은 동창이었다. 묘하게 사람 속을 긁는 그의 독설은 그 자리에서는 넘어간다 싶다가도 집으로 돌아가는 길, 잠자려고 베개에 머리를 누이는 순간부터 며칠 동안 상대의 마음을 찝찝하게 만들었다. 아니나 다를까, 오늘도 그냥 넘어가지 않는군. 모두 그렇게 생각하며 얼굴을 찌푸렸다. 정현이 몽롱한 눈으로 고개를 갸웃하며 성호를 쳐다봤다. 성호가 말했다.

"교수님 추천도 마다하기에 무슨 대단한 일을 시작하는 줄 알았더니 요즘 같은 때에 무슨 배낭여행을 간다지를 않나. 뭐 하긴, 지은이 허황된 거야 모르는 사람이 없으니…… 꿈같은 전국 일주야 이해하고 넘어간다지만 이번엔 또 무슨…… 비서? 그것도 아는 분이 대표로 있는 회사의…… 좋겠어, 한지은. 무슨 천하태평인가 했더니 믿는 구석이 있었네."

성호가 주위의 동의를 구하듯 동창들을 둘러보았다. 테이블 분위기가 가라앉았다. 아직까지 취직을 하지 못한 아이들은 이제 질투 어린 표정이 되어 지은을 보았다. 성호가 팔짱 낀 채 손가락으로 자신의 팔뚝을 톡톡 두드리며 말을 이었다.

"우리 회사에도 언젠가 미국의 어디 듣도 보도 못한 대학 졸업장을 가진 인사가 들어오더라고. 대체 뭔가 했더니, 사장 조카라는 거야. 역시 인맥만 한 게 없어. 그렇지 않아?"

그는 말끝마다 다른 사람의 동의를 구했다. 테이블 분위기가 이상하게 돌아갔다. 둘 셋씩 짝지어 소곤대는 소리가 번져갔다. 지은은 조용히 눈앞의 맥주 컵을 내려다보고 있었다. 할 말이 없어서가 아니라, 어떻게 저 자식을 밟아줘야 속이 시원할까를 생각 중이었다. 제일 화가 나는 것은 성호가 지금 정현의 회사를, 그를 모욕하고 있다는 것이었다. 차분한 반박이 좋을까, 욕을 무더기로 던져주는 게 좋을까? 지은의 옆에 앉아 있는 연아가 소곤대는 여자아이들에게 매서운 눈초리로 눈치를 줬다. 누구보다 빠르게 분위기를 감지한 것은 말할 것도 없이 진오였다. 그가 눈에 띄게 인상을 찌푸렸다. 성호의 말은 뜻밖에도 진오의 애사심에 불을 붙였다. 얻다 대고 감히…….

"요즘도 그런 회사가 있습니까?"

진오가 맞은편을 보았다. 모두의 눈이 정현에게로 향했다. 정현은 술에 취한 듯 몸을 약간 앞으로 수그리고 새끼손가락으로 관자놀이를 긁적였다.

"흐음."

그가 여유 있는 미소를 흘리며 좌중을 둘러봤다.

"동네 구멍가게가 아니고서야……."

정현이 진오를 쳐다보며 말했다.

"안 그렇습니까, 남진오 씨?"

"……그렇죠."

두 사람은 마주 보고 웃었다. 그 순간만큼 같은 마음이었다. 얻다 대고 감히 그깟 허접스러운 회사와 비교를 해. 성호의 얼굴이 벌겋게 달아올랐다. 그가 다니는 회사가 동네 구멍가게로 전락해버리는 순간이었다. 정현은 지은을 곤란하게 만든 성호에게 사정을 두지 않았다.

"면접을 통해 본 한지은 씨는…… 무슨 일을 맡아도 자신이 할 수 있는 최고의 노력과 최선의 선택을 할 사람이었습니다."

정현이 부드럽게 웃었다. 테이블의 분위기를 어루만지는 듯한 미소였다.

"보통 사람들도 모나지 않은 눈으로 그녀를 오랫동안 지켜봤다면 알 수 있을 겁니다. 안 그렇습니까?"

정현이 눈짓을 주자, 진오가 씨익 웃으며 거들었다.

"동의합니다."

묘한 말이었다. 적어도 모나지 않은 보통 사람이 되려면 지은이 훌륭한 인재란 걸 인정해야 되는 상황이었다. 졸지에 모난 눈을 가진 사람이 되어버린 성호는 몸을 바들바들 떨다가 급기야 자리를 박차고 나가버렸다. 누군가가 몇 번 성호의 이름을 불렀지만 아무도 그를 잡지는 않았다. 정현이 뒤늦게 미안한 표정을 짓자, 다른 사람들은 오히려 분위기를 망친 성호를 탓하며 지은을 위로했다. 지은은 자신을 찾는 정현의 시선에 눈을 맞춰주었다. 진오는 날카로운 시선으로 맞은편에 앉은 정현을 유심히 쳐다봤다.

'그렇군, 이런 사람이로군…… 흠.'

진오는 등받이에 몸을 기대며 약하게 코웃음을 쳤다.

"너무 심했어요."

동아리 사람들과 헤어지면서 마지막으로 연아와 인사를 나눈 지은이 정현에게 달려와서 한 첫마디였다. 정현은 피곤한 표정으로 하늘을 올려다보고 있었다. 지은도 그의 시선을 따라 하늘을 보았다. 도시의 밤하늘은 우주가 아니라 그냥 어둠이었다. 그가 슬쩍 시선을 내리며 대꾸했다.

"내가 잘못한 거야?"

지은은 정현을 탓하듯 게슴츠레한 눈으로 그를 노려보다가 피식 웃음을 흘렸다.

"아니요. 잘했어요. 나 때문이 아니라…….."

그의 발 옆에 나란히 발을 가져가 섰다.

"그렇게 말하지 않았으면 우리 회사가, 정현 씨와 친구들이 세운 소중한 회사가 이상한 회사가 될 뻔했잖아요. 잘했어요."

"그렇지…… 내 회사가 아니지. 우리들 회사지. ……잘했다고 생각하면 상을 주는 게 어때?"

자연스러운 움직임이었다. 그래서 지은은 피할 생각도 하지 못했다. 그는 코트 주머니에 손을 넣은 자세 그대로 상체만 숙여 그녀의 뺨에 입을 맞췄다. 그리고 몸을 숙이던 것만큼이나 느릿하게 허리를 펴고 섰다. 지은은 눈을 두 번 깜박였다. 키스라기엔 지나치게 산뜻했다. 부드럽고 따뜻한 뭔가가 볼에 닿았다가 금세 사라졌다. 봄바람이 머리칼을 어루만지는 딱 그 정도의 느낌이었다. 그의 입술이 닿은 부분만 불에 덴 듯 뜨거웠다.

지은은 심장 소리가 점점 커지는 걸 느끼며 미간에 주름을 잡고 정현을 보았다. 정현은 망연한 눈으로 지나는 사람들을 쳐다보고 있었다. 방금 본인이 무슨 짓을 했는지 벌써 잊어버렸다는 양 태연한 얼굴인 그를 보고 지은은 잠시 자신이 착각을 한 줄 알았다. ……착각일 리가 있나! 지은은 발그스름해진 뺨을 손으로 감싸며 날카로운 목소리로 물었다.

"혹시 취했어요?"

"아니, 취한 척하는 거야."

정현은 자신을 쳐다보며 지나가는 모든 사람들에게 시선을 맞춰주고 있었다. 지은은 다급히 그의 손목을 붙잡고 그가 자신을 보도록 돌려 세웠다. 정현은 순순히 몸을 돌리고 지은을 빤히 응시했다. 지은이 손가락 두 개를 세워 보이며 물었다.

"말해봐요. 이게 몇 개로 보이죠?"

"다섯 개."

"……안 취했네요."

지은이 속았다는 듯이 으르렁거리며 잡고 있던 그의 팔을 홱 놓았다. 그의 입가에 특유의 사악한 미소가 떠오른다 싶더니 흐리멍덩하던 눈에 순식간에 또렷한 빛이 들어찼다. 연극이 끝나고 배우가 제 모습으로 돌아오는 순간이 바로 이럴까. 지은은 감탄했다.

정현은 주머니에 양손을 찔러 넣은 채 몸을 뒤로 젖히고 키득거렸다. 그들이 서 있는 인도 곁으로 검은 승용차가 와 섰다. 조수석 창문이 내려가면서 지은은 운전석에 앉은 눈매 사나운 남자와 눈이 마주쳤다. 남자는 지은을 흘긋 쳐다보고는 정현을 쏘아봤다. 정현이 차 안으로 고개를 들이밀고 말했다.

"너도 그 눈 좀 어떻게 해봐. 지은 씨가 무서워하잖아."

그러고는 뒷좌석 문을 열고 지은에게 타라는 손짓을 했다. 지은은 잠시 머뭇거리다 차에 올라탔다. 방금 뽑은 것처럼 깨끗한 차 내부에 지은은 긴장했다. 정현이 옆자리에 타고 문을 닫았다. 그가 민익을 가리키며 말했다.

"이쪽은 내 친구 강민익. 메일에서 말했었지?"

아, 길에서 주운 데다 성질이 사납다는.

민익이 무뚝뚝한 표정으로 고개를 꾸벅 숙이자 지은도 어색하게 인사를 받았다. 정현은 지은의 어깨를 살짝 잡으며 조금 신이 난 목소리로 말했다.

"그리고 이쪽은 나의…… 소중한 사람, 한지은 씨."

소중한 사람.

특별히 '소중한'이란 말에 강세를 두고 말하지는 않았지만, 지은의 귀에도 민익의 귀에도 그 말만이 선명히 들어왔다. 어떻게 이런 순간에 저런 소리를 천연덕스럽게 할 수 있을까. 부끄러운 기색이라고는 없었다. 지은과 민익은 뭐라 설명할 수 없는 복잡한 심경이 되어 여전히 생글거리고 있는 정현을 쳐다보다가 거의 동시에 작게 한숨을 내쉬었다. 그리고 깜짝 놀라 서로를 보았다. 룸미러를 통해 눈을 마주친 두 사람은 '그 마음 이해한다'는 듯이 싱긋 웃었다.

지은이 눈으로 말했다. '평소에도 자주 이러나요?'

민익이 눈으로 대답했다. '말해 뭣 하겠습니까.'

정현이 눈썹을 찡그리며 말했다.

"그 시선 교환은 뭐지?"

민익이 그의 말을 무시하며 지은에게 물었다.

"주소가…… 아, 저번에 거기 맞지? 편의점 있던. 맞아요?"

"예, 거기 맞아요."

지은이 앞좌석 등받이를 살며시 잡으며 고개를 끄덕였다.

차가 고가도로를 달렸다. 한 번 입을 다문 세 사람은 웬만해서는 자기가 먼저 입을 열 생각이 없는 것처럼 한참 동안 침묵을 지켰다. 결국 침묵을 견디지 못하고 가장 먼저 항복한 것은 지은이었다.

"운전도 안 하면서 왜 또 조용히 있어요?"

"오늘 있었던 일들에 대해 네게 어떤 식으로 사과를 받아낼까 생각 중이었어."

정현이 진지한 표정으로 말했다. 지은이 하, 코웃음을 쳤지만 그는 아랑곳하지 않았다.

"한동안은 바쁘니까 곤란하고, 다음 달쯤에 어디 여행이라도 가는 게 어떨까? 외국 여행 한 번도 못 가봤다고 했지? 홍콩은 어때? 난 거기 야경만 보고 와도 좋더라고. 금요일에 가서 일요일에 오면 되겠네. 그러려면 먼저 여권을 만들어야겠군. 좀 길게 발리가 좋을까. 난 북해도 쪽도 좋던데. 언제, 어디 가고 싶어?"

"⋯⋯전 지금 우리 집에 가고 싶어요."

"아⋯⋯ 그건, 나라도 좀⋯⋯. 네 마음은 기쁘기 그지없지만 우리는 이 세상에서 만난 지 한 달 정도밖에 안 됐잖아? 그러는 건 너무 이른 것 같아. 집에 동생들도 있다며?"

"민익 씨, 조금 더 빨리 몰아주세요."

지은의 애타는 요청에 민익이 웃으며 액셀러레이터를 밟았다. 차가 조용한 고가도로를 시원스럽게 달렸다.

두 사람이 나란히 오르막길을 올랐다. 최근에 교체된 새 가로등은 얼마나 성능이 좋은지 골목에 연인들을 위한 아늑한 그늘 하나 만들지 않았다. 지은은 아무 대화 없이 그저 걷기만 해도 편안한 이 분위기가 오래된 연인 사이처럼 느껴졌다. 그리고 혹시나 그것이 자신의 안에 숨겨진 라야의 흔적이 아닐까 싶은, 두려운 생각이 들었다. 아니, 또한 간절히 바랐다.

지은은 씁쓸한 미소를 지으며, 일부러 천천히 걷는 자신의 발끝에 시선을 고정했다. 그녀가 물었다.

"혹시 우리 사귀는 중인가요?"

정현이 말했다.

"일단은 친구. 하지만 한쪽이 못 버티고 고백을 했고 상대의 대답을 기다리는 중이지."

"그럼⋯⋯ 누가 사귀는 사람이 있냐고 물어보면 뭐라고 해야 되나요?"

지은은 집 대문이 보이자 걸음을 멈추고 섰다. 그를 집 바로 앞까지 데려갈 자신이 없었다. 그러면 지금 버티고 있는 이 마음이 완전히 무너질지도 몰라. 아직 이 마음이 누구의 것인지도 모르면서. 그것은 자신에게도 정현에게도 해선 안 될 짓이다. 지은은 그런 생각을 하며 착잡한 표정으로 그를 보았다.

정현은 환한 가로등을 원망스럽게 쳐다본 뒤 조용한 눈을 내려 그녀를 보았다.

"그런 질문을 받으면…… 있다고 얘기해줬으면 좋겠어. 적어도, 내게 대답을 하기 전까지는."

지은은 머리를 끄덕였다. 누구도 더 이상 걸음을 떼지 않았다. 민망할 정도로 환한 가로등 밑에서 두 사람은 한참 동안 우두커니 서 있었다.

그들의 뒤로 야식 배달 오토바이가 두 번 지나가고 또 얼마간의 시간이 흘렀을 때, 정현이 낮은 목소리에 약간의 장난스러움을 담고 말했다.

"이건 기분 상할 수도 있는 말인데."

"실례라고 생각되면 말을 하지 마요. ……아니에요. 얘기해보세요."

"지은이란 이름 흔하지 않나?"

지은은 그 말을 언젠가 들을 줄 알았다는 듯이 작게 코웃음을 치고 몸을 돌려 집 쪽으로 걸어가기 시작했다. 정현이 히죽 웃고는 뒤를 따랐다. 지은이 말했다.

"저도 그렇게 생각해요. 흔한 이름 맞아요."

"지금껏 다섯……, 아니, 여섯 명의 지은을 만났어. 의식하지 못했는데 너에 대한 일종의 운명의 힌트 같은 거였나 봐."

"무슨."

"아냐, 아냐, 맞아. 초등학교 때 같은 반에 지은이란 아이가 두 명 있었지. 큰 지은, 작은 지은. 중학교 때 내 뒤에 앉았던 애 이름도 지은이었어. 대학 동기의 여자친구 이름도 지은이었고. 동아리 선배 이름도 박

지은. 너까지 여섯 명이야."

정현이 손가락까지 꼽아가며 말하자 지은이 발끈해 목소리를 높였다.

"정현이란 이름도 특이한 건 아니거든요. 흔한 이름이에요. 제가 좋아한……."

"좋아한?"

정현의 날카로운 시선이 지은의 말실수를 놓치지 않고 달려들었다. 지은은 아차 싶었지만 이미 나온 말, 주워 담을 수는 없었다. 실없는 웃음을 흘리며 고개를 돌려봤지만, 정현의 의심스러운 눈초리가 목 언저리를 간질였다.

"……네, 첫사랑이었던 사람의 이름도 정현이었어요."

"그것도 나에 대한 운명의 힌트!"

정현은 지나간 과거엔 아무 관심 없다는 표정으로, 오직 그것이 자신과 관련이 있다는 사실에만 기뻐하며 손가락을 튕겼다. 첫사랑이라는데 질투라고는 보이지 않는다. 지은은 울컥해서 뾰로통한 표정을 지었다.

"그게 좋다면 그렇게 생각하세요. 하지만 그건 우연이에요."

"그게 좋다면 그렇게 생각해."

"내 말 따라 하지 마요."

"좋군. 그거 좋아. 네 첫사랑도 정현, 마지막 사랑도 정현이라……."

지은이 불만스러운 표정을 짓고 다시 걸음을 옮기자 정현은 그녀 앞을 막아설 듯 빠르게 걸어와 뒷걸음질 치며 말했다.

"이름이 흔하면 어때. 이름은 우리가 지을 수 있는 게 아니잖아."

"불만이었어요."

"뭐가? 우리가 운명의 사이란 게?"

"아니. 왜 우리 부모님은 이런 흔한 이름을 지어주셨을까. 저도 학창 시절엔 지은A로 불린 적이 있어요. 정말 기분 나빴어요. 꼭…… 꼭 무슨 부품 같잖아."

"다른 지은은 지은B고?"

"담임이 영어 선생이었거든요. 언젠가 아빠한테 그랬죠. 왜 이렇게 흔한 이름이냐고. 아빠도 짓고는 조금 흔한 이름이 아닌가 생각했었대요. 그래도 이게 반년 넘게 고민한 뒤에 만든 이름이래요. 아빠가 그런 걱정을 얘기하니까 엄마가 그런 이름이 늙어서도 부르기 좋다고 하셨대요. 튀지 말고 모나지 말고 평범하게 둥글게, 그렇게, 남들이 하는 만큼만 하면서 살면 좋겠다고."

정현은 머리를 젖히고 잠시 생각에 잠긴 듯하더니 이내 고개를 끄덕였다.

"좋은 뜻이네. 화연 씨는 네가 건강하게 오래 살길 바랐나 보다. 늙어서도 오래오래 이름이 불리길 바랐다거나. 좋네, 나도 그쪽이 좋아."

"꿈보다 해몽이네요. 그러는 정현 씨는 왜 정현 씨인가요?"

"나는 묻지도 않았는데 언젠가 할아버지가 먼저 그러시더군. 이름이 흔해서 싫지 않냐고."

정현은 지은과 시선을 맞추느라 계속 뒷걸음질 치며 걷고 있었다. 양손을 주머니에 넣고 있었기 때문에 지은은 그가 혹시나 넘어질까 조마조마했다. 하지만 그런 걱정과 달리 그의 걸음걸이는 가볍기 그지없었다. 지은이 다시 그의 눈에 시선을 맞추며 물었다.

"그래서요?"

"그런 생각 해본 적 없다고 했지."

"그러니까요?"

"그러니까 할아버지 말씀, 어차피 대부분의 이름은 부모가 좋은 뜻을 염원하며 만들었으니 비슷한 건 어쩔 수 없다. 대신, 누군가가 정현이란 이름을 들었을 때 수많은 정현 중 내 얼굴을 가장 먼저 떠올릴 수 있게,

그렇게 살라고 하시더군. 노인네, 적당히 지어놓고 갖다 붙이기는."

"비슷한 경우면서도 전혀 다른 소리를 들었네요."

"난 지은이란 이름이 좋아."

"예, 예. 고마워요."

"정말이야. 난 지은이란 이름을 들으면 수많은 지은 중 널 가장 먼저 떠올릴 거야."

"……."

"내게 지은 씨는 그런 사람이야. 내게 너는 평범하지 않아. 어머님께 미안하군."

지은은 터져 나오려는 한숨을 간신히 삼켰다. 그의 눈길을 피하려 했지만 그럴 수 없었다. 자신의 눈 하나 제대로 통제할 수 없다니……. 할 수 있는 거라곤 잠시 눈을 감는 것뿐이었다.

정현이 빙글빙글 웃으며 말했다.

"이번 공격은 먹혔나 보네."

지은은 힘없이 미소를 지었다. 그리고 눈을 내려뜨고 고등학교 때 사귀었던 남자, 첫사랑 정현을 떠올렸다. 그러고 보니 분위기가 정현과 비슷한 남자였다. 차가운 인상이지만 가끔 짓는 미소가 멋져 인기가 많은 선배였다. 차일 것을 각오하고 한 고백에서 지은은 사귀는 것을 '허락' 받았다. 하지만 사귄 지 한 달도 채 안 돼 그는 "난 많이 웃는 여자가 좋아."라는 황당한 말로 이별을 고했다. 그래, 그랬다.

지은은 시선을 들어 올려 대낮같이 환한 이 골목에서도 절대 자신의 빛을 잃지 않는 사내를 쳐다보았다. "난 너의 웃는 모습이 좋아."라고 천연덕스럽게 말하는 남자, 이 사람의 이름도 정현이다.

다행이다. 한때에는 미운 적도 있었지만, 지금 이렇게 이 사람한테 웃는 모습을 많이 보여줄 수 있게 된 것도 예전의 그 '정현' 덕분이라 생각

하니 그에게 고마워졌다. 고맙다. 고맙네, 그 사람. 이젠 성도 잘 기억
나지 않는 정현이란 사람. 고마워요. 어디에 있는지 모르겠지만 잘 먹고
잘 사세요.

지은은 지금 정현의 미소에 지지 않을, 자신이 가장 자신 있는 웃음을
지어 보였다. 그러더니 돌연 멈춰 서서 앞으로 두 손을 모으고 허리를
숙였다. 면접 준비를 하면서 갈고닦은 완벽한 45도 인사였다.

"그럼."

그녀가 반짝이는 눈으로 정현을 바로 보았다.

"월요일부터 잘 부탁드리겠습니다. 신입으로. 그리고 사장님으로."

정현이 고개를 까닥거리면서 정중히 대답했다.

"저야말로 잘 부탁드리겠습니다. 한지은, 비서님."

그가 소풍을 앞둔 소년처럼 웃었다.

15

「아일.」

속삭임보다 더 작은 속삭임.

그녀의 목소리를 더 잘 듣기 위해 심장이 온몸의 피를 끌어당기는 기분이다. 꿈이란 걸 알아도 소용이 없다. 실제로 가슴이 타들어가는 것처럼 아프다. 완전히 지쳐서 꿈속에서조차 정신을 놓아버릴 때쯤, 빛이 말했다. 색(色)이 말했다. 온 세상이 말했다.

「약속해요.」

띠디디디, 띠디디디.

디지털 탁상시계의 알람이 울렸다. 정현은 빛을 느끼기 무섭게 다시 눈을 감았다. 알람 소리가 계속 귓전을 때렸다. 손바닥으로 눈두덩을 눌렀다. 눈물샘을 막으니 울음이 아래로 내려온 듯 가슴이 천천히 오르내렸다. 한참을 그렇게 누워 있었다.

정현은 갑자기 잠이 확 깬 듯 눈을 반짝이고 휴대전화를 찾았다. 여전히 침대 이불 속에 상체만 일으켜 앉은 채로, 휴대전화를 두 손에 쥐었다. 지은을 몰래 찍은 사진을 찾았다. 지은이 엄청 고민스러운 표정으로 서점 책장 앞에 서 있는 사진이었다.

아침 첫 일과를 마친 그는 침대에서 내려와 창가로 가 커튼을 젖혔다. 푸른 여명이 테라스 바닥에 가라앉아 있었다. 산자락 위로 오늘의 해가 떠오르고 있었다.

정현은 휴대전화 화면 속 사진을 향해 미소를 날렸다.

"좋은 아침."

정현은 팔짱을 끼고 느긋한 표정으로 엘리베이터를 기다렸다.

엘리베이터가 도착하고 문이 열렸다. 민익이 타고 있었다. 트레이닝 복 차림의 민익은 이어폰을 꽂은 채 음악에 맞춰 고개를 끄덕이고 있었다. 정현이 아무 말 없이 타자, 민익도 아무 말 없이 가만히 있었다.

정현이 물었다.

"안 내려?"

"헬스장 갈 거 아냐?"

"너도 가게? 조깅하고 온 거 아니야?"

민익은 고개를 끄덕였지만 내릴 생각은 없어 보였다. 정현은 헬스장 층 버튼을 누른 후 다시 팔짱을 끼고 엘리베이터 가장자리로 물러났다. 그리고 이상스러운 눈으로 민익을 보았다.

민익은 뭔가 할 말이 있는 것처럼 몇 번 입술을 달싹거렸다. 하지만 콧숨을 내쉬며 입을 닫았다.

"……."

"……."

엘리베이터가 헬스장 층에 도착했다. 정현이 내리려다 말고 열림 버튼을 누르며 말했다.

"케이블 TV 설치는 화요일에나 올 수 있대."

"그렇군……. 좋아, 가봐."

민익은 후련한 표정으로 정현의 등을 밀었다. 밖으로 떠밀려 나간 정현이 어이없다는 얼굴로 민익을 돌아봤다. 닫히는 엘리베이터 문 사이로 민익이 만족스러운 미소를 만면에 머금고 손을 흔드는 것이 보였다.

지은은 떨리는 걸음으로 엘리베이터에서 내렸다. 어깨를 쫙 펴고 당당한 걸음으로 비서실로 향했다. 얼굴이 비칠 정도로 깨끗이 닦인 하얀 복도를 걸었다. 끝까지 걸었다.

'……응?'

비상문까지 와버렸다. 지은은 당황한 표정으로 뒤를 돌아보았다.

'이쪽 방향이 아닌가?'

보는 사람이 없어도 얼굴이 붉어졌다. 지은은 손등으로 볼을 살짝 누르며 잰걸음으로 비서실을 찾았다. 노크를 하고 문을 조심스럽게 열었다. 그녀의 감각이 가장 먼저 잡아낸 것은 조용한 가습기 소리. 살짝 열린 문 틈 사이로 가습기가 뿜어내는 김이 보였다.

지은이 열기도 전에 문이 왈칵 열렸다. 갈색 염색에 짧은 단발 파마를 한 여성이었다. 그녀는 호기심 어린 눈으로 어색하게 서 있는 지은을 물끄러미 쳐다보다 꺄악 하는 비명을 질렀다.

"신입이죠? 나 저번에 얼굴 봤어! 사장님이 한바탕 난리 피웠던 그 면접자 맞죠? 이름이, 이름이……."

여자는 이마를 찌푸리며 손가락으로 초조하게 턱을 두드렸다. 지은은 재빨리 고개를 숙였다.

"신입 사원 한지은이라고 합니다."

"아, 맞아, 맞아! 한지은. 평범해 빠진 이름이라 못 외웠어요, 미안."

어떻게 들으면 무례할 수도 있는 말이었지만 그녀의 밝은 목소리에서 악의는 느낄 수 없었다. 여자는 비서실 문을 활짝 열고 동료들에게 지은을 소개했다. 마치 안 지 오래된 후배를 소개하듯 자연스러운 태도였다.

"여러분, 신입이 도착하셨어요. 우리 반갑게 맞아요. 아, 내 소개를 안 했네."

그녀는 호들갑스럽게 명함집을 찾더니, 지은을 향해 고개까지 숙이며 정중히 두 손을 모아 명함을 건넸다.

"이강희라고 합니다. 잘 부탁해요."

"예, 저, 저도 다시 소개, 저는 한지은이라고 하고, 명함은…… 없습니다."

강희는 지은의 말투가 마음에 드는지 고개를 젖히고 깔깔 웃었다. 웃음을 멈춘 강희가 "우리 가족같이 지내요."라는 말을 하자, 잠자코 듣고 있던 날카로운 인상의 사내가 끼어들었다.

"나는 강희 씨 같은 가족 사양인데. 지은 씨라고 했나요? 저는 가족이고 뭐고 딱 회사 동료 관계였으면 좋겠습니다. 서로의 사생활 같은 건 별로 궁금해하지 않았으면 좋겠어요. 내 이름은 지한석입니다. 호칭은 아무래도 좋으니 편할 대로 불러요."

"호칭으로 오빠는 어때요?"

지은 대신 강희가 그의 말을 받으며 또다시 깔깔 웃었다. 강희는 지은의 어깨를 막 두들겨대며 좀처럼 웃음을 멈추지 않았다. 그때 지은의 등 뒤에서 안정적이고 힘 있는 목소리가 들려왔다.

"강희 씨, 웃음소리가 너무 커요."

지은은 '여성스럽다'는 표현을 별로 좋아하지 않았지만, 보는 순간 그 말이 떠오르는 여성이었다. 쌍꺼풀 없는 눈은 오히려 깔끔한 인상을 더 또렷이 만들었고 시선은 상대의 수선스러움을 순식간에 잠재울 만큼 차분했다. 그녀가 조용한 눈길로 지은을 살피며 말했다.

"안수영이라고 해요."

"한지은이라고 합니다."

"안쪽 사무실에 들어가 있을 테니 사람들과 인사가 끝나면 날 찾아오세요. 사장님과 실장님께 인사드리러 가야 하니까."

온화한 미소를 남기고 수영은 조용한 걸음으로 안쪽 사무실로 들어가 버렸다. 강희는, 멍하니 그걸 보고 있는 지은의 어깨를 툭 쳤다.

"멋지죠? 멋진 선배예요. 나도 저렇게 될 거예요."

진심인 걸까? 무리라고 보는데. 강희는 지은의 시선을 전혀 읽지 못하고 그저 방긋 웃었다. 걱정이 별로 없는 사람처럼 보였다. 강희가 갑자기 생각났다는 듯 아, 소리를 치더니 말했다.

"사장님은 면접 때 이미 만나봤죠?"

"네."

"그런데 이상하죠? 그런 해괴한 방식으로 면접을 보는 분이 아니신데, 그날은 왜 그러셨을까."

지은은 그냥 실없는 웃음을 흘렸다. 강희는 허리에 손을 척 얹더니 아쉬운 한숨을 내쉬었다.

"사장님이 다정하기까지 하다면 더 좋을 텐데 말이죠. 하긴, 상사가 일만 잘하고 날 괴롭히지만 않으면 됐지, 내 남자도 아닌데 성격까지 살갑길 바라는 건 욕심이죠. 사장님이 다정하기까지 하면 여자들이 제대로 일을 못 할 거야. 그럼 남자도 제대로 일을 못하고, 우리 회사는 쫄딱 망하는 거지."

서류를 보고 있던 한석이 그녀의 말에 크게 코웃음을 쳤다.

"지금도 늦지 않았으니 배우를 해보는 게 어때요? 아니면 개그맨이나."

"한석 씨는 감성이 부족해요. 연애를 안 해서 그래요. 사랑! 사랑! 사랑만이 세상의 희망인 것을!"

강희가 한석의 책상을 내리치며 과장되게 말했다. 한석이 닭살 돋은 팔을 쓸어내리고는 지은을 보았다.

"현실에서 저런 이상한 말 하는 사람 본 적 있어요?"

"잘 없죠."

지은이 단박에 대꾸했다. 강희가 두 팔을 펼치며 외쳤다.

"사랑 없이 게임을 만들 수 있을 것 같아요?"

한석은 코웃음을 쳤다.

"난 게임 제작 안 해."

"이럴 수가! 저럴 수가! 그럴 수가! 지은 씨, 문 닫아요! 이 소리가 사무실 밖으로 나가선 안 돼! 사장님과 실장님이 들으셨으면 당장 모가지예요, 한석 씨!"

지은은 두 사람이 아웅다웅하는 걸 지켜보다가 수영이 오라고 하던 사무실로 향했다.

「사장님이 다정하기까지 하다면 더 좋을 텐데 말이죠.」

「내 남자도 아닌데 성격까지 살갑길 바라는 건 욕심이죠.」

'내가 아는 그 사람이 맞나?'

지은은 고개를 갸웃거리며 사무실 문고리를 잡았다.

"긴장할 것 없어요."

수영이, 초조한 표정으로 서 있는 지은에게 말했다. 두 사람은 정현이 회사 정문에 도착했다는 연락을 받고 사장실 앞에서 대기 중이었다.

지은은 수영의 배려에 희미하게 웃어 보였다. 긴장하는 게 아니었다. 단지 첫 사회생활이란 설렘에 가슴이 기분 좋게 떨리는 것뿐이었다. 두 사람 사이에 침묵이 찾아오자 지은은 어색함을 못 견디고 헛기침을 했다. 수영이 조용한 목소리로 말했다.

"강희 씨가 한 말 신경 쓸 거 없어요. 미남인 건 맞지만 차가운 분은 아니세요."

"네⋯⋯. 비서 일을 하신 진 얼마나 되셨어요?"

"십이 년이요."

"와, 처음부터 쭉 비서 일을 하셨나요?"

엘리베이터가 도착하는 소리가 들렸다. 수영은 지은의 말에 고개를 끄덕인 뒤, 손을 뻗어 자세를 바로 하라는 눈치를 주었다. 웅성거리는 소리가 들렸다. 지은은 정현을 찾으려고 살짝 발돋움을 하고 고개를 빼꼼 내밀었다. 남자 서넛이 엘리베이터에서 내렸다. 가장 앞장서서 걷는 남자에게 쫓아오는 사람들이 뭐라 뭐라 얘기를 하는 것이 보였다. 맨 앞에 있는 사람이 정현이었다. 오늘도 변함없이 단정하고, 바늘 하나 안 들어갈 만큼 팽팽한 분위기⋯⋯.

'응?'

지은은 낯선 느낌에 고개를 갸웃했다. 장인후 비서실장이 정현의 곁을 나란히 걸으며 심각한 표정으로 뭔가를 말하고는 곤란한 미소를 지었다. 정현은 웃음기 하나 없는 얼굴로 그의 말에 고개를 저었다. 두 사람이 지은과 수영에게로 가까이 다가왔다. 정현의 시선이 지은에게 와 닿았다. 그리고 빠르게 거두어졌다. 지은은 수영을 따라 고개 숙여 인사를 했다.

사장실 문이 열렸다 닫히는 소리가 났다. 허리를 펴는 지은의 이마가 살짝 구겨져 있었다.

'누구야, 저 사람?'

싱클레어가 초록색 차 통을 놓고 갔다는 걸 안 하녀장 밀러가 심각한 얼굴로 말했다.

"오늘은 히비커스 님도 함께라는 걸 그 애가 깜박 잊은 모양이군."

그건 마치, 시중을 드는 하녀가 자신이 평소 좋아하는 차를 가지고 오지 않았다는 걸 히비커스가 안다면 싱클레어에게 무슨 일이 벌어질지 모르겠다는 식의 말투였다. 라야는 볼 것도 없이 차 통을 집어 들었다.

"뛰되 가급적 발소리를 내지 않도록, 알겠지?"

밀러가 재차 당부했다. 라야가 자못 비장한 얼굴로 고개를 끄덕였다. 먼저 아넷 부인의 방으로 출발한 싱클레어를 따라잡기 위해 그녀는 재빨리 몸을 돌려 주방을 뛰쳐나갔다.

싱클레어가 빠트리고 간 차 통을 양손에 단단히 쥔 채 계단을 두 칸씩 뛰어올랐다. 계단 손잡이를 잡고 코너를 돌았다. 그리고 튕겨나가듯이 몸을 다음 계단에 던졌다. 그녀는 바람처럼 달렸다.

아넷 부인의 방이 있는 복도는 계단에서부터 두꺼운 양탄자가 깔려 있었다. 피가 오래 굳은 것 같은 무거운 붉은색의 양탄자였다. 라야는 등 뒤로 차 통을 숨기고 조심스럽게 아넷 부인의 방으로 들어섰다.

싱클레어가 라야를 보고 안도의 한숨을 내쉬었다. 라야는 씩 웃고 게걸음을 치며 그녀 곁으로 다가갔다.

차 테이블에는 세 사람이 앉아 있었다. 창백한 얼굴의 젊은 부인과 차갑고 오만한 인상을 한 노령의 부인, 그리고 아일이었다.

묘한 구도였다. 모르는 사람이 보면 서로가 모르는 사이가 아닌가 싶을 만큼 세 사람의 시선은 조금도 겹쳐지는 부분이 없었다. 라야는 단번에 그 사람들이 각각 누구인지 알아챘다.

푸른 혈관이 보일 만큼 새하얀 얼굴을 가진 젊은 부인은 아마 클레이모어 부인, 아넷일 것이다. 아일의 어머니. 그녀는 아주 미인이었지만 그 얼굴에선 어떤 감정의 흔적도 찾아볼 수 없었다. 표정뿐만 아니라 움직임조차 없어 마치 잘 빚은 사기 인형을 앉혀놓은 것 같았다. 그녀는 텅 빈 눈으로 창 밖을 보고 있었다.

얼굴에 하얀 분을 발라 안 그래도 차가운 인상이 한결 더 싸늘해 보이는 노령의 부인은 그레엄 클레이모어의 어머니, 히비커스일 것이다. 그녀는 고정된 표정처럼 미간을 찌푸린 채 곁눈으로 손자의 손을 보고 있었다.

아일 역시 자신의 어머니와 꼭 닮은 눈동자 속에 모든 감정을 지우고 앉아 있었다. 라야는 그런 그의 모습이 억울한 죄를 뒤집어쓰고 마음에도 없는 반성을 강요당하자 아예 입을 다물어버린 아이 같다는 생각을 했다.

응? 이건 어디서 많이 들어본 소리 같은데? 아, 초대 에드가의 이야기에 너무 빠졌나 보다.

다행스러운 건 그 누구도 라야에게 눈길을 주지 않아 그녀가 무엇을 가지고 들어왔는지도 모른다는 것이었다. 라야가 뜨거운 물로 찻잔을 데우고 있는 싱클레어의 곁으로 다가가 슬그머니 차 통을 건넸다. 싱클레어가 소리를 내지 않고 입을 벙긋거려 말했다.

'고마워. 거의 기절하는 줄 알았어.'

"출정은 언제라더냐?"

라야가 자신의 귀를 의심하며 테이블 쪽을 보았다. 히비커스가 아일을 쳐다보고 있었다. 아일이 따분한 표정을 지었다.

"전황에 따라 다르겠지요. 또 모르죠. 오늘 조간 신문의 전사자 페이지가 두껍다면 당장 내일이라도 가능하지 않겠습니까."

아일은 나름대로 재밌는 농담이라 자평하고 혼자 웃었다. 그러다 자신을 이상하게 쳐다보고 있는 라야와 눈이 마주쳤다.

라야는 그가 농담 같지 않은 농담을 던졌다는 것에 놀라야 할지, 그가 몰래 웃었다는 것에 놀라야 할지, 어디에 더 집중해 놀라야 할지 몰라

어정쩡한 미소를 짓고 말았다. 그녀가 웃는 것과 동시에 아일의 얼굴에선 잠깐이나마 떠올랐던 감정의 기색이 완전히 사라졌다.

싱클레어는 히비커스 앞에 가장 먼저 차를 내놓았다. 히비커스가 차 향을 맡으려는 듯 눈을 내려뜨고 찻잔 바로 위에서 머리를 살짝 흔들었다. 그리고 건조한 목소리로 말했다.

"잊지 말거라, 너를 주목하는 시선이 많다는 걸. '우리'를 주목하는 시선이 많다는 걸."

히비커스는 굳이 '너'라는 한 인물에 '우리'라는 무게를 실었다. 히비커스와 아일의 대화에선 그 어떤 애정도 찾아볼 수 없었다. 라야가 입을 꾹 다문 채 고개를 절레절레 흔들었다. 길가는 사람을 붙잡고 말해도 저것보다는 살갑게 얘기하겠다.

그게 끝이었다. 히비커스가 차를 다 마시고 방을 나갈 때까지 세 사람은 다른 어떤 대화도 나누지 않았다. 그걸 지켜보고 있는 라야가 숨이 막힐 지경이었다. 뭐 이런 가족들이 다 있담? 저 남자가 저 모양인 것도 이해가 가네.

히비커스가 나가고도 두 모자는 아무 말이 없었다. 변한 게 있다면 아녯의 시선이 창 밖을 향해 있다 찻잔 속으로 바뀌었다는 것뿐. 그녀는 차가 다 식을 때까지도 찻잔엔 손끝 하나 대지 않았다. 라야는 정말 그녀가 인형이 아닐까 생각했다. 아녯의 죽어버린 눈빛이 움직임을 보인 것은 싱클레어가 그녀의 차를 다시 따뜻한 차로 바꿔주려고 할 때였다. 아녯은 치마 위에 포개고 있던 손 중 위의 것을 살짝 들어 찻잔을 가져가려는 싱클레어를 제지했다. 아일 역시 차는 한 모금도 마시지 않았다. 싱클레어가 그에게 다가가자 그 역시 오른손을 들어 보였다. 싱클레어는 두말없이 물러섰다.

정말 친모자간이 맞나. 둘을 가만히 보고 있자니 라야는 목이 바싹 타

들어갔다. 비명을 지르고 싶었다. 뭐 이런 모자간이 다 있어!

아일이 얼굴을 쓸며 자리에서 일어났다. 별로 크지도 않은 발소리에 도 아넷은 어깨를 움찔했다. 그걸 본 아일이 잠시 걸음을 멈추었다. 문 고리를 잡은 그가 마지막으로 자신의 어머니를 돌아보았다. 아들이 나 가는데도 아넷은 처음과 똑같은 자세로 앉아 있었다. 아일은 더 이상 미 련 없이 몸을 돌렸다.

찰나의 순간 아넷에게서 거두어지던 시선이 라야를 스쳐 지나갔다. 라야의 눈이 커졌다. 그의 눈이 상처받은 표정을 하고 있었다.

고작 문이 닫히는 소리에도 아넷은 가녀린 어깨를 움찔했다. 문이 닫 히고, 찻잔이 흔들리면서 차갑게 식어버린 주홍빛 차 속에 담긴 아넷의 눈도 흔들렸다.

걸인은 골목과 골목이 교차하는 즈음에 빈 돈 통을 들고 주저앉아 바 이올린을 연주하고 있었다. 지루할 정도로 긴 연주가 끝났다. 바로 앞에 서 연주를 듣고 있던 라야는 가장 크게, 가장 오래 박수를 쳤다. 그리고 주머니의 잔돈을 털어 돈 통에 넣었다.

"연주 잘 들었어요."

걸인은 감은 눈을 흘깃 뜨더니, 기이할 정도로 긴 손가락을 들어 골 목 너머를 가리켰다. 식당 간판이 눈에 들어왔다. 라야가 고개를 갸웃하 자, 걸인이 돈 통을 챙겨 들고 일어서며 말했다.

"연주 내내 얼마나 꼬르륵거리던지 신경이 거슬려서 원……."

라야는 배를 잡고 멋쩍은 웃음을 흘렸다.

클레이모어 저택에서 일하고 나서 처음으로 하루 휴가를 받았다. 토 프는 시내 구경을 나간다는 그녀에게 얼마간의 돈을 쥐여주며, 찾아가 는 길과 주의해야 할 점을 몇 번이고 반복해서 얘기했다.

점심시간이 지난 시각임에도 식당 안은 빈자리를 찾기 힘들었다. 맛있는 냄새가 허기를 더했다. 라야는 앉을 자리를 찾아 고개를 두리번거렸다. 창가 쪽에 빈자리가 보였다. 가로로 길게 앉아 벽과 창 밖을 내다보며 밥을 먹을 수 있게 되어 있는 테이블이었다. 라야는 자리에 앉기 전 옆자리 사람에게 양해를 구했다.

"실례합니다. 여기 자리……."

라야는 옆자리 사람의 얼굴을 보고는 웃는 얼굴 그대로 표정이 굳어버렸다. 아일이 읽고 있던 책에서 눈을 떼고 라야를 쳐다보았다. 싱클레어가 빠트리고 간 차 통을 가져다주기 위해 아넷 부인 방에 갔던 날 이후로는 처음 보는 그였다.

아일은 그녀를 모르는 사람 취급하며 금세 시선을 거두었다. 라야는 반대쪽으로 고개를 돌리며 입을 삐죽댔다. 종업원이 다가와 불친절한 투로 재촉했다.

"시키세요."

"뭐가 맛있나요?"

"다 맛있어요."

라야는 주위를 둘러봤다. 가까이 있는 테이블의 사람들이 먹고 있는 요리를 가리켰다. 종업원이 가자, 라야는 아일과의 사이에 빈자리를 하나 두고 그 옆자리에 앉았다. 곁눈으로 힐끔거리며 아일을 훔쳐보던 라야가 돌연 그를 향해 방긋 웃으며 말했다.

"이 식당 밥 먹어보니 어때요? 맛있어요?"

대꾸는커녕 쳐다보지도 않는다. 라야는 몇 배는 머쓱해진 표정으로 힘없이 웃었다.

요리가 나왔다. 기이한 형태의 요리였다. 소스도 여러 개였다. 어떻게 먹어야 하는 건지 당최 알 수가 없었다. 아일을 힐끗 쳐다보았다. 그가 도움을 줄 리 없다. 대충 눈치를 봐가며 아무렇게나 음식을 먹기 시작했다.

"자리 좀 옮겨주시겠어요?"

불친절한 종업원이 다가와 말했다. 그의 뒤로 연인으로 보이는 두 사람이 서 있었다. 라야는 하릴없이 아일 바로 옆으로 자리를 옮겼다. 연인들은 음식을 주문하고도 뭐가 그리 할 말이 많은지 큰 목소리로 수다를 떨어댔다. 왼쪽엔 무거운 침묵이, 오른쪽엔 정신없는 수다가 자리하고 있으니, 밥이 입으로 들어가는지 코로 들어가는지 알 수가 없었다.

연인 중 남자가 웃긴 소리를 했다. 여자는 허리를 젖히고 손뼉을 치며 크게 웃었다. 그 바람에 라야는 빵을 입에 넣다 말고 옆으로 떠밀려 넘어져버렸다.

"아, 죄송……."

라야는 자신을 붙잡아준 상대에게 반사적으로 인사를 하다 상대가 아일이란 걸 깨닫고 나가던 말을 붙잡았다. 완전 그에게 안긴 꼴이었다. 아일은 성가신 듯, 또는 아무 생각 없는 듯 묘한 표정으로 자신에게 안긴 라야를 물끄러미 내려다보았다. 번뜩 정신이 든 라야가 어색한 미소를 지으며 몸을 일으켰다.

"고, 고마워요."

빵을 천천히 오래도록 씹으며 곁눈질로 아일을 살폈다. 그는 변함없는 얼굴로 차를 마시고 있었다. 빵맛이 느껴지지 않았다. 얼굴이 그의 가슴에 닿으면서 느껴졌던 단단한 감촉이 뺨에 남아 어른거렸다. 오른 뺨에서 시작된 열기가 얼굴 전체로 번져감을 느끼고 있지만 얼굴이 실제로 빨개지고 있진 않기를, 라야는 간절히 바랐다.

그의 심장 박동 소리가 귓가에 붙어버렸다. 요란스럽지 않게, 느릿하고, 규칙적이다. 그것은 실제 그의 인상과 닮아 있었다. 겉보기엔 차가워 보이는 남자도 심장은 뛰고 몸은 뜨거웠다. 얼굴엔 가면을 씌울 수 있어도 심장엔 불가능하다.

당연하지, 당연해.

라야는 중얼거리며 음식을 꿀꺽 삼켰다. 그녀가 고개를 거의 처박고 밥을 먹을 동안 아일은 식당을 나가버렸다. 그가 식당 문을 나가는 걸 바라보며 라야는 마지막 빵 조각을 입에 넣었다.

서점 거리에서 반가운 책을 발견했다. 어린 시절 그녀가 침대에 누워 족히 백번은 읽었을 동화책이었다. 쓰여 있는 문자도, 표지도 달랐지만 분명 그 시절의 그 동화책이었다.

라야는 주인이 있는지 곁을 살펴보고는 아무도 없자 책을 향해 발돋움을 했다. 책이 꽂힌 곳까지 손이 닿지 않았다. 하는 수 없이 서점 주인을 찾아 책 더미 사이로 고개를 내밀었다. 라야는, 뒤돌아 선 채 책장 앞에 서 있는 남자를 발견하고 소리쳤다.

"저기요, 책이 너무 높은 데 있어서 그런데…….."

라야는 책장을 가리키고 있는 자세로 얼어붙었다. 아일이 뒤돌아보고는 그녀를 발견했다. 그도 이번엔 조금 놀랐는지 눈썹을 치켜 올리기까지 했다. 그는 보던 책을 책장에 꽂아 넣고 그녀 쪽으로 다가왔다. 라야가 조금 떨리는 목소리로 말했다.

"책 좀 꺼내주겠어요? ……바쁘지 않으면."

아일은 그녀를 그대로 지나쳐 서점을 나가버렸다.

라야는 책을 가리키고 있던 손가락을 오므리며 샐쭉 웃었다.

"참…… 못됐다."

라야가 시내에 나간다고 하자 다른 하녀들이 사 올 물건을 부탁했다.

덕분에 그녀는 지금 양손 가득 보따리를 들고 있었다. 쥬네가 부탁한 《욕망의 가시》란 책을 마지막으로, 부탁받은 물건을 모두 산 그녀는 시계점을 찾았다. 첫 월급으로 토프에게 시계를 선물할 셈이었다. 토프가 준 돈으로는 백모에게 드릴 향수를 샀다.

라야는 시계점 앞에 서서 골목 어귀에 앉아 있는 걸인을 보고 있었다. 나이가 많은 거지였다. 종이로 대충 만든 돈 통엔 동전 두 푼이 다였다.

라야는 지갑을 꺼내 수중에 있는 돈을 확인했다. 가게 유리창 안을 들여다보았다. 전시된 시계 중에 마음이 가는 것이 있었다. 남은 돈이 아슬아슬했다. 라야는 아쉬운 눈길로 걸인이 있는 곳의 반대 방향을 보았다.

김이 모락모락 피어나오는 노점이 있었다. 노점에서 찐빵을 산 여자아이가 라야의 옆을 뛰어 지나갔다. 라야는 다시 걸인을 보았다. 걸인은 찐빵을 들고 지나가는 여자아이를 한참 동안 쳐다보고 있었다.

노점에서 나오는 하얀 김이 하늘로 감실감실 흩어졌다. 그것을 바라보며 라야는 한숨을 내쉬었다. 시계 값과 차비만 남기고 남은 돈을 모두 걸인의 돈 통에 넣었다. 그리고 걸인이 찐빵 노점으로 걸어가는 걸 보고는 시계점 안으로 들어왔다.

시계점 주인이 살가운 목소리로 인사했다. 라야가 봐두었던 시계를 가리켰다.

"이걸로 주세요."

"귀여운 아가씨가 보는 눈도 있으시네. 그건 전시된 거라, 반짝반짝하는 새걸로 드릴게. 잠시만 기다려요, 이 손님 시계부터 마저 고쳐드리고."

"네, 천천히 하세요."

라고 말하고 고개를 돌린 라야는 먼저 온 손님의 얼굴을 보고 비명을 질렀다.

아일이 어이가 없다는 얼굴로 그녀를 쳐다봤다. 라야는 들고 있던 보따리도 내려놓고 황급히 두 손을 흔들었다.

"오해하지 마요! 그쪽 쫓아다니는 거 아니에요!"

"……."

아일은 이내 주인이 고치고 있는 시계로 눈을 돌렸다. 주인은 농담을 건네기 힘든 분위기의 남자 손님을 흘끔 쳐다보고는 대신 라야에게 말했다.

"이 넓은 시내에서 우연히 자주 마주친다는 것은 인연이란 소리……."

넉살좋은 주인도 아일의 살벌한 눈빛을 마주하고는 농담을 끝맺지 못했다. 한참 어린 연배의 남자라고는 해도, 그에게선 무가의 일원일 것이라 짐작되는 분위기가 풍겼다. 주인이 움츠러든 것이 보이자 라야는 아일을 노려보며 중얼거렸다.

"정말 못됐다."

아일이 그녀를 흘겨보았다. 라야는 '뭐요?' 따지는 눈빛으로 응수했다. 주인이 그녀를 말리듯 작게 손을 내저었다.

잠시 뒤 주인은 경직된 미소를 지으며 아일에게 고친 시계를 건넸다. 금색 칠이 멋스럽게 벗겨진 회중시계였다. 라야가 눈을 반짝이며 말했다.

"멋진 시계네요. 아저씨, 저런 건 얼마나 하나요?"

아일이 그녀를 지나쳐 시계점을 나갔다. 그가 유리 너머로도 보이지 않게 되자 주인은 그제야 본래의 장사꾼다운 표정을 지으며 입을 열었다.

"저런 건 많이 비싸요. 아가씨가 고른 시계는…… 여기 있네. 아이쿠,

시계 줄에 살짝 긁힌 자국이 있네. 원래 가격에서 깎아줄게요. 이 정도는 원래 말 안 하고 팔아도 되는 건데 아가씨가 예뻐서 말해주고 깎아주고 그러는 거야."

"살게요. 대신 많이 깎아주세요."

라야의 계획적인 애교에 넘어가 주인은 그만 거의 원가에 가깝게 시계를 팔고 말았다. 시계를 싸게 산 라야는 남는 돈으로 찐빵을 샀다. 한 개도 아니고 여섯 개. 두 개는 덤.

여덟 개의 찐빵이 든 봉투를 들고 라야는 시계점으로 돌아갔다. 시계점 주인에게 찐빵 하나를 건네고 하나는 걸인에게 주고 하나는 제 입에 물고서, 라야는 승합마차 정류장으로 향했다.

"아가씨가 짐을 든 건지 짐이 아가씨를 든 건지 모르겠수."

마부의 말에 라야는 헤헤 웃었다. 그리고 마차 짐칸에 짐을 올리는 것을 도와준 마부에게 찐빵을 건넸다. 마부는 아직 손님이 덜 차 금방 출발하지 않으니 놀다 오라고 했지만 라야는 일찌감치 마차에 올랐다. 그녀는 맞은편에 앉아 있는 남자를 보고 비명을 질렀다.

아일은 버릇처럼 한숨을 내쉬었다. 없는 사람 취급할 땐 언제고 이젠 빤히 쳐다보는 그의 시선이 부담스러워 라야는 찐빵 봉투로 얼굴 앞을 가렸다. 그래도 그의 시선이 느껴져 자리를 옆으로 옮겼다. 그래도 역시 사선 방향으로 그의 시선이 느껴졌다. 아예 맞은편에 가 앉았다.

단둘이 대화도 없이 앉아 있기가 열없어서 라야는 그와 반대쪽 창을 내다보며 거리 구경을 했다. 잠시 후 가족으로 보이는 부부와 아이가 마차에 타 아일과 라야의 반대편 자리에 앉았다. 바로 연인으로 보이는 두 사람이 따라 올랐다. 아까 식당에서 옆자리에 앉았던 수다스러운 연인이었다. 라야는 거의 반강제로 옆자리로 밀려났다. 라야는 아일과 붙지 않기 위해 애썼지만 피할 도리가 없었다.

신이여, 살려주세요!

라야는 실로 오랜만에 신을 불렀다.

마차가 출발했다. 좁은 마차 안에 찐빵 냄새가 퍼졌다. 아이가 찐빵을 먹고 싶다고 칭얼대기 시작했다. 라야는 찐빵 두 개를 꺼내 아이와 아이 부모에게 하나씩 건넸다. 그리고 하나를 더 꺼내 옆자리 연인들에게 주었다. 마지막으로 남은 하나는…….

라야는 아일에게도 조심스럽게 찐빵을 권했다. 아니나 다를까, 아일은 창틀에 팔을 걸친 채 창 밖으로 시선을 고정하고 찐빵에는 눈길도 주지 않았다.

"그럴 줄 알았어."

라야는 작게 중얼거리며 그에게 건넸던 찐빵을 도로 봉투에 집어넣었다.

두 사람은 가장 마지막에 내렸다. 라야는 짐을 내려준 마부에게 감사 인사를 하고 저택 쪽으로 몸을 돌렸다. 아일은 벌써 한참 앞서가고 있었다. 보따리를 들며 라야는 혀를 찼다.

"설사 모르는 사람이더라도 이렇게 짐이 많은 걸 보면 들어주고 싶은 게 인지상정인데."

네 주제를 알라

머리 위로 다가온 바람이 속삭였다. 라야가 대꾸했다.

"너도 그 소리니? 이 나라 아주 몹쓸 나라네. 그런 면에선 차이드가 더 나아. 힘은 뒀다가 얻다 쓰나 몰라. 칼부림 할 때나 쓰나?"

조심해

바람이 경고를 날리기 무섭게 라야는 튀어나온 돌부리에 걸려 휘청거렸다. 다행히 넘어지지는 않았다. 대신 들고 있던 보따리를 놓쳤다. 설상가상으로 보따리 매듭까지 풀리면서 길바닥에 물건들이 좌르륵 흩어졌다.

라야는 당황스러운 얼굴로 처참한 현장을 내려다보았다. 그리고 입술을 길게 당겨 웃고는 공중을 향해 중얼거렸다.

"빨리도 가르쳐준다."

바람이 키득대는 소리가 들려왔다. 시선을 내리자 아일이 뒤돌아서서 이쪽을 쳐다보고 있는 것이 보였다. 돌아와서 물건을 줍는 걸 도와주려나 했더니, 기대가 무색하게 그는 휭하니 돌아서서 저택 쪽으로 가버렸다.

라야는 치맛자락을 모아 무릎 사이에 끼우고 앉아 흩어진 물건들을 주웠다.

《욕망의 가시》를 집어 드는데, 책 위로 그림자가 졌다. 고개를 들어 위를 보았다. 아일이 그녀를 내려다보며 한숨을 내쉬었다. 라야는 두 팔꿈치를 가슴 쪽으로 당기고서 놀랍다는 듯이 웃었다.

"한숨 쉬는 거, 그거 혹시 버릇이에요?"

아일은 대꾸 없이 선 채로 허리를 굽혀 물건을 하나씩 주웠다.

라야는 찐빵 봉투를 들고, 아일은 그녀의 보따리를 들고 지나는 사람이 거의 없는 조용한 비탈길을 걸어 올라갔다. 큰 바람이 불면서 주위의 나무들을 흔들었다. 라야가 하늘을 올려다보며 말했다.

"폭포수 소리 같아요. 포야즈 폭포라고, 큰 폭포는 아닌데 높은 곳에서 떨어지는 가는 폭포가 있어요. 거기서 딱 이런 소리가 나요. 혹시 들어봤어요, 포야즈 폭포? 이름이 귀엽죠? 아기 천사란 뜻이래요."

"……."

"이 찐빵 진짜 맛있어요. 이게 아히름 명물 찐빵이라네요. 먹어본 적 있어요?"

"……."

"누가 시내 나가면 명물 꼬치를 먹어봐야 된다고 해서 길을 가르쳐줬는데 결국 못 먹었어요. 길이 어찌나 복잡한지……. 아, 대도시치고는 신식 건물이 잘 안 보이더라고요? 남의 나라에서 전쟁을 하니 정작 본인들 나라는 부서질 일이 없었나 봐."

그에게서 어떤 반응이라도 끌어내보고자 도발을 했다. 하지만 아일은 특별한 반응 없이 묵묵히 걷기만 했다. 아일의 크고 빠른 걸음을 따라잡기 위해 라야는 거의 뛰다시피 그를 쫓았다.

그는 하인들이 지나는 뒷문에서 멈춰 섰다. 그리고 뒤따라오는 그녀를 기다렸다. 라야가 앞에 와 서자 그는 보따리를 넘겨주고는 턱짓을 했다.

먼저 들어가.

'……란 소리겠지?'

끝까지 입에 자물쇠를 찬 그의 태도엔 정말 두 손 들었다.

설사 말을 한다 해도 그의 뒤틀린 말은 그의 표정만큼이나 의도가 쉽게 읽히지 않았다. 하지만 라야는 언제나 그의 언행에서 배려를 읽었다.

라야는 보따리를 받아 들고, 들고 있던 찐빵 봉투를 그의 손에 억지로 쥐여주었다.

"이건 짐을 들어준 데 대한 보답."

그러고는 그가 화를 내면서 찐빵 봉투를 집어던지기 전에 뛰어서 저택 안으로 들어가버렸다. 그가 묶은 보따리 매듭은 들기가 훨씬 편했다. 라야는 한참을 걷다가 뒤를 돌아보았다. 아일은 계속 그 자리에 서서 하늘을 올려다보고 있었다. 당연히 그의 표정은 보이지 않았다. 그러기엔 거리가 너무 멀었다.

바람이 저택의 비록나무를 흔들었다.

라야는 천천히 뒷걸음질 쳐 가며 그를 지켜보았다. 기분 탓이겠지만,

멀리 보이는 그의 모습이 조금 쓸쓸해 보였다. 한참 뒤 그가 고개를 바로 했다. 그러고는 머뭇거리더니 찐빵 봉투에 손을 넣었다. 라야는 풋, 웃음을 터뜨렸다. 그는 찐빵을 손에 들고 또다시 한참을 망설였다. 이윽고 그가 찐빵을 한입 베어 무는 것이 보였다. 라야는 그만 보따리까지 떨어뜨리며 크게 소리 내어 웃었다. 어머니가 그녀의 눈앞에서 죽은 이후로는 웃어도 곧 눈물이 되어버렸다. 그녀 자신은 전혀 의식하지 못하고 있었지만, 라야는 정말 오랜만에 진심으로 웃었다. 실컷 웃고 나서 다시 보따리를 집어 들었다. 몇 발자국 걷다가 뒤를 돌아보았다.

그가 사라지고 없었다.

"맙소사."

지은은 화들짝 놀라 몸을 움찔하며 잠에서 깼다. 바로 눈앞에서 갈색의 단발 펌을 한 여성이 놀란 듯 입을 벌리고 있었다. 그녀가 다시 한 번 말했다.

"맙소사."

……누구지?

지은은 가습기 소리에 완전히 현실로 돌아왔다. 팔에 대고 있던 머리를 떼고 사무실을 둘러봤다. 사무실엔 그녀와 강희, 둘뿐이었다.

지은은 강희만큼이나 놀란 표정으로 입을 벌렸다. 강희는 쭈그리고 앉아, 의자에 앉아 있는 지은과 시선을 맞추고 있었다. 강희가 감탄조로 말했다.

"대단한 깡이야, 지은 씨."

강희는 장난스럽게 미간을 찌푸리며 엄지손가락을 세워 보였다.

"출근한 첫날 대놓고 졸다니."

"죄, 죄, 죄송해요! 요즘 잠을 제대로 못 자서……. 아닙니다. 정말 죄송합니다!"

지은은 얼굴이 새빨개져서 연방 고개를 숙여 사과했다. 강희가 놀란 얼굴로 손을 내저었다.

"아니야, 아니야. 너무 긴장하면 그럴 수 있어. 나도 수능 날 언어 시간에 졸았는걸. 그 바람에 지문을 세 개나 못 읽었지. 그래도 발견한 게 나라서 다행이야. 비밀로 해줄게. 약점을 잡겠다는 게 아니고, 정말 비밀로 해줄게. 쉿!"

강희는 입술 앞에 손가락을 세우고 눈을 찡긋했다. 그녀가 자신의 책상으로 돌아가자, 지은은 낭패라는 듯이 손으로 얼굴을 가렸다. 그녀는 웬만해선 집 밖에서 잠을 자는 일이 없었다. 어떤 지루한 수업도 펜으로 허벅지를 찔러가며 버텼고, 아무리 피곤해도 버스에서 졸지 않았다.

'요즘은 대체 왜 이러는 건지 모르겠어. 무슨 꿈을 꾸었더라?'

깰 때의 충격이 심했는지 여태 심장이 두근거렸다. 너무 놀라서 꿈 속 내용도 전부 날아가버렸다. 벽시계를 확인했다. 반나절은 잔 것 같은데 오 분밖에 지나지 않았다. 피곤은 잠자기 전보다 더했다.

강희가 프린터에서 방금 인쇄되어 나온 종이를 들고 콧노래를 흥얼거리며 다가왔다. 그녀가 지은의 눈앞에서 종이를 팔락팔락 흔들어 보였다.

"커피 마실래, 지은 씨?"

지은은 한 손엔 강희가 건네준 종이를, 한 손엔 커다란 플라스틱 박스를 들고 엘리베이터 안에 서 있었다. 다른 직원이 내리고 엘리베이터에 혼자 남게 되자 지은은 종이를 다시 읽어보았다. 내용을 요약하자면 이랬다.

'어제부로 우리 비서실은 인도네시아 만델링과 케냐AA가 똑 떨어졌답니다. 양은 종전 그대로. 반은 원두 상태로, 반은 에스프레소용으로 분쇄 부탁해요. 보이차는 많이 소비하니까 넉넉하게 주시고, 민트티는 혼자만 먹으니까 조금만 주세요. 새로 들어온 녹차가 있으면 추천해주시고요, 머핀은 일단 한 박스만, 쿠키는 쇼콜라 디아망과 오트밀 쿠키로.'

진오가 회사의 커피 맛을 자랑하던 것이 생각났다.

'이렇게 먹어대면 점심은 어떻게 먹지? 아니, 그것보다 일을 하면서 이렇게 먹어도 되는 걸까. 능률성이 떨어지지 않나? 나가는 식비만 해도 굉장할 것 같은데. 아니, 애초에 이런 생각은 누가 한 거지? 정현 씨가 한 걸까?'

구내 식당도 엄청 싸고 맛있을 것 같다는 생각이 들어 지은은 헤벌쭉 웃었다. 엘리베이터가 도착했다.

"한지은!"

엘리베이터에서 내리자마자 누군가가 그녀를 불렀다.

지은은 약간 복잡한 심경이 되어 웃었다. 진오였다. 다른 엘리베이터에서 내린 진오가 그녀를 발견하고 반갑다는 표정으로 다가왔다. 맨해튼 지하철 역 안에서 고향 친구를 만났을 때에나 지을 수 있는 표정이었다. 저런 얼굴을 보고 인상을 찌푸릴 수 있는 사람은 없을 것이다. 지은은 또다시 저도 모르게 활짝 웃고 말았다. 진오가 지은의 손에 들려 있는 종이를 확인하고 자신의 종이를 흔들어 보였다.

"점심시간에나 볼 수 있을까 했더니 이렇게 딱 만나네."

"선배는 아직도 팀에서 막내예요?"

"막내라서 그런 게 아니고, 먹고 싶은 사람이 가는 거지. 가자. 내가 안내해줄게."

진오가 그녀의 어깨에 손을 올리려고 하자 지은은 모른 척 얼른 걸음을 빨리해 앞서가버렸다. 진오는 머쓱해진 손을 내리며 피식 웃었다.

일반 사무실 문보다 가로로 서너 배는 큰 문을 열고 들어갔다. 커피 향과 갓 구운 빵 냄새가 방 안 가득했다. 한편에선 두 명 정도가 종이를 제출하기 위해 줄을 서 있었다. 지은은 진오를 따라 사람들이 줄을 서 있는 곳으로 갔다.

직원은 무뚝뚝한 표정으로 이런저런 작업을 한 뒤 지은이 제출한 종이를 되돌려주었다. 그러고도 지은이 멀뚱히 서 있으니까 직원이 물었다.

"처음 오셨어요?"

"예, 신입 사원이에요."

지은이 흥분된 표정으로 뜬금없이 목에 걸고 있던 사원 카드를 보여주자, 무뚝뚝한 표정이던 직원이 슬쩍 웃으며 손으로 옆을 가리켰다.

"저쪽으로 가셔서 요청한 걸 가져가시면 됩니다."

자신의 것을 챙기고 있던 진오가 달려와 지은을 잡아당겼다.

바 너머 투명한 유리로 된 부엌에서 커피를 분쇄하는 그라인더의 전동음이 들렸다. 소리가 멈추고, 운동화가 마룻바닥을 쓰는 소리가 다가왔다. 많게 봐야 서른 줄로 보이는 사내가 안쪽에서 고개를 내밀었다.

"만델링은 오후에나 들어와요. 이번엔 예멘 모카가 제대로 로스팅 됐는데 그거 조금 드려볼게요. 반은 원두, 반은 에스프레소용으로 분쇄 맞죠?"

무슨 말인지 다 알아듣진 못했지만 지은은 일단 고개를 끄덕였다. 다른 쪽 부엌에서 넉넉한 인상의 아주머니가 나와 지은에게 머핀과 쿠키가 포장된 박스를 건넸다.

"쇼콜라 디아망은 방금 전에 다 나갔어요. 점심시간 이후에나 다시 구울 거예요. 그러니까 인기 품목은 일찍 와야지. 아, 처음 왔어요?"

"예, 신입 사원입니다."

지은이 멍한 표정으로 사원 카드를 들어 보였다. 진오는 지은 대신 그녀의 플라스틱 박스에 미리 받은 보이차와 민트티 등을 챙겨주었다. 물건을 확인한 지은이 진오에게 물었다.

"이렇게 많이들 먹으면 점심은 어떻게 먹나요?"

"아, 그게 말이야…… 실제로 이것 때문에 점심을 못 먹는 사람들도 있어. 아예 이걸로 점심을 때우는 사람들도 있고."

진오가 멋쩍은 미소를 지으며 손가락으로 콧등을 긁적였다.

"언젠가부터 점심시간에 식사를 안 하고 개인적인 용무를 보는 사람들이 늘어났대. 그러다 보니 또 어느 때부터는 점심시간에도 일을 하는 사람들이 생기기 시작한 거야. 사내 공모전을 준비한다거나……. 그것 때문에 이것도 다, 실은 점심시간에도 일을 하게 하려는 회사의 음모가 아닌가 하는 우스갯소리도 있어."

말은 그렇게 하면서도 진오의 표정에선 회사를 좋아하는 마음이 느껴졌다.

"선배는 회사를 좋아하네요."

"응, 난 우리 회사가 좋아. 안 망해야 할 텐데. 이런 데 있다가 다른 회사 가면 적응 못할 것 같아."

지은은 진오를 유심히 쳐다보았다. 지금 그에게선 그저께 모임에서 보았던 낯선 모습은 찾아볼 수 없었다. 지금은 그저 대학 시절 눈을 빛내며 자신의 꿈에 대해 얘기하던 진오 선배였다. 이 사람은 이렇게 즐겁게 회사 생활을 하는구나. 그러고 보니 비서실 사람들의 표정에서도 월요병 같은 건 느껴지지 않았다.

지은은 박스 속에 들어가 있는 머핀을 내려다보았다.

'고작 먹을 거 때문에 그런 건 아니겠지?'

하긴, 사람은 맛있는 걸 먹으면 행복해지니까. 어서 빨리 이것들을 먹어보고 싶어졌다. 그러면 나도 이들처럼 이 회사를 좋아하게 되려나.

지은이 비서실 문을 열었다. 마침 사무실을 나오려던 수영과 부딪쳤다. 수영이 차분한 눈길로 지은이 들고 있는 박스를 내려다보고는 안쪽으로 고개를 돌리며 말했다.

"한석 씨, 이것 좀 받아주세요. 지은 씨는 저와 함께 가죠."

한석이 나와 지은이 들고 있던 플라스틱 박스를 가뿐히 받아 들고 안으로 들어갔다. 안쪽에서 강희가 즐거운 비명을 지르는 것이 들려왔다.

수영은 얼떨떨한 표정의 지은을 부드러운 손길로 재촉하며 말했다.

"아까 사장님과 실장님께 인사 못 드렸죠? 회의가 끝났으니까 인사드리러 갑시다."

수영이 사장실 문을 노크했다. 지은은 이 회사에 처음 와서 면접장에 들어가던 때를 떠올렸다. 이름을 불린 면접자가 다가오면, 직원이 문가에 서 있다가 면접자를 향해 미소를 지어주었다. 건투를 빌어요, 하듯이. 그리고 노크를 하고 고개를 끄덕인 뒤 문을 열어주었다.

고작 한 달 전 일인데 왜 이렇게 먼 옛날처럼 느껴지는지. 그때가 떠올랐다. 그때처럼 심장이 떨렸다. 그때처럼 눈앞에서 플래시가 터진 듯 머릿속이 새하얘졌다.

긴장할 것 없는데 말이야. 오늘은 그때와 달리 누가 저곳에 있는지 뻔히 알잖아.

지은은 왠지 눈이 부셔 잠시 눈을 감았다가 떴다.

"사장님. 실장님. 말씀드린 한지은 씨입니다."

사무실 유리창으로 쏟아지는 햇살이 눈부셨다. 역광으로 책상에 앉아 있는 그의 얼굴이 잘 보이지 않았다. 안타까운 마음이 들어 지은은 살짝 눈을 찌푸렸다.

지은이 한참 동안 말이 없자 당황한 수영이 그녀의 어깨를 살짝 잡았다. 그때 그가 고저 없는 목소리로 말했다.

"반갑습니다, 한지은 씨."

지은은 눈가가 조금 뜨거워지는 걸 느꼈다. 나는 지금 현실에 있는 걸까, 꿈속에 있는 걸까.

깜깜한 밤, 내 방, 내 침대에 누워 있을 때처럼 모든 경계가 무너지는 기분이 들었다. 새하얗던 머릿속 안개가 걷히고 하나의 이름만이 떠올랐다.

천칙에 의하면 기억하고 있지 말아야 할, 기억해서는 안 되는 그 이름을 재빨리 덮어버리려는 듯 무섭게 밀려오는 머릿속 안개를 헤치기 위해, 그녀는 잠시 눈을 감았다 떴다.

선명히 떠오르는 이름.

'아일.'

16

블라인드를 내린 사장실은 조금 어둑했다. 덕분에 지은은 책상에 앉아 무언가를 작성하다 말고 자신을 똑바로 쳐다보고 있는 정현을 확실히 볼 수 있었다. 그는 문을 열고 들어온 지은을 보고도 아무 말 없이 그녀를 쳐다보고만 있었다. 지은이 문을 닫고 가까이 다가와 책상 위에 커피 잔을 내려놓을 때까지도 정현은 한 마디도 하지 않았다. 표정 없이 그녀의 행동을 주시할 뿐이었다. 자세는 서류에 서명을 하던 그대로 딱 멈춘 채.

지은은 빈 쟁반을 가슴에 붙이고 서서, 블라인드 사이로 미끄러져 들어오는 하얀 햇빛을 보았다. 두 사람 사이에 긴 침묵이 흘렀다. 정현이 서명을 마저 끝마치고 혀를 짧게 차며 펜을 탁 내려놓았다.

"이쯤하면 '왜 그러세요? 무슨 일 있어요? 어색하게 왜 이래요?' 이렇게 물어봐야 하는 거 아니야?"

정현이 지은의 말투를 흉내 내며 빙글거렸다.

지은은 블라인드에서 시선을 떼고 그를 보았다. 정현과 이렇게 마주하고 있으니 다시 심경이 복잡해졌다.

정현은 다리를 꼬고 앉아 맞잡은 손을 무릎 위에 올리고 지은의 첫마디를 느긋하게 기다렸다. 그런데 한참이 지나도 대답이 없자 초조해진 그가 의자를 굴려 가까이 다가왔다.

"내가 물어야 되는 건가? 왜 그래, 무슨 일이야? 벌써 사고 친 거야?

첫날부터? 내가 커버 가능한 일이야?"

"……벌써 사고라뇨. 제가 사고 칠 게 예상된 일이란 거예요?"

지은이 무뚝뚝하게 쏘아붙였다. 정현이 손가락으로 허공을 찍으며 말했다.

"그래, 그렇게 발끈해야 지은 씨답지. 조언을 하자면, 지은 씨 본래 모습이 사회생활 하는 데는 훨씬 잘 먹혀."

지은이 입을 삐죽대자 정현은 키들거리고 웃었다. 그는 다시 발을 굴러 의자를 뒤로 물렸다.

"어때, 사람들은 괜찮은 거 같아?"

"첫날인데요, 뭐. 예, 좋은 사람들 같아요."

"혹시 무슨 문제 있으면 장 실장한테 얘기해."

"예. 좋은 분 같아 보였어요."

"좋은 녀석이지. 아, 우리 회사 머핀 먹어봤나?"

"아니요. 사무실에 가져오기는 했는데, 아까 인사한다고 끌려오는 바람에 아직…….."

정현은 그녀의 말에 갑자기 생각이 났다는 듯이 말했다.

"아까 인사하러 왔을 땐 왜 멍하니 있었던 거야? 내가 인사를 해도 가만히 있고, 장 실장이 악수를 청해도 악수만 덜렁 받고 넋 놓고 있고. 수영 씨가 당황하는 건 자주 볼 수 있는 게 아닌데, 덕분에 재밌었어."

그가 커피 잔을 들어 입으로 가져가며 쿡쿡 웃었다.

지은은 그를 보며 아까 꿨던 꿈을 기억해내보려고 애쓰고 있었다. 불현듯 떠오른 한 남자의 이름. 하지만 그뿐이었다. 이미 그녀의 머리는 오 분간 낮잠 속 이야기는 저장할 필요가 없다고 판단했는지 그에 대한 기억을 깨끗이 소거한 뒤였다. 컴퓨터라면 삭제 파일을 되돌려 보는 법이라도 찾아볼 텐데 이것은 불행히도 인간의 뇌였다. 몇 번이나 시도해봤지만 소용이 없었다. 지은은 지금 코끝에 감도는 커피 향만큼이나 아주 어렴풋이 남아 있는 한 가지 인상만을 기억할 뿐이었다.

꿈속의 남자는 무뚝뚝하고, 조금은 무섭고, 위협적이었다. 그리고 그런 그의 모습은 지금 정현의 모습과는 엄청난 괴리감이 있었다. 꿈의 흔적은 그게 전부였다.

커피 잔이 접시에 부딪치는 소리를 듣고 지은은 상념에서 벗어났다. 그녀가 웃으며 말했다.

"머핀 하니까 생각난 건데, 회사에 이상한 소문이 돌고 있단 거 알아요? 머핀 같은 거 많이 먹여서 점심 못 먹게 하고 그 시간에 일을 하게 하려는 거 아니냐는."

"아, 그거? 나랑 장 실장이 낸 소문이야."

"……예?"

"비상구 계단에서 얘기를 하고 있는데 마침 사람들이 나오잖아. 평사원인 척하고 슬쩍 얘기를 흘렸지."

"왜 그런 짓을 한 거예요?"

"재밌잖아."

정현은 소년처럼 웃었다. 당연하겠지만 그는 오늘 정장 차림이었다. 그는 정장이 잘 어울렸다. 지은은 지난주 시골에서의 그를 떠올렸다. 그는 평상복 차림도 잘 어울린다. 오히려 지은은 그쪽이 더 마음에 들었다. 그것이 혹시나, 자신만 아는 정현의 모습이란 점 때문에 그런 건지, 이른바 독점욕 때문인지 지은은 잠시 고민했다. 벌써 그날의 일이 아득한 옛일처럼 느껴졌다. 또다. 또 이런 기분이야. 그와의 사이에서 있었던 일은 바로 어제의 일이라도 기억이 빠른 물살에 휩쓸려 가버린 듯 금세 먼 일처럼 느껴졌다. 하루하루 시간이 갈수록 그때의 장면들은 희미해지고 그 순간 느꼈던 감정은 더 선명해졌다. 마치 그가 선물한 향수

향처럼.

"점심은 누구랑 먹을 거야?"

정현이 물었다. 지은은 오늘의 그에게서 그저께의 그를 떠올리느라 흐릿해져버린 시선을 얼른 수습했다. 그리고 무심한 표정으로 어깨를 으쓱하며 말했다.

"글쎄요, 점심은 비서실 사람들과 먹어야 되지 않을까요?"

"난 점심시간부터 밖에 나가 있는데. 그리고 바로 퇴근할 거야."

"바쁘네요. 저녁은요?"

"오늘은 선약이 있어. 왜, 나와 함께 하고 싶어?"

"그 눈빛을 보니까 그런 마음이 있다가도 사라지겠어요. 모레 저녁은요?"

"그날도 선약이 있지."

"정말 바쁘네요."

"이럴 줄 알았으면 대표 자리 같은 거 안 맡는 건데."

"다른 사람들이 들으면 욕해요."

"욕하라고 그래."

지은은 빈정대듯 한쪽 입꼬리를 올리고 웃었다.

"욕먹는 게 무섭지 않은가 봐요. 학생일 때에도 그런 아이들이 있었죠. 남들이 자기를 싫어해도 상관없다는 듯이 태연한 애들. 남다른 재주가 있는 아웃사이더들이 잘 그랬죠. 진짜 남들이 자기를 싫어하는 게 무섭지 않으세요?"

정현은 펜을 손가락 사이에 끼워 넣고 빙글빙글 돌렸다. 지은은 그의 긴 손가락 사이에서 놀아나는 펜에 시선을 고정했다. 그의 손가락이 움직이는 것을 보고 있자니 그날 밤 피아노 소리가 들려오는 듯했다. 정현은 그녀를 지그시 쳐다보다가 펜 끝으로 책상을 콕 찍으며 말했다.

"모두에게서 어떻게 다 사랑을 받아. 그게 더 이상한 거지. 그럴 수 있다고 생각하는 게 더 건방진 거야. 난 모두에게서 사랑받을 자신 없어. 내가 좋아하는 사람들만 날 욕하지 않으면 돼. 그러려면 노력이 필요하겠지만."

그는 자신의 생각을 뱉어내는 데 막힘이 없다. 평소 그의 행동처럼.

지은은 미소 띤 얼굴로 그의 영리하고 자신만만한 시선을 온전히 받았다. 하지만 입가는 조금 굳어 있었다. 지은이 물었다.

"노력을 해도 보답받지 못하면요?"

"보답?"

"좋아하는 사람한테 노력을 기울였는데 그쪽은 나를 좋아해주지 않으면요?"

창문 틈 사이로 바람이 들어오는지 블라인드가 살짝 들려 올라갔다가 유리창에 부딪치는 소리가 들려왔다. 그녀의 얼굴 위로 햇빛이 드리웠다 그늘이 졌다. 그 때문인지 지은의 표정은 한층 가라앉아 보였다.

"할 수 없는 거지. 자기가 좋아서 한 거잖아. 좋아서 해놓고 뭘 더 어떻게 해달라는 거야."

난 그의 마음을 묻고 싶은 거였나, 아니면 나에 대한 조언을 구한 거였나? 그는 어떤 마음으로 저런 말을 하는 걸까? 왜 나는 자꾸 이런 짓궂은 질문을 하는 거지? 그를 곤란하게 하고 싶은 걸까? 그가 난처한 표정을 짓길 원해?

그는 이미 가치관이 완성된 사람이었다. 전생의 기억을 가진 그는 아마 남들이 풋사랑에 고민하고 수험 생활에 지쳐 할 동안 감히 여느 또래가 짐작도 못할 고통을 겪었을 것이다. 고통은 그것을 이겨낸 사람을 성숙케 한다. 그것은 진리에 가까웠다. 그는 그 고통을 이겨낸 사람이었다.

434

그는 나처럼 흔들리지 않아. 그래서, 이토록 곧장, 내게, 또한 그녀에게 올 수 있는 것이다. 자신의 행동에 한 치의 의심도 없이. 그는 정말 추호의 의심도 없는 걸까?

지은은 전화기 소리에 깜짝 놀라 몸을 움찔했다. 정현은 그런 지은을 조용한 눈길로 쳐다보다 느긋하게 손을 뻗어 전화기의 램프가 반짝이는 버튼을 눌렀다. 스피커에서 수영의 목소리가 들렸다.

— 명진의 오 이사님이 정문에 도착하셨습니다.

지은이 방을 나가려다 말고 할 말이 생각난 것처럼 몸을 돌렸다. 그러더니 한참을 머뭇거렸다. 정현이 '뭐?' 하듯이 눈짓을 주자 지은이 말했다.

"그럼 모레 말고, 글피 저녁은 어때요?"

"안 물어보면 어쩌나 걱정했어."

정현이 히죽 웃었다. 지은은 또다시 할 말이 있는 것처럼 입술을 달싹거리다 문고리를 잡으며 말했다.

"그날 우리 보드게임방 가요."

"보드게임?"

"게임해서 저한테 이기면…… 비밀 하나 알려줄게요."

"비밀? 비밀이라…… 어떤 게임으로 할 건데?"

정현의 눈이 깜짝 놀랄 만큼 반짝 빛났다. 지은은 여유 있는 표정으로 고개를 가로저었다.

"그건 못 가르쳐줘요. 그럼 연습해서 올 거잖아요. 내가 잘하는 게임으로 할 거예요. 내가 지금까지 한 번도 안 져본 게임으로."

지은은 문을 열고 방을 나왔다. 사장실 앞 비서 자리에 앉아 전화를 받고 있던 수영이 눈인사를 했다. 몸을 돌려 비서실로 가는 지은의 얼굴이 점차 가라앉았다.

내가 가장 잘하는 게임으로 할 것이다. 한 번도 져보지 않은 게임으로. 그리고 만약 그가 이긴다면, 그때······.

마지막 손님이 나가고, 선예는 북 카페 문을 잠근 뒤 CLOSED 글씨가 보이도록 팻말을 뒤집었다. 그녀는 친구들에게서 멀찌감치 떨어진 창가에 걸터앉아 창문을 반쯤 열었다. 쌀쌀한 밤공기가 밀려들어왔다. 달깍. 지포라이터가 열리는 소리에 휴대전화를 만지작거리고 있던 혜경이 고개를 들어 선예를 보았다. 하얗고 긴 손가락에 어울리는 가는 담배가 선예의 입술에 물려 있었다. 연기를 창 밖으로 내뿜었다. 고작 세 번. 딱 거기까지만 피운 그녀는 미련 없이 휴대용 재떨이에 담배를 비벼 껐다.

"그래, 그 남자 하는 걸 보아하니 사내 연애가 뽀록날 일은 없을 것 같고, 뭐가 문제란 거야? 전생인가 뭔가, 그 사람 이름도 생각해냈다며?"

선예가 소파로 걸어왔다. 그때 혜경의 휴대전화가 띵동 울렸다. 기다리는 연락이 있는지 혜경은 재빨리 휴대전화를 확인했다. 그리고 이마를 찌푸렸다. 기다리던 문자가 아니었다. 준성이었다. 야근이 있어서 못 오게 됐다는 문자.

지은은 머리를 감싸고 있던 손으로 얼굴을 쓸어내렸다.

"그게 문제란 거야. 이름."

선예가 손가방에서 초콜릿을 꺼내 들고 지은의 옆에 와 앉았다. 초콜릿 한 조각을 입에 물고 지은에게도 권했지만 지은은 기운이 하나도 없는 표정으로 고개를 저었다. 선예가 혜경에게 초콜릿을 주며 말했다.

"그래서, 꿈에서 그 남자 이름이 뭐디?"

"······."

"어떻게 생긴 사람이야? 정말 너희들 전생인 것 같아? 우리나라야? 외국인? 어느 나라?"

"몰라."

"몰라?"

"아무것도 몰라. 꿈을 꾸면 엄청 피곤하고 뭔가 긴 꿈을 꾼 것 같기는 한데, 깨고 나면 하나도 생각이 안 나."

"원래 꿈이란 게 다 그렇지 않아? 나도 며칠 전에 엄청 잘생긴 사람과 그 짓을 하는 꿈을 꿨는데 깨고 나니까 그렇게 잘생겼던 남자 얼굴이 생각이 안 나는 거야. 정말 잘생겼었는데. 정말 헉 소리 나게 잘생겼었어, 꿈에서 느끼기엔."

지은이 어이가 없다는 눈으로 선예를 보았다. 선예는 무심한 낯으로 초콜릿을 입안에서 굴려가며 어깨를 으쓱했다. 지은이 목소리를 높였다.

"지금 그걸 말이라고 하는 거야? 여기서 네 욕구 불만 꿈 얘기가 왜 나와? 내가 지금 고민하고 있는 게 우스워 보여?"

"……왜 화를 내고 그래."

선예가 예쁜 눈썹을 찡그렸다. 혜경이 "워워." 하며 두 사람 사이에 끼어들었다.

"둘 다 왜 그래? 지은이 넌 왜 평소 안 내던 화를 내고…… 선예도, 지은이가 심각하게 말하는데 그게 뭐야? 내 앞에서 싸우려면 헤드록으로 십 분 버틸 각오 하고 해."

혜경의 중재로 두 사람 사이에 피어오르던 흥분된 기류가 힘없이 흩어졌다. 혜경이 웃으며 말했다.

"다시 한 번 찬찬히 얘기해보자. 지은이는 요즘 전생인지 뭐시긴지 평소 안 꾸던 꿈을 자주 꾼다는 거지? 깨고 나면 내용은 생각이 안 난다는 거고? 그런데 꿈은 대부분 그래. 꿀 때에는 선명하다가도 깨고 나면 기억이 안 나."

"의미가 있으면 생각이 나야지. 그래야 의미가 있는 거지! 난 생각이 안 난단 말이야!"

지은이 격앙된 목소리로 대꾸했다. 혜경이 진정하라는 듯 손을 흔들었다.

"그 남자 이름은 생각이 난다며? 그 사람한테 물어보면 되겠네. 그게 맞냐고."

"……그럴 수 없어."

"왜?"

"물어서 아니면 어떡해."

지은은 온몸의 기가 다 빠져나간 것 같은 음성으로 말했다. 혜경이 눈을 게슴츠레 뜨고 어깨 쪽으로 머리를 기울였다.

"아니면 어떡하냐고? 아니면 그만이지, 뭐."

"아니야, 아니야! 그만인 게 아니지!"

"물어보고 아니면 또 꿈을 꿔서 생각해내면 되잖아."

"또 이름을 생각해내라고? 물어보고 또 아니면 다른 이름을 또 물어보고? 그게 뭐야? 그건 그냥 찍어 맞히기잖아! 기억이 나는 게 아니라!"

"일단 넌 지금 네가 생각해낸 게 맞는지 궁금한 거 아니야? 느낌이란 게 있을 거 아니야? 왠지 진짜 같으니까 네가 지금 이렇게 고민하는 거겠지. 아니야?"

"맞아…… 진짜 같아. 하지만 확신이 안 서. 이름밖에 생각이 안 난다는 것도 그렇고."

"그래도 일단 물어봐, 그게 맞는지."

"안 된다니까. 아니면 어떡해."

"또 원점이로군. 아니면 어떡하기는, 아니면 그만이지."

"아니면 그만인 게 아니라니까. 물어서 아니면? 물어서 아니면! 그 사람은 그냥 '아직 기억을 못하나 보군.' 하고 넘어가겠지만…… 난…… 난 아니잖아. 나 자신은 속일 수 없는 거잖아. 난 정말 이게 진짜 같은데, 정말 느낌이 오는데, 아니라고 하면……. 난 그 사람이 사랑하는 그녀가 아닌 게 된단 말이야. 그러면 더 이상 그 사람 곁에 있을 수 없게 돼. 그 사람이 원하는 건 그 여자니까! 다른 사람은 다 속여도 나 자신은 속일 수 없는 거니까!"

지은은 십년지기 친구들이 한 번도 본 적 없는 얼굴로 소리치고 있었다. 누가 툭 건드리면 금방 눈물이라도 흘릴 만큼 그녀의 목소리는 위태로웠다. 듣는 사람이 다 불안해질 정도로 절박함이 담긴 목소리였다. 혜경과 선예는 할 말을 찾지 못해 그냥 입을 벌린 채 지은을 바라보았다. 혜경이 난감한 표정을 지으며 말했다.

"그래서, 안 물어볼 거라고?"

"……보드게임을 하기로 했어."

"웬 보드게임?"

"루미큐브. 게임해서 그 사람이 이기면…… 그때 물어볼 거야."

"루미큐브? 네가 무지 잘하는 거잖아. 물어볼 생각이 없구먼."

"그 사람이라면, 나한테 이길 수 있을 거야. ……아마도."

지은은 흥분이 가라앉은 목소리로 대꾸했다. 그녀는 눈을 내려뜬 채 선예가 내려놓은 초콜릿을 보았다. 포장을 뜯고 초콜릿을 입에 넣었다. 비싼 초콜릿이었다. 달지만 쓴맛이 느껴지는 초콜릿. 달지만 쓰다. 달지만 쓰네. 지은은 손등에 얼굴을 묻었다.

이런 고민이 싫어서 짝사랑만 하겠다는 거였다. 혼자 좋아하다가 혼자 그만두면 그만인 외사랑. 지금 그는 그녀의 대답을 기다리고 있었다. 초조했다.

내 마음은 분명한 거 같다가도, 갈대처럼 그의 바람 같은 웃음에 속절없이 흔들렸다. 지금 우리가 하고 있는 건 과연 사랑일까? 그는 그녀를 사랑하고 나는 그를 좋아한다. 그렇다면 이건 그저 나의 짝사랑인 걸까?

"넌 네가 그녀였으면 좋겠다는 거야?"

선예의 퉁명스러운 목소리에 지은은 흩어져가는 정신을 붙잡았다.

"뭐?"

지은이 고개를 들어 선예를 보았다. 선예는 기다리는 사람이 속이 부글부글 끓을 정도로 뜸을 들였다. 그녀가 불을 붙이지 않은 담배를 입에 문 채 웅얼거리는 말투로 말했다.

"다 덮어놓고 그것만 얘기해보자고. 넌 진짜 네 전생이 그녀이길 바라는 거야?"

지은은 생각보다 금세 대답이 나오지 않았다.

"그랬으면 좋겠어. 아니……, 아니었으면 좋겠어. ……아니, 모르겠어."

"네가 뭘 고민하는지는 알겠어. 그 인간이 널 좋아하는 건지 네 전생이라는 그 여자를 좋아하는 건지 모르겠다는 말이잖아. 내가 보기엔 뭐 그게 그거지만. 여하튼 너는 그놈을 엄청 좋아하게 됐고 말이야."

"내가 그를 좋아하는 것도 어쩌면 그녀의 영향이 아닐까?"

"복잡하니까 그 문제는 일단 덮어두자고. 그 인간한테 물어보면 되겠네! 내가 한지은이라서 좋아하는 거냐, 그 여자의 환생이라서 좋아하는 거냐, 한지은을 좋아하는 거냐, 아니면 전생의 그녀를 좋아하는 거냐, 확실히 물어보라고."

"그러면 그 사람은 이렇게 말하겠지. '그런 질문이 어딨어? 한지은이라야 윈터스다.' 그는 내가 그녀라는 걸 의심하지 않아. 문제는 나야. 내가 날 의심하는 거야. 내가 그의 믿음을 의심하는 거야. 나는 나를 속일 수 없으니까. 내가 이 의심을 못 풀면 난 그 사람 곁에 있을 수 없어. 그 사람 고백에 대답해줄 수가 없어…….”

선예의 말에 지은은 반쯤 넋이 나간 얼굴로 대답했다. 혜경과 선예는 마주 보고 한숨을 내쉬었다. 지은은 그 한숨 소리에 맞춰 어깨를 더 축 늘어뜨렸다. 선예가 신경질적으로 입에 물고 있던 담배를 홱 잡아 빼고 소리쳤다.

“그러니까 확실히 물어보라고! 네가 전생의 그녀가 아니라도 널 좋아하냐고!”

“그럴 수 없어…….”

“왜!”

지은은 거의 울먹이고 있었다.

“아니라고 하면 어떡해……. 내가 그녀의 환생이 아니라면 좋아하지 않겠다고 하면 어떡해. 그 사람한테…… 대답할 기회를 주고 싶지 않아.”

17

다음 날부터 지은의 본격적인 회사 생활이 시작되었다.

출근 시간보다 일찍 출근한 그녀는 강희에게서 업무 시작 전까지 에스프레소 머신의 작동법을 배웠다. 그리고 강희가 정현과 같은 대학 출신, 그것도 같은 과 후배라는 것도 알게 되었다. 정현과 같은 시기에 학교를 다닌 것은 아니었지만, 과 술자리에서 빠지지 않고 등장하는 정현의 이야기는 강희가 머핀 타워에 지원하게 된 결정적 동기가 되었다고 한다. 한번 그 잘난 인간의 면상을 직접 보고 싶었다나.

그는 우주나 천체에 관련된 수업은 모조리 듣는 것도 모자라 더 이상 들을 수업이 없자 이미 들은 수업을 거의 매학기 반복해서 청강하는 기행을 벌이기도 했단다. 군대를 가기 전까지는 도서관에서 살다시피 해 그가 주로 상주한 3층은 여학생들이 아침 일찍부터 자리를 잡아 공석을 찾기가 힘들었다고 한다. 그 부분에서 지은은 왠지 속이 부글부글 끓는 것을 느껴야 했다. 강희는 마치 자신이 직접 목격한 일인 것처럼 눈을 빛내며 선배들에게서 들은 정현의 일화를 늘어놓았다. 지은은 눈에서 불꽃이 일렁일 정도로 이야기에 집중했고, 그것에 신이 난 강희는 수영이 뒤에 서 있는 것도 모르고 손짓 발짓을 해가며 자신이 아는 거의 모든 이야기를 털어놓았다.

첫날 점심은 비서실 사람들과 회사 밖에서 회식을 했다. 그래서 지은은 출근 이튿날이 되어서야 사내 식당에서 점심을 먹어볼 수 있었다. 과연 기대했던 것 이상으로 멋진 식당이었다. 지은은 그날 그녀 인생에서 가장 맛있는 새우튀김을 먹었다. 후식으로 고른 요구르트 맛 푸딩은, 그다지 요리 실력이 뛰어나지 않은 지은이 '반드시 레시피를 알아내고 말겠다.'고 욕심내게 할 만큼 맛있었다.

점심을 먹은 강희는 지은을 사내에 있는 오락실로 데려갔다. 그곳에선 머핀 타워에서 출시된 거의 모든 게임을 해볼 수 있었다. 두 사람은 테니스 게임을 했다. 벽에 큰 TV가 달려 있다는 것만 빼면 스쿼시 룸과 똑같이 생긴 방에서 이루어지는 게임이었다. 일부러 자신이 잘하는 게임을 고른 강희는 생초보인 지은을 완전 녹다운시키고는 신이 나서 다른 직원들이 모두 쳐다볼 정도로 환호성을 질러댔다. 그러고는 배가 고픈지 점심시간이 끝나기 전에 머핀을 받으러 사라졌다. 지은은 그날, 직원들은 머핀 타워의 게임기와 게임을 할인된 가격에 살 수 있다는 것 또한 알게 되었다.

출근 셋째 날까지 지은은 임원회의 준비를 세 번 도왔다. 정현은 사람들이 거의 도착했을 때에나 회의실에 들어왔기 때문에 지은은 그와 거의 눈을 마주치지 못했다.

그녀는 정현이 출근하기 전에 그의 사무실을 정리해야 했다. 청소는 따로 하는 사람이 있었지만 책상 정리는 비서가 맡아서 했다.

책상을 정리한 지은은 허리에 손을 올리고 개운한 숨을 내쉬었다. 그러고는 그가 앉는 의자에 조심스럽게 앉아보았다. 그저께 그가 그녀를 보던 시선을 따라 의자를 창 쪽으로 빙글 돌렸다. 그의 몸에 맞춰진 의자라 그녀의 다리로는 바닥에 발이 닿지 않았다. 지은은 의자에 거의 눕다시피 앉아 발을 건들거렸다. 눈을 감으니, 그날 밤 교실에서 그가 음악에 맞춰 발을 건들거리던 모습이 까만 머릿속에 떠올랐다.

귓가에 음악이 들려왔다. 그의 목소리와 함께.

「바이올린은 남자고, 피아노는 여자야.」

「바이올린이 흐느끼는 것 같잖아? 남자는 아이처럼 울다가, 또 흐느끼다가, 미친 것처럼 중얼대기도 해. 이때 여자가 다가와.」

「우는 남자를 달래는 거야.」

「그럼 바이올린 남잔 또 여자에게 매달려.」

「차마 여인이 자신을 놔두고 가지 못하도록.」

눈을 반짝 뜨고 몸을 일으켰다. 창문 가득 쏟아지는 햇살 아래로 먼지들이 둥둥 떠다니는 것을 멍하니 쳐다보았다. 지은은 문득 책상 위를 보았다. 저번 그의 손가락 사이에서 휘돌던 펜을 발견했다. 펜을 잡아 손 안에서 만지작거렸다.

그러다가 메모패드를 가져와 '지은이는 정말 예뻐요.'라고 적어보았다. 누가 본 것도 아닌데 얼굴이 화끈거렸다. 밖에서 수영이 도착한 것 같은 소리가 들렸다. 메모지를 잡아 찢어 주머니에 쑤셔 넣고 잰걸음으로 사무실을 나왔다.

점심을 먹고 화장실에 들렀다 나오려는데, 정현이 그녀를 붙잡았다. 직원들이 인사하며 지나가자 그는 자연스럽게 인사를 받았다. 그런 뒤 지은을 향해 슬쩍 웃으며 그녀의 손에 메모지를 쥐여주고는 빠르게 사라졌다. 하얀 메모지엔 색칠이라도 하듯 연필로 문지른 흔적이 남아 있었다. 흔적 아래엔 그녀의 필체로 '지은이는 정말 예뻐요.'라고 적힌 글씨가 드러나 있었다. 그리고 그 밑엔 정현이 적은 것처럼 보이는 글이 적혀 있었다. '나도 그렇게 생각해.'

얼굴이 펑 터지는 기분이 들었다. 부끄럽고, 기분이 좋고, 부끄럽고, 쑥스럽고, 너무 좋아서, 지은은 빨개진 얼굴을 감싸고 비서실로 재빨리 도망쳤다.

오늘도 지은은 세상에서 가장 맛있는 새우튀김을 먹고 포만감에 젖어 있었다. 강희가 디저트를 가지러 간 동안 지은은 오늘은 무슨 게임을 할까를 생각 중이었다. 빨리 가야 자리를 잡을 수 있을 텐데…….

"표정을 보아하니 이제 제법 회사에 익숙해졌나 봐."

진오가 테이크아웃 커피를 들고 옆자리에 와 앉았다. 지은은 부른 배가 버거워 뒤로 약간 젖히고 있던 자세를 바로 하고 앉았다. 그녀가 여유 있는 표정으로 인사를 건넸다.

"점심 먹었어요?"

진오는 고개를 끄덕이며 커피 컵을 들어 올려 보였다. 그가 고개를 두리번거리고 물었다.

"항상 같이 있던 여자분은 어디 가셨나?"

"강희 씨요? 디저트 가지러 갔을 거예요. 왜요, 관심 있어요?"

지은이 뼈 있는 말을 던져봤지만 진오는 눈치를 못 채고 대신 질겁하며 손사래를 쳤다.

"말도 안 돼. 그게 아니라 네가 항상 그 사람이랑 같이 있어서 내가 그동안 점심시간에 네 옆에 못 왔잖아. 그래서 물어본 거지. 내 취향 아니야. 난 말 많은 여자는 질색이라."

진오가 피식 웃음을 흘리며 말을 맺었다. 지은이 화난 기색을 담아 말했다.

"강희 씨는 말 많은 사람이 아니에요. 선배는 강희 씨가 어떤 사람인지도 모르잖아요."

"모르지. 외모적으로 그렇다는 거야, 외모적으로. 좀 수다스러워 보이잖아."

지은의 이마가 확 구겨졌다. 진오가 이런 사람이었나? 적어도 대학 시절의 그는 외모로 쉽게 그 사람에 대한 호불호를 얘기하는 사람이 아니었다.

진오는 멀리서 자신에게 인사하는 동료에게 손을 들어 보였다. 그는 웃는 얼굴로 지은을 돌아봤다가 그녀의 싸늘한 표정을 보고 아차 싶었다. 진오가 당황하며 말했다.

"오해하지 마. 네가 관심 있냐고 해서 내 취향이 아니라고 한 거지, 그 사람이 나쁘다는 얘기가 아니니까."

"저 때문이네요. 제가 괜히 그런 얘기를 해서 좋은 분을 졸지에 수다스러운 사람으로 만들었어요. 하지만 방금 선배가 한 말, 그분이 들었으면 엄청 상처받는 말이었다는 건 알아두세요. 그리고 당장 눈앞에 있는 제가 상처받았어요."

진오는 뒤늦게 자신의 입을 탓했지만 이미 뱉은 말을 주워 담을 수는 없었다. 그는 지은의 반대편으로 고개를 돌리고 낭패라는 표정을 지었다. 그런 그의 눈에 식당으로 들어오는 장인후 비서실장이 보였다. 복도에서 정현을 마주칠 때마다 항상 곁에 있던 사람이었다. 그는 이 회사의 창립 멤버이기도 했다.

진오는 주먹으로 턱을 괸 채 슬쩍 고개를 돌려 지은을 보았다. 그녀는 푸딩을 한 숟갈 떠 입에 넣고 맛을 음미하는지 고개를 갸웃하더니 이내 아주 만족스러운 미소를 지었다. 진오는 풋, 웃음이 터지려는 걸 입술을 앙다물어 간신히 참았다.

그녀는 요 한 달 새 대학 시절 동안 보았던 것의 몇 배나 되는 다양한 표정을 보여주고 있었다. 보기와 달리 고집도 있고 생각도 많은 게 제법 귀여운 아이란 생각은 예전부터 하고 있었다. 하지만 자신을 잘 따르는 후배, 자신을 좋아해주는 고마운 아이, 단지 그뿐이었다.

그런데 요즘 들어 그녀가 언뜻언뜻 여자로 보이기도 했다. 아마 그 남자 때문이겠지. 진오는 속으로 혀를 찼다. 남이 탐을 내니까 빼앗기기는 싫다? 참 고약한 성격이 아닌가.

지은은 푸딩을 입에 넣다 말고 멈칫했다. 그녀가 또렷한 눈으로 그를 보며 말했다.

"왜 그렇게 쳐다보세요?"

"혹시 너 요즘 연애하니?"

지은은 그의 심중을 살피기 위해 바로 대답하지 않았다. 푸딩을 마저 먹었다. 마치 되도 안 한 그의 말을 귓등으로 흘린 것처럼.

진오가 먼저 입을 열었다.

"솔직히 말해봐. 우리 대표랑 사귀지?"

"어디 가서 그런 소리 하지 마세요."

"솔직히 말하면 소문 안 낼게."

진오가 유들거리며 말했다. 지은은 허, 탄식조의 웃음을 뱉었다. 그리고 아랫입술을 살짝 깨물고 그를 노려봤다.

"선배."

"응?"

"선배 지금 엄청 재수 없단 거 알아요?"

"……."

그녀의 말에 진오는 잠시 표정이 굳었다가 순간 웃음보가 터진 것처럼 크게 소리 내어 웃었다. 주위의 사람들이 모두 두 사람을 쳐다보았다. 진오는 사람들의 시선을 괘념치 않았다. 그는 손가락으로 눈가를 훔치며 말했다.

"우하하하! 지은아, 너 진짜 새롭다. 원래 이런 애였구나. 그런 새침한 말은 못하는 아인 줄 알았는데, 야……. 사실 약간 이런 성격이 아닐까 짐작은 하고 있었지만…… 우하하! 정말 새롭다. 우리 다시 인사하자. 난 남진오라고 해."

진오가 그녀에게 손을 내밀며 장난스러운 미소를 지었다. 지은 역시 그가 새롭긴 마찬가지였다. 그녀가 알고 있는 진오는 이렇게 사람들이 많은 곳에서 웃음을 터뜨려 시선을 끄는 사람이 아니었다. 대학 시절의 그는 사람들의 눈치를 많이 보는 편이었다. 회사 생활이 그를 변하게 한 걸까, 아니면 그를 보는 자신의 눈이 변한 걸까. 지은은, 그가 두 사람 사이에 그어져 있던 선을 지우려 한다는 느낌을 받았다. 그것이 무엇을 의미하든 간에 인간과 인간 사이에 놓였던 벽이 사라지는 것은 그다지 나쁜 기분이 아니었다. 지은도 피식 웃으며 그의 장난에 맞춰주었다. 그녀가 진오의 손을 잡으며 공손히 말했다.

"안녕하세요. 신입 사원 한지은이라고 합니다."

진오가 웃음 섞인 목소리로 말했다.

"네 말이 맞아, 나 그런 사람이야. 약간 밥맛이지, 재수 없어. 내가 생각해도 그래. 그런데 지금껏 나한테 그 소리 한 사람 너까지 딱 세 명뿐이다?"

"나머지 두 사람은 누군데요?"

"우리 엄마랑 여동생."

진오가 눈웃음을 치며 웃었다. 역시나 그는 웃는 게 멋진 사람이었다. 지은은 무언가를 확인해보려는 듯 한참 동안이나 그의 눈을 들여다보았다. 그녀의 조용하고 정직한 눈매는 종종 상대의 어두운 면을 비출 것처럼 깊어질 때가 있었다. 진오는 머쓱한 표정으로 눈을 돌렸다. 그러자 그녀는 잠시 시선을 옆으로 두었다가 짧게 고개를 끄덕였다. 진오는 바로 그녀를 쳐다보지 못하고 테이블 사이를 지나는 사람들을 쳐다보았다.

"사내 공모전 안내 봤어?"

"아니요. 그게 뭔데요?"

지은이 마지막 남은 푸딩 조각까지 싹싹 긁어 먹으며 대꾸했다.

"회사에서 MMORPG 게임을 하나 구상하고 있거든. 아직 시나리오는 안 나왔지만 유명한 웹 작가와 손을 잡을 계획인가 봐. 다음 달쯤 시놉이 나오면 사내망에서 볼 수 있을 거야. 그리고 거기에 맞는 캐릭터를 공모할 거래. 어때? 나랑 같이 안 해볼래?"

뜻밖의 제안이었다.

"우리 수업 때 비슷한 거 해봤잖아. 같이 해보자. 우린 제법 괜찮은 팀이야."

진오의 표정은 진지했다. 입가의 미소는 여전했지만, 조심스러운 말투로 그녀에게 협력을 구하는 그의 눈은 꿈에 대해 말하던 미숙한 대학생도, 자신을 좋아하던 후배에게 수작을 거는 사내도 아니었다. 그는 지금 함께 일할 동료를 구하고 있었다.

이제 막 사회에 나온 지은에게 그것은 처음 느껴보는 감동이었다. 누군가가 일적으로 자신의 능력을 인정하고 힘을 구하려 한다. 지은은 감격한 표정을 숨기기 위해 고개를 숙여 빈 푸딩 컵을 내려다보았다. 그녀가 망설이는 목소리로 말했다.

"전…… 이제 막 비서 일을 시작했고요……."

"누가 당장 시작하재? 나도 지금은 바빠. 갑자기 일이 몰려드는 게 꼭……."

꼭 누가 작정하고 일을 만든 것 같단 말이야.

진오는 가는 눈을 더 가늘게 뜨고 미간을 찌푸렸다. 요 며칠 새 일거리가 정신없이 몰아쳤다. 혹시 정현이 먼젓번 복수를 하는 건 아닐까 하는 생각이 진지하게 들던 참이었다. 진오의 심각한 표정에 지은이 고개를 갸웃했다. 진오가 정신이 번쩍 든 얼굴로 하하 웃었다.

"지금 당장 대답을 듣겠다는 게 아니고 한번 생각해보라고. 시나리오가 나오면 그때 또 얘기해보자. 그럼 난…… 이만 가볼게."

진오는 강희가 다가오는 걸 보고 자리를 털고 일어섰다. 지은은 동료들과 식당을 떠나는 진오를 쳐다보다가, 어느새 앞에 와 있는 강희를 올려다보았다. 오늘 강희의 머리는 뻗친 단발이었다. 그녀는 이틀♥ 한 번 꼴로 머리 모양이 바뀌었다. 출근도 빠르고, 보기보다 엄청 부지런한 사람인 듯싶었다. 강희가 커다란 슈크림을 먹으며 말했다.

"일어나, 지은 씨. 또 한판 하러 가야지."

"저도 집에서 연습해 왔어요. 이제 쉽게 안 져요."

"테니스 말이야? 오늘은 골프를 할 생각인데?"

강희는 통보하듯이 말하고 자신만만한 미소를 지어 보였다. 순간 식당 조명이 일제히 꺼지면서 벼락이 쳤다. 강희의 미소 띤 얼굴이 무섭게 보였다. 뒤이어 지축을 흔드는 소리가 식당을 덮쳤다. 여직원들의 비명 소리가 군데군데 들려왔다. 다시 조명이 들어왔다. 갑작스러운 소동에 사람들은 저마다 어이가 없다는 웃음을 흘리며 웅성거렸다.

건물의 거의 모든 곳이 그렇듯 식당도 한쪽 벽면이 모두 유리로 되어 있었다. 소낙비였다. 세찬 빗줄기가 유리를 치고 폭포수처럼 흘러내렸다. 방금 전 여고생처럼 비명을 질렀던 직원들은 이제 신이 나서 유리벽으로 다가가 사진을 찍기 시작했다. 강희가 남은 슈크림을 입에 넣으며 웅얼거리는 투로 말했다.

"비가 온다는 얘기는 없었는데. 퇴근하기 전까지는 그치겠지? 지은 씨, 우산 있어?"

"우산이요? 우산…… 있죠."

그것도 양산 겸용의 초콤팩트 사이즈로다가.

지은은 작게 미소 지었다.

[우산 있어요?]

[난 차 타고 다니잖아.]

[초콤팩트 우산 유용하게 사용했어요.]

[다행이네. 집이야?]

[지금 문 열고 들어서는 중. 정현 씨는요?]

[호텔.]

[호텔?]

정현은 답장하는 데 일부러 뜸을 들였다. 거의 채팅에 가까울 만큼 빠르게 주고받던 문자가 갑자기 늦어질 때 그녀는 어떤 표정을 지을까. 그걸 상상하는 것만으로도 정현은 실실 웃음이 나왔다. 그는 팔짱을 낀 채 휴대전화로 턱을 두드리며 호텔 로비에 서서 정문 쪽을 바라보았다. 마침 은색의 고급 외제 차가 호텔 정문 앞에 멈춰 섰다.

날카로워 보이는 인상의 사내가 차에서 내려 도어맨에게 차 키를 던져주고 호텔 안으로 들어왔다. 그가 방향을 찾아 로비를 두리번거렸다. 그러다 거대한 대리석 기둥에 기대서 있는 정현을 발견했다. 정현이 한쪽 입꼬리를 말며 손을 살짝 들어 보였다. 사내는 손가락으로 안경을 밀어 올리고 정현에게 다가왔다.

"날 기다린 건 아닐 테고, 안 들어가고 뭐해? 어울리지 않게 손에 폰까지 들고."

"왜 아니겠어, 당신을 기다린 거야."

정현은 학창 시절 사내가 열렬하게 동경했던 배우의 말투를 흉내 내며 매력적인 미소를 지어 보였다. 친구의 장난에 희성은 말문이 막힌 표정으로 다가오던 걸음을 멈췄다. 느긋한 걸음걸이는 간데없고 귓불까지 빨개진 그가 정현의 멱살을 잡을 것처럼 빠르게 다가왔다. 그가 웃음기 어린 정현의 얼굴 앞에서 경고하듯 손가락을 흔들며 낮게 말했다.

"그 짓, 하지 말라고 했지?"

"아직도 그 배우 좋아해? 결혼한 걸로 아는데."

"하지 말라고!"

이미 그에게선 잘나가는 호텔 매니저의 모습은 찾아볼 수 없었다. 희성은 러브레터를 들킨 소년처럼 얼굴을 붉혔다. 정현은 능글맞은 웃음을 흘리며 그의 화를 더욱 돋웠다.

그 와중에도 친구의 어깨 너머를 살피던 정현의 눈이 지금 막 호텔로 들어서는 한 여인을 포착했다. 무릎 아래를 살짝 덮는 여성스러운 원피스 차림의 그녀는 모델이 아닌가 싶을 정도로 큰 키에 늘씬한 체구, 이목구비가 시원시원한 서구형 미인이었다. 정현의 미소 띤 입가가 점점 경직되어가는 걸 느낀 희성이 뒤를 돌아봤다. 희성은 언제 화를 냈냐는 듯 말쑥한 표정을 하고 여자에게 손을 들어 보였다.

"여기야."

여자는 희성을 발견하고 십 년 전에 헤어진 임을 만난 듯 활짝 핀 얼굴로 다가왔다. 뒤늦게 그의 뒤에 서 있는 정현을 발견한 그녀가 잠깐 걸음을 멈칫했다가, 아무렇지도 않은 척 다시 걸어왔다. 여자의 망설임을 눈치챈 것은 처음부터 그녀를 미심쩍은 눈길로 주시한 정현뿐이었다. 희성이 정현에게 그녀를 소개했다.

"이쪽은 오늘 내 파트너 박혜진 씨, 그리고 이쪽은 내 고등학교 동창 서정현. 머핀 타워라고, 알려나 모르겠네. 게임 회사 오너야. 잘나가긴 하지만 순전히 운빨이야. 대단하게 생각하지 마."

"처음 뵙겠습니다. 박혜진이라고 해요."

여자는 입만 웃으며 정현에게 다소곳하게 악수를 청했다. 정현은 의심스러운 눈길을 쉬이 거두지 않았다. 여자의 낯빛이 긴장을 한 듯 발그스름해 보였다. 정현이 그녀의 손을 조심스럽게 잡았다. 지금 여자의 눈

452

엔 정현의 입가에 머물러 있는 미소가 그렇게 교활해 보일 수가 없었다. 정현이 물었다.

"박혜진 씨라…… 혹시 저 알지 않아요?"

여자는 침을 꿀꺽 삼켰다. 하지만 부드럽게 웃으며 말했다.

"글쎄요, 원체 사람 얼굴을 잘 기억을 못해놔서……."

"기억을 잘 더듬어봐요. 눈매가 사납다고 생각된 남자들 중에서."

혜진, 아니, 혜경은 속으로 비명을 질렀다. 자기도 모르게, 잡고 있는 손에 힘을 꽉 주었다. 그 바람에 정현은 확신했다.

두 사람 사이에 흐르는 묘한 기류를 읽고 희성이 끼어들었다.

"이건 또 무슨 수작이야. 둘이 아는 사이야?"

희성이 안경을 추켜올리며 혜경에게 날카로운 시선을 던졌다. 혜경은 다소곳한 미소를 지으며, 잡고 있던 정현의 손을 밀쳐내듯 놓았다. 희성이 혜경의 어깨를 감싸고 모임 장소로 향했다. 정현은 세게 밀쳐진 손을 잠시 허공에 둔 채 그들의 뒷모습을 유심히 쳐다보았다.

호텔 바에서 고등학교 동창 모임이 있었다. 희성이 오랜만에 만난 친구들에게 인사를 건넬 동안 혜경은 수줍은 미소를 살포시 머금고 바 입구쯤에 서 있었다. 뒤따라 온 정현이 그녀를 빠르게 지나치며 속삭였다.

"혹시 쌍둥이 자매가 있나?"

혜경은, 낮게 웃음을 흘리며 친구들 사이로 사라지는 정현에게 진심으로 헤드록을 선사해주고 싶어졌다. 얌전한 미소를 띤 입가가 자꾸 일그러지려 했다. 희성이 그녀를 돌아보며 웃었다. 혜경의 얼굴에 홍조가 피어올랐다. 그녀는 다소곳하게 치마 위로 모으고 있던 손을 빼내 흔들었다. 정현이 크게 웃는 소리가 들려왔다. 혜경이 몸을 움찔하며 목소리를 찾았다. 정현은 친구들의 인사를 받으며 희성의 곁으로 가고 있었다. 그가 희성의 귓가에 뭔가를 속삭였다. 그러자 희성이 인상을 찌푸리고 혜경을 슬쩍 돌아보았다. 그가 정현에게 뭐라 뭐라 하는 것이 보였다. 혜경은 심장이 쪼그라드는 것 같았다. 정현이 그녀를 흘깃 쳐다보며 사악한 미소를 흘렸다. 혜경은 생각했다. 언젠가 반드시 혼쭐을 내줄 테다. 그래, 헤드록을 걸어주지, 십 분짜리로다가. 지은이가 좋아하든 말든, 그딴 거 몰라.

[고등학교 동창 모임이 있어.]
[술 많이 마셔야겠네요.]
[싫다는데 권할 사람 없어.]
[시간전쟁 15라운드까지 갔어요.]
[이제 제법 하네. 약속한 게임은 그걸로 하는 게 어때.]
[안 돼요. 보드게임으로 할 거예요.]
[내일이네.]

지은의 답장이 늦어졌다. 정현은 문자를 기다리는 동안 화장실 거울을 멀뚱히 쳐다보았다. 표정이 너무 없는 것 같아서 입가를 살짝 들어올려보았다. 다시 휴대전화를 확인했다. 그는 기다릴 것 없이 문자를 찍었다.

[비밀 털어놓을 준비나 하고 있어.]

화장실에서 나오는 그의 팔을 붙잡는 손이 있었다. 억센 손이 그의 멱살을 움켜잡아 벽에 거칠게 밀어붙였다. 혜경은 움직이지 말라고 경고하듯 그의 가슴을 손으로 누른 뒤 정현의 얼굴에 손가락을 겨누었다.

"아까 희성 씨한테 무슨 말 했어요?"

그녀를 밀쳐내려면 할 수도 있었지만 정현은 그저 고요한 눈으로 그녀의 눈을 들여다보았다. 속을 꿰뚫는 듯한 시선에 혜경은 그를 밀고 있는 손에 더 힘을 주었다. 정현이 미소를 띠고 말했다.

"파트너를 오랫동안 혼자 두면 다른 놈들이 채갈 거라고 했습니다."

혜경이 으르렁거리는 말투로 대꾸했다.

"희성 씨한테 쓸데없는 소리 하지 마요."

"쓸데없는 소리? 이를테면?"

"그냥 아무것도 말하지 마요! 나에 대한 건 내가 말할 거니까 아무것도 말하지 마!"

"그런데 가명까지 쓰면서 지금 뭐하고 있는 겁니까? 혹시 내 친구한테 안 좋은 짓을 하려는 거라면⋯⋯."

"아니야! 그런 거 아니야! 이름은 어쩌다 보니⋯⋯."

정현이 말을 뱉을 때마다 혜경의 얼굴은 만만찮은 인간에게 약점을 잡힌 당황스러움과 좋아하는 사람에게 허물을 들키고 싶지 않은 순진함이 뒤섞여 점점 붉어졌다. 혜경은 발을 밟은 것처럼 그의 구두 바로 옆에 발을 쿵 찍으며 말했다.

"부탁이에요. 내가 먼젓번에 실수한 거 사과할 테니까 희성 씨한테는 아무 말⋯⋯ 말아줘요."

혜경의 말투가 흐릿해지는가 싶더니 곧 눈가에 물기가 어렸다. 정현은 속으로 혀를 찼다. 그가 다정한 음성으로 말했다.

"희성이 그렇게 좋은 놈 아닙니다."

"⋯⋯알아."

"남자들한테는 좋은 친구일지 모르겠지만 여자들한테는 좋은 남자가 아니에요."

"⋯⋯."

"지난달 모임은 다른 여자와 왔고, 그전 모임은 또 다른 여자였어요. 다음 달에는 혜경 씨가 아닐 수도 있어요. 그런 녀석이에요."

"당신, 친구를 왜 그런 식으로 말하는 거야."

"당신이 지은 씨 친구니까."

혜경은 시선을 들어 올려 그를 보았다. 지은이 반한 남자. 누군가를 진심으로 걱정할 때 이 남자는 이렇게 올곧은 눈을 하고 있구나.

"혜경 씨가 아파하면 지은 씨가 슬퍼할 테니까."

정현은 자신의 긍정적인 감정을 드러내는 데 거리낌이 없는 사람이었다. 그것은 상대가 그만큼 그와 심정적으로 동조할 가능성이 높다는 것을 의미하기도 했다. 그의 다정한 마음에 동조하듯 혜경은 불안하게 뛰던 심장 박동이 천천히 느려지는 걸 느꼈다. 그것을 거부하려는 것처럼 혜경은 발을 한 번 쿵 굴렀다. 그녀가 공격적인 말투로 물었다.

"지은이가 당신한테 뭔데?"

생각할 짬도 망설임도 필요 없었다. 그것은 평생 생각해왔던 것이었다.

"소중한 사람."

흔한 대답이었다.

"더없이 소중한 사람."

그러나 대답을 하는 정현의 눈빛은 농밀한 의미를 담고 있었다. 좋아한다고, 사랑한다고, 차마 쉽게 말하지 못할 정도의 애정. 말하는 순간 뱉어버린 말처럼 자신의 통제를 잃고 아스라이 사라져버릴 것을 두려워하는, 그 어떤 망설임. 그것들을 모두 담아 상대를 아끼는 말, '소중한 사람'. 아, 그렇게 흔하게 들어왔던 그 말이 이런 뜻이었구나. 혜경은 마법처럼 그의 마음을 느꼈다. 그 사람도 언젠가 나를 저런 식으로 여겨주었으면 좋겠다, 혜경은 그런 생각을 하면서 정현의 가슴을 누르고 있던 손을 내렸다.

지은과 정현은 고작 한 달간의 인연이 아니었다. 혜경은 그의 목소리에서 그 기간을 훨씬 뛰어넘는 무엇인가를 느꼈다.

「그 사람은 너희들 같아. 기분이 그래. 어느 순간 불쑥불쑥 오래된 사이처럼 느껴져. 내게 해가 될 일을 할 리 없다, 그런 생각.」

귓가에 소중한 친구의 목소리가 들려왔다. 그리고 지난밤 괴로워하던 친구의 모습 또한 떠올랐다.

「난 그 사람이 사랑하는 그녀가 아닌 게 된단 말이야. 그러면 더 이상 그 사람 곁에 있을 수 없게 돼. 그 사람이 원하는 건 그 여자니까!」

혜경의 얼굴이 무섭게 일그러졌다. 그녀가 다시 밀칠 것처럼 그의 가슴께로 손을 올렸다.

"두 사람, 지금 뭐하는 거야?"

갑작스럽게 들려온 희성의 목소리에 혜경은 그대로 얼어붙었다. 희성이 고개를 기울이고 기이한 표정으로 이쪽을 보고 있었다. 마치 불륜 현장을 들킨 사람처럼 혜경의 얼굴이 새파랗게 질렸다. 그녀는 뒤늦게 자신과 정현의 자세를 확인하고 화들짝 놀라며 손을 내렸다. 희성이 천천히 걸어와 그녀에겐 눈길조차 주지 않고 정현을 노려보며 말했다.

"네놈이 생전 안 하던 소리를 하기에 웬일인가 했더니 다른 속셈이 있었군."

혜경이 당혹스러운 표정으로 고개를 저었다.

"희성 씨, 저기 이건……."

"당신은 가만있어."

희성은 여전히 시선을 정현에게 둔 채 억양이 없는 말투로 말했다. 그를 만난 지 오래된 건 아니었지만 혜경은 그가 화가 났다는 걸 알 수 있었다. 질투인 걸까? 혜경은 내심 기쁘면서도 그의 냉담한 태도에 상처받았다.

정현은 두 사람과 대조되게 대수롭지 않은 표정으로 말했다.

"무슨 소리를 하는 건지."

정현은 어깨를 추슬렀다.

"오해가 있을 만한 상황이면 일단 상대의 말을 들어봐서 나쁠 거 없어."

"그럼 내가 본 건 뭐야?"

희성이 의심을 거두지 못하고 물었다. 정현이 말했다.

"내가 오지랖 좀 떨었지. 바람둥이를 휘어잡는 마지막 여자가 자신이라는 생각은 안 하는 게 좋을 거라고. 그러니까 이분이 화를 내잖아? 친구라면 그런 식으로 말하지 말라면서. 어디서 정황도 모르고 바람 현장 덮친 애인 행세야?"

희성이 눈썹을 치켜떴다. 정현이 꾸짖는 말투로 워낙 당당하게 나오자 그는 화낼 타이밍을 완전히 놓치고 말았다. 혜경은 그 와중에도 정현에게 끊임없이 간절한 시선을 보내고 있었다. 희성이 자신을 쳐다보자 혜경은 수줍게 웃었다. 희성의 표정이 누그러졌다. 정현을 쳐다보는 언짢은 시선은 그대로였지만 희성은 손가락마디로 관자놀이를 긁적이며 중얼거렸다.

"두 사람이 동시에 사라지니까 그렇지."

"그럼 화장실 가는데 일일이 네게 보고하랴?"

정현은 쯧, 짧게 혀를 차고는 희성의 어깨를 밀치고 앞서가버렸다. 희성은 뭔가 할 말을 못 찾겠다는 표정으로 혜경에게 가까이 오라는 듯 손을 까닥였다. 혜경이 수줍어하며 주뼛거리자 희성은 짜증스러운 표정을 지으며 그녀의 손을 낚아채 잡았다. 어깨나 허리를 감싼 적은 있어도 한 번도 손을 잡아준 적은 없었기에 혜경은 아주 조금 정현에게 고마워졌다.

정현이 호텔 로비를 지나고 얼마 안 돼 두 사람도 로비를 지났다. 호텔 밖은 아직도 추적추적 비가 내리고 있었다. 정문 오른쪽에 서 있는 도어맨이 내리는 빗줄기를 하염없이 쳐다보다가 중얼거렸다.

"가을비가 제법 길게 내리네."

왼쪽에 서 있는 도어맨이 말을 받았다.

"그러게. 꼭 여름비 같군."

두 사람이 입을 다물자 다시 빗소리만이 들려왔다. 누군가가 말했다.

"비가 그치고 나면 많이 추워지겠어."

결전의 장소는 지은이 잘 아는 보드 게임방으로 정했다.

"저기, 지은 씨, 배고프지 않아? 우선 밥부터 먹고……."

"어서 시작해요."

지은은 전투적인 눈빛을 하고 두 손을 비볐다. 그녀는 오늘따라 지나치게 흥분한 것처럼 보였다. 아침부터 약간 초조한 듯 긴장한 듯 내내 얼굴이 발그스름해져 있었다. 정현은 그녀를 이상스럽게 쳐다보며 정장 겉옷을 벗어 소파 빈자리에 놓았다. 젊은 남자 주인이 주문한 루미큐브 박스를 가져다주며 지은에게 인사를 했다.

"오랜만에 오셨네요. 이번 대회엔 왜 안 나오셨어요? 원래 저번 대회 우승자는 꼭 나와주셔야 하는데."

"죄송해요. 그때 여행 중이었거든요."

"예, 그럼 게임 재밌게 하세요."

주인이 가자, 정현이 물었다.

"저번 대회 우승자?"

"매년 루미큐브 대회가 있거든요. 이 몸이 저번 대회 우승자죠."

지은은 우쭐한 표정으로 엄지손가락으로 자신을 가리켰다. 그러고는 큐브 타일들을 테이블 위에 쫙 깔았다. 그리고 흰 면이 보이도록 모두 뒤집기 시작했다. 정현은 그녀를 도와 뒤집은 타일들을 하나씩 집어 열

개씩 쌓아 테이블 한쪽에 놓았다. 그가 심각한 표정으로 생각에 잠겨 있자 지은은 손등으로 입을 가리고 키득키득 웃었다.

"너무 긴장하지 마요. 그래봤자 고작 지역 대회 우승자니까."

지은의 말투는 첫날밤을 치르기 전 긴장하는 상대를 달래는, 딱 그 짝이었다. 정현이 어이가 없다는 듯 지은을 바라보았다. 지은은 웃음을 뚝 그치고 자못 진지한 표정으로 말했다.

"게임 해본 적 있어요?"

"동생이랑 두어 번."

"그럼 규칙은 알겠네요."

"같은 색깔의 타일은 연속해서, 다른 색깔의 타일은 같은 숫자로 세 개 이상씩 내려놓으면 되는 거 아니야? 자기 받침대에 있는 타일을 모두 내려놓는 사람들이 이기는 거, 맞지?"

"처음 등록할 때에는 내려놓는 타일에 적힌 숫자의 합이 삼십 이상 되어야 한다는 것도 알죠? 그다음부터는 테이블에 있는 내놓은 것들과 조합할 수 있고요."

지은은 정현이 쌓아놓은 타일 중에서 열네 개를 집어 와 자기 받침대에 보기 좋게 놓았다. 그녀의 눈빛이 무서울 정도로 이글거렸다. 정현은 '이거 장난으로 하는 거 아니었어?'라고 물으려 했지만 그녀가 먼저 엄격한 목소리로 말했다.

"그럼 시작하죠? 저부터 할게요."

"지역 대회 우승자라는 사람이 선 양보도 없는 거야?"

지은은 그를 기다리지 않았다. 바로 검은색 타일 11, 12, 13을 내려놓았다.

첫 라운드는 지은의 압도적인 승리였다. 그의 받침대엔 아직 아홉 개의 타일이 남아 있었지만 지은은 의기양양한 표정으로 손을 털었다. 정현은, 이런 게임은 5판 3선승제가 세계 공통의 규칙이라는, 듣도 보도 못한 주장을 펼쳤고, 결국 그렇게 시작된 두 번째 라운드는 뜻밖에도 조커 타일을 두 개나 쥐고 있던 정현의 승리였다. 지은의 루미큐브 인생 중 첫 패배였다. 조커 타일을 조합한 주황색 타일 9, 10을 테이블에 놓인 5, 6, 7 뒤에 붙이며 승리한 그는 마치 조커 타일에 그려진 음흉한 조커 그림처럼 웃었다.

지은은 어떤 표정을 해야 될지 몰랐다. 기쁘기도 하고 두렵기도 했다.

정말 그가 이기면 난 그 말을 할 수 있을까? 당신의 이름이 아일이냐고?

머릿속이 복잡한 가운데 진행된 세 번째 라운드는 지은의 승리였다. 이번엔 조금 아슬아슬했다. 조커가 없었더라면 질 수도 있었다.

네 번째 라운드, 이게 무슨 드라마인가. 지은이 생각해놓은 조합에 번번이 정현이 자신의 타일을 내려놓으면서 결국 그가 게임의 승기를 잡았다. 저번 지역 대회 우승자 한지은이 하루 동안 같은 사람에게 두 번이나 패배하는 순간이었다.

지은은 웃어야 할지 울어야 할지 모르겠어서 그냥 실없이 웃으며, 턱을 괸 채 싱글거리고 있는 그를 마주 보았다.

마지막 라운드.

정현은 시합 중 끊임없이 지은의 정신을 사납게 했다. "대체 무슨 비밀을 털어놓으려는 걸까."라는 둥 "아, 궁금해. 궁금해."라는 둥 계속 깐죽거리는 말투로 지은을 방해했다. 지은이 타일 하나를 집어 그의 얼굴에 던졌지만, 그는 놀라운 반사 신경으로 그걸 잡아냈다. 그것도 바로 눈앞에서, 눈 한 번 깜박이지 않고.

그 모습에 헉, 소리를 내며 놀란 건 오히려 지은이었다. 정현이 잡은 타일을 위로 던졌다 잡으며 빙글빙글 웃었다.

"타일 몇 개 남았어?"

"알려줄까 봐요?"

"그깟 거 알려주면 어때서. 난 네 개 남았어."

정말일까? 그의 속은 당최 알 수가 없었다. 지은은 투덜거리며 자신의 받침대를 보았다. 남아 있는 타일은 빨간색 5, 파란색 7과 10, 그리고 조커. 지은은 빠르게 머리를 굴렸다. 그녀의 눈이 테이블의 모든 타일 조합을 훑었다.

이 게임, 이겨야 되는 거야?

게임이 마지막을 향해 가자 순간 머릿속에 잠시 잊고 있던 생각이 떠올랐다.

이겨야 되는 거야? 내가? 아님 그가? 나는 묻기를 원하나? 내가 비밀을 털어놓으려면, 그의 이름을 물으려면, 그가 이번 판을 이겨야 한다. 이번 게임은 내가 져야 해. 하지만 난 뭘 원하는 거지?

'……맙소사.'

그때 악마의 유혹처럼 지은의 눈에 선명히 그럴듯한 타일 조합이 보였다. 한 번에 모든 타일을 내려놓을 수 있었다. 조커 타일을 이용한다면!

지은은 조심스럽게 검은색 조커 타일을 집어 들어 손에 꼭 쥐었다. 손바닥을 살짝 펼쳐 보았다. 조커 그림이 악마처럼 웃고 있었다.

조커가 물었다. '너는 뭘 원해?' '나를 내려놔.' '이겨버려.'

지은이 물었다. '나보고 도망치라고?'

조커가 낄낄 웃었다. '도망치는 게 어때서? 만약 그가 아일이 아니면? 넌 그의 곁에 있을 수 없어. 그가 원하는 건 그녀니까!'

지은은 이를 악물었다. '내가 그녀야. 어차피 같은 사람이야!'

조커가 빙글빙글 웃었다. '넌 그녀에 대한 기억 한 톨도 없어. 그건 네

가 더 잘 알잖아?'

지은은 아랫입술을 깨물며 조커 타일을 꽉 쥐었다.

'그녀는 이미 죽은 사람이야. 이 세상에 없는 사람이라고.'

지은은 정현을 보았다. 정현이 팔짱을 낀 팔을 테이블 위에 올리고 성그레 웃으며 그녀를 보았다. 지은도 따라 웃었다. 다시 받침대를 보았다.

'조금만…… 조금만 더, 이렇게 있자.'

지은은 입술을 굳게 다물고 타일을 모두 테이블 위에 내려놓았다. 정현이 허, 놀란 웃음을 흘리며 앞으로 살짝 몸을 숙였다.

무려 네 개나 되는 타일 조합에서 하나씩 타일을 빼내 빨간색 5와 한 세트를 만들었다. 빨강 8, 파랑 8, 주황 8, 검정 8에서 파랑 8을 빼내 가지고 있던 파랑 7 타일과 붙인 뒤 파랑 10을 가장 뒤에 놓았다. 그리고 마지막으로 8과 10 사이에 조커 카드를 내려놓았다.

빈 받침대를 엎은 지은은 양손으로 머리를 감싸며 마치 진 것처럼 고개를 숙였다. 정현이 타일 조합을 살펴본 뒤 감탄을 내뱉고 가볍게 박수를 쳤다.

"대단해. 역시 지역 대회 우승자."

"당연하죠. 초보자에게 질 만큼 만만한 줄 알아요?"

지은이 날 선 목소리로 대꾸했다. 정현이 테이블 위를 정리하며 말했다.

"그럼 네 비밀은 못 듣는 거네. 무슨 비밀이지? 궁금한데."

"……정말 궁금해요?"

지은이 얼굴을 쓸어내리며 힘없이 말했다. 정현이 눈에 천진한 빛을 띠고 고개를 끄덕였다. 지은은 숨을 크게 들이마시고 그대로 천천히 숨을 삼켰다. 그녀는 팔짱을 끼고 소파에 몸을 기댔다. 그녀가 입꼬리를 치켜 올리고 말했다.

"사실 저는요……."

정현은 몸을 더 앞으로 내밀었다.

"새끼손가락이 보통 사람들보다 짧아요."

"……."

"많이 짧아요. 볼래요?"

"그게 비밀이야?"

정현은 실망스러운 기색을 숨기지 않았다. 지은은 뭘 기대했냐는 듯
어깨를 으쓱해 보였다. 그는 차곡차곡 타일을 모으던 것을 멈추고 테이
블 위에 있는 모든 타일과 받침대를 한꺼번에 우르르 상자에 쓸어 담았
다. 지은은 속을 읽히지 않기 위해 벌써 단단히 무장을 한 상태였다. 한
번 읽어볼 테면 읽어봐, 라는 듯이 도전적인 눈으로 그의 시선을 받아들
였다.

정현은 그녀처럼 팔짱을 끼고 소파에 몸을 깊이 묻었다.

"얼마나 대단한 비밀인지 가슴이 다 설레. 오늘 밤잠은 다 잤어. 내 비
밀도 알려줄까?"

"말해보세요."

"난 일하는 도중에 잘 졸아. 학창시절에도 자주 졸아서 교실 뒤로 쫓
겨나곤 했지."

"……저는 초등학생 때 커닝한 짝을 선생님한테 고자질한 적이 있어
요. 시험 끝나고 교무실에 찾아가서 몰래 일러바쳤죠."

"잘했네."

"그리고 남자친구한테 주려고 초콜릿을 만든 적도 있어요. 엉망으로
만들었고, 결정적으로 밸런타인데이가 오기도 전에 차였죠."

"저런."

"요리도 못해요. 동생들은 제가 밥을 하는 날엔 꼭 자기들이 알아서 김을 밥상에 올리죠."

"괜찮아, 내가 요리를 잘하니까."

"뭐가 괜찮다는 건지 모르겠네요. 이력서엔 안 적었지만 한자능력검정 3급 자격증이 있어요."

"난 2급."

"전 일본어능력시험 2급이에요!"

"난 1급."

"……."

"난 중학교 때까지 키가 165센티 정도밖에 안 됐어. 고등학생 때 엄청 자란 거지. 그거 알아? 한창때에는 자는 동안 뼈가 자라는 소리가 들려."

"저는 지금 이 키가 초등학생 때 키예요. 그때 다 크고 성장이 멈춘 셈이죠."

"난 중학교 때까지만 해도 국문학과에 가려고 했어. 나중에 너를 만나면 나의 이런 마음을 조금 더 잘 표현할 수 있지 않을까 해서 말이야."

탁구를 치듯 서로 쉴 틈을 주지 않고 말을 주고받던 두 사람 사이에 잠시 침묵이 끼어들었다. 정현이 장난기 어린 미소를 머금은 채 다정한 눈으로 그녀를 바라보았다. 지은은 숨을 삼키며 안쪽 입술을 깨물었다. 정현이 말했다.

"그런데 네가 외국인이면 소용이 없을 것 같아서 관뒀어."

"저…… 전 수학을 싫어했어요."

지은은 그의 페이스에 말려들지 않기 위해 그의 말이 떨어지기 무섭게 바로 대답했다. 정현은 작게 고개를 끄덕이며 그녀가 하고 싶은 대로 맞춰주었다.

"나는 수학 좋아해."

"국사를 좋아했어요."

"나도 국사 좋아."

"제 첫사랑은 저보다 한 살 많은 고등학교 선배였어요. 동아리 축제에 갔다가 문학부 부장이었던 그 사람이 자신이 지은 시를 설명해주는 걸 듣고 좋아하게 됐죠. 잘 웃지 않는 사람이었는데 간혹 웃으면 그게 너무 멋져서 인기가 많은 선배였어요. 차일 걸 각오하고 고백했는데 사귀자고 해서 사귀게 됐어요. 한 달 뒤에 차였고요."

"……."

"'난 많이 웃는 여자가 좋아.' 그렇게 말하고 절 찼죠. 첫 키스는 대학 신입생 때 소개팅으로 만난 동갑 남자애와 했어요. 만난 지 일주일 후에 고백받고, 누군가가 절 좋아해준다고 말한 건 처음이라 사귀기로 했죠. 육 개월 정도 만났어요. 이번에도 제가 차였죠. 헤어지고 얼마 안 되어서 그 애가 입대했다는 걸 알았어요. 혹시나 그것 때문에 일부러 날 위한답시고 헤어진 걸까 생각한 적도 있었지만, 알고 보니 다른 여자애와도 사귀고 있더라고요. 그 여자애와는 제대하고도 잘 지내는 것 같았어요. 이 여자 저 여자 만나는 완전 바람둥이는 아닌 것 같아서 다행이란 생각이 들었죠. 그리고 세 번째로 사귄 남자는……."

"지은 씨."

정현이 나직한 목소리로 그녀의 말을 자르고 들어왔다. 지은은 그의 목소리를 듣지 못한 건지 자신의 무릎 위에서 바들바들 떨리는 깍지손을 내려다보며 말을 이었다.

"세 번째로 사귄 남자는 꽤 오래 사귀었는데……."

"나는 그런 얘기 별로 듣고 싶지 않아."

"왜요? 왜 듣고 싶지 않은데요? 안 궁금해요?"

지은이 불안한 미소를 지으며 정현을 보았다. 정현의 갈색 눈과 마주치는 순간 귓가에 물방울이 떨어지는 소리가 들려왔다. 아주 얕게 물이 채워진, 거의 말라버린 우물 바닥에 물방울이 떨어졌다. 지은의 눈가로 눈물이 어렸다.

"왜 안 궁금한데요?"

난 궁금한데, 난 당신이 언제 누구와 첫 키스를 했고 누구와 사랑을 했는지 궁금한데……. 그런 거 궁금해하면 안 되나? 날 좋아한다면서요. 그럼 궁금해야지. 나만 당신을 좋아하는 거야?

"궁금하지 않아요? 그럼 이번엔 정현 씨가 말해보세요. 농담 말고 진짜 비밀이요."

정현은 조용히 테이블 위로 왼손을 뻗었다. 그리고 그녀 앞에 손바닥을 펼쳐 보였다. 지은은 조심스럽게 떨리는 손을 들어 올려 그의 손을 잡았다. 그가 그녀의 손을 테이블 위에 올리게 하고 자신의 손을 그 위에 포갰다. 그녀의 다른 쪽 손도 더 이상 떨지 않게 되었다. 몸도 떨리지 않았다. 마음도 떨리지 않았다. 정현이 조용히 말했다.

"난 전생에 대한 기억 때문에 열 살 때까지 부모님을 아버지, 어머니라고 부르지 않았어."

지은의 눈이 놀란 듯 커졌다. 정현은 오른쪽 손을 들어 입술 앞에 손가락을 세워 보였다. 듣기만 해.

"어린 시절 내가 꾸었던 꿈은 대부분 학대를 받는 꿈이었어. 방임도 학대지. 경험한 사람이 하는 말이야. 방임도 지독한 학대야. 사랑하는 모습을 보여주지 않은 전생의 부모 때문에 나를 사랑할 준비가 되어 있는 부모를 받아들이지 못한 거야.

내가 꾸는 꿈은 너무나 생생해서 현실과 구분이 가지 않아. 지금도 종종 착각을 해. 어릴 땐 더 그랬겠지. 내가 기억하는 최초의 꿈? 누군가를 죽이는 꿈이야. 고작 아는 세계라곤 가족이 전부였던 어린애가 꾼 꿈이, 누군가를 죽이는 꿈이었어. 자고 일어나도 손에서 피 냄새가 떨어지질 않아. 칼로 누군가의 목을 베면 꿈에서 깨어난 내게 누군가가 똑같이 칼로 목을 찔러와. 처음엔 한 명, 그다음엔 다른 얼굴로 두 명, 세 명, 네 명, 다섯 명, 여섯 명, 셀 수도 없는 시신을 밟고 시간이 얼마나 흘렀는지, 시간이 가기는 하는 건지, 그렇게 한참을, 영원 같은 시간을 서 있어. 그러면 어느 순간 시체 더미에서 흘러나온 피가 내 머리 끝까지 차오르지. 피가 목에 가득 차고 질식해서 정말 죽을 것 같은 순간에 꿈에서 깨어나. 그러면 또다시 누군가가 나타나 내 목을 베지.

나를 달래러 오는 저 여자가 나의 어머니인지 나를 죽이러 오는 사람인지 분간이 갈 리 있나. 딱 12일. 거짓말 않고 딱 12일만 그런 꿈을 반복해서 꾸면 어린아이의 정신은 완전히 무너져. 꿈과 현실의 경계가 완전히 무너지고, 결국 아이는 말문을 닫지. 난 기억을 찾은 후부터 여덟 살 때까지 거의 말을 하지 않았어. 대학교에 들어갈 때까지 정기적으로 정신과 상담을 받아야 했지. 이런 내가…… 무서워? 싫어졌어?"

지은은 눈물이 맺힌 얼굴로 재빨리 고개를 가로저었다. 그 바람에 눈물이 뺨을 스치고 떨어졌다. 정현은 테이블 위로 몸을 숙여 그녀의 뺨을 부드럽게 어루만졌다.

"그런 사람이 어떻게 이렇게 됐는지 궁금하지 않아?"

지은은 재빨리 고개를 끄덕였다. 또다시 눈물이 떨어졌다. 눈물이 그의 손등을 타고 흘러내렸다. 그가 희미하게 웃으며 말했다.

"네가 좋은 가족, 좋은 친구들 사이에서 자라서 얼마나 다행인지, 내가 그 사실에 얼마나 기뻐하고 있는지, 어떻게 설명할까. 항상, 항상 너를 걱정했어. 혹시 네가 옛날의 나처럼 사랑을 못 받고 자랐으면 어쩌나, 내가 오늘 누리고 있는 이 모든 행복이 너의 행복을 희생해서 얻은 거라면 어떡하나, 그래서 행복해도 마음속 깊이 즐거워할 수가 없었어. 그래서 또 부모님께 상처를 주고, 자식은 어떻게 된 게 웃는 모습을 가장해도 부모님에게 생각을 읽히더라고. 이 내가 말이야."

지은은 눈물이 차오르는 걸 막을 수가 없었다. 입술이 떨렸다. 뜨거운 눈물이 흘러내렸다.

"그래, 네가 사랑을 못 받고 자랐다면 내가 사랑을 나눠주자, 예전에 네가 그랬듯이. 어떻게 나눠주면 될까, 이런 상황에서 자란 아이라면 어떻게 마음을 열어야 할까, 차가운 마음을 가진 아이라면 어떻게 다가가야 할까, 학창 시절의 대부분을 그런 생각을 하면서 보냈어."

그녀의 볼을 타고, 그의 손등을 타고, 흐르는 눈물은 그칠 줄 몰랐다.

"네게 보여줄게. 그런 어린 시절을 보냈던 사람이 어떻게 이렇게 됐는지, 네게 하나씩 알려줄게. 예전의 네가 그토록 바랐듯이, 내가 이렇게 행복해졌다는 걸 확인시켜줄게."

지은은 울음으로 들먹이는 가슴을 부여잡고 그를 보았다.

"아일이야."

끼이익. 깊고 깊어 도저히 주위가 보이지 않는 아주 깜깜한 우물 안, 누군가가 그 뚜껑을 여는 소리가 들려왔다.

눈이 크게 뜨이면서 눈가에 고였던 굵은 눈물방울이 떨어져 내렸다. 그가 환히 보였다.

"아일 에드가 클레이모어. 그게 내 이름이야."

햇빛이 없는 곳에선 그가 햇빛이 되었다. 그가 환하게 웃었다.

"내가 졌어, 한지은. 난 항상 네게 지지."

Part 4.

상담

"당신의 이름은 라야, 그 남자의 이름은 아일."

"맞아요."

"라야라는 이름은 그 남자가 가르쳐준 거고요?"

"하지만 아일이란 이름은 제가 먼저 생각해냈어요."

"혹시 어젯밤에도 꿈을 꿨나요?"

"어젯밤엔 평소와 조금 다른 꿈을 꿨어요. 여러 사람들과 수업 같은 걸 받는 거 같았어요."

"그 사람들 속에 그 남자도 있었나요?"

"예. 그 사람도 옆에 있고, 다른 친구들…… 맞아요, 다른 사람들이 있었어요."

"얼굴은요? 이번에도 사람들 얼굴은 생각나지 않나요?"

"전 제 얼굴도 잘 생각나지 않는걸요. 미인이란 것만 알겠어요. …… 네, 저도 부끄러우니까 그렇게 쳐다보지 마세요. 오늘은 오는 길에 버스에서도 잠이 들었어요. 잘 안 그러는데, 꽤 단잠이었어요. 어젯밤 꿈을 이어서 꾸는 것 같았어요. 수업을 마치고, 다들 한 테이블에 앉아서 차를 마시면서…… 맙소사, 생각이 나요! 맞아요, 별이 어떻고 달이 어떻고 그런 얘기를 하다가…… 기분이 들떠서 그 사람을 쳐다보니까…… 그 사람도 웃고 있었어요. 하차 벨 소리에 깨서는 버스에서 내리는데…… 너무 아쉬운 거예요."

"점점 꿈꾸는 주기가 짧아지고 있네요."

"좋은 증상일까요?"

"좋은 증상이 아니죠. 회사 생활에 지장이 있다고 하지 않았나요?"

"멀쩡히 일을 하다가도 깜박깜박 졸아요. 어떨 땐 기절하듯이 쓰러지기도 하고……."

"그건 좀 위험한데요."

"그저께는 사물함에 머리를 찧을 뻔했어요."

"전생이 진짜라고 한다면, 지은 씨는 그걸 알고 싶나요?"

"답답하니까요. 이대로는 제대로 된 생활을 할 수가 없어요. 어차피 알아야 되는 거라면 모두 안 뒤 털어버리고 싶어요."

"안 좋은 기억일 수도 있어요."

"그렇죠……."

"설사 좋지 못한 기억이더라도 그건 지나간 일일 뿐이에요. 하지만 알고도 모른 척 예전으로 돌아갈 순 없겠죠. 그리고 모든 걸 알게 된다고 해서 그게 꼭 진짜 전생이란 법도 없고요. 우리는 그걸 확신할 수 없죠."

"……."

"지은 씨."

"예."

"혹시 최면 요법을 받아보겠어요?"

"하실 수 있나요?"

"저는 못하지만 제가 아는 분을 소개해드릴 수는 있습니다. 어때요, 해보겠어요?"

18

이른 저녁부터 노체의 술집은 외박을 나온 크롬헬 생도들로 북적였다. 골목으로 술집 불빛이 새어나왔다. 사내들과 여인들의 말소리가 창턱을 넘었다.

상급생들은 중앙 테이블을 차지하고 있었다. 하급생들은 구석 테이블에서 우편물을 분류 중이었다. 그들도 잠시 일손을 멈추고 선배가 하는 이야기에 귀를 기울였다. 한 사내가 중앙 테이블에 앉아 근엄한 목소리를 꾸며내며 말했다.

"스승 크롬헬 모뤄가 모든 것을 버리고 떠나려는 에드가에게 물었지."

그는 청중을 돌아보며 뜸을 들였다. 술청 안쪽에선 주인이 유리잔을 닦았다. 사내의 무릎에 앉아 있는 여자가 말을 멈춘 그를 재촉했다.

"후회하지 않겠느냐? 지금껏 네가 원하고 바라왔던 모든 것을 버려야 한다."

다른 생도가 사내의 말을 받았다.

"제가 지금껏 원하고 바라왔던 것이 무엇인지 이젠 그것조차 기억나지 않을 만큼 그녀만을 원하고 바랍니다."

여자들이 꺄 하는 비명 같은 환호를 질렀다. 초대 에드가의 사랑 이야기는 언제 어디서 꺼내 들어도 관심을 받는 화젯거리 카드였다. 특히 여인들에게 잘 먹혀들었다. 사내의 무릎에 앉아 있던 여자는 발을 동동 구르더니 이야기를 들려준 사내의 얼굴을 잡아당겨 진한 키스를 했다. 그녀가 입술을 떼고는 말했다.

"그런데 있잖아, 초대 에드가의 부인은 정말 사라진 라타니아 왕녀였어?"

모든 이들의 눈이 조심스레 한쪽 테이블로 향했다. 거기에 아일이 있었다. 그는 보고서에 시선을 둔 채 아무 대꾸도 하지 않았다. 에드가 이야기를 꺼냈던 사내가 여인의 턱을 잡아 자신을 보게 하고는 끈적이는 목소리로 말했다.

"우리 에드가는 조상님들 이야기 싫어해."

"싫어하는 게 아니야. 우리 에드가가 선조들 이야기에 얼마나 빠삭한데."

로바키가 바지를 추스르며 2층 계단을 내려왔다.

"네놈은 여자들 꼬드기는 데만 이야기를 써먹으니까 에드가가 가르쳐주지 않는 거야."

로바키는 이야기를 한 사내의 등짝을 후려치고 아일이 있는 테이블로 왔다. 여인이 로바키를 뒤따라 계단을 내려왔다.

다가온 로바키가 어깨동무를 하듯 아일의 어깨를 친밀하게 감쌌다.

"그지, 에드가? 내 말이 맞지이?"

로바키는 아일의 뺨에 키스를 할 것처럼 입술을 들이밀었다. 아일이 펜대 끝으로 로바키의 이마를 밀어내자 로바키는 킬킬거리며 옆자리에 앉았다.

"조장."

우편물을 정리하고 있던 메이튼이 몸을 돌려 편지 봉투 하나를 들어보였다.

"댁에서 온 것 같은데요."

보고서를 써 내려가던 손이 멈췄다.

"보낸 사람 이름이…… 라야, 윈터스?"

아일이 치켜뜬 눈으로 메이튼을 보았다. 누구라고?

메이튼이 얼른 달려와 편지를 건넸다. 봉투의 발신란에는 분명 클레이모어 저택을 주소로 라야 윈터스란 이름이 적혀 있었다. 어디로 튈지 모를 삐뚤빼뚤한 글씨체에서 이름의 주인을 떠올려낼 수 있었다.

작은 몸으로 양손에 보따리까지 들고 시내를 빨빨거리며 돌아다니던 모습, 길바닥에 물건들을 쏟고 당황하던 얼굴, 연방 재잘대던 목소리, 상대에 따라 위험스럽기 짝이 없는 황당한 소리들, 식어빠진 찐빵 맛까지 생각이 났다.

아일은 선뜻 봉투를 뜯어보지 못하고 망설였다.

'그 여자가 왜 내게 편지를…….'

"여자 이름이네."

로바키와 함께 계단을 내려온 여인이 한 손에 술잔을 들고 아일의 뒤로 다가왔다. 그녀는 뒤쪽에서 아일의 어깨를 감싸 안았다. 여인이 은근한 목소리로 물었다.

"애인이야?"

아일이 아무 반응도 하지 않자 여인은 그의 귓불을 장난스럽게 깨물었다. 맞은편에 앉은 로바키가 그녀에게 손가락질을 했다.

"내 눈앞에서 그러고 싶어? 에드가는 내 애인이란 말이야! 내 마음의 애인. 너는 내 육체의 애인."

다른 생도들은 이제 로바키의 저런 농담에 웃지도 않았다. 반은 진담처럼 들리기도 했다. 여인은 아일의 귀에 입술을 대고서 낮게 웃었다.

봉투를 뒤집었다. 싸구려 초의 촛농을 무늬도 없는 인장으로 눌러 봉인한 부분이 쉽게 뜯겨 나갔다. 편지를 펼치기 전, 아일은 그의 어깨에 턱을 올리고 있는 여인을 쳐다보았다. 편지를 주시하고 있던 여인은 "아." 그러더니 손을 들어 보이고 뒤로 물러났다.

한 장짜리 편지를 펼쳤다.

『라야 윈터스입니다.

저택에 있는 나무들이 낙엽을 다 떨어뜨렸어요. 노체는 이곳보다 겨울이 빨리 찾아온다면서요?

아히름은 제가 자란 람프할레만보다 더 추운 것 같아요.

같은 방을 쓰는 샬롯이 감기에 걸렸어요. 감기에는 다마드 풀이 좋답니다. 생으로 먹으면 독이 될 수도 있어요. 아주 차가운 물에 씻은 후 세시간 정도 삶아야 해요. 정성이 들어가야 하지만 그만큼 약효가 좋아요. 감기 조심하세요.』

"……."

이게 대체 뭐란 말인가.

아일은 혹시 내용이 더 있는가 싶어 편지지를 뒤집어 보았다. 백지였다.

그녀가 자신에게 이런 특별할 것 없는 내용으로 채워진, 그래서 친밀하게까지 느껴지는 편지를 보낸 상황을 이해할 수 없었다.

"조장."

메이튼 옆에서 우편물을 분류하고 있던 컬레이가 아일에게 온 편지 두 통을 들어 보였다. 이번에도 보내는 이는 라야 윈터스. 여기저기서 "여자네.", "여자야.", "볼 것도 없이 여자네." 따위의 말들을 떠들어댔다. 아일은 언짢은 표정으로 컬레이를 향해 손을 까닥였다.

로바키가 테이블 쪽으로 몸을 숙이며 속삭였다.

"정말 여자야?"

아일은 대꾸 없이 봉투를 뜯었다.

『라야 윈터스입니다.

 마구간 일을 하던 라스 씨가 일을 그만두셨어요. 모뤄를 떠나 기번으로 이사를 하신다고 하네요. 새 사람을 구할 동안 그레이 씨가 마구간 일을 맡는다고 해요. 그가 일하는 방식은 거칠어서 말들이 별로 좋아하지 않아요.

 그저께 새로 들어온 망아지는 이곳을 마음에 들어 하지 않는 것 같아요. 향수병이죠. 그 마음을 알 것 같아요.

 샬롯은 감기가 다 나았답니다.

 밤바람이 매서워져서 창문을 열기가 무섭네요.

 동쪽 건물 1층을 대청소했더니 피곤해서 오늘은 일찍 잠자리에 들어야겠어요.』

『라야 윈터스입니다.

 주인마님을 모시는 말렌 씨가 몸이 많이 안 좋아지셨어요. 아무래도 나이가 있으시니까. 의사 말이 쉽게 털고 일어나지는 못할 거라고 하네요. 마님의 상심이 크세요. 당분간 제가 마님을 모시게 되었어요.

 마님도 참 말씀이 없으세요. 대신 이야기를 잘 들어주세요. 덕분에 제 말수가 늘어났습니다. 아히름 명물 찐빵 이야기를 했더니 관심을 보이셨어요. 시내에 나가면 제가 사다드리기로 약속했어요.

 저택엔 언제 돌아오세요? 마님이 궁금해하세요.』

 몇 줄 안 되는 편지, 느리게 읽고 자시고 할 것도 없었다. 하지만 아일은 편지의 마지막 줄에서 눈을 떼지 못했다.

'저택엔 언제 돌아오세요? 마님이 궁금해하세요.'

아일의 어머니인 아넷은 많은 것에서 두려움을 느꼈다.

벌레를 보면 비명도 못 지르고 얼굴이 새파랗게 질렸다. 입도 짧고, 입는 드레스의 색도 정해져 있었다. 꽃가루가 날리는 봄엔 하루 온종일 방에 틀어박혀 있었다. 여름이 되면 적어도 일주일에 한 번은 혼절을 했고, 겨울이 되면 침대에 누워 일어나지 못하는 일이 잦았다. 시어머니 히비커스의 걸음 소리만 들어도 손을 바들바들 떨었다. 말을 나누는 상대는 처녀 시절부터 시중을 들어주는 말렌뿐이었다. 오죽하면 아일을 임신한 이후로는 남편과 동침을 하지 않는다는 소문까지 돌았다. 그녀는 자기 아들도 무서워했다. 적어도 아일은 그렇게 느꼈다. 그녀는 세상을 무서워했다.

그런 그녀가 말렌이 아닌 다른 하녀의 이야기에 관심을 보인다? 새삼스럽게, 아들이 저택에 돌아오는 것을 궁금해한다?

라야라는 하녀가 거짓말을 하는 것이거나 아넷이 이상해졌거나, 둘 중 하나다.

아일은 그렇게 생각했다.

그 뒤로도 라야는 사나흘 간격으로 편지를 보내왔다. 아일은 원하지 않아도 그녀가 전해오는 소식을 듣고 저택이 어떻게 돌아가는지 알 수 있었다. 거기에 덧붙여 그녀와 같은 방을 쓰는 하녀의 이름이 샬롯이란 것, 싱클레어와 쥬네가 그녀의 가장 친한 친구라는 것, 동쪽 건물 왼쪽 벽 회랑의 바닥 타일 수가 650개라는 것, 새로 들어온 흑마가 다른 말들에게서 따돌림을 당한다는 것, 큰 서재가 있는 복도의 양탄자만 다른 밝기의 붉은색이란 것, 서재 남쪽 방향 가장 왼쪽 책장 구석에 작은 상자 크기의 비밀 공간이 있다는 것까지 알게 되었다.

시간이 갈수록 편지는 길어졌고 글씨체는 정갈해졌으며, 내용은 어김없이 그녀의 일상사로 채워져 있었다. 그렇게 한 달이 지나자, 크롬헬에서 에드가에게 애인이 생겼다는 소문을 들어보지 않은 사람은 없게 되었다.

"벌써 그렇게 자랐나?"

아일이 흑색조의 귀환 보고를 마치고 교관실을 나가려고 하자 그의 등 뒤로 떨어진 말이었다. 아일이 몸을 돌려 벤클로에를 보았다. 벤클로에는 서류 작성을 마저 마치고 만년필을 잉크병에 꽂았다. 그리고 깍지 낀 손으로 턱을 받치고 책상 위로 몸을 숙였다. 가면을 씌운 듯 한결같은 미소. 벤클로에의 생각을 읽는 데에 그의 입매를 살피는 것은 아무 도움이 되지 못했다.

"입학했을 때 자네 키가 요만했는데."

벤클로에의 손은 책상보다 약간 높은 곳에 있었다.

"세월이 그렇게나 흘렀나?"

과거를 추억하는 스승의 말투는 아니었다.

"애인을 둘 정도로?"

아일은 저도 모르게 숨을 삼켰다.

그 어떤 짓궂은 소문도 학생들 사이에서만 존재하는 한 크롬헬의 담장을 넘지 못했다. 그러나 교관들의 귀에까지 이야기가 들어가는 경우에는 문제가 달랐다. 아일은 벤클로에가 누구와 연이 닿아 있는지 떠올려보았다.

벤클로에가 빙글거리며 웃었다.

"재밌는 소문이 들리더군."

크롬헬 무관 학교에서 학생과 교관의 관계는 단순한 사제 관계가 아니었다. 교관들은 장래의 동료와 자신의 상관이 될 자들을 훈련시키는 셈이었다. 아일은 언젠가 벤클로에의 윗사람이 될 것이다. 구름이 아무리 해를 가리고 오랜 기간 비를 내려봤자 결국 언젠가는 비가 그치고 해가 떠오르듯, 그것은 자명하고도 자연스러운 일이었다. 두 사람 모두 그 사실을 알고 있었다.

"정말 몰라보게 변했어. 집에 가면 가족들이 자네를 알아보기는 하던 가? ……농담이야, 인상 쓸 거 없어."

벤클로에가 손을 내저으며 너스레를 떨었다. 인상이고 뭐고, 아일의 표정엔 변화랄 것이 없었다. 벤클로에가 나가보라고 하지 않는 한, 아일은 정자세로 벤클로에가 하는 말을 모두 듣고 있어야 했다.

"모뭐가와 혼담이 오간다면서?"

건조한 정적이 흘렀다.

벤클로에는 의자 깊숙이 몸을 뉘었다. 끼익. 의자가 비명을 질렀다.

"침묵을 대답으로 쓰려거든 나보다 높은 자리에 간 뒤에나 써."

벤클로에의 목소리가 엄해졌다. 아일이 바로 대답했다.

"저는 들어본 적 없는 이야기입니다."

"그렇겠지. 원래 그런 이야기는 당사자가 가장 나중에 아는 법이니까."

삭막한 시선 교환 후, 나가보라는 듯 벤클로에가 눈짓을 했다. 방을 나오면서 아일은 한 사내와 스쳤다. 왠지 모르게 벤클로에와 비슷한 느낌을 풍기는 사내였다. 아, 저놈의 미소. 사내의 입엔 잘 만들어진 미소가 달려 있었다. 가벼워 보이지도, 윗사람의 심기에 거슬리지도 않는, 적당한 밝기, 적당한 무게의 미소.

외부인. 비싼 옷감을 두르고 고급 향수를 쓰는 그가 군인일 거란 생각은 들지 않았다. 어깨를 살짝 부딪친 아일에게도 반사적으로 가벼운 고갯짓을 하며 인사를 건네는 품이, 아마 고관(高官)이나 고위 귀족의…….

"비서관님께서 여기까지 어쩐 일로…….."

사내가 방으로 들어서자 벤클로에가 놀란 기색으로 자리에서 일어서는 것이 보였다.

"어르신의 말씀을 전하러…….."

사내는 아직 방문이 닫히지 않은 걸 보고 입을 다물었다. 닫히는 방문 틈으로 아일과 사내의 눈이 마주쳤다. 문을 닫고 돌아서는 아일의 머리에 색 바랜 영상이 떠올랐다.

「아일 에드가 클레이모어. 그게 너의 이름이다.」

성명술사 아레욘. 아일에게 에드가의 굴레를 씌운 사람. 그리고 그를 처음 만났던 황궁의 회랑. 당시 회랑에 흐르던 팽팽한 긴장감이 수년이 지난 지금도 바로 몇 시간 전 일처럼 생생했다. 그 터질 듯한 분위기의 원인.

「자네를 닮아 유약한 인상의 아이로군. 어디 가서 남의 자식이란 소리는 안 듣겠어.」

페렐.

당시 페렐 선제후를 따르던 사람들 중에…….

아일은 굳게 닫힌 교관실 문을 돌아보았다.

'저자도 있었다.'

정현은 두 손으로 마른세수를 한 뒤 감은 눈을 떴다.

"아직 해가…… 해가…….."

지은이 잠꼬대를 하며 몸을 더욱 웅크렸다. 정현은 재미있어 죽겠다는 표정으로, 조수석에서 자고 있는 지은을 보았다. 그녀는 차가 출발한 지 얼마 안 돼 창문에 머리를 박더니 그대로 잠들어버렸다. 그러고는 종종 잠꼬대까지 했다. 깜짝 놀라 몸을 움찔하며 발로 문짝을 차는가 하면, 머리를 유리창에 쿵 찍기도 했다. 그때마다 뭔가를 중얼댈 뿐 잠에서 깨지는 않았다. 오히려 점점 더 깊이 잠드는 것 같았다.

정현은 지은의 집 앞에 도착해서 그녀를 깨웠다. 대체 얼마나 피곤했기에 어깨를 잡고 흔들어도 그녀는 도무지 일어날 생각을 하지 않았다. 자신을 좋아한다는 남자를 옆에 두고 이렇게 무방비하게 잘 수 있는 건가? 내가 그 정도 긴장감도 주지 못하나? 정현은 울컥한 생각이 들었다. 그녀를 깨우는 것을 포기하고 그도 잠시 눈을 붙였다.

삼십 분 뒤에 눈을 떴지만, 그녀는 여전히 잠들어 있었다. 이러다 밤새우겠네. 정현이 심각한 얼굴로 그녀를 깨웠다.

"지은 씨, 일어나봐."

정현이 그녀의 귀 가까이에서 크게 손뼉을 쳤다. 지은은 몸을 움찔하더니 중얼거렸다.

"찐빵이…… 맛있는데…….."

"뭐라는 거야. 지은 씨, 지금 한밤중이야. 일어나, 집에 안 갈 거야? 내일 출근해야 되잖아. 나랑 밤새울 생각이야? ……헤어지기 싫어? 이대로 호텔이라도 갈까? 어떻게 생각해?"

정현이 그녀의 귓가에 낮은 목소리로 속삭였다. 지은이 갑자기 히죽 웃더니 흐흐흐, 웃음을 흘렸다. 정현은 그녀 가까이 다가갔던 몸을 일으켰다. 그리고 어처구니가 없는 얼굴로 그녀를 보았다.

대체 무슨 꿈은 저렇게 꾸는 거야? 딴 놈이랑 즐거운 한때, 그딴 꿈은 아니겠지?

정현이 미심쩍은 눈길로 그녀의 얼굴을 빤히 들여다보았다. 차 안 공기가 탁한 듯해서 뒤로 손을 뻗어 창문을 반쯤 열었다. 찬바람이 들어오자 지은이 몸을 움찔하는 게 보였다. 정현은 겉옷을 벗어 그녀에게 덮어주었다. 이불이라고 생각했는지 지은은 옷을 끌어당겨 얼굴까지 덮었다.

그녀는 보드 게임방에서 그의 얘기를 듣고 눈물을 펑펑 쏟았다. 테이블에 엎드려 팔에 얼굴을 묻고는 거의 통곡하다시피 울어댔다. 그가 그녀의 손에 손수건을 쥐여주었다. 그렇게 한참을 운 그녀는 시원해진 얼굴로 웃었다.

저녁 식사를 하러 가는 길, 그녀는 보드 게임방에 들어갈 때보다 더 흥분해 있었다. 목소리도 평소보다 한 톤쯤 높아져 있었다. 즐겁다 못해 어디 나사가 한 군데 풀린 사람처럼 보였다. 그녀는 "맛있겠다!" 하면서 일식집으로 달려가서 메뉴를 보고는 다시 쪼르르 달려와서 "맛없겠어요, 다른 거." 그랬다. 그리고 "저게 맛있겠다!" 하면서 파스타 집으로 달려가서는 다시 돌아와 "사람이 너무 많아요." 그랬다. 그런 짓을 다섯 번 하고 나서 두 사람은 국밥집으로 갔다.

정현은 심각하게 그녀가 걱정되기 시작됐다. 그녀는 거침없이 그의 손을 잡아끌며 국밥집으로 들어갔다.

그녀는 국밥이 나오자 말 한 마디 않고 사흘은 굶은 사람처럼 한 그릇을 뚝딱 해치우더니 말했다.

"사실 알고 있었어요."

"뭘?"

"정현 씨 이름이요."

정현이 입에 숟가락을 넣으려다 말고 지은을 보았다.

"말해주기 전부터 아일이란 이름을 알고 있었다고요."

"……"

그녀를 주시하는 그의 눈이 깊어졌다. 물기가 서린 듯 그의 갈색 눈동자가 한결 짙어지며 감출 수 없는 여러 감정이 흘러나왔다. 진짜일까 하는 의심의 눈길, 뒤따라온 쓸쓸함이 의심을 잡아 붙들고, 무언가를 갈구하는 눈빛이 쓸쓸함을 묻었다. 그는 주체할 수 없는 감정을 다른 이가 눈치채기 전에 또 다른 감정으로 묻어버리는 식으로 자신의 마음을 숨기는 데 익숙했다. 하지만 지은은 이제 그가 저런 눈빛을 할 때면 동시에 떠오르는 여러 감정을 숨기기 위한 것임을 알았다. 그가 진지한 얼굴로 물었다.

"그런데 왜 말하지 않은 거야?"

"틀릴까 봐서요."

"틀릴까 봐…….."

'하…….'

그는 실망스러운 눈빛을 감추기 위해 눈꺼풀을 내렸다.

"그건 안다고 할 수 없지."

"아니에요! 알았어요, 알았다고요!"

지은이 억울하다는 표정으로 테이블을 내리쳤다. 수저와 그릇들이 튀어 올랐다. 사람들이 두 사람을 쳐다보았다. 정현은 젓가락으로 반찬을 집어 먹으며 심드렁한 목소리로 물었다.

"이름 말고 다른 건, 생각나는 거 없어?"

"꿈을 꿨는데…… 일단 이름만."

지은이 기어들어가는 목소리로 말했다. 그가 젓가락을 입에 물고 입술 끝을 실룩이며 웃었다.

"네 이름을 말해주니까 그에 대한 꿈을 꿨다고 하고, 내 이름을 말해주니까 그제야 알고 있었다고 하고. 그러지 마. 나 보기보다 예민한 사람이야, 상처 받는다고."

"진짜예요, 정말이에요."

지은은 울먹울먹하다가 돌연 표정을 확 바꿔 으르렁 화를 냈다. 숟가락을 집어 들고 그를 찌를 것처럼 휘둘렀다.

"왜 안 믿는 건데요? 난 아무것도 모르는 상태에서 정현 씨의 전생 타령도 믿어줬는데, 그쪽은 고작 이름 하나 먼저 알고 있었다는 걸 왜 안 믿어주는 건데?"

"믿어, 믿는다고."

"거짓말 마요! 표정이 전혀 아니잖아!"

"정말 믿는다니까!"

두 사람은 사람들의 키득거리는 시선을 받으며 한참 동안 실랑이를 했다. 사람들의 주목을 끌고 있다는 걸 안 지은이 얼굴을 붉히며 가게를 뛰쳐나왔다. 정현은 국밥을 반도 먹지 못하고 그녀를 따라 나와야 했다.

코끝에 바람 향기가 스쳤다. 한 시간 동안 야식 배달 오토바이가 그들이 타고 있는 차 옆을 다섯 번 지났다. 정현은 창턱에 한 팔을 걸친 채 지금 막 지나간 오토바이를 바라보았다. 새벽까지 내린 비로 저녁 공기가 쌀쌀했다. 어둑해진 하늘에 뜬 초승달이 평소보다 선명해 보였다. 손바닥을 펴 허공을 만졌다. 지나는 바람을 어루만지듯 손을 살짝 그러쥐었다 폈다. 라야가 자주 하던 행동. 눈을 감자, 라디오의 플레이 버튼을 누른 것처럼 그녀의 목소리가 들려왔다.

「이렇게 눈을 감는 게 신호예요.」

내려뜬 눈 아래로 물기가 번졌다.

「그럼 오늘이 어떤 계절이다, 라고 세상이 알려주죠.」

눈물이 떨어지기 전에 얼른 고개를 젖혔다. 눈물이 다시 몸속으로 스며들었다. 그녀를 떠올리는 순간 타버릴 듯 달아올랐던 심장이 조용히 물기 어린 숨을 내쉬었다.

새근새근 숨소리를 내고 있는 지은을 가만히 보고 있자니 어김없이 심장이 조여왔다. 이것은 심장에 살고 있는 '그'가 흐느끼는 소리였다.

정현은 시트에 머리를 기대고 그의 울음소리가 잠잠해질 때까지 기다렸다. 고개만 돌려 곤히 잠든 지은을 보았다. 그녀를 품에 안고 싶었다. 몸을 섞고 싶은 게 아니라 그저 그녀를 안고 싶었다. 그녀의 보드라운 피부에 뺨을 대고 그녀의 체온을 느끼고 그녀의 심장 소리를 듣고 싶었다. 그런 욕망이 강해질수록 '그'의 울음소리는 잦아들 줄을 몰랐다. 오히려 '그'의 감정에 동조하듯 정현의 눈가에 눈물이 고였다.

한 번만.

한 번만 내 이름을 불러줘.

"그러지 말자……."

정현은 속삭이는 목소리로 그를 타일렀다.

하지만 화가 난 그가 심장 벽을 난자하는 것이 느껴졌다. 생살이 베였다. 뜨거운 피가 흘러 심장을 채우고 목까지 피 냄새가 찼다. 정현은 이럴 때마다 그와 자신이 완전히 다른 인간임을 실감했다.

그와 내가 같은 게 있다면 그녀를 원한다는 것.

성인이 된 이후로 정현은 그와 자신을 분리해서 생각하는 데 익숙해졌다. 하지만 지은을 만난 이후로는 그것이 점점 힘들어졌다. 하루에도 몇 번씩 '그'가 되었다. 정현은 양손으로 얼굴을 덮었다.

지은이 비밀을 털어놓겠다며 며칠을 뜸 들이는 것을 보고, 그녀가 전생에 대해 떠올린 게 있는 걸까 기대했다. 그리고 결국 그녀가 말을 하지 않는 것을 보고는 그녀가 불안해하고 있다는 걸 알았다. 생각 많은 아가씨야, 뭘 그리 초조해하고 있는 거야. 그녀가 기다리라고 하면 그는 얼마든지 기다릴 수 있었다.

지은이 그의 이름을 알고 있었다고 말하는 순간, 정말로 기뻤다. 이름만을 떠올렸다고 하는 순간, 크게 실망했다. 그 순간 자신은 오로지 아일이었다. 고작 이름 하나를 기억해냈다는 것에 천국까지 갔다가 지옥으로 처박히는 심정은 정현이 아니라 아일의 것이었다. 이름만을 기억한다고 했을 때 정현은 내심 안심했다. 왜 안심한 거지? 나는 그녀가 기억해주길 바라지 않았던가? 아니라면 이름을 말하지도 않았겠지. 그게 아니면 기억을 해내기 전에 자신을, 이 서정현을 사랑하길 바라는 걸까? 둘 다 자신이지만, 전자는 아일이고 후자는 정현이다.

정현은 혼란스러운 눈으로 잠든 그녀를 보았다. 너는 나의 이런 마음을 알까?

휴대전화가 울렸다. 지은의 백에서 나는 소리였다. 벨소리는 울릴 수 있을 때까지 울렸다가 아무도 받지 않자 맥없이 꺼졌다. 하지만 곧 다시 전화가 걸려왔다.

정현이 조용한 목소리로 지은을 깨웠다.

"지은 씨, 전화 왔어."

어떻게 이 정도로 깊이 잠들 수가 있는 거지? 일부러 자는 척하는 거 아냐? 정현이 한 번 더 그녀를 흔들어 깨울 생각으로 몸을 숙이는 순간 지은의 집 현관문이 열렸다.

끼익. 철제문을 열고 카디건을 걸친 예은이 나왔다. 그녀는 팔짱을 낀 채 문간에 서서 골목 쪽을 보았다. 요즘 이 언니가 계속 귀가가 늦어진단 말이야. 저번에 외박을 한 것도 그렇고, 출장 다녀온 친구한테서 받았다는 선물도 그렇고, 아무래도 연애를 하는 것 같은데.

예은은 전화도 받지 않는 언니가 걱정되어 결국 집을 비워두고 밖으로 나왔다. 문득 집 앞에 세워진 차를 보았다. 운전석에서, 보기 드문 미남이 생글거리며 이쪽을 보고 있었다. 예은은 현실감이 느껴지지 않을 정도로 근사한 사내의 출현에 혹시 자신의 뒤쪽에 다른 사람이 있나 싶어 주위를 두리번거렸다. 아무도 없었다. 남자의 시선은 똑바로 그녀를 향해 있었다. 남자가 손을 까닥했다. 오라고? 예은은 손가락으로 자신을 가리켰다. 남자가 웃는 얼굴로 고개를 끄덕였다.

예은은 쉽사리 앞으로 걸음을 하지 않았다. 아무리 저만치 잘생긴 남자라고 해도 요즘같이 흉흉한 세상에 남자가 오란다고 좋다구나 하고 다가갈 만큼 예은은 순진한 성격이 못 되었다. 그녀는 경계 어린 눈빛을 하고 남자를 보았다. 하지만 남자가 하는 말을 듣고는 가까이 다가갈 수밖에 없었다.

"혹시, 생각은 무지 많이 하고 의심도 많으면서 정작 하는 일은 순진하고 사람 잘 믿는 언니를 찾고 있지 않나요?"

"다녀왔⋯⋯."

늦게까지 독서실에 있다가 돌아온 동현이 신발을 벗다 말고 멈칫했다.

거실은 웬일로 깨끗이 청소가 되어 있었고, 테이블 위엔 책 더미 대신 커피 잔이 놓여 있었다. 그리고 소파에 앉은 세 사람이 나란히 그를 쳐다보고 있었다. 방금 자다 깬 듯 반쯤 감긴 눈을 하고 있는 여자는 첫째 누나요, 화장을 하고 나와 어색하게 앉아 있는 여자는 둘째 누나요, 그리고⋯⋯ 경계심을 일으킬 만큼 묘한 분위기를 가진 저 남자는⋯⋯.

동현은 낯선 남자를 보고도 별 동요 없이 마저 신발을 벗었다. 지은이 다가온 동현에게 말했다.

"오늘은 많이 늦었네."

"할 게 많아서."

동현은 무뚝뚝한 얼굴로 정현에게 꾸벅 인사를 하고 가방을 벗어 소파 한편에 내려놓았다. 정현이 소개를 부탁한다는 식으로 지은을 보았다. 지은이 잠이 덜 깬 눈으로 그를 보다가 "아!" 그러고는 말했다.

"이쪽은……."

"알아. 누나네 회사 사장, 님."

동현이 뒤늦게 '님'자를 붙이며 정현을 보았다. 그는 전혀 중학생답지 않은 눈을 하고 있었다. 무슨 생각을 하고 있는지, 생각을 하고 있기는 한 건지 의심스러울 만큼 표정이 없는 소년이었다. 동현은 무척이나 자연스럽게 정현에게 악수를 청했다.

"한동현이라고 합니다."

"아."

정현이 그의 손을 마주잡으며 반가운 미소를 지었다. 동현의 표정 없던 얼굴에도 음산한 미소가 떠올랐다. 정현이 '내가 뭘 잘못했나' 싶어 놀란 눈을 하자 지은이 정현의 등 뒤에서 속삭였다. "원래 저렇게 웃어요. 저건 반갑다는 뜻이야." 정현이 작게 고개를 끄덕이고 말했다.

"날 알아봐줘서 고맙네요."

동현이 음산한 미소를 더욱 짙게 머금고 말했다.

"머핀 타워의 게임을 좋아하기도 하지만, 머핀 타워란 회사에 관심이 많아서요. 더 자세히 말하자면 머핀 타워의 경영 방식? 당장 머리가 잘려나가도 아래가 전혀 흔들리지 않는 시스템이 인상적입니다. 히드라 같다고 할까요? 면접관과 말 배틀을 할 수 있을 정도의 배짱을 원한다라. 완전 농담은 아니겠죠. 상사와 부하이기 전에 동료, 그 위에 자유로운 의사 개진. 히드라 같은 운용을 위한 포석이겠죠."

"……."

동현은 평소 누나들조차 보기 힘들었던 적극적인 모습을 보여주고 있었다. 최근 그녀들이 보아온 것 중 가장 긴 말을 하고 있기도 했다.

"비슷한 또래의 창립 멤버들이 경영권 다툼을 하지 않은 것도 인상적이었어요. 직원 복지도 흥미롭고요. 비슷한 규모의 기업과 비교해 높은 직업 안정성도 무시 못하죠. 직원들의 이직률이 현저히 낮은 것도 그 때문이겠죠. 공무원의 메리트를 가진 창조적 직업이라, 좋네요. 이런 회사에 익숙해지면 다른 회사에서 일하기 힘들죠."

"……지금 몇 학년이랬죠?"

정현이 예의 바른 미소를 거두고 탐색하는 눈길로 동현을 보았다.

"중3이요."

그의 입에서 나온 말 중 가장 어색한 말이었다. 동현이 정현의 곁에 앉으며 도전적인 목소리로 말했다.

"뭔가를 만들거나 뭔가를 만드는 것을 지휘하는, 그런 쪽 일을 하고 싶습니다."

"'뭔가'가 뭐지?"

"세계를 흔들 수 있는 거? 로봇도 괜찮겠네요."

"우리 회사는 게임을 만드는 회산데."

"수많은 글로벌 기업들이 창고나 구멍가게에서 시작됐죠."

동현이 무섭기 짝이 없는 미소를 지어 보였다. 그리고 이어 말했다.

"바로 경영을 시작하면 좋겠지만 주변에 기업 재벌쯤 되는 친인척이 있는 것도 아니고, 작은 회사에 들어가서 크게 키우는 것도 좋지 않을까 생각합니다."

"우리 회사는 작은 회사가 아니야."

"아주 큰 회사도 아니죠."

마주 보는 두 남자 사이에 스파크가 일었다. 잠자코 보고 있던 지은이 손뼉을 두 번 쳤다.

"자자, 면접은 그 정도로 하지요."

집을 나가는 정현을 따라 나온 지은이 말했다.
"오늘 여러 가지로 이상한 모습을 많이 보여드린 것 같아 쑥스럽네요."

정현이 차 문을 열다 말고 그녀를 돌아보았다. 지은은 겉옷을 입고 나오지 않아 추운지 꼭 팔짱을 끼고 있었다. 정현은 헤어지기 싫은 마음과 빨리 그녀를 집으로 들여보내고 싶은 마음 사이에서 갈등하다가 차에 올라탔다. 그가 차창을 내리고 웃으며 말했다.

"이상한 모습도 나한테만 보이는 거라면 얼마든지 환영이야. 어서 들어가봐. 추워."

정현은 아쉬운 한숨을 삼키며 차에 시동을 걸었다. 지은이 차에서 한두 걸음 뒤로 물러섰다. 정현이 다시 지은을 보며 말했다.

"나도 우리 가족들을 소개해주고 싶어."

그녀가 조용히 미소를 지었다. 골목 어귀에서 오토바이 소리가 들렸다. 지은은 오토바이의 머리가 보이자 길을 비켜주기 위해 잠시 차 가까이로 붙었다. 오토바이가 멀리 사라지고 골목엔 다시 자동차 공회전 소리만이 들려왔다. 지은이 진지한 얼굴로 말했다.

"공회전을 너무 많이 하고 있으면 지구가 아파해요. 어서 가보세요."

정현이 작게 웃음을 터뜨렸다.

"어린이집 선생님 같은 소리를 하네."

"어떻게 알았어요? 취업 준비하는 동안 혜경이 조카를 잠깐 돌봐줬거든요. 임시 보모 같은 거였죠."

"보모?"

정현이 흥미로운 눈빛을 했다.

"네. 여자아이였는데, 가장 좋아하던 동화책이 《지구가 아야해》였죠."

가로등 불빛 아래서 지은은 뺨을 붉히며 수줍게 웃었다.

미소를 머금은 그의 입가가 스르륵 내려왔다. 그의 손이 느릿하게 올라왔다. 그의 왼손이 그녀의 오른쪽 얼굴을 살며시 어루만졌다. 더 이상 참지 못한 그가 그녀의 얼굴을 가까이 끌어당겼다. 키스를 하는가 싶어 지은은 눈을 질끈 감았다. 하지만 그는 그녀의 입술을 아슬아슬하게 지나쳐 왼쪽 귓가에 입술을 가져가 아주 작은 소리로 뭔가를 속삭였다. 언령술사의 고백처럼 그의 목소리가 그녀를 꼼짝달싹 못하게 에워쌌다.

무슨 말인지 이해하기도 전에 그의 뜨거운 숨결이 귓바퀴를 돌아 머릿속을 휘돌고 목을 지나 심장으로, 전신으로 번졌다. 신음이 새어 나오려는 것을 지은은 안쪽 입술을 깨물어 막았다. 흐릿한 시야에 차 안 시계가 몇 번 깜빡이는 게 보였다. 그만큼 짧은 시간이었다. 그의 손가락이 오른쪽 귓가를 어루만지고, 머리카락 사이를 지나, 닿을 듯 말듯 목덜미를 훑어, 그녀의 어깨를 잡았다. 그 모든 것이 가슴이 저릴 만큼 부드러운 손길이었다. 정현은 그녀가 몸을 뒤틀기 전에 얼른 고개를 거두었다. 그의 갈색 눈동자가 애원의 빛을 담고 그녀를 붙들었다. 정현은 지은의 오른손을 자신의 뺨에 대게 했다. 눈을 내려 깔고 그녀의 따뜻한 손에 뺨을 문질렀다. 그것만으로도 그는 그녀를 온전히 자신의 손 아래 가두었다. 그가 속삭이는 목소리로 말했다.

"내 이름을 기억해내줘서 고마워."

그러고는 그녀의 손바닥에 짧게 입을 맞추었다. 손목에 그의 숨결이 느껴졌다. 고작, 그깟 숨결 따위에 지은은 키스를 하는 듯한 강렬함을 느꼈다.

"앞으로는 생각나는 게 있으면 바로 얘기해줘. 부탁이야. 틀려도 괜찮

아. 모르는 게 당연하니까, 기억하고 있는 내가 이상한 거니까."

부탁이야. 그가 부탁이라고 말했다. 그의 애타는 속삭임이 흥분된 신음 소리처럼 들려 지은은 한숨을 쉬었다.

"헤어지기 싫다."

눈을 떴다.

'너는 안 그래?'

그가 유혹하는 눈빛으로 물었다. 지은은 하마터면 '저도 그래요.'라고 말할 뻔했다. 아득해지는 정신을 붙잡기 위해 강수를 뒀다. 다른 쪽 손을 들어 올려 그의 얼굴을 양손으로 감싸 쥐었다. 그의 갈색 눈동자가 훨씬 짙어졌다. 그의 입가에 묘한 미소가 떠올랐다. 단지, 그 미소가 너무나 심장을 울렸기에 손가락을 움찔한 것뿐인데, 그는 그녀의 그런 작은 손길에도 자신을 모두 맡길 것처럼 그녀의 손을 붙잡고 있던 것을 놓았다.

지은은 느릿하게 시야 밖으로 사라지는 그의 손을 손가락 끝까지 놓치지 않고 바라보다가 번뜩 정신이 들어 소리쳤다.

"왜 이러세요, 몇 시간 뒤면 또 볼 텐데! 어서 가세요! 추워 죽겠어요!"

정현이 실망했다는 표정을 짓고는 토라진 눈을 옆으로 흘겼다.

"……모르지, 집에 가는 길에 교통사고로 죽을지 어떻게 알아."

그가 삐딱한 말투로 말했다. 그 자신은 알고 있는지 모르겠지만 정현은 주위 사람들이 보기에 위태롭기 짝이 없는 사람이었다. 내뱉는 말마다 가볍게 흘려들을 만한 것이 없을 만큼 자신의 감정을 가득 담아 말하는 사람. 그런 사람이 입에 올리는 '죽음'이란 단어는 결코 예사롭게 들리지 않았다. 지은이 뒤통수를 크게 얻어맞은 듯한 표정으로 그를 쳐다보았다. 그리고 심각하게 목소리를 낮춰 말했다.

"왜 그런 말은 하는 거예요? 그런 말은 함부로 입에 올리는 게 아니에요."

"그럴 수도 있다는 거야. 나도 알아, 말이 힘을 가지고 있다는 것 정도는."

그가 창턱에 팔짱 낀 두 팔을 걸친 채 그녀를 보았다.

"그러니까 긍정적인 감정은 그때그때 얘기하는 게 좋지. 지은 씨, 당신이 너무 좋아."

그의 갑작스러운 고백에 지은은 다시 한 번 손을 움찔했다. 그녀는 손을 거둬 등 뒤로 숨겼다.

"가보세요. ……조심해서."

"너부터 들어가."

"손님이 먼저 떠나야죠."

"난 네가 집에 안전하게 들어가는 걸 봐야겠어."

"전 이미 집에 들어왔어요."

"골목에 있잖아."

"원래 이런 건 차가 먼저 떠나야 되는 거예요. 차가 가면 집주인이 이렇게 손을 흔들고, 그럼 룸미러로 그걸 본 운전자가 웃지요."

"영화를 너무 많이 봤네."

"그래요, 영화를 너무 많이 봐서 이럽니다!"

"왜 한밤중에 소리를 지르고 그래? 지은 씨, 비매너야."

두 사람은 아기 고양이들처럼 꺅꺅 소리를 내며 실랑이를 하다가 결국 정현의 차가 먼저 떠나는 것으로 마무리됐다. 지은은 그의 차가 보이지 않을 때까지 서 있었다. 그녀는 뜨거워진 두 손을 들어 얼굴을 감쌌다. 손끝에 묻은 그의 향기가 콧잔등을 지나 입가로 흘렀다. 손가락으로 살며시 입술을 문질러보았다. 목 뒤로 두 손을 깍지 낀 채 차가 사라진 방향을 한참 동안 바라보았다. 귀가 화끈거렸다. 그의 속삭임이 들렸다.
　「당신이 너무 좋아.」
　가슴이 미어졌다.
　아…….
　이런 뜻이었구나.

19

"한지은, 네가 좋아."

교정에 벚꽃이 흐드러지게 핀 봄이었다. 학교 연못가에 앉아 하늘하늘 내려앉는 벚꽃을 아련한 눈길로 쫓던 소녀는 친구의 갑작스러운 고백에 놀란 눈으로 그를 보았다.

일 년간 담아두었던 감정. 행여나 친구로도 곁에 있지 못하게 되면 어쩌나, 그런 풋내 나는 첫사랑의 아픔을 끝내버리기 위해 소년은 어설프지만 씩씩한 첫 사랑 고백을 했다. 그러고는 생각보다 길어지는 침묵에 부끄러움을 감출 길이 없어 슬그머니 시선을 내렸다. 미술학원에서 그녀를 처음 만났을 때만 해도 그는 자신이 그녀를 이토록 좋아하게 될 줄은 몰랐다. 소녀는 한참을 망설이다 어렵사리 입을 뗐다.

"준성아, 나는……."

"알아! 너 좋아하는 사람 있다는 거. 상관없어. 그냥…… 그냥 말하지 않으면 안 될 것 같아서, 그래서 한 거야!"

준성이 상기된 표정으로 벌떡 일어났다.

"날 시원하게 차줘. 그래야 너랑 진짜 친구가 될 수 있을 것 같아! 부탁이야, 날 차줘!"

지은은 수면 위에 파문을 일으키며 내려앉는 하얀 나비를 보았다. 유난히 하얀 벚꽃이었다. 그녀는 자리에서 일어났다. 그녀가 봄 햇살만큼이나 따스하고 곧은 눈길로 준성을 보았다.

"고마워. 그리고…… 미안해."

준성은 얼른 고개를 꺾었다. 눈을 뜨면 처음 보이는 것은 그녀를 처음 만났던 날처럼 새파란 하늘일 것이다. 가슴속으로 눈물이 흘렀다. 질투와 더러운 감정들이 눈물에 모두 씻겨 내려가길 바랐다. 첫사랑은 안 이루어진댔으니, 좋아, 다음부터는 진짜 이루어지는 사랑을 할 거다. 준성은 한 뼘 더 큰 것 같은 얼굴로 지은을 보았다. 준성이 처음 만났을 때처럼 지은의 손을 덥석 잡고는 개구지게 웃었다.

"그럼, 친구 갱신의 날을 기념해서 오늘은 네가 쏴."

"알았어. 오늘 용돈 받은 건 어떻게 알고."

지은이 설핏 미안한 표정을 짓고 웃었다. 준성이 활기찬 목소리로 말했다.

"차이는 거, 그거 아무것도 아니네. 그냥 찌잉 아프고 말아. 그러니까 너도 그만 고민하고 그 사람한테 고백해. 정말 대단한 친구 아니냐? 미리 아픈 걸 당해보고 얘기해주잖아. 너 정말 이런 친구 어디서 쉽게 못 구한다? 그러니까 이제 말해봐, 네가 좋아한다는 그 사람이 누군지. 나도 알고 싶어. 이름이 뭐야?"

바람이 불었다. 수만 마리의 나비들이 드맑은 하늘로 날아올라 눈송이가 되어 연못 위에 조용히 내려앉았다. 하얀 눈이 물 위의 또 다른 하늘을 가리고, 구름을 가리고, 소년과 소녀의 모습도 가리었다.

그래, 그때 그 인간 이름도 정현이었어. 잊고 있었는데 생각났다. 지은이의 첫사랑, 그 재수 없던 놈.

준성이 곱지 않은 눈길로 테이블 상석에 앉아 있는 정현을 노려보았다. 처음 만나면 씩 웃어줄 생각이었는데…… 빌어먹을. 그와 악수를 하는 순간 바보처럼 입을 벌리고 말았다. 그리고 굴욕적이게도 고개까지 연방 숙이며 "예, 예." 그랬다. 왜 그랬지? 왜 그랬을까?

준성은 분한 듯 주먹으로 테이블을 살짝 쳤다. 옆자리에 앉은 상사가 이상한 눈길을 보냈다. 그가 일하는 광고 회사가 머핀 타워의 신작 일로드의 광고를 맡게 되면서 준성은 지금 프레젠테이션 현장에 와 있었다. 지은과는 프레젠테이션이 시작되기 전에 잠시 인사를 나눴다. 그녀가 회의장으로 들어오는 정현을 가리키며 얼굴을 붉혔다. 준성은 두 사람이 잠깐 눈을 마주치는 것을 보았다. 정현은 미소 한 번 지어주지 않았지만 지은의 뺨은 복숭앗빛으로 물들었다. 준성이 첫사랑의 열병을 앓게 했던 바로 그 표정이었다.

준성은 이를 부득 갈았다. 팔짱을 낀 채 광고주를 노려보고 있는 준성을 이상하게 생각한 동료가 그를 어깨로 툭 쳤다. 그때 프레젠테이션이 끝나고 전등이 켜졌다. 직원이 리모컨 버튼을 누르자 창을 가리고 있던 블라인드들이 자동으로 걷혔다. 천천히 올라가는 블라인드만큼이나 햇빛도 천천히 테이블 위로 쏟아졌다.

정면으로 햇빛을 받은 준성이 눈을 찌푸렸다. 다시 정현을 보았다. 정현은 옆에 앉은 사람에게 뭔가를 묻고는 준성을 쳐다보았다.

응? 나를 봤나? 나를 보는 거야?

하지만 단지 시선을 잠시 딴 곳에 둔 것뿐인 건지 정현은 고개를 끄덕이며 옆 사람과 대화 중이었다. 준성은 불만스러운 듯 입술을 일그러뜨렸다. 지은이는 저런 남자가 취향인가 보지? 그놈도 그랬다. 쌀쌀맞은 표정에 재수 없는 성격. 그런 놈이 뭐가 좋다고. 쯧. 흔히 말하는 나쁜 남자였다. 말이 좋아 나쁜 남자지, 사람을 제대로 알아볼 줄도 모르는 미숙아 같은 놈이었다.

"준성 씨."

기획팀장이 방을 나가는 준성을 불렀다.

"광고주가 개인 면담 좀 하고 싶다는데."

"저랑요? 왜요?"

"초기 시안을 누가 잡았냐고 하길래 준성 씨라고 했지. 괜찮아. 프레젠테이션 반응도 좋은 거 같으니까 큰 실수만 안 하면 돼."

"바로 그 큰 실수를 할까 봐 그러죠."

"하하하, 농담도. 내가 이래서 준성 씨를 좋아해. 우리는 회사로 먼저 가 있을 테니까 점심 먹고 천천히 들어와."

기획팀장이 기대한다는 눈빛으로 준성의 어깨를 두드리고 방을 나갔다. 준성은 불편한 표정으로, 멀찌감치 서 있는 정현을 바라보았다. 정현에게 다음 스케줄을 얘기한 인후가 마지막으로 방을 나갔다. 텅. 문 닫히는 소리가 넓은 방 안에 무겁게 울려 퍼졌다. 정현이 허리에 손을 올리고 다가오라는 턱짓을 했다. 하늘같은 광고주가 오라는데 가야지.

빈정대는 마음과 달리 준성은 빠른 걸음으로 다가갔다. 정현이 허리를 짚고 있던 손을 내밀었다.

"다시 정식으로 인사하지요. 서정현이라고 합니다. 지은 씨한테서 얘기 듣고 만나보고 싶었습니다. 어떻게 일 관계로 먼저 만나게 됐네요."

"안준성이라고 합니다. 저도 친구들한테서 얘기 많이 들었습니다."

"친구들이라면? 혜경 씨와 선예 씨?"

준성이 긍정의 의미로 씩 웃자 정현이 알겠다는 듯 고개를 끄덕였다.

"별로 좋은 소리는 아니었을 것 같네요."

회의장 문을 왈칵 열고 지은이 들어왔다. 그녀는 악수를 하고 있는 두 사람을 보고는 눈을 동그랗게 뜨고 복도 쪽을 돌아보며 외쳤다.

"이쪽은 제가 정리할게요."

그녀가 조심스럽게 문을 닫고 들어와 준성의 옆에 붙어 섰다. 지은이 배시시 웃으며 말했다.

"얘가 준성이에요."

"알아. 인사 나눴어."

단호하게만 보이던 정현의 입매에 미소가 번졌다. 준성이 조용한 눈길로 두 사람을 살폈다. 두 사람은 준성이 있다는 것도 잊어버렸는지 지난밤에 서로에게 생긴 소소한 일상사를 늘어놓기 시작했다. 어제 저녁은 찌개를 끓였는데 다 태워먹었다거나 새로 시작한 게임이 자신에게 딱 맞는다는 얘기 따위를 하면서 지은은 혼자 소리 내어 웃었다.

정현은 그녀의 말에 이따금 맞장구를 쳐주었다. 준성이 보기에 두 사람은 완전히 연인 사이로 보였다. 혜경에게서 들은 바로는 아직 그 정도 사이는 아니라고 들었는데.

지은이 갑자기 생각났다는 듯 준성의 팔뚝을 덥석 붙잡더니 그가 예전에 추천해준 영화를 최근 봤다는 얘기를 했다. 그러자 정현이 자신도 그 영화를 만든 감독의 팬이라고 말했다. 그 말 한마디에 준성은 자신의 임무도 잊고 신이 나서 그와 한참 동안 그 감독의 차기작에 대해 이야기를 나눴다. 지은이 오늘 저녁 식사를 같이 하지 않겠냐는 말을 할 때까지.

얼떨결에 약속이 잡혔다. 회의실 정리를 마친 지은을 따라 준성이 방을 나가려고 하자 정현이 그를 불러 세웠다. 정현이 두 손을 벌리며 한결 친밀해진 말투로 말했다.

"인터뷰는?"

'그냥 한 말이 아니었나?'

정현이 사업용 얼굴을 하고 의자에 앉았다. 준성이 방을 나가는 지은을 돌아보았다. 친구의 애타는 눈길을 외면한 채, 지은은 비품 박스를 들고서 닫히는 문 사이로 손을 흔들고 나가버렸다. 의자를 끌어와 앉는 준성을 향해 정현이 공격적인 미소를 지어 보였다.

예리한 질문들이 쏟아졌다. 번번이 말문이 막혔다. 억지로 대답을 짜내 말하면 그의 날카로운 반박이 이어졌다. 정현은 그냥 지나갈 만도 한 빈틈을 찾아내 철저히 후벼 파고 난자했다. 어설픈 대답엔 어김없이 실망스럽다는 눈초리가 뒤따라왔다. 준성은 어깨와 목이 갈수록 뻣뻣해지는 걸 느꼈다. 무릎을 모으고 앉아 긴장된 표정으로 정현의 질문에 하나씩 대답하면서 준성은 인터뷰 십 분 만에 이틀 내리 야근을 한 것 같은 피로를 느꼈다. 이틀치는 늙어버린 표정으로 준성은 생각했다.

'나는 혜경이 의견에 한 표.'

"내 결투 신청을 받아들이지 않고 토끼더니, 기껏 한다는 게 낮잠을 자는 거야? 실망이야, 지은 씨. 난 지은 씨가 남자친구라도 만나러 가는 줄 알고 보내준 거란 말이야."

책상에 엎드려 잠을 자고 있던 지은이 눈을 떴을 때 가장 처음 본 것은 이번에도 어김없이 강희였다. 강희는 바로 옆에 의자를 끌고 와 지은과 똑같은 자세를 하고서 그녀를 보고 있었다. 지은이 잠이 덜 깬 눈으로 고개를 들었다. 강희는 여전히 팔에 옆얼굴을 얹은 채 지은을 올려다보며 말했다.

"밥 먹고 꼭 잠을 자줘야 되는 체질인가 보지?"

"그런 건 아닌데요……. 요즘 잘 그러네요."

"잠깐 눈 붙일 거면 휴게실에 가지그래? 거긴 침대도 있는데."

한석이 갓 뽑은 커피가 담긴 컵을 지은과 강희 앞에 하나씩 놓아주며 말했다. 강희가 웬일로 다정하게 구냐는 눈을 하고 한석을 올려다봤다. 식사를 마치고 돌아온 수영이 지은을 불렀다. 그녀가 수영을 따라 사무실을 나가자, 한석이 그 뒤를 눈으로 좇았다. 강희가 알겠다는 듯이 의미심장한 미소를 띠고 고개를 주억거렸다.

"알겠다. 한석 씨, 지은 씨한테 관심 있죠? 이해해요. 대화하는 재미가 있는 아가씨야."

한석이 코웃음을 치고 강희를 쏘아봤다.

"강희 씨 눈에는 남녀 관계가 모두 그렇고 그런 사이로밖에 안 보이죠? 난 직장 동료한테 관심 없습니다."

"그럼 이 커피는 뭐예요? 스크루지가 착해졌다기엔 아직 크리스마스도 아닌데."

"최 부장님 비서로 있는 이원기란 놈이 내 대학 동창인데, 오다가다 지은 씨를 봤나 봐. 자꾸 자리 좀 만들어달라고 하잖아요."

"호오."

"오늘은 영업팀 오 팀장이 커피 한잔 하게 해달라질 않나. 자꾸 그런 부탁을 받으니 신경이 쓰여서 쳐다본 것뿐입니다."

"하지만 지은 씨는 사귀는 사람이 있을걸?"

"진짜? 누군지 알고 있어요? 혹시 사내 연애?"

"아마도. 나도 지금 헷갈려서 계속 주의 깊게 살펴보는 중이에요. 두 명의 후보가 있거든. 하나는 디자인팀의…… 이름은 모르겠고 눈 쫙 째지고 늘 웃고 있는 인상인 남자 있잖아요. 몰라? 내가 지은 씨랑 있으면 자꾸 멀찌감치 서서 서성이는 게 왠지 느낌이 와. 내 예민한 후각이 냄새를 잡았어. 그리고 다른 한 사람은, 우리 사장님."

"……뭐요?"

"느낌이 와."

한석은 지금까지 그녀의 말을 진지하게 듣고 있었던 자신이 한심스러워졌다. 강희는 그의 표정을 전혀 살피지 않고, 턱을 괸 채 자신만만한 미소를 흘렸다.

"저번 면접날 작은 소동이 있었잖아요? 사장님이 지은 씨를 옆방으로 데리고 가 문을 잠갔었죠. 금방 문을 따기는 했지만 그동안 무슨 일이 있었을까? 흐흐흐, 흥미진진하지 않아요? 수줍은 미소가 인상적인 여성 면접자와 미남 사장이 밀폐된 공간에서 어떤 대화를 나누었을지 상상해보라고요. 그리고 그 두 사람, 나란히 서 있으면 그림이 괜찮아요. 각이 나와."

"소설을 쓰세요. 강희 씨는 그쪽이 더 적성에 맞을 것 같아."

"어, 한석 씨 몰랐어? 나 진짜 소설 쓰는데? 인터넷에서 연재도 해."

한석이 의외라는 듯 눈썹을 치켜떴다. 강희는 대뜸 진지한 표정을 해 보이더니 양손을 깍지 끼고 거기에 턱을 얹었다.

"제법 인기 있는 작가예요, 나. 풍월랑이라고, 혹시 못 들어봤어요?"

한석의 입이 쩍 벌어졌다. 말도 안 돼, 풍월랑? 한 회 조회수가 기본 십만을 찍는다는 무협 소설가 풍월랑? 강희가 눈을 가느다랗게 뜨고 웃었다.

"그 모습을 보아하니 내 명성을 들어본 모양이로군. 존경을 표할 영광을 드리죠."

그녀가 키스하라는 것처럼 손등을 들어 보이자, 한석은 코웃음을 치고 몸을 돌렸다. 강희의 깔깔대는 웃음소리가 사무실 밖까지 들려왔다.

20

겨울밤이었다.

아침부터 으슬으슬 춥다 했더니 이른 저녁부터 가는 비가 내렸다. 네온사인이 번쩍이는 상점가를 지나 인적이 드문 주택가를 통과해 십 분쯤 걸어가다 보면 고급 오피스텔 밀집가가 나온다. 횡단보도 하나를 사이에 두고 저쪽은 고급차가 드나드는 최신식 오피스텔 빌딩, 이쪽은 가로등 불빛도 희미한 주택가.

두 시간 전에 비가 그쳤지만, 통행량이 적은 주택가 골목은 아직도 바닥이 젖어 있었다.

골목 한 모퉁이에서 둔탁한 소리가 들려왔다. 여러 명이 누군가를 때리는 소리. 누구도 집 밖으로 고개를 내밀지 않았다. 불량 청소년이 돈을 뜯는 걸까. 아니다, 훨씬 무겁고 빠른 폭행에 익숙한 자들이 만들어내는 소리였다.

바닥에 몸을 웅크린 채 비참하게 쓰러져 있는 남자가 있었다. 그는 험상궂은 덩치들이 퍼붓는 발길질을 버텨내고 있었다. 멀찌감치 서서 담배를 입에 물고 그것을 지켜보고 있던 사내가 손을 들었다. 그러자 남자에게 발길질을 하던 덩치들이 움직임을 멈췄다.

폭행이 멈춘 뒤에도 남자는 웅크린 몸을 펼 줄 몰랐다. 검은 정장이었을 옷은 볼품없이 구겨져 있었고 하얀 셔츠는 피와 흙으로 얼룩졌다. 어깨를 펴고 서면 웬만해선 함부로 대할 수 없을 만큼 체격이 있는 남자였지만 지금 그의 몰골은 형편없었다. 눈은 부어올랐고 입술은 터져 피가 흘렀다. 바닥에 떨어진 피가 빗물과 섞여 점점 묽어지는 것이 남자의 흐릿한 시선에 꿈속 장면처럼 불분명하게 보였다. 아스팔트 바닥이 이렇게 차가운 줄 몰랐다. 누구를 쓰러뜨려만 봤지 한 번도 쓰러져본 적은 없었으니까.

덩치들이 하나같이 검은 정장인 것과 달리 우두머리인 듯한 사내는 회색 정장을 입고 날카롭다 못해 잔인해 보이는 눈빛을 하고 있었다. 그는 담배를 빗물이 고인 물웅덩이에 던져 넣고는 불쾌한 표정으로 입맛을 다셨다. 그리고 바지 주머니에 양손을 꽂아 넣고, 걸어와 쓰러진 남자 앞에 섰다. 쓰러진 남자의 눈에 어렴풋이 사내의 잘 닦인 검정 구두가 보였다. 아, 나한테 맞았던 이들도 이런 식으로 내 구두를 봤겠구나. 인과응보네. 남자는 자신의 처지도 잊고 그만 허탈한 웃음을 흘렸다. 남자를 내려다보고 있던 사내의 눈썹이 치켜 올라갔다. 사내가 음산한 목소리로 말했다.

"웃음이 나오나 보네."

그는 버릇처럼 입맛을 다시며 무릎을 구부리고 앉았다.

"민익아, 강민익."

무릎 위에 팔을 걸친 채 사내는 민익과 시선을 맞추기 위해 고개를 옆으로 기울였다. 말투만은 달래는 듯 부드러웠다.

"굳이 가겠다니까 더 이상 붙잡지는 못하겠는데…… 대체 너 같은 놈이 어디 가서 발붙이고 살래? 노점상이라도 하려고? 갑자기 왜 어울리지 않게 센치하게 굴고 그래? 다시 한 번 곰곰이 생각해봐. 십 초 줄게. 내가 잘못했어요, 잠시 대가리가 정전이 됐었나 봐, 싶으면 눈을 한 번 깜박해봐."

민익의 초점을 잃은 눈은 한참이 지나도 꼼짝하지 않았다. 눈을 뜨고 죽은 시체처럼. 사내는 입술을 일그러뜨리며 다시 입맛을 다셨다. 그리고 목을 소리가 나도록 돌리더니 웅차, 소리를 내며 무릎을 짚고 일어섰다. 대기하고 있던 덩치들이 민익에게 다가왔다. 사내가 두 손을 들어 그들을 제지했다. 그는 민익을 지그시 내려다보고는 앞장서서 골목을 빠져나갔다. 덩치들이 그 뒤를 따랐다.

민익은 그제야 쿨럭, 소리를 내며 핏덩이를 뱉어냈다. 바닥을 손으로 짚고 간신히 몸을 일으켜 세웠다. 억눌린 비명이 새어나왔다. 갈비뼈가 부러졌나. 막는다고 막았는데.

벽에 등을 대고 앉았다. 비릿한 맛이 느껴져 입술을 벌렸다. 피가 길게 흘러 턱을 스치고 흰 셔츠 위로 떨어졌다. 손으로 몸 여기저기를 만져보았다. 한 곳도 안 맞은 곳이 없는지 온몸이 욱신거렸다. 다행히 뼈가 부러진 곳은 없는 모양이었다.

다행이다, 다치지 않아서.

누나는 항상 그렇게 말했다. 걱정스럽게 달려와서는 자신이 더 아픈 얼굴을 하고 많이 다치지 않은 걸 확인하면, 그래, 표정을 확 바꿔 화를 냈다. "인과응보야, 이 자식아." 그러면서.

투두둑, 눈물이 떨어져 빗물 위에 떨어졌다. 교통사고를 당했다는 연락을 받았을 때에도, 장례식 때에도, 누나를 강물에 뿌릴 때에도 울지 않았는데, 고작 몇 대 맞았다고 눈물이 나는 거냐.

손바닥으로 눈을 막았다. 하지만 쉴 새 없이 흐르는 눈물을 막을 수는 없었다. 그는 길바닥에 주저앉아 난생처음 소리 내어 울었다. 아버지 어머니가 돌아가셨을 때에도 울지 않았다. 그때에는 누나가 있었으니까.

한참을 울고 멍한 얼굴로 앉아 있었다. 정신이 들자 가장 처음 든 생각은, 앞으로 뭐 먹고 살지. 진짜 좌판 들고 거리로 나가야 되나.

민익은 코를 훌쩍이고 손으로 눈물로 엉망이 된 얼굴을 닦았다. 그리고 다리를 접어 세운 후 무릎 위에 양팔을 얹었다. 이 넓은 세상에 몸 하나 편히 누일 데 없는 신세가 한심스러웠다. 강민익, 넌 대체 이 나이 먹도록 뭐하고 산 거냐. 헛웃음이 터졌다. 이 소리는 누나가 하던 소리잖아. 또다시 눈물이 고였다. 고개를 푹 숙이고 아스팔트 바닥을 내려다보았다. 방금 전 흘린 피가 벌써 굳은 것이 보였다. 눈을 감았다. 멀리 차 소리가 들렸다. 사람들이 지나는 소리가 들렸다.

인기척이 느껴져 실눈을 떴다. 발치에 검은 구두 한 쌍이 보였다. 고개를 들어 위를 보았다. 부어오른 눈이 제대로 뜨이지 않았다.

구두 주인은 표정 없는 얼굴로 민익을 내려다보았다. 아직 머리가 띵한 민익은 그가 놈들이 보낸 해결사인 줄 알고 기함했다.

'내가 뭘 그렇게 대단한 걸 바란다고 이렇게까지 하나.'

민익은 눈에 두려움을 담고 사내를 올려다보았다. 넥타이 없이 단추를 두 개 풀어헤친 흰 셔츠 아래로 날렵한 몸매가 느껴졌다. 훤칠한 키에 감정이 읽히지 않는 눈, 킬러 영화에 간혹 무기로 나오는 검은색 장우산을 손에 들고, 정장 차림이 맞춤처럼 잘 어울리는 남자. 영락없는 해결사. 무엇보다 저 잘난 면상에 박힌 두 눈이 도저히 평범한 일반인의 것으로 보이지 않았다. 하지만 민익은 눈을 두 번 깜박이고 자신의 의견을 철회했다. 해결사라기에 그는, 너무 잘생겼다. 너무나.

민익은 자신이 착각하고 겁을 먹은 것이 부끄러워 그만 버럭 화를 내버렸다.

"꺼져."

민익은 익숙한 듯 낮게 으르렁대는 목소리로 말했다. 그것만으로도 항상 효과는 충분했다. 하지만 오늘은 달랐다. 험악한 인상, 거기에 피투성이인 남자가 윽박지르는데도 사내는 꼼짝도 하지 않았다. 그는 고개도 숙이지 않고 눈만 내려뜬 채 한참 동안 민익을 내려다보았다. 민익은 아픈 것도 잊고 입술을 실룩거렸다.

남자가 조용히 말했다.

"비켜."

"······뭐?"

목소리가 조금 떨렸다.

남자가 다시 말했다.

"비키라고."

민익은 그러지 못했다. 지금 이 자세에서 조금만 움직여도 비명이 나올 텐데 어떻게 비켜!

민익은 쏘아보는 눈빛으로 그의 시선과 맞부딪쳤다. 남자는 코웃음을 치더니 땅을 짚고 있던 장우산을 슬쩍 들어 올렸다. 민익이 몸을 움찔했다. 때리려는 줄 알았다. 칼을 든 상대를 앞에 두고 한 번도 겁을 먹은 적이 없는데, 단지 우산에 쪽팔리게 어깨를 들썩였다.

사내가 우산 끝을 민익의 얼굴에 겨누었다. 그리고 비키라는 듯 우산을 옆으로 흔들었다. 사내가 말했다.

"아무래도 그쪽이 내 열쇠를 깔고 있는 것 같아."

민익이 눈동자를 굴렸다. 엉덩이를 조금 움직여보았다. 윽. 비명이 이사이로 새어나가려는 것을 씹어 물었다. 엉덩이 근육 하나 움직인 걸로도 온몸이 꽥 소리를 냈다. 뭘 깔고 앉은 것 같긴 한데······ 꼬르륵.

"······."

"······."

꼬르륵.

참 더럽게 멋진 타이밍이다!

민망할 정도로 우렁찬 소리가 민익의 배를 울렸다. 민익은 아닌 척 표정을 무섭게 굳히고 사내를 노려보았다. 사내는 안 되겠다 싶었는지 가볍게 콧숨을 내쉬곤 몸을 돌려 걸어가버렸다. 팽팽한 대치 상태가 무너지자 민익은 한숨을 내쉬었다. 그리고 눈으로 사내의 뒤를 쫓았다. 사내가 골목 끝에 있는 편의점으로 들어가는 것이 보였다.

잠시 뒤 봉지를 손에 든 사내가 밖으로 나와 다시 이쪽으로 걸어왔다. 민익은 꿀꺽 침을 삼켰다. 사내가 앞에 와 서자 또다시 배가 부끄러운 줄 모르고 아우성을 쳤다. 민익은 끝까지 시치미를 떼며 매서운 눈빛으로 사내를 올려다봤다. 사내가 다음 행동을 하기 전까지.

사내가 봉지에서 무엇인가를 주섬주섬 꺼냈다. 빵과 우유였다. 그리고 그것을 민익의 눈앞에서 먹기 시작했다. 민익이 입을 멍청히 벌리고 그를 올려다봤다. 상황 파악이 안 돼서 멍해 있던 것도 잠시, 화가 치밀어 오른 민익이 이를 드러내며 그를 죽일 듯 노려보았다. 뭐하는 놈이야, 이거! 이런 꼴이라고 지금 날 우습게 보는 건가!

사내는 우유를 마시면서도 내려뜬 눈으로 민익의 살기 어린 눈초리를 조금도 놓치지 않고 있었다. 민익은 자신을 관찰하는 듯한 그 시선이 두렵고 불쾌했다. 아픈 것조차 잠시 잊었다. 민익이 더 이상 못 견디고 소리를 지르려는 찰나 사내가 입을 뗐다.

"이 비좁은 골목에서 왜 이러고 있는 거지?"

그러고는 빈 우유 곽과 빵 봉지를 비닐봉지에 담았다. 손목에 봉지를 걸고 사내가 무릎을 굽히고 앉았다. 정면에서 바라본 사내의 눈은 올려다볼 때와는 조금 다른 느낌이었다. 훨씬 여유 있고 곧아 보였다. 어린 시절부터 험하게 살아온 민익은 이런 눈에 약했다. 말문이 막힌 민익이 눈썹을 찡그리고 그를 가만히 보고만 있자, 사내가 고개를 옆으로 기울이며 말했다. 그의 눈은 여전히 민익을 유심히 관찰하고 있었다.

"갈 곳이 없나? 그렇군, 갈 곳이 없는 놈의 눈이군. ……좋아."

정현이 가볍게 일어서며 말했다.

"재워주지."

"……미친놈. 난 그런 취미 없어, 꺼져!"

민익이 질겁하며 소리쳤다. 정현이 실소를 터뜨렸다. 그가 빙글빙글 웃으며 말했다.

"이것 봐, 난 몇 시간 전까지 일본에 있었어. 큰 계약 건을 따냈지. 그 래서 기분이 아주 좋아. 세 시간 전에 한국에 도착했는데 집에 가서 문을 열려고 보니 열쇠가 없는 거야. 분명히 이 길을 지날 때만 해도 있었으니까 아마 이 어디쯤에서 잃어버렸겠지. 그런데 아무리 찾아도 없네? 안 찾은 곳이라곤 네놈 밑뿐이야. 그리고 이 엄동설한에 그냥 지나쳤다가 내일 출근길에 어젯밤에 본 인간의 시신이라도 발견되면 내 기분은 어떡하라는 거야? 아직까지는 내가 기분이 좋아. 그래서 천국행 마일리지라도 쌓아보려고. 그러니까, 재워줄 테니 제발 그 빌어먹을 덩치나 치워, 기분 좋았던 게 바닥나기 전에!"

"……."

민익은 멍한 얼굴로 생각했다. 참 말을 맛깔나게 하는 인간이라고. 그의 말에선 운율이 느껴졌다. 민익은 오래전 자신의 꿈이 생각났다. 웃기지만, 그는 한때 힙합 가수가 되고 싶었던 적이 있었다. 스스로도 웃고 말았던, 자신에겐 절대 허락되지 않을 거라 생각되었던 것. 그때에는 누나도 있었다. 그래, 그런 생각이 들었다.

정현은 샤워 부스의 양쪽 벽을 손으로 짚고 눈을 감은 채, 샤워기에서 흘러나오는 따뜻한 물줄기에 몸을 맡기고 가만히 서 있었다. 머리부터 발끝까지, 뜨거운 김이 온몸을 에워쌌다. 규칙적인 물소리에 최면에 빠진 듯 정신이 몽롱해졌다. 지은의 얼굴이 떠올랐다. 살짝 눈을 떴다. 세 찬 물줄기가 귓전을 때려댔지만 그녀의 목소리는 더 선명히 들려왔다.

「왜 안 믿는 건데요? 난 아무것도 모르는 상태에서 당신의 전생 타령 도 믿어줬는데, 그쪽은 고작 이름 하나 먼저 알고 있었다는 걸 왜 안 믿 어주는 건데?」

안 믿을 리가 있나, 그녀가 믿으라고 하면 나는 내가 착한 사람이라는 것도 믿을 수 있다.

「공회전을 너무 많이 하고 있으면 지구가 아파해요.」

그의 입꼬리가 슬슬 올라갔다.

귀엽다. 너무 귀엽다. 그녀는 말도 못하게 귀엽다. 진짜 연애란 걸 해 보긴 한 걸까. 어떻게 그리도 순진한 얼굴을 하고 있는 거지? 그러면서 도 짓궂은 농담을 던지면 금방 알아듣고 파르르 화를 내는 게 귀엽다.

속내를 들키지 않으려고 하던 고집 센 눈이 점점 솔직하게 변해가는 것도 예쁘다. 수줍은 미소는 어떻고. 긴장하면 발그스름해지는 그 뺨 은…… 진짜 말도 안 되게 사랑스럽다! 립스틱 대신 립글로스를 바른 그 녀의 입술에선 항상 달콤한 향기가 난다. 그녀의 얼굴을 보고 있는 매 순간 그 입술을 핥고 싶다는 생각을 한다. 그녀의 목덜미에 입술을 묻고 싶었던 게 한두 번이 아니다. 알고는 있었지만, 난 정말 인내심이 강하 다.

회사에서는 가급적 그녀를 멀찍이서만 보려고 한다. 내 눈이 어떻게 된 건가, 그녀는 정말 매일매일 몰라보게 예뻐진다. 그녀를 바라보는 남 자 직원들의 표정이 조금씩 변하는 걸 느낄 때마다 피가 거꾸로 솟는 게 뭔지 체험한다. 목이 뻣뻣해지면서, 그들이 보는 앞에서 그녀를 안고 싶 은 충동이 인다. 하지만 미친놈이 아니고서야 그럴 순 없다.

입을 살짝 벌리고 고개를 숙였다. 마른 입안으로 물이 흘러들었다. 물줄기가 그의 머리를 잔뜩 적시고는 목선을 타고 등으로 흘러내렸다.

학창 시절 그는 눈을 감으면 감는 대로, 뜨면 뜨는 대로, 말을 하지 않고 있을 때에는 거의 대부분 그녀의 얼굴을 상상하며 시간을 보냈다. 어떻게 생겼을까. 한국인이긴 할까. 눈은 어떻게 생겼을까. 입술은? 키는? 목소리는? 상관없다. 아무래도 상관없다.

대학생 때에는 자주 카페에 들렀다. 반드시 창가에 앉았다. 그리고 길을 지나는 여자들의 얼굴을 유심히 쳐다보았다. 언젠가부터는 남자들도 살펴보기 시작했다. 맞아, 만약 남자로 태어났다면? 그러면 어쩌지? 사람을 빤히 쳐다보는 건 그의 버릇이 되어버렸다.

주말이 싫다. 특별한 핑계를 만들지 못하면 그녀를 볼 수 없는 주말이 정말 싫다. 매일이 행복하다. 불안할 정도로 행복하다. 하루하루 날짜가 가는 게 달콤한 꿈처럼 안타깝다.

내가 언제까지 살 수 있을까. 무릎이라도 꿇고, 나랑 같이 살자고 해볼까? 그럼 들어줄까? 울며 매달리면 들어줄지도 모른다. 아니다, 그 정도로 남자와 선뜻 동거를 시작할 만큼 순진한 여자는 아니다. 아예 순진한 여자였다면 일찌감치 안았을 텐데……!

정현은 쏟아지는 물줄기처럼 무섭게 쏟아지는 생각의 끝에 스스로 깜짝 놀라 뜨악한 표정이 되었다.

'말도 안 되는 소리! 이제 하다하다…….'

그의 얼굴이 일순 딱딱하게 굳었다. 경악의 빛이 그의 눈에 들어찼다.

옛날엔 어떤 여자를 상상하든 결국엔 라야의 모습으로 돌아왔다. 그런데 언젠가부턴 '그녀' 하면 당연한 듯 지은이 떠올랐다. 처음부터 원래 그 모습인 것처럼.

그래, 한지은은 원래부터 그 모습이지, 당연하잖아.

심장에 살고 있는 '그'가 벽을 쿵 치는 게 들렸다. 쿵. 쿵. 쿵. 생각이

나지 않아.

맙소사, 생각이 나지 않아. 라야의 얼굴이…… 생각나지 않았다.

정현은 겁먹은 얼굴로 양쪽 귀를 가렸다. 심장이 불안하게 뛰는 소리가 점점 크게 들려왔다. 바로 귀 아래 심장이 매달린 것 같았다. 재빨리 눈을 감았다. 자신을 달래려는 듯 그가 숨을 천천히 내쉬자, 희끄무레한 형체가 선명해져갔다. 라야. 라야 윈터스. 그녀가 보였다.

안도의 한숨이 흘러나왔다. 라야가 차지하고 있던 자리가 점점 지은으로 채워져가고 있었다. 라야의 얼굴이 한지은으로 바뀌고, 라야의 목소리가 한지은의 것으로 바뀌고, 라야의 숨소리가 한지은의 숨소리로 바뀌어갔다. 당연한 거다. 하지만 그는 애써 그것을 생각하지 않으려 했다. 그건 보호 본능과도 같은 것이었다.

거의 모든 결정과 선택의 기준이 라야였던 적도 있었다. 오로지 그녀와 만날 가능성을 높이기 위해, 때로는 그녀와 만난 이후를 대비해, 그녀 중심으로 움직이고 생각했다. 라야는 그렇게 오랫동안 그의 사고와 행동을 지배했다. 삼십 년 동안 마음속 라야의 존재는 곧 그 자신이었다. 자신을 그렇게 일거에 무너뜨릴 순 없었다.

정현은 눈을 감은 채 고개를 젖혔다. 물줄기가 얼굴로 쏟아졌다.

'보고 싶다, 한지은.'

벌컥. 갑자기 유리문이 열리고 샤워 부스 안으로 한기가 밀어닥쳤다. 정현이 얼빠진 얼굴로, 문을 연 사람을 쳐다보았다. 태연한 얼굴의 민익이 그를 위아래로 훑어보고는 담담한 목소리로 말했다.

"TV가 터졌어."

"……뭐?"

정현은 물을 잠글 생각도 못하고 되물었다. 민익이 조금 초조해진 목소리로 말했다.

"TV가 터졌다고. 기다리고 있었는데, 조금 있으면 '짠짠짠 오늘의 스미스 씨' 하는데, 오늘이 특집인데, 그런데 광고하다가 갑자기 TV가 터져버렸어."

정현은 잠시 생각에 잠긴 표정으로 허공을 쳐다보다 손을 뻗어 물을 잠갔다. 끼익. 샤워기에서 뚝뚝 몇 방울이 떨어지는 것을 마지막으로 욕실이 조용해졌다. 머리카락에서 계속 물줄기가 흘러내려 자꾸 시야를 가렸다. 정현이 한 손으로 얼굴을 쓸고 조용히 말했다.

"그래서 어쩌라고?"

"고쳐줘. 빨리. 조금 있으면 시작해."

"내가 그걸 어떻게 고쳐!"

"너 공대 나왔다며?"

"빌어먹을, TV가 터진 걸 나보고 어떻게 하라고!"

정현은 타월을 집으려고 민익의 어깨 너머로 손을 뻗었다. 민익이 그럴 필요 없다는 듯 샤워 부스 벽을 손으로 짚으며 몸으로 그의 행동을 막았다.

"그냥 네 집에서 볼게. 너희 집 케이블 되지?"

"대체 얼마나 봤길래 TV가 터져?"

"하루 종일 너 쫓아다니는데 내가 TV를 보면 얼마나 보겠어? 그냥 운이 나빠서 터진 거지. 다시는 저 회사 TV 쓰나 봐라."

민익이 투덜거리며 몸을 돌렸다. 정현은 욕실을 나가는 그를 노려보고는 샤워 부스 문을 닫으려다가 갑자기 생각났다는 듯 소리쳤다.

"잠깐만, 너 우리 집에 어떻게 들어온 거야?"

"번호 누르고 들어왔지."

민익이 뭘 당연한 걸 묻느냐는 식으로 대답하곤 욕실 문을 닫았다.

"이런 씨, 내가 이래서 번호 키를 싫어한다니까! 다시 열쇠로 바꾸든가 해야지.”

정현은 샤워 부스 문을 세게 닫고, 다시 샤워기 물을 틀었다. 진지하
게 지은을 떠올리고 있었는데 갑자기 생각이 뚝 끊긴 게 꼭 그녀와의 즐
거운 시간을 방해받은 기분이 들었다. 차가운 물을 틀었다. 머릿속이 시
원해졌다. 그녀를 떠올리자 언제 화를 냈었냐는 듯 그의 입이 기분 좋은
미소를 그렸다.

조금 있으면 지은 씨 생일인데 뭘 해주지? 난 이벤트 같은 거 잘 못하
는데. 아버지한테 물어볼까? 그러면 그 양반, 내가 연애하는 걸 눈치채
고 난리 블루스를 출 텐데. 어디 여행이라도 가자고 해볼까. 일본에 가
고 싶다고 했으니까, 야경을 보러 가자고 꼬드기면…… 안 되겠지? 자
고 오는 여행은 안 가려고 할 거야. 그러면 출장 핑계 대고 수행비서로
데려갈까? 그거 좋네. 그거 좋다! 아차, 여권이 없다고 했지. 여권부터
만들어야겠군. 어디로 가지? 일본은 처음이랬으니까 도쿄? 난 오사카
도 좋은데. 고베? 고베 야경을 보러 갈까? 교토도 좋지. 규슈? 오키나
와? 그래, 온천! 꼭 온천에 데리고 가야지. 숙소는 어디로 잡지? 호텔?
맞다, 료칸! 료칸에서 자자고 하면 되겠네! 호기심이 많으니까 료칸이라
고 하면 선뜻 받아들일지도 몰라. 저녁을 먹고, 온천을 하고, 다다미방
에서…….

샤워 부스 문이 벌컥 열렸다. 정현이 민익을 노려보며 버럭 소리쳤다.

“왜! 왜! 대체 왜!”

민익이 변함없는 표정으로 말했다.

“왔어.”

정현이 눈썹을 찡그렸다.

“네 소중한 사람.”

그렇게 말하고 민익은 씩 웃었다.

"너의 소중한 분이 오셨다고."

"어이구, 학생, 나 내려야 되는데."

지은은 바로 귓가에 들려오는 목소리에 번쩍 눈을 떴다. 빛의 속도로 우주를 한 바퀴 돌다 돌아온 듯한 느낌이 들었다. 버스의 내리는 문 쪽에 서 있는 사람들이 자신을 쳐다보고 있었다.

왜들 저렇게 보는 거지?

지은은 그제야 자신이 옆자리에 앉은 할머니의 어깨에 기대 잠이 들었다는 걸 알았다. 연방 고개를 숙이며 죄송하다고 말하자, 할머니는 사람 좋은 미소를 지으며 손을 내저었다.

"얼마나 곤히 자는지 깨우기 미안해서…… 학생은 내릴 데를 놓친 거 아닌감?"

버스가 취익, 하는 엔진 소리를 내며 멈춰 섰다. 지은은 차창 밖을 내다보고는 벌떡 일어나 사람들을 따라 버스에서 내렸다. 거리에 내려오고도 잠이 덜 깨 얼떨떨한 표정이던 지은은 할머니가 버스에서 힘들게 내려오자 그 손을 잡아주었다. 할머니가 "어이쿠, 고마워라."를 반복하며 지은의 등을 토닥거렸다.

지은은 길가에 쭈그리고 앉았다. 식혜 통을 감싼 보자기의 매듭을 다시 단단히 동여맸다. 재킷 주머니에서 약도가 인쇄된 종이를 꺼내 보았다. 정현이 메일로 보내준 오피스텔 약도였다.

'전화를 하고 가야겠지?'

지은은 휴대전화를 꺼내 단축번호 115를 눌렀다. 신호가 가는 전화기를 귀에 대지 않고 그녀는 잠시 번호가 뜬 휴대전화 창을 내려다보았다. 자신의 생일 11월 5일. 왜 생일에 그의 번호를 저장해놓은 걸까. 지은은 스스로도 이해할 수 없다는 듯 입술을 삐쭉 내밀고, 전화기를 귀에

댔다. 단조로운 통화 연결음은 한참이 지나도 '여보세요'로 바뀌지 않았다.

'흐음.'

지은은 왠지 맥이 빠져 전화를 끊었다. 주머니 속에서 휴대전화를 만지작거리다가 그의 오피스텔 쪽으로 걸었다. 없으면 관리실에 맡겨놓고 가지, 뭐.

지은은 오피스텔 빌딩 앞에 섰다. 고개를 쳐들고 눈으로 1층에서부터 그가 살고 있는 층까지 헤아려보았다. 막 지하 주차장을 빠져나온 노란 차가 그녀를 지나쳐 갔다. 지은은 재킷을 여미고 종종걸음으로 오피스텔 빌딩 안으로 들어갔다.

지은은 902호 문 앞에 잠시 가만히 서 있었다. 초인종을 누르려고 손가락을 들었다가 카메라 부분을 톡 두드려보았다.

'오해하지 않을까. 혼자 사는 남자 집에 불쑥 찾아온다고 이상한 여자라고 생각하면 어쩌지?'

지은은 초인종에 붙은 카메라를 응시하다가 다시 망설이는 마음이 슬금슬금 올라오려 하자 얼른 벨을 눌렀다. 단조로운 초인종이 정확히 세 번 울렸다. 그리고 조용해졌다.

'집에 없나?'

달칵. 문이 열리는 소리가 났다. 달칵, 달칵. 안쪽에서 자꾸 잠금 장치를 열었다 닫는 소리가 났다. 한 번 달칵 소리가 나고 문이 열릴 것처럼 덜컹 하고는 열리지 않자 다시 잠금 장치를 돌리는 소리였다. 잠시 뒤 문이 열렸다. 무서운 눈매의 남자가 상대가 누군지 생각해내려는 듯 미간을 찌푸리고, 문고리를 잡은 채 지은을 쳐다보았다. 지은이 웃으며 인사했다.

"안녕하세요, 민익 씨. 정현 씨 혹시 집에 없나요?"

그제야 그녀를 알아본 민익이 찌푸린 얼굴을 펴고 "어?" 그러며 아는 기색을 보였다. 그러더니 집 안쪽을 돌아보고 다시 그녀를 보았다.

"어, 어…… 잠깐만…… 잠깐만요."

민익이 당황한 표정으로 TV 리모컨을 흔들더니 문을 닫아버렸다. 지은은 썰렁한 복도에 남겨졌다. 그녀는 두 손으로 보따리를 든 채 다시 문이 열리길 기다렸다. 고개를 돌려 창 밖을 보았다. 열린 창 밖으로 파란 하늘이 보였다. 집 안쪽에서 뭔가 우당탕탕 하는 소리가 들렸다. 빠른 발소리 같기도 하고.

귀를 대보려고 살며시 문 쪽으로 다가서자, 문이 벌컥 열렸다. 이번에도 민익이었다. 그가 어깨로 닫히려는 문을 막고 서서는 어색하게 웃었다. 그리고 멋쩍은 듯 리모컨으로 목 언저리를 긁적였다.

"죄송해요. 녀석이 옷을 다 벗고 있어서, 옷을 좀 입느라고. ……잠시만요."

그렇게 말하고 민익은 다시 문을 닫아버렸다.

'옷을 다 벗고 있다고? ……왜?'

지은은 뭉게뭉게 떠오르는 망상을 지우려는 듯 머리 위쪽 허공을 손으로 휘휘 저었다.

곧 문 안쪽에서 "들어오라고 해야지, 멍청아!"라는 소리가 들려왔다. 문이 활짝 열리면서 싱그러운 향기가 그녀를 덮쳤다. 지은은 자연스럽게 그 향기를 크게 들이마시며 놀란 눈을 떴다. 이번에 문을 열고 나온 사람은 정현이었다. 왠지 모르게 평소보다 대여섯 살은 어려 보이는 그가 믿기 힘들다는 눈을 하고 있었다. 그의 젖은 머리카락을 보고 방금 전 향기가 보디 워시 향이란 것을 알았다. 샤워를 하고 있었구나. 지은은 그가 샤워하고 있는 모습을 상상하지 않기 위해 눈을 부릅뜨는 데 온 집중을 다했다.

더운 곳에 있다가 갑자기 찬바람이 부는 곳으로 나오자 정현의 얼굴은 보통 때의 차분한 표정을 꾸며내지 못했다. 조금 흥분한 듯, 그의 입가가 실룩실룩 미소를 달고 올라갔다. 그는 문고리를 잡고 서서는 그녀가 맞다는 걸 확인하려는 것처럼 들뜬 목소리로 그녀의 이름을 여러 번 불렀다.

"지은 씨, 지은 씨, 한지은."

"예, 저 맞아요."

정현은 문고리를 잡고 있지 않은 손을 자신의 얼굴 앞에 들고는 바들바들 떨었다. 잠시 눈을 감았다 떴다. 그래도 그녀가 눈앞에 있었다. 그를 의아한 눈으로 쳐다보고 있었다. 사랑스럽게 이를 데 없는 저 까만 눈이 그를 향해 있었다. 크윽. 기쁨의 탄성이 꽉 다문 이 사이로 흘러나왔다. 욕실에서 뛰쳐나와 옷을 꿰입고 그녀가 진짜라는 것을 확인하기까지의 길이 천리 길이라도 되는 양 그는 온몸에 진이 빠진 사람처럼 문에 털썩 몸을 기댔다. 간신히 표정을 차분하게 갈무리한 그가 미소를 날리며 이제 말해보라는 듯 그녀에게 손짓을 했다.

"어쩐 일이야?"

목소리만은 어떻게 꾸며낼 수 없었는지 억눌린 그의 음성에선 반가움을 넘어선 환희가 느껴졌다. 그의 생난리 블루스에 어리둥절한 표정이던 지은이 보자기를 들어 보여주며 말했다.

"아, 이거요."

빨리 못 받으면 행여나 그녀가 힘들어 할까, 정현은 얼른 뭔지 모를 그것을 받아 들고 고개를 갸웃했다. 지은이 어깨 위로 늘어뜨린 땋은 머리를 매만지며 쑥스러운 미소를 지었다.

"엄마가 정현 씨 것까지 식혜를 보내주셨는데, 회사에서 드릴 수는 없고, 그래서……."

"전화를 하지, 내가 집으로 갔을 텐데. 힘들게 거기서 여기까지 버스를 타고 온 거야?"

정현이 안타까워 죽겠다는 표정을 하고 들어오라는 듯 집 안쪽으로 손을 뻗었다. 지은이 재빨리 손을 내저으며 말했다.

"아니요, 약속이 있어서 가봐야 돼요."

"그러지 말고, 여기까지 왔는데. 차라도 한잔 하고 가. 날 몰인정한 놈으로 만들 셈이야? 늦으면 내가 차로 데려다줄게."

밖으로 나온 그는 한 마디씩 할 때마다 그녀의 등을 살며시 밀었다. 결국 "데려다줄게" 부분에선 이미 그녀는 집 안으로 들어와 있었다. 그녀의 양 갈래로 땋은 머리를 뒤에서 바라보며 정현은 흐뭇한 미소를 지었다. 문을 잠그고 돌아서는 그의 눈에 거실에서 너무나 즐거운 표정으로 TV를 보고 있는 민익이 보였다. 정현이 불만스러운 듯 입술을 비틀었다. 신발을 벗고 마루에 올라선 지은이 돌아보자 정현은 금세 표정을 바꿔 환하게 웃었다. 그가 가볍게 손을 까닥거렸다. 들어가, 들어가.

부엌 테이블 위에 보자기에 싼 것을 하나씩 풀어놓으며 지은이 말했다.

"이거는 식혜고요, 이거는 곶감이요. 곶감 좋아하세요?"

"돌이라도 씹어 먹을게."

그녀의 말에 정현이 진지한 표정으로 대꾸했다. 지은이 곶감이 담긴 플라스틱 통을 꺼내다 말고 황당한 얼굴로 그를 보았다.

"그렇게까지 할 필요는 없어요. 제가 만든 것도 아닌데요. 냉장고에 넣어둘게요."

정현은 테이블에 앉아 턱을 괸 채 그녀를 애틋한 눈길로 바라보았다. 그녀는 들고 있는 것을 냉장고 안 어디에 놓아야 될지 몰라 고민하는 표정으로 턱을 긁적였다. 그러고는 냉장고 안을 살피며 이것저것을 정리하기 시작했다. 그녀를 뒤에서 와락 안고 싶은 충동을 참아내기 위해 정현은 자신이 쉽게 일어나지 못하게 다리를 꼬았다. 그녀가 고민스러운 표정으로 고개를 흔들 때마다 귀여운 갈래머리가 살랑살랑 흔들렸다. 정말 진지하게 울면서 같이 살자고 매달려볼까? 그는 눈을 돌려 거실 소파에 앉아 있는 민익을 보았다. 저 애물단지, 나랑 전생에 무슨 원수가 져서……

"제일 위 칸에 넣어둘게요."

지은이 무릎을 짚고 서서 그를 돌아보며 말했다. 정현이 싱긋 웃으며 고개를 끄덕였다.

"알았어. 차 뭐 마실래?"

"아니요, 괜찮아요. 그것보다, 욕실이 어디예요?"

냉장고 문을 닫고 허리를 편 지은이 손가락마디로 눈 근처를 누르며 물었다. 복도에서 바람이 불 때 눈에 뭐가 들어갔는지 자꾸 따갑고 눈물이 났다.

정현이 손가락으로 욕실을 가리켰다. 그녀가 욕실로 가 문을 닫자 정현은 재빨리 일어나 민익에게 다가왔다. 그리고 민익의 티셔츠 어깨 자락을 잡아당기며 작은 목소리로 말했다.

"네 집에 가."

"나 TV 보고 있잖아."

민익이 리모컨으로 TV 볼륨을 높이며 대꾸했다. 정현이 으르렁거리며 말했다.

"스미슨지 토마슨지 네 집에 가서 보라고."

"내가 아까 분명히 우리 집 TV는 터졌다고 말했을 텐데."

민익은 리모컨을 꼭 붙잡은 채 고개를 젖혀 정현을 올려다보았다. 정현이 다그치듯 민익의 옷을 더 세게 잡아당기며 말했다.

"그놈의 TV, TV! TV 못 보고 죽은 귀신이 붙었나. 자리 좀 피해주면 안 돼?"

"나도 웬만하면 그래주고 싶은데, 오늘은 스미스 씨 특집이라. 이건 생방으로 봐야 되거든. 그리고, 내가 가면 지은 씨도 따라 나오려고 할 걸?"

정현이 한 방 먹은 표정을 지었다. 그의 손이, 잡고 있던 민익의 옷자락을 놓았다. 민익이 씩 웃으며 젖히고 있던 고개를 바로 했다. 리모컨을 들어 TV 볼륨을 더 높였다. 깔깔대는 웃음소리가 TV에서 흘러나왔다. TV에선 파란 눈의 외국인이 거리를 지나는 사람들에게 이상한 행동을 하며 웃음을 이끌어내고 있었다. 저게 재밌나? 정현은 짧게 한숨을 내쉬고 민익의 옆에 털썩 앉았다. 그가 민익을 흘깃 쳐다보고는 TV에 시선을 둔 채 말했다.

"너 검정고시 준비는 제대로 하고 있는 거야? 어째 맨날 노는 모습밖에 안 보여?"

"잔소리하지 마. 내가 다 알아서 해."

"알아서 하는 게 그거야? 내가 사준 문제집은 어떻게 됐어? 풀어보긴 한 거야? 벌써 다 풀고 새로 사달라고 해야 될 시긴데 어째 아무 말이 없어?"

"거참, 잔소리 하고는! 나 TV 보고 있는 거 안 보여? 네가 내 아빠야, 뭐야?"

"그래, 내가 네 아비다!"

두 사람은 지은이 있다는 것도 잊고 목소리를 높여가며 버럭댔다. 서로 멱살까지 잡고 거친 욕설이 오갔다. 놀란 눈으로 서 있는 지은을 발견한 정현이 먼저 민익의 멱살을 놓자, 민익은 기다렸다는 듯이 주먹으로 정현의 명치를 쳤다. 그렇게 힘껏 친 건 아니었지만, 숨이 턱 막힌 정현이 가슴을 부여잡고 앞으로 쓰러졌다. 지은이 비명을 질렀다. 민익이 빙긋 웃으며 그녀를 돌아보았다. 그리고 소파 등받이 위로 두 팔꿈치를 얹고, 놀랐을 그녀에게 사과했다.

"죄송합니다, 지은 씨. 놀라지 마요. 살살 친 건데 이 녀석 엄살이 심한 거예요."

민익이 웃음을 머금고 몸을 돌리는 순간, 상체를 수그리고 있던 정현이 민익이 미처 방어하기도 전에 주먹을 날렸다. 헉. 민익이 비명을 지르며 정현과 똑같은 자세로 쓰러졌다. 먼저 몸을 든 것은 당연히 정현이었다. 정현은, 걱정스러운 낯빛을 지나 이해할 수 없다는 표정을 짓고 있는 지은을 돌아보며 괜찮다는 듯이 손을 들어 보였다. 그의 얼굴에 지친 미소가 떠올랐다. 병 주고 약 준다고, 정현은, 캑캑거리며 얕은 기침을 뱉어내고 있는 민익의 등을 여유 있는 손길로 쓸어주면서 지은에게 말했다.

"몇 시 약속이야?"

"아, 지금 가봐야 돼요. 시간을 딱 맞춰서 나온 거라."

"어디서 만나기로 했는데? 데려다줄게."

"우리 동네에서 만나기로 했어요. 그냥 버스 타고 가면 돼요."

한동안 서로 스케줄이 엇갈려 한자리에 모이지 못했던 네 친구가 오랜만에 동네 단골 호프집에서 뭉치기로 했다. 정현의 친구가 주인이라던 바로 그 호프집이었다. 하지만 거기서 약속이 있다고 하면 정현이 따라오겠다고 할까 봐, 지은은 굳이 그것까지는 말하지 않았다. 정현이 그녀의 눈을 한순간도 놓치기 싫다는 듯 또렷이 응시하다 고개를 끄덕였다.

"으흠. 내가 혹시 따라간다고 할까 봐 걱정하는 게 느껴지는군."

그는 독심술사가 분명하다. 그녀가 눈을 똥그랗게 뜨자 정현은 확신에 찬 미소를 지었다. 지은은 끝까지 속내를 숨기지 못하고 미안한 표정을 지어버렸다. 그는 그녀의 약해진 마음을 놓치지 않았다.

"버스까지만. 네가 버스에서 내릴 때까지만 에스코트 할게. 어때?"

지은 역시 그와 조금이라도 더 오래 함께하고 싶었다. 하지만 매일 퇴근할 때가 되면 거의 녹초가 되는 그를 주말까지 못 쉬게 만들 수는 없었다. 오늘 그의 얼굴을 본 것만으로도 충분했다. 지은이 숨을 크게 들이마시고 적당한 거절의 말을 생각해내려는 듯 손가락을 치켜들자, 정현이 비는 것처럼 깍지 낀 손을 들어 보였다. 지은은 말문이 막혔다. 회사에서의 그와 지금의 그는 완전히 다른 사람 같았다.

민익이 콜록, 괴로운 기침을 뱉어내며 상체를 들었다. 지은은, 정현의 뒤통수를 당장이라도 후려칠 것처럼 무섭게 노려보는 민익을 보았다가 다시 애처로운 눈빛의 정현을 보았다. 그녀의 눈이 흔들리자 그 틈을 놓치지 않고 정현이 고개를 빠르게 끄덕였다. 지은은 힘없이 손을 내렸다.

"예, 좋아요."

자신이 집을 떠난 뒤 정현과 민익 사이에 유혈 사태가 벌어지는 것만은 막고 싶었다. 정현이 소파에서 벌떡 일어서며 명랑한 목소리로 말했다.

"잠깐만 기다려. 금방 옷 갈아입고 나올게."

그는 "버스 데이트, 버스 데이트."라 흥얼대며 지은을 지나쳐 자기 방으로 갔다. 대여섯 살이 아니라 열 살은 어려진 듯한 낯선 정현의 모습에 지은은 결국 웃음을 터뜨렸다. 정현이 닫으려던 방문을 다시 열어젖히며 지은에게 물었다.

"아, 혹시 내가 옷 갈아입는 거 보고 싶어?"

멍하니 있는 지은을 대신해 민익이 대꾸해주었다.

"미친놈."

21

"이제 그만해도 돼요."

부끄러운 낯빛을 한 지은이 작은 목소리로 말했다. 두 사람은 버스 가장 뒷자리에 앉았다. 창가 쪽에 앉은 지은이 강한 햇빛에 눈살을 찌푸리자 정현이 자리를 바꾸자고 했다. 거기까지는 좋았다.

저물 무렵의 태양이 더 눈부시다고, 그녀가 앉아 있는 자리까지 햇빛이 쏟아지는 걸 본 정현은 급기야 재킷을 벗어 창문을 가렸다. 지은이 쑥스러운 듯 어깨를 움츠리며 볼을 붉적이자 정현은 희미하게 웃었다. 자신만을 향해 있는 그의 시선과 오로지 자신만을 위한 그의 행동에 가슴이 설렌 것도 잠시, 지은은 사람들의 시선을 느끼고 점점 얼굴이 뜨거워졌다. 그녀 바로 옆자리에 앉은 아주머니가 작지 않은 목소리로 말했다.

"요즘 남자들은 저런 게 좋아. 여자를 아낄 줄 알거든."

그녀의 말에 다른 아주머니들도 고개를 끄덕이며 저마다 한마디씩 했다. 지은은 아랫입술을 깨물고 얼굴을 가리며 고개를 숙였다. 웃는 건지 흐느끼는 건지 어깨를 가늘게 들썩이던 그녀는 숨을 크게 들이마시고 얼굴을 가리고 있던 손을 내렸다. 그녀가 차분히 정돈된 표정으로 정현을 돌아보았다.

"그만해요. 햇빛에 그슬린다고 큰일 나는 거 아니에요."

"지은 씨는 내가 부끄러워?"

정현이 상처받은 표정을 짓자 지은은 그것이 꾸민 표정인 것을 알면서도 움찔했다. 하지만 곧 눈썹을 찡그리고, 엄지와 검지를 거의 맞닿기 직전까지 붙인 것을 그의 바로 눈앞에 들어 보이며 말했다.

"요만큼 부끄러워요, 아주 살짝, 가끔."

정현은 피식 웃으며 창을 가리고 있던 재킷을 내렸다. 그때 무엇인가가 와르르 쏟아지는 소리가 들렸다. 두 사람, 아니, 버스 안 모든 승객들의 시선이 동전이 쏟아진 바닥으로 향했다. 동전 지갑을 떨어뜨린 여성이 얼굴을 붉히며 다급한 손길로 흩어진 동전들을 주웠다. 지은은 그녀를 도와주러 반쯤 몸을 일으켰다가, 아래쪽 자리에 앉아 있던 승객 몇몇이 여성을 도우러 일어나는 걸 보고는 도로 자리에 앉았다. 동전을 모아 여성에게 건네주는 사람들을 온화한 눈길로 바라보며 지은이 말했다.

"저러면 엄청 당황스럽죠. 버스가 계속 움직이니까 동전이 막 여기저기로 굴러가는데 어쩔 줄을 모르겠더라고요. 에라, 모르겠다, 그냥 줍지 말까 싶기도 하고. 그런데 모두 지켜보고 있으니 안 주울 수도 없어요. 지켜보고 있으면 부끄럽고, 눈길도 안 주면 그게 또 야속하고. 누가 도와주면 그래도 덜 부끄럽죠, 고맙고. 저렇게 도와주는 사람들이 많은 걸 보면 세상엔 아직 좋은 사람들이 더 많은 것 같아요."

"지은 씨는 이상형이 어떻게 돼?"

이건 또 뭔 소리야. 지은이 어리둥절한 눈으로 정현을 쳐다보았다. 그는 무릎에 팔꿈치를 얹고 턱을 괸 채, 흐트러진 자세만큼이나 의도를 알 수 없는 눈으로 그녀를 보았다. 정현의 어깨 너머 창 밖으로 어스레한 기운이 내려앉은 인도가 보였다. 그녀가 '내가 잘못 들었나.' 하는 표정을 짓자 그는 '네가 들은 게 맞아.'라는 것처럼 고개를 까닥였다. 정현이 다시 한 번 물었다.

"이상형이 어떻게 되냐고."

"갑자기 뜬금없이 무슨 이상형이에요."

"그럼, 뜬금없이 묻지 이상형 묻는 날이 따로 있나?"

"그런 건 아니지만…… 먼저 말해보세요. 이상형이 어떻게 돼요?"

정현은 그녀의 물음에 고민할 것도 없이 바로 말했다.

"땋은 머리가 잘 어울리는 여자. 요즘 같은 세상에 어느 정도 경계심은 있는 사람이어야 내가 안심이 되겠어. 그래도 사람을 싫어하는 인간이면 안 돼. 겨우 떨어진 동전을 사람들이 주워주는 모습을 보고도 세상엔 좋은 사람들이 더 많아, 라고 생각할 만큼 낙천주의자였으면 좋겠어. 어떤 미친놈이 '난 전생에 당신을 만났어요.'라고 해도 일단 진지하게 들어주는 사람이면 더 좋겠고. 미술을 전공하고, 새끼손가락은 짧고, 게임 회사에 다니면 금상첨화겠지."

"……예에, 그렇군요. 상당히 디테일하네요."

지은은 모른 척 무표정한 얼굴로 정현을 마주 보았다. 정현이 입꼬리를 길게 당기며 웃었다.

지은은 다시 정면을 보았다. 동전을 다 주운 여성이 사람들에게 감사 인사를 하고 자리에 앉는 것이 보였다. 여성의 얼굴에 발그스레한 빛과 함께 따뜻한 미소가 번졌다. 그것을 보는 지은의 입가에도 훈훈한 미소가 걸렸다. 그녀가 잠시 생각한 뒤 말했다.

"저는 밤새 대화를 할 수 있는 사람이었으면 좋겠어요. 그렇게 오랫동안 얘기를 나눠도 지겹지 않은 사람, 그렇게 서로 이야기할 게 많은 사람. 그런 사람이라면 결혼해서 평생 함께 살아도 좋지 않을까 싶어요."

"나네."

그녀의 말이 떨어지기 무섭게 정현이 대꾸했다. 지은은 그를 보지 않고 입술 끝을 실룩이며 웃었다. 정현이 손가락으로 자신을 가리키며 말했다.

"나라는 얘기를 그렇게 직접적으로 하다니 프러포즈 받은 거 같아서 엄청 부끄러워, 지은 씨. 말이 나온 김에, 어때? 시험 삼아, 우리 한 번 밤새 대화를 나눠보지 않겠어?"

지은이 웃음인지 신음인지 알 수 없는 소리를 흘렸다. 그녀가 눈을 새치름히 흘기자, 그는 키들거리고 웃었다.

버스가 정류장에 섰다. 와글와글하는 소리가 들린다 싶더니 교복을 입은 아이들이 차례로 버스에 올라탔다. 창 밖을 내다본 두 사람은 누가 먼저랄 것도 없이 히야, 탄성을 질렀다. 각양각색의 교복들을 입은 학생들이 비슷한 교복끼리 무리지어 정류장을 차지하고 있었다. 버스 안은 금세 여자아이들의 재잘거리는 소리와 남자아이들의 우렁찬 수다 소리로 시끌벅적해졌다. 앉아 있는 게 미안할 정도로, 자리가 비좁다는 사람들의 불평이 여기저기서 들려왔다.

"무슨 일이지?"

발 디딜 틈 없이 승객이 빼곡히 들어찬 풍경을 내려다보며 지은이 중얼거렸다. 그걸 들은 정현이 바로 앞에 서 있는 여학생에게 물었다.

"저기요, 여기 왜 이렇게 학생들이 많아요?"

친구와 이야기 중이던 여학생은 자신에게 말을 거는 남자의 얼굴을 보고는 얘기하던 그대로 얼음이 되어버렸다. 여학생의 친구가 먼저 정신을 차리고 발랄한 목소리로 대답했다.

"오늘 이 근처에서 공연이 있었거든요."

"무슨 공연?"

"학생들을 위한 공연이요."

"단체 관람 온 거예요!"

그와 말을 섞어보고 싶은 다른 여학생이 끼어들었다. 정현이 알겠다는 듯이 소녀들의 말에 반응을 보이며 고개를 끄덕이자, 여학생들은 똑같이 입을 벌리고 웃었다. 정현이 지은을 보며 말했다.

"그렇다네."

버스가 덜컹거리면서 한 아이가 뒤에 서 있던 남학생의 발을 밟은 모양이었다. 남학생이 작게 욕설을 내뱉었다. 이에 질세라 발을 밟은 여학생도 욕설로 맞불을 놓았다. 지은은 생각했다. 무서운 아이들이라고.

"차가 많이 막히네요. 앞에 사고라도 났나?"

지은의 혼잣말에 여학생이 친근한 말투로 대꾸했다.

"닭장차에서 닭들이 도망쳤대요. 지금 막 도로에 닭들이 뛰어다니고, 사람들이 쫓아다니고……."

도대체 무슨 소리를 하는 건지. 지은이 의아한 표정을 짓자, 여학생은 휴대전화를 들어 친구에게서 받은 문자를 보여주며 킥킥 웃었다. 정현이 창문을 열고 밖을 내다봤다. 길게 늘어선 차 행렬은 도저히 움직일기미를 보이지 않았다. 거북이 움직이듯 기다시피 간신히 다음 정류장에 도착한 버스가 하차 문을 열었다. 여기저기서 "저 내려야 돼요.", "좀비켜주세요." 따위의 말들이 들려왔다. 지은은 그제야 자신이 내릴 곳이란 걸 알고 "아!" 소리를 지르며 몸을 일으켰다.

"못 비켜요, 언니. 저희도 죽을 것 같아요!"

앞에 서 있는 여학생이 앞으로 넘어질 것처럼 몸을 기우뚱하며 소리쳤다. 지은은 내리는 걸 단념하고 한숨을 내쉬며 자리에 다시 앉았다. 정현은 턱을 괸 자세로 그녀를 물끄러미 쳐다보다가, 생각을 굳혔는지 창문을 끝까지 활짝 열었다.

버스는 아직까지도 하차 문을 열고 계속 사람들을 찔끔찔끔 뱉어내고 있었다. 버스 앞뒤를 확인한 정현이 돌연 창 밖으로 몸을 던졌다. 학생들이 비명을 질렀다. 지은은 얼른 그가 있던 자리로 몸을 날려 창틀을 붙잡고, 인도로 뛰어내린 그가 무사한지 확인했다. 길을 지나던 사람들도, 버스에서 지켜보던 사람들도 모두 놀라서 그를 주목하고 있었지만, 정작 본인은 조금도 신경 쓰이지 않는 표정으로 옷을 툭툭 털고 버스 쪽을 돌아보았다. 정현이 그녀를 향해 양팔을 벌리고 태연한 목소리로 말했다.

"자, 내려."

"뭐, 뭐, 뭐…… 뭐하는 짓이에요! 위험하게!"

"내가 잡아줄 테니까 뛰어내리라고. 약속에 늦었다면서."

"괜찮아요! 저는 다음 정류장에서 내릴 거예요!"

"뭐야, 그럼. 나만 바보 된 거야?"

정현은 지은의 말에 일일이 대꾸하면서도 팔을 내리지 않고 계속 하차 문이 닫히는지, 앞차가 움직일 기미가 있는지를 확인하고 있었다. 버스 안 승객들의 시선과 정류장에 서 있던 사람들의 시선이 양쪽에서 쏟아지자, 지은은 엄청난 압박감을 느꼈다. 남의 속도 모르고 생글거리고 있는 정현을 보면서 지은은 생각했다. 저 사람과 있다가는 심장이 남아나질 않겠다. 여학생들이 망설이고 있는 지은을 신이 난 목소리로 재촉했다.

"어서요, 언니! 바지 입었잖아요!"

'그런 문제가 아니야, 이것들아.'

앙다문 잇새로 실없는 웃음이 새어나왔다. 그녀는 창틀에 발을 올렸다. 그리고 창 밖으로 고개를 내밀어 좌우를 살핀 뒤, 뛰어내렸다. 정현은 자신의 품으로 뛰어드는 그녀를 가뿐히 받아 안았다. 두 사람에게로 버스에 탄 학생들의 환호성이 쏟아졌다. 얼굴이 터질 것처럼 새빨개진 지은이 원망하듯 주먹으로 그의 등을 때렸다. 그가 웃는 게 몸으로 느껴졌다. 그제야 그녀의 귀에도 아이들이 내지르는 환호성이 들렸다. 밀려오는 부끄러움에 지은은 그의 목을 감싸 안고 얼굴을 숙였다. 그가 웃음

섞인 목소리로 말했다.

"하마터면 넘어질 뻔했어."

"그러니까 누가 이런 짓 하래요! 부끄러워서 죽을 거 같아요."

지은이 볼멘 음성으로 나무랐다. 정현이 키득대며 말했다.

"무거워."

"알아요!"

"지은 씨는 내게 무거운 사람이야."

그의 목소리가 낮아졌다.

"가볍지 않아."

지은은 그에게 안긴 채로 상체를 뒤로 젖혀 그를 보았다. 그의 짙은 눈동자가 그가 말한 것처럼 천근같이 무거운 애정을 담고 응어리진 채 고여 있었다. 그의 젖은 눈빛이 혹시나 눈물이 되어 떨어질까 지은은 가슴이 철렁했다. 다행히 그는 눈물 대신 부드럽게 웃어 보였다. 그의 미소한 번에 심장을 우둔거리게 하던 불안감도 바람과 함께 날아가버렸다. 하지만 바람의 여운이 남아 머리카락이 볼을 간질이듯 심장의 두근거림은 멈추지 않았다. 그녀의 가라앉은 안색에 그가 짐짓 엄한 투로 말했다.

"내가 없을 땐 이런 짓 하지 마. 위험해."

"당연하죠. 이런 미친 짓을 누구랑 또 어떻게 해요."

그가 소리 내 웃었다. 지은이 내려달라는 것처럼 몸을 뒤로 빼자 정현은 한 번 더 그녀를 추켜 안았다. 그리고 버스 창 밖으로 몸을 빼 이쪽을 내다보고 있는 아이들을 향해 소리쳤다.

"행여나 따라 할 생각 마!"

남학생들의 휘파람 섞인 야유와 여학생들의 환호가 뒤섞여 정류장은 금세 또 소란스러워졌다. 일상 속에서 벌어진 갑작스러운 이벤트에 길을 지나던 사람들도 호기심 어린 미소를 띠고 두 사람을 쳐다봤다.

드디어 차들이 움직이기 시작했다. 잠시 말을 나눴던 여학생들이 두 사람이 앉아 있던 자리를 차지하고 창 밖으로 손을 흔들었다. 그들을 태운 차가 파란 신호등 아래를 지나 멀리 사라졌다. 정현은 지은이 다시 자신의 어깨에 얼굴을 대도록 그녀를 꼭 안은 채 나직이 말했다.

"내가 사준 향수는 이제 안 쓰는 거야?"

"향수라면 지긋지긋해요. 안 하던 짓을 하니까 오해나 받고……. 예은이가 갖고 싶어 해서 줬어요. 미안해요."

그가 눈을 내려뜬 채 작게 고개를 끄덕였다.

"잘했어."

목덜미에 그의 숨결이 느껴졌다. 긴장으로 몸이 굳어가는 자신과 달리 그의 표정과 손길은 이런 자세가 아주 익숙한 것처럼 편안해 보였다. 여자를 많이 안아본 걸까. 그런 생각이 언뜻 들자 지은은 엉뚱한 생각을 하는 자신을 탓하듯 이마를 살짝 찌푸렸다. 그녀는 규칙적으로 뛰는 그의 심장 박동을 느낄 수 있었다. 아마 그는 잘 때 이런 얼굴을 하고 이런 숨소리를 내겠지. 그 정도로 그는 안정돼 보였다. 지은은 그의 목을 두르고 있던 팔을 내리고 그의 어깨를 짚으며 몸을 뒤로 뺐다.

"내려줘요."

이번에는 좀 더 단호하게 말했다. 정현은 소리 없이 크게 숨을 들이마셨다. 지은은 그의 가슴이 부풀어 오르는 것을 보았다. 정현은 신음 같은 웃음을 흘리며 그녀를 내려놓았다.

지은은 붉어진 얼굴을 숨기려 옷매무새를 다듬는 척하며 고개를 숙였다. 저녁놀이 그들의 발치까지 내려와 있었다. 노을 때문에 얼굴이 붉어졌다고 우길까.

정현은 뒷짐을 지고, 붉게 물든 하늘 쪽을 바라보고 있었다. 그의 얼굴이 무표정했다. 그의 눈동자에 순간 붉은 기가 일렁였다. 지은은 그게 노을 때문이라고 생각했다. 정현이 그녀를 보며 싱긋 웃었다.

"약속은 약속이니까. 가봐."

"버스 타고 가는 거 보고 갈게요."

"반대편에서 타야 되는데? 먼저 가."

"보고 간다니까요."

또 이 짓이로군. 두 사람은 동시에 생각했다.

정현이 말했다.

"저번에는 내가 먼저 갔으니까 이번에는 지은 씨가 먼저 가야지."

"여긴 우리 동네예요. 마이 홈그라운드라고요."

결국 두 사람은 가위바위보를 했다. 정현이 이겼다. 지은이 3판 2승
제라고 우겨 다시 했다. 이번에도 정현이 이겼다. 지은은 길을 가면서도
몇 번이고 뒤를 돌아봤다. 정현은 뒷짐을 지고 서 있다가 그녀가 돌아보
면 살랑살랑 손을 흔들었다. 지은은 그걸 보고 실쭉 웃고서 다시 걸었
다. 그를 남겨두고 가려니 이상하게 발이 떨어지지 않았다. 자꾸 뒤돌아
보게 된다.

그녀가 코너를 돌아 사라졌다. 그녀의 얼굴, 팔, 다리, 웃옷에 달린 모
자까지, 그녀의 모든 것이 안 보이게 될 때까지 정현은 한순간도 그녀에
게서 눈을 떼지 않았다. 그녀의 모습이 완전히 보이지 않게 되자 그의
얼굴에서도 미소가 사라졌다.

"그러네."

그가 중얼거렸다. 노을 자락은 그가 서 있는 곳을 넘어 서너 발자국
앞까지 번져 있었다.

"별로네, 먼저 보내는 거."

그녀가 없는 거리엔 더 이상 그가 서 있을 이유가 없었다.

"다음부터는 내가 먼저 가야겠어."

정현은 미련 없이 몸을 돌렸다.

"그래서 말이야…… 전화 좀 그만 봐! 넌 사람이 얘길 하는데!"

혜경이 수시로 휴대전화를 확인하는 걸 본 지은이 나무랐다. 혜경은 헤헤 웃으며 휴대전화를 내려놓았다. 라이브 무대에 시선을 고정한 채 선예가 한 손 가득 팝콘을 집어 들었다. 그리고 그중 하나를 입에 넣으려다 말고 혜경을 가리키며 물었다.

"맞다, 너 관심 있던 그 남자는 어떻게 됐어?"

"뭐? 혜경이 너 연애해? 와, 진짜 너무한다. 어쩜 나한텐 말 한마디 없이."

지은이 섭섭하다는 표정을 짓자, 선예가 팝콘을 던져 입에 넣으며 말했다.

"오 분마다 한 번씩 휴대전화를 확인하는데 그걸 눈치 못 채는 네가 더 이상하다. 얘는 똑똑한 척하면서 은근히 이런 눈치는 없다? 연애 레이더가 영 꽝이야."

준성이 술에 취해 흐리멍덩한 눈으로 고개를 끄덕이며 선예의 말에 동의한다는 표시를 했다. 휴대전화가 울렸다. 혜경은 화들짝 휴대전화를 집어 들며 발신 번호를 확인했다. 목소리를 가다듬은 뒤 통화 버튼을 눌렀다.

"네, 여보세요. 어머, 희성 씨."

세 친구는 자신들의 귀를 믿을 수 없었다. 혜경이 다소곳한 목소리를 내고 있었다. 지금껏 어디에 저런 목소리를 숨겨뒀던 걸까. 그만큼 충격적이었다. 심지어 화상 통화도 아닌데 수줍은 미소까지 달고 상대의 말에 일일이 고개를 끄덕이며 대꾸하고 있었다. 술이 깬 표정으로 준성이 자신의 청력을 확인하는 식의 장난스러운 제스처를 취하자 혜경의 주먹이 그의 배에 꽂혔다. 선예가 테이블에 엎드린 준성의 등을 툭툭 두드려주었다.

혜경이 곱게 인사를 하며 전화를 끊었다. 준성이 테이블에 얼굴을 뭉개고 누워 중얼거렸다.

"너 요즘 사기치고 다니는구나."

준성의 농담에 혜경의 얼굴이 순간 어두워지는 걸 눈치챈 지은이 조심스럽게 물었다.

"너 정말 연애해? 벌써 많이 좋아하는 거야?"

지은의 진지한 표정에 혜경은 피식 웃었다.

"모두가 너처럼 모든 연애를 진지하게 하는 건 아니야."

"그런데 왜 그런 표정이야?"

"내 표정이 어떤데?"

"불안한 표정이야."

혜경이 지은을 보고, 선예를 보고, 준성을 보았다. 준성은 엎드린 자세 그대로 뒷목을 잡고 걱정스러운 눈으로 그녀를 올려다보고 있었다. 혜경은 눈가가 뜨거워지려 해서 괜히 크게 소리 내 웃었다.

"왜 다들 그런 표정이야? 에이, 별거 아니야. 사실 언니 소개팅 자리였는데, 내가 대신 나간 거였거든."

"혜진 언니?"

지은이 물었다. 혜경이 고개를 끄덕이고 멋쩍은 듯 콧잔등을 손가락으로 긁적였다. 혜진은 한 살 터울의 혜경과는 외모도 말투도 성격도 정반대 타입의 여성이었다.

"거절하기 힘든 분의 소개라면서, 나더러 대신 나가서 자기인 척하고 차여달라는 거야. 심심하기도 하고, 아무렇게나 하고 차여달라니 재밌을 것 같아서 나갔는데……."

"남자가 완전 네 타입이었고만?"

선예가 팝콘 부스러기가 묻은 손을 허공에 탁탁 털며 대충 알겠다는 투로 말했다. 혜경은 씨익 웃었다. 그러다 갑자기 생각났다는 듯 입을 반쯤 벌리더니 지은에게 물었다.

"저기, 여우 사장이 혹시 뭐라 안 그래?"

"정현 씨?"

"응, 나에 대해서."

지은이 이해할 수 없다는 얼굴을 하고 고개를 갸웃했다. 아무것도 모르겠다는 그녀의 표정을 본 혜경은 크게 웃으며 손을 내저었다.

"아니면 됐고. 그래, 넌 여우 사장이랑 어떻게 돼가?"

지은은 곤란한 질문을 받았을 때 으레 짓는 표정을 지어 보였다. 준성이 "또, 또 저런 표정이야."라고 하자 지은이 그를 째려봤다. 준성은 테이블에 엎드린 자세 그대로 머리를 무대 쪽으로 돌리며 기죽은 목소리로 중얼거렸다. "나는 동네북이야."

네 사람이 있는 테이블로 누군가가 다가왔다. 메뉴판을 든 호프집 주인이었다. 그는 살가운 미소를 지으며 네 사람을 쭉 둘러보다가 지은에게 이르러 이를 드러내며 활짝 웃어 보였다. 그가 말했다.

"신동주라고 합니다. 동동주 할 때 그 동주."

"예?"

"저번에 오셨을 때 정현이 놈이 그런 말을 했었거든요. 여성분의 얼굴을 잘 기억해뒀다가 다음번에 오면 융숭하게 대접하라고. 돈은 자기 앞으로 해도 상관없다면서."

혜경이 불만스러운 얼굴로 땅콩을 돌 씹듯 으그적 씹으며 대꾸했다.

"내가 왜 그 인간 돈으로 술을 마셔야 되는지 모르겠네."

동주는 안 그래도 실같이 작은 눈을 더 가느다랗게 뜨며 의미심장한 미소를 지었다. 그는 가슴팍에 메뉴판을 딱 붙인 채 정중한 몸짓으로 혜경에게 상체를 숙였다. 그리고 계략을 꾸미듯 나직한 말투로 말했다.

"다시 한 번 잘 생각해보십시오. 돈은 자기 앞으로 해도 얼마든지 상관없다고 했답니다, 얼마든지. 말실수를 잘 안 하는 놈인데, 그때에는 어떻게 흥분을 한 건지……. 전 이 기회를 놓치기 싫군요."

그의 낮은 웃음소리에 맞춰 혜경의 얼굴에도 사악한 미소가 떠올랐다. 의미 있는 시선 교환 후 혜경은 동주에게서 메뉴판을 받아 들었다.

"그럼, 성의를 거절할 수 없으니 어디 한 번 볼까요? 여기도 골든벨이 가능한가요?"

"여부가 있겠습니까. 가장 비싼 메뉴로는 슈퍼 하이퍼 스페셜 모둠 안주가 있는데……."

지은이 무섭게 표정을 굳히고 혜경에게서 메뉴판을 빼앗아 들었다. 그리고 위협하듯 메뉴판 모서리로 혜경과 동주를 한 명씩 가리키며 말했다.

"한 번 해볼 테면 해봐, 어떤 일이 벌어지는지."

"이것 봐라, 싸고도는 것 보래요."

혜경이 혀를 차며 말했다. 동주가 너스레를 떨며 거들었다.

"보기와는 다르네요."

막 라이브 연주가 끝났다. 네 사람은 사람들이 박수를 치자 반사적으로 함께 박수를 쳤다. 동주는 다른 메뉴판을 혜경에게 몰래 건네주고 카운터 쪽으로 갔다. 기타 치는 남자의 손을 유심히 보고 있던 선예는 그가 내려오자 이내 흥미가 사라졌다는 듯 고개를 돌렸다. 그녀가 지은을 보며 말했다.

"너 다크 서클 생겼다?"

"요즘 꿈을 너무 많이 꿔서 잠을 설치거든. 심해?"

"심한 건 아니고. 꿈이라니, 네 전생 같다는 거 말이야?"

"응. 아침에 일어나면 엄청 피곤한데, 방금 눈을 감았다 뜬 것처럼 생각나는 건 아무것도 없어. 눈을 한 번 깜박 감았다 뜨니까 밤에서 바로 아침인 기분이야. 그런 기분 알아? 시간을 손해 본 것 같고 몸은 천근만근인데, 졸기는 또 얼마나 조는지. 점심 먹고 요즘 나 맨날 낮잠 자야 되잖아. 안 그러면 일하다가도 깜박깜박 졸아. 신입이 그러면 안 되는데. 약 먹은 병아리도 아니고…… 큰일이야."

"큰일이네."

혜경이 테이블 아래에서 메뉴판을 훑으며 건성으로 대꾸했다. 지은은 턱을 괴고, 빈 무대를 쳐다보며 말했다.

"꿈은 꿔도 좋으니까 기억이라도 하면 좋을 텐데."

선예가 말했다.

"꼭 기억할 필요 있어? 네가 알고 있던 그 사람 이름이 맞았다며? 잘됐네. 뭐가 문제야? 그럼 해피 엔딩 아니야? 전생의 두 사람이 다시 만났습니다, 좋네! 끝. 뭐가 더 필요해?"

"남의 얘기라고 쉽게 말하긴."

지은이 눈을 흘겼다. 선예는 입을 삐죽 내밀었다. 무대로 피아니스트가 올라오자 선예는 다시 그쪽을 보았다. 혜경이 팝콘을 한 움큼 집어 입에 넣고 말했다.

"너 그거 한 번 받아볼래? 최면 치료."

"최면?"

"왜 TV에서 보면 그런 걸로 전생 같은 거 보고 그러더구먼. 아니면 그냥 상담 한 번 받아보든가. 수면 장애 같은 걸로."

"그런 건 어디서 하는 거야? 정신과에 가야 되나?"

"나 아는 사람 있어. 내 사촌 언니 고등학교 선배가 정신과 전공의라던가, 상담 센터에 있다던가. 얼마 전에 언니 집에 차 마시러 갔다가 인사했거든. 아주 친한 건 아니지만 식사도 몇 번 같이 했고 괜찮은 사람 같아 보였어. 생각 있어?"

"최면, 그거 효과 있어? 최면 걸렸다가 안 돌아오면 어떡해?"

"설마. 내가 말은 한번 해볼게. 스토커 같은 남자가 널 괴롭혀서 자꾸 악몽을 꾼다고 하면 되지?"

"그런 식으로 말하기만 해봐."

피아노 반주에 맞춰 남자가 노래를 부르기 시작했다. 선예는 피아노 치는 남자의 손을 보았고, 준성은 혜경과 얼굴을 맞대고 메뉴판을 보았고, 지은은 무대에 시선을 둔 채 정현을 생각했다.

「지은 씨는 내게 무거운 사람이야.」

그의 혀가 움직여 그의 입을 통해 나오는 기분 좋은 울림은 항상 그녀의 귀를 지나, 곧장 머리를 향하지 않고 먼저 심장부터 두드렸다. 지은은 누구에게 하는지 모르는 변명을 했다.

'그 무게의 대부분이 그녀의 무게라는 것 정도는 나도 알아.'

남자의 노래가 멈추고, 피아노 간주만이 흘렀다. 지은은 이제 세상의 모든 피아노 소리 뒤로 그의 모습이 떠올랐다. 그것이 더없이 기쁘고, 동시에 아렸다.

— 2권에서 계속.